内 容 简 介

本书是为高等院校计算数学专业高年级本科生和研究生偏微分方程数值解法课程编写的教材. 全书分为差分方法和有限元方法两个相互独立的部分. 差分方法部分的先修课程是数值分析、数值代数; 有限元部分则同时要求学生对实变函数与泛函分析有初步的了解. 掌握一定的数学物理方程的理论和方法无疑有助于本课程的深入学习.

本书在选材上注重充分反映偏微分方程数值解法中的核心内容, 力图展现算法构造与分析的基本思想; 在内容的处理上, 体现了由浅入深、循序渐进的原则; 在叙述表达上, 严谨精练、清晰易读, 便于教学与自学. 为便于读者复习、巩固、理解和拓广所学的知识, 每章之后配置了相当数量的习题, 并在书后附上了大部分习题的答案或提示.

本书可作为综合大学、理工科大学、高等师范院校计算数学以及相关学科的本科生和研究生的教材或教学参考书, 也可供从事计算数学、应用数学和科学工程计算研究的科技人员参考.

作 者 简 介

李治平 北京大学数学科学学院教授、博士生导师. 1987 年在北京大学获博士学位. 主要研究方向是偏微分方程数值解法.

北京大学数学教学系列丛书

偏微分方程数值解讲义

李治平　编著

北京大学出版社
PEKING UNIVERSITY PRESS

图书在版编目(CIP)数据

偏微分方程数值解讲义/李治平编著. —北京: 北京大学出版社,
2010. 8
(北京大学数学教学系列丛书)
ISBN 978-7-301-17647-4

Ⅰ. 偏…　Ⅱ. 李…　Ⅲ. 偏微分方程–数值计算–高等学校–教材
Ⅳ. O241.82

中国版本图书馆 CIP 数据核字（2010）第 160875 号

书　　　　名：	偏微分方程数值解讲义
著作责任者：	李治平　编著
责 任 编 辑：	曾琬婷
标 准 书 号：	ISBN 978-7-301-17647-4/O • 0821
出 版 发 行：	北京大学出版社
地　　　址：	北京市海淀区成府路 205 号　　100871
网　　　址：	http://www.pup.cn　电子邮箱：zpup@pup.pku.edu.cn
电　　　话：	邮购部 62752015　发行部 62750672　编辑部 62752021
	出版部 62754962
印 刷 者：	北京虎彩文化传播有限公司
经 销 者：	新华书店
	890 毫米×1240 毫米　A5　10 印张　270 千字
	2010 年 8 月第 1 版　2021 年 7 月第 4 次印刷
定　　　价：	35.00 元

序　言

　　自 1995 年以来, 在姜伯驹院士的主持下, 北京大学数学科学学院根据国际数学发展的要求和北京大学数学教育的实际, 创造性地贯彻教育部"加强基础, 淡化专业, 因材施教, 分流培养"的办学方针, 全面发挥我院学科门类齐全和师资力量雄厚的综合优势, 在培养模式的转变、教学计划的修订、教学内容与方法的革新, 以及教材建设等方面进行了全方位、大力度的改革, 取得了显著的成效. 2001 年, 北京大学数学科学学院的这项改革成果荣获全国教学成果特等奖, 在国内外产生很大反响.

　　在本科教育改革方面, 我们按照加强基础、淡化专业的要求, 对教学各主要环节进行了调整, 使数学科学学院的全体学生在数学分析、高等代数、几何学、计算机等主干基础课程上, 接受学时充分、强度足够的严格训练; 在对学生分流培养阶段, 我们在课程内容上坚决贯彻"少而精"的原则, 大力压缩后续课程中多年逐步形成的过窄、过深和过繁的教学内容, 为新的培养方向、实践性教学环节, 以及为培养学生的创新能力所进行的基础科研训练争取到了必要的学时和空间. 这样既使学生打下宽广、坚实的基础, 又充分照顾到每个人的不同特长、爱好和发展取向. 与上述改革相适应, 积极而慎重地进行教学计划的修订, 适当压缩常微、复变、偏微、实变、微分几何、抽象代数、泛函分析等后续课程的周学时, 并增加了数学模型和计算机的相关课程, 使学生有更大的选课余地.

　　在研究生教育中, 在注重专题课程的同时, 我们制定了 30

多门研究生普选基础课程 (其中数学系 18 门), 重点拓宽学生的专业基础和加强学生对数学整体发展及最新进展的了解.

　　教材建设是教学成果的一个重要体现. 与修订的教学计划相配合, 我们进行了有组织的教材建设. 计划自 1999 年起用 8 年的时间修订、编写和出版 40 余种教材. 这就是将陆续呈现在大家面前的《北京大学数学教学系列丛书》. 这套丛书凝聚了我们近十年在人才培养方面的思考, 记录了我们教学实践的足迹, 体现了我们教学改革的成果, 反映了我们对新世纪人才培养的理念, 代表了我们新时期的数学教学水平.

　　经过 20 世纪的空前发展, 数学的基本理论更加深入和完善, 而计算机技术的发展使得数学的应用更加直接和广泛, 而且活跃于生产第一线, 促进着技术和经济的发展, 所有这些都正在改变着人们对数学的传统认识. 同时也促使数学研究的方式发生巨大变化. 作为整个科学技术基础的数学, 正突破传统的范围而向人类一切知识领域渗透. 作为一种文化, 数学科学已成为推动人类文明进化、知识创新的重要因素, 将更深刻地改变着客观现实的面貌和人们对世界的认识. 数学素质已成为今天培养高层次创新人才的重要基础. 数学的理论和应用的巨大发展必然引起数学教育的深刻变革. 我们现在的改革还是初步的. 教学改革无禁区, 但要十分稳重和积极; 人才培养无止境, 既要遵循基本规律, 更要不断创新. 我们现在推出这套丛书, 目的是向大家学习. 让我们大家携起手来, 为提高中国数学教育水平和建设世界一流数学强国而共同努力.

张继平

2002 年 5 月 18 日

于北京大学蓝旗营

前　言

　　偏微分方程数值解一直是计算数学专业本科的重要专业课. 以前, 该课程分为差分方法和有限元方法两门各一学期的课程. 近年来, 由于种种原因, 偏微分方程数值解压缩为 48 课时的一学期的课程. 为了适应这一变化, 我们编写了这部教材. 目的在于使学生通过只有不到原来一半课时的学习, 在偏微分方程数值解方面受到比较系统的基本训练, 并初步掌握差分方法和有限元方法中最基本、最核心的内容.

　　本书的内容分为差分方法和有限元方法两部分, 内容相当丰富. 实事求是地讲, 如果详细讲授, 每一部分的内容都可以独立作为周学时为 3 的一学期课程的教材. 为了在周学时为 3 的一学期的课程中同时涵盖两部分的内容, 我们的做法是: 着重讲授算法的理论框架和分析方法的基本思想以及计算结果的分析, 而将大部分分析和计算工作的细节作为习题留给学生完成. 我们将学习内容分解为基本思想方法的学习和基本功的训练两部分. 学生通过课堂学习初步了解基本思想的形成过程及其实现过程的要点, 然后通过课后习题和数值实验完成基本思想的实现过程, 从而理解和掌握相关的学习内容. 当然, 这样做的前提是要求学生有比较扎实的先修课程的基本功, 尤其是数学分析的基本功. 另外, 本书中的部分章节 (例如 §1.5, 2.3.2 小节, 2.3.3 小节, 2.3.4 小节, 2.4.2 小节, 2.4.3 小节, 3.2.5 小节, 3.2.6 小节, §3.4, 3.5.3 小节, 3.5.4 小节, 3.5.5 小节, §4.5, §4.6 (甚至整个第 4 章), 第 7 章 (除 §7.1, 7.4.1 小节之外), 第 8 章) 可列为选讲内容, 实际讲授时, 可以根据需要适当挑选其中的部分内容, 以便给最基本的内容留出足够的课时, 保证教学质量.

　　差分方法的内容主要由格式构造与算法分析两部分组成. 在格式构造方面, 渗透始终的基本思想是用网格函数 (格点函数、分片常数函数等) 替代光滑函数作函数空间的离散化, 用差商替代微商、数值积分替代积分等方法做微分算子的离散化, 从而将微分方程问题转化成为相应的差分方程问题. 在这一基本思想指导下, 书中针对椭圆型、抛物型和双曲型方程介绍了直接差分离散化格式、有限体积格式、基于半离散化方法的格式、迎风格式等最基本的格式构造方法, 以及边界条件的差分近似. 从算法分析的角度讲, 贯穿差分方法部分的主线是差分格式的相容性、稳定性、收敛性和误差分析. 简单地说, 相容性衡量的是差分算子对微分算子的逼近程度, 稳定性衡量的是差分格式的解关于扰动的敏感性和连续依赖性, 其中稳定性又是重中之重. 对椭圆型方程和抛物型方程的差分格式, 我们介绍了应用最大值原理和比较定理分析 $\mathbb{L}^\infty$ 范数意义下稳定性的方法; 对抛物型方程和双曲型方程的差分格式, 我们介绍了应用 Fourier 分析方法分析 $\mathbb{L}^2$ 范数意义下稳定性的方法; 我们还介绍了通过建立能量不等式分析差分格式稳定性的方法. 作为更深层次的内容介绍, 本书还讨论了差分格式的一些重要的整体性质, 例如差分格式的守恒性质、耗散与色散性质、修正方程分析等等.

有限元方法的内容也主要由格式构造与算法分析两部分组成. 格式构造部分包括椭圆边值问题的变分形式、有限元空间的构造和自适应算法. 理解偏微分方程边值问题与其相应的变分问题之间的关系是正确提出有限元问题和应用有限元方法的基础, 关键在于正确给出试探函数空间、检验函数空间、变分方程或相应的能量泛函, 其中包括如何将不同的边界条件处理成强制型边界条件和自由边界条件. 有限元方法在一定意义上讲是一种特殊的构造对试探函数空间和检验函数空间具有一定逼近性质的有限维函数空间的方法, 其特点是有限元函数空间有一组由分片定义的函数拼装而成的支集很小的基底函数. 本书介绍了几个经典的 Lagrange 型和 Hermite 型有限元的构造. 作为自适应算法的例子, 书中介绍了几种常用的三角形单元的细分方法. 算法分析部分包括有限元解的先验误差估计和后验误差估计. 本书中先验误差估计的框架是利用变分问题的抽象误差估计将有限元解的误差估计转化为 Sobolev 空间的插值误差估计, 再通过仿射等价开集上 Sobolev 半范数的关系和多项式商空间的等价范数给出多项式不变插值算子的误差估计. 本书的后验误差分析基于残量型后验误差估计子. 误差分析这部分内容比较抽象, 但对于希望进一步深入研究有限元理论的初学者来说是很好的入门基础.

在本书的编写过程中, 曾得到了北京大学课程建设基金的资助, 在本书的出版过程中, 责任编辑曾琬婷做了大量辛勤的工作. 作者在此一并表示诚挚的谢意.

李治平

2009 年 12 月于燕园

目　　录

第 1 章　椭圆型偏微分方程的差分方法

§1.1　引　言

一般的含 n 个自变量的二阶线性椭圆型偏微分方程(简称二阶线性椭圆型方程) 有以下形式:

$$\pm L(u) \triangleq \pm \left(\sum_{i,j=1}^{n} a_{ij} \frac{\partial^2}{\partial x_i \partial x_j} + \sum_{i=1}^{n} b_i \frac{\partial}{\partial x_i} + c \right) u = f, \qquad (1.1.1)$$

其中 L 称为**二阶线性椭圆型微分算子**, 其系数 a_{ij}, b_i, c 和右端项 (或源项)f 为自变量 $\boldsymbol{x} = (x_1, \cdots, x_n)$ 的实函数, 且在方程 (1.1.1) 的定义域 $\Omega \subset \mathbb{R}^n$ 中满足椭圆性条件

$$\sum_{i,j=1}^{n} a_{ij}(\boldsymbol{x})\xi_i\xi_j \geqslant \alpha(\boldsymbol{x}) \sum_{i=1}^{n} \xi_i^2, \qquad (1.1.2)$$

$$\alpha(\boldsymbol{x}) > 0, \ \forall \boldsymbol{\xi} = (\xi_1, \cdots, \xi_n) \in \mathbb{R}^n \setminus \{0\}, \ \forall \boldsymbol{x} \in \Omega.$$

算子 L 和方程 (1.1.1) 称为**一致椭圆型的**, 如果

$$\inf_{\boldsymbol{x} \in \Omega} \alpha(\boldsymbol{x}) = \alpha > 0. \qquad (1.1.3)$$

例如, $\Delta = \sum_{i=1}^{n} \dfrac{\partial^2}{\partial x_i^2}$ 是一个二阶线性一致椭圆型微分算子, Poisson 方程

$$-\Delta u(\boldsymbol{x}) = f(\boldsymbol{x})$$

是一个二阶线性一致椭圆型方程.

一般的含 n 个自变量的 $2m$ 阶线性椭圆型偏微分方程(简称 $2m$ 阶线性椭圆型方程) 有以下形式:

$$\pm L(u) \triangleq \pm \left(\sum_{k=1}^{2m} \sum_{i_1, \cdots, i_k=1}^{n} a_{i_1, \cdots, i_k} \frac{\partial^k}{\partial x_{i_1} \cdots \partial x_{i_k}} + a_0 \right) u = f, \quad (1.1.4)$$

其中 L 称为 $2m$ **阶线性椭圆型微分算子**, 其系数 $a_{i_1,\cdots,i_k}$, a_0 和右端项 f 为自变量 $\boldsymbol{x} = (x_1, \cdots, x_n)$ 的实函数, 且在方程 (1.1.4) 的定义域 $\Omega \subset \mathbb{R}^n$ 中满足椭圆性条件

$$\sum_{i_1,\cdots,i_{2m}=1}^{n} a_{i_1,\cdots,i_{2m}}(\boldsymbol{x})\xi_{i_1}\cdots\xi_{i_{2m}} \geqslant \alpha(\boldsymbol{x})\sum_{i=1}^{n}\xi_i^{2m},$$

$$\alpha(\boldsymbol{x}) > 0, \ \forall \boldsymbol{\xi} = (\xi_1, \cdots, \xi_n) \in \mathbb{R}^n \setminus \{0\}, \ \forall \boldsymbol{x} \in \Omega. \tag{1.1.5}$$

同样, 当式 (1.1.3) 成立时, 称椭圆型微分算子 L 和方程 (1.1.4) 是一致椭圆型的. 注意, 当 $n > 1$ 时, 所有线性椭圆型方程都是偶次阶的. 作为典型的例子, 重调和方程

$$(-\Delta)^m u = f$$

就是一个 $2m$ 阶线性一致椭圆型方程, Δ^m 是一个 $2m$ 阶线性一致椭圆型微分算子.

包含 p 个未知函数 $u_1, \cdots, u_p$ 的线性椭圆型方程组可以写成

$$\pm L(\boldsymbol{u})_i \triangleq \pm \sum_{j=1}^{p} \left(\sum_{k=1}^{m_j} \sum_{i_1,\cdots,i_k=1}^{n} a_{i_1,\cdots,i_k}^{i,j} \frac{\partial^k}{\partial x_{i_1}\cdots\partial x_{i_k}} + a_0^{i,j} \right) u_j = f_i,$$

$$i = 1, \cdots, p, \tag{1.1.6}$$

其中 L 称为 $m = \max\limits_{1 \leqslant j \leqslant p} \{m_j\}$ 阶线性椭圆型微分算子, 其系数 $a_{i_1,\cdots,i_k}^{i,j}$, $a_0^{i,j}$ 和右端项 f_i 为自变量 $\boldsymbol{x} = (x_1, \cdots, x_n)$ 的实函数, 且在方程组 (1.1.6) 的定义域 $\Omega \subset \mathbb{R}^n$ 中满足椭圆性条件

$$\det\left(A_{ij}(\boldsymbol{x}, \boldsymbol{\xi})\right) \geqslant \alpha(\boldsymbol{x}) \left(\sum_{k=1}^{n}\xi_k^2\right)^{\sum\limits_{l=1}^{p} m_l/2}, \tag{1.1.7}$$

$$\alpha(\boldsymbol{x}) > 0, \ \forall \boldsymbol{\xi} = (\xi_1, \cdots, \xi_n) \in \mathbb{R}^n \setminus \{0\}, \ \forall \boldsymbol{x} \in \Omega,$$

这里 $p \times p$ 阶矩阵 $(A_{ij}(x, \xi))$ 的第 i 行第 j 列元素为

$$A_{ij}(\boldsymbol{x}, \boldsymbol{\xi}) = \sum_{i_1,\cdots,i_{m_j}=1}^{n} a_{i_1,\cdots,i_{m_j}}^{i,j}(\boldsymbol{x})\xi_{i_1}\cdots\xi_{i_{m_j}},$$

其中 m_j 为偶数, 它是 u_j 在方程组中出现的最高阶导数的阶数. 同样, 当式 (1.1.3) 成立时, 称方程组 (1.1.6) 是一致椭圆型的. 以位移向量 $\boldsymbol{u} = (u_1, u_2, u_3)^{\mathrm{T}}$ 为未知函数的三维线性弹性力学方程组

$$-\mu\Delta\boldsymbol{u} - (\lambda + \mu)\mathbf{grad}\,\mathrm{div}\,\boldsymbol{u} = \boldsymbol{f}, \tag{1.1.8}$$

是一个含三个未知函数的三维 ($n = 3$) 二阶 ($m_1 = m_2 = m_3 = 2$) 线性一致椭圆型偏微分方程组, 其中常数 $\lambda > 0$, $\mu > 0$ 是 Lamé 系数, $\boldsymbol{f} = (f_1, f_2, f_3)^{\mathrm{T}}$ 是载荷向量, Δ, $\mathbf{grad} = \nabla$ 和 div 分别是 Laplace 算子、梯度算子和散度算子, 在不同的坐标系中它们有不同的分量表达形式. 在直角坐标系中

$$\mathbf{grad} = \left(\frac{\partial}{\partial x_1}, \cdots, \frac{\partial}{\partial x_n}\right)^{\mathrm{T}}, \quad \mathbf{div} = \left(\frac{\partial}{\partial x_1}, \cdots, \frac{\partial}{\partial x_n}\right),$$

$$\Delta = \mathrm{div}\,\mathbf{grad} = \nabla \cdot \nabla = \nabla^2 = \sum_{i=1}^{n} \frac{\partial^2}{\partial x_i^2}.$$

许多定常的 (即不随时间变化的) 物理过程可由线性椭圆型方程 (组) 来描述, 例如定常的热传导问题、扩散问题, 弹性力学、静电学、静磁学问题, 定常有势流问题, 等等. 更一般地, 许多与时间相关的物理过程的平衡态可由线性椭圆型方程 (组) 来描述. 在应用中, 一些物理参数可能会依赖于状态 (即方程的解) 及其变化率, 这时微分算子 L 的系数 $a_{i_1,\cdots,i_k}^{i,j}$, $a_0^{i,j}$ 可能是未知函数 u 及其不超过 $k-1$ 阶导数的函数, 右端项 f 也可能是未知函数 u 的函数. 对此, 我们可以类似地引入非线性 (一致) 椭圆型微分算子和非线性椭圆型方程 (组) 的定义. 本课程主要讨论线性偏微分方程的数值解, 偶尔也会简单地涉及上述形式的非线性偏微分方程.

例 1.1 (定常对流扩散问题) 设 $v(\boldsymbol{x})$ 是流体在 $\boldsymbol{x} \in \Omega \subset \mathbb{R}^n$ 点的流动速度, $u(\boldsymbol{x})$ 是某种物质的密度分布函数, 扩散沿 $u(\boldsymbol{x})$ 的负梯度方向, 扩散速率正比于扩散系数 $a(\boldsymbol{x}) > 0$. 又设 $f(\boldsymbol{x})$ 是源或汇的密度分布函数, 即单位体积内物质产生 ($f > 0$) 或消失 ($f < 0$) 的速率. 于是, 对 Ω 中的任意具有分片光滑边界的开子集 ω, 由定常的假设

知 $\dfrac{\mathrm{d}}{\mathrm{d}t}\displaystyle\int_{\omega} u(\boldsymbol{x})\,\mathrm{d}\boldsymbol{x} = 0$, 因此有

$$\int_{\partial\omega} a(\boldsymbol{x})\nabla u(\boldsymbol{x})\cdot\boldsymbol{\nu}(\boldsymbol{x})\,\mathrm{d}s - \int_{\partial\omega} u(\boldsymbol{x})\boldsymbol{v}(\boldsymbol{x})\cdot\boldsymbol{\nu}(\boldsymbol{x})\,\mathrm{d}s + \int_{\omega} f(\boldsymbol{x})\,\mathrm{d}\boldsymbol{x} = 0,$$
(1.1.9)

其中 $\boldsymbol{\nu}$ 为 $\partial\omega$ 的单位外法向量. 方程 (1.1.9) 左端第一项是物质通过 ω 的边界扩散入 ω 的速率, 第二项是物质通过流体带入 ω 的速率, 第三项是源或汇在 ω 中产生物质的速率. 通常我们将 $-[a(\boldsymbol{x})\nabla u(\boldsymbol{x}) - u(\boldsymbol{x})\boldsymbol{v}(\boldsymbol{x})]$ 称为**通量**, 因为它反映了物质流通的速度. 设所有的数据都充分光滑, 对第一和第二项应用散度定理得

$$\int_{\omega} [\nabla\cdot(a\nabla u - u\,\boldsymbol{v}) + f]\,\mathrm{d}\boldsymbol{x} = 0.$$
(1.1.10)

由此及被积函数的连续性和 ω 的任意性就得到

$$-\nabla\cdot[a(\boldsymbol{x})\nabla u(\boldsymbol{x}) - u\,\boldsymbol{v}] = f(\boldsymbol{x}), \quad \forall \boldsymbol{x} \in \Omega.$$
(1.1.11)

特别地, 当 $\boldsymbol{v} = \boldsymbol{0}$, $a = 1$ 时, 得定常扩散方程 $-\Delta u = f$. 方程 (1.1.9) 和 (1.1.11) 分别是定常对流扩散方程的积分形式和微分形式.

在一个完整的定常对流扩散问题中, 未知函数 u 除了应该满足椭圆型方程之外, 还应满足适当的边界条件.

常见的椭圆型方程的边界条件有:

第一类边界条件 $u = u_D$, $\quad\forall\boldsymbol{x} \in \partial\Omega$;   (1.1.12)

第二类边界条件 $\dfrac{\partial u}{\partial\boldsymbol{\nu}} = g$, $\quad\forall\boldsymbol{x} \in \partial\Omega$;   (1.1.13)

第三类边界条件 $\dfrac{\partial u}{\partial\boldsymbol{\nu}} + \alpha u = g$, $\quad\forall\boldsymbol{x} \in \partial\Omega$,   (1.1.14)

其中 u_D, g, α 是 $\boldsymbol{x}$ 的已知函数, $\alpha \geqslant 0$, 且至少在一部分边界上 $\alpha > 0$, $\boldsymbol{\nu}$ 是 $\partial\Omega$ 的单位外法向量. 第一类边界条件也称为 **Dirichlet 边界条件**, 第二类边界条件也称为 **Neumann 边界条件**. 当然, 一个一般的椭圆型方程的边值问题可能会同时用到几种不同类型的边界条件, 即在边界的不同部分提出不同类型的混合型边界条件.

在用差分方法求解椭圆型方程边值问题时, 一般的做法是: 首先, 在 Ω 上引入网格, 例如在直角坐标系中引入平行于坐标轴的等距直线族形成的矩形网格; 其次, 将定义在 Ω 上的函数 u 替换成定义在网格节点集上的离散函数 U(称为**网格函数**); 然后, 用适当的差分格式将微分算子替换成差分算子, 例如用适当的差商替换微商的方法, 并对边界条件作适当的离散近似. 通过这样的处理之后, 原来的椭圆型边值问题就离散化成为差分方程的边值问题. 对于线性椭圆型边值问题来说, 最终得到的是一个线性代数方程组. 差分方程的解 U 称为原问题真解 u 的一个**差分逼近解**. 在本章中, 我们将讨论如何构造椭圆型方程边值问题差分格式, 并研究差分格式及差分逼近解的性质.

为记号简单起见, 记

$$\partial^{\boldsymbol{\alpha}} u = \frac{\partial^{|\boldsymbol{\alpha}|} u}{\partial x_1^{\alpha_1} \cdots \partial x_n^{\alpha_n}},$$

其中 $\alpha_1, \cdots, \alpha_n$ 为非负整数, $\boldsymbol{\alpha} = (\alpha_1, \cdots, \alpha_n)$ 称为多重指标, 且记 $|\boldsymbol{\alpha}| = \alpha_1 + \cdots + \alpha_n$. 特别地, 记 $\partial_i u = u_{x_i} = \dfrac{\partial u}{\partial x_i}$, $\partial_x u = u_x = \dfrac{\partial u}{\partial x}$, $\partial_y u = u_y = \dfrac{\partial u}{\partial y}$, $\partial_x^2 u = u_{xx} = \dfrac{\partial^2 u}{\partial x^2}$, 等等.

§1.2 模型问题的差分逼近

考虑平面矩形区域 $\Omega = (0, 1) \times (0, 1)$ 上的 Poisson 方程 Dirichlet 边值问题:

$$\begin{cases} -\Delta u(x,y) = f(x,y), & \forall (x,y) \in \Omega, \\ u(x,y) = u_D(x,y), & \forall (x,y) \in \partial\Omega. \end{cases} \tag{1.2.1}$$

取空间步长 $\Delta x = \Delta y = h = 1/N$, 则由网格线 $x_i = i\,\Delta x\ (i = 0, \cdots, N)$, $y_j = j\,\Delta y\ (j = 0, \cdots, N)$ 定义的网格节点指标集为 $J = \{(i,j) : (x_i, y_j) \in \overline{\Omega}\}$. 记 Dirichlet 边界节点指标集为 $J_D = \{(i,j) : (x_i, y_j) \in \partial\Omega\}$, 内部节点指标集为 $J_\Omega = J \setminus J_D$. 将函数 u, f 和网格函数 U 在节点 (x_i, y_j) 上的取值分别记为 $u_{i,j}$, $f_{i,j}$ 和 $U_{i,j}$. 在不会产生混淆时,

我们也将网格节点指标集简称为网格节点集, 将指标为 (i, j) 的节点简称做节点 (i, j).

Laplace 算子 $L = \Delta$ 的最简单的差分逼近是分别用关于 x 和 y 的中心二阶差商代替相应的二阶微商, 即

$$\frac{u_{i-1,j} - 2u_{i,j} + u_{i+1,j}}{\Delta x^2} \approx \partial_x^2 u, \quad \frac{u_{i,j-1} - 2u_{i,j} + u_{i,j+1}}{\Delta y^2} \approx \partial_y^2 u.$$

由此得 Poisson 方程 (1.2.1) 的五点差分格式:

$$-L_h U_{i,j} \triangleq \frac{4U_{i,j} - U_{i-1,j} - U_{i,j-1} - U_{i+1,j} - U_{i,j+1}}{h^2} = f_{i,j}, \quad (1.2.2)$$
$$\forall (i,j) \in J_\Omega.$$

根据边值问题 (1.2.1) 给出的 Dirichlet 边界条件, 令

$$U_{i,j} = u_D(x_i, y_j), \quad \forall (i,j) \in J_D. \tag{1.2.3}$$

将边界条件 (1.2.3) 代入差分格式 (1.2.2) 就得到了差分逼近解 U 所应满足的 $(N-1) \times (N-1)$ 阶的线性代数方程组. 可以证明, 该方程组的矩阵是对称正定的, 从而解存在唯一.

在网格节点上差分逼近解 U 与真解 u 之差 $e = \{e_{ij}\} = \{U_{i,j} - u_{i,j}\}$ 称为**逼近误差**或**离散误差**, 有时也简称为**误差**. 由差分格式 (1.2.2) 知误差 e 满足方程

$$-L_h e_{i,j} \triangleq \frac{4e_{i,j} - e_{i-1,j} - e_{i,j-1} - e_{i+1,j} - e_{i,j+1}}{h^2} = T_{i,j}, \quad \forall (i,j) \in J_\Omega,$$
$$\tag{1.2.4}$$

其中

$$T_{i,j} = [(L_h - L)u]_{i,j} = L_h u_{i,j} - (Lu)_{i,j} = L_h u_{i,j} + f_{i,j}, \quad (1.2.5)$$
$$\forall (i,j) \in J_\Omega.$$

通常称 $T_h = \{T_{i,j}\}_{(i,j) \in J_\Omega}$ 为差分格式 (1.2.2) 的**局部截断误差**, 它反映了差分方程对微分方程, 或更确切地说差分算子对微分算子, 在网格节点上的逼近程度. 差分格式称为与微分方程**相容**的, 或称差分格式具有**相容性**, 如果其局部截断误差对充分光滑的解满足相容性条件:

$$\lim_{h \to 0} \|T_h\|_\infty = \lim_{h \to 0} \max_{(i,j) \in J_\Omega} |T_{i,j}| = 0. \tag{1.2.6}$$

设边值问题 (1.2.1) 的真解 u 充分光滑, 则由其在点 (x_i, y_j) 的 Taylor 展开式知

$$T_{i,j} = \frac{1}{12}h^2(\partial_x^4 u + \partial_y^4 u)_{i,j} + \frac{1}{360}h^4(\partial_x^6 u + \partial_y^6 u)_{i,j} + O(h^6), \quad (1.2.7)$$

$$\forall (i,j) \in J_\Omega.$$

由此知差分格式 (1.2.2) 与微分方程 (1.2.1) 相容, 且局部截断误差 $\|T_h\|_\infty = O(h^2)$. 据此我们称差分格式 (1.2.2) 的逼近精度为二阶的, 或具有二阶精度.

为了得到差分逼近解的收敛性, 除了分析差分格式的相容性之外, 我们还需要分析差分逼近解的稳定性, 这通常可以通过分析差分格式的稳定性来得到.

如果存在与 h 无关的常数 C, 使得对任意给定的右端项 $f_{i,j}$ 和边界条件 $(u_D)_{i,j}$, 差分方程的相应解都满足

$$\max_{(i,j) \in J} |U_{i,j}| \leqslant C \left(\max_{(i,j) \in J_\Omega} |f_{i,j}| + \max_{(i,j) \in J_D} |(u_D)_{i,j}| \right), \quad (1.2.8)$$

则称差分格式在 $\mathbb{L}^\infty$ 范数意义下是**稳定**的或具有**稳定性**. 差分格式的稳定性反映的是差分方程的解的误差可由其右端项和边界项的误差来控制, 或者换句话说, 右端项和边界项的误差不会因 h 的减小而引起差分方程解的误差无限制地增长. 若差分格式 (1.2.2) 是稳定的, 则由误差方程 (1.2.4) 和边界上误差为零得

$$\|e\|_\infty = \max_{(i,j) \in J} |e_{i,j}| \leqslant C\, T_h \leqslant C\, h^2 \max_{(x,y) \in \overline{\Omega}} (M_{xxxx} + M_{yyyy}), \quad (1.2.9)$$

其中 $M_{xxxx} = \max\limits_{(x,y) \in \overline{\Omega}} \partial_x^4 u$, $M_{yyyy} = \max\limits_{(x,y) \in \overline{\Omega}} \partial_y^4 u$. 式 (1.2.9) 表明 $\|e\|_\infty = O(h^2)$. 这时我们称差分逼近解是在 $\mathbb{L}^\infty$ 范数意义下二阶收敛的.

下面我们来讨论差分格式 (1.2.2) 的稳定性. 首先, 我们注意到, 对任意定义在网格节点集 J 上的网格函数 Ψ, 若 $L_h \Psi \geqslant 0$, 则由 $4\Psi_{i,j} \leqslant \Psi_{i-1,j} + \Psi_{i+1,j} + \Psi_{i,j-1} + \Psi_{i,j+1}$ 知, Ψ 不可能在内点集 J_Ω 上取到非负的最大值, 除非 Ψ 是一个常函数. L_h 满足的这一性质称为**最大值原理**. 现在, 我们记 $F = \max\limits_{(i,j) \in J_\Omega} |f_{i,j}|$, 令 $\Phi(x,y) = (x-1/2)^2 + (y-1/2)^2$,

取比较函数

$$\Psi_{i,j} = U_{i,j} + \frac{1}{4}F\Phi_{i,j}, \quad \forall\,(i,j) \in J. \tag{1.2.10}$$

不难验证 $L_h\Psi \geqslant 0$. 于是, 注意到 Φ 非负和 U 满足边界条件 (1.2.3), 容易推出

$$U_{i,j} \leqslant U_{i,j} + \frac{1}{4}F\Phi_{i,j} \leqslant \max_{(i,j)\in J_D}|(u_0)_{i,j}| + \frac{1}{8}F, \quad \forall\,(i,j)\in J_\Omega. \tag{1.2.11}$$

若取比较函数

$$\Psi_{i,j} = -U_{i,j} + \frac{1}{4}F\Phi_{i,j}, \quad \forall\,(i,j)\in J, \tag{1.2.12}$$

则同样有 $L_h\Psi \geqslant 0$. 于是又得到

$$-U_{i,j} \leqslant \max_{(i,j)\in J_D}|(u_0)_{i,j}| + \frac{1}{8}F, \quad \forall\,(i,j)\in J_\Omega. \tag{1.2.13}$$

结合式 (1.2.11) 和 (1.2.13) 就得到差分格式 (1.2.2) 的稳定性 (1.2.8).

　　以上利用最大值原理证明稳定性的方法可以直接用来证明收敛性. 事实上, 在式 (1.2.10) 和 (1.2.12) 中分别将 $U_{i,j}$ 和 F 换为误差 $e_{i,j} = U_{i,j} - u_{i,j}$ 和截断误差的 l^∞ 范数 $\|T_h\|_\infty = \max\limits_{(i,j)\in J_\Omega}|T_{i,j}|$, 则得到

$$\|e\|_\infty \leqslant \max_{(i,j)\in J_D}|e_{i,j}| + \frac{1}{8}\|T_h\|_\infty. \tag{1.2.14}$$

§1.3　一般问题的差分逼近

1.3.1　网格、网格函数及其范数

　　设 Ω 是一个 $\mathbb{R}^n$ 中的具有 Lipschitz 连续边界的有界开集, $\partial\Omega_D$ 对应 Dirichlet 边界. 我们可以在 Ω 上定义一个网格. 例如, 在直角坐标系中令各分量的步长为 $h_i = \Delta x_i\ (i = 1, \cdots, n)$, 即给出了一个 Ω 上的最大步长为 $h = \max\{h_i : 1 \leqslant i \leqslant n\}$ 的正 $2n$ 面体网格 (在二维和三维空间 $\mathbb{R}^2$ 和 $\mathbb{R}^3$ 中, 习惯用 h_x, h_y, h_z 分别表示分量 x, y, z 的步长), 或简称为矩形网格; 在极坐标系中令各分量的步长为 $h_r = \Delta r$,

$h_\theta = \Delta\theta$, 则参数坐标空间 (r,θ) 上的矩形网格给出了一个 Ω 上的最大步长为 $h = \max\{h_r, h_\theta\}$ 的极坐标网格; 等等. 为简单起见, 我们仅限于讨论这类由参数坐标空间上的矩形网格给出的 Ω 上的网格. 一般地说, 网格步长可以是非均匀分布的. 若一个网格序列中的每一个网格的最大网格步长 $h_{\max}$ 与最小网格步长 $h_{\min}$ 之比有一致的上界, 即存在常数 $C > 0$, 使得 $h_{\max} \leqslant Ch_{\min}$, 则称该网格序列为**拟一致**的. 特别地, 若一个拟一致网格沿每个参数坐标网格步长都是均匀分布的, 则称其为**一致网格**或**均匀网格**. 定义多重指标集合

$$J = \{\boldsymbol{j} = (j_1, \cdots, j_n) : \boldsymbol{x} = \boldsymbol{x}_{\boldsymbol{j}} \triangleq (j_1 h_1, \cdots, j_n h_n) \in \overline{\Omega}\},$$

称之为 $\overline{\Omega}$ 上的网格节点指标集. 称 $J_D = \{\boldsymbol{j} \in J : \boldsymbol{x} = (j_1 h_1, \cdots, j_n h_n) \in \partial\Omega_D\}$ 和 $J_\Omega = J \setminus J_D$ 分别为 Ω 的 Dirichlet 边界节点指标集和内部节点指标集. 为记号简单起见, 我们用同样的记号表示相应的节点集, 并在不会产生混淆时将 $\boldsymbol{x}_{\boldsymbol{j}}$ 简记做 $\boldsymbol{j}$. 注意, 内部节点集 J_Ω 实际上也包含了非 Dirichlet 边界上的节点. 称 $\boldsymbol{j}, \boldsymbol{j}' \in J$ 为**相邻节点**, 若其满足

$$\sum_{k=1}^n |j_k - j_k'| = 1.$$

网格函数 U 在网格节点 $\boldsymbol{j} = (j_1, \cdots, j_n) \in J$ 上的取值记做 $U_{\boldsymbol{j}}$, 在二维、三维时也简记做 $U_{i,j}, U_{i,j,k}$. 在对偏微分方程作差分逼近时, 我们需要选取适当的差分算子 L_h 来替换微分算子 L. 记在 $\boldsymbol{j}$ 点作差分逼近 $L_h U_{\boldsymbol{j}}$ 时所用到的网格点的集合为 $D_{L_h}(\boldsymbol{j})$. 若内部节点 $\boldsymbol{j}$ 满足 $D_{L_h}(\boldsymbol{j}) \subset \overline{\Omega}$, 则称其为差分算子 L_h 的**正则内点**. 所有正则内点组成的集合称为**正则内点集**, 记做 $\overset{\circ}{J}_\Omega$. 称 $\tilde{J}_\Omega = J_\Omega \setminus \overset{\circ}{J}_\Omega$ 为**非正则内点集**. 通常在非正则内点集 (含非 Dirichlet 边界节点集) 上需要利用边界条件构造与正则内点集上不同的差分逼近.

为了便于分析网格函数的逼近性质, 通常需要将其嵌入到适当的函数空间中去. 为此我们引入控制体的概念. 令

$$\omega_{\boldsymbol{j}} = \left\{\boldsymbol{x} = (x_1, \cdots, x_n) \in \Omega : \left(j_i - \frac{1}{2}\right) h_i \leqslant x_i < \left(j_i + \frac{1}{2}\right) h_i, \ 1 \leqslant i \leqslant n\right\},$$

$$\forall \boldsymbol{j} \in J, \tag{1.3.1}$$

称之为节点 j 的**控制体**, 其测度记做 V_j. 我们可以将网格函数的定义域拓广至 Ω, 例如令

$$U(\boldsymbol{x}) = U_j, \quad \forall \, \boldsymbol{x} \in \omega_j, \tag{1.3.2}$$

即将 U 视为 Ω 上的分片常数函数. 这样, $\mathbb{L}^p(\Omega)$(即 Ω 上 $p\,(1 \leqslant p \leqslant \infty)$ 次 Lebesgue 可积函数空间) 上的范数就自然地定义了网格函数的相应范数. 例如

$$\|U\|_2 = \left(\sum_{\boldsymbol{j} \in J} V_{\boldsymbol{j}} |U_{\boldsymbol{j}}|^2 \right)^{1/2}, \quad \|U\|_\infty = \max_{\boldsymbol{j} \in J} |U_{\boldsymbol{j}}|.$$

以上的做法可以自然地推广到非均匀网格, 甚至更一般的网格, 如二维区域上的三角形网格和六边形网格等. 不过, 为简单起见, 我们仅限于讨论有一致步长的矩形网格.

1.3.2　差分格式的构造

构造差分格式的工具之一是差分算子, 其中最基本的是一阶差分算子. 记 x 为进行差分运算的自变量, x' 为其他自变量, Δx 为差分步长, 我们有

一阶向前差分算子:

$$\Delta_{+x} v(x, x') = v(x + \Delta x, x') - v(x, x'); \tag{1.3.3}$$

一阶向后差分算子:

$$\Delta_{-x} v(x, x') = v(x, x') - v(x - \Delta x, x'); \tag{1.3.4}$$

一阶中心差分算子:

$$\delta_x v(x, x') = v\left(x + \frac{1}{2}\Delta x, x'\right) - v\left(x - \frac{1}{2}\Delta x, x'\right). \tag{1.3.5}$$

还有涉及两个区间的一阶中心差分算子

$$\begin{aligned} \Delta_{0x} v(x, x') &= \frac{1}{2} \left(\Delta_{+x} + \Delta_{-x} \right) v(x, x') \\ &= \frac{1}{2} \left[v(x + \Delta x, x') - v(x - \Delta x, x') \right]. \end{aligned} \tag{1.3.6}$$

连续应用两次一阶中心差分算子 δ_x, 得到常用的二阶中心差分算子

$$\delta_x^2 v(x, x') = \delta_x(\delta_x v(x, x'))$$
$$= v(x + \Delta x, x') - 2v(x, x') + v(x - \Delta x, x'). \quad (1.3.7)$$

对于一般的偏微分方程, 在区域 Ω 的正则内部节点上, 我们可以用差商代替微商的方法, 即用适当的一阶差商的组合来替换方程中出现的不同函数的各阶微商, 直接获得微分方程相应的差分逼近格式. 例如, 对 $\Omega \subset \mathbb{R}^2$ 上的定常对流扩散方程 (见例 1.1)

$$-\nabla \cdot (a(x,y)\nabla u(x,y)) + \nabla \cdot (u(x,y)\boldsymbol{v}(x,y)) = f(x,y), \quad \forall (x,y) \in \Omega,$$
$$(1.3.8)$$

其中 $\boldsymbol{v} = (v^1, v^2)$, 在步长为 $h_x = \Delta x$, $h_y = \Delta y$ 的网格上对二阶和一阶微商分别作以下替换

$$[(au_x)_x]_{i,j}(\Delta x)^2 \sim \delta_x(a_{i,j}\delta_x u_{i,j})$$
$$= a_{i+\frac{1}{2},j}(u_{i+1,j} - u_{i,j}) - a_{i-\frac{1}{2},j}(u_{i,j} - u_{i-1,j}),$$
$$[(au_y)_y]_{i,j}(\Delta y)^2 \sim \delta_y(a_{i,j}\delta_y u_{i,j})$$
$$= a_{i,j+\frac{1}{2}}(u_{i,j+1} - u_{i,j}) - a_{i,j-\frac{1}{2}}(u_{i,j} - u_{i,j-1}),$$
$$[2(uv^1)_x]_{i,j}\Delta x \sim \Delta_{0x}(uv^1)_{i,j} = (uv^1)_{i+1,j} - (uv^1)_{i-1,j},$$
$$[2(uv^2)_y]_{i,j}\Delta y \sim \Delta_{0y}(uv^2)_{i,j} = (uv^2)_{i,j+1} - (uv^2)_{i,j-1},$$

就得到差分格式

$$-\frac{a_{i+\frac{1}{2},j}(U_{i+1,j} - U_{i,j}) - a_{i-\frac{1}{2},j}(U_{i,j} - U_{i-1,j})}{(\Delta x)^2}$$
$$-\frac{a_{i,j+\frac{1}{2}}(U_{i,j+1} - U_{i,j}) - a_{i,j-\frac{1}{2}}(U_{i,j} - U_{i,j-1})}{(\Delta y)^2}$$
$$+\frac{(Uv^1)_{i+1,j} - (Uv^1)_{i-1,j}}{2\Delta x} + \frac{(Uv^2)_{i,j+1} - (Uv^2)_{i,j-1}}{2\Delta y} = f_{i,j}. \,(1.3.9)$$

我们知道, 方程 (1.3.8) 描述的是定常流中物理量的平衡过程, 例如定常流中能量、热量、质量、电荷等的守恒律, 其守恒性质在方程的积分形式

$$\int_{\partial\omega} a(x,y)\nabla u(x,y)\cdot\boldsymbol{\nu}(x,y)\,\mathrm{d}s - \int_{\partial\omega} u(x,y)\boldsymbol{v}(x,y)\cdot\boldsymbol{\nu}(x,y)\,\mathrm{d}s$$

$$+ \int_{\omega} f(x,y)\,\mathrm{d}x\mathrm{d}y = 0 \tag{1.3.10}$$

中得以充分体现, 其中 ω 是 Ω 中的任意具有分片光滑边界的开子集, $\boldsymbol{\nu}$ 为 ∂w 的单位外法向量. 为了能宏观地把握在物理过程中具有重要意义的守恒性, 我们自然希望差分方程的解也能具有相应的守恒性质, 从而能在网格上正确地反映相应物理过程的基本性质. 我们可以由方程 (1.3.8) 的守恒型积分形式 (1.3.10) 出发, 选取适当的控制体 ω, 然后用适当选取的数值积分公式和差商代替微商的方法构造守恒型差分格式. 例如, 对指标 $(i,j)\in J_{\Omega}$, 按式 (1.3.1) 取控制体

$$\omega_{i,j}=\left\{(x,y)\in\Omega\cap\left(\left(i-\frac{1}{2}\right)h_x,\left(i+\frac{1}{2}\right)h_x\right)\times\left(\left(j-\frac{1}{2}\right)h_y,\left(j+\frac{1}{2}\right)h_y\right)\right\},$$
$$\tag{1.3.11}$$

在 $\omega_{i,j}$ 及其四条直边上分别用中点数值积分公式, 将各直边中点处未知函数的法向导数用最近的两个相邻节点上未知函数值的差商代替, 例如将法向导数 $\partial_\nu u(x_{i+\frac{1}{2}},y_j)$ 替换为 $(u_{i+1,j}-u_{i,j})/h_x$, 并将未知函数在各直边中点处的值用最近的两个相邻节点上未知函数值的平均值来代替, 就得到守恒型差分格式

$$-\frac{a_{i+\frac{1}{2},j}(U_{i+1,j}-U_{i,j})-a_{i-\frac{1}{2},j}(U_{i,j}-U_{i-1,j})}{(\Delta x)^2}$$
$$-\frac{a_{i,j+\frac{1}{2}}(U_{i,j+1}-U_{i,j})-a_{i,j-\frac{1}{2}}(U_{i,j}-U_{i,j-1})}{(\Delta y)^2}$$
$$+\frac{(U_{i+1,j}+U_{i,j})v^1_{i+\frac{1}{2},j}-(U_{i,j}+U_{i-1,j})v^1_{i-\frac{1}{2},j}}{2\Delta x}$$
$$+\frac{(U_{i,j+1}+U_{i,j})v^2_{i,j+\frac{1}{2}}-(U_{i,j}+U_{i,j-1})v^2_{i,j-\frac{1}{2}}}{2\Delta y}=f_{i,j}. \tag{1.3.12}$$

这种通过构造数值通量, 即通量 (这里是 $-(a\nabla u-u\boldsymbol{v})$) 的某种数值逼近, 构造守恒型差分格式的方法通常称为**有限体积法**. 更一般地, 通过

方程的某种积分形式结合差商逼近和数值积分构造差分格式的方法统称为**积分插值法**. 在应用中, 我们常常也可以只对微分方程中具有散度形式、守恒形式的部分, 或只在部分区域上采用这种离散方法.

对于具有守恒形式的微分方程, 守恒型离散格式具有基本的重要性, 尤其是对有间断系数的问题和非线性问题. 事实上, 可以证明: 对有间断系数的问题, 在一般情况下, 离散格式的守恒性是其收敛性的必要条件 (见文献 [27]).

仔细观察不难发现, 对于一个给定的线性椭圆型微分算子 L, 本小节介绍的构造差分逼近算子 L_h 的方法, 无非是将已知的数值微分和数值积分的结果直接应用到一致的矩形网格上, 得到用节点 P 邻域中的某些节点函数值的加权组合 $L_h U_P = \sum\limits_{i \in J(P)} c_i(P) U(Q_i)$ 来逼近 $Lu(P)$ 的差分格式. 一般情况下, 如在三角形网格、六边形网格、非均匀网格、非结构网格, 甚至无网格情况下, 原则上说, 我们可以通过选择适当的邻域 $J(P)$, 根据不同的要求, 如局部截断误差的阶数、局部守恒性质、满足最大值原理的条件等, 用待定系数法来构造差分格式.

1.3.3 截断误差、相容性、稳定性与收敛性

考虑微分方程边值问题

$$\begin{cases} -Lu(\boldsymbol{x}) = f(\boldsymbol{x}), & \forall \boldsymbol{x} \in \Omega, \\ Gu(\boldsymbol{x}) = g(\boldsymbol{x}), & \forall \boldsymbol{x} \in \partial\Omega \end{cases} \tag{1.3.13}$$

(其中 L, G 为微分算子) 和在步长为 h 的网格上定义的问题 (1.3.13) 的逼近差分方程

$$-L_h U_{\boldsymbol{j}} = f_{\boldsymbol{j}}, \quad \forall \boldsymbol{j} \in J. \tag{1.3.14}$$

注意, 当 $\boldsymbol{j}$ 不是正则内点时, L_h 和 $f_{\boldsymbol{j}}$ 的构造可能依赖于 L 和 f, 也可能依赖于 G 和 g, 还可能既依赖于 L 和 f, 也依赖于 G 和 g (见 1.3.4 小节). 记 $\overline{L}u(\boldsymbol{x}) = Lu(\boldsymbol{x})$, 若 $\boldsymbol{x} \in \Omega$; $\overline{L}u(x) = Gu(\boldsymbol{x})$, 若 $\boldsymbol{x} \in \partial\Omega$.

定义 1.1 设微分方程边值问题 (1.3.13) 的解 u 充分光滑. 令

$$T_{\boldsymbol{j}}(u) = L_h u_{\boldsymbol{j}} - (\overline{L}u)_{\boldsymbol{j}}, \quad \forall \boldsymbol{j} \in J. \tag{1.3.15}$$

称 $T_j(u)$ 为差分算子 L_h 逼近微分算子 $\overline{L}$ 的**局部截断误差**, 而称网格函数 $T_h(u) = \{T_j(u)\}_{j \in J}$ 为差分方程 (1.3.14) 逼近微分方程边值问题 (1.3.13) 的**截断误差**.

定义 1.2 称差分算子 L_h 与微分算子 L 在 Ω 上是**相容的**或具有**相容性**, 若对任意给定的微分方程边值问题 (1.3.13) 的充分光滑解 u, 都有

$$\lim_{h \to 0} T_j(u) = 0, \quad \forall j \in \overset{\circ}{J}_\Omega. \tag{1.3.16}$$

称差分算子 L_h 与微分算子 $\overline{L}$ 在边界 $\partial\Omega$ 上是**相容的**或具有**相容性**, 若对任意给定的微分方程边值问题 (1.3.13) 的充分光滑解 u, 都有

$$\lim_{h \to 0} T_j(u) = 0, \quad \forall j \in J \setminus \overset{\circ}{J}_\Omega. \tag{1.3.17}$$

称差分方程 (1.3.14) 与微分方程边值问题 (1.3.13) 是**相容的**或具有**相容性**, 若存在范数 $\|\cdot\|$, 使得对任意给定的微分方程边值问题 (1.3.13) 的充分光滑解 u, 都有

$$\lim_{h \to 0} \|T_h(u)\| = 0. \tag{1.3.18}$$

若式 (1.3.16)～(1.3.18) 中极限收敛于零的速度为 $O(h^p)$, 即 $\|T_h(u)\| = O(h^p)$, 则称相应的差分逼近的截断误差是 p **阶**的或具有 p **阶精度**.

定义 1.3 称差分方程 (1.3.14) 是**稳定的**或具有**稳定性**, 若存在范数 $\|\cdot\|$ 和与步长 h 无关的常数 K, 使得对任意的网格函数 f^1 和 f^2, 相应的差分方程的解 U^1 和 U^2 满足

$$\|U^1 - U^2\| \leqslant K\|f^1 - f^2\|, \quad \forall h > 0. \tag{1.3.19}$$

定义 1.4 称差分方程 (1.3.14) **依范数** $\|\cdot\|$ **收敛**于微分方程边值问题 (1.3.13) 或具有**收敛性**, 若对任意给定的使得问题 (1.3.13) 适定的 f 和 g, 都有差分方程的解 U 与微分方程的解 u 的误差 $e_h = \{e_j\}_{j \in J} \triangleq \{U_j - u(x_j)\}_{j \in J}$ 满足

$$\lim_{h \to 0} \|e_h\| = 0. \tag{1.3.20}$$

若还有 $\|e_h\| = O(h^p)$, 则称差分方程是 p **阶收敛**的或**收敛阶**为 p.

由定义知, 若差分方程 (1.3.14) 在范数 $\|\cdot\|$ 意义下是稳定的, 且与微分方程边值问题 (1.3.13) 是相容的, 则可以立即得到差分方程的

解 U 依范数 $\|\cdot\|$ 收敛于微分方程边值问题 (1.3.13) 的解 u. 事实上, 由 $-L_h e_j = -(L_h U_j - L_h u_j)$ 和式 (1.3.19), 我们有误差估计

$$\|e_h\| = \|U - u\| \leqslant K \|L_h U - L_h u\|$$
$$\leqslant K(\|L_h U - \bar{L}u\| + \|\bar{L}u - L_h u\|), \tag{1.3.21}$$

其中最后的不等号右端括号中第一项是差分方程残量的模 $\|L_h U + f\|$, 第二项是截断误差的模 $\|T_h\|$. 注意, 在实际计算中 U 是相应代数方程组的数值解, 残量一般不为零, 特别是当 h 很小时, 残量带来的误差将占主导地位. 而当 U 是差分方程的精确解时, 残量为零, 此时有

$$\|e_h\| = \|U - u\| \leqslant K \|\bar{L}u - L_h u\| = K\|T_h\|. \tag{1.3.22}$$

这就证明了以下差分方程逼近解的收敛性定理.

定理 1.1 设微分方程边值问题 (1.3.13) 的逼近差分方程 (1.3.14) 具有相容性和稳定性, 则当微分方程边值问题 (1.3.13) 的解 u 充分光滑时, 相应的差分方程必有收敛性, 且收敛阶不低于截断误差的阶, 即当截断误差满足 $\|T_h\| = O(h^p)$ 时, 也有误差满足 $\|e_h\| = O(h^p)$.

1.3.4 边界条件的处理

在边界节点集或非正则内点集上, 我们通常需要结合边界条件构造与正则内点集上不同的差分逼近格式. 为简单直观起见, 我们仅以二维 Poisson 方程 $-\Delta u = f$ 边值问题的五点差分格式为例讨论边界条件的处理. 此时, 非正则内点集 $\tilde{J}_\Omega = \{j \in J \setminus J_D : D_{L_h}(j) \not\subset J\}$, 即 $\tilde{J}_\Omega$ 由相邻节点中至少有一个落在 $\overline{\Omega}$ 之外的内部节点所组成.

首先考虑第一类边界条件的处理. 记 J_D 为落在 Dirichlet 边界 $\partial\Omega_D$ 上的所有节点组成的集合. 设 P 为非正则内点, 即 $P = (i, j) \in \tilde{J}_\Omega$, 其相邻节点分别记做 $N = (i, j+1)$, $S = (i, j-1)$, $E = (i+1, j)$ 和 $W = (i-1, j)$. 不妨设 $N, E \notin J_\Omega \cup J_D$, 而 $S, W \in J_\Omega \cup J_D$. 设 $N^* \in \overline{PN} \cap \partial\Omega_D$, $E^* \in \overline{PE} \cap \partial\Omega_D$, 记 $\partial\Omega_D$ 上与点 P 距离最近的点为 P^* (见图 1-1). 通常可以用插值、外推、Taylor 展开或不等距差分等方法构造点 P 的差分方程, 或从 Poisson 方程的守恒型积分形

式 (见式 (1.3.25)) 出发, 在适当修正的控制体 (如图 1-1 中虚线所围成的区域 V_P) 上构造有限体积格式.

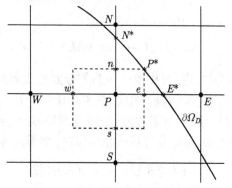

图 1-1 第一类边界条件的处理

由于 N^*, E^* 和 P^* 落在 $\partial\Omega_D$ 上, U_{N^*}, U_{E^*} 和 U_{P^*} 是已知的, 因此可以利用插值法近似计算 U_P. 例如, 可以采用零次插值, 得

$$U_P = U_{P^*}.$$

零次插值的截断误差是 $O(h)$. 为了得到较高的逼近精度, 可以采用一次插值, 得

$$U_P = \frac{h_x U_{E^*} + h_x^* U_W}{h_x + h_x^*} \quad \text{或} \quad U_P = \frac{h_y U_{N^*} + h_y^* U_S}{h_y + h_y^*},$$

其中 $h_x^* = |\overline{PE^*}|$, $h_y^* = |\overline{PN^*}|$, 即相应两点间的距离. 一阶插值的截断误差是 $O(h^2)$.

我们也可以利用外推公式将区域外部虚拟节点 N 和 E 上的函数值用内部节点和边界点上的值近似表达出来, 然后在点 P 运用标准的五点差分格式, 例如用点 S, P 和 N^* 上函数值作二阶外推给出点 N 函数值的逼近值, 用点 W, P 和 E^* 上函数值作二阶外推给出点 E 函数值的逼近值 (见习题 1 第 3 题). 或者利用函数 u 在点 P 的 Taylor 展开分别将点 W, E^*, S, N^* 的函数值近似表出, 再由这四个方程解出 u_x, u_y, u_{xx}, u_{yy} 在点 P 的近似值, 即将它们用 u 在点 W, E^*, S, N^* 的函数值近似表出, 然后代入微分方程得相应的差分格式 (见习题 1 第 4 题).

我们还可以利用 U 在 N^*, S, W, E^* 和 P 各点的值对微分方程

在点 P 作不等距差分逼近. 例如, 对 Poisson 方程 $-\Delta u = f$, 可得截断误差为 $O(h)$ 的差分逼近格式:

$$- \left[\frac{2}{h_x + h_x^*} \left(\frac{U_{E^*} - U_P}{h_x^*} - \frac{U_P - U_W}{h_x} \right) \right.$$
$$\left. + \frac{2}{h_y + h_y^*} \left(\frac{U_{N^*} - U_P}{h_y^*} - \frac{U_P - U_S}{h_y} \right) \right] = f_P. \quad (1.3.23)$$

该格式的缺点是它不具有正则内点处五点差分格式所固有的对称性, 从而导致最终得到的线性方程组的矩阵一般是非对称的, 使我们无法应用适用于求解对称线性方程组的快速算法. 对相应的特征值问题, 这显然是更加不利的. 为了保持对称性, 可将其修正为

$$- \left[\frac{1}{h_x} \left(\frac{U_{E^*} - U_P}{h_x^*} - \frac{U_P - U_W}{h_x} \right) + \frac{1}{h_y} \left(\frac{U_{N^*} - U_P}{h_y^*} - \frac{U_P - U_S}{h_y} \right) \right] = f_P.$$
$$(1.3.24)$$

虽然修正后的格式的局部截断误差变为 $O(1)$, 但用最大值原理可以证明相应的差分方程解的收敛阶仍然是 $O(h^2)$.

在控制体 V_P 上, Poisson 方程 $-\Delta u = f$ 的积分形式可以写成

$$- \int_{\partial V_P} \frac{\partial u}{\partial \boldsymbol{\nu}} \, \mathrm{d}s = \int_{V_P} f \, \mathrm{d}\boldsymbol{x}. \quad (1.3.25)$$

控制体 V_P 应包含于区域 Ω 中, 且各边应与相应的网格线垂直. 为尽量减少截断误差, w 和 s 分别取 $\overline{PW}$ 和 $\overline{PS}$ 的中点, 当 $\widehat{PN^*E^*}$ 为凸曲边三角形时, e 和 n 也可分别取为 $\overline{PE^*}$ 和 $\overline{PN^*}$ 的中点 (见图 1-1). 于是得点 P 的方程

$$- \left(\frac{U_W - U_P}{h_x} + \frac{U_{E^*} - U_P}{h_x^*} \right) \frac{h_y + \phi h_y^*}{2}$$
$$- \left(\frac{U_S - U_P}{h_y} + \frac{U_{N^*} - U_P}{h_y^*} \right) \frac{h_x + \theta h_x^*}{2}$$
$$= f_P \frac{(h_x + \theta h_x^*)(h_y + \phi h_y^*)}{4}, \quad (1.3.26)$$

其中 $\theta h_x^*/2$, $\phi h_y^*/2$ 分别为线段 $\overline{Pe}$ 和 $\overline{Pn}$ 的长度. 当 e 和 n 分别取为 $\overline{PE^*}$ 和 $\overline{PN^*}$ 的中点时, $\theta = 1$, $\phi = 1$, 从而格式与 (1.3.23) 相同.

　　在处理完曲边边界上的 Dirichlet 边界条件之后, 我们将非正则内点上构造差分格式所用到的边界点, 例如格式 (1.3.23), (1.3.24) 和 (1.3.26) 中的 E^* 和 N^*, 全部加入到 Dirichlet 边界节点集 J_D 中形成扩展的 Dirichlet 边界节点集, 仍记为 J_D.

　　下面我们来考虑第二和第三类边界条件的处理, 其要点是如何逼近法向导数. 不妨以第二类边界条件 $\partial_\nu u = g$ 为例. 如图 1-2 所示, 设 P 是邻近第二类边界 $\partial\Omega_N$ 的非正则内点, 记 P^* 为 $\partial\Omega_N$ 上距点 P 最近的点, 设点 P^* 上 $\partial\Omega_N$ 的外法线方向 $\overrightarrow{PP^*}$ 与 x 轴的夹角为 α. 最简单的处理是直接用 $\nabla u(P) \cdot \boldsymbol{\nu}_{P^*}$ 近似 $\partial_\nu u(P^*)$(其中 $\boldsymbol{\nu}_{P^*}$ 为 $\partial\Omega_N$ 在点 P^* 处的单位外法向量), 这相当于外法线方向导数的零阶外推. 由此得局部截断误差为 $O(h)$ 的点 P 的差分方程

$$\frac{U_P - U_W}{h_x} \cos\alpha + \frac{U_P - U_S}{h_y} \sin\alpha = g(P^*). \tag{1.3.27}$$

类似地可以利用高阶外推构造具有较高阶局部截断误差的差分方程.

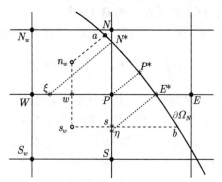

图 1-2　第二和第三类边界条件的处理

　　我们还可以结合点 P 的不等距差分逼近方程 (1.3.23) 或 (1.3.24), 再利用边界条件补充关于未知函数值 U_{N^*} 和 U_{E^*} 的差分方程. 例如, 如图 1-2 所示, 设过点 N^* 的 $\partial\Omega_N$ 的法线交 $\overline{PW}$ 于 ξ, 过点 E^* 的 $\partial\Omega_N$ 的法线交 $\overline{PS}$ 于 η, 则可以构造格式

$$\frac{U_{N^*} - U_\xi}{|\overline{\xi N^*}|} = g(N^*), \qquad \frac{U_{E^*} - U_\eta}{|\overline{\eta E^*}|} = g(E^*), \tag{1.3.28}$$

其中 U_ξ, U_η 分别为 U_P 和 U_W, U_P 和 U_S 之间的线性插值. 格式 (1.3.28) 的局部截断误差也是 $O(h)$.

同样, 我们可以从 Poisson 方程的积分形式 (1.3.25) 出发, 在适当选取的控制体 V_P 上构造有限体积格式. 例如, 控制体 V_P 可取为图 1-2 中虚线所围成的区域, 其中要求线段 $\overline{an_w}$ 与 $\overline{PN_W}$ 垂直, 由此得到非对称的有限体积格式

$$-\frac{U_{N_W}-U_P}{|\overline{N_WP}|}|\overline{an_w}|-\frac{U_W-U_P}{h_x}h_y-\frac{U_S-U_P}{h_y}|\overline{s_wb}|-g(P^*)|\widetilde{ab}|=f(P)|V_P|.$$
$$(1.3.29)$$

与正则内点处的有限体积格式相比, 此处由于点 P 不在 V_P 的几何中心, 用 $f(P)|V_P|$ 逼近 f 在 V_P 上的积分的误差是 $O(h)$. 同样, 由于 P^* 一般不在 $\widehat{ab}$ 的中点, $\overline{an_w}$ 和 $\overline{s_wb}$ 上的外法向导数也不是取在相应线段的中点上, 相应逼近的误差均为 $O(h)$, 因此格式的局部截断误差为 $O(h)$.

在处理边界条件时, 与局部截断误差相比, 诸如对称性、最大值原理、守恒性等整体性质是应该特别加以注意的考虑因素. 这一方面是为了在求解时可以应用快速算法, 更重要的是保证算法的稳定性, 提高整体收敛阶, 并尽可能地保持微分方程解的某些重要的整体性质. 由以上讨论可以看出, 用差分方法处理边界条件, 尤其是曲边边界时, 要考虑这些性质是相当复杂的, 有限体积法或积分插值法相对简单易行, 而且可以方便地推广到非一致矩形网格、三角形网格、六边形网格等, 适合比较复杂区域的网格, 但仍然比较复杂. 在本书的第 6 章, 我们将看到, 建立在微分方程的变分形式基础上的有限元方法在处理边界条件, 尤其是处理复杂区域上的第二和第三类边界条件时十分简单自然.

§1.4 基于最大值原理的误差分析

设 Ω 是 $\mathbb{R}^n$ 中的连通区域, 考虑在 Ω 中步长为 h 的网格节点集 $J = J_\Omega \cup J_D$ 上定义的线性差分方程边值问题

$$\begin{cases} -L_hU_j = f_j, & \forall \boldsymbol{j} \in J_\Omega, \\ U_j = g_j, & \forall \boldsymbol{j} \in J_D, \end{cases} \qquad (1.4.1)$$

这里 J_Ω 为内部网格节点集, J_D 为 Dirichlet 边界节点集, 其中包含了算子 L_h 中用到的所有 Dirichlet 边界点的集合. 设在 J_Ω 上线性差分算子 L_h 具有以下形式:

$$L_h U_j = \sum_{i \in J \setminus \{j\}} c_{ij} U_i - c_j U_j, \quad \forall j \in J_\Omega, \tag{1.4.2}$$

其中系数 c_{ij}, c_j 是网格函数. 称集合 $D_{L_h}(j) = \{i \in J \setminus \{j\} : c_{ij} \neq 0\}$ 为点 j 关于算子 L_h 的**邻点集**. 注意, 一般地说, 差分格式的系数 c_{ij}, c_j 在不同的内点上是不一样的. 例如, 对 Poisson 方程边值问题在一致矩形网格上的差分逼近, 在五点差分格式的正则内点集上可采用五点差分格式, 而在非正则内点集上则需根据边界条件逐点定义差分格式.

定义 1.5   称网格 $J = J_\Omega \cup J_D$ 关于算子 L_h 为**连通**的, 如果对任意的 $j \in J_\Omega$ 和 $i \in J$, 存在内部网格点列 $\{j_k\}_{k=1}^m \subset J_\Omega$, 使得以下关系成立:

$$i \in D_{L_h}(j_m), \quad j_{k+1} \in D_{L_h}(j_k), \forall k = 0, 1, \cdots, m-1, \tag{1.4.3}$$

其中 $j_0 = j$. 设 $J_D \neq \varnothing$, 称网格 J 关于算子 L_h 为 J_D **连通**的, 如果对任意的 $j \in J_\Omega$, 存在 $i \in J_D$ 和内部网格点列 $\{j_k\}_{k=0}^m \subset J_\Omega$, 使得关系 (1.4.3) 成立.

1.4.1 最大值原理与差分方程解的存在唯一性

最大值原理在椭圆型方程的经典理论中占有重要地位. 离散形式的最大值原理也是分析椭圆型问题差分方程解的存在唯一性、稳定性和先验误差估计的常用工具.

定理 1.2 (最大值原理)   设由公式 (1.4.2) 定义在网格 J_Ω 上的线性差分算子 L_h 满足:

(1) $J_D \neq \varnothing$, 且 $J = J_\Omega \cup J_D$ 关于算子 L_h 是 J_D 连通的;

(2) 对任意的 $j \in J_\Omega$, 都有 $c_j > 0$ 和 $c_{ij} > 0$ $(\forall i \in D_{L_h}(j))$, 且 $c_j \geqslant \sum_{i \in D_{L_h}(j)} c_{ij}$.

若网格函数 U 满足

$$L_h U_j \geqslant 0, \quad \forall j \in J_\Omega, \tag{1.4.4}$$

则 U 不可能在任何内点处取到非负的最大值, 即

$$M_\Omega \triangleq \max_{i \in J_\Omega} U_i \leqslant \max \left\{ \max_{i \in J_D} U_i, 0 \right\}. \tag{1.4.5}$$

若 L_h 还满足:

(3) J 关于算子 L_h 是连通的, 且存在内点 $j \in J_\Omega$, 使得

$$U_j = \max_{i \in J} U_i \geqslant 0, \tag{1.4.6}$$

则 U 在 J 上为常数.

证明 假设式 (1.4.5) 不成立, 即 $M_\Omega > M_D \triangleq \max_{i \in J_D} U_i$, 且 $M_\Omega > 0$. 设 $j \in J_\Omega$ 满足 $U_j = M_\Omega$. 由条件 (1), 存在 $i \in J_D$ 和网格点列 $\{j_k\}_{k=0}^m \subset J_\Omega$, 使得关系 (1.4.3) 成立. 由式 (1.4.2), (1.4.4) 和条件 (2), 我们有

$$U_j \leqslant \sum_{i \in D_{L_h}(j)} \frac{c_{ij}}{c_j} \max_{\hat{i} \in D_{L_h}(j)} U_{\hat{i}} \leqslant \sum_{i \in D_{L_h}(j)} \frac{c_{ij}}{c_j} M_\Omega,$$

又 $U_j = M_\Omega \geqslant 0$, 所以其中的等式必然成立. 而这仅当 $L_h U_j = 0$ 和对所有的 $\hat{i} \in D_{L_h}(j)$ 都有 $U_{\hat{i}} = U_j = M_\Omega$ 这两件事同时成立时才可能成立, 因此特别地有 $U_{j_1} = M_\Omega$. 同理, 归纳地可证 $U_{j_k} = M_\Omega$ $(k = 1, 2, \cdots, m)$ 和 $U_i = M_\Omega$. 而这与 $U_i \leqslant M_D < M_\Omega$ 矛盾. 类似地, 当条件 (3) 和式 (1.4.6) 成立时, 对任意的 $i \in J$, 可以证明 $U_i = U_j$, 即 U 在 J 上为常数. ∎

推论 1.1 设线性差分算子 L_h 满足定理 1.2 的条件 (1) 和 (2), 网格函数 U 满足

$$L_h U_j \leqslant 0, \quad \forall j \in J_\Omega, \tag{1.4.7}$$

则 U 不可能在任何内点处取到非正的最小值, 即

$$m_\Omega \triangleq \min_{i \in J_\Omega} U_i \geqslant \min \left\{ \min_{i \in J_D} U_i, 0 \right\}. \tag{1.4.8}$$

若 L_h 还满足: J 关于算子 L_h 是连通的, 且存在内点 $j \in J_\Omega$, 使得

$$U_j = \min_{i \in J} U_i \leqslant 0, \tag{1.4.9}$$

则 U 在 J 上为常数.

证明　只需对 $-U$ 应用定理 1.2 即可.　　　　　　　　　　■

应用最大值原理可以证明以下差分方程的解的存在唯一性定理:

定理 1.3　设线性差分算子 L_h 满足定理 1.2 的条件 (1) 和 (2),
则差分方程 (1.4.1) 的解存在唯一.

证明　只需证明相应的齐次方程, 即当 $f_j = 0$ $(\forall j \in J_\Omega)$, $g_j = 0$
$(\forall j \in J_D)$ 时, 只有零解即可. 事实上, 若 U 是相应齐次方程的解, 则
由定理 1.2 和推论 1.1 知, U 既不能在任何内点处取到正的最大值, 也
不能在任何内点处取到负的最小值, 因此在 J 上 $U \equiv 0$.　　　　■

推论 1.2　设线性差分算子 L_h 满足定理 1.2 的条件 (1) 和 (2),
则差分方程 (1.4.1) 的解满足: 如果 $f_j \geqslant 0$ $(\forall j \in J_\Omega)$, 且 $g_j \geqslant 0$
$(\forall j \in J_D)$, 则 $U_j \geqslant 0$ $(\forall j \in J)$; 如果 $f_j \leqslant 0$ $(\forall j \in J_\Omega)$, 且 $g_j \leqslant 0$
$(\forall j \in J_D)$, 则 $U_j \leqslant 0$ $(\forall j \in J)$.

这是定理 1.2 和推论 1.1 的直接推论, 证明作为习题留给读者.

当线性差分算子 L_h 满足定理 1.2 的条件 (1)~(3) 时, 差分方
程 (1.4.1) 所对应的线性代数方程组有很好的性质. 事实上, 令 A 为
相应的系数矩阵, 则可以证明 A 是不可约弱严格对角占优的 M 矩阵,
即 A 的所有对角元素均为正数, 非对角元素均为非正数, 且 A^{-1} 的所
有元素均非负, 其中最后一条是推论 1.2 的直接推论. 这一性质给数值
求解差分方程带来了许多方便 (见文献 [32]).

1.4.2　比较定理与差分方程的稳定性和误差估计

利用最大值原理容易得到以下特殊形式的比较定理 (一般意义下
的比较定理见习题 1 第 10 题).

定理 1.4 (**比较定理**)　设线性差分算子 L_h 满足定理 1.2 的条
件 (1) 和 (2), 网格函数 U 是线性差分方程 (1.4.1) 的解, 且定义在 J
上的非负网格函数 Φ 满足

$$L_h \Phi_j \geqslant 1, \quad \forall j \in J_\Omega, \tag{1.4.10}$$

则

$$\max_{j \in J_\Omega} |U_j| \leqslant \max_{j \in J_D} |U_j| + \left(\max_{j \in J_D} \Phi_j \right) \left(\max_{j \in J_\Omega} |f_j| \right). \tag{1.4.11}$$

证明 首先, 由最大值原理 (定理 1.2) 知

$$0 \leqslant \max_{j \in J_\Omega} \Phi_j \leqslant \max_{j \in J_D} \Phi_j.$$

其次, 令

$$\Psi_j^\pm = \pm U_j + \left(\max_{i \in J_\Omega} |f_i| \right) \Phi_j, \quad \forall j \in J,$$

不难验证, $L_n \Psi_j^\pm \geqslant 0$ $(\forall j \in J_\Omega)$. 又 $\Phi \geqslant 0$, 于是得不等式 (1.4.11).∎

定理 1.4 是 §1.2 中关于矩形区域上 Poisson 方程 Dirichlet 边值问题稳定性分析方法的一般推广. 由定理 1.4, 若线性差分算子 L_h 满足最大值原理的条件, 要证明差分方程 (1.4.1) 在 $\mathbb{L}^\infty$ 范数意义下的稳定性, 只需构造适当的满足式 (1.4.10) 的非负比较函数 Φ, 使得 $\max\limits_{j \in J_D} \Phi_j$ 关于 h 是一致有界的. 作为定理 1.4 的推论, 我们有以下差分方程解的先验误差估计结果:

定理 1.5 设线性微分算子 L 的线性差分逼近算子 L_h 满足定理 1.2 的条件 (1) 和 (2), 定义在 J 上的非负网格函数 Φ 满足式 (1.4.10), 则差分方程 (1.4.1) 的解的误差 $e_h = \{e_j\}_{j \in J_\Omega} = \{U_j - u_j\}_{j \in J_\Omega}$ 可以被其 Dirichlet 边界上的误差和局部截断误差 $T_h = \{L_h(U_j - u_j)\}_{j \in J_\Omega}$ 所控制, 即

$$\max_{j \in J_\Omega} |e_j| \leqslant \max_{j \in J_D} |e_j| + \left(\max_{j \in J_D} \Phi_j \right) \left(\max_{j \in J_\Omega} |T_j| \right). \tag{1.4.12}$$

当区域比较复杂或边界条件比较复杂时, 以上误差估计显然不够精细, 因为在正则内点集和非正则内点集上 L_h 是不同的, 局部截断误差 T_h 通常有不同的阶. 为了得到更精细的误差估计, 我们需要适当地推广定理 1.4 和定理 1.5.

定理 1.6 设线性差分算子 L_h 满足定理 1.2 的条件 (1) 和 (2), 网格函数 U 是差分方程 (1.4.1) 的解, 且定义在 J 上的非负网格函数 Φ 满足

$$\begin{cases} L_h \Phi_j \geqslant C_1 > 0, & \forall j \in J_{\Omega_1}, \\ L_h \Phi_j \geqslant C_2 > 0, & \forall j \in J_{\Omega_2}, \end{cases} \tag{1.4.13}$$

其中 $J_{\Omega_1} \cup J_{\Omega_2} = J_\Omega$, $J_{\Omega_1} \cap J_{\Omega_2} = \varnothing$, 则

$$\max_{j \in J_\Omega} |U_j| \leqslant \max_{j \in J_D} |U_j| + \left(\max_{j \in J_D} \Phi_j \right) \left(\max \left\{ C_1^{-1} \max_{j \in J_{\Omega_1}} |f_j|, C_2^{-1} \max_{j \in J_{\Omega_2}} |f_j| \right\} \right).$$

$$(1.4.14)$$

证明   此定理的证明是定理 1.4 证明的简单推广, 只需令

$$\Psi_j^{\pm} = \pm U_j + \left(\max \left\{ C_1^{-1} \max_{j \in J_{\Omega_1}} |f_j|, C_2^{-1} \max_{j \in J_{\Omega_2}} |f_j| \right\} \right) \Phi_j, \quad \forall j \in J.$$

∎

定理 1.7   设线性微分算子 L 的线性差分逼近算子 L_h 满足定理 1.2 的条件 (1) 和 (2), 定义在 J 上的非负网格函数 Φ 满足条件 (1.4.13), 则差分方程解的误差 $e_h = \{e_j\}_{j \in J_\Omega} = \{U_j - u_j\}_{j \in J_\Omega}$ 满足

$$\max_{j \in J_\Omega} |e_j| \leqslant \max_{j \in J_D} |e_j| + \left(\max_{j \in J_D} \Phi_j \right) \left(\max \left\{ C_1^{-1} \max_{j \in J_{\Omega_1}} |T_j|, C_2^{-1} \max_{j \in J_{\Omega_2}} |T_j| \right\} \right).$$

$$(1.4.15)$$

例 1.2   作为定理 1.7 的应用, 我们考虑二维曲边区域上 Poisson 方程的 Dirichlet 边值问题差分逼近解的误差. 为简单起见, 设 $h_x = h_y = h$. 在网格的正则内点集 $J_{\Omega_1} = \overset{\circ}{J}_\Omega$ 上, L_h 取为五点差分格式; 在非正则内点集 $J_{\Omega_2} = J \setminus J_{\Omega_1}$ 上, L_h 由类似于式 (1.3.24) 左端的对称化不等距差分逼近算子定义. 记 $\tilde{J}_D = J_D \cap [\cup_{j \in J_{\Omega_2}} D_{L_h}(j)]$. 设问题的真解充分光滑, 则通过 Taylor 展开容易验证, 存在常数 $K_1, K_2 > 0$, 使得局部截断误差满足

$$\max_{j \in J_{\Omega_1}} |T_j| \leqslant K_1 h^2, \quad \max_{j \in J_{\Omega_2}} |T_j| \leqslant K_2.$$

另外, 设 $(\bar{x}, \bar{y})$ 是 Ω 的外接圆圆心, R 是其半径, 我们可以取如下的比较函数:

$$\begin{cases} \Phi(x, y) = E_1[(x - \bar{x})^2 + (y - \bar{y})^2], & \forall (x, y) \notin \tilde{J}_D, \\ \Phi(x, y) = E_1[(x - \bar{x})^2 + (y - \bar{y})^2] + E_2, & \forall (x, y) \in \tilde{J}_D, \end{cases}$$

其中 E_1 和 E_2 为正的待定系数. 注意到, 当且仅当 $j \in J_{\Omega_2}$ 时, $D_{L_h}(j) \cap \tilde{J}_D \neq \varnothing$, 不难验证

$$\begin{cases} 0 \leqslant \varPhi_j \leqslant E_1 R^2 + E_2, & \forall j \in J_D, \\ L_h \varPhi_j = 4\,E_1, & \forall j \in J_{\Omega_1}, \\ L_h \varPhi_j \geqslant 2E_1 + E_2 h^{-2} \geqslant E_2 h^{-2}, & \forall j \in J_{\Omega_2}. \end{cases}$$

因此, 取 $C_1 = 4E_1$ 和 $C_2 = E_2 h^{-2}$, 由定理 1.7 即得

$$\max_{j \in J_\Omega} |e_j| \leqslant \max_{j \in J_D} |e_j| + (E_1 R^2 + E_2) \max\left\{ \frac{K_1 h^2}{4E_1}, \frac{K_2 h^2}{E_2} \right\}.$$

由于上式右端第二项事实上只依赖于 E_2/E_1, 且当 E_2/E_1 的取值使 $\max\{\cdot, \cdot\}$ 中的两项相等时取到最小值, 于是我们得到误差估计:

$$\max_{j \in J_\Omega} |e_j| \leqslant \max_{j \in J_D} |e_j| + \left(\frac{1}{4} K_1 R^2 + K_2 \right) h^2. \tag{1.4.16}$$

由此可以看出, 尽管在曲边边界附近的局部截断误差是 $O(1)$ 的, 即差分逼近在相应点上不具有相容性, 但这并没有影响格式的收敛性, 甚至没有造成整体误差阶的下降.

类似的技巧也可以用于推导在相当一般的区域上定义的满足最大值原理的线性椭圆型方程其他类型边值问题差分逼近解的较为精细的误差估计. 最大值原理和比较定理也常用于抛物型方程初边值问题差分逼近解的稳定性分析和误差估计 (见第 2 章). 抛物型差分算子与椭圆型差分算子的区别在于: 抛物型差分算子一般只具有 J_D 连通性, 而不具有 J 连通性. 不过, 这种差别对最大值原理和比较定理的应用没有实质影响. 事实上, 本书在所有最大值原理的应用中都没有用到 J 连通性条件. 因此, 为叙述简洁起见, 以下各章节所指最大值原理将特指在定理 1.2 条件 (1) 和 (2) 下的相应结论.

§1.5 渐近误差分析与外推

在上一节中, 我们利用最大值原理分析了差分逼近解误差的上界, 特别地, 可以得到与局部截断误差相同的整体误差上界的收敛阶. 自然, 我们希望所得到的收敛阶是最佳的, 即对于一般的问题, 当网格尺

寸趋于零时, 差分解的误差的确以所估计的阶, 而不是以更高的阶收敛于零. 为此, 需要对相应的格式作渐近误差分析. 下面, 我们仅以矩形区域上 Poisson 方程 Dirichlet 边值问题 (1.2.1) 的五点差分格式为例来作渐近误差分析.

设问题 (1.2.1) 的解 u 充分光滑, 取 $h_x = h_y = h$, 相应的网格节点集记为 J_h, 则局部截断误差可以展开成 (见式 (1.2.7))

$$T_j = \frac{1}{12}h^2(\partial_x^4 u + \partial_y^4 u)_j + \frac{1}{360}h^4(\partial_x^6 u + \partial_y^6 u)_j + \cdots, \quad \forall j \in J_h. \quad (1.5.1)$$

因此, 差分逼近解 U_h 的误差 $e_j = U_j - u_j$ 满足方程

$$L_h e_j = -T_j = -\frac{1}{12}h^2(\partial_x^4 u + \partial_y^4 u)_j + O(h^4), \quad \forall j \in J_h. \quad (1.5.2)$$

设矩形区域上 Poisson 方程

$$-L\psi \triangleq -(\psi_{xx} + \psi_{yy}) = \frac{1}{12}(\partial_x^4 u + \partial_y^4 u) \quad (1.5.3)$$

齐次 Dirichlet 边值问题的解 ψ 充分光滑, 又设 Ψ_h 为相应的差分逼近解, 则与式 (1.5.2) 类似, 有 $L_h(\Psi_h - \psi)_j = O(h^2)$, 亦即 $L_h\psi_j = L_h\Psi_j + O(h^2) = -\frac{1}{12}(\partial_x^4 u + \partial_y^4 u)_j + O(h^2)$. 因此有

$$L_h(U_h - u - h^2\psi)_j = L_h(e_h - h^2\psi)_j = O(h^4). \quad (1.5.4)$$

于是, 由比较定理立即得到以下差分逼近解误差的渐近展开式 (见习题 1 第 11 题)

$$U_j = u_j + h^2\psi_j + O(h^4), \quad \forall j \in J_h. \quad (1.5.5)$$

上式说明, 五点差分格式的解 U_h 收敛于真解 u 的速度一般地说恰好是二阶的, 除非 $\psi \equiv 0$. 当 $\psi \neq 0$ 时, 我们称 $h^2\psi$ 为**误差主项**, 称 $O(h^4)$ 为**误差余项**(或**误差高阶项**). 另外, 同样由最大值原理, 我们有 $\|\Psi_h - \psi\|_\infty = O(h^2)$, 因此得

$$U_j - h^2\Psi_j = u_j + O(h^4), \quad \forall j \in J_h. \quad (1.5.6)$$

当网格尺度充分小时, 利用类似于式 (1.5.5) 和 (1.5.6) 的误差渐近展开式, 我们可以得到真解的具有更高精度的差分逼近. 对于一维

问题, 由于 $u_{xxxx} = -f_{xx}$, 我们可以利用方程右端项 f 的二阶导数直接得到截断误差主项, 然后通过求解相应的差分方程得到 ψ_h 的近似解 $\hat{\psi}_h$, 再将 $\hat{\psi}_h$ 代入式 (1.5.6) 得到修正的差分近似解. 这一过程称为**延迟校正**. 但对于高维问题这一做法并不适用.

另一种更一般的做法是外推法. **外推法**利用误差的渐近展开和不同尺寸网格上的差分逼近解构造更高精度的差分逼近解. 例如, 将网格尺寸为 h 和 $h/2$ 的网格节点集分别记做 J_h 和 $J_{h/2}$, 相应的差分逼近解分别记做 U_h 和 $U_{h/2}$, 则由式 (1.5.5) 得

$$U_{h,j} = u_j + h^2\psi_j + O(h^4), \qquad \forall j \in J_h, \qquad (1.5.7)$$

$$U_{h/2,j} = u_j + (h/2)^2\psi_j + O(h^4), \quad \forall j \in J_{h/2}. \qquad (1.5.8)$$

注意到 $J_h \subset J_{h/2}$, 由式 (1.5.7) 和 (1.5.8) 不难得到

$$U_{h,j}^1 \triangleq \frac{4U_{h/2,j} - U_{h,j}}{3} = u_j + O(h^4), \quad \forall j \in J_h. \qquad (1.5.9)$$

显然, 上式左端给出了真解 u 在网格 J_h 上的具有四阶精度的近似解. 值得注意的是, 只有当 h 充分小使得渐近展开式 (1.5.5) 中的 $O(h^4)$ 与误差主项 $h^2\psi$ 相比的确小得多时, 误差才会被真正有效地减小.

与延迟校正法相比, 外推法不仅适用于高维问题, 而且不需要知道 ψ 的具体解析表达式, 只需要知道误差主项的阶即可. 由式 (1.5.9) 知, 当解充分光滑, 且差分格式的截断误差可展开为 $T_j = C_{1,j}h^2 + C_{2,j}h^4 + C_{3,j}h^6 + \cdots$ 时, 通过一次外推所得到的近似解 $U_{h,j}^1$ 的误差主项是 $O(h^4)$, 并且此时的误差余项是 $O(h^6)$. 因此, 我们可以再一次应用外推法得到具有六阶精度的差分逼近解

$$U_{h,j}^2 \triangleq \frac{2^4 U_{h/2,j}^1 - U_{h,j}^1}{2^4 - 1} = u_j + O(h^6), \quad \forall j \in J_h. \qquad (1.5.10)$$

外推法的另外一个重要应用是作后验误差估计, 其主要思想是利用已知的误差主项的阶和不同尺度网格上的数值解计算出误差主项的大小. 例如, 当误差主项为 $O(h^2)$, 且误差余项为 $O(h^4)$ 时, 由式 (1.5.9) 易得

$$U_{h,j} - u_j = \frac{4}{3}\left(U_{h,j} - U_{h/2,j}\right) + O(h^4), \quad \forall j \in J_h. \qquad (1.5.11)$$

因此, 当网格尺寸 h 很小时, 我们可以认为 $\dfrac{4}{3}\left(U_{h,j} - U_{h/2,j}\right)$ 是误差主项, 并将其是否小于允许误差作为是否需要进一步加密网格的判别准则. 在第 8 章中, 我们还将针对有限元方法讨论其他类型的后验误差估计方法.

在某些情况下, 特别是在非线性的情况下, 我们可能无法用解析的方法作误差的渐近分析, 但仍然可以通过数值的方法来估计误差主项的阶. 例如, 设

$$U_{h,j} = u_j + C_j h^\alpha + o(h^\alpha), \tag{1.5.12}$$

其中 C_j 是与 h 无关的网格函数, $\alpha > 0$ 是差分格式待定的误差主项的阶, 则我们有

$$U_{h,j} - U_{h/2,j} = (1 - 2^{-\alpha})C_j h^\alpha + o(h^\alpha). \tag{1.5.13}$$

因此, 当 h 充分小时, 我们有

$$\|U_h - u\| \approx C h^\alpha, \quad \|U_h - U_{h/2}\| \approx (1 - 2^{-\alpha})C h^\alpha, \tag{1.5.14}$$

其中 C 是与 h 无关的常数. 在以上第二个式子两边取对数得

$$\ln\|U_h - U_{h/2}\| \approx \ln((1 - 2^{-\alpha})C) - \alpha \ln h^{-1}. \tag{1.5.15}$$

这说明, 当 h 趋于零时, 在以 $\ln h^{-1}$ 为横坐标, $\ln\|U_h - U_{h/2}\|$ 为纵坐标的双对数坐标系中, 数值结果 $\ln\|U_h - U_{h/2}\|$ 渐近地收敛于一条斜率为 $-\alpha$ 的直线. 因此, 我们可以利用不同网格尺寸 h 的数值结果 $\|U_h - U_{h/2}\|$, 应用最小二乘法通过数据拟合得到差分方法误差主项的收敛阶 α 和常数 C. 特别地, 在以上双对数坐标系中数值解给出的曲线几乎是一条直线的部分, 可以认为网格尺寸 h 已经足够小, 差分逼近解的误差近似地等于 $C h^\alpha$, 即 $\|U_h - u\| \approx C h^\alpha$.

§1.6　补充与注记

本章中分析线性椭圆型方程的差分逼近方程稳定性时所用的工具是最大值原理, 得到的是无穷范数 $\|\cdot\|_\infty$ 意义下的稳定性. 还可以用直接方法和能量分析方法等分析其他范数意义下的稳定性.

线性椭圆型方程的差分逼近方程 (见式 (1.3.14)) 可以看做是一个线性代数方程组. 所谓分析稳定性的直接方法, 就是应用代数的方法直接估计矩阵范数 $\|L_h^{-1}\|$. 要注意的是, 这里的矩阵范数 $\|L_h^{-1}\|$ 是由 1.3.1 小节中定义的网格函数的向量范数诱导的矩阵范数, 当 $p \neq \infty$ 时, 一般地说, 该矩阵范数与通常意义下的矩阵范数是不同的. 不过, 可以证明在拟一致的网格上它们是等价的. 为了得到格式的稳定性, 我们实际需要的是该矩阵范数的一个与 h 无关的上界估计.

能量分析方法则是在一个与问题相关的范数 (通常称为能量范数) 的意义下分析稳定性. 例如, 对二阶椭圆型方程, 能量范数就是 $\mathbb{H}^1$ 范数 (见第 5 章). 我们将在研究椭圆型方程的有限元方法时进行相关的讨论.

我们在本章中分析的误差是差分逼近方程的解与真解之间的误差, 在分析数值解的实际误差时, 还必须考虑求解线性代数方程组所带来的误差. 一般地说, 由线性椭圆型方程边值问题差分离散得到的线性代数方程组通常有一个十分稀疏的病态系数矩阵, 此类矩阵的条件数随着网格尺寸 h 的减小而迅速增长, 因此采用一个适当的求解线性代数方程组的数值方法, 如常用的预优共轭梯度法、多重网格法等迭代型算法, 对提高算法的整体效率和数值精度至关重要. 另外, 在实际计算时, 我们还必须考虑所需占用的资源, 例如存储量与计算量以及硬件条件等. 总之, 在应用中网格尺寸通常由于种种限制不可能取得太小, 高阶格式也并不一定总比低阶格式更有效.

习 题 1

1. 证明: 对最大步长为 h 的拟一致网格序列, 1.3.1 小节中定义的网格函数的 $\mathbb{L}^p$ 范数 $(p \in [1, \infty))$ 满足 $\|\cdot\|_{\mathbb{L}^p} \sim h^{n/p}\|\cdot\|_{l^p}$, 即存在常数 $c, C\, (0 < c \leqslant C)$, 使得对定义在该网格序列中任一网格上的任意网格函数 U, 都有

$$ch^{n/p}\left(\sum_{j \in J} |U_j|^p\right)^{1/p} \leqslant \left(\sum_{j \in J} V_j |U_j|^p\right)^{1/p} \leqslant Ch^{n/p}\left(\sum_{j \in J} |U_j|^p\right)^{1/p},$$

其中 V_j 是网格节点 j 的控制体的测度.

2. 证明: 对拟一致网格序列, 由 1.3.1 小节中定义的网格函数的 $\mathbb{L}^p$ 范数诱导的相应矩阵范数满足 $\|\cdot\|_{\mathbb{L}^p} \sim \|\cdot\|_{l^p}$, 即存在常数 $c, C\,(0 < c \leqslant C)$, 使得对定义在该网格序列中任一网格函数空间上的线性变换 A, 都有

$$c\|A\|_{l^p} \leqslant \|A\|_{\mathbb{L}^p} \leqslant C\|A\|_{l^p},$$

其中 $\|A\|_{l^p}$ 是由向量范数 $\|\cdot\|_{l^p}$ 诱导的矩阵范数.

3. 试分析差分格式 (1.3.9) 和 (1.3.12) 的截断误差.

4. 如图 1-1 所示, 设 U 在线段 $\overline{SN}$ 上为 y 的二次多项式, 试推导利用 U_S, U_P 和 U_{N^*} 表出 U_N 的外推公式, 并推导出利用 U_W, U_P 和 U_{E^*} 表出 U_E 的外推公式.

5. 如图 1-1 所示, 利用函数 u 在点 P 的 Taylor 展开式分别将其在点 W, E^*, S, N^* 的函数值近似表出, 再由这四个方程解出 u_x, u_y, u_{xx}, u_{yy} 在点 P 的近似值, 即将它们由 u 在点 W, E^*, S, N^* 的函数值近似表出. 由此导出微分方程 $-\Delta u + cu_x + du_y = f$ 在点 P 的差分格式及其截断误差.

6. 试分析差分格式 (1.3.26) 的截断误差.

7. 证明差分格式 (1.3.27) 的截断误差是 $O(h)$.

8. 给出推论 1.1 的完整证明.

9. 证明推论 1.2.

10. 设线性差分算子 L_h 满足定理 1.2 的条件 (1) 和 (2), 又设两个网格函数 U, V 满足

$$-|L_h U_j| \geqslant L_h V_j \;(\forall j \in J_\Omega) \quad \text{和} \quad |U_j| \leqslant V_j \;(\forall j \in J_D).$$

证明: $|U_j| \leqslant V_j$, $\forall j \in J$.

11. 利用式 (1.5.4) 和定理 1.4 证明差分逼近解误差的渐近展开式 (1.5.5).

12. 证明: 当微分方程差分格式的解 U_h 的误差主项为 $O(h^2)$ 时, 有

$$U_{h/2,j} - u_j = \frac{1}{3}\left(U_{h,j} - U_{h/2,j}\right) + o(h^2), \quad \forall j \in J_h.$$

13. 设微分方程差分格式的解 U_h 的误差主项为 $O(h^2)$, 且误差余项为 $O(h^4)$, 试利用 $U_h, U_{h/2}, U_{h/4}$ 估算出由式 (1.5.9) 给出的 U_h^1 的误差主项. 当数值结果满足什么条件时, 可以认为由式 (1.5.11) 得到的误差主项给出的误差估计是可靠的?

14. 试用直接法分析区域 $(0,1) \times (0,1)$ 上步长为 h 的均匀网格上 Poisson 方程第一边值问题五点差分格式在 $\mathbb{L}^\infty$ 和 $\mathbb{L}^2$ 范数意义下的稳定性.

上机作业

对定义在矩形区域 $(0,1) \times (0,1)$ 上的 Poisson 方程混合边值问题, 设计适当的数值求解差分格式, 至少对两组不同的右端项和边界条件, 分别根据先验和后验误差估计的方法确定网格尺度, 使数值计算的结果达到 10^{-5} 的精度 (注意, 这里数值结果的精度必须考虑求解线性代数方程组时所带来的误差, 见式 (1.3.21)). 比较数值实验与分析的结果.

第 2 章　抛物型偏微分方程的差分方法

§2.1　引　言

抛物型偏微分方程 (简称抛物型方程) 是一类典型的发展方程. 一般的**线性抛物型方程**具有以下形式:

$$\frac{\partial u}{\partial t} - L(u) = f, \tag{2.1.1}$$

其中 $u(\boldsymbol{x}, t)$ 是空间自变量 $\boldsymbol{x} = (x_1, \cdots, x_n)$ 和时间 t 的未知函数, L 是关于空间变量的线性椭圆型微分算子, 其系数和方程的右端项 f 一般是 $(\boldsymbol{x}, t)$ 的实函数. 当 L 是非线性椭圆型微分算子或方程的右端项 f 是 u 的非线性函数时, 则称相应的抛物型方程**为非线性**的. 许多与时间相关的物理过程, 例如热传导问题、扩散问题等, 可以用抛物型方程来描述.

下面以热传导问题为例进行介绍. 设 $u(\boldsymbol{x}, t)$ 是 t 时刻物体在 $\boldsymbol{x} \in \Omega \subset \mathbb{R}^n$ 点的温度; 热流服从热传导的 Fourier 定律, 即热量沿温度空间分布的负梯度方向传播, 传播速度正比于热传导系数 $a(\boldsymbol{x}) > 0$; f 是热源 (或汇) 的密度分布函数, 即单位体积内热量产生 ($f > 0$) 或消失 ($f < 0$) 的速度; 物体的热容密度为 $\kappa(\boldsymbol{x}) > 0$. 于是, 对 Ω 中的任意具有分片光滑边界的开子集 ω, 由假设有

$$\frac{\partial}{\partial t} \int_\omega \kappa(\boldsymbol{x}) u(\boldsymbol{x}, t) \, \mathrm{d}\boldsymbol{x} = \int_{\partial\omega} a(\boldsymbol{x}) \nabla u(\boldsymbol{x}, t) \cdot \boldsymbol{\nu}(\boldsymbol{x}) \, \mathrm{d}s + \int_\omega f(\boldsymbol{x}, t) \, \mathrm{d}\boldsymbol{x}, \tag{2.1.2}$$

其中 $\boldsymbol{\nu}$ 为 $\partial\omega$ 的单位外法向量. 方程左端是 ω 上物体总热量关于时间 t 的变化率; 右端第一项是通过 ω 的边界流入 ω 的热流的速度, 其中 $a(\boldsymbol{x}) \nabla u(\boldsymbol{x}, t)$ 称为**热通量**, 它反映了热量传播的速度, 右端第二项是源或汇在 ω 中产生热量的速度. 设所有的数据都充分光滑, 将左端中对时间 t 求导数与对空间变量 $\boldsymbol{x}$ 积分交换顺序, 对右端第一项应用散度定理得

$$\int_{\omega} \kappa(\boldsymbol{x}) u_t(\boldsymbol{x}, t)\,\mathrm{d}\boldsymbol{x} = \int_{\omega} [\nabla \cdot (a(\boldsymbol{x})\nabla u(\boldsymbol{x}, t)) + f(\boldsymbol{x}, t)]\,\mathrm{d}\boldsymbol{x}. \qquad (2.1.3)$$

由此及被积函数的连续性和 ω 的任意性就得到

$$u_t(\boldsymbol{x}, t) - \kappa^{-1}(\boldsymbol{x})\,\nabla \cdot (a(\boldsymbol{x})\nabla u(\boldsymbol{x}, t)) = \kappa^{-1}(\boldsymbol{x})f(\boldsymbol{x}, t), \quad \forall \boldsymbol{x} \in \Omega. \ (2.1.4)$$

特别地, 当 $\kappa = 1$, $a = 1$, $f = 0$ 时, 得到齐次热传导方程 $u_t = \Delta u$. 方程 (2.1.2) 和 (2.1.4) 分别是热传导方程的积分形式和微分形式.

在完整的热传导问题中, 未知函数 u 除了应该满足热传导方程之外, 还应满足适当的初始条件和边界条件. 当 Ω 为全空间时, 只需给出初始条件, 相应的问题称为**初值问题**或 **Cauchy 问题**. 当 Ω 不是全空间时, 则还必须给出适当的边界条件, 相应的问题称为**初边值问题**.

初始条件是指在初始时刻 t_0, 不妨设 $t_0 = 0$, 物体上的温度分布已知为 u^0, 即

$$u(\boldsymbol{x}, 0) = u^0(\boldsymbol{x}), \quad \forall \boldsymbol{x} \in \Omega. \qquad (2.1.5)$$

常见的抛物型方程的边界条件有:

第一类边界条件

$$u(\boldsymbol{x}, t) = u_D(\boldsymbol{x}, t), \quad \forall \boldsymbol{x} \in \partial\Omega, \ \forall t > 0; \qquad (2.1.6)$$

第二类边界条件

$$\frac{\partial u}{\partial \boldsymbol{\nu}}(\boldsymbol{x}, t) = g(\boldsymbol{x}, t), \quad \forall \boldsymbol{x} \in \partial\Omega, \ \forall t > 0; \qquad (2.1.7)$$

第三类边界条件

$$\left(\frac{\partial u}{\partial \boldsymbol{\nu}} + \alpha u\right)(\boldsymbol{x}, t) = g(\boldsymbol{x}, t), \quad \forall \boldsymbol{x} \in \partial\Omega, \ \forall t > 0, \qquad (2.1.8)$$

其中 u_D, g, α 是 $(\boldsymbol{x}, t)$ 的已知函数, $\alpha \geqslant 0$, 且至少在一部分边界上 $\alpha > 0$, $\boldsymbol{\nu}$ 为 $\partial\Omega$ 的单位外法向量. 注意, 这里 α 非负的条件是重要的, 它表明物体向外传播热量的速度随着物体表面温度的升高而增加; 相反, 假设不满足这一条件, 则意味着由外界向物体内传播热量的速度随着物体表面温度的升高而增加, 这将最终导致物体内的总热量成指数型增长, 因此这种违反物理规律的假设对应的数学问题是不适定的. 实际应用中, 一般的抛物型方程的初边值问题可能会同时用到几种不同

的边界条件, 即在边界的不同部分提出不同类型的混合边界条件: 在给出第一类边界条件 (也称为 **Dirichlet 边界条件**) 的边界上物体的温度取给定值; 在给出第二类边界条件 (也称为 **Neumann 边界条件**) 的边界上热流的传入速度取给定值; 而在给出第三类边界条件的边界上可以认为物体与另一个给定温度分布的物体相接触, 接触面上的热通量正比于两物体表面的温度差.

在用差分方法求解抛物型方程的初边值问题时, 可以首先考虑在区域 Ω 上引入空间网格, 例如在直角坐标系中采用平行于坐标轴的等距直线族形成的矩形网格; 其次, 将定义在 $\Omega \times \mathbb{R}_+$ 上的函数 $u(\boldsymbol{x}, t)$ 替换成定义在空间网格节点集上的离散函数 $U(t)$; 然后, 用适当的差分格式将微分算子 L 替换成差分算子 L_h, 例如用适当的差商替换微商的方法, 并对边界条件作适当的离散近似. 通过这样的处理之后, 原来的抛物型方程初边值问题就离散化为关于一组定义在空间网格节点集上的函数 $U(t)$ 的常微分方程初值问题. 这一过程称为**半离散化**. 对由半离散化得到的常微分方程初值问题, 再进一步对时间离散化, 选用适当的求解常微分方程初值问题数值方法, 即得到求解抛物型方程的初边值问题的全离散化格式. 另一种常用的方法是直接在时空区域 $\Omega \times \mathbb{R}_+$ 上引入时空网格. 通常的做法是: 选取适当的时间步长 Δt, 并在所有的时间步上引入相同的空间网格, 将函数 $u(\boldsymbol{x}, t)$ 替换成定义在这样得到的张量积形式的时空网格上的网格函数 $U_{\boldsymbol{j}}^m$, 然后选用适当的差分格式将 $\dfrac{\partial}{\partial t}$ 和 L 离散化. 例如, 上述空间半离散化时引入的空间网格和进一步全离散化时引入的时间网格的张量积即给出了 $\Omega \times \mathbb{R}_+$ 上的一个网格. 为简单起见, 我们仅限于考虑这种网格. 在本章中, 我们将主要讨论如何在这样的时空网格上构造抛物型方程初边值问题差分格式, 并研究差分格式及差分逼近解的性质.

§2.2 模型问题及其差分逼近

我们先来考虑一维有限区域上均匀介质中无源热流的运动, 并假设在区域的两端点上给出齐次 Dirichlet 边界条件. 这时热传导系数 $a(x)$

和热容密度 $\kappa(x)$ 均为常数, 而 $f(x) \equiv 0$, 因此我们总可以通过适当的无量纲变量替换将相应的初边值问题化为标准的模型问题:

$$
\begin{cases}
u_t = u_{xx}, & 0 < x < 1, \ t > 0, & (2.2.1) \\
u(x,0) = u^0(x), & 0 \leqslant x \leqslant 1, & (2.2.2) \\
u(0,t) = u(1,t) = 0, & t > 0. & (2.2.3)
\end{cases}
$$

由偏微分方程的经典理论知, 以上模型问题可以通过分离变量法求解. 事实上, 由分离变量法不难证明, 方程 (2.2.1) 在齐次 Dirichlet 边界条件 (2.2.3) 下的一族相互独立的非平凡特解为

$$
u_k(x,t) = \mathrm{e}^{-k^2\pi^2 t}\sin k\pi x, \quad k = 1, 2, \cdots. \tag{2.2.4}
$$

通过直接验算易证, 若初值 u^0 可以展开成 Fourier 正弦级数, 即

$$
u^0(x) = \sum_{k=1}^{\infty} a_k \sin k\pi x, \tag{2.2.5}
$$

其中

$$
a_k = 2\int_0^1 u^0(x)\sin k\pi x\,\mathrm{d}x, \quad k = 1, 2, \cdots, \tag{2.2.6}
$$

则模型问题 (2.2.1)~(2.2.3) 的解可以表示为

$$
u(x,t) = \sum_{k=1}^{\infty} a_k \mathrm{e}^{-k^2\pi^2 t}\sin k\pi x. \tag{2.2.7}
$$

在考查模型问题差分方法的数值精度时, 这个表达式很有用. 当然, 在应用中, 通常只是对非常特殊的 u^0 可以得到准确的 Fourier 系数 a_k, 一般情形则需要利用数值积分公式计算出 a_k 的近似值, 而且我们还需要将无穷级数求和截断为有限项求和, 以得到 $u(x,t)$ 的数值近似. 不过, 由于该级数的收敛速度通常很快, 所以常常只需要前面很少几项求和就足够精确了. 需要指出的是, 分离变量法或 Green 函数等其他解析方法在实际应用中有很大的局限性. 例如, 以上将解展开成 Fourier 级数的方法一般只限于常系数线性方程和周期边界条件.

下面我们来考虑模型问题 (2.2.1)~(2.2.3) 的差分逼近. 首先, 在 $[0,1]\times\mathbb{R}_+$ 上引入网格. 为简单起见, 我们只限于考虑均匀网格. 任给正

整数 N, 令空间步长 $h = h_N = \Delta x = 1/N$, $x_j = jh$ $(j = 0, 1, \cdots, N)$, 再令时间步长 $\tau = \Delta t$, $t_m = m\tau$ $(m = 0, 1, \cdots)$, 则平行于 t 轴的直线族 $x = x_j$ $(j = 0, 1, \cdots, N)$ 和平行于 x 轴的直线族 $t = t_m$ $(m = 0, 1, \cdots)$ 给出了 $[0, 1] \times \mathbb{R}_+$ 上的一个均匀网格, 其网格节点集为 $\{(x_j, t_m)\}$. 在不会引起混淆时, 为简化记号, 常将节点 (x_j, t_m) 简记为 (j, m). 其次, 在网格上定义网格函数 $U = U_{(h, \tau)} = \{U_j^m : j = 0, 1, \cdots, N; \ m = 0, 1, \cdots\}$, 模型问题 $(2.2.1) \sim (2.2.3)$ 的真解 u 在网格节点 (x_j, t_m) 上的取值记为 u_j^m, 即 $u_j^m = u(x_j, t_m)$. 然后, 我们需要用适当的差分算子替换原问题中的微分算子, 从而导出关于网格函数 U 的差分方程初边值问题. 我们希望所得到的差分方程初边值问题是适定的, 即其解 U 存在唯一且稳定, 并且 U 在一定的意义下逼近真解 u. 在以下两小节中, 我们将分别介绍模型问题的典型的显式格式和隐式格式, 并分析它们的稳定性、收敛性和误差.

2.2.1 模型问题的显式格式及其稳定性和收敛性

对定义在如图 2-1 所示的均匀网格上的网格函数, 我们在时间方向用一阶向前差商 $\dfrac{\Delta_{+t}}{\Delta t}$ 替换时间一阶微商 $\dfrac{\partial}{\partial t}$, 在空间方向用二阶中心差商 $\dfrac{\delta_x^2}{(\Delta x)^2}$ 替换空间二阶微商 $\dfrac{\partial^2}{\partial x^2}$, 就得到了模型问题 $(2.2.1) \sim (2.2.3)$ 的最简单的差分格式初边值问题:

$$
\begin{cases}
\dfrac{U_j^{m+1} - U_j^m}{\tau} = \dfrac{U_{j+1}^m - 2U_j^m + U_{j-1}^m}{h^2}, & 1 \leqslant j \leqslant N-1, m \geqslant 0, \quad (2.2.8) \\
U_j^0 = u_j^0, & 0 \leqslant j \leqslant N, \quad (2.2.9) \\
U_0^m = U_N^m = 0, & m \geqslant 1. \quad (2.2.10)
\end{cases}
$$

不难看出, 如果已知第 m 个时间层 t_m 上的网格函数值 $U^m = \{U_j^m\}_{j=0}^N$, 则由式 (2.2.8) 即可相互独立地直接计算出 U_j^{m+1} $(j = 1, \cdots, N-1)$. 我们把这样的差分格式称为**两时间层向前差分显式差分格式**, 简称**显式格式**. 图 2-1 显示的是一个 $h = 0.125$, $\tau = 0.06$ 的时空网格和由式 (2.2.8) 定义的向前差分显式格式的**模板**, 即格式所用节点在时空中的相对关系图.

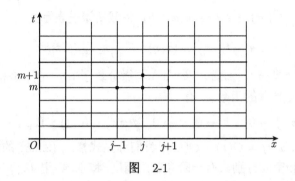

图 2-1

显然, 显式格式的解是存在唯一的. 为了分析差分解的逼近性质, 我们首先来考查差分算子对微分算子的逼近程度, 即截断误差. 引入截断误差算子

$$T_{(h,\tau)} = \left(\frac{\Delta_{+t}}{\tau} - \frac{\delta_x^2}{h^2} \right) - \left(\frac{\partial}{\partial t} - \frac{\partial^2}{\partial x^2} \right). \qquad (2.2.11)$$

以下为记号简单起见, 我们经常会省略掉 $T_{(h,\tau)}$ 及其他一些符号的下标 (h,τ).

设 u 是定义在 $(0,1) \times \mathbb{R}_+$ 上的充分光滑的函数, 由 u 在点 (x,t) 的 Taylor 展开式易得

$$\Delta_{+t}u(x,t) = u_t(x,t)\Delta t + \frac{1}{2}u_{tt}(x,t)(\Delta t)^2 + \frac{1}{6}u_{ttt}(x,t)(\Delta t)^3 + \cdots, \qquad (2.2.12)$$

$$\delta_x^2 u(x,t) = u_{xx}(x,t)(\Delta x)^2 + \frac{1}{12}u_{xxxx}(x,t)(\Delta x)^4 + \cdots, \qquad (2.2.13)$$

于是截断误差可以表示为

$$Tu(x,t) = \frac{1}{2}u_{tt}(x,t)\tau - \frac{1}{12}u_{xxxx}(x,t)h^2 + O(\tau^2 + h^4), \qquad (2.2.14)$$

其中前两项称为截断误差的**主项**. 我们也可以利用 u 的另一种形式的 Taylor 展开式

$$\Delta_{+t}u(x,t) = u_t(x,t)\Delta t + \frac{1}{2}u_{tt}(x,\eta)(\Delta t)^2, \qquad (2.2.15)$$

$$\delta_x^2 u(x,t) = u_{xx}(x,t)(\Delta x)^2 + \frac{1}{12}u_{xxxx}(\xi,t)(\Delta x)^4, \qquad (2.2.16)$$

其中 $\eta \in (t, t+\tau)$, $\xi \in (x-h, x+h)$, 将截断误差表示为

$$Tu(x,t) = \frac{1}{2}u_{tt}(x,\eta)\tau - \frac{1}{12}u_{xxxx}(\xi,t)h^2. \qquad (2.2.17)$$

由此知差分算子 $(\tau^{-1}\Delta_{+t} - h^{-2}\delta_x^2)$ 与微分算子 $(\partial_t - \partial_x^2)$ 是相容的, 即对任意充分光滑的函数 u, 有

$$Tu(x,t) \to 0, \quad h \to 0, \ \tau \to 0, \ \forall (x,t) \in (0,1) \times \mathbb{R}_+. \qquad (2.2.18)$$

又因为 $Tu(x,t) = O(\tau) + O(h^2)$, 我们称显式格式 (2.2.8) 的截断误差关于时间和空间分别具有一阶和二阶精度. 特别地, 记 $\Omega_{t_{\max}} = (0,1) \times (0, t_{\max})$(这里 $t_{\max}$ 是取定的一个时刻), 当 $M_{tt} \triangleq \max\limits_{(x,t)\in\overline{\Omega}_{t_{\max}}} |u_{tt}(x,t)|$ 和 $M_{xxxx} \triangleq \max\limits_{(x,t)\in\overline{\Omega}_{t_{\max}}} |u_{xxxx}(x,t)|$ 为有界量时, 我们有

$$|Tu(x,t)| \leqslant \frac{1}{2}M_{tt}\,\tau + \frac{1}{12}M_{xxxx}\,h^2, \quad \forall (x,t) \in \Omega_{t_{\max}}. \qquad (2.2.19)$$

接下来我们来分析显式格式 (2.2.8) 的收敛性. 设 U 和 u 分别是问题 (2.2.8)~(2.2.10) 和 (2.2.1)~(2.2.3) 的解. 定义称之为**逼近误差**(也称为**离散误差**或**整体误差**) 的网格函数 $e = U - u$:

$$e_j^m = U_j^m - u(x_j, t_m), \quad j = 0, 1, \cdots, N, \ m = 0, 1, \cdots.$$

首先考虑对给定的 $t_{\max} > 0$, 差分逼近解 U 在 $\mathbb{L}^\infty(\Omega_{t_{\max}})$ 范数意义下的收敛性. 不妨设真解 u 是 $\overline{\Omega}_{t_{\max}} = [0,1] \times [0, t_{\max}]$ 上的连续函数, 则这等价于讨论以下的收敛性:

$$\|e\|_{\infty, \Omega_{t_{\max}}} \triangleq \max \left\{ |e_j^m| : 0 \leqslant jh \leqslant 1, \ 0 \leqslant m\tau \leqslant t_{\max} \right\} \to 0, \qquad (2.2.20)$$
$$h \to 0, \ \tau \to 0.$$

由方程 (2.2.1), (2.2.8) 和截断误差算子的定义 (2.2.11) 知, 逼近误差 e 是以下差分方程初边值问题的解:

$$\begin{cases} \dfrac{e_j^{m+1} - e_j^m}{\tau} = \dfrac{e_{j+1}^m - 2e_j^m + e_{j-1}^m}{h^2} - T_j^m, & 1 \leqslant j \leqslant N-1, \ m \geqslant 0, \quad (2.2.21) \\ e_j^0 = 0, & 0 \leqslant j \leqslant N, \quad (2.2.22) \\ e_0^m = e_N^m = 0, & m \geqslant 1, \quad (2.2.23) \end{cases}$$

其中 $T_j^m = Tu_j^m$ 称为**局部截断误差**. 我们称误差程 (2.2.21) 在 $\mathbb{L}^\infty(\Omega_{t_{\max}})$ 范数意义下是**稳定的**或具有**稳定性**, 如果存在常数 C_1 和 C_2, 使得对任意的初边值和源项都有

$$\|e\|_{\infty,\Omega_{t_{\max}}} \leqslant C_1\left[\max_{0\leqslant j\leqslant N}|e_j^0| + \max_{0<m\tau\leqslant t_{\max}}(|e_0^m| + |e_N^m|)\right] + C_2\|T\|_{\infty,\Omega_{t_{\max}}}.$$
(2.2.24)

同样可以定义差分格式 (2.2.8) 的 $\mathbb{L}^\infty(\Omega_{t_{\max}})$ 稳定性 (指在 $\mathbb{L}^\infty(\Omega_{t_{\max}})$ 范数意义下的稳定性. 以下类似理解). 注意, 对于一般的线性偏微分方程和相应的线性差分格式, 误差方程与差分格式的唯一区别是差分格式中的源项 f_j^m (这里恒为 0) 被替换成了局部截断误差的负值 $-Tu_j^m$, 因此, 误差方程 (2.2.21) 的 $\mathbb{L}^\infty(\Omega_{t_{\max}})$ 稳定性等价于差分格式 (2.2.8) 的 $\mathbb{L}^\infty(\Omega_{t_{\max}})$ 稳定性. 由于误差 e 满足齐次初边值条件 (2.2.22) 和 (2.2.23), 式 (2.2.24) 说明, 在差分格式 (2.2.8) 的 $\mathbb{L}^\infty(\Omega_{t_{\max}})$ 稳定性和相容性条件下, 离散问题 (2.2.8)~(2.2.10) 的解在 $\mathbb{L}^\infty(\Omega_{t_{\max}})$ 的意义下收敛到真解 u. 特别地, 当 M_{tt} 和 M_{xxxx} 为有界量时, 由式 (2.2.19) 就得到

$$\|e\|_{\infty,\Omega_{t_{\max}}} \leqslant C(M_{tt}\tau + M_{xxxx}h^2),$$
(2.2.25)

这时整体误差 $\|e\|_{\infty,\Omega_{t_{\max}}}$ 与局部截断误差有相同的收敛阶 $O(\tau + h^2)$.

下面我们来讨论显式格式 (2.2.8) 的 $\mathbb{L}^\infty(\Omega_{t_{\max}})$ 稳定性条件. 为此我们将差分方程 (2.2.8) 及其误差方程 (2.2.21) 改写成以下等价形式:

$$U_j^{m+1} = (1-2\mu)U_j^m + \mu\left(U_{j-1}^m + U_{j+1}^m\right),$$
(2.2.26)

$$e_j^{m+1} = (1-2\mu)e_j^m + \mu\left(e_{j-1}^m + e_{j+1}^m\right) - \tau T_j^m,$$
(2.2.27)

其中 $\mu = \tau/h^2$ 称为显式格式 (2.2.8) 的**网格比**. 令

$$L_{(h,\tau)}U_j^{m+1} = \left(\frac{\delta_x^2}{(\Delta x)^2} - \frac{\Delta_{+t}}{\Delta t}\right)U_j^m.$$
(2.2.28)

在定理 1.2 中取 $\Omega = \Omega_{t_{\max}}$, $\partial\Omega_D = \{(x,t) \in \partial\Omega_{t_{\max}} : t = 0$ 或 $x = 0, 1\}$, 则可以直接验证, 当 $0 < \mu \leqslant 1/2$ 时, 差分算子 $L_{(h,\tau)}$ 满足定理 1.2 的条件 (1) 和 (2). 因此对差分算子 $L_{(h,\tau)}$ 来说, 最大值原理成

立的条件为 $0 < \mu \leqslant 1/2$ (见习题 2 第 4 题). 于是, 类似于第 1 章 §1.4, 用选取适当的比较函数的方法我们可以导出 $0 < \mu \leqslant 1/2$ 时显式格式 (2.2.8) 的 $\mathbb{L}^\infty$ 稳定性和误差估计 (见习题 2 第 5 题). 我们这里选择从式 (2.2.27) 出发, 用递推的方法直接导出显式格式的稳定性和误差估计. 证明的关键之处在于, 当 $0 < \mu \leqslant 1/2$ 时, 格式中 e^m 各项的系数均非负, 且其和不大于 e_j^{m+1} 的系数. 因为有了这一点, 由式 (2.2.27) 就得到

$$|e_j^{m+1}| \leqslant \max_{0 \leqslant j \leqslant N} |e_j^m| + \tau T^m, \quad \forall j = 1, 2, \cdots, N, \qquad (2.2.29)$$

其中 $T^m = \max\limits_{1 \leqslant j \leqslant N-1} |T_j^m|$. 于是, 不难归纳地得到

$$\max_{1 \leqslant j \leqslant N-1} |e_j^{m+1}| \leqslant \max \left\{ \max_{0 \leqslant j \leqslant N} |e_j^0|, \ \max_{1 \leqslant l \leqslant m} \max \left\{ |e_0^l|, |e_N^l| \right\} \right\}$$
$$+ \tau \sum_{l=0}^{m} T^l, \quad \forall m \geqslant 0. \qquad (2.2.30)$$

取 $C_1 = 1$, $C_2 = t_{\max}$, 就得到了式 (2.2.24). 我们将以上分析结果总结成两条结论.

结论 2.1   当网格比 $\mu = \Delta t/(\Delta x)^2 \leqslant 1/2$ 时, 显式格式 (2.2.8) 的解 U 满足最大值原理, 即

$$\max_{1 \leqslant j \leqslant N-1} |U_j^{m+1}| \leqslant \max \left\{ \max_{0 \leqslant j \leqslant N} |U_j^0|, \ \max_{1 \leqslant l \leqslant m} \max \left\{ |U_0^l|, |U_N^l| \right\} \right\}, \ \forall m \geqslant 0, \qquad (2.2.31)$$

且其误差方程 (2.2.21) 有以下的 $\mathbb{L}^\infty(\Omega_{t_{\max}})$ 稳定性:

$$\|e\|_{\infty, \Omega_{t_{\max}}} \leqslant \max_{0 \leqslant j \leqslant N} |e_j^0| + \max_{0 < m\tau \leqslant t_{\max}} \max\{|e_0^m|, |e_N^m|\} + t_{\max}\|T\|_{\infty, \Omega_{t_{\max}}}. \qquad (2.2.32)$$

结论 2.2   设模型问题 (2.2.1)~(2.2.3) 的解 u 充分光滑, 且 M_{xxxx} 为有界量, 则当网格比 $\mu = \Delta t/(\Delta x)^2 \leqslant 1/2$ 取定时, 显式格式 (2.2.8) 的解 U 的逼近误差为 $O(\tau)$, 且有

$$\|e\|_{\infty,\Omega_{t_{\max}}} \leqslant \tau \left(\frac{1}{2} + \frac{1}{12\mu} \right) M_{xxxx}\, t_{\max}. \tag{2.2.33}$$

结论的证明细节留给读者, 这里只提醒注意对模型问题 (2.2.1)~ (2.2.3) 的解 u, 有 $u_{tt} = u_{xxxx}$. 结论 2.2 给出的误差估计比较粗糙, 特别是对给定的 τ, 当 $t_{\max} \to \infty$ 时, 式 (2.2.33) 的右端趋于无穷. 而通过选取适当的比较函数, 应用最大值原理和比较定理等技巧则可以得到的更精细的误差估计 (见习题 2 第 5 题), 例如可以将 $t_{\max}$ 缩小为 $\min\{t_{\max}, 1/8\}$. 另外, 由模型问题解 u 的 Fourier 级数表达式容易看出 u_{tt} 和 u_{xxxx} 是随时间 t 的增长而指数衰减的. 充分利用这一性质则可以得到差分解的逼近误差有同样的性质 (见习题 2 第 6 题). 在估计实际计算的误差时, 还必须考虑初始条件、边界条件的数据误差和数值计算中的舍入误差对数值结果产生的影响. 由线性问题解的叠加原理, 其中每一部分对数值解总误差的贡献可以独立计算, 即先假定有且仅有其中一项非零, 并用以上分析方法计算出由该项所引起的部分误差, 然后将所有部分误差求和得到总误差.

由以上对差分逼近解的逼近误差分析可以看出, 当网格尺度 (h, τ) 趋于零时, 差分逼近解是否收敛与两个网格尺度趋于零的相对速度有关. 这就引出了所谓加密路径的概念. 我们称 $\tau = r(h)$ 给出了一条**加密路径**, 如果 r 是严格单调增函数, 且 $r(0) = 0$.

结论 2.3 设 $\{h_i\}_{i=1}^{\infty}$ 为给定的一族空间网格步长, $\lim\limits_{i \to 0} h_i = 0$, 加密路径 r 满足 $\mu_i = r(h_i)/h_i^2 \leqslant 1/2$, 且模型问题 (2.2.1)~(2.2.3) 的解 u 满足 u_{xxxx} 在 $(0,1) \times (0, t_{\max})$ 上一致有界, 则在网格尺度为 $(h_i, \tau_i = r(h_i))$ 的网格族上得到的差分方程初边值问题 (2.2.8)~(2.2.10) 的解序列 $\{U^{(i)}\}$ 在 $[0,1] \times [0, t_{\max}]$ 上一致收敛到模型问题 (2.2.1)~(2.2.3) 的解 u, 且收敛速度为 $O(h_i^2)$.

对于给定的空间步长, 时间步长取得过小不会使逼近误差有实质性的减少, 而计算到指定时间所需的时间步数则会大大增加, 这就意味着所需的计算量大大增加, 同时由舍入误差产生的累积误差也可能因此而大大增加. 因此, 在实际计算时, 通常希望在保证稳定性的前提下, 尽可能将时间步长取得大一些.

在分析 $\mathbb{L}^\infty$ 范数意义下的收敛性时用到了 u_{xxxx} 在 $(0,1)\times(0,t_{\max})$ 上一致有界的条件, 该条件对问题的初始条件和边界条件的光滑性, 以及它们之间的相容性提出了较高的要求. 在较弱的条件下, 我们可以考虑较弱意义下的收敛性, 例如 $\mathbb{L}^1$ 范数或 $\mathbb{L}^2$ 范数意义下的收敛性. 为此, 我们的主要任务是要分析相应范数意义下差分格式的稳定性. 下面我们应用经典的 Fourier 分析的方法来讨论差分方程初边值问题 (2.2.8)~(2.2.10) 的 $\mathbb{L}^2$ 稳定性.

与模型问题 (2.2.1)~(2.2.3) 类似, 差分方程初边值问题 (2.2.8)~(2.2.10) 也可以用分离变量法求解. 为了更具一般性, 在作 Fourier 分析时, 通常将齐次 Dirichlet 边界条件换为任意的以 2 为周期的周期边界条件, 并且考虑在复数域中求解. 作为 Fourier 分析方法重要基础之一的一个基本结论是: 定义在 $[-1,1]\times[0,\infty)$ 中如图 2-1 所示的均匀网格上的一般的常系数线性齐次差分方程都具有以下分离变量形式的一族称为 **Fourier 波型**的非平凡特解:

$$U_j^{(k)m} = \lambda_k^m \mathrm{e}^{\mathrm{i}k\pi j\Delta x}, \quad -N+1 \leqslant j \leqslant N, \ -N+1 \leqslant k \leqslant N, \quad (2.2.34)$$

其中 $\Delta x = 1/N$ 是空间网格步长, λ_k 称为**增长因子**, 其模和幅角分别刻画了一个时间步中相应 Fourier 波型振幅的相对增幅和相位角的增量. 将 Fourier 波型 $U_j^m = \lambda_k^m \mathrm{e}^{\mathrm{i}k\pi\frac{j}{N}}$ 代入齐次差分格式 (2.2.26), 得显式差分格式的增长因子 λ_k 所满足的方程

$$\lambda_k^{m+1}\mathrm{e}^{\mathrm{i}k\pi\frac{j}{N}} = \lambda_k^m \mathrm{e}^{\mathrm{i}k\pi\frac{j}{N}}\left[1 + \mu\left(\mathrm{e}^{\mathrm{i}k\pi\frac{1}{N}} + \mathrm{e}^{-\mathrm{i}k\pi\frac{1}{N}} - 2\right)\right].$$

通常将增长因子所满足的方程称为差分格式的**特征方程**. 将上式化简后得

$$\lambda_k = 1 - 4\,\mu\,\sin^2\frac{k\pi\Delta x}{2}. \quad (2.2.35)$$

在实际计算中, 舍入误差会包含振幅很小的各种波型, 而步长为 $1/N$ 的网格能够分辨的最高频率为 $k = N$. 因此, 要保证计算的稳定性, 就必须要求存在不依赖于 N 和 k 的常数 C, 使得

$$|\lambda_k^m| \leqslant C, \quad \forall m\tau \leqslant t_{\max}, \ -N+1 \leqslant k \leqslant N.$$

不妨设 $C > 1$, $2\tau \leqslant t_{\max}$, 取 $\tilde{m} = [t_{\max}/\tau]$. 由于当 $0 < s < 1$ 时, C^s 为 C 的凹函数, 这时函数的图像位于其切线的下方, 因此由上式得

$$|\lambda_k| \leqslant C^{1/\tilde{m}} \leqslant 1 + (C-1)/\tilde{m} \leqslant 1 + 2\tau(C-1)/t_{\max}.$$

由此就得到了以下称为**von Neumann 条件**的 $\mathbb{L}^2$ 稳定性的必要条件: 存在不依赖于 N 和 k 的常数 K, 使得

$$|\lambda_k| \leqslant 1 + K\tau, \quad -N+1 \leqslant k \leqslant N. \tag{2.2.36}$$

取 $k = N$, 即得显式格式 (2.2.26) 的 $\mathbb{L}^2$ 稳定性的必要条件

$$\mu \leqslant \frac{1}{2}. \tag{2.2.37}$$

事实上, 当 $\mu \leqslant \frac{1}{2}$ 时, 由 $4\mu \sin^2 \dfrac{k\pi}{2N} \leqslant 2$ 知, 对所有的 k 都有 $|\lambda_k| \leqslant 1$, 即 von Neumann 条件 (2.2.36) 成立, 且 $K = 0$. 换句话说, 此时所有的 Fourier 波型都是不增的. 实际上, 除了当 $\mu = \dfrac{1}{2}$ 时 $|\lambda_N| = 1$ 外, 所有的 Fourier 波型都是严格衰减的. 而当 $\mu > \dfrac{1}{2}$ 时, 由 $\lambda_N = 1 - 4\mu < -1$ 知, 误差中的最高频分量, 即 Fourier 波型 $\lambda_N^m \mathrm{e}^{\mathrm{i}\pi j}$ 的振幅将呈指数型增长. 又因为其他 Fourier 波型的增长因子的模相对较小, 因此数值解将会出现越来越剧烈的空间网格尺度的振荡.

为了证明 von Neumann 条件可作为显式格式 (2.2.26) 在 $\mathbb{L}^2$ 范数意义下稳定性的充分条件, 我们需要利用作为 Fourier 分析方法重要基础的另一个基本结论, 即 Parseval 恒等式:

$$\|V\|_2 = \|\hat{V}\|_2, \tag{2.2.38}$$

其中 V 是定义在 $[-1, 1]$ 中网格尺度为 $1/N$ 的网格上以 $2N$ 为周期的周期函数, $\hat{V}$ 是由 V 的离散 Fourier 变换的系数组成的向量, 其分量为

$$\hat{V}_k = \frac{1}{\sqrt{2N}} \sum_{j=-N+1}^{N} V_j \, \mathrm{e}^{-\mathrm{i}k\pi \frac{j}{N}}, \quad -N+1 \leqslant k \leqslant N, \tag{2.2.39}$$

这里 V_j 是 V 的分量, 可以用其离散 Fourier 变换的系数表达为离散 Fourier 展开式

$$V_j = \frac{1}{\sqrt{2}} \sum_{k=-N+1}^{N} \hat{V}_k \, \mathrm{e}^{\mathrm{i}k\pi \frac{j}{N}}, \quad -N+1 \leqslant j \leqslant N. \qquad (2.2.40)$$

Parseval 恒等式中 $\|\hat{\boldsymbol{V}}\|_2 = \left(\sum_{k=-N+1}^{N} |\hat{V}_k|^2 \right)^{\frac{1}{2}}$ 是 $\hat{\boldsymbol{V}}$ 的 l^2 范数, 而 $\|\boldsymbol{V}\|_2 = \left(\frac{1}{N} \sum_{j=-N+1}^{N} |V_j|^2 \right)^{\frac{1}{2}}$ 是将 $\boldsymbol{V}$ 视为区域 $[-1,1]$ 上的分片常数函数时的 $\mathbb{L}^2$ 范数.

结论 2.4 显式差分格式 (2.2.26) $\mathbb{L}^2$ 稳定的充分必要条件是网格比 $\mu \leqslant \frac{1}{2}$.

证明 结论的必要性部分已得证, 现只需证充分性. 不妨设 $U_j^0 = \frac{1}{\sqrt{2}} \sum_{k=-N+1}^{N} \widehat{(U^0)}_k \, \mathrm{e}^{\mathrm{i}k\pi \frac{j}{N}}$, 则差分格式 (2.2.26) 的解满足

$$U_j^m = \frac{1}{\sqrt{2}} \sum_{k=-N+1}^{N} \lambda_k^m \widehat{(U^0)}_k \, \mathrm{e}^{\mathrm{i}k\pi \frac{j}{N}},$$

其中 $\lambda_k = 1 - 4\mu \sin^2 \dfrac{k\pi}{2N}$. 因此, 当 $\mu \leqslant \dfrac{1}{2}$ 时, 由 $|\lambda_k| \leqslant 1 \ (\forall k)$ 和 Parseval 恒等式得

$$\|U^{m+1}\|_2^2 = \|\widehat{(U^{m+1})}\|_2^2 = \sum_{k=-N+1}^{N} \left| \lambda_k^{m+1} \widehat{(U^0)}_k \right|^2$$

$$\leqslant \sum_{k=-N+1}^{N} \left| \lambda_k^m \widehat{(U^0)}_k \right|^2 = \|\widehat{(U^m)}\|_2^2 = \|U^m\|_2^2.$$

将差分格式 (2.2.26) 记做 $U^{m+1} = \mathcal{N}(U^m)$, 上式说明 $\|\mathcal{N}(U^m)\|_2 \leqslant \|U^m\|_2$, 即差分格式 (2.2.26) 在 $\mathbb{L}^2$ 范数意义下关于初值是稳定的. 于是, 由式 (2.2.27) 得

$$\|e^{m+1}\|_2 = \|\mathcal{N}(e^m) - \tau T^m\|_2 \leqslant \|e^m\|_2 + \tau \|T^m\|_2 \leqslant \|e^0\|_2 + \tau \sum_{l=0}^{m} \|T^l\|_2,$$

$$(2.2.41)$$

即差分格式 (2.2.26) 的解在 $\mathbb{L}^2$ 范数意义下连续地依赖于初值和源项. 充分性得证. ∎

有了格式的稳定性后, 如果解 u 的正则性能够保证适当的相容性, 即 $\lim\limits_{\tau \to 0} \tau \sum\limits_{l=0}^{m} \|T^l\|_2 = 0 \,(\forall m)$, 则可以保证数值解的收敛性. 注意到 $\tau \sum\limits_{l=0}^{m} \|T^l\|_2 = 0$ 是积分 $\int_0^{(m+1)\tau} \|Tu(\cdot, t)\|_2 \,\mathrm{d}t$ 的 Riemann 和, 我们有以下结果:

结论 2.5 设 $\{h_i\}_{i=1}^{\infty}$ 为给定的一族空间网格步长, $\lim\limits_{i \to 0} h_i = 0$, 加密路径 r 满足 $\mu_i = r(h_i)/h_i^2 \leqslant 1/2$, 又设定义在 $(-1, 1) \times \mathbb{R}_+$ 上的方程 $u_t = u_{xx}$ 的周期初边值问题的解 u 满足 $u_{xxxx} \in \mathbb{C}((-1, 1) \times R_+)$, 且 $\int_0^{t_{\max}} \|u_{xxxx}(\cdot, t)\|_2 \,\mathrm{d}t < \infty$, 则在网格尺度为 $(h_i, \tau_i = r(h_i))$ 的网格族上得到的显式差分格式 (2.2.26) 的相应初值问题的差分逼近解序列 $\{U^{(i)}\}$ 在 $[-1, 1] \times [0, t_{\max}]$ 上依 $\mathbb{L}^{\infty}[(0, t_{\max}); \mathbb{L}^2((-1, 1))]$ 空间的范数收敛到模型问题的解 u, 且收敛速度为 $O(h_i^2)$, 即

$$\max_{0 \leqslant m\tau_i \leqslant t_{\max}} \|e^{(i)m}\|_2 = O(h_i^2),$$

其中 $e^{(i)m}$ 表示第 i 个网格上第 m 层的误差.

充分利用 Fourier 分析方法, 以上收敛性结论可以推广到更一般的情形. 在一定条件下, 还可以得到 $\mathbb{L}^{\infty}(\Omega_{t_{\max}})$ 意义下的收敛性.

结论 2.6 设定义在 $(-1, 1) \times \mathbb{R}_+$ 上的方程 $u_t = u_{xx}$ 的周期初边值问题的初值 u^0 可展开成 Fourier 级数 $u^0(x) = \sum\limits_{k=-\infty}^{\infty} a_k \mathrm{e}^{ik\pi x}$, 且有 $\sum\limits_{k=-\infty}^{\infty} |a_k| < \infty$, 又设 U 是显式差分格式 (2.2.26) 的相应初边值问题的解, 则当网格比 $\mu \leqslant \dfrac{1}{2}$ 时, 对任给的 $t_{\max} > 0$, 都有

$$\lim_{\tau \to 0} \|e\|_{\infty, \Omega_{t_{\max}}} = 0.$$

结论的证明留给读者作为练习, 这里只提示可以考虑将误差表示为

$$e_j^m = U_j^m - u(x_j, t_m) = \sum_{k=-\infty}^{\infty} a_k \mathrm{e}^{\mathrm{i}k\pi jh} \left(\lambda_k^m - \mathrm{e}^{-k^2\pi^2 m\tau} \right),$$

并且注意到存在只依赖于 μ 的常数 $C(\mu) > 0$, 使得当 $|\lambda_k| \leqslant 1$ 时, 有

$$\left| \lambda_k^m - \mathrm{e}^{-k^2\pi^2 m\tau} \right| \leqslant m \left| \lambda_k - \mathrm{e}^{-k^2\pi^2\tau} \right| = m \left| 1 - 4\mu \sin^2 \frac{k\pi h}{2} - \mathrm{e}^{-k^2\pi^2\tau} \right|$$

$$= m \left| 1 - 4\mu \sin^2 \frac{k\pi\sqrt{\tau}}{2\sqrt{\mu}} - \mathrm{e}^{-k^2\pi^2\tau} \right| \leqslant mC(\mu)k^4\tau^2$$

$$\leqslant t_{\max}C(\mu)k^4\tau.$$

以上, 我们应用最大值原理和 Fourier 分析的方法分析了模型问题的两时间层向前差分显式差分格式 (2.2.8)(或等价的 (2.2.26)) 的稳定性和收敛性, 结论是: 当且仅当网格比 $\mu = \Delta t/(\Delta x)^2 \leqslant 1/2$ 时, 格式是稳定的, 此时格式是收敛的, 且收敛速度为 $O(\Delta t + (\Delta x)^2)$. 由于一阶中心差商有二阶精度, 我们自然希望通过用关于时间的一阶中心差商 $\dfrac{\Delta_{0t}}{\Delta t}$ 逼近一阶微商 $\dfrac{\partial}{\partial t}$ 来取得关于时间步长的二阶精度. 这就给出了被称为 **Richardson 格式** 的三层中心差商显式格式:

$$\frac{U_j^{m+1} - U_j^{m-1}}{2\tau} = \frac{U_{j+1}^m - 2U_j^m + U_{j-1}^m}{h^2}. \tag{2.2.42}$$

将 Fourier 波型 $U_j^m = \lambda_k^m \mathrm{e}^{\mathrm{i}k\pi j\Delta x}$ 代入齐次差分格式 (2.2.42), 我们就得到 Richardson 格式的特征方程, 即其增长因子 λ_k 满足的方程:

$$\lambda_k^2 + 8\lambda_k\mu \sin^2 \frac{k\pi\Delta x}{2} - 1 = 0.$$

该方程有两个不同的实根, 对应着同一个频率 k 的两个不同的 Fourier 波型解. 由于这两个实根的和小于零, 且乘积等于 -1, 所以其中有一个根小于 -1. 由此知 Richardson 格式是恒不稳定的. 对 Richardson 格式作适当改造, 将 $2U_j^m$ 换为 $U_j^{m+1} + U_j^{m-1}$, 就得到被称为 **Du Fort-Frankel 格式** 的三层中心差商显式格式:

$$\frac{U_j^{m+1} - U_j^{m-1}}{2\tau} = \frac{U_{j+1}^m - (U_j^{m+1} + U_j^{m-1}) + U_{j-1}^m}{h^2}. \tag{2.2.43}$$

将 Fourier 波型 $U_j^m = \lambda_k^m e^{ik\pi j\Delta x}$ 代入齐次差分格式 (2.2.43), 我们就得到得 Du Fort-Frankel 格式的特征方程, 即其增长因子 λ_k 满足的方程:

$$(1 + 2\mu)\lambda_k^2 - 4\lambda_k\mu\cos(k\pi\Delta x) - (1 - 2\mu) = 0.$$

由此得

$$\lambda_k^{\pm} = \frac{2\mu\cos(k\pi\Delta x) \pm \sqrt{1 - 4\mu^2\sin^2(k\pi\Delta x)}}{1 + 2\mu}.$$

当 $4\mu^2\sin^2(k\pi\Delta x) > 1$ 时, $\lambda_k^{\pm}$ 为共轭复根, 所以

$$|\lambda_k^{\pm}| = |\lambda_k^+ \lambda_k^-| = |(1 - 2\mu)/(1 + 2\mu)| < 1;$$

当 $4\mu^2\sin^2(k\pi\Delta x) \leqslant 1$ 时, 有

$$|\lambda_k^{\pm}| \leqslant (2\mu|\cos(k\pi\Delta x)| + 1)/(1 + 2\mu) \leqslant 1.$$

因此 Du Fort-Frankel 格式在 $\mathbb{L}^2$ 范数意义下是恒稳定的. 另外, 可以证明 Du Fort-Frankel 格式的截断误差

$$T_j^m = O\left(\left(\frac{\tau}{h}\right)^2\right) + O(\tau^2 + h^2) + O\left(\frac{\tau^4}{h^2}\right).$$

因此, 当且仅当 $\tau = o(h)$ 时, Du Fort-Frankel 格式才具有相容性. 而且, 只有当 $\tau = O(h^2)$ 时, Du Fort-Frankel 格式才能达到两层向前差分显式格式的收敛阶 $O(h^2)$.

以上显式格式的一个明显缺点是, 为保证收敛性, 时间步长相对于空间步长必须是高阶小量, 这在要求高精度计算时通常意味着巨大的工作量. 为克服这一缺点, 基于无法构造出无条件相容同时又无条件稳定的显式格式这一事实, 我们转向考虑隐式格式.

2.2.2 模型问题的隐式格式及其稳定性和收敛性

对定义在如图 2-2 所示的均匀网格上的网格函数, 我们在时间方向用一阶向后差商 $\dfrac{\Delta_{-t}}{\Delta t}$ 替换一阶微商 $\dfrac{\partial}{\partial t}$, 在空间方向仍用二阶中心差商 $\dfrac{\delta_x^2}{(\Delta x)^2}$ 替换二阶微商 $\dfrac{\partial^2}{\partial x^2}$, 就得到了模型问题 (2.2.1)~(2.2.3) 的最简单的隐式差分格式的初边值问题:

$$
\begin{cases}
\dfrac{U_j^{m+1}-U_j^m}{\tau}=\dfrac{U_{j+1}^{m+1}-2U_j^{m+1}+U_{j-1}^{m+1}}{h^2}, & 1\leqslant j\leqslant N-1,\ m\geqslant 0, & (2.2.44)\\[2mm]
U_j^0=u_j^0, & 0\leqslant j\leqslant N, & (2.2.45)\\[2mm]
U_0^m=U_N^m=0, & m\geqslant 1. & (2.2.46)
\end{cases}
$$

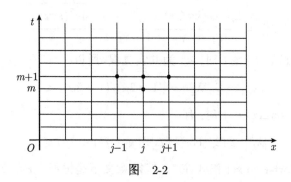

图　2-2

令网格比 $\mu=\tau/h^2$, 则式 (2.2.44) 可以等价地写为

$$
-\mu U_{j-1}^{m+1}+(1+2\mu)U_j^{m+1}-\mu U_{j+1}^{m+1}=U_j^m. \tag{2.2.47}
$$

这是一个关于 U_j^{m+1} $(j=1,\cdots,N-1)$ 的线性代数方程组, 其系数矩阵是一个主对角占优的三对角对称正定矩阵, 因此解存在唯一. 如果已知第 m 个时间层 t_m 上的网格函数值 $U^m=\{U_j^m\}_{j=0}^N$ 和边界条件 U_0^{m+1}, U_N^{m+1}, 则通过求解线性代数方程组 (2.2.47) 就可以得到第 $m+1$ 个时间层 t_{m+1} 上的网格函数值 $U^{m+1}=\{U_j^{m+1}\}_{j=0}^N$. 由于新时间层上的网格函数值必须通过联立求解才能从上一时间层的已知网格函数值得到, 所以我们把这样的差分格式称为**两时间层向后差分隐式差分格式**, 简称**隐式格式**. 图 2-2 显示的是一个 $h=0.125$, $\tau=0.06$ 的时空网格和由式 (2.2.44) 定义的两时间层向后差分隐式格式的模板.

　　为了分析隐式差分格式逼近性质, 引入截断误差算子

$$
T_{(h,\tau)}=\left(\frac{\Delta_{-t}}{\tau}-\frac{\delta_x^2}{h^2}\right)-\left(\frac{\partial}{\partial t}-\frac{\partial^2}{\partial x^2}\right). \tag{2.2.48}
$$

设 u 是定义在 $(0,1)\times\mathbb{R}_+$ 上的充分光滑的函数, 由 u 在点 (x,t) 的 Taylor 展开式易得隐式差分格式 (2.2.44) 的局部截断误差的表达式

$$Tu(x,t) = -\frac{1}{2}u_{tt}(x,t)\tau - \frac{1}{12}u_{xxxx}(x,t)h^2 + O(\tau^2 + h^4) \qquad (2.2.49)$$

或

$$Tu(x,t) = -\frac{1}{2}u_{tt}(x,\eta)\tau - \frac{1}{12}u_{xxxx}(\xi,t)h^2, \qquad (2.2.50)$$

其中 $\eta \in (t - \Delta t, t)$, $\xi \in \left(x - \dfrac{h}{2}, x + \dfrac{h}{2}\right)$. 由此知差分算子 $(\tau^{-1}\Delta_{-t} - h^{-2}\delta_x^2)$ 与微分算子 $(\partial_t - \partial_x^2)$ 是相容的, 且其局部截断误差关于时间和空间分别具有一阶和二阶精度, 即

$$Tu(x,t) = O(\tau + h^2).$$

接下来考虑稳定性. 将差分方程 (2.2.47) 及其误差方程分别改写成以下等价形式:

$$(1 + 2\mu)U_j^{m+1} = U_j^m + \mu\left(U_{j-1}^{m+1} + U_{j+1}^{m+1}\right), \qquad (2.2.51)$$

$$(1 + 2\mu)e_j^{m+1} = e_j^m + \mu\left(e_{j-1}^{m+1} + e_{j+1}^{m+1}\right) - \tau T_j^{m+1}. \qquad (2.2.52)$$

由式 (2.2.52) 及对任意的 $\mu > 0$ 式 (2.2.51) 右端各项系数均为正数且其和等于左端系数, 可以递推地得到逼近误差满足 (参见式 (2.2.30) 的证明)

$$\max_{1 \leqslant j \leqslant N-1} |e_j^{m+1}| \leqslant \max\left\{\max_{0 \leqslant j \leqslant N} |e_j^0|, \max_{1 \leqslant l \leqslant m+1} \max\left\{|e_0^l|, |e_N^l|\right\}\right\}$$

$$+ \tau \sum_{l=1}^{m+1} T^l, \quad \forall m \geqslant 0. \qquad (2.2.53)$$

由此易知隐式格式 (2.2.44) 无条件 $\mathbb{L}^\infty$ 稳定且满足最大值原理. 在定理 1.2 中, 取 $\Omega = \Omega_{t_{\max}}$, $\partial\Omega_D = \{(x,t) \in \partial\Omega_{t_{\max}} : x = 0, 1$ 或 $t = 0\}$, 令

$$L_{(h,\tau)} = \frac{\delta_x^2}{(\Delta x)^2} - \frac{\Delta_{-t}}{\Delta t}, \qquad (2.2.54)$$

则容易验证: $L_{(h,\tau)}$ 无条件满足最大值原理 (即定理 1.2) 的条件 (1) 和 (2); 适当选取比较函数 (参考习题 2 第 5 题), 可以得到更好的 $\mathbb{L}^\infty$ 误差估计.

另外, 将 Fourier 波型 $U_j^m = \lambda_k^m \mathrm{e}^{\mathrm{i}k\pi j\Delta x}$ 代入差分格式 (2.2.47), 不难得到其增长因子为

$$\lambda_k = \frac{1}{1 + 4\mu \sin^2 \dfrac{k\pi\Delta x}{2}}. \tag{2.2.55}$$

因此, 隐式格式 (2.2.44) 是无条件 $\mathbb{L}^2$ 稳定的.

隐式格式 (2.2.47) 的无条件稳定性允许我们取较大的时间步长. 但另一方面, 由于隐式格式 (2.2.47) 的逼近误差是 $O(\tau + h^2)$, 为了用较小的工作量取得较好的逼近精度, 仍然需要时间步长为空间步长的二阶小量. 注意, 由于隐式格式 (2.2.47) 在每个时间步需要求解一个主对角占优的三对角线性代数方程组, 若采用追赶法求解, 则所需计算量大约是显式格式 (2.2.26) 的两倍, 因此, 只有当取 μ 为大于 1 的有界量时, 隐式格式 (2.2.47) 才在取得了相同的逼近精度的前提下节省了有限倍 (大约 μ 倍) 的工作量. 要想进一步减少工作量, 我们必须采用在时间方向有更高逼近阶的方法. 这自然让我们想到了在点 $\left(x, t + \dfrac{1}{2}\Delta t\right)$ 采用关于时间的一阶中心差商 $\dfrac{\delta_t}{\Delta t}$ 来代替一阶微商 $\dfrac{\partial}{\partial t}$, 而用 $(x, t + \Delta t)$ 和 (x, t) 两点的关于空间的二阶中心差商 $\dfrac{\delta_x^2}{(\Delta x)^2}$ 的平均值代替二阶微商 $\dfrac{\partial^2}{\partial x^2}$. 这就给出了著名的 **Crank-Nicolson 格式**:

$$\frac{U_j^{m+1} - U_j^m}{\tau} = \frac{1}{2}\left(\frac{U_{j+1}^m - 2U_j^m + U_{j-1}^m}{h^2} + \frac{U_{j+1}^{m+1} - 2U_j^{m+1} + U_{j-1}^{m+1}}{h^2}\right). \tag{2.2.56}$$

利用 u 在点 $(x_j, t_{m+\frac{1}{2}}) = \left(jh, \left(m + \dfrac{1}{2}\right)\tau\right)$ 的 Taylor 展开式不难得到 Crank-Nicolson 格式的局部截断误差为

$$T_j^{m+\frac{1}{2}} \triangleq Tu(x_j, t_{m+\frac{1}{2}}) = -\frac{1}{12}\left[u_{ttt}\tau^2 + u_{xxxx}h^2\right]_j^{m+\frac{1}{2}} + O(\tau^4 + h^4). \tag{2.2.57}$$

正如所预期的, Crank-Nicolson 格式的局部截断误差为 $O(\tau^2+h^2)$, 即关于时间步长和空间步长都是二阶的. 将 Fourier 波型 $U_j^m = \lambda_k^m \mathrm{e}^{\mathrm{i}k\pi j\Delta x}$ 代入差分格式 (2.2.56), 不难得到其增长因子为

$$\lambda_k = \frac{1 - 2\mu \sin^2 \dfrac{k\pi\Delta x}{2}}{1 + 2\mu \sin^2 \dfrac{k\pi\Delta x}{2}}. \tag{2.2.58}$$

这说明 Crank-Nicolson 格式是无条件 $\mathbb{L}^2$ 稳定的. 因此, 在加密过程中, 我们可以将时间步长 τ 取成与空间步长 h 同阶的小量, 从而逼近解关于时间步长的收敛速度在 $\mathbb{L}^2$ 范数意义下可以达到二阶, 即

$$\|e^m\|_2 = O(\tau^2).$$

另外, 从 Crank-Nicolson 格式 (2.2.56) 的等价形式

$$(1+\mu)U_j^{m+1} = (1-\mu)U_j^m + \frac{\mu}{2}\left(U_{j-1}^m + U_{j+1}^m + U_{j-1}^{m+1} + U_{j+1}^{m+1}\right) \tag{2.2.59}$$

容易看出, 只有当 $\mu \leqslant 1$ 时, Crank-Nicolson 格式才满足最大值原理的条件 (即定理 1.2 的条件 (1) 和 (2)). 因此, 当初值 (包括初边值角点处) 不光滑时, 应该采用小时间步长 $\tau \leqslant h^2$, 以避免可能产生的初始阶段局部数值振荡; 当数值解变化比较平缓时, 再改用较大的时间步长, 例如 $\tau = O(h)$, 以提高效率, 减少舍入误差的积累.

Crank-Nicolson 格式是以下更一般的 θ **格式** $(0 \leqslant \theta \leqslant 1)$ 当 $\theta = \dfrac{1}{2}$ 时的特例:

$$\frac{U_j^{m+1} - U_j^m}{\tau} = (1-\theta)\frac{U_{j+1}^m - 2U_j^m + U_{j-1}^m}{h^2} + \theta\frac{U_{j+1}^{m+1} - 2U_j^{m+1} + U_{j-1}^{m+1}}{h^2}. \tag{2.2.60}$$

当 $\theta = 0$ 时, θ 格式是向前差分显式格式; 而当 $\theta \neq 0$ 时, θ 格式是隐式格式. 特别地, 当 $\theta = 1$ 时, θ 格式是向后差分隐式格式. 对 Fourier 波型 $U_j^m = \lambda_k^m \mathrm{e}^{\mathrm{i}k\pi j\Delta x}$, θ 格式的增长因子是

$$\lambda_k = \frac{1 - 4(1-\theta)\mu \sin^2 \dfrac{k\pi\Delta x}{2}}{1 + 4\theta\mu \sin^2 \dfrac{k\pi\Delta x}{2}}. \tag{2.2.61}$$

由此易得 θ 格式 $\mathbb{L}^2$ 稳定性的充分必要条件:

$$\begin{cases} 2\mu(1-2\theta) \leqslant 1, & \text{当 } 0 \leqslant \theta < 1/2 \text{ 时}, \\ \mu < \infty, \text{ 即无条件}, & \text{当 } 1/2 \leqslant \theta \leqslant 1 \text{ 时}. \end{cases} \quad (2.2.62)$$

由 θ 格式 (2.2.60) 的等价形式

$$(1+2\mu\theta)U_j^{m+1} = (1-2\mu(1-\theta))U_j^m + \mu(1-\theta)\left(U_{j-1}^m + U_{j+1}^m\right)$$
$$+ \mu\theta\left(U_{j-1}^{m+1} + U_{j+1}^{m+1}\right) \quad (2.2.63)$$

容易看出, θ 格式满足最大值原理的条件是

$$2\mu(1-\theta) \leqslant 1. \quad (2.2.64)$$

当 $\theta \neq 0$, 1 时, 利用 u 在点 $(x_j, t_{m+\frac{1}{2}}) = \left(jh, \left(m+\dfrac{1}{2}\right)\tau\right)$ 的 Taylor 展开式, 可以证明 θ 格式的局部截断误差满足

$$T_j^{m+\frac{1}{2}} = \begin{cases} O(\tau^2 + h^2), & \text{当 } \theta = 1/2 \text{ 时}, \\ O(\tau^2 + h^4), & \text{当 } \theta = 1/2 - 1/(12\mu) \text{ 时}, \\ O(\tau + h^2), & \text{其他情况}. \end{cases} \quad (2.2.65)$$

本节的讨论虽然是针对模型问题 (2.2.1)~(2.2.3) 的几种特殊的差分格式展开的, 但用差商代替微商构造差分逼近算子, 用 Taylor 展开式计算局部截断误差, 用最大值原理和 Fourier 分析的方法分析稳定性的做法是基本的, 可以直接应用于一般的常系数线性抛物型方程的初值问题和初边值问题, 也可以推广应用到更一般的抛物型问题. 应该注意的是 Fourier 分析这一方法的局限性: 在一般情况下, 它最多只能给出局部稳定性的必要条件. 尽管如此, 由于其便于使用且能提供一些其他方法无法提供的信息, Fourier 分析仍然是应用最广泛的分析稳定性的方法之一.

§2.3　一维抛物型偏微分方程的差分逼近

2.3.1　直接差分离散化方法

对于一般的抛物型方程, 我们总可以考虑采用直接差分离散化的

方法构造差分逼近算子. 例如, 考虑区域 $(0,1) \times \mathbb{R}_+$ 上变系数线性抛物型方程

$$u_t = a(x,t)u_{xx} \qquad (2.3.1)$$

的齐次 Dirichlet 初边值问题, 其中 $a(x,t) \geqslant a_0 > 0$ 是给定的已知函数. 在时间方向用一阶向前差商 $\dfrac{\Delta_{+t}}{\Delta t}$ 替换一阶微商 $\dfrac{\partial}{\partial t}$, 在空间方向用二阶中心差商 $\dfrac{\delta_x^2}{(\Delta x)^2}$ 替换二阶微商 $\dfrac{\partial^2}{\partial x^2}$, 就得到了如图 2-1 模板所示的向前差分显式格式

$$\frac{U_j^{m+1} - U_j^m}{\tau} = a_j^m \frac{U_{j+1}^m - 2U_j^m + U_{j-1}^m}{h^2}, \qquad (2.3.2)$$

其中 $a_j^m = a(x_j, t_m)$, 或等价的

$$U_j^{m+1} = (1 - 2\mu_j^m)U_j^m + \mu_j^m \left(U_{j+1}^m + U_{j-1}^m\right), \qquad (2.3.3)$$

其中 $\mu_j^m = a_j^m \tau / h^2$ 为网格比. 注意, 格式 (2.3.3) 与格式 (2.2.26) 的唯一区别在于网格比 μ_j^m 不再是常数. 由于方程和格式都是线性的, 所以只需将差分格式中的源项 (这里为 0) 换为局部截断误差的负值即得到误差方程

$$e_j^{m+1} = (1 - 2\mu_j^m)e_j^m + \mu_j^m \left(e_{j+1}^m + e_{j-1}^m\right) - T_j^m. \qquad (2.3.4)$$

完全照搬 2.2.1 小节的分析方法, 可以得到向前差分显式格式 (2.3.3) 的局部截断误差为

$$Tu(x,t) = \frac{1}{2}u_{tt}(x,\eta)\tau - a(x,t)\frac{1}{12}u_{xxxx}(\xi,t)h^2,$$

其中 $\eta \in (t_m, t_{m+1})$, $\xi \in (x_{j-1}, x_{j+1})$; 在区域 $\overline{\Omega}_{t_{\max}} = [0,1] \times [0, t_{\max}]$ 上满足最大值原理的条件是

$$\mu(x,t) = a(x,t)\frac{\tau}{h^2} \leqslant \frac{1}{2}, \quad \forall (x,t) \in \overline{\Omega}_{t_{\max}}; \qquad (2.3.5)$$

差分逼近解在区域 $\overline{\Omega}_{t_{\max}} = [0,1] \times [0, t_{\max}]$ 上的 $\mathbb{L}^\infty$ 范数意义下误差有上界估计

$$\|e\|_{\infty, \Omega_{t_{\max}}} \leqslant \left(M_{tt}\frac{\tau}{2} + M_{xxxx} \max_{(x,t) \in \Omega_{t_{\max}}} a(x,t)\frac{h^2}{12} \right) t_{\max}. \qquad (2.3.6)$$

类似地, 以 θ 和 $(1-\theta)$ 为权, 对隐式格式和显式格式作加权平均可以得到方程 (2.3.1) 的 θ 格式

$$U_j^{m+1} = U_j^m + \mu_j^{m*}\left[\theta\delta_x^2 U_j^{m+1} + (1-\theta)\delta_x^2 U_j^m\right],\qquad (2.3.7)$$

这里网格比 μ_j^{m*} 通常在格式的 Taylor 展开点取值, 即

$$\begin{cases}\mu_j^{m*} = \mu_j^{m+\theta}, & \text{当 } \theta = 0,\,1 \text{ 时,}\\ \mu_j^{m*} = \mu_j^{m+\frac{1}{2}}, & \text{当 } 0 < \theta < 1 \text{ 时.}\end{cases}$$

当 $0 < \theta < 1$ 时, μ_j^{m*} 的另一种选择是取平均值 $\mu_j^{m*} = (\mu_j^m + \mu_j^{m+1})/2$. 与 §2.2 类似地可以证明这样构造的方程 (2.3.1) 的 θ 格式 (2.3.7) 的局部截断误差满足

$$T_j^{m*} = \begin{cases}O(\tau^2 + h^2), & \text{当 } \theta = 1/2 \text{ 时,}\\ O(\tau + h^2), & \text{当 } \theta \neq 1/2 \text{ 时;}\end{cases}\qquad (2.3.8)$$

而满足最大值原理的条件变为

$$\mu(x,t)(1-\theta) = a(x,t)\frac{\tau}{h^2}(1-\theta) \leqslant \frac{1}{2}, \quad \forall(x,t)\in\overline{\Omega}_{t_{\max}}.\qquad (2.3.9)$$

如果将方程 (2.3.1) 换为自共轭形式 (或称散度形式) 的变系数线性抛物型方程

$$u_t = (a(x,t)u_x)_x,\qquad (2.3.10)$$

则右端的微分算子 $\partial_x(a(x,t)\partial_x)$ 可以替换为差分算子 $\delta_x(a(x,t)\delta_x)/h^2$, 其中

$$\delta_x(a(x,t)\delta_x) = a(x+h/2,t)\delta_{x+\frac{h}{2}} - a(x-h/2,t)\delta_{x-\frac{h}{2}}.$$

于是, 得相应的 θ 格式

$$\begin{aligned}U_j^{m+1} = U_j^m &+ \theta\left[\mu_{j+\frac{1}{2}}^{m*}\left(U_{j+1}^{m+1} - U_j^{m+1}\right) - \mu_{j-\frac{1}{2}}^{m*}\left(U_j^{m+1} - U_{j-1}^{m+1}\right)\right]\\ &+ (1-\theta)\left[\mu_{j+\frac{1}{2}}^{m*}\left(U_{j+1}^m - U_j^m\right) - \mu_{j-\frac{1}{2}}^{m*}\left(U_j^m - U_{j-1}^m\right)\right].\end{aligned}\quad (2.3.11)$$

θ 格式 (2.3.11) 也可以认为是从方程 (2.3.10) 的积分形式

$$\int_{x_l}^{x_r} [u(x, t_a) - u(x, t_b)]\, \mathrm{d}x = \int_{t_b}^{t_a} [a(x_r, t)u_x(x_r, t) - a(x_l, t)u_x(x_l, t)]\, \mathrm{d}t,$$

$$\forall\, 0 \leqslant x_l < x_r, \ \forall\, t_a > t_b \geqslant 0 \tag{2.3.12}$$

出发, 取 $x_l = x_{j-\frac{1}{2}}$, $x_r = x_{j+\frac{1}{2}}$, $t_b = t_m$, $t_a = t_{m+1}$, 并用适当选取的数值积分公式替换方程两端关于空间变量 x 和时间变量 t 的积分后得到的有限体积格式. 可以证明, 这样构造的方程 (2.3.10) 的 θ 格式 (2.3.11) 有同样的局部截断误差阶 (2.3.8) 和满足最大值原理的条件 (2.3.9).

对于更一般的线性抛物型方程, 例如**对流反应扩散方程**

$$u_t = (a(x, t)u_x)_x + b(x, t)u_x + c(x, t)u + d(x, t),$$

也可作类似的处理, 难点在于右端第二项 (也称为**对流项**, 其中 $-b(x, t)$ 是介质的运动速度) 的出现常常会给差分逼近格式的稳定性条件提出更苛刻的要求, 特别是当对流占优, 即 $|b(x, t)| \gg a(x, t)$ 时. 我们将在双曲型方程的章节中作相关的讨论.

直接差分离散化方法也可以用于非线性方程. 例如, 考虑非线性抛物型方程

$$u_t = a(u)u_{xx}, \tag{2.3.13}$$

其中 $a(\cdot) \geqslant a_0 > 0$ 是给定的已知函数, 则相应的向前差分显式格式为

$$U_j^{m+1} = U_j^m + \bar{\mu}\, a(U_j^m)\left(U_{j+1}^m - 2U_j^m + U_{j-1}^m\right), \tag{2.3.14}$$

其中 $\bar{\mu} = \tau/h^2$ 是与系数 a 无关的网格比. 由此易知格式满足最大值原理的条件是

$$\bar{\mu} \max_{(x_j, t_m) \in \Omega_{t_{\max}}} a(U_j^m) \leqslant \frac{1}{2}. \tag{2.3.15}$$

因此, 在计算中一般在每个时间步都需要检验该条件, 并随时调整时间步长. 另外, 由局部截断误差的定义, 对方程 (2.3.13) 的真解 u, 我们有

$$u_j^{m+1} = u_j^m + \bar{\mu}\, a(u_j^m)\left(u_{j+1}^m - 2u_j^m + u_{j-1}^m\right) + \tau T_j^m. \tag{2.3.16}$$

不难证明, 局部截断误差 $T_j^m = O(\tau + h^2)$, 这与线性情形相同. 但系数 a 依赖于未知函数 u, 即方程 (2.3.13) 具有非线性性质, 这会给逼近

解带来额外的误差. 事实上, 将 (2.3.14) 和 (2.3.16) 两式相减, 并利用

$$a(u_j^m) = a(U_j^m) + a'(\eta_j^m)(u_j^m - U_j^m) = a(U_j^m) - a'(\eta_j^m) e_j^m,$$

其中 η_j^m 是 U_j^m 和 u_j^m 之间的某个值, 就得到逼近误差 e 满足的方程

$$
\begin{aligned}
e_j^{m+1} = &e_j^m + \bar{\mu}\, a(U_j^m) \left(e_{j+1}^m - 2e_j^m + e_{j-1}^m \right) - \tau\, T_j^m \\
&+ \bar{\mu}\, a'(\eta_j^m)\, e_j^m \left(u_{j+1}^m - 2u_j^m + u_{j-1}^m \right).
\end{aligned}
\tag{2.3.17}
$$

与线性方程显式格式的误差方程相比较, 上式右端最后一项显然是新增的, 整体误差界会因此而大大增加 (见习题 2 第 16 题).

我们也可以考虑应用 θ 格式

$$U_j^{m+1} = U_j^m + \bar{\mu}\, a(U_j^{m*}) \left[\theta \delta_x^2 U_j^{m+1} + (1-\theta)\delta_x^2 U_j^m \right], \tag{2.3.18}$$

其中

$$
U_j^{m*} = \begin{cases}
(U_j^{m+1} + U_j^m)/2, & \text{当 } 0 < \theta < 1 \text{ 时}, \\
U_j^{m+1}, & \text{当 } \theta = 1 \text{ 时}, \\
U_j^m, & \text{当 } \theta = 0 \text{ 时}.
\end{cases}
$$

我们可以得到与线性情形类似的截断误差阶和满足最大值原理的条件 (参见式 (2.3.8) 和 (2.3.9)). 同样, 方程的非线性会在误差方程中引入额外的误差项, 从而导致整体误差界大大增加. 当 $\theta \neq 0$ 时, (2.3.18) 是关于 U_j^{m+1} 的非线性方程组, 通常需要用迭代法求解, 而 $\theta = 0$ 时的显式格式可以提供一个很好的迭代初值. 迭代法的收敛性一般会对时间步长的选取提出进一步的限制性条件.

由此可见, 对于非线性问题, 一般地说, 由于误差在传播过程中会有额外的误差积累, 仅靠差分格式本身的稳定性和相容性不足以保证数值解的收敛性, 还必须直接从误差方程入手作更细致的分析. 有关的严格的理论分析远远超出了本课程的范围, 感兴趣的读者可以参考文献 [2].

2.3.2   基于半离散化方法的差分格式

抛物型方程 $u_t = L(u) + f$ 与椭圆型方程有着密切的关系. 事实上, 由定义, 在任意给定的时刻 t, L 都是一个关于空间变量的椭圆型

微分算子. 因此, 我们可以在空间区域 Ω 上引入空间网格 J_Ω, 对给定的 t, 将 $u(x,t)$ 和 $f(x,t)$ 作为 x 的函数离散化为网格函数 $U_h(t) = \{U_j(t)\}_{j \in J_\Omega}$ 和 $f_h = \{f_j(t)\}_{j \in J_\Omega}$, 并应用第 1 章中介绍的差分方法 (也可以应用有限体积法、有限元方法等其他离散化方法) 将椭圆型微分算子离散化为相应的差分逼近算子 L_h. 通过这样的处理, 抛物型方程 $u_t = L(u) + f$ 的初边值问题就被转换成了定义在 J_Ω 上的常微分方程组初值问题

$$\begin{cases} U'_j(t) = L_h(U_h(t))_j + f_j(t), & \forall j \in J_\Omega, & (2.3.19) \\ U_j(0) = u(x_j, 0), & \forall j \in J_\Omega. & (2.3.20) \end{cases}$$

这种通过将空间变量和微分算子离散化将偏微分方程初边值问题转化为逼近常微分方程组初值问题的方法称为**半离散化方法**(也称为**线法**). 我们要求由半离散化方法得到的逼近常微分方程组初值问题 (也称为**半离散化问题**) 是适定的, 即半离散化问题存在唯一的稳定解 $U_h(t)$; 同时我们希望, 当空间网格尺度 h 趋于零时, 半离散化问题的解 $U_h(t)$ 在一定的意义下收敛到原问题的解 $u(x,t)$. 与直接差分逼近解的收敛性分析类似, 半离散化问题解的收敛性分析也可以建立在半离散化逼近算子截断误差的相容性分析和半离散化方程的稳定性分析的基础上.

例如, 在空间网格 $x_j = j/N$ $(j = 0, 1, \cdots, N)$ 上, 令 $h = 1/N$, 用关于空间的二阶中心差商 $\dfrac{\delta_x^2}{h^2}$ 逼近二阶微商 $\dfrac{\partial^2}{\partial x^2}$, 则偏微分方程初边值问题 (2.2.1)~(2.2.3) 就转换成常微分方程组初值问题

$$\begin{cases} U'_j(t) = N^2 \left[U_{j+1}(t) - 2U_j(t) + U_{j-1}(t) \right], & t > 0, \ 1 \leqslant j \leqslant N-1, & (2.3.21) \\ U_0(t) = U_N(t) = 0, & t > 0, & (2.3.22) \\ U_j(0) = u(x_j, 0), & 1 \leqslant j \leqslant N-1. & (2.3.23) \end{cases}$$

方程组 (2.3.21) 的矩阵形式为

$$U'_h(t) = -N^2 \boldsymbol{A}_h U_h(t), \tag{2.3.24}$$

其中 $\boldsymbol{A}_h$ 是一个对角元素为 2, 次对角元素为 -1 的 $N-1$ 阶三对角对称正定矩阵, 其特征值为 $\lambda_k = 4\sin^2 \dfrac{k\pi}{2N}$ $(k = 1, 2, \cdots, N-1)$. 显然,

当 $N \gg 1$ 时, $\lambda_{N-1}/\lambda_1 = O(N^2)$, 因此, 相应的常微分方程组 (2.3.24) 是一个刚性常微分方程组. 由于矩阵 $-N^2 \boldsymbol{A}_h$ 的特征值均为负数, 由经典的常微分方程的理论知, 半离散化问题 (2.3.21)~(2.3.23) 的解存在、唯一且稳定. 利用 Taylor 展开式可以得到半离散化逼近方程 (2.3.21) 的解的逼近误差 $e_j(t) = U_j(t) - u(x_j, t)$ 所满足的误差方程

$$e'_j(t) = N^2 \left[e_{j+1}(t) - 2\,e_j(t) + e_{j-1}(t)\right] - T_j(t), \quad t > 0,\ 1 \leqslant j \leqslant N-1,$$
$$\tag{2.3.25}$$

其中 $T_j = (L_h - L)\,u(x_j, t)$ 是半离散化逼近方程 (2.3.21) 的局部截断误差:

$$T_j(t) = \frac{1}{12}h^2 u_{xxxx}(\xi_j(t), t), \quad \xi_j(t) \in (x_{j-1}, x_{j+1}),$$
$$t > 0, \quad 1 \leqslant j \leqslant N-1. \tag{2.3.26}$$

据此, 我们可以分析半离散化方法的收敛性和误差估计. 另外, 我们也可以用分离变量法直接得到问题 (2.3.21)~(2.3.23) 的解的离散 Fourier 级数表达式

$$U_j(t) = \sum_{k=1}^{N-1} b_k\,\mathrm{e}^{-4N^2 t \sin^2 \frac{k\pi}{2N}} \sin \frac{k\pi j}{N}, \quad j = 0, 1, \cdots, N, \tag{2.3.27}$$

其中系数 b_k 可由初值 (2.3.23) 通过离散 Fourier 变换得到, 即

$$b_k = \frac{2}{N} \sum_{j=1}^{N-1} u(x_j, 0) \sin \frac{k\pi j}{N}, \quad k = 1, 2, \cdots, N-1. \tag{2.3.28}$$

将偏微分方程初边值问题 (2.2.1)~(2.2.3) 的解的 Fourier 级数表达式 (2.2.6) 和 (2.2.7) 与半离散化问题 (2.3.21)~(2.3.23) 的解的离散 Fourier 级数表达式 (2.3.27) 和 (2.3.28) 相比较即知, 我们可以在相当一般的条件下得到半离散化问题解的收敛性.

　　一般地说, 用半离散化方法由抛物型方程导出的常微分方程组刚性较大, 这是由原问题的内在性质决定的, 即齐次问题解的频率越高的分量, 其衰减的速度也越快. 利用常微分方程初值问题算法构造与理论分析方面的丰富结果, 我们可以根据不同的要求选取适当的数值方法将由半离散化方法得到的常微分方程初值问题 (2.3.19) 和 (2.3.20) 进

一步离散化, 从而构造出抛物型方程 $u_t = L(u) + f$ 初边值问题的一系列各具特色的全离散化格式.

例如, 分别用向前和向后 Euler 格式离散化常微分方程初值问题 (2.3.21)~(2.3.23) 就得到偏微分方程初边值问题 (2.2.1)~(2.2.3) 的向前显式差分格式 (2.2.8) 和向后隐式差分格式 (2.2.44). θ 格式也可以纳入这一框架. 鉴于所涉及的是刚性常微分方程组, 为了得到较好的稳定性和收敛阶, 我们可以考虑应用诸如 Gear 型和隐式 Runge-Kutta 型等方法. 将一级二阶的隐式 Runge-Kutta 中点公式用于方程组 (2.3.24) 得全离散格式

$$\begin{cases} V = -N^2 \, \boldsymbol{A}_h \left(U^m + \dfrac{1}{2}\tau V \right), & (2.3.29) \\[2mm] U^{m+1} = U^m + \tau V. & (2.3.30) \end{cases}$$

这等价于两步格式 (见习题 2 第 17 题)

$$\begin{cases} U_j^{m+\frac{1}{2}} = U_j^m + \dfrac{1}{2}\mu \left(U_{j+1}^{m+\frac{1}{2}} - 2U_j^{m+\frac{1}{2}} + U_{j-1}^{m+\frac{1}{2}} \right), & (2.3.31) \\[2mm] U_j^{m+1} = U_j^m + \mu \left(U_{j+1}^{m+\frac{1}{2}} - 2U_j^{m+\frac{1}{2}} + U_{j-1}^{m+\frac{1}{2}} \right), & (2.3.32) \end{cases}$$

即先用向后 Euler 隐式格式得到半时间步上的近似值 $U_j^{m+\frac{1}{2}}$, 再用中点积分公式得到整时间点上的近似值 U_j^{m+1}. 将式 (2.3.32) 与 (2.3.31) 相减得

$$U_j^{m+1} = U_j^{m+\frac{1}{2}} + \frac{1}{2}\mu \left(U_{j+1}^{m+\frac{1}{2}} - 2U_j^{m+\frac{1}{2}} + U_{j-1}^{m+\frac{1}{2}} \right). \qquad (2.3.33)$$

因此, 该格式又等价于先作半步隐式格式 (2.3.31), 再作半步显式格式 (2.3.33). 有意思的是, 如果从半时间点 $t_{m-\frac{1}{2}}$ 出发, 先作半步显式格式 (2.3.33) 得 U^m, 再作半步隐式格式 (2.3.31) 得 $U^{m+\frac{1}{2}}$, 则将两个半步以先显后隐的顺序合并就得到等价格式

$$\begin{aligned} U_j^{m+\frac{1}{2}} = {} & U_j^{m-\frac{1}{2}} + \frac{1}{2}\mu \left(U_{j+1}^{m-\frac{1}{2}} - 2U_j^{m-\frac{1}{2}} + U_{j-1}^{m-\frac{1}{2}} \right) \\ & + \frac{1}{2}\mu \left(U_{j+1}^{m+\frac{1}{2}} - 2U_j^{m+\frac{1}{2}} + U_{j-1}^{m+\frac{1}{2}} \right). \qquad (2.3.34) \end{aligned}$$

而这正是从半时间点 $t_{m-\frac{1}{2}}$ 到半时间点 $t_{m+\frac{1}{2}}$ 的 **Crank-Nicolson 格式**.

2.3.3 一般边界条件的处理

如果边界条件中含有导数项, 则我们还需要对边界条件作差分逼近. 例如, 在模型问题 (2.2.1)~(2.2.3) 中将区域左端点 $x = 0$ 处的 Dirichlet 边界条件换为第三类边界条件

$$u_x(0,t) = \alpha(t)u(0,t) + g_0(t), \quad \alpha(t) \geqslant 0, \ \forall t > 0. \tag{2.3.35}$$

注意这里 $\alpha(t) \geqslant 0$ 是一个重要的条件. 事实上, 当 $\alpha(t) > 0$ 时, 条件 (2.3.35) 表明负外法向导数值正比于函数值, 在热流问题中这意味着, 当物体表面温度升高时, 热量向外流出的速率会随之增加. 与之相反的假设显然是非物理的, 所对应的数学问题也是不适定的, 其解将呈指数型迅速增长. 用关于空间的向前差分算子 $\dfrac{\Delta_{+x}}{\Delta x}$ 代替微分算子 $\dfrac{\partial}{\partial x}$, 则得到在相应网格函数空间上的逼近边界条件

$$\frac{U_1^m - U_0^m}{\Delta x} = \alpha^m U_0^m + g_0^m, \quad m \geqslant 1, \tag{2.3.36}$$

或等价的

$$U_0^m = \beta^m U_1^m - \beta^m g_0^m \Delta x, \quad m \geqslant 1, \tag{2.3.37}$$

其中

$$\beta^m = \frac{1}{1 + \alpha^m \Delta x}. \tag{2.3.38}$$

当在内点集上使用显式差分格式时, 由已知的 U^m, 我们可以逐一计算出 U_j^{m+1} ($j = 1, \cdots, N-1$), 再由式 (2.3.37) 计算出 U_0^{m+1}; 当在内点集上使用隐式差分格式时, 可以将由式 (2.3.37) 定义的 U_0^{m+1} 代入内点集上的隐式差分格式, 联立解出 U_j^{m+1} ($j = 1, \cdots, N-1$), 再由式 (2.3.37) 计算出 U_0^{m+1}. 总之, 在一般情况下, 我们总可以只将内点函数值 U_j^m ($j = 1, \cdots, N-1$) 作为独立变量. 这时, 由于含导数边界条件边界点上的函数值是由类似于式 (2.3.37) 的逼近边界条件给出的,

这将改变非正则内点, 即与含导数边界条件边界点相邻的内点上的差分格式的形式. 因此, 在考虑差分格式的局部截断误差时, 在非正则内点处必须作特殊处理. 例如, 在计算 $\delta_x^2 U_1^m$ 时, 若将其中的 U_0^m 用式 (2.3.37) 的右端代入, 则综合效果相当于在点 (x_1, t_m) 处用差商

$$\frac{U_2^m - (2 - \beta^m)U_1^m - \beta^m g_0^m \Delta x}{(\Delta x)^2} = \frac{U_2^m - 2U_1^m + (\beta^m U_1^m - \beta^m g_0^m \Delta x)}{(\Delta x)^2} \tag{2.3.39}$$

代替二阶微商 $u_{xx}(x_1, t_m)$, 因此其截断误差由原来的 $O((\Delta x)^2)$ 变为

$$\begin{aligned}
&\frac{u_2^m - (2 - \beta^m)u_1^m - \beta^m g_0^m \Delta x}{(\Delta x)^2} - u_{xx}(x_1, t_m) \\
&= \left[\frac{u_2^m - 2u_1^m + u_0^m}{(\Delta x)^2} - u_{xx}(x_1, t_m)\right] + \frac{\beta^m}{\Delta x}\left[\frac{u_1^m - u_0^m}{\Delta x} - u_x(x_0, t_m)\right] \\
&= \left[\frac{\delta_x^2}{(\Delta x)^2} - \frac{\partial^2}{\partial x^2}\right]u_1^m + \frac{\beta^m}{\Delta x}\left[\frac{\Delta_{+x}}{\Delta x} - \frac{\partial}{\partial x}\right]u_0^m \\
&= \left[\frac{1}{12}(\Delta x)^2 u_{xxxx} + \cdots\right]_1^m + \frac{\beta^m}{\Delta x}\left[\frac{1}{2}\Delta x u_{xx} + \cdots\right]_0^m \\
&= \frac{1}{2}\beta^m u_{xx}(x_0, t_m) + O(\Delta x) = O(1). \tag{2.3.40}
\end{aligned}$$

以上推导过程表明, 处理后的差分格式在点 (x_1, t_m) 处的截断误差是原格式的截断误差与 $\beta^m h^{-1}$ 倍的逼近边界条件截断误差之和. 对其他类型的差分逼近算子和含空间导数边界条件的其他类型的逼近边界条件也可以作类似的处理.

将逼近边界条件 (2.3.37) 代入向前差分显式差分格式 (2.2.8) 得点 $j = 1$ 处处理后的等效差分格式和误差方程

$$\frac{U_1^{m+1} - U_1^m}{\tau} = \frac{U_2^m - (2 - \beta^m)U_1^m - \beta^m g_0^m h}{h^2}, \tag{2.3.41}$$

$$\frac{e_1^{m+1} - e_1^m}{\tau} = \frac{e_2^m - (2 - \beta^m)e_1^m}{h^2} - T_1^m, \tag{2.3.42}$$

其中 T_1^m 为差分格式 (2.3.41) 的局部截断误差. 由定义和式 (2.3.40), 有

$$
\begin{aligned}
T_1^m &= \left[\frac{u_1^{m+1} - u_1^m}{\tau} - \frac{u_2^m - (2 - \beta^m)u_1^m - \beta^m g_0^m h}{h^2} \right] - [u_t - u_{xx}]_1^m \\
&= \left[\frac{1}{2}\tau u_{tt} - \frac{1}{12}h^2 u_{xxxx} + \cdots \right]_1^m - \frac{\beta^m}{h}\left[\frac{1}{2}h u_{xx} + \cdots \right]_0^m \\
&= O(1).
\end{aligned} \tag{2.3.43}
$$

由于在非正则内点和正则内点上差分格式有不同的形式, 因此在稳定性分析时也必须作特殊处理. 一般地说, Fourier 分析方法只适用于所有节点上的差分格式都完全相同的情况, 因此我们无法在此直接应用 Fourier 分析方法研究格式的 $\mathbb{L}^2$ 稳定性. 但我们仍然可以通过讨论格式满足最大值原理的条件分析其 $\mathbb{L}^\infty$ 稳定性. 首先, 在正则内点上, 差分格式 (2.2.8) 满足最大值原理的条件是 $\mu \leqslant 1/2$. 在 $j = 1$ 点, 将式 (2.3.41), (2.3.42) 改写为以下等价形式:

$$
U_1^{m+1} = [1 - \mu(2 - \beta^m)]U_1^m + \mu U_2^m - \mu\beta^m g_0^m h, \tag{2.3.44}
$$

$$
e_1^{m+1} = [1 - \mu(2 - \beta^m)]e_1^m + \mu e_2^m - T_1^m \tau. \tag{2.3.45}
$$

当 $\mu \leqslant 1/2$ 时, 由 $\alpha^m \geqslant 0$ 知 $\beta^m \in (0, 1]$, 于是, 式 (2.3.44), (2.3.45) 右端 U 和 e 各分量前的系数均非负, 且其和不超过左端的系数 1. 因此, 格式满足最大值原理的条件并没有因为含导数边界条件的出现而改变. 事实上, 在定理 1.2 中, 取 $\Omega = \Omega_{h,t_{\max}} \triangleq (x_1, 1) \times (0, t_{\max})$, $\partial\Omega_D = \{(x, t) : x_1 \leqslant x \leqslant 1,\ t = 0,\ 或\ x = 1,\ 0 \leqslant t \leqslant t_{\max}\}$, 则不难证明差分算子 $L_{(h,\tau)}$:

$$
L_{(h,\tau)}v_j^{m+1} = \begin{cases} \dfrac{v_{j+1}^m - 2v_j^m + v_{j-1}^m}{(\Delta x)^2} - \dfrac{v_j^{m+1} - v_j^m}{\Delta t}, & j > 1, \\[3mm] \dfrac{v_2^m - (2 - \beta^m)v_1^m}{(\Delta x)^2} - \dfrac{v_1^{m+1} - v_1^m}{\Delta t}, & j = 1, \end{cases} \tag{2.3.46}
$$

当 $\alpha^m \geqslant 0$ 时, 满足最大值原理的条件仍然是 $\mu \leqslant 1/2$.

尽管在点 $j = 1$ 处由于受含导数型逼近边界条件的影响, 截断误差增至 $O(1)$, 但通过选取适当的比较函数并利用最大值原理, 与处理椭圆型问题类似 (见定理 1.6, 定理 1.7 和例 1.2), 我们仍然可以证明由向前差分显式格式 (2.2.8) 结合逼近边界条件 (2.3.36) 所得到的差分格式的整体误差可达到 $O(\tau + h)$ (见习题 2 第 18 题).

可见, 逼近边界条件 (2.3.36) 使得离散解整体误差关于空间步长的逼近阶降了一阶. 实际应用中我们可以考虑更精确的逼近边界条件. 我们在这里介绍两种最常用的方法. 仍以边界条件 (2.3.35) 为例. 两种方法都在含导数边界条件的边界点外引入一个虚拟节点. 不同之处在于, 第一种方法是使边界点位于虚拟节点与紧邻内部网格点的中点, 而第二种方法则仍将边界点取在节点上.

具体地说, 在第一种方法中, 对任意给定的正整数 N, 令 $h = \Delta x = \left(N - \dfrac{1}{2} \right)^{-1}$, $x_j = \left(j - \dfrac{1}{2} \right) h$ $(j = 0, 1, \cdots, N)$. 注意, 此时节点 x_0 是落在定义域之外的虚拟节点, 含导数边界条件的边界点 0 位于节点 x_0 与 x_1 的中点, 即 $0 = (x_0 + x_1)/2$. 我们在式 (2.3.35) 中用点 $j = 1/2$, 即 $x = 0$ 处的一阶中心差分算子 $\dfrac{\delta_x}{\Delta x}$ 代替一阶微分算子 $\dfrac{\partial}{\partial x}$ 得逼近边界条件

$$\frac{U_1^m - U_0^m}{\Delta x} = \frac{1}{2} \alpha^m \left(U_1^m + U_0^m \right) + g_0^m, \qquad (2.3.47)$$

或等价的

$$U_0^m = \xi^m U_1^m - \eta^m g_0^m \Delta x, \qquad (2.3.48)$$

其中

$$\xi^m = \frac{2 - \alpha^m \Delta x}{2 + \alpha^m \Delta x}, \quad \eta^m = \frac{2}{2 + \alpha^m \Delta x}. \qquad (2.3.49)$$

将式 (2.3.48) 代入点 $j = 1$ 处的向前差分显式格式得该点的等效差分格式和误差方程

$$\frac{U_1^{m+1} - U_1^m}{\tau} = \frac{U_2^m - (2 - \xi^m) U_1^m - \eta^m g_0^m h}{h^2}, \qquad (2.3.50)$$

$$\frac{e_1^{m+1} - e_1^m}{\tau} = \frac{e_2^m - (2 - \xi^m) e_1^m}{h^2} - T_1^m, \qquad (2.3.51)$$

这里截断误差 T_1^m 与前面类似可以表示为原格式的截断误差与 $-\eta^m h^{-1}$ 倍的逼近边界条件的截断误差之和, 即

$$T_1^m = \left[\frac{u_1^{m+1} - u_1^m}{\tau} - \frac{u_2^m - (2 - \xi^m)u_1^m - \eta^m g_0^m h}{h^2} \right] - [u_t - u_{xx}]_1^m$$

$$= \left[\frac{1}{2}\tau u_{tt} - \frac{1}{12}h^2 u_{xxxx} + \cdots \right]_1^m - \frac{\eta^m}{h}\left[\frac{1}{24}h^2(u_{xxx} - 3\alpha^m u_{xx}) + \cdots \right]_{\frac{1}{2}}^m$$

$$= O(\tau + h). \tag{2.3.52}$$

在点 $j = 1$ 处, 将式 (2.3.50), (2.3.51) 分别改写为以下等价形式:

$$U_1^{m+1} = (1 - \mu(2 - \xi^m))U_1^m + \mu U_2^m - \mu\eta^m g_0^m h, \tag{2.3.53}$$

$$e_1^{m+1} = (1 - \mu(2 - \xi^m))e_1^m + \mu e_2^m - T_1^m \tau. \tag{2.3.54}$$

当 $\mu \leqslant 1/2$ 时, 由 $\alpha^m \geqslant 0$ 知 $\xi^m \in (0,1]$, 于是, 式 (2.3.53), (2.3.54) 右端 U 和 e 各分量前的系数均非负, 且其和不超过左端的系数 1. 因此, 格式满足最大值原理的条件也没有因为含导数边界条件的出现而改变. 同样, 通过选取适当的比较函数, 利用最大值原理可以证明, 结合逼近边界条件 (2.3.47) 后, 向前差分显式格式的整体误差是 $O(\tau + h^2)$.

在第二种方法中, 对任意给定的正整数 N, 令 $h = \Delta x = N^{-1}$, $x_j = jh \ (j = -1, 0, \cdots, N)$. 这里, $x_{-1} = -\Delta x$ 为虚拟节点, $[x_{-1}, x_0]$ 称为**影子单元**. 我们在式 (2.3.35) 中用点 $j = 0$ 处的一阶中心差分算子 $\frac{\Delta_{0x}}{2\Delta x}$ 代替一阶微分算子 $\frac{\partial}{\partial x}$ 得逼近边界条件

$$\frac{U_1^m - U_{-1}^m}{2\Delta x} = \alpha^m U_0^m + g_0^m, \tag{2.3.55}$$

或等价的

$$U_{-1}^m = U_1^m - 2\,\alpha^m U_0^m \Delta x - 2\,g_0^m \Delta x. \tag{2.3.56}$$

注意, 在这种情况下, $j = 0$ 是网格内点, 需要与其他内点一样在该点建立差分格式. 将式 (2.3.56) 代入点 $j = 0$ 处的向前差分显式格式得该点的等效差分格式和误差方程

$$\frac{U_0^{m+1} - U_0^m}{\tau} = \frac{2\,U_1^m - 2\,(1 + \alpha^m h)\,U_0^m - 2\,g_0^m h}{h^2}, \tag{2.3.57}$$

$$\frac{e_0^{m+1} - e_0^m}{\tau} = \frac{2\,e_1^m - 2\,(1 + \alpha^m h)\,e_0^m}{h^2} - T_0^m, \tag{2.3.58}$$

这里截断误差 T_0^m 与前面类似可以表示为原格式的截断误差与 $-2h^{-1}$ 倍的逼近边界条件截断误差之和, 即

$$
\begin{aligned}
T_0^m &= \left[\frac{u_0^{m+1} - u_0^m}{\tau} - \frac{u_1^m - 2(1 + \alpha^m h) u_0^m - 2g_0^m h}{h^2} \right] - [u_t - u_{xx}](x_0, t_m) \\
&= \left[\frac{1}{2} \tau u_{tt} - \frac{1}{12} h^2 u_{xxxx} + \cdots \right]_0^m - \frac{2}{h} \left[\frac{1}{6} h^2 u_{xx} + \cdots \right]_0^m \\
&= O(\tau + h).
\end{aligned}
\tag{2.3.59}
$$

在点 $j = 0$, 将式 (2.3.57), (2.3.58) 分别改写为以下等价形式:

$$
U_0^{m+1} = [1 - 2\mu(1 + \alpha^m h)] U_0^m + 2\mu U_1^m - 2\mu g_0^m h, \tag{2.3.60}
$$

$$
e_0^{m+1} = [1 - 2\mu(1 + \alpha^m h)] e_0^m + 2\mu e_1^m - T_1^m \tau. \tag{2.3.61}
$$

由此可见, 使用逼近边界条件 (2.3.55) 使得格式满足最大值原理的条件变为

$$
2\mu(1 + \alpha^m h) \leqslant 1. \tag{2.3.62}
$$

类似地, 由基于最大值原理的误差分析可以证明向前差分显式格式的整体误差为 $O(\tau + h^2)$.

虽然以上讨论都是以区域左端点上的含导数边界条件 (2.3.35) 和模型问题的向前差分显式格式为例展开的, 但所用的方法同样适用于右端点上的含导数边界条件

$$
-u_x(1, t) = \gamma(t) u(1, t) + g_1(t), \quad \gamma(t) \geqslant 0, \ \forall t > 0, \tag{2.3.63}
$$

两端点以任何方式组合的边界条件, 以及其他形式的抛物型问题和差分格式. 经过适当的处理, 也可以推广到高维情形.

2.3.4 耗散与守恒性质

前面我们讨论了差分格式的构造方法, 分析了差分格式稳定性、收敛性和误差阶等重要性质. 但由于实际计算中时间和空间步长都不可能取得很小, 我们除了要分析差分格式的稳定性和极限行为外, 有时也有必要考查其能否在有限网格步长下保持或近似保持原方程的一些重要的定性性质. 这样的分析将有助于我们了解数值解在何种条件下能

够有效地反映出真解所蕴涵的某些物理性质, 并为我们建立更有效的差分格式开辟思路. 我们讨论差分格式的 $\mathbb{L}^\infty$ 稳定性时所用到的最大值原理就是一个很好的例子.

椭圆型微分算子在抛物型方程中扮演着耗散的角色. 这一点在模型问题 (2.2.1)~(2.2.3) 的解 (2.2.7) 中非常清楚地表现出来, 解的所有 Fourier 波型都随时间呈指数型衰减, 且频率越高的波型衰减得越快, 更确切地说, 频率为 k 的 Fourier 波型解在一个时间步 τ 中的衰减系数为 $\mathrm{e}^{-k^2\pi^2\tau}$. 我们可以通过 Fourier 分析方法来考查差分逼近解能在多大程度上反映这一性质. 例如, 由式 (2.2.35) 知, 向前差分显式格式 (2.2.8)~(2.2.10) 关于 Fourier 波型 $U_j^m = \lambda_k^m \mathrm{e}^{\mathrm{i}k\pi j\Delta x}$ 的增长因子, 即在一个时间步 τ 中该波型振幅的增长或衰减系数为

$$\lambda_k = 1 - 4\mu \sin^2 \frac{k\pi h}{2}, \quad h = \Delta x = \frac{1}{N}, \; k = 1, 2, \cdots, N.$$

对任意给定的 k 和 $t_{\max} > 0$, 我们有

$$\lim_{h \to 0} \lambda_k^m \, \mathrm{e}^{k^2\pi^2 m\tau} = \lim_{h \to 0} (1 - k^2\pi^2\tau)^m \, \mathrm{e}^{k^2\pi^2 m\tau} = 1, \quad 0 < m\tau \leqslant t_{\max}.$$

这说明, 对有限频率的 Fourier 波型, 差分逼近解的确正确反映了真解的衰减特性. 但是, 对任意给定的 N, 取 $k = N$, 则容易看出, 当 $\mu > 1/2$ 时, 相应的 Fourier 波型是发散的. 可以看出差分逼近解中最不稳定的是网格尺度的高频分量. 另外, 可以认为抛物型差分逼近算子的不稳定性本质上是一种局部性质, 因为当不稳定性出现时, 任何一个局部的网格尺度的微小振荡都会迅速增长并在其邻域中很快淹没所有其他信息. 由 Fourier 分析, 我们导出了 $\mathbb{L}^2$ 稳定性的条件 $\mu \leqslant 1/2$. 值得注意的是, 当 $\mu = 1/2$ 时, $\lambda_N = -1$, 这显然仍然与我们希望其反映的快速衰减性质不符. 特别是当我们讨论时间 t 趋于无穷时解的极限行为时, 网格尺度高频分量的累积误差将不可忽视. 如果我们取 $\mu < 1/2$, 则差分逼近解的所有高频分量都将迅速衰减, 尽管衰减速度可能会与预期速度值明显不同. 然而, 由于真解高频分量的衰减速度也极为迅速, 所以, 从初始时刻开始, 在一个短时间之内, 真解和数值解的高频分量都将衰减到可以忽略的量级, 在此之后的误差将基本上完全由低频分量

的误差所决定. 一般情况下, 正是对应于 $k \ll N$ 的低频分量的增长因子比较精确地反映了预期的衰减速度. 这为我们根据初值的频率分布和数值解逼近精度的要求选取适当的空间和时间步长提供了进一步的依据.

对于许多一般的抛物型方程的初边值问题, 例如具有非 Dirichlet 边界条件、变系数线性方程, 甚至非线性方程的问题, 以及相应的差分逼近格式, 虽然由于不存在 Fourier 波型解, 我们无法应用 Fourier 分析的方法直接分析其稳定性, 但是基于抛物型方程差分逼近格式不稳定性的局部性, 我们仍然可以应用 Fourier 分析通过研究差分格式的局部耗散性质给出数值解稳定性的必要条件. 具体地说, 我们可以分别独立地考查每个节点处的差分格式关于 Fourier 波型的增长因子, 并分析这些增长因子的模同时小于 1 的条件. 例如, 对非线性方程 (2.3.13) 的向前差分显式格式 (2.3.14), 我们可以在数值解 U_j^m 可能的取值范围 $\mathcal{U}$ 内任取 ξ, 考查格式

$$U_j^{m+1} = U_j^m + \bar{\mu}\, a(\xi)\left(U_{j+1}^m - 2U_j^m + U_{j-1}^m\right), \quad j = 1, 2, \cdots, N \quad (2.3.64)$$

关于 Fourier 波型 $U_j^m = \lambda_k^m \mathrm{e}^{\mathrm{i}k\pi j \Delta x}$ 的增长因子

$$\lambda_k = 1 - 4\,\bar{\mu}\, a(\xi) \sin^2 \frac{k\pi\Delta x}{2}, \quad (2.3.65)$$

其中 $\bar{\mu} = \tau/h^2$, 并由此得到向前差分显式格式 (2.3.14) 的 $\mathbb{L}^2$ 稳定的必要条件

$$\bar{\mu} \max_{\xi \in \mathcal{U}} a(\xi) \leqslant \frac{1}{2}. \quad (2.3.66)$$

不难发现, 这与格式 (2.3.14) 满足最大值原理的条件 (2.3.15) 是一致的. 当然, 一般情况下, 由局部的 Fourier 分析得到的 $\mathbb{L}^2$ 稳定的必要条件与格式满足最大值原理的条件之间是有差距的. 不过, 对相当广泛的一类抛物型方程和相应的逼近差分格式, 由局部的 Fourier 分析得到的 $\mathbb{L}^2$ 稳定的必要条件也是格式 $\mathbb{L}^2$ 稳定的充分条件, 甚至可以保证格式的 $\mathbb{L}^\infty$ 稳定性 (见文献 [13]).

具有散度形式椭圆型算子的抛物型方程可以写成守恒型的积分形式. 例如, 方程 $u_t = a\, u_{xx}$ 的守恒型的积分形式为

$$\int_{x_l}^{x_r} u(x,t_a)\,dx = \int_{x_l}^{x_r} u(x,t_b)\,dx + \int_{t_b}^{t_a} [a\,u_x(x_r,t) - a\,u_x(x_l,t)]\,dt,$$

$$\forall\, 0 \leqslant x_l < x_r, \ \ \forall\, t_a > t_b \geqslant 0. \tag{2.3.67}$$

在热流问题中, 上式的物理意义是: 系统在 t_a 时刻在子区域 (x_l, x_r) 上所具有的热量

$$h([x_l, x_r]; t_a) \triangleq \int_{x_l}^{x_r} u(x, t_a)\,dx$$

等于其在 $t_b < t_a$ 时刻在该子区域上所具有的热量 $h([x_l, x_r]; t_b)$ 与在时间段 (t_b, t_a) 内通过边界净流入该子区域的热量之代数和. 这一性质被称为方程的 (局部) **热守恒性质**.

如果考虑的是 Neumann 边界条件

$$u_x(0,t) = g_0(t), \quad u_x(1,t) = g_1(t), \tag{2.3.68}$$

则系统在 t_a 时刻所具有的总热量等于其在 $t_b < t_a$ 时刻所具有的总热量与在时间段 (t_b, t_a) 内通过边界净流入系统的热量之代数和, 即

$$\int_0^1 u(x,t_a)\,dx = \int_0^1 u(x,t_b)\,dx + \int_{t_b}^{t_a} a(g_1(t) - g_0(t))\,dt. \tag{2.3.69}$$

这是系统的整体热守恒性质. 特别地, 当 $g_0(t) \equiv g_1(t)$ 时, 我们有 $\int_0^1 u(x,t)\,dx \equiv \int_0^1 u(x,0)\,dx$, 即系统总热量守恒.

守恒性是十分重要的物理性质, 我们自然希望差分逼近方程的解能在一定意义下保持守恒性. 为此, 用离散函数 U 逼近的量必须具有某种守恒性. 一个合理的做法是: 用离散函数 U_j^m 逼近真解 $u(\cdot, t_m)$ 在网格单元 $(x_{j-\frac{1}{2}}, x_{j+\frac{1}{2}})$ 上的积分平均值, 而不是理解为逼近点值 $u(x_j, t_m)$; 然后从方程的守恒型积分形式 (2.3.67) 出发, 用适当的数值积分代替积分得到通常称之为有限体积格式的守恒型差分格式

$$U_j^{m+1} = U_j^m - \frac{\Delta t}{\Delta x}[F(U_{j+1}^{m+1}, U_{j+1}^m, U_j^{m+1}, U_j^m)$$
$$- F(U_j^{m+1}, U_j^m, U_{j-1}^{m+1}, U_{j-1}^m)], \tag{2.3.70}$$

其中 $F(U_{j+1}^{m+1}, U_{j+1}^m, U_j^{m+1}, U_j^m)$ 是离散系统中的数值热通量, 它逼近的是系统在 $x_{j+\frac{1}{2}}$ 点的热通量 $f(x_{j+\frac{1}{2}}, t) \triangleq -a\, u_x(x_{j+\frac{1}{2}}, t)$ 在时间段 (t_m, t_{m+1}) 上的积分平均值

$$\bar{f}(x_{j+\frac{1}{2}}; (t_m, t_{m+1})) \triangleq \frac{1}{\Delta t} \int_{t_m}^{t_{m+1}} f(x_{j+\frac{1}{2}}, t)\, \mathrm{d}t.$$

例如, 向前差分显式格式可以写成守恒形式

$$U_j^{m+1} = U_j^m - \frac{\Delta t}{\Delta x}\left[\left(-a\frac{U_{j+1}^m - U_j^m}{\Delta x}\right) - \left(-a\frac{U_j^m - U_{j-1}^m}{\Delta x}\right)\right]. \quad (2.3.71)$$

对于守恒型差分格式 (2.3.70), 我们有

$$\sum_{j=j_l}^{j_r} U_j^{m+k}\Delta x = \sum_{j=j_l}^{j_r} U_j^m \Delta x + \sum_{l=1}^{k}\left[-F(U_{j_r+1}^{m+l}, U_{j_r+1}^{m+l-1}, U_{j_r}^{m+l}, U_{j_r}^{m+l-1})\right.$$
$$\left. + F(U_{j_l+1}^{m+l}, U_{j_l+1}^{m+l-1}, U_{j_l}^{m+l}, U_{j_l}^{m+l-1})\right]\Delta t, \qquad (2.3.72)$$

$$0 \leqslant j_l < j_r < N, \quad m \geqslant 0, \quad k > 0.$$

而这正是守恒型积分形式的方程 (2.3.67) 的离散形式. 在热流问题中, 该式的物理意义是: 离散系统在 t_{m+k} 时刻在子区域 $(x_{j_l-\frac{1}{2}}, x_{j_r+\frac{1}{2}})$ 上所具有的热量

$$H([x_{j_l-\frac{1}{2}}, x_{j_r+\frac{1}{2}}]; t_{m+k}) \triangleq \sum_{j=j_l}^{j_r} U_j^{m+k}\Delta x$$

是其在 t_m 时刻在该子区域上所具有的热量 $H([x_{j_l-\frac{1}{2}}, x_{j_r+\frac{1}{2}}]; t_m)$ 与在时间段 (t_m, t_{m+k}) 内通过边界净流入该子区域的热量之代数和. 这显然是连续系统 (局部) 热守恒性质在离散系统中的翻版, 因此也称之为离散系统的 (局部) **热守恒性质**.

再来考查差分格式在 Neumann 边界条件 (2.3.68) 下的整体热守恒性质. 我们在问题的定义域 $[0,1] \times \mathbb{R}_+$ 上引入 (带虚拟节点的) 网格

$$x_j = \left(j - \frac{1}{2}\right)h, \quad 0 \leqslant j \leqslant N, \; h = \Delta x = \frac{1}{N-1}, \quad (2.3.73)$$

$$t_m = m\tau, \quad m \geqslant 0, \; \tau = \Delta t = \mu(\Delta x)^2. \quad (2.3.74)$$

为简单起见, 我们的讨论将仅限于在这种网格上定义的向前差分显式格式 (2.3.71) 和逼近边界条件

$$\frac{U_1^m - U_0^m}{\Delta x} = \bar{g}_0^m, \quad \frac{U_N^m - U_{N-1}^m}{\Delta x} = \bar{g}_1^m, \qquad (2.3.75)$$

其中, 为了更准确地计算通过边界流入的热量, 与 (2.3.36) 不同, 我们没有采用点值 g_0^m 和 g_1^m, 而是使用了相应时间步上的积分平均值

$$\bar{g}_0^m = \frac{1}{\Delta t} \int_{t_m}^{t_{m+1}} g_0(t)\, \mathrm{d}t, \quad \bar{g}_1^m = \frac{1}{\Delta t} \int_{t_m}^{t_{m+1}} g_1(t)\, \mathrm{d}t. \qquad (2.3.76)$$

由式 (2.3.71), (2.3.72), (2.3.75) 和 (2.3.76), 在式 (2.3.72) 中取 $j_l = 0$, $j_r = N - 1$, 我们有

$$\begin{aligned}
H([0,1];t_{m+1}) &= H([0,1];0) + \Delta t \sum_{l=0}^{m} \left[\left(a\frac{U_N^l - U_{N-1}^l}{\Delta x} \right) - \left(a\frac{U_1^l - U_0^l}{\Delta x} \right) \right] \\
&= \sum_{j=1}^{N-1} U_j^0 \Delta x + \sum_{l=0}^{m} a\left(\bar{g}_1^l - \bar{g}_0^l \right) \Delta t \\
&= \sum_{j=1}^{N-1} \int_{x_{j-\frac{1}{2}}}^{x_{j+\frac{1}{2}}} u(x,0)\, \mathrm{d}x + a \sum_{l=0}^{m} \int_{t_l}^{t_{l+1}} (g_1(t) - g_0(t))\, \mathrm{d}t \\
&= h([0,1];0) + \int_0^{t_{m+1}} a\left(g_1(t) - g_0(t) \right) \mathrm{d}t \\
&= h([0,1];t_{m+1}), \quad \forall m \geqslant 0, \qquad (2.3.77)
\end{aligned}$$

这里我们用到了初始网格函数值为初始函数的网格单元积分平均值, 即

$$U_j^0 = \frac{1}{\Delta x} \int_{x_{j-\frac{1}{2}}}^{x_{j+\frac{1}{2}}} u(x,0)\, \mathrm{d}x, \quad j = 1, \cdots, N-1. \qquad (2.3.78)$$

由式 (2.3.77) 可以清楚地看出, 这样得到的差分逼近解不仅具有整体热守恒性质, 而且离散系统的总热量与连续系统的总热量在每一个整时间步上精确相等! 当然, 在实际计算中, 对初始网格函数值 (2.3.78) 和边界热通量 (2.3.76) 的计算通常需要使用数值积分, 由此会给最终

的数值结果带来整体误差. 特别地, 在 Neumann 边值条件下, 根据差分格式的整体热守恒性质, 由初始值逼近方法给总热量带来的误差是一个常量, 在实际计算中应该尽量减少这样的误差. 例如, 如果我们用 $U_j^0 = u(x_j, 0)$ 定义初值, 则相当于用中点公式计算 (2.3.78) 中的积分, 因此, 除非 u^0 是线性函数, 数值解的总热量将会有非零的 $O(h^2)$ 量级的不随时间改变的误差.

§2.4 高维抛物型偏微分方程的差分逼近

2.4.1 高维盒形区域上的显式格式和隐式格式

我们考虑 $\Omega \times \mathbb{R}_+ \subset \mathbb{R}^2 \times \mathbb{R}_+$ 上的模型问题

$$
\begin{cases}
u_t = a\,(u_{xx} + u_{yy}), & (x, y) \in \Omega, \ t > 0, & (2.4.1) \\
u(x, y, 0) = u^0(x, y, 0), & (x, y) \in \overline{\Omega}, & (2.4.2) \\
u(x, y, t) = 0, & (x, y) \in \partial\Omega, \ t > 0 & (2.4.3)
\end{cases}
$$

的向前差分显式格式, 其中 $a > 0$ 是常数, $\Omega = (0, X) \times (0, Y)$ 是二维空间中的矩形区域. 与在一维情形类似, 我们首先在 $\overline{\Omega} \times \mathbb{R}_+$ 上引入网格. 为简单起见, 我们仍然只限于考虑张量积形式的均匀时空网格. 任给正整数 N_x 和 N_y, 分别取 x 方向和 y 方向的空间步长 $h_x = \Delta x = X N_x^{-1}$ 和 $h_y = \Delta y = Y N_y^{-1}$. 令 $x_j = j\,h_x$ $(j = 0, 1, \cdots, N_x)$, $y_k = k\,h_y$ $(k = 0, 1, \cdots, N_y)$, $t_m = m\tau$ $(m = 0, 1, \cdots)$, 其中 τ 为时间步长, 则在 $\mathbb{R}^2 \times \mathbb{R}_+$ 中分别垂直于 x 轴、y 轴和 t 轴的平面族 $x = x_j$ $(j = 0, 1, \cdots, N_x)$, $y = y_k$ $(k = 0, 1, \cdots, N_y)$, $t = t_m$ $(m = 0, 1, \cdots)$ 给出了 $\overline{\Omega} \times \mathbb{R}_+$ 上一个均匀分布的平行六面体网格, 其网格节点集为

$$
J = \{(x_j, y_k, t_m) : 0 \leqslant j \leqslant N_x, \ 0 \leqslant k \leqslant N_y, \ m \geqslant 0\}.
$$

在不会引起混淆时, 为简化记号, 常将节点 (x_j, y_k, t_m) 简记为 (j, k, m). 其次, 在网格上定义网格函数

$$
U = \{U_{j,k}^m = U(h_x, h_y, \tau) : 0 \leqslant j \leqslant N_x, \ 0 \leqslant k \leqslant N_y, \ m \geqslant 0\}.
$$

通常将模型问题 (2.4.1)~(2.4.3) 的真解 u 在网格节点 (j, k, m) 上的取值记为 $u_{j,k}^m$, 即 $u_{j,k}^m = u(x_j, y_k, t_m)$.

将一维向前差分显式格式自然推广到方程 (2.4.1), 即在时间方向用一阶向前差商 $\dfrac{\Delta_{+t}}{\Delta t}$ 替换一阶微商 $\dfrac{\partial}{\partial t}$, 在空间方向用二阶中心差商 $\dfrac{\delta_x^2}{(\Delta x)^2}$ 替换二阶微商 $\dfrac{\partial^2}{\partial x^2}$, 用二阶中心差商 $\dfrac{\delta_y^2}{(\Delta y)^2}$ 替换二阶微商 $\dfrac{\partial^2}{\partial y^2}$, 就得到了二维模型问题的向前差分显式差分格式

$$\frac{U_{j,k}^{m+1}-U_{j,k}^m}{\tau}=a\left(\frac{U_{j+1,k}^m-2U_{j,k}^m+U_{j-1,k}^m}{h_x^2}+\frac{U_{j,k+1}^m-2U_{j,k}^m+U_{j,k-1}^m}{h_y^2}\right).$$

$$(2.4.4)$$

显式差分格式 (2.4.4) 及其误差方程可以等价地分别表示为

$$U_{j,k}^{m+1}=[1-2(\mu_x+\mu_y)]U_{j,k}^m+\mu_x\left(U_{j+1,k}^m+U_{j-1,k}^m\right)$$
$$+\mu_y\left(U_{j,k+1}^m+U_{j,k-1}^m\right), \tag{2.4.5}$$
$$e_{j,k}^{m+1}=[1-2(\mu_x+\mu_y)]e_{j,k}^m+\mu_x\left(e_{j+1,k}^m+e_{j-1,k}^m\right)$$
$$+\mu_y\left(e_{j,k+1}^m+e_{j,k-1}^m\right)-T_{j,k}^m\tau, \tag{2.4.6}$$

其中

$$\mu_x=\frac{a\tau}{h_x^2}, \quad \mu_y=\frac{a\tau}{h_y^2} \tag{2.4.7}$$

是两个方向的网格比, $T_{j,k}^m=Tu(x_j,y_k,t_m)$ 是显式差分格式 (2.4.4) 的局部截断误差. 利用 Taylor 展开易得

$$Tu(x,y,t)=\frac{1}{2}u_{tt}(x,y,t)\tau-\frac{1}{12}a\left(u_{xxxx}(x,y,t)h_x^2+u_{yyyy}(x,y,t)h_y^2\right)$$
$$+O(\tau^2+h_x^4+h_y^4). \tag{2.4.8}$$

由式 (2.4.5) 容易看出, 格式满足最大值原理的条件是

$$\mu_x+\mu_y\leqslant\frac{1}{2}. \tag{2.4.9}$$

同样可以用 Fourier 分析的方法来讨论格式 (2.4.4) 的 $\mathbb{L}^2$ 稳定性. 将 Fourier 波型

$$U_{j,k}^m=\lambda_l^m\mathrm{e}^{\mathrm{i}(\alpha_x x_j+\alpha_y y_k)}, \quad l=(l_x,l_y), \quad \alpha=(\alpha_x,\alpha_y),$$

$$\alpha_x=\frac{l_x\pi}{X}\ (l_x=1,2,\cdots,N_x), \quad \alpha_y=\frac{l_y\pi}{Y}\ (l_y=1,2,\cdots,N_y) \tag{2.4.10}$$

代入齐次差分格式 (2.4.5) 得其增长因子为

$$\lambda_l = 1 - 4\left(\mu_x \sin^2\frac{l_x\pi}{2N_x} + \mu_y \sin^2\frac{l_y\pi}{2N_x}\right). \tag{2.4.11}$$

由此易知, 显式格式 (2.4.4) $\mathbb{L}^2$ 稳定的充分必要条件也是 (2.4.9).

与一维情形相比, 二维或更高维问题的显式格式的稳定性条件对网格比提出了更苛刻的限制. 因此, 在实际计算中, 我们更加希望通过采用隐式格式放松, 甚至避免稳定性对网格比的约束. 一维 θ 格式 (2.2.60) 也可以直接推广到求解二维问题 (2.4.1):

$$\frac{U_{j,k}^{m+1} - U_{j,k}^m}{\tau} = (1-\theta)a\left(\frac{\delta_x^2}{h_x^2} + \frac{\delta_y^2}{h_y^2}\right)U_{j,k}^m + \theta a\left(\frac{\delta_x^2}{h_x^2} + \frac{\delta_y^2}{h_y^2}\right)U_{j,k}^{m+1}$$

$$= (1-\theta)a\left(\frac{U_{j+1,k}^m - 2U_{j,k}^m + U_{j-1,k}^m}{h_x^2} + \frac{U_{j,k+1}^m - 2U_{j,k}^m + U_{j,k-1}^m}{h_y^2}\right)$$

$$+ \theta a\left(\frac{U_{j+1,k}^{m+1} - 2U_{j,k}^{m+1} + U_{j-1,k}^{m+1}}{h_x^2} + \frac{U_{j,k+1}^{m+1} - 2U_{j,k}^{m+1} + U_{j,k-1}^{m+1}}{h_y^2}\right). \tag{2.4.12}$$

对 Fourier 波型 $U_{j,k}^m = \lambda_\alpha^m \mathrm{e}^{\mathrm{i}(\alpha_x x_j + \alpha_y y_k)}$, θ 格式 (2.4.12) 的增长因子是

$$\lambda_l = \frac{1 - 4(1-\theta)\left(\mu_x \sin^2\dfrac{l_x\pi}{2N_x} + \mu_y \sin^2\dfrac{l_y\pi}{2N_x}\right)}{1 + 4\theta\left(\mu_x \sin^2\dfrac{l_x\pi}{2N_x} + \mu_y \sin^2\dfrac{l_y\pi}{2N_x}\right)}. \tag{2.4.13}$$

由此易得 θ 格式 (2.4.12) $\mathbb{L}^2$ 稳定的充分必要条件是:

$$\begin{cases} 2(\mu_x + \mu_y)(1 - 2\theta) \leqslant 1, & \text{当 } 0 \leqslant \theta < 1/2 \text{ 时,} \\ \mu_x < \infty, \ \mu_y < \infty, \ \text{即无条件}, & \text{当 } 1/2 \leqslant \theta \leqslant 1 \text{ 时.} \end{cases} \tag{2.4.14}$$

我们也容易得到 θ 格式 (2.4.12) 满足最大值原理的条件

$$2(\mu_x + \mu_y)(1 - \theta) \leqslant 1 \tag{2.4.15}$$

和局部截断误差

$$T_j^{m*} = \begin{cases} O(\tau^2 + h_x^2 + h_y^2), & \text{当 } \theta = 1/2 \text{ 时,} \\ O(\tau + h_x^2 + h_y^2), & \text{当 } \theta \neq 1/2 \text{ 时,} \end{cases} \tag{2.4.16}$$

其中

$$m* = \begin{cases} m + \theta, & \text{当 } \theta = 0, \text{或 } 1 \text{ 时,} \\ m + 1/2, & \text{当 } 0 < \theta < 1 \text{ 时.} \end{cases}$$

虽然 θ 格式 (2.4.12) 满足最大值原理的条件比一维时略微苛刻一些,但由条件 (2.4.14) 知, 当 $1/2 \leqslant \theta \leqslant 1$ 时, 格式在 $\mathbb{L}^2$ 范数意义下是无条件稳定的, 且其局部截断误差与一维情形也没有本质差别. 然而,值得注意的是, 在一维情形, θ 格式对应的线性代数方程组的系数矩阵是主对角占优的三对角矩阵; 而在二维情形, 虽然相应的系数矩阵仍然是主对角占优的带状矩阵, 且每行只有 5 个非零元素, 但其带宽却是 $O(h^{-1})$ 量级的; 在三维情形, 每行也只有 7 个非零元素, 但带宽增加至 $O(h^{-2})$ 量级, 这使得每一时间步用追赶法等直接方法求解线性代数方程组所需的工作量随着维数的增加而迅速增长. 为了减少求解线性代数方程组的计算开销, 可以考虑采取高效的迭代型算法, 例如预优共轭梯度法、多重网格法等. 另外, 为了避免高维隐式格式的这一缺点, 同时充分利用一维隐式格式的优点, 人们研究发展出了交替方向隐式格式和局部一维格式.

2.4.2 二维和三维交替方向隐式格式及局部一维格式

第一个交替方向隐式格式是由 Peaceman 和 Rachford 在 1955 年针对二维问题提出的. 其基本思想是: 将每个时间步分为两个小时间步, 即分数时间步, 每个空间维对应一个小时间步, 在第 i 个小时间步中, 采用第 i 维空间变量为隐式, 另一个空间变量为显式的格式. 以二维模型问题 (2.4.1)~(2.4.3) 为例, 在 $t_{m+\frac{1}{2}} = \left(m + \dfrac{1}{2}\right)\tau$ 处引入一个中间变量 $U^{m+\frac{1}{2}}$, 然后依次求解

$$\left(1 - \frac{1}{2}\mu_x\delta_x^2\right) U_{j,k}^{m+\frac{1}{2}} = \left(1 + \frac{1}{2}\mu_y\delta_y^2\right) U_{j,k}^{m}, \qquad (2.4.17a)$$

$$\left(1 - \frac{1}{2}\mu_y\delta_y^2\right) U_{j,k}^{m+1} = \left(1 + \frac{1}{2}\mu_x\delta_x^2\right) U_{j,k}^{m+\frac{1}{2}}, \qquad (2.4.17b)$$

便由 U^m 得到 U^{m+1}. 这里方程 (2.4.17a) 和 (2.4.17b) 合起来就构成一个**交替方向隐式格式**(简称**ADI 格式**). 注意, 如果我们在方程组 (2.4.17a)

中按 $k \succ j$ 排序, 即按 $(N_x - 1)k + j$ 的大小排序, 而在方程组 (2.4.17b) 中按 $j \succ k$ 排序, 即按 $(N_y - 1)j + k$ 的大小排序, 则两个方程组的系数 矩阵都是块对角阵, 且每个对角块都是主对角占优的三对角阵. 因此, 交替方向隐式格式 (2.4.17)(指 (2.4.17a) 和 (2.4.17b)) 每个时间步的总 工作量大约是显式格式 (2.4.5) 的 3 倍. 在式 (2.4.17b) 两端同时作用 差分算子 $\left(1 - \frac{1}{2}\mu_x\delta_x^2\right)$, 并利用算子 $\left(1 - \frac{1}{2}\mu_x\delta_x^2\right)$ 和 $\left(1 + \frac{1}{2}\mu_x\delta_x^2\right)$ 的 可交换性, 即

$$\left(1 - \frac{1}{2}\mu_x\delta_x^2\right)\left(1 + \frac{1}{2}\mu_x\delta_x^2\right) = \left(1 + \frac{1}{2}\mu_x\delta_x^2\right)\left(1 - \frac{1}{2}\mu_x\delta_x^2\right), \quad (2.4.18)$$

以及式 (2.4.17a), 消去中间变量 $U^{m+\frac{1}{2}}$, 就得到格式 (2.4.17) 的等价的 单步格式

$$\left(1 - \frac{1}{2}\mu_x\delta_x^2\right)\left(1 - \frac{1}{2}\mu_y\delta_y^2\right)U_{j,k}^{m+1} = \left(1 + \frac{1}{2}\mu_x\delta_x^2\right)\left(1 + \frac{1}{2}\mu_y\delta_y^2\right)U_{j,k}^m.$$

$$(2.4.19)$$

为了方便作比较, 我们将格式 (2.4.19) 展开为

$$\left(1 - \frac{1}{2}\mu_x\delta_x^2 - \frac{1}{2}\mu_y\delta_y^2 + \frac{1}{4}\mu_x\mu_y\delta_x^2\delta_y^2\right)U_{j,k}^{m+1}$$

$$= \left(1 + \frac{1}{2}\mu_x\delta_x^2 + \frac{1}{2}\mu_y\delta_y^2 + \frac{1}{4}\mu_x\mu_y\delta_x^2\delta_y^2\right)U_{j,k}^m.$$

与 Crank-Nicolson 格式 ($\theta = 1/2$ 时的 θ 格式 (2.4.12)) 相比较, 不难看 出该格式只多出一个高阶的差分算子 $\frac{1}{4}\mu_x\mu_y\delta_x^2\delta_y^2\delta_t$. 而

$$\frac{1}{4}\mu_x\mu_y\delta_x^2\delta_y^2\delta_t u_{j,k}^{m+\frac{1}{2}} = \frac{1}{4}a^2\tau^3[u_{xxyyt}]_{j,k}^{m+\frac{1}{2}} + O(\tau^5 + \tau^3(h_x^2 + h_y^2)),$$

$$(2.4.20)$$

因此, 格式 (2.4.19) 有与 Crank-Nicolson 格式相同的局部截断误差 $O(\tau^2 + h_x^2 + h_y^2)$.

　　将 Fourier 波型 $U_{j,k}^m = \lambda_l^m \mathrm{e}^{\mathrm{i}\left(\frac{l_x j\pi}{N_x} + \frac{l_y k\pi}{N_y}\right)}$ 代入齐次差分格式 (2.4.19) 得其增长因子为

$$\lambda_l = \frac{\left(1 - 2\,\mu_x \sin^2 \dfrac{l_x \pi}{2N_x}\right)\left(1 - 2\,\mu_y \sin^2 \dfrac{l_y \pi}{2N_y}\right)}{\left(1 + 2\,\mu_x \sin^2 \dfrac{l_x \pi}{2N_x}\right)\left(1 + 2\,\mu_y \sin^2 \dfrac{l_y \pi}{2N_y}\right)}. \tag{2.4.21}$$

由此知格式 (2.4.19) 是无条件 $\mathbb{L}^2$ 稳定的. 另外, 将格式 (2.4.17) 写成等价形式

$$(1 + \mu_x)U_{j,k}^{m+\frac{1}{2}} = (1 - \mu_y)U_{j,k}^m + \frac{\mu_y}{2}\left(U_{j,k-1}^m + U_{j,k+1}^m\right)$$
$$+ \frac{\mu_x}{2}\left(U_{j-1,k}^{m+\frac{1}{2}} + U_{j+1,k}^{m+\frac{1}{2}}\right), \tag{2.4.22a}$$

$$(1 + \mu_y)U_{j,k}^{m+1} = (1 - \mu_x)U_{j,k}^{m+\frac{1}{2}} + \frac{\mu_x}{2}\left(U_{j-1,k}^{m+\frac{1}{2}} + U_{j+1,k}^{m+\frac{1}{2}}\right)$$
$$+ \frac{\mu_y}{2}\left(U_{j,k-1}^{m+1} + U_{j,k+1}^{m+1}\right), \tag{2.4.22b}$$

则知前半个时间步 (2.4.22a) 满足最大值原理的条件是 $\mu_y \leqslant 1$, 而后个时间步 (2.4.22b) 满足最大值原理的条件是 $\mu_x \leqslant 1$. 因此格式 (2.4.17) 满足最大值原理的条件是

$$\max\{\mu_x, \mu_y\} \leqslant 1. \tag{2.4.23}$$

可见, 对于二维问题, ADI 格式 (2.4.17) 的确达到了我们的预期目标, 即格式的 $\mathbb{L}^2$ 稳定性、满足最大值原理的条件和关于时间步长和空间步长的整体收敛阶等都是一维 Crank-Nicolson 格式相应条件和结论的简单推广, 而且其所需计算量只是显式格式的 3 倍 (这一点与一维 Crank-Nicolson 格式相同). Peaceman 和 Rachford 的这种做法形式上显然可以直接推广到三维问题, 这时每个时间步分为三个分数时间步, 分别在时刻 $t_{m+\frac{1}{3}}$ 和 $t_{m+\frac{2}{3}}$ 引入用于过渡的中间变量 $U^{m+\frac{1}{3}}$ 和 $U^{m+\frac{2}{3}}$, 在三个分数时间步分别构造对 x, y 和 z 方向为隐式, 其他两个方向为显式的差分格式. 然而, 这时消去中间变量后得到的单步格式在相差一个高阶截断误差的意义下与 $\theta = 1/3$ 的 θ 格式相同, 而不是与 Crank-Nicolson 格式相同, 因而其截断误差并不理想, 而且格式也不是无条件 $\mathbb{L}^2$ 稳定的. 因此, Peaceman 和 Rachford 的基于分数时间步的构造 ADI 格式的方法不能直接推广应用于提高三维问题的计算效率.

通过仔细观察不难发现, ADI 格式 (2.4.17) 的主要成功之处在于:

(1) 格式的每一子步只对一个方向是隐式的, 这保证了在适当的排序下相应线性代数方程组的系数矩阵是主对角占优的三对角矩阵, 从而减少了计算量, 且使得算法具有内在的可并行性;

(2) 其等价单步格式 (2.4.19) 的隐式部分是各方向隐式差分算子的乘积, 因此, 与 Crank-Nicolson 格式相比, 其 Fourier 波型的增长因子有模更大的分母, 从而保证了格式在其显式部分具有适度扰动的情况下仍然具有无条件的 $\mathbb{L}^2$ 稳定性;

(3) 单步格式 (2.4.19) 与 Crank-Nicolson 格式之差是一个局部截断误差阶不低于 Crank-Nicolson 格式的差分算子, 从而保证了格式的局部截断误差仍为 $O(\tau^2 + h^2)$.

这启发我们对三维模型问题以

$$\left(1 - \frac{1}{2}\mu_x\delta_x^2\right)\left(1 - \frac{1}{2}\mu_y\delta_y^2\right)\left(1 - \frac{1}{2}\mu_z\delta_z^2\right)U_{j,k,l}^{m+1}$$
$$= \left(1 + \frac{1}{2}\mu_x\delta_x^2\right)\left(1 + \frac{1}{2}\mu_y\delta_y^2\right)\left(1 + \frac{1}{2}\mu_z\delta_z^2\right)U_{j,k,l}^m, \quad (2.4.24)$$

或

$$\left(1 - \frac{1}{2}\mu_x\delta_x^2\right)\left(1 - \frac{1}{2}\mu_y\delta_y^2\right)\left(1 - \frac{1}{2}\mu_z\delta_z^2\right)U_{j,k,l}^{m+1}$$
$$= \left(1 + \frac{1}{2}\mu_x\delta_x^2\right)\left(1 + \frac{1}{2}\mu_y\delta_y^2\right)\left(1 + \frac{1}{2}\mu_z\delta_z^2\right)U_{j,k,l}^m + \text{h.o.t} \quad (2.4.25)$$

等形式的单步差分格式为目标, 设法构造等价的 ADI 格式, 其中的 h.o.t 表示适当的高阶项. 这一思想可以纳入所谓算子分裂的框架, 即把一个复杂的算子表示或近似表示成为若干指定形式的简单算子乘积的组合, 以便于分析与计算. 我们这里希望通过构造适当的 ADI 格式得到逼近 Crank-Nicolson 格式的算子分裂型格式, 例如格式 (2.4.24), (2.4.25) 等. 沿着这一思路可以构造许多不同的格式, 大多数格式的差别仅在于用于过渡的中间变量的计算. 由于这些中间变量可能并非像格式 (2.4.17) 中的 $U^{m+\frac{1}{2}}$ 那样是相容的差分逼近解在某个中间时刻的取值, 因此其边界条件不一定能直接由原问题的边界条件导出. 如何在所需的精度要求下给这些中间变量提适当的边界条件是格式构造的要点之一.

以单步格式 (2.4.24) 为目标的最直接的可扩展的 ADI 格式是由 D'yakonov 提出的. 对三维模型问题其形式为

$$
\begin{cases}
\left(1-\dfrac{\mu_x}{2}\delta_x^2\right)U_{j,k,l}^{m+*} = \left(1+\dfrac{\mu_x}{2}\delta_x^2\right)\left(1+\dfrac{\mu_y}{2}\delta_y^2\right)\left(1+\dfrac{\mu_z}{2}\delta_z^2\right)U_{j,k,l}^{m}, & \text{(2.4.26a)} \\[2mm]
\left(1-\dfrac{\mu_y}{2}\delta_y^2\right)U_{j,k,l}^{m+**} = U_{j,k,l}^{m+*}, & \text{(2.4.26b)} \\[2mm]
\left(1-\dfrac{\mu_z}{2}\delta_z^2\right)U_{j,k,l}^{m+1} = U_{j,k,l}^{m+**}. & \text{(2.4.26c)}
\end{cases}
$$

显然, ADI 格式 (2.4.26) 与单步差分格式 (2.4.24) 等价, 并且成功地继承了二维 ADI 格式 (2.4.17) 的性质 (1)~(3). 剩下来我们需要做的是, 给中间变量 U^{m+*} 和 U^{m+**} 提出适当的边界条件, 以便数值求解线性代数方程组 (2.4.26). 注意到对 $j=0, N_x$, 或 $k=0, N_y$, 或 $l=0, N_z$, 节点函数值 $U_{j,k,l}^{m+1}$ 可由整时间步 t_{m+1} 上的边界条件直接给出, 于是, 由关系式 (2.4.26c), 可以显式地计算出部分边界上中间变量 U^{m+**} 的节点函数值

$$
\{U_{j,k,l}^{m+**} : j=0, N_x,\ 0\leqslant k\leqslant N_y,\ 0<l<N_z,
$$
$$
\text{或 } k=0, N_y;\ 0\leqslant j\leqslant N_x,\ 0<l<N_z\},
$$

其中对应于 $k=0, N_y$ 这部分边界上的节点函数值 U^{m+**} 为方程组 (2.4.26b) 提供了所需的边界条件; 利用对应于 $j=0, N_x$ 这部分边界上的节点函数值 U^{m+**} 则可以通过关系式 (2.4.26b) 显式地计算出该部分边界上中间变量 U^{m+*} 的节点函数值

$$
\{U_{j,k,l}^{m+*} : j=0, N_x,\ 0<k<N_y,\ 0<l<N_z\},
$$

而这又为方程组 (2.4.26a) 提供了所需的边界条件.

以单步格式 (2.4.25) 为目标的一种常用的、可扩展的 ADI 格式是由 Douglas 和 Rachford 提出的. 对三维模型问题其形式为

$$\begin{cases} U_{j,k,l}^{m+1*} = U_{j,k,l}^m + \dfrac{1}{2}\mu_x\delta_x^2\left(U_{j,k,l}^{m+1*}+U_{j,k,l}^m\right) \\ \qquad\qquad +\mu_y\delta_y^2 U_{j,k,l}^m+\mu_z\delta_z^2 U_{j,k,l}^m, \hspace{3cm} (2.4.27\text{a}) \\[2mm] U_{j,k,l}^{m+1**} = U_{j,k,l}^{m+1*} + \dfrac{1}{2}\mu_y\delta_y^2\left(U_{j,k,l}^{m+1**}+U_{j,k,l}^m\right)-\mu_y\delta_y^2 U_{j,k,l}^m, \quad (2.4.27\text{b}) \\[2mm] U_{j,k,l}^{m+1} = U_{j,k,l}^{m+1**} + \dfrac{1}{2}\mu_z\delta_z^2\left(U_{j,k,l}^{m+1}+U_{j,k,l}^m\right)-\mu_z\delta_z^2 U_{j,k,l}^m. \quad (2.4.27\text{c}) \end{cases}$$

我们可以从 "预估–校正" 的角度来理解此格式的构造过程. 对三维问题, 每个时间步分为三小步, 引入两个预估的 t_{m+1} 时刻网格节点函数值 U^{m+1*} 和 U^{m+1**}. 第一步, 对 x 方向用 Crank-Nicolson 隐式格式, 而对 y 和 z 方向则用显式格式, 即由式 (2.4.27a) 求得 U^{m+1*}. 由于对 x 方向使用了 Crank-Nicolson 隐式格式, 因此格式沿 x 方向有较小的局部截断误差和较好的稳定性. 注意, 这里 U^{m+1*} 是 t_{m+1} 时刻 u 的近似值, 所以其边界条件可以直接由 u 的边界条件给出. 第二步, 为了改善格式沿 y 方向的稳定性和局部截断误差, 对 y 方向用 Crank-Nicolson 隐式格式, 而对 x 和 z 方向则用显式格式. 与第一步的不同之处在于, 为了充分利用由第一步得到的沿 x 方向较好的稳定性和较小的局部截断误差, 我们可以用第一步得到的数值结果计算 $t_{m+\frac{1}{2}}$ 时刻 x 方向关于空间的二阶中心差商, 即用格式

$$\begin{aligned} U_{j,k,l}^{m+1**} &= U_{j,k,l}^m + \frac{1}{2}\mu_x\delta_x^2\left(U_{j,k,l}^{m+1*}+U_{j,k,l}^m\right) \\ &\quad + \frac{1}{2}\mu_y\delta_y^2\left(U_{j,k,l}^{m+1**}+U_{j,k,l}^m\right)+\mu_z\delta_z^2 U_{j,k,l}^m \end{aligned} \qquad (2.4.28)$$

计算 U^{m+1**}. 这里 U^{m+1**} 也是 t_{m+1} 时刻 u 的近似值, 所以其边界条件也可以直接由 u 的边界条件给出. 注意, 式 (2.4.28) 与 (2.4.27a) 之差就是式 (2.4.27b), 因此在与式 (2.4.27a) 结合时, 式 (2.4.28) 与 (2.4.27b) 是等价的. 第三步, 为了改善格式沿 z 方向的稳定性和局部截断误差, 对 z 方向用 Crank-Nicolson 隐式格式, 而为了充分利用前两步的结果, 对 x 和 y 方向则用前两步得到的数值结果计算 $t_{m+\frac{1}{2}}$ 时刻 x 方向和 y 方向关于空间的二阶中心差商, 即用格式

$$U_{j,k,l}^{m+1} = U_{j,k,l}^m + \frac{1}{2}\mu_x\delta_x^2\left(U_{j,k,l}^{m+1*} + U_{j,k,l}^m\right) + \frac{1}{2}\mu_y\delta_y^2\left(U_{j,k,l}^{m+1**} + U_{j,k,l}^m\right)$$
$$+ \frac{1}{2}\mu_z\delta_z^2\left(U_{j,k,l}^{m+1} + U_{j,k,l}^m\right) \tag{2.4.29}$$

计算 U^{m+1}. 由于式 (2.4.29) 与 (2.4.28) 之差就是式 (2.4.27c), 因此在与式 (2.4.27a) 和 (2.4.27b) 结合时, 式 (2.4.29) 与 (2.4.27c) 是等价的. 不难验证, ADI 格式 (2.4.27) 的等价单步格式形如 (2.4.25), 且其中的高阶项为

$$\text{h.o.t.} = -\frac{1}{4}\mu_x\mu_y\mu_z\delta_x^2\delta_y^2\delta_z^2 U_{j,k,l}^m. \tag{2.4.30}$$

另一种以单步格式 (2.4.24) 为目标的可扩展的 ADI 格式是局部一维格式. 其基本思想是: 将 n 维问题的每个时间步分为 n 个子步计算, 在第 i 个子步中将问题视为第 i 维空间上的一维问题来处理. 直观上这可以理解为在每个时间步用 n 个顺序的一维离散扩散过程模拟一个 n 维的扩散过程. 对三维模型问题, 与一维 Crank-Nicolson 格式结合的**局部一维格式** (简称 **LOD 格式**) 为

$$\begin{cases} \left(1 - \frac{1}{2}\mu_x\delta_x^2\right)U_{j,k,l}^{m+*} = \left(1 + \frac{1}{2}\mu_x\delta_x^2\right)U_{j,k,l}^m, & (2.4.31a) \\[2mm] \left(1 - \frac{1}{2}\mu_y\delta_y^2\right)U_{j,k,l}^{m+**} = \left(1 + \frac{1}{2}\mu_y\delta_y^2\right)U_{j,k,l}^{m+*}, & (2.4.31b) \\[2mm] \left(1 - \frac{1}{2}\mu_z\delta_z^2\right)U_{j,k,l}^{m+1} = \left(1 + \frac{1}{2}\mu_z\delta_z^2\right)U_{j,k,l}^{m+**}. & (2.4.31c) \end{cases}$$

可以证明, LOD 格式 (2.4.31) 是无条件 $\mathbb{L}^2$ 稳定的, 其局部截断误差为 $O(\tau^2 + h_x^2 + h_y^2 + h_z^2)$. 需要注意的是, 中间值 U^{m+*} 和 U^{m+**} 并非原问题在任何时刻的近似解, 因此它们的边界条件必须特殊处理.

例如, 在方程 (2.4.31c) 两端同乘以 $\left(1 - \frac{1}{2}\mu_z\delta_z^2\right)$ 得

$$\left(1 - \frac{1}{4}\mu_z^2\delta_z^4\right)U_{j,k,l}^{m+**} = \left(1 - \mu_z\delta_z^2 + \frac{1}{4}\mu_z^2\delta_z^4\right)U_{j,k,l}^{m+1}.$$

因此, 在忽略 $O(\tau^2)$ 量级小量的意义下, 我们可以用以下公式显式地计算出部分边界上中间变量 U^{m+**} 的节点函数值:

$$U_{j,k,l}^{m+**} = \left(1 - \mu_z \delta_z^2\right) U_{j,k,l}^{m+1},$$

$$k = 0, N_y, \ 0 < j < N_x, \ 0 < l < N_z \quad \text{及} \tag{2.4.32}$$

$$j = 0, N_x, \ 0 \leqslant k \leqslant N_y, \ 0 < l < N_z.$$

类似地, 在方程 (2.4.31b) 两端同乘以 $\left(1 - \dfrac{1}{2}\mu_y \delta_y^2\right)$, 忽略 $O(\tau^2)$ 量级小量后, 我们可以给方程 (2.4.31a) 提出以下边界条件:

$$U_{j,k,l}^{m+*} = \left(1 - \mu_y \delta_y^2\right) U_{j,k,l}^{m+**},$$

$$j = 0, N_x, \quad 0 < k < N_y, \quad 0 < l < N_z. \tag{2.4.33}$$

注意, (2.4.32) 中对应于 $k = 0, N_y$ 这部分边界上的节点函数值为方程组 (2.4.31b) 提供了所需的边界条件, 而利用对应于 $j = 0, N_x$ 这部分边界上的节点函数值 U^{m+**} 则可以通过 (2.4.33) 为方程组 (2.4.31a) 提供所需的边界条件.

2.4.3 更一般的高维抛物型问题的差分逼近

前面的讨论都是在二维矩形或高维盒形区域上对模型问题进行的. 对于具有曲边边界的区域以及更一般的边界条件, 可以用类似于 1.3.4 小节中处理椭圆型问题边界条件的方法来构造逼近边界条件. 这里只强调指出, 在一般情况下, 曲边边界上的逼近边界条件有可能使显式格式的稳定性条件变得更加苛刻, 因此, 应尽量采用隐式格式. 一些特殊的曲边边界区域可以通过引入曲线坐标系化为矩形或盒形区域. 例如, 在圆形区域上可以用极坐标, 在圆柱形区域上可以用圆柱坐标, 等等. 不过一个常系数的方程经过坐标变换后往往变成了比较复杂的一般形式的变系数的方程, 所以问题的难点从处理边界条件转移到了处理一般形式的变系数方程.

我们也可以将 ADI 格式和 LOD 格式推广于高维变系数线性, 甚至某些非线性的抛物型问题. 需要注意的是, 在这种情况下, 差分算子 $\left(1 \pm \dfrac{1}{2}\mu_x \delta_x^2\right)$ 和 $\left(1 \pm \dfrac{1}{2}\mu_y \delta_y^2\right)$ 一般不再具有交换性, 即

$$\left(1 \pm \frac{1}{2}\mu_x \delta_x^2\right)\left(1 \pm \frac{1}{2}\mu_y \delta_y^2\right) \neq \left(1 \pm \frac{1}{2}\mu_y \delta_y^2\right)\left(1 \pm \frac{1}{2}\mu_x \delta_x^2\right). \quad (2.4.34)$$

这会给局部截断误差分析和中间值边界条件的处理等带来新的变数, 使稳定性分析也困难得多. 深入的讨论远远超出了本课程的范围.

§2.5　补充与注记

本章中我们介绍了经典的用有限差分法求解抛物型问题的显式格式、隐式格式 (包括 ADI 和 LOD 格式). 显式格式的优点是格式构造简单, 每个分量可以独立求解, 因此易于实现; 其缺点是稳定性较差. 隐式格式的构造一般比较复杂, 各分量需要联立求解; 其优点是稳定性好. 我们注意到, 对于一维问题, 隐式格式对应的线性方程组其系数矩阵是主对角占优三对角的, 一般可以用经典的追赶法有效求解; 而对于高维问题的 ADI 或 LOD 格式, 则可以通过求解一系列具有主对角占优三对角系数矩阵的线性方程组来高效求解. 值得指出的是, 这类格式具有本质的可并行性.

从空间半离散化加时间方向常微分方程数值求解的角度, 我们在本章的许多讨论也可以平行地推广到用有限体积法、有限元方法等求解抛物型问题上, 其基本结论也是类似的.

对于非线性问题, 由于隐式格式每个时间步都需要用迭代法求解非线性代数方程组, 使得运算量大增. 为了减少工作量, 有时可以考虑使用半隐式格式. 其基本思想是: 对非线性方程的线性主部用隐式方法逼近, 而对残余的非线性部分用显式方法逼近, 其中线性主部可以通过局部线性化方法得到. 近年来半隐式格式得到了越来越广泛的应用.

我们在本章中分析线性抛物型方程的差分逼近方程稳定性时所用的工具是最大值原理和 Fourier 分析, 得到的分别是 $\mathbb{L}^\infty$ 和 $\mathbb{L}^2$ 稳定性. 我们还可以用直接方法和能量分析方法等分析其他范数意义下的稳定性. 与最大值原理和 Fourier 分析方法相比, 能量分析方法具有更广的适用范围, 但应用时技巧性较强, 需要针对问题构造适当的能量范数. 事实上, 广义地看, 也可以认为最大值原理和 Fourier 分析方法是在特殊情形取能量范数为 $\mathbb{L}^\infty$ 和 $\mathbb{L}^2$ 范数时的分析方法.

　　求解线性抛物型问题的隐式方法和求解非线性抛物型问题的半隐式方法等最终都归结为求解一系列对应于椭圆型问题的线性代数方程组. 而在求解这类大规模线性代数方程组方面, 目前已经发展出了许多功能强大的方法和软件, 特别是多重网格法、预优共轭梯度法或更一般的 Krylov 子空间方法等快速算法. 这些方法为我们研究数值求解抛物型问题提供了新的视角和十分有力的工具.

　　§1.5 中讨论的椭圆型方程差分逼近解的渐近误差分析和外推方法也可以推广应用于抛物型方程的差分逼近解. 特别是在实际应用中可以利用不同网格尺度的数值解估计误差的上界.

习 题 2

　　1. 试引入适当的无量纲的空间和时间变量, 将一维有限区域上均匀介质中无源热流运动在齐次 Dirichlet 边界条件下的初边值问题化为定义在 $(0,1) \times \mathbb{R}_+$ 上的标准形式的模型问题 $(2.2.1) \sim (2.2.3)$.

　　2. 将上题中的无源热流运动换为有源热流运动, 并将边界条件换为第三类边界条件, 试给出相应的初边值问题, 并引入适当的无量纲的空间和时间变量, 将其化为定义在 $(0,1) \times \mathbb{R}_+$ 上的标准形式的模型问题 $(2.2.1) \sim (2.2.3)$.

　　3. 设模型问题 $(2.2.1) \sim (2.2.3)$ 的真解 u 是 $[0,1] \times \mathbb{R}_+$ 上的连续函数, 试证明: 对任给的 $t_{\max} > 0$, 差分解在 $\mathbb{L}^\infty((0,1) \times (0, t_{\max}))$ 范数意义下的收敛性等价于式 $(2.2.20)$.

　　4. 试应用定理 1.2 证明: 当网格比 $\mu = \Delta t/(\Delta x)^2 \leqslant 1/2$ 时, 显式格式 $(2.2.8)$ 的解 U 满足最大值原理, 即式 $(2.2.31)$ 成立.

　　5. 取比较函数 $\Phi_j^m = t_m \|T\|_{\infty, \Omega_{t_{\max}}}$ 和 $\Psi_j^m = \frac{1}{2} x_j (1 - x_j) \|T\|_{\infty, \Omega_{t_{\max}}}$, 试证明:

$$L_{(h,\tau)}(e - \Phi)_j^m \geqslant 0, \quad L_{(h,\tau)}(e - \Psi)_j^m \geqslant 0,$$
$$\forall j = 1, 2, \cdots, N-1, \quad m \geqslant 0,$$

这里 $h = 1/N$, $L_{(h,\tau)}$ 是由式 $(2.2.28)$ 定义的对应于显式格式 $(2.2.8)$ 的

差分算子. 利用最大值原理进一步证明: 当网格比 $\mu = \Delta t/(\Delta x)^2 \leqslant 1/2$ 时, 误差方程 (2.2.21) 的解满足

$$|e_j^m| \leqslant \max_{0 \leqslant i \leqslant N} |e_i^0| + \max_{0 < l < m} \max\{|e_0^l|, |e_N^l|\}$$

$$+ \min\left\{t_m, \frac{1}{2}x_j(1 - x_j)\right\} \|T\|_{\infty, \Omega_{t_{\max}}},$$

$$\forall j = 1, 2, \cdots, N - 1, \quad m = 0, 1, \cdots, [t_{\max}/\tau].$$

6. 设应用显式格式 (2.2.8)~(2.2.10) 求解模型问题 (2.2.1)~(2.2.3) 的局部截断误差满足

$$|T_j^m| \leqslant C(1 - \alpha\tau)^m, \quad \forall j = 1, 2, \cdots, N - 1, \ m \geqslant 0,$$

其中 $\alpha > 0, C > 0$ 是常数. 取形如 $\Psi_j^m = A(1 - \alpha\tau)^m x_j(1 - x_j)(A$ 为待定常数) 的比较函数, 试在 $\alpha\tau < 1, \alpha < 8$ 和 $\mu \leqslant 1/2$ 的条件下导出误差估计

$$|e_j^{m+1}| \leqslant K(1 - \alpha\tau)^m x_j(1 - x_j), \quad \forall j = 1, 2, \cdots, N - 1, \ m \geqslant 0,$$

并用 C 将常数 K 表出.

7. 证明结论 2.5. 设 $\mu_i \equiv \mu \leqslant \dfrac{1}{2}$, 证明:

$$\lim_{i \to \infty} \left(\tau_i^{-1} \max_{0 \leqslant m\tau \leqslant t_{\max}} \|e^{(i)m}\|_2\right) \leqslant \left(\frac{1}{2} + \frac{1}{12\mu}\right) \int_0^{t_{\max}} \|u_{xxxx}(\cdot, t)\|_2 \, \mathrm{d}t.$$

8. 证明结论 2.6.

9. 分别画出 Richardson 格式 (2.2.42) 和 Du Fort-Frankel 格式 (2.2.43) 的模板. 利用 Taylor 展开式计算出 Du Fort-Frankel 格式的局部截断误差主项的表达式, 给出并证明格式相容性的条件.

10. 证明: 对任意的网格比 $\mu > 0$, 差分方程 (2.2.51) 的解都满足最大值原理, 且隐式格式 (2.2.44) 的逼近误差满足式 (2.2.53).

11. 参照关于显式差分格式 (2.2.8) 的结论 2.1~2.6, 根据 §2.2 的分析结果, 总结陈述关于隐式差分格式 (2.2.44) 的相应结论.

12. 参照关于显式差分格式 (2.2.8) 的结论 2.1~2.6, 根据 §2.2 的分析结果, 总结陈述关于 Crank-Nicolson 格式 (2.2.56) 的相应结论.

13. 证明 θ 格式 $\mathbb{L}^2$ 和 $\mathbb{L}^\infty$ 稳定的充分必要条件分别是式 (2.2.62) 和 (2.2.64).

14. 证明 θ 格式 (2.2.60) 的局部截断误差满足式 (2.2.65).

15. 证明方程 (2.3.10) 的 θ 格式 (2.3.11) 的局部截断误差满足 (2.3.8), 且当式 (2.3.9) 成立时, θ 格式 (2.3.11) 在区域 $\overline{\Omega}_{t_{\max}}$ 上满足最大值原理.

16. 对于方程 (2.3.13), 设系数 $a(u)$ 的一阶导数 a' 和真解 u 的二阶导数 u_{xx} 有界, 又设式 (2.3.15) 成立, 试证明方程 (2.3.13) 的显式格式 (2.3.14) 的逼近解 U 在指定时刻 $t_{\max}$ 之内有形如 $e^{Kt_{\max}}(C_1\|e^0\|_\infty + C_2\|T\|_\infty)$ 的用初始误差 e^0 和局部截断误差 T 表示的整体误差上界, 并估算出常数 K, C_1, C_2.

17. 证明格式 (2.3.29) 和 (2.3.30) 等价于格式 (2.3.31) 和 (2.3.33).

18. 在模型问题 (2.2.1)~(2.2.3) 中, 将 $x = 0$ 处的 Dirichlet 边界条件换为第三类边界条件 (2.3.35). 设用向前差分显式格式 (2.2.8) 逼近方程 (2.2.1), 用边界条件 (2.3.36) 逼近边界条件 (2.3.35). 试证明: 当网格比 $\mu \leqslant 1/2$ 时, 格式的整体误差可达到 $O(\tau + h)$.

19. 在模型问题 (2.2.1)~(2.2.3) 中, 将 $x = 0$ 处的 Dirichlet 边界条件换为第三类边界条件 (2.3.35), 试建立将 θ 格式分别与逼近边界条件 (2.3.36), (2.3.47) 和 (2.3.55) 结合后的等价差分格式与误差方程, 分析局部截断误差和满足最大值原理的条件.

20. 试将方程 $u_t = au_{xx}$(a 为常数) 的 θ 格式写成守恒型的有限体积格式.

21. 用 θ 格式数值求解 $(0,1) \times \mathbb{R}_+$ 上方程 $u_t = au_{xx}$(a 为常数) 的具有 Neumann 边界条件的初边值问题. 试给出能保证数值解在每个整时间步上与连续问题解具有相同总热量的离散初值和边界热通量的取法.

22. 证明 ADI 格式 (2.4.27) 的等价单步格式为 (2.4.25), 其中的高阶项由式 (2.4.30) 给出, 并证明格式是无条件 $\mathbb{L}^2$ 稳定的, 局部截断误差为 $O(\tau^2 + h_x^2 + h_y^2 + h_z^2)$.

上机作业

1. 编制一个一维抛物型方程 θ 格式的通用程序 (考虑变系数, 带源项), 并做以下数值实验:

(1) 对于 $\theta < 1/2$, 比较满足和不满足稳定性条件时的数值结果;

(2) 对于 $\theta \geqslant 1/2$, 比较不同网格比时的数值结果、收敛速度、收敛阶、工作量, 比较满足和不满足最大值原理时的数值结果;

(3) 比较不同初边值条件处理方法对应的数值结果 (时间算至 $t = 0.1, 1, 5, 10, 50$).

2. 针对模型问题 (2.2.1)~(2.2.3), 分别选一个光滑的、一个连续但有间断导数的和一个分片连续的初始函数, 用 $\theta = 0, \dfrac{1}{2} - \dfrac{1}{12\mu}, \dfrac{1}{2}, 1$ 的 θ 格式 (2.2.60), 对 $N = 8, 16, \cdots, 128$ 分别选取适当的时间步长 τ, 计算数值解. 在 $t = 0.1, 1, 10$ 处, 将 θ 格式的逼近误差 e_θ 分别视为 N 和计算到相应时间所需总运算量的函数, 在双对数坐标图中显示其收敛性态和收敛速度.

3. 针对二维区域 $\Omega = (0,1) \times (0,1)$ 上定义的抛物型方程初边值问题

$$\begin{cases} u_t = u_{xx} + u_{yy}, & (x,y) \in \Omega, \ t > 0, \\ \dfrac{\partial u}{\partial \boldsymbol{\nu}}(x,y,t) = 0, & (x,y) \in \partial\Omega, \ t > 0, \\ u(x,y,0) = \cos(\pi x)\cos(2\pi y), & (x,y) \in \Omega, \end{cases}$$

适当选择至少四层逐步加密的空间网格, 分别用显式格式、隐式格式和基于 Crank-Nicolson 格式的 ADI (或 LOD) 格式, 计算数值解至 $t = 0.1, 1, 10$. 将格式的逼近误差 e 分别视为空间网格尺度和计算到相应时间所需总运算量的函数, 在双对数坐标图中比较各算法的收敛性态和收敛速度.

第 3 章　双曲型偏微分方程的差分方法

§3.1　引　言

n 维 (即有 n 个空间自变量) **一阶线性双曲型偏微分方程**(简称**一阶线性双曲型方程**) 的一般形式为

$$u_t + \sum_{i=1}^{n} a_i \, u_{x_i} + b \, u = \psi_0, \tag{3.1.1}$$

其中系数 a_i, b 和右端项 ψ_0 是空间自变量 $\boldsymbol{x} = (x_1, \cdots, x_n)$ 和时间 t 的实函数.

有 p 个因变量 $\boldsymbol{u} = (u_1, \cdots, u_p)^{\mathrm{T}}$ 的 n 维一阶线性双曲型方程组的一般形式为

$$\boldsymbol{u}_t + \sum_{i=1}^{n} \boldsymbol{A}_i \, \boldsymbol{u}_{x_i} + \boldsymbol{B} \, \boldsymbol{u} = \boldsymbol{\psi}_0, \tag{3.1.2}$$

其中系数矩阵 $\boldsymbol{A}_i$, $\boldsymbol{B} \in \mathbb{R}^{p \times p}$ 和右端项 $\boldsymbol{\psi}_0 \in \mathbb{R}^p$ 是空间自变量 $\boldsymbol{x} = (x_1, \cdots, x_n)$ 和时间 t 的实函数, 且在定义域任意一点 $(\boldsymbol{x}, t)$ 上, 矩阵 $\boldsymbol{A}_i(\boldsymbol{x}, t)$ 的任意实线性组合 $\boldsymbol{A}(\boldsymbol{x}, t) = \sum_{i=1}^{n} \alpha_i \boldsymbol{A}_i(\boldsymbol{x}, t)$ 都是可实对角化的, 即 $\boldsymbol{A}(\boldsymbol{x}, t)$ 有 p 个线性无关的从属于实特征根的特征向量. 特别地, 当 $\boldsymbol{A}(\boldsymbol{x}, t)$ 的所有特征根都是互不相同的实数时, 方程组 (3.1.2) 称为**严格双曲型的**.

n 维**二阶线性双曲型偏微分方程** (简称**二阶线性双曲型方程**) 的一般形式为

$$u_{tt} + 2\sum_{i=1}^{n} a_i \, u_{x_i t} + b_0 \, u_t - \sum_{i,j=1}^{n} a_{ij} \, u_{x_i x_j} + \sum_{i=1}^{n} b_i \, u_{x_i} + cu = \psi_0, \tag{3.1.3}$$

其中系数 a_i, a_{ij}, b_i, c 和右端项 ψ_0 是空间自变量 $\boldsymbol{x} = (x_1, \cdots, x_n)$ 和时间 t 的实函数, 且 (a_{ij}) 是实对称正定矩阵 (即相应项是 n 个自变量

的二阶线性椭圆型微分算子). 我们可以通过适当的变换将方程 (3.1.3) 化为一个 n 维一阶线性双曲型方程组. 事实上, 令 $v = u$, $v_0 = u_t$, $v_i = u_{x_i}$, 则得到以 $\boldsymbol{v} = (v, v_0, v_1, \cdots, v_n)^{\mathrm{T}}$ 为变量的 n 维一阶偏微分方程组

$$
\begin{cases}
v_t - v_0 = 0, \\
\partial_t v_0 + 2 \sum_{i=1}^{n} a_i \, \partial_i v_0 - \sum_{i,j=1}^{n} a_{ij} \, \partial_j v_i + \sum_{i=0}^{n} b_i \, v_i + c \, v = \psi_0, \\
\sum_{j=1}^{n} a_{ij} \left(\partial_t v_j - \partial_j v_0 \right) = 0, \quad i = 1, \cdots, n,
\end{cases}
$$

其矩阵形式为

$$
\boldsymbol{A} \boldsymbol{v}_t + \sum_{i=1}^{n} \boldsymbol{A}_i \boldsymbol{v}_{x_i} + \boldsymbol{B} \boldsymbol{v} = \boldsymbol{\psi}_0, \tag{3.1.4}
$$

其中

$$
\boldsymbol{A} = \begin{bmatrix}
1 & 0 & 0 & \cdots & 0 \\
0 & 1 & 0 & \cdots & 0 \\
0 & 0 & a_{11} & \cdots & a_{1n} \\
\vdots & \vdots & \vdots & & \vdots \\
0 & 0 & a_{n1} & \cdots & a_{nn}
\end{bmatrix}, \quad
\boldsymbol{A}_i = \begin{bmatrix}
0 & 0 & 0 & \cdots & 0 \\
0 & 2a_i & -a_{1i} & \cdots & -a_{ni} \\
0 & -a_{1i} & 0 & \cdots & 0 \\
\vdots & \vdots & \vdots & & \vdots \\
0 & -a_{ni} & 0 & \cdots & 0
\end{bmatrix},
$$

$$
\boldsymbol{B} = \begin{bmatrix}
0 & -1 & 0 & \cdots & 0 \\
c & b_0 & b_1 & \cdots & b_n \\
0 & 0 & 0 & \cdots & 0 \\
\vdots & \vdots & \vdots & & \vdots \\
0 & 0 & 0 & \cdots & 0
\end{bmatrix}, \quad
\boldsymbol{\psi}_0 = \begin{bmatrix}
0 \\
\psi_0 \\
0 \\
\vdots \\
0
\end{bmatrix}.
$$

由于 $\boldsymbol{A}$ 为实对称正定矩阵, 因此存在实矩阵 $\boldsymbol{R} \in \mathbb{R}^{(n+2) \times (n+2)}$, 使得 $\boldsymbol{R}^{\mathrm{T}} \boldsymbol{A} \boldsymbol{R} = \boldsymbol{I}$ (单位矩阵). 定义新的变量 $\boldsymbol{w} = \boldsymbol{R}^{-1} \boldsymbol{v}$, 则方程组 (3.1.4) 化为 n 维一阶线性双曲型方程组

$$
\boldsymbol{w}_t + \sum_{i=1}^{n} \hat{\boldsymbol{A}}_i \boldsymbol{w}_{x_i} + \hat{\boldsymbol{B}} \boldsymbol{w} = \hat{\boldsymbol{\psi}}_0, \tag{3.1.5}
$$

其中
$$\hat{\boldsymbol{A}}_i = \boldsymbol{R}^{\mathrm{T}} \boldsymbol{A}_i \boldsymbol{R}, \quad \hat{\boldsymbol{B}} = \boldsymbol{R}^{\mathrm{T}} \boldsymbol{B} \boldsymbol{R}, \quad \hat{\boldsymbol{\psi}}_0 = \boldsymbol{R}^{\mathrm{T}} \boldsymbol{\psi}.$$

方程组 (3.1.5) 是双曲型的, 因为 $\hat{\boldsymbol{A}}_i \, (i = 1, 2, \cdots, n)$ 均为实对称矩阵, 因此其任意实线性组合仍然为实对称矩阵, 从而总可以实对角化.

在研究一阶线性双曲型方程 (组) 时, 通常将因变量的线性项移到右端, 即考虑标准形式的一阶线性双曲型方程

$$u_t + \sum_{i=1}^{n} a_i \, u_{x_i} = \psi, \tag{3.1.6}$$

和标准形式的一阶线性双曲型方程组

$$\boldsymbol{u}_t + \sum_{i=1}^{n} \boldsymbol{A}_i \, \boldsymbol{u}_{x_i} = \boldsymbol{\psi}, \tag{3.1.7}$$

其中右端项 $\psi = \psi_0 - b u$ 和 $\boldsymbol{\psi} = \boldsymbol{\psi}_0 - \boldsymbol{B} \boldsymbol{u}$ 不仅依赖于空间和时间变量 $(\boldsymbol{x}, t)$, 一般还是因变量的线性函数. 当方程 (3.1.6) 或方程组 (3.1.7) 的右端项为零时, 我们称相应的方程或方程组为**齐次**的. 一般的高阶线性双曲型方程 (组) 总可以化为标准形式的一阶线性双曲型方程组. 如果方程 (组) 的系数中至少有一个是因变量的函数或右端项是因变量的非线性函数, 则称相应的方程 (组) 是**非线性**的. 我们将主要讨论标准形式的一维一阶线性双曲型方程 (组) 的差分方法, 而且在没有特别指出的情况下我们总假定右端项不依赖于因变量.

许多物理问题 (如弹性动力学、流体力学、声学、电磁学等的问题) 的研究中都会遇到双曲型方程 (组).

例 3.1 考虑一维管道流中随着流体的运动某种物质分布的变化. 记 $u(x, t)$ 为 t 时刻在点 x 处该物质的密度, 即单位长度管道中该物质的质量; $f(x, t, u)$ 是 t 时刻在点 x 处物质密度为 u 时该物质的通量, 即在 t 时刻单位时间内流过点 x 的该物质的质量; $\psi(x, t, u)$ 是 t 时刻在点 x 处物质密度为 u 时该物质的源 (或汇) 的密度, 即单位时间在单位长度管道中产生 (或消失) 该物质的质量. 对任意给定的 $x_l < x_r$ 和 $t_b < t_a$, 有

$$\int_{x_l}^{x_r} u(x, t_a)\, dx = \int_{x_l}^{x_r} u(x, t_b)\, dx + \int_{t_b}^{t_a} f(x_l, t, u(x_l, t))\, dt$$

$$- \int_{t_b}^{t_a} f(x_r, t, u(x_r, t))\, dt$$

$$+ \int_{t_b}^{t_a} \int_{x_l}^{x_r} \psi(x, t, u(x, t))\, dx\, dt, \tag{3.1.8}$$

其中左端为 t_a 时刻在管道段 (x_1, x_2) 中该物质的总质量; 第一项为 t_b 时刻在管道段 (x_l, x_r) 中该物质的总质量, 第二项为在时间段 (t_b, t_a) 内通过 x_l 流入管道段 (x_l, x_r) 的该物质的质量, 第三项 (包含负号) 为在时间段 (t_b, t_a) 内通过 x_r 流入管道段 (x_l, x_r) 的该物质的质量, 第四项为在时间段 (t_b, t_a) 内管道段 (x_l, x_r) 中产生 (或消失) 的该物质的质量. 如果通量 $f(x, t, u)$, 源项 $\psi(x, t, u)$ 和该物质的分布密度 $u(x, t)$ 都充分光滑, 则方程 (3.1.8) 可以等价地改写成

$$\int_{t_b}^{t_a} \int_{x_l}^{x_r} [u_t(x, t) + f(x, t, u(x, t))_x - \psi(x, t, u(x, t))]\, dx\, dt = 0. \tag{3.1.9}$$

由此及 $x_l < x_r$ 和 $t_b < t_a$ 的任意性, 我们就得到了一维管道流中随着流体的运动物质分布变化所满足的平衡方程

$$u_t(x, t) + f(x, t, u(x, t))_x = \psi(x, t, u(x, t)). \tag{3.1.10}$$

式 (3.1.8) 和 (3.1.10) 分别称为平衡方程的积分形式和微分形式. 特别地, 当 $\psi(x, t, u(x, t)) \equiv 0$ 时, 上述方程描述的是未知量的守恒性质, 因此相应的方程一般统称为**守恒律方程**.

在应用中, 由不同的通量函数将导出不同的方程. 例如, 在例 3.1 中, 设流体的流动速度为常数 a, 若取通量 $f(x, t, u) = a\, u$, 即仅限于考虑对流效应 —— 认为流体中所携带的物质只是简单地随着流体运动, 则相应的守恒律方程式就是所谓的**一维常系数对流方程**

$$u_t + a\, u_x = 0. \tag{3.1.11}$$

这是一个典型的一维一阶常系数齐次线性双曲型方程. 若通量中除了考虑对流效应之外还考虑扩散效应, 这时通量的形式为 $f(x, t, u, u_x)$.

设扩散的速率服从 Fick 律, 即扩散速率正比于 u 的负梯度, 则通量 $f(x,t,u,u_x) = a\,u - \sigma\,u_x$, 其中 σ 为扩散系数. 由此得到的相应的守恒律方程式就是所谓的**一维常系数对流扩散方程**

$$u_t + a\,u_x = \sigma\,u_{xx}. \tag{3.1.12}$$

对比方程 (3.1.11) 和 (3.1.12) 可见, 当扩散系数相对于流速很小时, 即所谓对流占优时, 可以认为对流方程是对流扩散方程的一个近似方程.

双曲型偏微分方程 (组)(简称双曲型方程 (组)) 的特征性质之一是其解所包含的信息是以有限的特征速度传播的. 例如, 考虑一维一阶常系数线性双曲型方程组

$$u_t + A\,u_x = 0. \tag{3.1.13}$$

由于 A 可实对角化, 不妨设 $AR = R\Lambda$, $\Lambda = \mathrm{diag}(\lambda_1, \cdots, \lambda_p)$, 其中 $\lambda_1 \leqslant \lambda_2 \leqslant \cdots \leqslant \lambda_p$ 是 A 的特征值. 引入新的因变量 $w = R^{-1}u$, 则方程组 (3.1.13) 化为关于 w 的对应于对角矩阵 Λ 的一维一阶常系数线性双曲型方程组

$$w_t + \Lambda\,w_x = 0, \tag{3.1.14}$$

或等价的关于 w 的 p 个分量 $w_i\,(i = 1, \cdots, p)$ 的相互独立的一维一阶常系数线性双曲型方程组

$$\partial_t w_i + \lambda_i\,\partial_x w_i = 0, \quad i = 1, \cdots, p. \tag{3.1.15}$$

注意, A 的 p 个特征值在时空区域 $\mathbb{R} \times \mathbb{R}_+$ 中通过以下特征线方程定义了 p 族**特征线**:

$$\frac{\mathrm{d}x_i}{\mathrm{d}t} = \lambda_i, \quad i = 1, \cdots, p. \tag{3.1.16}$$

由于

$$\begin{aligned}
\frac{\mathrm{d}w_i(x_i(t),t)}{\mathrm{d}t} &= \left[\partial_t w_i + \partial_x w_i \frac{\mathrm{d}x_i}{\mathrm{d}t}\right](x_i(t),t) \\
&= \left[\partial_t w_i + \lambda_i\,\partial_x w_i\right](x_i(t),t) = 0,
\end{aligned} \tag{3.1.17}$$

所以方程组 (3.1.14) 的解 w 的第 i 个分量 w_i 沿着第 i 族特征线是常数. 这一组新的变量 $w_i\,(i = 1, \cdots, p)$, 通常被称为是方程组 (3.1.13) 关

于特征 $(\lambda_i, \boldsymbol{\xi}^i)(i = 1, \cdots, p)$ 的 **Riemann 不变量**, 其中 $\boldsymbol{\xi}^i$ 为矩阵 $\boldsymbol{R}$ 的第 i 列元素组成的列向量. 又记 $\boldsymbol{\eta}^i$ 为矩阵 $\boldsymbol{R}^{-1}$ 的第 i 行元素组成的行向量. 易见 $\boldsymbol{\xi}^i, \boldsymbol{\eta}^i$ 分别是 $\boldsymbol{A}$ 的从属于 $\lambda_i (i = 1, \cdots, p)$ 的右特征向量和左特征向量. 以上分析说明, 方程组 (3.1.13) 的解 $\boldsymbol{u}$ 的特定线性组合 $\boldsymbol{\eta}^i \boldsymbol{u} = w_i$ 是沿第 i 族中任一条特征线为常数的 Riemann 不变量. 特别地, 如果已知初始时刻的状态

$$\boldsymbol{u}(x, 0) = \boldsymbol{u}^0(x), \tag{3.1.18}$$

则由 Riemann 不变量 $w_i = \boldsymbol{\eta}^i \boldsymbol{u}$ 和 w_i 沿第 i 族中任一条特征线为常数得

$$w_i(x, t) = w_i(x - \lambda_i t, 0) = \boldsymbol{\eta}^i \boldsymbol{u}^0(x - \lambda_i t), \quad i = 1, \cdots, p. \tag{3.1.19}$$

由此得

$$\boldsymbol{u}(x, t) = \boldsymbol{R}\boldsymbol{w}(x, t) = \sum_{i=1}^{p} \boldsymbol{\xi}^i w_i(x, t) = \sum_{i=1}^{p} \boldsymbol{\xi}^i \boldsymbol{\eta}^i \boldsymbol{u}^0(x - \lambda_i t). \tag{3.1.20}$$

式 (3.1.20) 给出了一维一阶常系数线性双曲型方程组 (3.1.13) 初值问题解的一般表达式. 由此容易看出, 在时空中任意给定的点集 $\Omega_T \subset \mathbb{R} \times \mathbb{R}_+$ 上, 解 $\boldsymbol{u}$ 的值仅依赖于集合

$$D(\Omega_T) = \{y \in \mathbb{R} : y = x - \lambda_i t, \ i = 1, \cdots, p, \ \forall (x, t) \in \Omega_T\} \tag{3.1.21}$$

上给定的初始状态. 因此, 我们将 $D(\Omega_T)$ 称为方程组 (3.1.13) 关于集合 Ω_T 的**依赖区域**. 特别地, 点 (x, t) 的依赖区域就是过点 (x, t) 的 p 条特征线与 x 轴的 p 个交点. 我们可以将以上依赖区域定义中的初始时刻换为任意时刻 $t_0 \geqslant 0$, 类似地定义解关于集合 $\Omega_T \subset \{(x, t) \in \mathbb{R} \times \mathbb{R}_+ : t > t_0\}$ 在 t_0 时刻的依赖区域 $D(\Omega_T; t_0)$.

另外, 给定空间中的任意点集 $\Omega \subset \mathbb{R}$, 定义集合

$$I(\Omega) = \{(x, t) \in \mathbb{R} \times \mathbb{R}_+ : \text{存在 } 1 \leqslant i \leqslant p, \text{ 使得 } x - \lambda_i t \in \Omega\}, \tag{3.1.22}$$

$$K(\Omega) = \{(x, t) \in \mathbb{R} \times \mathbb{R}_+ : x_i = x - \lambda_i t \in \Omega, \ i = 1, \cdots, p\}. \tag{3.1.23}$$

则由式 (3.1.20) 不难验证, 当且仅当 $(x, t) \in I(\Omega)$ 时, 方程组 (3.1.13) 的解 $\boldsymbol{u}(x, t)$ 用到了 Ω 上给出的初值. 换句话说, Ω 上给出的初值影响

到了集合 $I(\Omega)$ 上的解的取值. 因此我们将 $I(\Omega)$ 称为方程组 (3.1.13) 关于集合 Ω 的**影响区域**. 特别地, 点 x 的影响区域就是由点 x 出发的 p 条特征线. 同样, 由式 (3.1.20) 知, 解在 $K(\Omega)$ 上的值恰好被集合 Ω 上给定的初值完全确定, 因此我们将集合 $K(\Omega)$ 称为方程组 (3.1.13) 关于集合 Ω 的**决定区域**. 特别地, 区间 $(x_l,\ x_r)$ 的决定区域是由特征线 $x = x_r + \lambda_1 t$, $x = x_l + \lambda_p t$ 和 x 轴所围成的三角形区域 $\{(x,t) \in \mathbb{R} \times \mathbb{R}_+ : x_l \leqslant x - \lambda_p t \leqslant \cdots \leqslant x - \lambda_1 t \leqslant x_r\}$. 同样, 我们可以将影响区域和决定区域定义中的初始时刻换为任意时刻 $t_0 \geqslant 0$, 并将初始值换为解在 t_0 时刻的值, 类似地定义方程组 (3.1.13) 关于集合 Ω 在 t_0 时刻的影响区域 $I(\Omega; t_0)$ 和决定区域 $K(\Omega; t_0)$.

对于一维一阶常系数线性双曲型方程组 (3.1.13), 除了考虑初值问题之外, 我们也可以考虑在 $I \times \mathbb{R}_+$ 上适定的初边值问题, 这里 I 是 $\mathbb{R}$ 中的开区间. 所谓**适定**的, 是指如果系数矩阵 A 有 l 个负特征值和 $p - r + 1$ 个正特征值, 其中 $r - 2 \leqslant l < r$, 则在区域的左端点 x_l 和右端点 x_r 处应该恰好分别提出 $p - r + 1$ 和 l 个相互独立的, 且其任意线性组合都与相应的一组 Riemann 不变量 $\{w_i\}_{i=r}^p$ 和 $\{w_i\}_{i=1}^l$ 函数相关的边界条件. 简单地说, 左端点的边界条件必须与后 $p - r + 1$ 个 Riemann 不变量 $\{w_i\}_{i=r}^p$ 函数相关, 而右端点的边界条件必须与前 l 个 Riemann 不变量 $\{w_i\}_{i=1}^l$ 函数相关. 可以证明, 适定的初边值问题的解是存在唯一的.

以上关于一维一阶常系数线性双曲型方程组 (3.1.13) 初值问题解的依赖区域、影响区域和决定区域的概念也可以推广到一般双曲型方程 (组) 的初值或初边值问题. 尽管在一般情形我们无法得到解的解析表达式, 因此也很难确切地给出这些区域, 但这些概念以及它们与特征线之间的密切关系可以为算法设计和分析提供十分有用的信息.

在用差分方法求解双曲型方程 (组) 的初值或初边值问题时, 可以类似于求解抛物型方程 (组) 的初值或初边值问题, 通过引入适当的时空网格和网格函数, 以及适当的差分逼近算子将问题离散化, 再通过求解所得到的差分方程初值或初边值问题得到差分逼近解. 在本章中, 我们将主要就一维一阶线性双曲型方程讨论如何在如图 2-1 所示的均匀时空网格上构造初值和初边值问题差分格式, 并研究差分格式及差分逼近解的性质. 在 §3.5 中也将简单地讨论一维二阶波动方程的直接差分离散格式及相应的相容性和稳定性.

§3.2　一维一阶线性双曲型偏微分方程的差分方法

3.2.1　特征线与 CFL 条件

最简单的双曲型方程是通常称为**对流方程**的一维一阶齐次线性双曲型方程

$$u_t + a\,u_x = 0, \quad x \in I \subset \mathbb{R}, \ t > 0, \tag{3.2.1}$$

其中 I 是 $\mathbb{R}$ 中的开区间, 系数 a 对应于对流的速度, 是 (x,t) 的函数.

对流速度 a 在 (x,t) 空间的区域 $I \times \mathbb{R}_+$ 上定义了一个向量场, 相应的积分曲线族由以下称为**特征线方程**的常微分方程的解给出:

$$\frac{\mathrm{d}x}{\mathrm{d}t} = a(x,t), \quad x \in I, \ t > 0. \tag{3.2.2}$$

这些积分曲线称为双曲型方程 (3.2.1) 的**特征线**. 设 $a(x,t)$ 关于 t 是连续的, 关于 x 是 Lipschitz 连续的, 则由常微分方程初值问题解的存在唯一性定理知, 过区域 $I \times \mathbb{R}_+$ 中每一点有且仅有一条特征线.

方程 (3.2.1) 的解沿着每条特征线为常数, 这是因为, 沿着特征线 $x(t)$, 解 $u(x(t),t)$ 满足

$$\frac{\mathrm{d}u}{\mathrm{d}t} = \frac{\partial u}{\partial t} + \frac{\partial u}{\partial x} \cdot \frac{\mathrm{d}x}{\mathrm{d}t} = \frac{\partial u}{\partial t} + a\,\frac{\partial u}{\partial x} = 0. \tag{3.2.3}$$

利用这一性质, 我们可以构造方程 (3.2.1) 的初值问题或适定的初边值问题的近似解. 例如, 设 $I = (x_l, x_r)$, 又设对任意的 $t \geqslant 0$, 有 $a(x_l, t) > 0$ 和 $a(x_r, t) > 0$, 考虑初始条件为 $u(x,0) = u^0(x)$ 和边界条件为 $u(x_l, t) = u_l(t)$ 的初边值问题, 则可以选取 $x_l < x_1 < x_2 < \cdots < x_N < x_r$, 和 $0 \leqslant t^1 < t^2 < \cdots < t^M$, 应用数值方法求解常微分方程 (3.2.2) 的初始条件分别为 $x(0) = x_i \, (i = 1, \cdots, N)$ 和 $x(t^m) = x_l \, (m = 1, \cdots, M)$ 的一组初值问题, 得到过这些初值点的近似积分曲线, 再在这些积分曲线上分别令 $U_i(x,t) = u^0(x_i) \, (i = 1, \cdots, N)$ 和 $U^m(x,t) = u(x_l, t^m) =$

$u_l(t^m)\,(m = 1, \cdots, M)$, 就得到原问题的一个近似解. 这种方法称为**特征线法**. 当 $a > 0$ 为常数时, 特征线是一族平行直线, 这时解可以简单地表示为

$$u(x,t) = \begin{cases} u^0(x - at), & \text{如果 } x - at \geqslant x_l, \\ u_l\left(t - \dfrac{x - x_l}{a}\right), & \text{如果 } x - at < x_l; \end{cases} \tag{3.2.4}$$

类似地, 当 $a < 0$ 为常数时, 解可以简单地表示为

$$u(x,t) = \begin{cases} u^0(x - at), & \text{如果 } x - at \leqslant x_r, \\ u_r\left(t - \dfrac{x - x_r}{a}\right), & \text{如果 } x - at > x_r. \end{cases} \tag{3.2.5}$$

一般情况下, 特征线族是不平行的曲线族, 且需要在左、右端边界的子集 $\{(x_l, t) : t > 0,\ a(x_l, t) > 0\}$ 和 $\{t > 0 : a(x_r, t) < 0\}$ 上分别给出边界条件.

对于非齐次的一维一阶线性双曲型方程

$$u_t + a(x,t)u_x = \psi(x,t),$$

其中右端项 $\psi(x,t) \neq 0$, 解沿着由方程 (3.2.2) 定义的特征线满足常微分方程

$$\frac{\mathrm{d}u}{\mathrm{d}t}(x(t), t) = \psi(x(t), t). \tag{3.2.6}$$

因此, 在求得特征线或近似特征线后, 为得到 u 的逼近解, 我们还需要再应用数值方法求解常微分方程 (3.2.6) 的初值问题, 其初值可直接由原问题的初边值条件得到.

由以上分析可以看出, 特征线法对于一维一阶常系数线性双曲型方程是一种简单有效的方法. 但将其推广应用到变系数线性双曲型方程组, 尤其是高维情况时, 将会遇到许多困难, 实现过程将变得极为复杂. 尽管如此, 我们将会看到特征线法在差分方法等更具一般性的算法设计和分析方面可以起到十分重要的作用.

设对流速度 a 为常数, 则对流方程 (3.2.1) 最简单的差分格式是

$$\frac{U_j^{m+1} - U_j^m}{\tau} + a\frac{U_j^m - U_{j-1}^m}{h} = 0, \tag{3.2.7}$$

其中 $\tau = \Delta t$ 和 $h = \Delta x$ 分别是时间和空间步长. 这显然是一个显式格式. 记

$$\nu = \frac{a\tau}{h} \tag{3.2.8}$$

(称之为对流方程 (3.2.1) 的**网格比**), 则格式 (3.2.7) 可以写成以下等价形式

$$U_j^{m+1} = (1-\nu)U_j^m + \nu U_{j-1}^m. \tag{3.2.9}$$

由此, 容易看出网格点 $P = (x_j, t_{m+1})$ 上的数值解 $U_h(P) = U_j^{m+1}$ 的依赖区域为

$$D_h(P) = \{x_{j-m-1}, x_{j-m}, \cdots, x_{j-1}, x_j\}. \tag{3.2.10}$$

与此对应的网格点 $P = (x_j, t_{m+1})$ 上真解 $u(x_j, t_{m+1}) = u^0(x_j - a\,t_{m+1})$ 的依赖区域为 $D(P) = Q = x_j - a\,t_{m+1}$.

图 3-1 是数值解 $U_h(P) = U_j^{m+1}$ 和真解 $u(P) = u(x_j, t_{m+1})$ 的依赖区域的示意图, 其中 $Q^>$, Q^+ 和 Q^- 分别对应于 $a\tau > h$, $0 \leqslant a\tau \leqslant h$ 和 $a < 0$ 情况下真解 $u(P)$ 的依赖区域 $D(P) = Q$ 所处的位置.

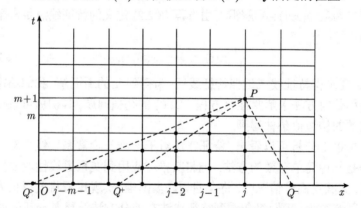

图 3-1 差分格式 (3.2.9) 和对流方程 (3.2.1) 的依赖区域

在 $a\tau > h$ 或 $a < 0$ 情况下, 如果在真解 $u(P)$ 的依赖区域 $Q^>$ 或 Q^- 的一个充分小邻域中改变初值, 则由于真解沿特征线为常数, 所以 $u(P)$ 的值也将随之改变. 然而, 如果取网格比 $\nu = a\tau/h$ 为常数的

加密路径, 则当 h 趋于零时, 由于数值解 $U_h(P)$ 的依赖区域中的初值原则上独立于 $u(Q)$, 从而保持不变, 所以其极限 (如果存在的话) 应该是一个与 $u(Q)$ 的变化无关的常数. 因此, 数值解 $U_h(P)$ 不可能收敛于真解 $u(P)$. 这一简单分析的直接推论就是以下由 Courant, Friedrichs 和 Lewy 提出的通过依赖区域判别差分方法收敛性的必要条件, 即著名的 CFL 条件.

CFL 条件 偏微分方程的数值解沿一个加密路径收敛于真解的必要条件是真解的依赖区域至少在极限的意义下包含于数值解的依赖区域.

在应用中, CFL 条件常被作为双曲型方程数值方法稳定性的一个必要条件. 事实上, CFL 条件也适用于其他方程. 例如, 由于抛物型方程的解关于任意点的依赖区域都是全空间, 因此, 由 CFL 条件很容易理解为什么抛物型方程的显式差分格式总要求 $\tau = o(h)$. 一般地说, CFL 条件并不是数值方法稳定性的充分条件. 例如, 考虑对流方程 (3.2.1) 的以下差分格式:

$$\frac{U_j^{m+1} - U_j^m}{\tau} + a\frac{U_{j+1}^m - U_{j-1}^m}{2h} = 0. \tag{3.2.11}$$

一方面, 容易验证, 不论 $a \geqslant 0$ 或 $a < 0$, 只要 $|\nu| = |a|\tau/h \leqslant 1$, 格式 (3.2.11) 就满足 CFL 条件. 另一方面, 记 L 为区间 I 的长度, 将 Fourier 波型

$$U_j^m = \lambda_k^m \mathrm{e}^{\mathrm{i}kjh}, \quad h = LN^{-1}, \quad k = L^{-1}k'\pi, \quad -N+1 \leqslant k' \leqslant N \tag{3.2.12}$$

代入差分格式 (3.2.11) 得其相应的增长因子为

$$\lambda_k = 1 - \mathrm{i}\nu\sin kh. \tag{3.2.13}$$

可见, 对于任意的网格比 ν 和几乎所有的 Fourier 波型都有 $|\lambda_k| > 1$. 因此, 差分格式 (3.2.11) 在 $\mathbb{L}^2$ 范数意义下是恒不稳定的.

3.2.2 迎风格式

由上小节的讨论知, 对于对流方程 (3.2.1), 要保证稳定性, 最简单

的只用到三个节点的紧凑差分格式是用关于时间的向前差分算子 $\dfrac{\Delta_{+t}}{\Delta t}$ 逼近 $\dfrac{\partial}{\partial t}$, 根据 a 的符号分别用关于空间的向前或向后差分算子 $\dfrac{\Delta_{+x}}{\Delta x}$ 或 $\dfrac{\Delta_{-x}}{\Delta x}$ 逼近 $\dfrac{\partial}{\partial x}$ 后得到的显式差分格式

$$U_j^{m+1} = \begin{cases} U_j^m - \nu_j^m \Delta_+ U_j^m, & a_j^m \leqslant 0, \\ U_j^m - \nu_j^m \Delta_- U_j^m, & a_j^m \geqslant 0, \end{cases} \tag{3.2.14}$$

其中 $\nu_j^m = a_j^m \tau / h$, 或等价的

$$U_j^{m+1} = \begin{cases} (1 + \nu_j^m) U_j^m - \nu_j^m U_{j+1}^m, & a_j^m \leqslant 0, \\ (1 - \nu_j^m) U_j^m + \nu_j^m U_{j-1}^m, & a_j^m \geqslant 0. \end{cases} \tag{3.2.15}$$

这就是所谓的对流方程 (3.2.1) 的**迎风格式**. 格式的名称形象地描述出数值解的信息取自上游, 即迎风方向.

除了从以差分算子代替微分算子的角度理解迎风格式的构造之外, 我们也可以用更具启发性的特征线法结合插值逼近的方法来构造迎风格式. 以 $a > 0$ 为常数的情形为例. 不妨设网格比满足 CFL 条件, 即 $\nu \leqslant 1$, 此时 $u(P) = u(x_j, t_{m+1})$ 在上一时间步 t_m 上的依赖区域为 $Q_m = x_j - a\tau \in [x_{j-1}, x_j]$, 即 $u(P) = u(Q_m) = u(x_j - a\tau)$. 令 $U_h(Q_m)$ 为网格函数 U_{j-1}^m 和 U_j^m 在点 Q_m 的线性插值, 即

$$U_h(Q_m) = \frac{x_j - Q_m}{h} U_{j-1}^m + \frac{Q_m - x_{j-1}}{h} U_j^m,$$

并令 $U_j^{m+1} = U_h(P) = U_h(Q_m)$, 即得到迎风格式.

设 a 为常数, 对流方程 (3.2.1) 的解 u 充分光滑, 则利用 Taylor 展开式不难得到迎风格式 (3.2.14) 的局部截断误差 T_j^m:

$$\begin{aligned} T_j^m &= \frac{u_j^{m+1} - u_j^m}{\tau} + a \frac{u_{j+1}^m - u_j^m}{h} - \left[\frac{\partial u}{\partial t} + a \frac{\partial u}{\partial x} \right]_j^m \\ &= \frac{1}{2} \left[\tau u_{tt} + a h u_{xx} \right]_j^m + \frac{1}{6} \left[\tau^2 u_{ttt} + a h^2 u_{xxx} \right]_j^m + \cdots \\ &= \left[\frac{1}{2} a h (1 + \nu) u_{xx} + \frac{1}{6} a h^2 (1 - \nu^2) u_{xxx} + \cdots \right]_j^m, \quad a \leqslant 0; \ (3.2.16) \end{aligned}$$

$$T_j^m = \frac{u_j^{m+1} - u_j^m}{\tau} + a\frac{u_j^m - u_{j-1}^m}{h} - \left[\frac{\partial u}{\partial t} + a\frac{\partial u}{\partial x}\right]_j^m$$

$$= \frac{1}{2}\left[\tau u_{tt} - a h u_{xx}\right]_j^m + \frac{1}{6}\left[\tau^2 u_{ttt} + a h^2 u_{xxx}\right]_j^m + \cdots$$

$$= -\left[\frac{1}{2}a h(1-\nu)u_{xx} + \frac{1}{6}a h^2(1-\nu^2)u_{xxx} + \cdots\right]_j^m, \quad a \geqslant 0.$$

$$(3.2.17)$$

由此可见, 迎风格式的局部截断误差一般只有一阶精度, 更确切地说, 只要对流方程 (3.2.1) 的解 u 的二阶导数有界, 就有

$$T_h = \max\{|T_j^m|\} = O(\tau + h).$$

另外, 由格式 (3.2.15), 差分逼近解的误差 $e_j^m = U_j^m - u_j^m$ 满足方程

$$e_j^m = \begin{cases} (1-|\nu|)e_j^{m+1} + |\nu|e_{j+1}^{m+1} - \tau T_j^m, & a \leqslant 0, \\ (1-|\nu|)e_j^{m+1} + |\nu|e_{j-1}^{m+1} - \tau T_j^m, & a \geqslant 0. \end{cases} \quad (3.2.18)$$

因此, 当迎风格式满足 CFL 条件, 即 $|\nu| \leqslant 1$ 时, 对于初值问题或者边值误差为零的初边值问题, 我们有

$$E^{m+1} \triangleq \max_j|e_j^{m+1}| \leqslant E^m + \tau \max_j|T_j^m| \leqslant E^0 + t_{\max}\max_{m,j}|T_j^m|,$$

$$\forall(m+1)\tau \leqslant t_{\max}. \quad (3.2.19)$$

因此, 当对流方程 (3.2.1) 的解 u 的二阶导数有界时, 沿着任意满足 CFL 条件的加密路径迎风格式都是收敛的, 且具有一阶逼近精度.

以上分析虽然只是对 a 为常数的情形展开的, 但对于一般情形, 只需令 $\nu = a_j^m\tau/h$, 则以上所有结论依然成立. 不过对于双曲型方程而言, 解的二阶导数有界这一条件过于苛刻. 这一论断基于以下两个基本事实: 其一, 与抛物型方程不同, 初始值的间断一般不会被双曲型方程磨光. 例如, 对于对流方程 (3.2.1) 的初值问题, 设初始值 $u(x,0) = u^0(x)$ 是一个有有限个间断点 $\xi_1, \cdots, \xi_k$ 的分段光滑函数, 若在特征方程 (3.2.2) 定义的由 $x(0) = \xi \neq \xi_1, \cdots, \xi_k$ 出发的任意一条特征线上令 $u(x,t) = u(x(t),t) = u^0(\xi)$, 则不难验证 $u(x,t)$ 在除了从 $\xi_1, \cdots, \xi_k$

出发的 k 条特征线之外处处满足方程和初始条件, 而沿着这 k 条从初始间断点出发的特征线, 解 $u(x,t) = u(x(t),t) = u^0(\xi)$ 有与初值相同的间断. 其二, 更重要的是, 对于非线性双曲型方程, 即便初始值是光滑的, 方程的解也可能在有限时间内产生间断. 例如, 若对流方程 (3.2.1) 的系数 $a = a(u)$ 是未知变量 u 的函数, 这时方程是非线性的, 但我们仍然可以与线性情形类似地定义特征线方程

$$\frac{\mathrm{d}x}{\mathrm{d}t} = a(u(x,t)). \tag{3.2.20}$$

显然, 这时不能直接由特征线方程解出特征线, 而必须将特征线方程与非线性对流方程联立求解. 但是由沿着特征线 $x(t)$, 解 $u(x(t),t)$ 满足

$$\frac{\mathrm{d}u}{\mathrm{d}t} = \frac{\partial u}{\partial t} + \frac{\partial u}{\partial x} \cdot \frac{\mathrm{d}x}{\mathrm{d}t} = \frac{\partial u}{\partial t} + a(u)\frac{\partial u}{\partial x} = 0,$$

我们知道解 $u(x,t)$ 沿每条特征线为常数, 因此 $a(u)$ 沿每条特征线也为常数. 而这意味着每条特征线必然是直线. 这些特征线的斜率是由其初值 $x(0) = \xi$ 处的函数值 $u^0(\xi)$ 决定的, 所以一般地说它们不是相互平行的. 现设存在 $\xi_1 < \xi_2$, 使得初始值 $u(x,0) = u^0(x)$ 满足 $a_1 \triangleq a(u^0(\xi_1)) > a_2 \triangleq a(u^0(\xi_2))$, 则在时刻 $\bar{t} = (\xi_2 - \xi_1)/(a_1 - a_2) > 0$, 两条特征线将相交于点 $(\xi_1 + a_1\bar{t}, \bar{t}) = (\xi_2 + a_2\bar{t}, \bar{t})$. 设初始值 $u^0(x)$ 充分光滑, 当 $0 < t < t_{\max}$ 时所有的特征线均互不相交, 而当 $t = t_{\max}$ 时至少有两条特征线相交, 则由初始值和沿特征线为常数定义的解当 $t < t_{\max}$ 时是光滑的; 但当 $t \to t_{\max}$ 时, 解将在特征线的交点处产生间断, 且在此过程中解的各阶导数, 如果存在的话, 也将趋于无穷. 对于 $t > t_{\max}$, 问题则归结为以已知的有间断点的 $u(x, t_{\max})$ 为初始值的非线性双曲型方程初值问题. 光滑解在发展过程中产生间断是非线性双曲型方程特有的性质. 在应用中, 无论是初始值的某种间断还是由非线性产生的间断常常都有着十分重要的实际背景, 因此都应该包含在我们的研究范围内. 为此, 我们有必要拓广古典解的定义, 引入弱解的概念.

　　一般地说, 我们可以考虑引入广义导数和 Sobolev 空间的概念, 并在适当选取的 Sobolev 空间中研究偏微分方程相应问题的弱解. 本书

的第 5 章中为讨论椭圆型方程的有限元方法将引入这些概念. 在这里, 我们仅针对守恒律方程, 采取另一种做法来定义弱解. 由例 3.1 知, 守恒律方程原始的最基本的形式是积分形式, 而积分形式的守恒律方程对未知函数的光滑性要求自然大大降低. 受此启发, 我们可以引入以下一维守恒律方程弱解的定义:

定义 3.1 函数 $u \in \mathbb{L}^1_{\mathrm{loc}}(\mathbb{R} \times \mathbb{R}_+)$ (即 $\mathbb{R} \times \mathbb{R}_+$ 上所有局部 Lebesgue 可积函数构成的线性空间) 称为一维守恒律方程初值问题

$$\begin{cases} u_t(x,t) + f(x,t,u(x,t))_x = 0, & (3.2.21) \\ u(x,0) = u^0(x) & (3.2.22) \end{cases}$$

的**弱解**, 如果 u 满足初始条件 (3.2.22), 且对任意给定的 $0 \leqslant t_b < t_a$ 和 $-\infty < x_l < x_r < \infty$, 都有

$$\int_{x_l}^{x_r} u(x, t_a)\, \mathrm{d}x = \int_{x_l}^{x_r} u(x, t_b)\, \mathrm{d}x + \int_{t_b}^{t_a} f(x_l, t, u(x_l, t))\, \mathrm{d}t$$
$$- \int_{t_b}^{t_a} f(x_r, t, u(x_r, t))\, \mathrm{d}t. \qquad (3.2.23)$$

以上关于一维守恒律方程弱解的定义可以自然地推广到一维和高维的守恒律方程组以及平衡方程 (组) 的初值问题和适定的初边值问题.

通过直接验证容易证明, 对于一维一阶常系数齐次线性双曲型方程 $u_t + a\,u_x = 0$ 的初始值为具有有限个间断点的分段光滑函数的初值问题, 由特征线法给出的解是满足定义 3.1 的弱解. 对于一般的一维一阶双曲型方程, 设 $x = x(t)$ 是弱解的一条孤立的光滑间断线, 即在该间断线两侧的一个邻域中解是连续的, 则根据定义可以证明间断线在 $(x(t), t)$ 处的斜率 $s(t) = x'(t)$ 满足 **Rankine-Hugoniot 跳跃间断条件**:

$$[f] = s[u], \qquad (3.2.24)$$

其中 $[f]$ 和 $[u]$ 分别是通量和弱解穿过间断线时的跳跃量. Rankine-Hugoniot 跳跃间断条件是刻画一维一阶非线性双曲型方程弱解的跳跃间断 (也就是通常所说的激波) 的重要工具之一.

例 3.2　考虑无黏 Burgers 方程

$$\frac{\partial u}{\partial t} + \frac{1}{2} \cdot \frac{\partial u^2}{\partial x} = 0$$

在以下初始条件下的初值问题：

$$u(x,0) = \begin{cases} 1, & x < 0, \\ 0, & x \geqslant 0. \end{cases}$$

由 Rankine-Hugoniot 跳跃间断条件 (3.2.24), 问题的弱解的间断线 $x = st$ 满足关系式

$$s = \frac{f(u_r) - f(u_l)}{u_r - u_l} = \frac{\frac{1}{2}u_r^2 - \frac{1}{2}u_l^2}{u_r - u_l} = \frac{0 - \frac{1}{2}}{0 - 1} = \frac{1}{2}.$$

所以问题的弱解为

$$u(x,t) = \begin{cases} 1, & \text{如果 } x < t/2, \\ 0, & \text{如果 } x \geqslant t/2. \end{cases}$$

例 3.3　考虑方程

$$\frac{\partial u^2}{\partial t} + \frac{2}{3} \cdot \frac{\partial u^3}{\partial x} = 0$$

在以下初始条件下的初值问题：

$$u(x,0) = \begin{cases} 1, & \text{如果 } x < 0, \\ 0, & \text{如果 } x \geqslant 0. \end{cases}$$

令 $w = u^2$, 则方程等价于 $w_t + \frac{2}{3}(w^{3/2})_x = 0$. 由 Rankine-Hugoniot 跳跃间断条件 (3.2.24), 问题的弱解的间断线 $x = st$ 满足关系式

$$s = \frac{f(w_r) - f(w_l)}{w_r - w_l} = \frac{\frac{2}{3}w_r^{3/2} - \frac{2}{3}w_l^{3/2}}{w_r - w_l} = \frac{0 - \frac{2}{3}}{0 - 1} = \frac{2}{3}.$$

所以问题的弱解为

$$u(x,t) = \begin{cases} 1, & \text{如果 } x < 2t/3, \\ 0, & \text{如果 } x \geqslant 2t/3. \end{cases}$$

注意, 对于光滑解, 例 3.2 和例 3.3 中的方程都等价于一阶非线性双曲型方程

$$u_t + uu_x = 0.$$

而它们显然对同一初值给出了不同的弱解, 这说明对于非光滑解两者是不等价的. 因此, 在讨论非线性双曲守恒律方程的弱解时, 必须清楚问题的守恒量和通量函数. 换句话说, 根据实际应用背景用守恒量和对应的通量函数给出的积分形式的守恒律方程是反映实际问题守恒性质的基本方程, 因此才是讨论弱解的正确的出发点. 当然, 对于非线性问题, 即便是从正确的积分形式的守恒律方程出发, 一般地说, 弱解也并不是唯一的 (见习题 3 第 4 题), 要想确定符合物理意义的弱解, 通常还需要附加所谓的熵条件或考虑黏性消失解. 关于弱解和熵条件的一般讨论超出了本课程的范围.

在分析迎风格式误差估计式 (3.2.19) 的过程中, 我们实际上利用了当 $|\nu| \leqslant 1$, 即格式满足 CFL 条件时, 迎风格式 (3.2.15) 右端各项系数均非负且和为 1, 因而最大值原理成立这一事实. 然而, 一般的双曲型方程 (组) 的解并不满足最大值原理, 我们自然也不能期待相应的差分格式的解满足最大值原理, 因此上述分析方法的应用范围受到了很大的限制. 另外, 由于双曲型方程常用来描述波的传播和发展, 因此 Fourier 分析方法在双曲型方程 (组), 尤其是常系数线性双曲型方程 (组) 初值问题或带周期边界条件的初边值问题的差分格式的稳定性分析方面占有重要地位. 下面我们就用 Fourier 分析的方法来讨论对流方程 (3.2.1) 的迎风格式 (3.2.15) 的 $\mathbb{L}^2$ 稳定性和误差估计.

不妨设网格比满足 CFL 条件, 即 $|\nu| \leqslant 1$. 将离散 Fourier 波型 $U_j^m = \lambda_k^m \mathrm{e}^{\mathrm{i}kjh}$ 代入迎风格式 (3.2.15) 得其增长因子为

$$\lambda_k = (1 - |\nu|) + |\nu| \, \mathrm{e}^{-\mathrm{sgn}(a)\,\mathrm{i}kh}. \tag{3.2.25}$$

由此得

$$|\lambda_k|^2 = [(1 - |\nu|) + |\nu| \cos kh]^2 + (|\nu| \sin kh)^2$$
$$= (1 - |\nu|)^2 + |\nu|^2 + 2|\nu|(1 - |\nu|) \cos kh$$
$$= 1 - 2|\nu|(1 - |\nu|)(1 - \cos kh)$$
$$= 1 - 4|\nu|(1 - |\nu|) \sin^2 \frac{1}{2}kh. \tag{3.2.26}$$

因此, 当 $|\nu| \leqslant 1$ 时, 对任意的 k, 恒有 $|\lambda_k| \leqslant 1$. 这说明, 对于迎风格式 (3.2.15) 来说, CFL 条件不仅是其 $\mathbb{L}^2$ 稳定性的必要条件, 也是其 $\mathbb{L}^2$ 稳定性的充分条件. 于是, 若网格比满足 CFL 条件, 且真解 u 的正则性能够保证适当的相容性, 例如 $\lim\limits_{\tau \to 0} \tau \sum\limits_{l=0}^{m} \|T^l\|_2 = 0 \, (\forall m\tau \leqslant t_{\max})$, 则照搬第 2 章中分析抛物型方程差分格式 $\mathbb{L}^2$ 稳定性和收敛性的方法 (参见结论 2.4, 结论 2.5 和习题), 就可以得到迎风格式数值解的 $\mathbb{L}^2$ 收敛性和误差上界估计.

下面我们从 Fourier 波型特解的振幅误差和相位误差的角度考查迎风格式 (3.2.15) 逼近常系数对流方程 (3.2.1) 的精度. 首先, 我们注意到, 若连续 Fourier 波型

$$u(x, t) = e^{i(kx + \omega t)} \tag{3.2.27}$$

满足所谓的**色散关系**, 即相位移速度与频率之间的关系

$$\omega(k) = -ak, \tag{3.2.28}$$

则它必然是对流方程 (3.2.1) 的一个特解. 该特解在传播过程中振幅为常数, 即没有耗散; 而由 $e^{i(kx + \omega(t+\tau))} = e^{i(kx + \omega t)} e^{i\omega \tau} = e^{i(kx + \omega t)} e^{-iak\tau}$ 知, 在一个时间步 τ 中该特解的相位移为 $\omega(k)\tau = -ak\tau$.

其次, 对相应的离散 Fourier 波型 $U_j^m = \lambda_k^m e^{ikjh}$, 当网格比满足 CFL 条件时, 由式 (3.2.26) 知, 除了 $|\nu| = 1$ 的特殊情形外, 相应的波型一般都会有衰减, 而且可以看出, 对频率较低的波型, 即 $kh \ll 1$ 时, 每一时间步的振幅衰减系数为 $1 - O(k^2 h^2)$; 而频率越接近网格的最大分辨频率, 即越接近 $kh = \pi$ 时, 相应的振幅衰减系数则越大, 最大时达到 $1 - 4|\nu|(1 - |\nu|)$. 由此知, 在固定的网格上, 随着时间步数逐

渐增加, 初始值中的高频部分将迅速衰减, 而低频部分则衰减较慢. 这表明, 随着时间步数的增加, 数值解将呈现明显的磨光现象, 即数值解将变得越来越平缓. 而当 $h \to 0$, 即网格尺度趋于零时, 沿着 $|\nu| < 1$ 为常数的指定加密路径, 在有限时刻 $t_{\max} > 0$, 任意指定的离散 Fourier 波型 $U_j^m = \lambda_k^m \mathrm{e}^{ikjh}$ 的振幅衰减幅度为

$$(1 - O(k^2 h^2))^{\tau^{-1} t_{\max}} = 1 - \tau^{-1} t_{\max} O(k^2 h^2)$$
$$= 1 - a\nu^{-1} t_{\max} h^{-1} O(k^2 h^2) = 1 - O(h). \qquad (3.2.29)$$

由此知, 迎风格式 (3.2.15) 关于振幅的整体逼近误差是 $O(h)$. 我们再来分析离散 Fourier 波型的相位误差. 由式 (3.2.25) 知, 在每一个时间步 τ 中, 离散 Fourier 波型 $U_j^m = \lambda_k^m \mathrm{e}^{ikjh}$ 的相位移为

$$\arg \lambda_k = -\mathrm{sgn}(a) \arctan \left[\frac{|\nu| \sin kh}{(1 - |\nu|) + |\nu| \cos kh} \right]. \qquad (3.2.30)$$

由此我们可以得到反映离散 Fourier 波型相位移速度的离散色散关系

$$\omega_h(k) = \frac{\arg \lambda_k}{\tau}. \qquad (3.2.31)$$

在 $|\nu| \triangleq |a|\tau/h = 1$ 的特殊情形下, 由式 (3.2.30) 知, $\arg \lambda_k = -akh/|a| = -ak\tau$. 这与对流方程相应的连续 Fourier 波型 $\mathrm{e}^{ik(x-at)}$ 在一个时间步的相位移一致. 因此此时迎风格式没有相位误差. 又当 $|\nu| = |a|\tau/h = 1/2$ 时, 也有 $\arg \lambda_k = -akh/(2|a|) = -ak\tau$, 因此此时迎风格式也没有相位误差. 而在一般情况下, 即当 $0 < |\nu| < 1$, 且 $|\nu| \neq 1/2$ 时, 由于高频波型迅速衰减, 我们真正需要认真考查的是低频波型的相位误差. 设 $kh \ll 1$, 利用式 (3.2.30) 右端关于 kh 的 Taylor 展开式可以得到

$$\arg \lambda_k = -ak\tau \left[1 - \frac{1}{6}(1 - |\nu|)(1 - 2|\nu|)k^2 h^2 + \cdots \right]. \qquad (3.2.32)$$

由此知, 在一般情况下, 迎风格式的相对相位误差是 $O(k^2 h^2)$, 且当 $|\nu| < 1/2$ 时, 相位移速度的模偏小, 即相位相对滞后; 而当 $|\nu| > 1/2$ 时, 相位移速度的模偏大, 即相位相对超前.

以上分析表明, 迎风格式的误差主要表现在其振幅误差较大, 低频部分的 Fourier 波型振幅误差为 $O(h)$, 而高频部分则衰减得更快, 因此数值解会呈现明显的磨光现象; 相对而言, 格式的相位误差较小, 色散现象不明显, 而且迎风格式满足最大值原理, 因此一般不会观察到数值振荡现象.

3.2.3   Lax-Wendroff 格式和 Beam-Warming 格式

由式 (3.2.16) 和 (3.2.17) 知, 迎风格式 (3.2.15) 的截断误差是一阶的, 即 $T_h = O(\tau + h)$. 为了构造具有较高逼近精度的差分格式, 我们首先想到的是构造出具有更高阶局部截断误差的差分方法. 下面我们就通过几种具有一般性的常用方法来导出重要的 Lax-Wendroff 格式和 Beam-Warming 格式. 为简单起见, 不妨设 $a > 0$ 为常数, 且网格比满足 CFL 条件, 即 $a\tau/h \leqslant 1$. 考虑计算 $U(P) = U_j^{m+1}$, 这时过点 P 的特征线交 $t = t_m$ 于 $Q = (x_j - a\tau, t_m)$, 其中 $x_j - a\tau \in (x_{j-1}, x_j)$ (参见图 3-2(a) 和 (b)).

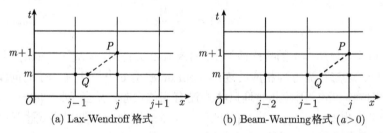

(a) Lax-Wendroff 格式   (b) Beam-Warming 格式 ($a > 0$)

图 3-2   Lax-Wendroff 格式和 Beam-Warming 格式 ($a > 0$) 的模板

方法 1   结合特征线法使用高次插值逼近. 将 $U(Q)$ 的近似计算方法由迎风格式所采用的利用相邻两个节点的线性插值公式升级为利用相邻三个节点的二次插值公式. 例如, 取 $A = (x_{j+1}, t_m)$, $B = (x_j, t_m)$ 和 $C = (x_{j-1}, t_m)$ 三个节点的二次插值计算 $U(Q)$, 便得到 **Lax-Wendroff 格式**

$$U_j^{m+1} = -\frac{1}{2}\nu(1-\nu)U_{j+1}^m + (1-\nu^2)U_j^m + \frac{1}{2}\nu(1+\nu)U_{j-1}^m. \quad (3.2.33)$$

而若取 $B = (x_j, t_m)$, $C = (x_{j-1}, t_m)$ 和 $D = (x_{j-2}, t_m)$ 三个节点的二次插值计算 $U(Q)$, 则得 **Beam-Warming 格式**

$$U_j^{m+1} = \frac{1}{2}(1 - \nu)(2 - \nu)U_j^m + \nu(2 - \nu)U_{j-1}^m - \frac{1}{2}\nu(1 - \nu)U_{j-2}^m. \quad (3.2.34)$$

方法 2　将低阶格式的局部截断误差主项作适当插值逼近后纳入格式. 由式 (3.2.17) 知, 当 $a > 0$ 时, 迎风格式的局部截断误差的主项为 $-\frac{1}{2}ah(1 - \nu)u_{xx}$, 即真解 u 满足方程

$$\frac{u_j^{m+1} - u_j^m}{\tau} + a\frac{u_j^m - u_{j-1}^m}{h} = -\frac{1}{2}ah(1 - \nu)[u_{xx}]_j^m + O(h^2). \quad (3.2.35)$$

将上式右端的 $[u_{xx}]_j^m$ 用二阶中心差商 $h^{-2}\delta_x^2 u_j^m$ 替换, 由 $[u_{xx}]_j^m = h^{-2}\delta_x^2 u_j^m + O(h^2)$ 就得到

$$\frac{u_j^{m+1} - u_j^m}{\tau} + a\frac{u_j^m - u_{j-1}^m}{h} + \frac{1}{2}ah(1 - \nu)\frac{u_{j+1}^m - 2u_j^m + u_{j-1}^m}{h^2} = O(h^2). \quad (3.2.36)$$

于是得到局部截断误差为二阶的差分格式

$$\frac{U_j^{m+1} - U_j^m}{\tau} + a\frac{U_j^m - U_{j-1}^m}{h} + \frac{1}{2}ah(1 - \nu)\frac{U_{j+1}^m - 2U_j^m + U_{j-1}^m}{h^2} = 0. \quad (3.2.37)$$

容易验证这正是 Lax-Wendroff 格式. 若将 $[u_{xx}]_j^m$ 用二阶中心差商 $h^{-2}\delta_x^2 u_{j-1}^m$ 替换, 由 $[u_{xx}]_j^m = h^{-2}\delta_x^2 u_j^m + O(h)$ 就得到

$$\frac{u_j^{m+1} - u_j^m}{\tau} + a\frac{u_j^m - u_{j-1}^m}{h} + \frac{1}{2}ah(1 - \nu)\frac{u_j^m - 2u_{j-1}^m + u_{j-2}^m}{h^2} = O(h^2). \quad (3.2.38)$$

于是得到局部截断误差为二阶的差分格式

$$\frac{U_j^{m+1} - U_j^m}{\tau} + a\frac{U_j^m - U_{j-1}^m}{h} + \frac{1}{2}ah(1 - \nu)\frac{U_j^m - 2U_{j-1}^m + U_{j-2}^m}{h^2} = 0. \quad (3.2.39)$$

而这正是 Beam-Warming 格式.

方法 3　利用方程使得 $u(x_j, t_{m+1})$ 关于时间步长的 Taylor 展开式的系数不再含 u 关于时间的导数, 然后由低阶项到高阶项逐步用差商代替微商构造格式. 将真解 $u(x_j, t_{m+1})$ 在 (x_j, t_m) 处关于时间步长 τ 作 Taylor 展开, 并利用方程 $u_t + a u_x = 0$, 得

$$u_j^{m+1} = \left[u + \tau u_t + \frac{1}{2}\tau^2 u_{tt} \right]_j^m + O(\tau^3)$$

$$= \left[u - a\tau u_x + \frac{1}{2}a^2\tau^2 u_{xx} \right]_j^m + O(\tau^3). \tag{3.2.40}$$

为了得到二阶截断误差, 首先对上式第二个等号右端第二项中的 u_x 采用一阶中心差商近似. 由 $[u_x]_j^m = (2h)^{-1}\Delta_{0x}u_j^m + O(h^2)$ 知, 该近似没有改变 τ^2 项的系数. 因此, 再直接对第三项中的 u_{xx} 采用二阶中心差商近似, 得局部截断误差为二阶的差分格式

$$U_j^{m+1} = U_j^m - \frac{1}{2}\nu \left(U_{j+1}^m - U_{j-1}^m \right) + \frac{1}{2}\nu^2 \left(U_{j+1}^m - 2U_j^m + U_{j-1}^m \right). \tag{3.2.41}$$

容易验证这就是 Lax-Wendroff 格式. 如果我们用 $h^{-1}\Delta_{-x}u_j^m$ 逼近 $[u_x]_j^m$, 则将 $[u_x]_j^m = h^{-1}\Delta_{-x}u_j^m + \frac{1}{2}hu_{xx} + O(h^2)$ 代入式 (3.2.40) 即得

$$u_j^{m+1} = u_j^m - a\tau\frac{u_j^m - u_{j-1}^m}{h} + \left[\frac{1}{2}(a^2\tau^2 - a\tau h)u_{xx} \right]_j^m + O(\tau^3). \tag{3.2.42}$$

于是, 若将 $[u_{xx}]_j^m$ 用二阶中心差商 $h^{-2}\delta_x^2 u_j^m$ 替换, 则又得到 Lax-Wendroff 格式; 而若将 $[u_{xx}]_j^m$ 用二阶中心差商 $h^{-2}\delta_x^2 u_{j-1}^m$ 替换, 则得到 Beam-Warming 格式.

以上几种导出高阶格式的方法原则上也适用于变系数线性或非线性方程 (组). 值得指出的是, 对于常系数对流方程, 一但取定格式的模板和局部截断误差的阶, 我们可以用以上几种不同的方法导出完全一样的 Lax-Wendroff 格式或 Beam-Warming 格式, 但将它们推广于一般非常系数方程时, 则有可能构造出不完全相同的格式, 不过习惯上我们仍称这些格式为 Lax-Wendroff 格式或 Beam-Warming 格式.

由格式的模板 (参见图 3-2(a) 和 (b)) 不难看出, 当 $a > 0$ 时, Lax-Wendroff 格式的 CFL 条件为 $\nu \leqslant 1$, 而 Beam-Warming 格式的 CFL 条件则可以扩大为 $\nu \leqslant 2$. 由于两个格式右端各项的系数均不可能同号, 因此它们都不可能满足最大值原理.

下面我们来分析 Lax-Wendroff 格式和 Beam-Warming 格式的 $\mathbb{L}^2$ 稳定性. 将 Fourier 波型 $U_j^m = \lambda_k^m \mathrm{e}^{\mathrm{i}kjh}$ 代入 Lax-Wendroff 格式 (3.2.41) 得其增长因子为

$$\lambda_k = 1 - \mathrm{i}\nu \sin kh - 2\nu^2 \sin^2 \frac{1}{2}kh. \tag{3.2.43}$$

由此得

$$|\lambda_k|^2 = 1 - 4\nu^2(1 - \nu^2) \sin^4 \frac{1}{2}kh. \tag{3.2.44}$$

直接验证可知, 当网格比满足 CFL 条件, 即 $|\nu| \leqslant 1$ 时, $|\lambda_k| \leqslant 1$, Lax-Wendroff 格式是 $\mathbb{L}^2$ 稳定的. 注意, 这说明以上在 $a > 0$ 的条件下导出的 Lax-Wendroff 格式同样适用于 $a < 0$. 事实上, Lax-Wendroff 格式的形式不依赖于 a 的符号.

另外, 将 Fourier 波型 $U_j^m = \lambda_k^m \mathrm{e}^{\mathrm{i}kjh}$ 代入 Beam-Warming 格式 (3.2.39) 得其增长因子为

$$\begin{aligned}
\lambda_k &= 1 - \nu + \nu\mathrm{e}^{-\mathrm{i}kh} - \frac{1}{2}\nu(1 - \nu)\mathrm{e}^{-\mathrm{i}kh}\left(\mathrm{e}^{\mathrm{i}kh} - 2 + \mathrm{e}^{-\mathrm{i}kh}\right) \\
&= \mathrm{e}^{-\mathrm{i}kh}\left[1 - 2(1 - \nu)^2 \sin^2 \frac{1}{2}kh + \mathrm{i}(1 - \nu)\sin kh\right].
\end{aligned} \tag{3.2.45}$$

由此得

$$\begin{aligned}
|\lambda_k|^2 &= 1 - 4(1 - \nu)^2(1 - (1 - \nu)^2)\sin^4 \frac{kh}{2} \\
&= 1 - 4\nu(2 - \nu)(1 - \nu)^2 \sin^4 \frac{kh}{2}.
\end{aligned} \tag{3.2.46}$$

同样直接验证知, 当网格比满足 CFL 条件, 即 $0 \leqslant \nu \leqslant 2$ 时, $|\lambda_k| \leqslant 1$, Beam-Warming 格式是 $\mathbb{L}^2$ 稳定的.

当 $a < 0$ 时, 不难得到相应的 Beam-Warming 格式是

$$U_j^{m+1} = \frac{1}{2}(1 + \nu)(2 + \nu)U_j^m - \nu(2 + \nu)U_{j+1}^m + \frac{1}{2}\nu(1 + \nu)U_{j+2}^m, \tag{3.2.47}$$

其 $\mathbb{L}^2$ 稳定性条件是 $-2 \leqslant \nu \leqslant 0$.

3.2.4　蛙跳格式

我们也可以考虑采用三层格式. 对流方程的一个典型的三层格式是**蛙跳格式**, 它分别使用关于时间和空间的一阶中心差商 $(2\tau)^{-1}\Delta_{0t}u_j^m$ 和 $(2h)^{-1}\Delta_{0x}u_j^m$ 逼近一阶微商 $[u_t]_j^m$ 和 $[u_x]_j^m$, 具体形式为

$$\frac{U_j^{m+1} - U_j^{m-1}}{2\tau} + a\,\frac{U_{j+1}^m - U_{j-1}^m}{2h} = 0. \qquad (3.2.48)$$

令 $\nu = a\tau/h$, 蛙跳格式也可以等价地写为

$$U_j^{m+1} = U_j^{m-1} - \nu(U_{j+1}^m - U_{j-1}^m). \qquad (3.2.49)$$

蛙跳格式显然是一个显式格式, 但由于它是三层格式, 开始启动时, 除了已知的初值 U^0 之外, 一般还需要利用适当选取的两层格式提供其所需的启动值 U^1. 蛙跳格式显然不满足最大值原理. 由蛙跳格式的模板 (请读者作为练习画出) 可以看出其 CFL 条件为 $|\nu| \leqslant 1$.

容易验证, 蛙跳格式是二阶格式, 其局部截断误差为

$$Tu_j^m = \frac{1}{6}ah^2(1 - \nu^2)[u_{xxx}]_j^m + O(h^4). \qquad (3.2.50)$$

将 Fourier 波型 $U_j^m = \lambda_k^m \mathrm{e}^{\mathrm{i}kjh}$ 代入蛙跳格式 (3.2.49) 得其增长因子所满足的特征方程

$$\lambda_k^2 + 2\mathrm{i}\nu\lambda_k \sin kh - 1 = 0. \qquad (3.2.51)$$

该特征方程的两个根为

$$\lambda_{k\pm} = -\mathrm{i}\nu \sin kh \pm \sqrt{1 - \nu^2 \sin^2 kh}. \qquad (3.2.52)$$

由于两个根的乘积为 -1, 因此, 只有当两个根的模都等于 1 时, 相应的两个 Fourier 波型解 $U_j^m = \lambda_{k\pm}^m \mathrm{e}^{\mathrm{i}kjh}$ 才同时是稳定的. 容易验证, 当 $|\nu| > 1$ 时, 对应于 $kh = \pi/2$ 的波型的增长因子 $\lambda_{k\pm}$ 中必有一个模大于 1, 因此格式不稳定; 而当 $|\nu| \leqslant 1$ 时, 对所有的波型都有 $|\lambda_{k\pm}| = 1$, 因此, 当 $|\nu| \leqslant 1$ 时, 格式是 $\mathbb{L}^2$ 稳定的, 且相应的波型没有衰减.

值得注意的是, 对流方程只有一个特征传播速度, 而蛙跳格式对每一个频率都对应着两个传播方向相反的特征速度 ($|\lambda_{k\pm}| = 1$, $\lambda_{k+}\lambda_{k-} = -1$), 因此其中必有一个是朝着与真解传播方向相反的方向传播的伪解波型. 在实际计算时, 应注意避免这种波型的产生, 必要时还需要设法将其过滤掉. 例如, 在计算 U^1 时, 应设法使其尽量不含伪解波型; 同时适当地处理数值边界条件, 如当 $a > 0$ 时, 可以考虑在右端边界给出无反射边界条件 $U_{N+1}^m = U_N^m$, 以避免在右端边界产生向区域内传播的伪解波型. 相关的详细讨论超出了本课程的范围.

3.2.5 差分格式的耗散与色散

双曲型方程描述的是波的传播. 由式 (3.1.20) 知, 一维一阶常系数线性齐次双曲型方程组初值问题的解是一组行波, 其特点是不论这些波是什么形状, 它们总是以由方程组决定的一组不变的特征速度无耗散地传播. 而差分格式的解一般会有耗散和色散, 不同频率的波的耗散速度和传播速度一般并不相同. 对于常系数对流方程初值问题, 这表现为差分格式的解一般不是行波解, 数值解的波形可能会由于耗散而逐步衰减, 由于色散而产生形状的变化, 甚至导致出现一定的数值振荡. 本小节我们将从 Fourier 波型特解的振幅误差和相位误差的角度分析常系数对流方程 (3.2.1) 的 Lax-Wendroff 格式, Beam-Warming 格式和蛙跳格式的逼近精度和它们的耗散与色散性质.

对于 Fourier 波型 $U_j^m = \lambda_k^m e^{ikjh}$, 当网格比满足 CFL 条件时, 由式 (3.2.44) 和 (3.2.46) 知, 除了 $\nu = 1$ 等特殊情形外, Lax-Wendroff 格式和 Beam-Warming 格式相应的 Fourier 波型解一般都会有衰减, 而且可以看出, 对频率较低的波型, 即 $kh \ll 1$ 时, 每一时间步的振幅衰减系数为 $1 - O(k^4h^4)$; 而频率越接近网格的最大分辨频率, 即越接近 $kh = \pi$ 时, 相应的振幅衰减系数则越大, 最大时分别达到 $\sqrt{1 - 4\nu^2(1 - \nu^2)}$ 和 $\sqrt{1 - 4\nu(2 - \nu)(1 - \nu)^2}$. 由此知, 在固定的网格上, 随着时间步数逐渐增加, 初始值中的高频部分一般将迅速衰减, 而低频部分则衰减很慢. 当 $h \to 0$, 即网格尺度趋于零时, 沿着满足 CFL 条件的指定加密路径, 在有限时刻 $t_{\max} > 0$, 任意指定的离散 Fourier 波型解 $U_j^m = \lambda_k^m e^{ikjh}$

的振幅衰减幅度为

$$(1 - O(k^4 h^4))^{\tau^{-1} t_{\max}} = 1 - \tau^{-1} t_{\max} O(k^4 h^4)$$

$$= 1 - a\nu^{-1} t_{\max} h^{-1} O(k^4 h^4) = 1 - O(h^3). \qquad (3.2.53)$$

由此知 Lax-Wendroff 格式和 Beam-Warming 格式关于振幅的整体逼近误差是 $O(h^3)$.

由上一小节的讨论知, 当网格比满足 CFL 条件时, 蛙跳格式对任意 Fourier 波型解 $U_j^m = \lambda_k^m \mathrm{e}^{\mathrm{i}kjh}$ 都无衰减.

接下来考查相位误差. 为此, 我们要计算相应格式的离散 Fourier 波型解 $U_j^m = \lambda_k^m \mathrm{e}^{\mathrm{i}kjh}$ 的相位移速度 (也称为离散色散关系) $w_h(k) = \tau^{-1} \arg \lambda_k$, 并将其与同样频率的连续 Fourier 波型解 $\mathrm{e}^{\mathrm{i}(kx+\omega t)}$ 的相位移速度 (或称色散关系) $\omega(k) = -ak$ (参见式 (3.2.28)) 作比较. 由式 (3.2.43) 和 (3.2.45) 知, Lax-Wendroff 格式和 Beam-Warming 格式在一个时间步 τ 中的相位移分别为

$$\arg \lambda_k = -\arctan\left(\frac{\nu \sin kh}{1 - 2\nu^2 \sin^2 \frac{1}{2} kh}\right)$$

$$= -ak\tau \left[1 - \frac{1}{6}(1-\nu^2)k^2 h^2 + \cdots\right] \qquad (3.2.54)$$

和

$$\arg \lambda_k = -kh + \arctan\left[\frac{(1-\nu) \sin kh}{1 - 2(1-\nu)^2 \sin^2 \frac{1}{2} kh}\right]$$

$$= -ak\tau \left[1 + \frac{1}{6}(1-\nu)(2-\nu)k^2 h^2 + \cdots\right]. \qquad (3.2.55)$$

由此可以看出, 除了 $\nu = 1$ 时没有相位误差的特殊情形外, Lax-Wendroff 格式和 Beam-Warming 格式的相对相位误差都是 $O(k^2 h^2)$, 即一般具有整体二阶精度. 这显然比它们的整体振幅误差低了一阶. 又由式 (3.2.54) 知, 当网格比满足 CFL 条件时, Lax-Wendroff 格式的相位移速度总是相对较慢, 即相位总是滞后, 且频率越高的波型滞后得也越明显; 而

Beam-Warming 格式当 $0 < \nu < 1$ 时相位移速度偏快, 当 $1 < \nu < 2$ 时相位移速度偏慢, 特别地, 当 $\nu = 1$ 时没有相位移误差. 与 Lax-Wendroff 格式相同, 当有相位误差时, Beam-Warming 格式对频率越高的波型所产生的相位误差也越大.

由式 (3.2.52) 知, 蛙跳格式在一个时间步 τ 中相应的相位移为

$$
\arg \lambda_{k\pm} = \mp \arctan \frac{\nu \sin kh}{\sqrt{1 - \nu^2 \sin^2 kh}}
$$
$$
= \mp ak\tau \left[1 - \frac{1}{6}(1 - \nu^2)k^2h^2 + \cdots \right]. \tag{3.2.56}
$$

由此容易看出, λ_{k+} 一般所对应的是真解波型, 其相位误差的主项与 Lax-Wendroff 格式相同; 而 λ_{k-} 所对应的则是伪解波型. 由于蛙跳格式没有耗散, 所以, 若 (两层) 初始数据有伪解波型, 或计算中由于某种原因 (例如不当的数值边界条件) 引入了伪解波型, 则这些伪解波型将不会在传播中衰减.

在应用以上几种二阶格式计算时, 由于频率越高的波型相位误差越大, 而与迎风格式相比, 它们的振幅衰减却几乎可以忽略, 更重要的是它们都不满足最大值原理, 因此, 在快速变化的波形附近, 例如在方波的跳跃间断点附近, 通常会观察到由色散现象引起的数值振荡.

为了进一步分析相位误差, 尤其是高频波型相位误差对无耗散格式计算结果的影响, 我们引进群速度的概念, 并考查差分逼近解关于群速度的逼近误差. 设充分光滑的函数 $\omega(k)$ 是真解关于 Fourier 波型 $e^{i(kx+\omega(k)t)}$ 的色散关系, 我们称

$$
C(k) = -\frac{d\omega(k)}{dk} \tag{3.2.57}
$$

为**群速度**. 设 $k = k_0 + \Delta k$, 其中 $|\Delta k| \ll k_0$ 为有界量. 令 $\delta = \dfrac{\Delta k}{k_0}$, $g(\delta) = \dfrac{\omega(k_0(1+\delta))}{k_0(1+\delta)}$, 则由

$$
g(\delta) = g(0) + g'(0)\delta + O(\delta^2) = \frac{\omega(k_0)}{k_0} + \left(\omega'(k_0) - \frac{\omega(k_0)}{k_0} \right)\delta + O(\delta^2)
$$

得 $e^{i(kx+\omega(k)t)} = e^{ik(x+g(\delta)t)} = e^{i(kx+(\omega(k_0)-C(k_0)\Delta k+O(\delta))t)}$. 这说明, 对于高频 k_0, 与其频率相近的 Fourier 波型有近似表达式

$$\sum_{k:|\delta|\ll 1} a_k e^{i(kx+\omega(k)t)} \approx e^{i(\omega(k_0)+C(k_0)k_0)t} \sum_{k:|\delta|\ll 1} a_k e^{ik(x-C(k_0)t)}. \quad (3.2.58)$$

由于 $e^{i(\omega(k_0)+C(k_0)k_0)t}$ 是一个简单的关于时间 t 的周期函数, 所以式 (3.2.58) 说明, 与高频 k_0 频率相近的所有 Fourier 波型的波包, 在这样一个周期内平均地看, 是近似地以速度 $C(k_0)$ 传播的. 因此, 用群速度的误差能更精确地反映格式对高频波型的作用.

常系数对流方程的色散关系为 $\omega(k) = -ak$, 所以对所有频率都有 $C(k) = a$. 事实上, 我们知道常系数对流方程的解中所有频率的波的传播速度都是 a. 对于一般情形, $C(k)$ 一般不是常数, 这时与频率 k_0 相近的波近似地以相同的平均速度 $C(k_0)$ 传播. 这一性质通常在物理上解释为以频率 k_0 为中心的一群波的能量近似地以速度 $C(k_0)$ 传播.

由离散色散关系 $\omega_h(k) = \tau^{-1} \arg \lambda_k$ 可以得到离散群速度 $C_h(k)$ 的计算公式

$$C_h(k)\tau = -\frac{d\omega_h(k)}{dk}\tau = -\frac{d}{dk}\left(\arctan \frac{Im(\lambda_k)}{Re(\lambda_k)}\right). \quad (3.2.59)$$

再由式 (3.2.59) 和 (3.2.54) 可以推出对流方程 Lax-Wendroff 格式的离散群速度

$$C_h(k) = a \frac{\left(1 - 2\nu^2 \sin^2 \frac{1}{2}kh\right)\cos kh + \nu^2 \sin^2 kh}{\left(1 - 2\nu^2 \sin^2 \frac{1}{2}kh\right)^2 + \nu^2 \sin^2 kh}. \quad (3.2.60)$$

与对流方程真解的群速度 $C(k) = a$ 相比较容易看出, 当 $kh \ll 1$ 时, 离散群速度的误差大约是相位移速度误差的 3 倍. 当 $kh \to \pi$ 时, $C_h(k) \to a/(2\nu^2 - 1)$, 可见 ν 越接近于 1 则高频的群速度误差也越小. 不过由于这些频率衰减很快, 因此其误差对数值结果的影响不明显.

利用式 (3.2.55) 与 (3.2.54) 的关系, 以及对流方程 Lax-Wendroff 格式的离散群速度, 容易推出对流方程 Beam-Warming 格式的离散群速度

$$C_h(k) = a \frac{\left[1 - 2(1-\nu)^2 \sin^2 \frac{1}{2}kh\right]\left[2(2-\nu)\sin^2 \frac{1}{2}kh + \cos kh\right] + (1-\nu)^2 \sin^2 kh}{\left[1 - 2(1-\nu)^2 \sin^2 \frac{1}{2}kh\right]^2 + (1-\nu)^2 \sin^2 kh}.$$

$$(3.2.61)$$

于是, 当 $kh \ll 1$ 时, Beam-Warming 格式的离散群速度的误差大约也是相位移速度误差的 3 倍.

有时利用三角函数关系式可以简化计算. 例如, 由式 (3.2.56) 可以推出对流方程蛙跳格式的离散色散关系

$$\sin(\omega_h(k)\tau) = \mp \nu \sin(kh). \tag{3.2.62}$$

由此不难得到对流方程蛙跳格式的离散群速度

$$C_h(k) = \pm \frac{\nu h \cos(kh)}{\tau \cos(\omega_h(k)\tau)} = \frac{\pm a \cos kh}{\sqrt{1 - \nu^2 \sin^2 kh}}. \tag{3.2.63}$$

与对流方程真解的群速度 $C(k) = a$ 相比较容易看出, 当 $0 < kh < \frac{1}{2}\pi$ 时, 上式取正号时离散群速度与真解的群速度符号相同, 且当 $kh \ll 1$ 时, 误差大约是相位移速度误差的 3 倍; 当 $\frac{1}{2}\pi < kh \leqslant \pi$ 时, 离散群速度与真解的群速度符号相反, 特别是当 $kh = \pi$ 时, $C_h(k) = -a$, 并且随着 k 的增加误差越来越大. 由此可见, 与低频时相反, 对于 $\frac{1}{2}\pi < kh < \pi$ 的高频波型, 上式负号所对应的是真解波型, 而正号所对应的则是伪解波型.

3.2.6　初边值问题与边界条件的处理

一维一阶双曲型方程 (组) 初边值问题的边界条件的个数和形式完全由方程 (组) 的特征所决定 (见 §3.1). 一般地说, 在**入流边界点** (即特征线向区域内部发展的边界点) 上应该给出边界条件. 例如, 对于对流方程 (3.2.1), 当 $a > 0$ 时, 应该在区域的左端点给出一个边界条件; 而当 $a < 0$ 时, 应该在区域的右端点给出一个边界条件. 在构造差分逼近格式的初边值问题时, 在入流边界点上, 微分方程 (组) 的边界条件

也自然地给出了相应的差分方程的边界条件. 然而, 有时我们可能还需要在**出流边界点**(即特征线逆向指向区域内部的边界点)上给出额外的边界条件才能进行计算. 例如, 当 $a > 0$ 时, 如果采用 Lax-Wendroff 格式或蛙跳格式, 则除了需要原问题在作为入流边界点的左端点上所提供的边界条件外, 由格式的模板知, 我们还需要在作为出流边界点的右端边界点 x_N 处给出数值边界条件.

一种简单可行的做法是在边界附近改用迎风类型的格式. 例如, 当 $a > 0$ 时, 可以在区域右端点处采用迎风格式或 Beam-Warming 格式. 我们也可以考虑引入虚拟节点 x_{N+1}, 并利用外推公式提供数值边界条件. 例如, 采用零阶外推公式 $U_{N+1}^m = U_N^m$ 给出的无反射边界条件. 一阶外推公式 $U_{N+1}^m = U_N^m + (U_N^M - U_{N-1}^M) = 2U_N^m - U_{N-1}^m$ 虽然截断误差较小, 但通常会带来不稳定性, 因此不推荐使用.

一般地说, 额外的数值边界条件会给边界点处的计算带来额外的误差, 而这一误差也会随着时间步的推进逐步地向区域内部传递, 因此处理不当有可能产生数值振荡, 造成算法的不稳定性. 为了分析额外的数值边界条件引起的误差是如何向内部传播的, 我们考虑差分格式的分离变量解 $U_j^m = \lambda^m \mu^j$. 注意, 这里希望分析的实质上是数值解由数值边界处沿 x 方向向区域内部传播时的增长情况. 因此与经典的 Fourier 分析不同, 我们考虑在时间方向给定波型 $\lambda_k = \mathrm{e}^{\pm iak\tau}$, 然后寻找满足差分方程的增长因子 μ_k. 由于对流方程相对应的解可以写为 $\mathrm{e}^{\mp ik(x-at)}$, 因此求得的增长因子中至少有一个应该逼近该真解波型, 因而应该约等于 $\mathrm{e}^{\mp ikh}$, 而与之相差较大的则对应伪解波型.

为简单起见, 设 $a > 0$, 且只分析 $k\tau \ll 1$ 的波型, 实际上只有这些波型能够在网格上较为精确的表示出来. 首先来分析 Lax-Wendroff 格式相应的增长因子. 将波型 $U_j^m = \lambda_k^m \mu_k^j$ 代入式 (3.2.33) 得

$$\mu_k = \frac{(1-\nu^2) - \lambda_k \pm \sqrt{((1-\nu^2)-\lambda_k)^2 + \nu^2(1-\nu^2)}}{\nu(1-\nu)}. \tag{3.2.64}$$

由 $\lambda_k^\pm = \mathrm{e}^{\pm iak\tau} \approx 1 \pm iak\tau$ 及 $\tau = \nu h$, 舍弃高阶小量, 我们得到两个对应于真解波型 $U_j^{\pm m} = \left(\lambda_k^\pm\right)^m \left(\mu_k^{r\pm}\right)^j$ 的增长因子

$$\mu_k^{r\pm} = \mu_k^r(\lambda_k^\pm) \approx \begin{cases} 1 - \mathrm{i}kh \approx \mathrm{e}^{-\mathrm{i}kh}, \\ 1 + \mathrm{i}kh \approx \mathrm{e}^{\mathrm{i}kh} \end{cases} \tag{3.2.65}$$

和两个对应于向内传播的伪解波型 $V_j^{\pm m} = \left(\lambda_k^\pm\right)^m \left(\mu_k^{s\pm}\right)^j$ 的增长因子

$$\mu_k^{s\pm} = \mu_k^s(\lambda_k^\pm) \approx \begin{cases} -\dfrac{1+\nu}{1-\nu}(1 + \mathrm{i}kh) \approx -\dfrac{1+\nu}{1-\nu}\mathrm{e}^{\mathrm{i}kh}, \\ -\dfrac{1+\nu}{1-\nu}(1 - \mathrm{i}kh) \approx -\dfrac{1+\nu}{1-\nu}\mathrm{e}^{-\mathrm{i}kh}. \end{cases} \tag{3.2.66}$$

显然两个对应于真解的波型满足 $U_j^{\pm m} \approx \mathrm{e}^{\mp\mathrm{i}k(jh-am\tau)}$, 且可以看出它们是相应真解波型的至少有二阶精度的差分逼近解. 而两个对应于向内传播的伪解波型满足

$$V_j^{\pm m} \approx \left(-\dfrac{1+\nu}{1-\nu}\right)^j \mathrm{e}^{\pm\mathrm{i}k(jh+am\tau)}. \tag{3.2.67}$$

特别地, 由此可以清楚地看出向内传播的伪解波型解满足

$$V_{j-1}^{\pm m} \approx -\dfrac{1-\nu}{1+\nu}\mathrm{e}^{\mp\mathrm{i}kh}V_j^{\pm m}. \tag{3.2.68}$$

因此误差在从给出数值边界条件的出流边界向内传播时呈指数型衰减, 特别是当 $\nu \approx 1$ 时衰减得极为迅速. 一般地说, 当满足 CFL 条件时, Lax-Wendroff 格式对反向传播的波有很强的阻尼, 因此额外的数值边界条件对数值计算结果不会造成太大的误差污染.

接下来分析蛙跳格式的增长因子. 将波型 $U_j^m = \lambda_k^m \mu_k^j$ 代入式 (3.2.49) 得

$$\mu_k = \dfrac{(1 - \lambda_k^2) \pm \sqrt{(1 - \lambda_k^2)^2 + 4\nu^2\lambda_k^2}}{2\nu\lambda_k}. \tag{3.2.69}$$

同样, 由 $\lambda_k^\pm = \mathrm{e}^{\pm\mathrm{i}ak\tau} \approx 1 \pm \mathrm{i}ak\tau$ 及 $a\tau = \nu h$, 舍弃高阶小量, 我们得到蛙跳格式的两个对应于真解波型 $U_j^{\pm m} = \left(\lambda_k^\pm\right)^m \left(\mu_k^{r\pm}\right)^j$ 的增长因子

$$\mu_k^{r\pm} = \mu_k^r(\lambda_k^\pm) \approx \begin{cases} 1 - \mathrm{i}kh \approx \mathrm{e}^{-\mathrm{i}kh}, \\ 1 + \mathrm{i}kh \approx \mathrm{e}^{\mathrm{i}kh} \end{cases} \tag{3.2.70}$$

和两个对应于向内传播的伪解波型 $V_j^{\pm m} = \left(\lambda_k^{\pm}\right)^m \left(\mu_k^{s\pm}\right)^j$ 的增长因子

$$\mu_k^{s\pm} = \mu_k^s(\lambda_k^{\pm}) \approx \begin{cases} -(1+\mathrm{i}kh) \approx -\mathrm{e}^{\mathrm{i}kh}, \\ -(1-\mathrm{i}kh) \approx -\mathrm{e}^{-\mathrm{i}kh}. \end{cases} \tag{3.2.71}$$

进一步细致分析可知, 由数值边界条件在边界上产生的误差在向内部传递的过程中有许多频率的伪解波型不会衰减. 又由于蛙跳格式对反向传播的标准 Fourier 伪解波型无衰减, 因此应该尽量避免数值边界条件产生向内传播的伪解波型.

以上分析表明, 蛙跳格式的通解可以表示成为所有频率的真解和伪解波型的线性组合

$$\begin{aligned} U_j^m = \sum_k & \left(\lambda_k^+\right)^m \left[R_k^+ \left(\mu_k^{r+}\right)^j + S_k^+ \left(\mu_k^{s+}\right)^j\right] \\ & + \left(\lambda_k^-\right)^m \left[R_k^- \left(\mu_k^{r-}\right)^j + S_k^- \left(\mu_k^{r-}\right)^j\right]. \end{aligned} \tag{3.2.72}$$

其中 R_k^+, R_k^-, S_k^+ 和 S_k^- 为待定系数. 在应用中, 我们希望能通过在 $m = 0$, $m = 1$, $j = 0$ 和 $j = N$ (或在虚拟节点 $j = N + 1$) 上给出适当的初始和边界条件 (包括为启动蛙跳格式在 t_1 上给出的数值初始条件和出流边界上给出的数值边界条件), 使得对所有的 k 都有 $S_k^+ = S_k^- = 0$, 或者至少使得 S_k^+ 和 S_k^- 都是高阶小量, 从而使得 U_j^m 中不含或者只有高阶小量的伪解波型. 出流边界上采用零阶外推的数值边界条件常常有助于控制向内传播的伪解波型中网格尺度的振荡. 一般地说, 要有效地控制伪解波型还必须选取适当的初始两层的数值初始条件.

采用零阶外推或迎风格式处理出流边界上额外数值边界条件的方法可以自然地应用于一维一阶双曲型方程组. 高维问题的数值边界条件一般则复杂得多, 常常需要在包含若干层网格的虚拟边界层中构造适当的吸收边界条件以避免由反射波形成的向内传播的伪解波型所造成的误差污染. 有关数值边界条件的深入讨论超出了本课程的范围.

§3.3 一阶双曲守恒律方程与守恒型格式

守恒律方程和方程组有着广泛的应用背景, 在双曲型方程的研究中占有重要地位. 守恒律方程和方程组的差分格式能够在离散层面上保持相应的守恒性质, 不仅在应用中有着十分重要的意义, 有些情况下甚至是保证格式收敛性的必要条件.

一维一阶双曲守恒律方程通常有以下形式:

$$\frac{\partial u(x,t)}{\partial t} + \frac{\partial f(x,t,u(x,t))}{\partial x} = 0, \quad x \in I \subset \mathbb{R}, \ t > 0, \tag{3.3.1}$$

其中 I 是 $\mathbb{R}$ 中的一个开区间, f 是通量函数, 它一般是自变量 (x,t) 和因变量 u 的函数. 在应用中, 更重要的是以下积分形式的守恒律方程:

$$\begin{aligned}
\int_{x_l}^{x_r} u(x,t_a)\,\mathrm{d}x = {}& \int_{x_l}^{x_r} u(x,t_b)\,\mathrm{d}x - \Bigg[\int_{t_b}^{t_a} f(x_r,t,u(x_r,t))\,\mathrm{d}t \\
& - \int_{t_b}^{t_a} f(x_l,t,u(x_l,t))\,\mathrm{d}t \Bigg], \\
& \forall x_l < x_r, \quad 0 \leqslant t_b < t_a.
\end{aligned} \tag{3.3.2}$$

当通量函数 f 和解 u 充分光滑时, 两个方程是等价的.

如果在方程 (3.3.2) 中取 $x_l = x_{j-\frac{1}{2}}, x_r = x_{j+\frac{1}{2}}, t_b = t_m, t_a = t_{m+1}$, 则得

$$\bar{u}_j^{m+1} = \bar{u}_j^m - \frac{\tau}{h}\left(\bar{f}_{j+\frac{1}{2}}^{m+\frac{1}{2}} - \bar{f}_{j-\frac{1}{2}}^{m+\frac{1}{2}} \right), \quad \forall j, \ \forall m \geqslant 0, \tag{3.3.3}$$

其中 $\bar{u}_j^m$ 是 t_m 时刻变量 u 在第 j 个空间单元 $(x_{j-\frac{1}{2}}, x_{j+\frac{1}{2}})$ 上的积分平均值, $\bar{f}_{j-\frac{1}{2}}^{m+\frac{1}{2}}$ 是在单元边界点 $x_{j-\frac{1}{2}}$ 处时段 (t_m, t_{m+1}) 内通量的平均值. 由此可见, 构造守恒律方程差分格式的关键是构造适当的数值通量差 $F_{j+\frac{1}{2}}^{m+\frac{1}{2}} - F_{j-\frac{1}{2}}^{m+\frac{1}{2}}$ 来逼近平均通量差 $\bar{f}_{j+\frac{1}{2}}^{m+\frac{1}{2}} - \bar{f}_{j-\frac{1}{2}}^{m+\frac{1}{2}}$, 或者更直接地构造适当的数值通量 $F_{j\pm\frac{1}{2}}^{m+\frac{1}{2}}$ 来逼近平均通量 $\bar{f}_{j\pm\frac{1}{2}}^{m+\frac{1}{2}}$.

若对所有的 m 和 j, 且不论是单元的左端点还是右端点, 都采用统一形式的数值通量函数

$$F_{j+\frac{1}{2}}^{m+\frac{1}{2}} = F\left(x_{j-p}, \cdots, x_{j+q}, U_{j-p}^m, \cdots, U_{j+q}^m, U_{j-p}^{m+1}, \cdots, U_{j+q}^{m+1}; t_m, t_{m+1}\right), \tag{3.3.4}$$

则可以构造逼近方程 (3.3.3) 的**守恒型差分格式**

$$U_j^{m+1} = U_j^m - \frac{\tau_m}{h_j}\left(F_{j+\frac{1}{2}}^{m+\frac{1}{2}} - F_{j-\frac{1}{2}}^{m+\frac{1}{2}}\right), \tag{3.3.5}$$

其中 $\tau_m = t_{m+1} - t_m$, $h_j = x_{j+\frac{1}{2}} - x_{j-\frac{1}{2}}$. 差分格式 (3.3.5) 称为是守恒型的, 因为它在网格函数空间满足平行于方程 (3.3.3) 的离散守恒律方程

$$\sum_{j=j_l}^{j_r} h_j U_j^k = \sum_{j=j_l}^{j_r} h_j U_j^l - \left(\sum_{m=l}^{k-1} \tau_m F_{j_r+\frac{1}{2}}^{m+\frac{1}{2}} - \sum_{m=l}^{k-1} \tau_m F_{j_l-\frac{1}{2}}^{m+\frac{1}{2}}\right), \tag{3.3.6}$$

$$\forall j_l < j_r, \quad k > l \geqslant 0.$$

定义 3.2　称差分格式 (3.3.5) 是与守恒律方程 (3.3.3) **相容**的守恒型差分格式, 如果其由式 (3.3.4) 定义的数值通量函数满足

(1) $F(x, \cdots, x, u, \cdots, u, u, \cdots, u; t, t) = f(x, t, u)$, $\forall (x, t, u)$;

(2) F 是连续函数, 且关于 $U_{j-p}^m, \cdots, U_{j+q}^m, U_{j-p}^{m+1}, \cdots, U_{j+q}^{m+1}$ 是 Lipschitz 连续的.

以上的讨论同样适用于一维一阶守恒律方程组, 也可以自然地推广到高维情形.

例 3.4　考虑无黏 Burgers 方程

$$\frac{\partial u}{\partial t} + \frac{1}{2} \cdot \frac{\partial u^2}{\partial x} = 0$$

在以下初始条件下的初值问题

$$u(x, 0) = \begin{cases} 1, & \text{如果 } x < 0, \\ 0, & \text{如果 } x \geqslant 0. \end{cases}$$

我们从方程的非守恒形式 $u_t + uu_x = 0$ 出发构造迎风格式

$$U_j^{m+1} = \begin{cases} U_j^m - \dfrac{\tau}{h} U_j^m \left(U_j^m - U_{j-1}^m \right), & \text{如果 } U_j^m \geqslant 0, \\[2mm] U_j^m - \dfrac{\tau}{h} U_j^m \left(U_{j+1}^m - U_j^m \right), & \text{如果 } U_j^m < 0, \end{cases}$$

则容易验证, 格式对于光滑解的截断误差是一阶的; 在满足 CFL 条件时, 格式满足最大值原理, 因而是稳定的. 直接计算知, 对于所给的初值, 格式对任意的 $\tau > 0$ 和 $h > 0$, 都有

$$U_j^m = U_j^0 = \begin{cases} 1, & \text{如果 } j < 0, \\ 0, & \text{如果 } j \geqslant 0, \end{cases} \quad \forall m \geqslant 0.$$

因此, 当 $\tau \to 0$ 和 $h \to 0$ 时, 数值解收敛于

$$\tilde{u}(x,t) = \begin{cases} 1, & \text{如果 } x < 0, \\ 0, & \text{如果 } x \geqslant 0, \end{cases} \quad \forall t \geqslant 0.$$

$\tilde{u}(x,t)$ 的间断线是 $x \equiv 0$, 这显然不满足 Rankine-Hugoniot 跳跃间断条件 (3.2.24), 因此不是问题的弱解 (见例 3.2).

例 3.4 说明, 守恒律方程的非守恒型差分格式的解可能收敛, 但其极限却可能不是守恒律方程的弱解. 从例 3.4 中我们还可以看出, 在考虑非线性问题的弱解时, 格式在通常意义下的相容性和稳定性并不能保证差分逼近解的收敛性. 幸运的是, 摆脱这一困境的方法并不复杂. 事实上, Lax 和 Wendroff 证明了与守恒律方程相容的守恒型差分格式在一定意义下收敛的极限必然是守恒律方程的弱解 (见文献 [14], [15]).

3.3.1 有限体积格式

从守恒律方程的积分形式出发, 我们可以在作为控制体的单元 $(x_{j-\frac{1}{2}}, x_{j+\frac{1}{2}}) \times (t_m, t_{m+1})$ 的边界上通过选择适当的数值积分公式近似计算式 (3.3.3) 中的积分平均值来构造差分格式. 用这类方法构造的格式统称为 **有限体积格式**. 为了简单起见, 我们仅限于在均匀网格上讨论通量函数 $f(x,t,u) = f(u)$ 的守恒律方程有限体积格式的构造.

当 f 和 u 都充分光滑时, 方程 $u_t + (f(u))_x = 0$ 可以写成

$$u_t + f'(u)u_x = 0. \tag{3.3.7}$$

令

$$a^m_{j+\frac{1}{2}} = \begin{cases} \dfrac{f(U^m_{j+1}) - f(U^m_j)}{U^m_{j+1} - U^m_j}, & \text{如果 } U^m_{j+1} \neq U^m_j, \\ 0, & \text{如果 } U^m_{j+1} = U^m_j, \end{cases} \tag{3.3.8}$$

则可以看出 $a^m_{j+\frac{1}{2}}$ 的符号反映了区间 (x_j, x_{j+1}) 上物质传输的方向或特征的方向. 假设网格比在解的可能取值范围 $\mathcal{U}$ 内满足 CFL 条件

$$\max_{u \in \mathcal{U}} |f'(u)| \tau \leqslant h, \tag{3.3.9}$$

并假设 U^m 在每个单元 $(x_{j-\frac{1}{2}}, x_{j+\frac{1}{2}})$ 上为常数 U^m_j, 则我们可以根据特征线法的思想构造数值通量

$$F^{m+\frac{1}{2}}_{j+\frac{1}{2}} = \begin{cases} f(U^m_j), & \text{如果 } a^m_{j+\frac{1}{2}} \geqslant 0, \\ f(U^m_{j+1}), & \text{如果 } a^m_{j+\frac{1}{2}} \leqslant 0. \end{cases} \tag{3.3.10}$$

将其代入格式 (3.3.5) 可得相容的守恒型差分格式

$$\begin{aligned} U^{m+1}_j = U^m_j - \frac{\tau}{2h} &\Bigg\{ \Bigg[\left(1 + \text{sgn}\left(a^m_{j+\frac{1}{2}}\right)\right) f(U^m_j) \\ &+ \left(1 - \text{sgn}\left(a^m_{j+\frac{1}{2}}\right)\right) f(U^m_{j+1}) \Bigg] \\ &- \Bigg[\left(1 + \text{sgn}\left(a^m_{j-\frac{1}{2}}\right)\right) f(U^m_{j-1}) \\ &+ \left(1 - \text{sgn}\left(a^m_{j-\frac{1}{2}}\right)\right) f(U^m_j) \Bigg] \Bigg\}. \end{aligned} \tag{3.3.11}$$

容易验证, 对于常系数对流方程, 即当 $f(u) = au\,(a$ 为常数) 时, 格式 (3.3.11) 正是迎风格式 (3.2.15). 因此我们称格式 (3.3.11) 为守恒律方程的**守恒型迎风格式**. 仔细观察格式 (3.3.11) 不难看出, 在格式中,

我们相当于用中点积分公式计算单元控制体 $(x_{j-\frac{1}{2}}, x_{j+\frac{1}{2}}) \times (t_m, t_{m+1})$ 上、下边界上的积分平均值 $\bar{u}_j^{m+1}$ 和 $\bar{u}_j^m$, 而用特殊的单点 (一般不是中点) 数值积分公式计算左、右边界上通量的积分平均值. 因此迎风格式的截断误差一般只有一阶精度.

为了提高逼近精度, 可以考虑在单元控制体的左、右边界上采用中点积分公式, 例如取 $F_{j+\frac{1}{2}}^{m+\frac{1}{2}} = f\left(U_{j+\frac{1}{2}}^{m+\frac{1}{2}}\right)$. 这就要求我们匹配适当的具有较高精度的公式计算中点 $\left(x_{j+\frac{1}{2}}, t_{m+\frac{1}{2}}\right)$ 处的函数值 $U_{j+\frac{1}{2}}^{m+\frac{1}{2}}$. 一种可行的格式是以下 Richtmyer 提出的两步格式:

$$\begin{cases} U_{j+\frac{1}{2}}^{m+\frac{1}{2}} = \frac{1}{2}\left(U_j^m + U_{j+1}^m\right) - \frac{\tau}{2h}\left[f(U_{j+1}^m) - f(U_j^m)\right], & (3.3.12) \\ U_j^{m+1} = U_j^m - \frac{\tau}{h}\left[f\left(U_{j+\frac{1}{2}}^{m+\frac{1}{2}}\right) - f\left(U_{j-\frac{1}{2}}^{m+\frac{1}{2}}\right)\right]. & (3.3.13) \end{cases}$$

这显然是一个守恒型的差分格式. 容易验证, 对于常系数对流方程, 即当 $f(u) = au$ (a 为常数) 时, 格式 (3.3.12) 和 (3.3.13) 给出的正是 Lax-Wendroff 格式 (3.2.33).

将 Lax-Wendroff 格式推广于守恒律方程的守恒型格式可以有多种途径. 例如, 当通量函数 f 和解 u 都充分光滑时, 利用 $u_t = -(f(u))_x$ 和 $u_{tt} = -[(f(u))_t]_x = [f'(u)(f(u))_x]_x$, 我们可以按推导格式 (3.2.41) 的方法给出守恒律方程的 Lax-Wendroff 格式

$$\begin{aligned} U_j^{m+1} = U_j^m &- \frac{\tau}{2h}\left[f(U_{j+1}^m) - f(U_{j-1}^m)\right] \\ &+ \frac{\tau^2}{2h^2}\left[a_{j+\frac{1}{2}}^m\left(f(U_{j+1}^m) - f(U_j^m)\right) - a_{j-\frac{1}{2}}^m\left(f(U_j^m) - f(U_{j-1}^m)\right)\right], \end{aligned}$$

$$(3.3.14)$$

其中 $a_{j\pm\frac{1}{2}}^m = f'\left(\frac{1}{2}(U_j^m + U_{j\pm1}^m)\right)$. 可以证明格式 (3.3.14) 是与守恒律方程相容的守恒型的二阶格式, 且当 f 是 u 的常系数线性函数时格式 (3.3.14) 就是格式 (3.2.41) (见习题 3 第 10 题). 与 Richtmyer 的两步格式 (3.3.12) 和 (3.3.13) 相比, Lax-Wendroff 格式 (3.3.14) 除了需要计

算通量函数的函数值之外, 还需要计算其导数值. 因此, 后者通常需要更多的计算量, 尤其是在方程组的情形, 这时 f' 是 f 的 Jacobi 矩阵.

具有较高逼近精度, 即较高阶局部截断误差的格式, 其数值解一般在解比较光滑且变化缓慢的区域内有较高的实际逼近精度, 但在解变化很快甚至有间断的区域内则可能产生振荡, 使其实际数值逼近精度, 特别是捕捉激波等间断的精度大打折扣. 注意到守恒律方程 $u_t + (f(u))_x = 0$ 的解有总变差不增的性质, 人们提出了总变差不增的差分格式, 如单调格式、保单调格式、TVD (Total Variation Diminishing) 格式等等. 另外, 还可以考虑在计算中采用限制器等方法自适应地组合使用低阶和高阶格式, 并结合重构等技巧构造能够避免过多的数值振荡, 同时具有较高实际逼近精度的高分辨率格式. 相关的讨论超出了本课程的范围, 感兴趣的读者可以参考文献 [14], [15].

3.3.2   初始条件与边界条件的处理

设 $f' > 0$, 考虑一维一阶双曲守恒律方程的初边值问题

$$
\begin{cases}
\dfrac{\partial u}{\partial t} + \dfrac{\partial f(u)}{\partial x} = 0, & x \in (0,1), \ t > 0, \quad (3.3.15) \\[2mm]
u(x,0) = u^0(x), & x \in (0,1), \quad (3.3.16) \\[2mm]
u(0,t) = u_0(t), & t \geqslant 0. \quad (3.3.17)
\end{cases}
$$

由守恒律方程的积分形式知, 守恒律方程的弱解有整体的守恒性质

$$
\int_0^1 u(x,t)\,\mathrm{d}x = \int_0^1 u(x,0)\,\mathrm{d}x - \left[\int_0^t f(u(1,t))\,\mathrm{d}t - \int_0^t f(u(0,t))\,\mathrm{d}t \right].
$$
$$(3.3.18)$$

注意, 其中 $\displaystyle\int_0^1 u(x,0)\,\mathrm{d}x$ 是系统在初始时刻所具有的守恒量的总值, $\displaystyle\int_{t_m}^{t_{m+1}} f(u(0,t))\,\mathrm{d}t$ 是在时间段 $[t_m, t_{m+1})$ 内流入系统的守恒量的值.

如果采用守恒型的差分格式

$$
U_j^{m+1} = U_j^m - \tau\, h^{-1} \left(F_{j+\frac{1}{2}}^m - F_{j-\frac{1}{2}}^m \right),
$$

则差分方程的解也具有类似的整体守恒性质. 我们自然也希望数值初始条件和边界条件的处理能够尽可能准确地给出系统初始时刻所具有的守恒量的总值以及在时间段 $[t_m, t_{m+1})$ 内流入系统的守恒量的值.

为简单起见, 设数值通量的形式为 $F_{j+\frac{1}{2}}^m = F(U_j^m, U_{j+1}^m)$. 为了能更精确的利用边界条件, 我们希望将边界点置于网格的中点. 为此, 我们引入虚拟空间网格节点 x_0 和 x_{N+1}, 使左端边界点 0 位于 x_0 与 x_1 之间, 右端边界点 1 位于 x_N 与 x_{N+1} 之间. 具体地说, 任取正整数 N, 令 $h = \Delta x = N^{-1}$, $x_j = \left(j - \dfrac{1}{2}\right) h$ $(j = 0, 1, \cdots, N+1)$. 这时, 只需取

$$U_j^0 = \frac{1}{h} \int_{j-\frac{1}{2}}^{j+\frac{1}{2}} u^0(x)\,\mathrm{d}x \quad (\forall\, 0 < j < N),$$

$$F_{\frac{1}{2}}^m = \frac{1}{\tau} \int_{t_m}^{t_{m+1}} f(u_0(t))\,\mathrm{d}t \quad (\forall\, m \geqslant 0), \tag{3.3.19}$$

就可以得到我们期望的整体性质

$$h \sum_{j=1}^N U_j^0 = \int_0^1 u^0(x)\,\mathrm{d}x, \quad \tau \sum_{l=m}^{m+k} F_{\frac{1}{2}}^l = \int_{t_m}^{t_{m+k}} f(u_0(t))\,\mathrm{d}t. \tag{3.3.20}$$

在实际计算时, 可以根据精度和计算量等方面的要求采用适当的数值积分公式近似计算式 (3.3.19) 中的积分. 有些情况下我们也可以通过方程

$$F(U_0^m, U_1^m) = F_{\frac{1}{2}}^m \triangleq \frac{1}{\tau} \int_{t_m}^{t_{m+1}} f(u_0(t))\,\mathrm{d}t \tag{3.3.21}$$

定义虚拟节点 x_0 上的函数值 U_0^m. 这样处理之后, U_1^{m+1} 就可以与其他内点使用相同的差分格式进行计算了.

由于右端边界是出流边界, 我们还需要给出额外的数值边界条件 U_{N+1}^m 或在点 $x_{N+\frac{1}{2}}$ 换用迎风类型的数值通量 $\hat{F}_{N+\frac{1}{2}}^m = \hat{F}(U_{N-1}^m, U_N^m)$. 例如, 我们可以采用零阶外推, 令 $U_{N+1}^m = U_N^m$. 这相当于取 $\hat{F}_{N+\frac{1}{2}}^m = f(U_N^m)$. 这里需要特别注意的是, 应该尽量避免由额外数值边界条件产生的向区域内部传播的误差可能造成的数值振荡和不稳定性.

§3.4 对流扩散方程的差分方法

在对流方程 (3.2.1) 中加入扩散项后就得到**对流扩散方程**

$$u_t + au_x = cu_{xx}, \quad x \in \mathbb{R}, \ t > 0, \tag{3.4.1}$$

其中 a 是对流的速度, $c > 0$ 是扩散系数或黏性系数, 它们一般是空间和时间变量 (x, t) 的函数, 在非线性情况下, 它们还是 u 的函数. 事实上, 在许多实际问题中, 对流扩散方程是更基本的方程, 而对流方程则是在扩散系数 c 相对于对流速度 $|a|$ 很小, 即对流占优时, 忽略扩散效应后得到的简化近似模型方程. 如果 a 是常数, 设 $u(x, t)$ 是方程 (3.4.1) 的初值问题的解, 作空间自变量替换 $y = x - at$, 并令 $v(y, t) = u(y + at, t)$, 则容易验证 $v(y, t)$ 是抛物型方程相应初值问题的解, 即 $v(y, 0) = u(y, 0)$, 且

$$v_t = cv_{yy}, \quad y \in \mathbb{R}, \ t > 0. \tag{3.4.2}$$

在一般情况下, 整体地看, 对流扩散方程的解应该具有抛物型方程解的某些特征性质, 如磨光效应和耗散性质等. 另外, 当扩散系数 c 相对于对流速度 $|a|$ 很小时, 对流占主导作用, 因此方程的解将会近似地呈现出双曲型方程解的某些性质, 如沿特征线 (也称为**流线**) 变化缓慢. 在构造对流扩散方程的差分逼近时, 可以考虑结合双曲型方程和抛物型方程的差分方法, 但应该特别注意对流与扩散的耦合效应对算法稳定性的影响, 尤其是在对流占优的情况下.

在本节中, 我们介绍对流扩散方程几种典型的差分格式, 并分析它们的稳定性和收敛性. 对于对流扩散方程一般的初值问题, 我们可以考虑使用显示差分格式; 对于初边值问题和具有周期性或紧支集等可以引入精确或近似人工边界条件的初值问题, 则还可以考虑使用隐式格式. 为叙述简单起见, 我们假设 $a \geqslant 0$. $a < 0$ 时结果是类似的.

3.4.1 对流扩散方程的中心显式格式与修正中心显式格式

对于对流扩散方程 (3.4.1), 一种最简单的差分逼近方法是直接用时间方向的一阶向前差商, 空间方向的一阶中心差商和二阶中心差商

分别逼近方程 (3.4.1) 中的相应导数项. 由此得到**中心显式格式**

$$\frac{U_j^{m+1} - U_j^m}{\tau} + a\frac{U_{j+1}^m - U_{j-1}^m}{2h} = c\frac{U_{j+1}^m - 2U_j^m + U_{j-1}^m}{h^2}. \qquad (3.4.3)$$

不难看出中心显式格式 (3.4.3) 的局部截断误差为 $O(\tau + h^2)$. 为分析格式的稳定性, 我们将格式 (3.4.3) 改写为以下等价形式:

$$U_j^{m+1} = \left(\mu - \frac{1}{2}\nu\right)U_{j+1}^m + (1 - 2\mu)U_j^m + \left(\mu + \frac{1}{2}\nu\right)U_{j-1}^m, \qquad (3.4.4)$$

其中

$$\nu = \frac{a\tau}{h}, \quad \mu = \frac{c\tau}{h^2} \qquad (3.4.5)$$

是对流扩散方程分别对应于对流项和扩散项的两个网格比. 由格式 (3.4.4) 容易看出, 当 $|\nu| \leqslant 2\mu \leqslant 1$ 时, 格式 (3.4.3) 满足最大值原理, 因而是 $\mathbb{L}^\infty$ 稳定的. 由此及式 (3.4.5), 我们就得中心显式格式 (3.4.3) 满足最大值原理的充分必要条件

$$\mu = c\frac{\tau}{h^2} \leqslant \frac{1}{2}, \quad h \leqslant \frac{2c}{|a|}, \qquad (3.4.6)$$

其中第二个条件对空间步长提出了额外的要求, 即 $\frac{|a|h}{c} \leqslant 2$. 通常称 $\frac{|a|h}{c}$ 为网格的 **Péclet 数**. 以上分析表明, 中心显式格式 (3.4.3) 当网格的 Péclet 数小于等于 2 且网格比 $\mu \leqslant \frac{1}{2}$ 时满足最大值原理.

另外, 将 Fourier 波型 $U_j^m = \lambda_k^m \mathrm{e}^{ikjh}$ 代入格式 (3.4.4) 得其增长因子为

$$\lambda_k = 1 - 2\mu(1 - \cos kh) - \mathrm{i}\nu\sin kh, \qquad (3.4.7)$$

于是得

$$\begin{aligned}
|\lambda_k|^2 &= [1 - 2\mu(1 - \cos kh)]^2 + (\nu\sin kh)^2 \\
&= 1 - (1 - \cos kh)[4\mu - 4\mu^2(1 - \cos kh) - \nu^2(1 + \cos kh)]. \quad (3.4.8)
\end{aligned}$$

由 $1 - \cos kh \geqslant 0$ 知, 当 $\cos kh \neq 1$ 时, 格式 (3.4.3) $\mathbb{L}^2$ 强稳定 (见定义 4.7. 这里要求强稳定而非 von Neumann 稳定的理由见例 4.1), 即 $|\lambda_k| \leqslant 1\,(\forall k)$ 的必要条件是

$$4\mu - 4\mu^2(1 - \cos kh) - \nu^2(1 + \cos kh) \geqslant 0,$$

或等价地写成

$$4\mu - 2\nu^2 + (\nu^2 - 4\mu^2)(1 - \cos kh) \geqslant 0. \tag{3.4.9}$$

取 $k = \pi h^{-1}$, 便得到格式 (3.4.3) $\mathbb{L}^2$ 强稳定的一个必要条件

$$4\mu - 2\nu^2 + 2(\nu^2 - 4\mu^2) = 4\mu(1 - 2\mu) \geqslant 0.$$

这等价于条件 (3.4.6) 中的第一个不等式, 即 $\mu \leqslant 1/2$.

在式 (3.4.9) 中取 $k = 0$, 并利用式 (3.4.5), 即得格式 (3.4.3) 具有 $\mathbb{L}^2$ 强稳定性的另一个必要条件 $\tau \leqslant \dfrac{2c}{a^2}$. 因此, 中心显式格式 (3.4.3) $\mathbb{L}^2$ 强稳定的必要条件是

$$\mu = c\frac{\tau}{h^2} \leqslant \frac{1}{2}, \quad \tau \leqslant \frac{2c}{a^2}. \tag{3.4.10}$$

利用函数 $g(\xi) = 4\mu - 2\nu^2 + (\nu^2 - 4\mu^2)\xi$ 关于 ξ 的单调性, 不难验证条件 (3.4.10) 也是中心显式格式 (3.4.3) $\mathbb{L}^2$ 强稳定的充分条件.

综合上述结果知, 格式 (3.4.3) 满足最大值原理和具有 $\mathbb{L}^2$ 强稳定性的充分必要条件分别是 (3.4.6) 和 (3.4.10). 其中两组条件中的第一个条件就是抛物型方程向前差分显式格式的稳定性条件, 而条件 (3.4.6) 中的第二个条件说明, 只有当空间网格尺度使得网格的 Péclet 数 $\dfrac{|a|h}{c} \leqslant 2$ 时格式才能满足最大值原理. 容易验证, 在 $\mu \leqslant 1/2$ 的条件下, 当网格的 Péclet 数 $\dfrac{|a|h}{c} \leqslant 2$ 时, 条件 (3.4.10) 中的第二个条件自动满足; 而当对流占优且网格尺度相对较大, 即网格的 Péclet 数 $\dfrac{|a|h}{c} > 2$ 时, 格式 (3.4.3) 不满足最大值原理, 且其 $\mathbb{L}^2$ 强稳定性条件 (3.4.10) 中的第二个条件对时间步长提出了实质性的更苛刻的要求 (见例 4.1).

我们知道中心显式格式 (3.4.3) 当 $c = 0$ 时是不稳定的, 因此, 当 c 很小时, 格式的稳定性受到对流项中心差分项的影响是很自然的. 在讨论对流方程的差分方法时, 将中心显式格式改造成 Lax-wendroff 格

式后不仅提高了逼近精度, 而且改善了稳定性. 受此启发, 我们对中心显式格式 (3.4.3) 作类似的修正. 将真解 $u(x_j, t_{m+1})$ 在 (x_j, t_m) 处关于时间步长 τ 作 Taylor 展开, 并利用方程 $u_t + au_x = cu_{xx}$ 将 u 的关于时间的各阶导数替换为适当的关于空间的导数的组合, 如果将 c 视为与 h 或 τ 同量级的小量, 则得

$$
\begin{aligned}
u_j^{m+1} &= \left[u + \tau u_t + \frac{\tau^2}{2} u_{tt} \right]_j^m + O(\tau^3) \\
&= \left[u - a\tau u_x + (c + \frac{1}{2} a^2 \tau)\tau u_{xx} \right]_j^m + O(c\tau^2 + \tau^3).
\end{aligned}
\tag{3.4.11}
$$

因此, 为了将截断误差降至 $O(c\tau + \tau^2 + h^2)$, 我们可以将中心显式格式 (3.4.3) 改造为以下所谓的**修正中心显式格式**:

$$
\frac{U_j^{m+1} - U_j^m}{\tau} + a\frac{U_{j+1}^m - U_{j-1}^m}{2h} = \left(c + \frac{1}{2} a^2 \tau \right) \frac{U_{j+1}^m - 2U_j^m + U_{j-1}^m}{h^2}.
\tag{3.4.12}
$$

注意, 修正中心显式格式 (3.4.12) 与中心显式格式 (3.4.3) 的唯一区别在于将扩散系数 c 换成了 $\tilde{c} = c + \frac{1}{2} a^2 \tau$. 于是, 由以上分析知, 修正中心显式格式 (3.4.12) 的稳定性条件为

$$
\begin{cases}
\left(c + \dfrac{1}{2} a^2 \tau \right) \dfrac{\tau}{h^2} \leqslant \dfrac{1}{2}, \quad h \leqslant \dfrac{2c + a^2 \tau}{|a|}, \quad \text{满足最大值原理}; \\
\left(c + \dfrac{1}{2} a^2 \tau \right) \dfrac{\tau}{h^2} \leqslant \dfrac{1}{2}, \quad \tau \leqslant \dfrac{2c + a^2 \tau}{a^2}, \quad \text{具有 } \mathbb{L}^2 \text{ 强稳定性}.
\end{cases}
\tag{3.4.13}
$$

与中心显式格式 (3.4.3) 相比, 修正中心显式格式 (3.4.12) 为满足最大值原理而对网格的空间步长所加的限制条件被放宽了, 但对网格比的限制则更苛刻些. 另外, 容易看出, $\mathbb{L}^2$ 强稳定性条件的第二个不等式恒成立, 因此, 修正中心显式格式 (3.4.12) 的 $\mathbb{L}^2$ 强稳定性的充分必要条件化简为

$$
\left(c + \frac{1}{2} a^2 \tau \right) \frac{\tau}{h^2} \leqslant \frac{1}{2}.
\tag{3.4.14}
$$

3.4.2 对流扩散方程的迎风格式

当扩散系数 $c \ll |a|$ 时, 对流方程是对流扩散方程的一个很好的近似. 由于对流方程的迎风格式有较好的稳定性, 我们期望这也会给对流扩散方程的稳定性产生积极的影响. 设对流速度 $a > 0$, 对方程 (3.4.1) 的对流部分采用迎风格式, 对扩散部分采用二阶中心差商逼近, 则得到局部截断误差为 $O(\tau + h)$ 的对流扩散方程的迎风格式

$$\frac{U_j^{m+1} - U_j^m}{\tau} + a\frac{U_j^m - U_{j-1}^m}{h} = c\frac{U_{j+1}^m - 2U_j^m + U_{j-1}^m}{h^2}. \qquad (3.4.15)$$

格式 (3.4.15) 可以等价地写成

$$\frac{U_j^{m+1} - U_j^m}{\tau} + a\frac{U_{j+1}^m - U_{j-1}^m}{2h} = \left(c + \frac{1}{2}ah\right)\frac{U_{j+1}^m - 2U_j^m + U_{j-1}^m}{h^2}. \qquad (3.4.16)$$

与中心显式格式 (3.4.3) 相比, 格式 (3.4.16) 只是将其中的 c 换成了 $c + \frac{1}{2}ah$. 特别地, 当 $\nu = 1$ 时, 这与修正中心显式格式完全相同. 因此, 对比条件 (3.4.6) 和 (3.4.10), 即得对流扩散方程迎风格式满足最大值原理及具有 $\mathbb{L}^2$ 强稳定性的充分必要条件:

$$\begin{cases} (2c + ah)\dfrac{\tau}{h^2} \leqslant 1, \quad h \leqslant \dfrac{2c + ah}{a}, \quad \text{满足最大值原理}; \\[3mm] (2c + ah)\dfrac{\tau}{h^2} \leqslant 1, \quad \tau \leqslant \dfrac{2c + ah}{a^2}, \quad \text{具有 } \mathbb{L}^2 \text{ 强稳定性}. \end{cases} \qquad (3.4.17)$$

容易看出关于最大值原理的第二个条件自然满足. 又由

$$\frac{a^2\tau}{2c + ah} = \frac{a^2h^2}{2c + ah}\ \frac{\tau}{h^2} \leqslant \frac{(2c + ah)^2}{2c + ah}\ \frac{\tau}{h^2} = (2c + ah)\frac{\tau}{h^2},$$

易见条件 (3.4.17) 中第一个条件成立时, 关于 $\mathbb{L}^2$ 强稳定性的第二个条件也将自动成立. 因此, 对流扩散方程迎风格式 (3.4.15) 满足最大值原理以及具有 $\mathbb{L}^2$ 强稳定性的充分必要条件简化为

$$(2c + ah)\frac{\tau}{h^2} \leqslant 1. \qquad (3.4.18)$$

由于只要网格比满足条件 (3.4.18), 对流扩散方程的迎风格式 (3.4.15) 就不仅具有 $\mathbb{L}^2$ 强稳定性, 而且满足最大值原理, 这使得迎风格式在对流占优极为显著的情况下具有更强的实用性. 事实上, 记 $c = \dfrac{1}{2}ah\kappa$, 则条件 (3.4.18) 等价于 $(1+\kappa)\nu \leqslant 1$, 而条件 (3.4.14) 等价于 $\nu^2 + \kappa\nu \leqslant 1$, 因此迎风格式和修正中心显式格式的稳定性条件又可以写成

$$
\begin{cases}
\nu = \dfrac{a\tau}{h} \leqslant \dfrac{1}{1+\kappa}, & \text{迎风格式满足最大值原理;} \\[2mm]
\nu = \dfrac{a\tau}{h} \leqslant \dfrac{\sqrt{4+\kappa^2}-\kappa}{2}, & \text{修正中心显式格式 } \mathbb{L}^2 \text{ 强稳定.}
\end{cases}
\tag{3.4.19}
$$

由此不难验证, 当 $0 < \kappa \ll 1$, 即 Péclet 数 $\dfrac{ah}{c} \gg 2$ 时, 迎风格式满足最大值原理的条件甚至比修正中心显式格式 $\mathbb{L}^2$ 强稳定的条件更为宽松.

3.4.3 对流扩散方程的隐式格式

当对流扩散方程为对流占优时, 尤其是 a 很大时, 显式格式稳定性对时间步长的限制过于苛刻. 因此, 我们希望通过采用隐式格式来放宽这种限制. 为了同时在空间和时间方向取得较高的逼近精度, 我们考虑使用二阶精度的 **Crank-Nicolson 型隐式格式**

$$
\begin{aligned}
&\frac{U_j^{m+1} - U_j^m}{\tau} + \frac{a}{2}\left(\frac{U_{j+1}^m - U_{j-1}^m}{2h} + \frac{U_{j+1}^{m+1} - U_{j-1}^{m+1}}{2h} \right) \\
&= \frac{c}{2}\left(\frac{U_{j+1}^m - 2U_j^m + U_{j-1}^m}{h^2} + \frac{U_{j+1}^{m+1} - 2U_j^{m+1} + U_{j-1}^{m+1}}{h^2} \right).
\end{aligned}
\tag{3.4.20}
$$

将 Fourier 波型 $U_j^m = \lambda_k^m \mathrm{e}^{ikjh}$ 代入格式 (3.4.20) 得其相应的增长因子为

$$
\lambda_k = \frac{1 - \mu(1 - \cos kh) - \mathrm{i}\left(\dfrac{1}{2}\nu \sin kh\right)}{1 + \mu(1 - \cos kh) + \mathrm{i}\left(\dfrac{1}{2}\nu \sin kh\right)},
\tag{3.4.21}
$$

其中 $\mu = \dfrac{c\tau}{h^2}$, $\nu = \dfrac{a\tau}{h}$ 分别为扩散项和对流项的网格比. 由此得

$$|\lambda_k|^2 - 1 = \frac{-4\mu(1 - \cos kh)}{[1 + \mu(1 - \cos kh)]^2 + \left(\dfrac{1}{2}\nu \sin kh\right)^2} \leqslant 0, \quad \forall\, k. \quad (3.4.22)$$

因此, 对流扩散方程的 Crank-Nicolson 型隐式格式 (3.4.20) 是无条件 $\mathbb{L}^2$ 强稳定的.

另外, 将格式 (3.4.20) 改写成等价形式

$$(1 + \mu)U_j^{m+1} = (1 - \mu)U_j^{m+1} + \frac{1}{2}\left(\mu - \frac{\nu}{2}\right)\left(U_{j+1}^m + U_{j+1}^{m+1}\right)$$
$$+ \frac{1}{2}\left(\mu + \frac{\nu}{2}\right)\left(U_{j-1}^m + U_{j-1}^{m+1}\right), \quad (3.4.23)$$

则不难得到格式 (3.4.20) 满足最大值原理的条件

$$\mu \leqslant 1, \quad h \leqslant \frac{2c}{|a|}. \quad (3.4.24)$$

可见对于对流占优问题, 只有当网格尺度足够小, 即 Péclet 数 $\dfrac{|a|h}{c} \leqslant 2$ 时, 对流扩散方程的 Crank-Nicolson 型隐式格式 (3.4.20) 才可能满足最大值原理. 因此, 当 Péclet 数 $\dfrac{|a|h}{c} > 2$ 时, 即空间网格尺度 h 不够小时, 在真解变化很快的区域可能会观察到差分解的数值振荡现象.

3.4.4   对流扩散方程的特征差分格式

对流方程的解沿特征线为常数. 可以想象对流占优时, 对流扩散方程的解沿时间方向变化很快, 但沿特征线方向则应该变化很慢. 因此, 与其沿着时间方向分析其发展变化, 不如沿着特征线方向研究来得自然. 仍以常系数对流扩散方程 (3.4.1) 为例, 其对流部分的特征线方程为 $\dfrac{\mathrm{d}x}{\mathrm{d}t} = a$, 因此, 特征方向 (指特征线的切线方向) 的单位向量为 $\boldsymbol{n}_s = \left(\dfrac{a}{\sqrt{1 + a^2}}, \dfrac{1}{\sqrt{1 + a^2}}\right)$. 记 s 为特征线的长度, 则由定义和方程 (3.4.1), u 沿特征方向的方向导数为

$$\frac{\partial u}{\partial s} = \left(\frac{\partial u}{\partial x}, \frac{\partial u}{\partial t}\right) \cdot \boldsymbol{n}_s = \frac{1}{\sqrt{1 + a^2}}\left(\frac{\partial u}{\partial t} + a\,\frac{\partial u}{\partial x}\right). \quad (3.4.25)$$

由式 (3.4.25) 及方程 (3.4.1), 并令 $\tilde{c} = \dfrac{c}{\sqrt{1+a^2}}$, 便知 u 作为 $(y, s) = (x - at, \sqrt{1+a^2}\, t)$ 的函数满足以下抛物型方程:

$$\frac{\partial u}{\partial s} = \tilde{c}\frac{\partial^2 u}{\partial y^2}. \tag{3.4.26}$$

我们可以将抛物型方程的差分格式应用于 (3.4.26), 从而得到相应的对流扩散方程 (3.4.1) 的数值解. 值得注意的是, 对流占优时, 扩散系数 $\tilde{c} \ll 1$, 算法稳定性对网格的限制被大大降低. 例如, 方程 (3.4.26) 的 Crank-Nicolson 格式满足最大值原理的条件是 $\tilde{\mu} \triangleq \tilde{c}\Delta s h^{-2} \leqslant 1$, 当网格 Péclet 数 $\dfrac{ah}{c} = \gamma$ 时, 这等价于要求 s 方向的步长满足条件

$$\Delta s \leqslant \frac{\sqrt{1+a^2}}{a}\gamma h.$$

以上将常系数对流扩散方程变换为 (y, s) 空间的抛物型方程的做法不易推广于变系数等更一般的情况. 不过, 我们可以换一个视角, 将式 (3.4.25) 看做 u 在点 (x, t) 沿特征线的变化率的计算公式, 考虑直接在 (x, t) 时空网格上构造方程 (3.4.1) 的差分格式. 为简单起见, 我们设 $0 < c_0 \leqslant c(x, t) \ll 1$, $a(x, t)$ 为有界的充分光滑函数.

设过节点 (x_j, t_{m+1}) 的特征线的切线 $x = x_j + a_j^{m+1}(t - t_{m+1})$ 交网格线 $t = t_m$ 于 $\bar{x}_j^m = x_j - a_j^{m+1}\tau \in (x_{i-2}, x_i)$, 且 $|\bar{x}_j^m - x_{i-1}| \leqslant \dfrac{1}{2}h$, 即 x_{i-1} 为距 $\bar{x}_j^m$ 最近的网格节点. 用一阶差商 $\dfrac{u_j^{m+1} - u(\bar{x}_j^m)}{\tau\sqrt{1+(a_j^{m+1})^2}}$ 逼近一阶微商 $\dfrac{\partial u}{\partial s}(x_j, t_{m+1})$, 用关于空间的二阶中心差商 $h^{-2}\delta_x^2 u_j^{m+1}$ 逼近二阶微商 $\dfrac{\partial^2 u}{\partial x^2}(x_j, t_{m+1})$, 则由式 (3.4.25) 即得

$$\frac{u_j^{m+1} - u(\bar{x}_j^m)}{\tau\sqrt{1+(a_j^{m+1})^2}} = \frac{c_j^{m+1}}{\sqrt{1+(a_j^{m+1})^2}}\frac{u_{j+1}^{m+1} - 2u_j^{m+1} + u_{j-1}^{m+1}}{h^2} + \bar{T}_j^m, \tag{3.4.27}$$

其中 $\bar{T}_j^m = O(\tau + h^2)$ 为局部截断误差. 一般地说, $\bar{x}_j^m$ 不落在网格节点上, 因此我们需要利用网格节点函数值对 $u(\bar{x}_j^m)$ 作插值逼近. 不妨

设 $\bar{x}_j^m \in [x_{i-1}, x_i)$, 利用 u_{i-1}^m 和 u_i^m 作 $u(\bar{x}_j^m)$ 的线性插值逼近得局部截断误差为 $O(\tau + \tau^{-1}h^2)$ 的隐式特征差分格式

$$\frac{U_j^{m+1} - \alpha_j^m U_i^m - (1 - \alpha_j^m)U_{i-1}^m}{\tau} = c_j^{m+1}\frac{U_{j+1}^{m+1} - 2U_j^{m+1} + U_{j-1}^{m+1}}{h^2}, \tag{3.4.28}$$

其中 $\alpha_j^m = h^{-1}(\bar{x}_j^m - x_{i-1}) \in [0, 1/2]$, 或等价的

$$(1 + 2\mu_j^{m+1})U_j^{m+1} = \alpha_j^m U_i^m + (1 - \alpha_j^m)U_{i-1}^m + \mu_j^{m+1}U_{j+1}^{m+1} + \mu_j^{m+1}U_{j-1}^{m+1}, \tag{3.4.29}$$

其中 $\mu_j^{m+1} = c_j^{m+1}\tau h^{-2}$. 由此知隐式特征差分格式无条件满足最大值原理, 因此是无条件 $\mathbb{L}^\infty$ 稳定的. 为了保证格式的最优收敛阶, 我们可以取 $\tau = O(h)$, 此时隐式特征差分格式 (3.4.28) 的收敛速度为 $O(h)$.

我们也可以利用 Fourier 分析对格式作局部 $\mathbb{L}^2$ 稳定性分析. 将 Fourier 波型 $U_j^m = \lambda_k^m e^{ikjh}$ 代入格式 (3.4.29) 得相应的增长因子为

$$\lambda_k = \frac{1 - \alpha_j^m(1 - \cos kh) + i\,\alpha_j^m \sin kh}{1 + 4\mu_j^{m+1}\sin^2\frac{1}{2}kh}e^{-ik(\alpha_j^m h + a_j^{m+1}\tau)}. \tag{3.4.30}$$

由于 $\alpha_j^m \in [0, 1/2]$, 所以有

$$|\lambda_k|^2 = \frac{1 - 4\alpha_j^m(1 - \alpha_j^m)\sin^2\frac{1}{2}kh}{\left(1 + 4\mu_j^{m+1}\sin^2\frac{1}{2}kh\right)^2} \leqslant 1. \tag{3.4.31}$$

另外, 如果利用 u_{i-2}^m, u_{i-1}^m 和 u_i^m 对 $u(\bar{x}_j^m)$ 作二次插值逼近, 则由式 (3.4.27) 得局部截断误差为 $O(\tau + \tau^{-1}h^3 + h^2)$ 的隐式特征差分格式

$$\frac{U_j^{m+1} - \frac{1}{2}\alpha_j^m(1 + \alpha_j^m)U_i^m - (1 - \alpha_j^m)(1 + \alpha_j^m)U_{i-1}^m + \frac{1}{2}\alpha_j^m(1 - \alpha_j^m)U_{i-2}^m}{\tau}$$
$$= c_j^{m+1}\frac{U_{j+1}^{m+1} - 2U_j^{m+1} + U_{j-1}^{m+1}}{h^2}. \tag{3.4.32}$$

由 $\alpha_j^m = h^{-1}(\bar{x}_j^m - x_{i-1}) \in \left[-\dfrac{1}{2}, \dfrac{1}{2}\right]$ 容易看出, 除了 $\alpha_j^m = 0$ 的特殊情形外, 该格式恒不满足最大值原理. 将 Fourier 波型 $U_j^m = \lambda_k^m e^{ikjh}$ 代入格式 (3.4.32) 得相应的增长因子为

$$\lambda_k = \frac{1 - (\alpha_j^m)^2(1 - \cos kh) + \mathrm{i}\,\alpha_j^m \sin kh}{1 + 4\mu_j^{m+1}\sin^2 \dfrac{1}{2}kh}\, e^{-ik(\alpha_j^m h + a_j^{m+1}\tau)}. \quad (3.4.33)$$

由于 $\alpha_j^m \in \left[-\dfrac{1}{2}, \dfrac{1}{2}\right]$, 所以有

$$|\lambda_k|^2 = \frac{1 - 4(\alpha_j^m)^2[1 - (\alpha_j^m)^2]\sin^4 \dfrac{1}{2}kh}{\left(1 + 4\mu_j^{m+1}\sin^2 \dfrac{1}{2}kh\right)^2} \leqslant 1, \quad \forall k. \quad (3.4.34)$$

对于常系数周期初值问题或周期初边值问题, 不等式 (3.4.31) 和 (3.4.34) 说明了隐式特征差分格式 (3.4.28) 和 (3.4.32) 在 $\mathbb{L}^2$ 范数意义下是无条件稳定的. 容易验证, 对任意的 k, $u(x,t) = e^{-ck^2 t}e^{ik(x-at)}$ 是常系数对流扩散方程 (3.4.1) 初始值为 e^{ikx} 的初值问题的解. 由于 $u(x,t)$ 在一个时间步中的振幅衰减因子为 $e^{-ck^2\tau}$, 相位移量为 $-ak\tau$, 因此有色散关系 $\omega(k) = -ak$, 群速度 $C(k) = a$. 通过计算相应离散 Fourier 波型 $U_j^m = \lambda_k^m e^{ikjh}$ 的增长因子 λ_k 的模 $|\lambda_k|$ 和辐角 $\arg \lambda_k$, 可以得到差分近似解的振幅、相位移和群速度的误差估计 (见习题 3 第 12 题). 由此将不难看出, 隐式特征差分格式 (3.4.32) 与 (3.4.28) 相比, 无论是振幅误差, 还是相位误差, 都相对较小. 当 $\tau = O(h)$ 时, 隐式特征差分格式 (3.4.32) 的收敛速度为 $O(h)$; 当 $\tau = O(h^{3/2})$ 时, 收敛速度最快, 达到 $O(h^{3/2})$.

注意, 当 a 或 c 不是常数时, 差分格式没有 Fourier 波型解, 这时不等式 (3.4.31) 和 (3.4.34) 仅仅说明隐式特征差分格式 (3.4.28) 和 (3.4.32) 满足 $\mathbb{L}^2$ 范数意义下局部稳定性的必要条件. 变系数时格式 (3.4.28) 仍无条件满足最大值原理. 而 (3.4.32) 的严格的稳定性分析和误差估计, 可以通过应用能量估计方法分析数值解 $U^m (m = 1, 2, \cdots)$ 能否在适

当定义的能量范数下满足能量不等式 $\|U^m\| \leqslant (1+C\tau)\|U^{m-1}\|$, 或通过应用直接方法估计迭代矩阵谱半径等方法得到, 感兴趣的读者可以参考文献 [9], [23], [25].

对于 a 和 c 是非线性函数的情形, 虽然我们仍然可以用以上方法构造特征差分格式, 但非线性项的出现会给差分逼近带来额外的误差, 稳定性和收敛性分析也因此变得十分困难. 特征差分格式的思想也可以推广到高维问题, 例如求解 Navier-Stokes 方程的流线扩散法等. 另外, 初值问题中人工边界条件的构造、初边值问题中边界条件的数值逼近处理等也是实用格式的重要组成部分. 这些问题的相关讨论远远超出了本课程的范围.

§3.5　波动方程的差分方法

最简单的二阶双曲型方程是波动方程. 我们考虑**一维波动方程**

$$u_{tt} = a^2 u_{xx}, \quad x \in D \subset \mathbb{R}, \ t > 0 \tag{3.5.1}$$

(其中 a 一般是 (x,t) 的函数) 的以下初值问题或初边值问题: 当 $D = \mathbb{R}$ 时, 初值问题的初始条件为

$$\begin{cases} u(x,0) = u^0(x), & x \in \mathbb{R}, \tag{3.5.2} \\ u_t(x,0) = v^0(x), & x \in \mathbb{R}, \tag{3.5.3} \end{cases}$$

当 $D = (0,1)$ 时, 初值问题的初边值条件为

$$\begin{cases} u(x,0) = u^0(x), & x \in [0,1], \tag{3.5.4} \\ u_t(x,0) = v^0(x), & x \in [0,1], \tag{3.5.5} \\ \alpha_0(t)u(0,t) - \beta_0(t)u_x(0,t) = g_0(t), & t > 0, \tag{3.5.6} \\ \alpha_1(t)u(1,t) + \beta_1(t)u_x(1,t) = g_1(t), & t > 0, \tag{3.5.7} \end{cases}$$

其中 $\alpha_i \geqslant 0, \beta_i \geqslant 0, |\alpha_i(t)| + |\beta_i(t)| \neq 0 \, (\forall t > 0, i = 0,1)$.

当 $a > 0$ 为常数时, 引入新的变量 $v = u_t$ 和 $w = -au_x$, 则波动方程 (3.5.1) 化为等价的一维一阶双曲型方程组

$$\begin{bmatrix} v \\ w \end{bmatrix}_t + \begin{bmatrix} 0 & a \\ a & 0 \end{bmatrix} \begin{bmatrix} v \\ w \end{bmatrix}_x = 0. \tag{3.5.8}$$

容易验证方程组 (3.5.8) 的系数矩阵的特征根为 $\pm a$. 由此可见波动方程 (3.5.1) 有两族特征线

$$\begin{cases} x + at = c, \\ x - at = c, \end{cases} \quad \forall c \in \mathbb{R}. \tag{3.5.9}$$

事实上, 一维波动方程的初值问题 (3.5.1)~(3.5.3) 的解可以表示为

$$u(x,t) = \frac{1}{2}\left[u^0(x+at) + u^0(x-at)\right] + \frac{1}{2a}\int_{x-at}^{x+at} v^0(\xi)\,\mathrm{d}\xi. \tag{3.5.10}$$

在本小节, 我们将分别从二阶波动方程 (3.5.1) 和等价的一阶双曲型方程组 (3.5.8) 出发讨论相应问题的差分方法.

3.5.1 波动方程的显式格式

对二阶波动方程 (3.5.1) 中关于时间和空间的二阶导数同时采用中心二阶差商逼近, 即得局部截断误差为 $O(\tau^2 + h^2)$ 的二阶显式差分格式

$$\frac{U_j^{m+1} - 2U_j^m + U_j^{m-1}}{\tau^2} - a^2 \frac{U_{j+1}^m - 2U_j^m + U_{j-1}^m}{h^2} = 0. \tag{3.5.11}$$

这是一个三层格式, 因此, 为启动格式的计算, 需要在 $m = 0, 1$ 两个时间层上给出初始条件. 在 $m = 0$ 上, 可以直接使用问题所提供的初始条件; 在 $m = 1$ 上, 为了得到与格式 (3.5.11) 匹配的二阶精度, 我们利用 Taylor 展开式

$$u(x,\tau) = u(x,0) + \tau\, u_t(x,0) + \frac{1}{2}\tau^2 u_{tt}(x,0) + O(\tau^3), \tag{3.5.12}$$

并利用波动方程、初始条件和关于时间的二阶中心差商逼近得

$$u(x,\tau) = u^0(x) + \tau v^0(x) + \frac{1}{2}\nu^2(u^0(x+h) \\ -2u^0(x) + u^0(x-h)) + O(\tau^3 + \tau^2 h^2), \tag{3.5.13}$$

其中 $\nu = a\tau h^{-1}$ 是问题的网格比. 由此我们得到了局部截断误差为 $O(\tau^3 + \tau^2 h^2)$ 的初始条件

$$\begin{cases} U_j^0 = u_j^0, & (3.5.14) \\ U_j^1 = \dfrac{1}{2}\nu^2 \left(U_{j+1}^0 + U_{j-1}^0 \right) + (1 - \nu^2)U_j^0 + \tau v_j^0. & (3.5.15) \end{cases}$$

对于 $\beta = 0$ 时的 Dirichlet 边界条件, 可以直接使用问题提供的边界条件; 对于 $\beta \neq 0$ 时的 Neumann 边界条件 $(\alpha = 0)$ 和第三类边界条件 $(\alpha \neq 0)$, 可以通过引入虚拟节点的方式给出具有二阶局部截断误差精度的数值边界条件. 例如, 设 $\beta_0 = 1$, $\alpha_0 > 0$, 引入虚拟节点 x_{-1}, 则可以得到局部截断误差为 $O(h^2)$ 的数值逼近边界条件

$$\alpha_0^m U_0^m - \frac{U_1^m - U_{-1}^m}{2h} = g_0^m. \tag{3.5.16}$$

将其与 $j = 0$ 的格式 (3.5.11) 联立, 消去 U_{-1}^m, 即得 $j = 0$ 处局部截断误差为 $O(\tau^2 + h)$ 的等价格式 (见习题 3 第 13 题)

$$\frac{U_0^{m+1} - 2U_0^m + U_0^{m-1}}{\tau^2} - 2a^2 \frac{U_1^m - (1 + \alpha_0^m h)U_0^m + g_0^m h}{h^2} = 0. \tag{3.5.17}$$

接下来我们来考虑二阶常系数波动方程初值问题 $(3.5.1)\sim(3.5.3)$ 的二阶显式差分格式 (3.5.11) 的稳定性. 将 Fourier 波型 $U_j^m = \lambda_k^m \mathrm{e}^{\mathrm{i}kjh}$ 代入格式 (3.5.11), 得其增长因子满足方程

$$\lambda_k^2 - 2\lambda_k + 1 = \lambda_k \nu^2 \left(\mathrm{e}^{\mathrm{i}kh} - 2 + \mathrm{e}^{-\mathrm{i}kh} \right),$$

即

$$\lambda_k^2 - 2 \left(1 - 2\nu^2 \sin^2 \frac{1}{2}kh \right) \lambda_k + 1 = 0. \tag{3.5.18}$$

由此得

$$\lambda_k = 1 - 2\nu^2 \sin^2 \frac{1}{2}kh \pm 2\mathrm{i}\nu \sin \frac{1}{2}kh \sqrt{1 - \nu^2 \sin^2 \frac{1}{2}kh} \tag{3.5.19}$$

当网格比满足 CFL 条件, 即 $a\tau h^{-1} \leqslant 1$ 时, 我们有

$$|\lambda_k|^2 = \left(1 - 2\nu^2 \sin^2 \frac{1}{2}kh\right)^2 + 4\nu^2 \sin^2 \frac{1}{2}kh \left(1 - \nu^2 \sin^2 \frac{1}{2}kh\right) = 1.$$
$$(3.5.20)$$

由此知, 格式 $\mathbb{L}^2$ 稳定的充分必要条件是网格比满足 CFL 条件; 而且可以看出, 离散 Fourier 波型解没有衰减, 因而没有振幅误差. 另外, 由

$$\arg \lambda_k = \pm \arctan \frac{2\nu \sin \frac{1}{2}kh \sqrt{1 - \nu^2 \sin^2 \frac{1}{2}kh}}{1 - 2\nu^2 \sin^2 \frac{1}{2}kh}$$

$$= \pm ak\tau \left(1 - \frac{1}{24}(1 - \nu^2)k^2h^2 + \cdots\right) \qquad (3.5.21)$$

可以看出, 当 $\nu = 1$ 时, 离散 Fourier 波型解没有相位误差; 而当 $\nu < 1$ 时, 则相位滞后, 相位移的相对误差为 $O(k^2h^2)$.

3.5.2 波动方程的隐式格式

我们也可以考虑构造波动方程 (3.5.1) 的隐式差分格式. 例如, 对 $\theta \in (0,1]$, 可以构造波动方程的 θ 格式:

$$\frac{U_j^{m+1} - 2U_j^m + U_j^{m-1}}{\tau^2}$$
$$= a^2 \left[\theta \frac{U_{j+1}^{m+1} - 2U_j^{m+1} + U_{j-1}^{m+1}}{h^2} + (1 - 2\theta) \frac{U_{j+1}^m - 2U_j^m + U_{j-1}^m}{h^2}\right.$$
$$\left. + \theta \frac{U_{j+1}^{m-1} - 2U_j^{m-1} + U_{j-1}^{m-1}}{h^2}\right]. \qquad (3.5.22)$$

不难分析 θ 格式的局部截断误差是 $O(\tau^2 + h^2)$.

将 Fourier 波型 $U_j^m = \lambda_k^m \mathrm{e}^{\mathrm{i}kjh}$ 代入式 (3.5.22), 得其增长因子满足方程 $\lambda_k^2 - 2\lambda_k + 1 = \left(\theta\nu^2\lambda_k^2 + (1 - 2\theta)\nu^2\lambda_k + \theta\nu^2\right)\left(\mathrm{e}^{\mathrm{i}kh} - 2 + \mathrm{e}^{-\mathrm{i}kh}\right)$, 化简后得方程

$$\lambda_k^2 - 2\left(1 - \frac{2\nu^2 \sin^2 \frac{1}{2}kh}{1 + 4\theta\nu^2 \sin^2 \frac{1}{2}kh}\right)\lambda_k + 1 = 0. \qquad (3.5.23)$$

由此得

$$\lambda_k^{\pm} = 1 - \frac{2\nu^2 \sin^2 \frac{1}{2}kh}{1 + 4\theta\nu^2 \sin^2 \frac{1}{2}kh} \pm \frac{\sqrt{-4\nu^2 \sin^2 \frac{1}{2}kh \left[1 + \nu^2(4\theta - 1)\sin^2 \frac{1}{2}kh\right]}}{1 + 4\theta\nu^2 \sin^2 \frac{1}{2}kh}.$$

(3.5.24)

容易验证, 当 $\theta < 1/4$ 时, 若 $(1 - 4\theta)\nu^2 > 1$, 则当 $kh = \pi$ 时, $\lambda_k^{\pm}$ 都是实数. 由于 $\lambda_k^+ \lambda_k^- = 1$, 因此当 k 满足 $(1 - 4\theta)\nu^2 \sin \frac{1}{2}kh \geqslant 1$ 时, 必定有一个增长因子的模大于 1, 所以格式此时在 $\mathbb{L}^2$ 范数意义下是不稳定的. 而当 $\theta < 1/4$ 时, 若 $(1 - 4\theta)\nu^2 \leqslant 1$, 或当 $\theta \geqslant 1/4$ 时, 我们有 $\lambda_k^{\pm}$ 总是一对共轭复根, 且 $\lambda_k^+ \lambda_k^- = 1$, 因此 $|\lambda_k^{\pm}| = 1$, 所以格式此时在 $\mathbb{L}^2$ 范数意义下是稳定的. 综合以上分析结果, 我们得到波动方程的 θ 格式 (3.5.22) 在 $\mathbb{L}^2$ 范数意义下的稳定性条件

$$\begin{cases} (1 - 4\theta)\nu^2 \leqslant 1, & \text{当 } \theta < 1/4 \text{ 时}; \\ \text{无条件}, & \text{当 } \theta \geqslant 1/4 \text{ 时}. \end{cases}$$

(3.5.25)

另外, 我们有

$$\arg \lambda_k = \pm \arctan \frac{2\nu \sin \frac{1}{2}kh \sqrt{1 + \nu^2(4\theta - 1)\sin^2 \frac{1}{2}kh}}{1 + 2\nu^2(2\theta - 1)\sin^2 \frac{1}{2}kh}$$

$$= \pm ak\tau \left\{ 1 - \frac{1}{24}[1 + (12\theta - 1)\nu^2]k^2 h^2 + \cdots \right\}.$$

(3.5.26)

由此知, 当 $\theta > 1/12$ 时, 差分解一般相位滞后, 相位的相对误差为 $O(k^2 h^2)$, 且 θ 较小时相位的相对误差也较小.

3.5.3 变系数波动方程隐式格式的能量不等式和稳定性

考虑变系数波动方程初边值问题

$$\begin{cases} u_{tt} = (a^2 u_x)_x, & x \in (0, 1), \ t > 0, & (3.5.27) \\ u(x, 0) = u^0(x), & x \in [0, 1], & (3.5.28) \\ u_t(x, 0) = v^0(x), & x \in [0, 1], & (3.5.29) \\ u(0, t) = 0, & t > 0, & (3.5.30) \\ u(1, t) = 0, & t > 0 & (3.5.31) \end{cases}$$

的 θ 格式:

$$\tau^{-2}\delta_t^2 U_j^m = h^{-2}\Delta_{-x}\left[a^2\Delta_{+x}\right]\left[\theta U_j^{m+1} + (1-2\theta)U_j^m + \theta U_j^{m-1}\right],$$
(3.5.32)

其中 $a\,(0 < A_0 \leqslant a \leqslant A_1)$ 是 $(x,,t)$ 的有界正函数, 而

$$\Delta_{-x}\left(a^2\Delta_{+x}\right)U_j^m = (a_j^m)^2\left(U_{j+1}^m - U_j^m\right) - (a_{j-1}^m)^2\left(U_j^m - U_{j-1}^m\right).$$
(3.5.33)

我们将通过在适当选取的能量范数下建立能量不等式的方法分析 θ 格式 (3.5.32) 的稳定性. 将 θ 格式 (3.5.32) 两端同乘以

$$h\left(U_j^{m+1} - U_j^{m-1}\right) = h\Delta_{-t}U_j^{m+1} + h\Delta_{-t}U_j^m,$$

利用 $\delta_t^2 U_j^m = (U_j^{m+1} - U_j^m) - (U_j^m - U_j^{m-1}) = \Delta_{-t}U_j^{m+1} - \Delta_{-t}U_j^m$, 并关于 $j = 1, 2, \cdots, N-1$ 求和, 得

$$\tau^{-2}\|\Delta_{-t}U^{m+1}\|_2^2 - \tau^{-2}\|\Delta_{-t}U^m\|_2^2$$
$$= \theta h^{-2}\left\langle\Delta_{-x}\left(a^2\Delta_{+x}\right)(U^{m+1} + U^{m-1}), U^{m+1} - U^{m-1}\right\rangle_2$$
$$+(1-2\theta)h^{-2}\left\langle\Delta_{-x}\left(a^2\Delta_{+x}\right)U^m, U^{m+1} - U^{m-1}\right\rangle_2, \quad (3.5.34)$$

其中

$$\langle U, V\rangle_2 = \sum_{j=1}^{N-1}U_jV_jh = \int_0^1 UV\,\mathrm{d}x$$
(3.5.35)

是将网格函数视为分片常数函数的 $\mathbb{L}^2$ 内积, $\|U\|_2^2 = \langle U, U\rangle_2$. 注意对于取零边值的网格函数 U 和 V, 我们有分部求和公式

$$\langle\Delta_{-x}U, V\rangle_2 = h\sum_{j=1}^{N-1}U_jV_j - h\sum_{j=1}^{N-1}U_{j-1}V_j$$
$$= h\sum_{j=1}^{N-1}U_jV_j - h\sum_{j=1}^{N-1}U_jV_{j+1}$$
$$= -\langle U, \Delta_{+x}V\rangle_2.$$
(3.5.36)

由此知式 (3.5.34) 右端第一项可以写为

$$-\theta h^{-2} \left\langle a\Delta_{+x}U^{m+1}, a\Delta_{+x}U^{m+1} \right\rangle_2 + \theta h^{-2} \left\langle a\Delta_{+x}U^{m-1}, a\Delta_{+x}U^{m-1} \right\rangle_2$$
$$= -\theta h^{-2} \left(\|a\Delta_{+x}U^{m+1}\|_2^2 - \|a\Delta_{+x}U^{m-1}\|_2^2 \right), \tag{3.5.37}$$

而第二项可以写为

$$-(1-2\theta)h^{-2} \left[\left\langle a\Delta_{+x}U^m, a\Delta_{+x}U^{m+1} \right\rangle_2 - \left\langle a\Delta_{+x}U^m, a\Delta_{+x}U^{m-1} \right\rangle_2 \right]$$
$$= \frac{1-2\theta}{4}h^{-2} \left[-\|a\Delta_{+x}(U^m - U^{m-1})\|_2^2 + \|a\Delta_{+x}(U^{m+1} - U^m)\|_2^2 \right.$$
$$\left. + \|a\Delta_{+x}(U^m + U^{m-1})\|_2^2 - \|a\Delta_{+x}(U^{m+1} + U^m)\|_2^2 \right]. \tag{3.5.38}$$

如果我们令

$$S_m = \tau^{-2}\|\Delta_{-t}U^m\|_2^2 + \theta h^{-2} \left[\|a\Delta_{+x}U^m\|_2^2 + \|a\Delta_{+x}U^{m-1}\|_2^2 \right]$$
$$+ \frac{1-2\theta}{4}h^{-2} \left[\|a\Delta_{+x}(U^m + U^{m-1})\|_2^2 - \|a\Delta_{+x}(U^m - U^{m-1})\|_2^2 \right], \tag{3.5.39}$$

则由式 (3.5.34), (3.5.37) 和 (3.5.38), 我们有

$$S_{m+1} = S_m = \cdots = S_1. \tag{3.5.40}$$

注意到

$$\|a\Delta_{+x}U^m\|_2^2 + \|a\Delta_{+x}U^{m-1}\|_2^2$$
$$= \frac{1}{2} \left[\|a\Delta_{+x}(U^m + U^{m-1})\|_2^2 + \|a\Delta_{+x}(U^m - U^{m-1})\|_2^2 \right],$$

我们可以将 S_m 等价地写为

$$S_m = \left\| \frac{\Delta_{-t}}{\tau}U^m \right\|_2^2 + \frac{1}{4} \left\| a\frac{\Delta_{+x}}{h}(U^m + U^{m-1}) \right\|_2^2$$
$$+ \frac{4\theta - 1}{4} \left\| a\frac{\Delta_{+x}}{h}(U^m - U^{m-1}) \right\|_2^2. \tag{3.5.41}$$

由 $\|a\Delta_{+x}(U^m - U^{m-1})\|_2^2 \leqslant 4A_1^2\|U^m - U^{m-1}\|^2 = 4A_1^2\|\Delta_{-t}U^m\|^2$, 当 $0 \leqslant \theta < 1/4$ 时, 我们有

$$S_m \geqslant \left[1 - A_1^2(1-4\theta)\bar{\nu}^2 \right] \left\| \frac{\Delta_{-t}}{\tau}U^m \right\|_2^2 + \frac{A_0^2}{4} \left\| \frac{\Delta_{+x}}{h}(U^m + U^{m-1}) \right\|_2^2, \tag{3.5.42}$$

其中 $\bar{\nu} = \tau h^{-1}$ 是与微分方程初边值问题无关的网格比. 又当 $0 \leqslant \theta < 1/4$ 时, 式 (3.5.41) 右端的第三项非正, 所以我们有

$$S_1 \leqslant \left\| \frac{\Delta_{-t}}{\tau} U^1 \right\|_2^2 + \frac{A_1^2}{4} \left\| \frac{\Delta_{+x}}{h} (U^1 + U^0) \right\|_2^2. \tag{3.5.43}$$

如果我们取能量范数为

$$\|U^m\|_E^2 = \left\| \frac{\Delta_{-t}}{\tau} U^m \right\|_2^2 + \left\| \frac{\Delta_{+x}}{h} (U^m + U^{m-1}) \right\|_2^2, \tag{3.5.44}$$

则由式 (3.5.40), (3.5.42) 和 (3.5.43), 只要网格比满足

$$\bar{\nu} \triangleq \frac{\tau}{h} < \frac{1}{A_1 \sqrt{(1 - 4\theta)}}, \tag{3.5.45}$$

必存在常数 K_1, 使得以下能量不等式成立:

$$\|U^m\|_E^2 \leqslant K_1 \|U^1\|_E^2, \quad \forall m > 1. \tag{3.5.46}$$

这说明格式 (3.5.33) 在能量范数 $\|\cdot\|_E$ 意义下是稳定的.

另外, 当 $1/4 \leqslant \theta \leqslant 1$ 时, 式 (3.5.41) 右端的第三项非负, 所以我们有

$$S_m \geqslant \left\| \frac{\Delta_{-t}}{\tau} U^m \right\|_2^2 + \frac{A_0^2}{4} \left[\left\| \frac{\Delta_{+x}}{h} (U^m + U^{m-1}) \right\|_2^2 \right.$$
$$\left. + (4\theta - 1) \left\| \frac{\Delta_{+x}}{h} (U^m - U^{m-1}) \right\|_2^2 \right], \tag{3.5.47}$$

$$S_1 \leqslant \left\| \frac{\Delta_{-t}}{\tau} U^1 \right\|_2^2 + \frac{A_1^2}{4} \left[\left\| \frac{\Delta_{+x}}{h} (U^1 + U^0) \right\|_2^2 \right.$$
$$\left. + (4\theta - 1) \left\| \frac{\Delta_{+x}}{h} (U^1 - U^0) \right\|_2^2 \right]. \tag{3.5.48}$$

由此及 $S_m = S_1$ 知, 存在常数 K_2, 使得

$$\left\| \frac{\Delta_{-t}}{\tau} U^m \right\|_2^2 + \left\| \frac{\Delta_{+x}}{h} (U^m + U^{m-1}) \right\|_2^2 + (4\theta - 1) \left\| \frac{\Delta_{+x}}{h} (U^m - U^{m-1}) \right\|_2^2$$
$$\leqslant K_2 (4\theta - 1) \left[\left\| \frac{\Delta_{-t}}{\tau} U^1 \right\|_2^2 + \left\| \frac{\Delta_{+x}}{h} (U^1 + U^0) \right\|_2^2 \right.$$
$$\left. + \left\| \frac{\Delta_{+x}}{h} (U^1 - U^0) \right\|_2^2 \right], \quad \forall m > 1. \tag{3.5.49}$$

如果我们取能量范数为

$$\|U^m\|_{E(\theta)}^2 = \left\|\frac{\Delta_{-t}}{\tau}U^m\right\|_2^2 + \left\|\frac{\Delta_{+x}}{h}(U^m + U^{m-1})\right\|_2^2$$
$$+ [4\theta - 1]^+ \left\|\frac{\Delta_{+x}}{h}(U^m - U^{m-1})\right\|_2^2,$$

其中 $[\alpha]^+ = \max\{0, \alpha\}$，则由式 (3.5.40), (3.5.44) 和 (3.5.49) 知以下能量不等式成立:

$$\|U^m\|_{E(\theta)}^2 \leqslant K_2 \|U^1\|_{E(\theta)}^2, \quad \forall m > 1. \tag{3.5.50}$$

所以格式 (3.5.33) 在能量范数 $\|\cdot\|_{E(\theta)}$ 意义下是稳定的.

综合以上分析结果, 我们得到变系数波动方程初边值问题 (3.5.27) ~(3.5.31) 的 θ 格式 (3.5.32) 在能量范数 $\|\cdot\|_{E(\theta)}$ 意义下的稳定性条件:

$$\begin{cases} (1 - 4\theta)A_1^2\bar{\nu}^2 \leqslant 1, & \text{当 } \theta < 1/4 \text{ 时}, \\ \text{无条件}, & \text{当 } \theta \geqslant 1/4 \text{ 时}. \end{cases} \tag{3.5.51}$$

这显然是对由 Fourier 分析得到的常系数情况下 $\mathbb{L}^2$ 稳定性条件 (3.5.25) 的自然推广.

3.5.4 基于等价一阶方程组的差分格式

我们可以将一维二阶常系数波动方程 (3.5.1) 通过变量替换 $v = u_t$ 和 $w = -au_x$ 化为等价的一维一阶常系数双曲型方程组

$$\begin{bmatrix} v \\ w \end{bmatrix}_t + \begin{bmatrix} 0 & a \\ a & 0 \end{bmatrix} \begin{bmatrix} v \\ w \end{bmatrix}_x = \mathbf{0}. \tag{3.5.52}$$

记 $\boldsymbol{u} = (v, w)^{\mathrm{T}}$, 方程组 (3.5.52) 可以方便地表示为以下矩阵形式:

$$\boldsymbol{u}_t + \boldsymbol{A}\,\boldsymbol{u}_x = \mathbf{0}, \tag{3.5.53}$$

其中 $\boldsymbol{A} = \begin{bmatrix} 0 & a \\ a & 0 \end{bmatrix}$. 因此可以从方程 (3.5.53) 出发构造波动方程的差分格式. 一种做法是: 利用矩阵 $\boldsymbol{A}$ 的特征值将方程组对角化 (见方

程 (3.1.14)), 然后对其中的每一个方程分别应用一维一阶双曲型方程的差分方法组合构造方程组的差分格式. 对于常系数方程组, 这种做法的优点是显而易见的. 另一种做法是: 直接从方程 (3.5.53) 出发利用差商代替微商的方法构造差分格式, 必要时将截断误差主项作差分逼近引入格式 (参见 3.2.3 小节的方法 2); 也可以将 u_j^{m+1} 在点 (x_j, t_m) 作 Taylor 展开:

$$u_j^{m+1} = \left[u + \tau\, u_t + \frac{1}{2}\tau^2 u_{tt} \right]_j^m + O(\tau^3), \qquad (3.5.54)$$

利用方程 (3.5.53) 将其中关于时间的导数转化为关于空间的导数得

$$u_j^{m+1} = \left[u - \tau \left(A + \frac{1}{2}\tau\, A_t \right) u_x + \frac{1}{2}\tau^2 A(Au_x)_x \right]_j^m + O(\tau^3), \qquad (3.5.55)$$

再用适当的差商代替微商的方法构造差分格式 (参见 3.2.3 小节的方法 3). 例如, 当 A 为常数矩阵时, 式 (3.5.55) 化为

$$u_j^{m+1} = \left[u - \tau\, Au_x + \frac{1}{2}\tau^2 A^2 u_{xx} \right]_j^m + O(\tau^3). \qquad (3.5.56)$$

于是, 我们可以构造方程 (3.5.53) 常系数情形的 Lax-Wendroff 格式

$$U_j^{m+1} = U_j^m - \frac{1}{2}\bar{\nu}\, A \left(U_{j+1}^m - U_{j-1}^m \right) + \frac{1}{2}\bar{\nu}^2 A^2 \left(U_{j+1}^m - 2U_j^m + U_{j-1}^m \right), \qquad (3.5.57)$$

其中 $\bar{\nu} = \tau h^{-1}$ 是与微分方程初边值问题无关的网格比. 这显然是常系数对流方程 Lax-Wendroff 格式的简单推广. 容易证明格式 (3.5.57) 的局部截断误差为 $O(\tau^2 + h^2)$.

将 Fourier 波型

$$U_j^m = \lambda_k^m \begin{bmatrix} V \\ W \end{bmatrix} \mathrm{e}^{\mathrm{i}kjh} \qquad (3.5.58)$$

代入格式 (3.5.57) 得增长因子满足特征方程

$$\lambda_k \begin{bmatrix} V \\ W \end{bmatrix} = \left(I - 2\bar{\nu}^2 \sin^2 \frac{1}{2}kh\, A^2 - \mathrm{i}\bar{\nu} \sin kh\, A \right) \begin{bmatrix} V \\ W \end{bmatrix}. \qquad (3.5.59)$$

将矩阵 $\boldsymbol{A}$ 的具体表达式代入上式, 记 $\nu = a\tau h^{-1}$ 为网格比, 得

$$\lambda_k \begin{bmatrix} V \\ W \end{bmatrix} = \begin{bmatrix} 1 - 2\nu^2 \sin^2 \dfrac{1}{2}kh & -\mathrm{i}\nu \sin kh \\[2mm] -\mathrm{i}\nu \sin kh & 1 - 2\nu^2 \sin^2 \dfrac{1}{2}kh \end{bmatrix} \begin{bmatrix} V \\ W \end{bmatrix}. \quad (3.5.60)$$

由此得

$$\lambda_k = 1 - 2\nu^2 \sin^2 \frac{1}{2}kh \pm \mathrm{i}\nu \sin kh. \quad (3.5.61)$$

于是有

$$|\lambda_k|^2 = 1 - 4\nu^2(1 - \nu^2)\sin^4 \frac{1}{2}kh. \quad (3.5.62)$$

因此不难看出, Lax-Wendroff 格式 (3.5.57) $\mathbb{L}^2$ 稳定的充分必要条件是 $|\nu| \leqslant 1$, 且当满足稳定性条件时, 整体振幅误差为 $O(k^3h^3)$. 另外, 由

$$\arg \lambda_k = \pm \arctan \frac{\nu \sin kh}{1 - 2\nu^2 \sin^2 \dfrac{1}{2}kh} = \pm ak\tau \left[1 - \frac{1}{6}(1 - \nu^2)k^2h^2 \right]$$

$$(3.5.63)$$

可以看出, 离散解的两个波型分别对应向前和向后传播的两个真解波型, 其整体相对相位移误差一般为 $O(k^2h^2)$, 且相位滞后.

3.5.5　交错型蛙跳格式与局部能量守恒性质

除了上一小节介绍的一般的基于等价一阶方程组的差分格式, 对于一阶双曲型方程组 (3.5.52), 以下**交错型蛙跳格式**(见图 3-3, 其中变量 V 和 W 分别取在标 × 和 ∘ 的点上) 具有特殊的重要性:

$$\begin{cases} \dfrac{V_j^{m+\frac{1}{2}} - V_j^{m-\frac{1}{2}}}{\tau} + a\,\dfrac{W_{j+\frac{1}{2}}^m - W_{j-\frac{1}{2}}^m}{h} = 0, & (3.5.64\mathrm{a}) \\[4mm] \dfrac{W_{j+\frac{1}{2}}^{m+1} - W_{j+\frac{1}{2}}^m}{\tau} + a\,\dfrac{V_{j+1}^{m+\frac{1}{2}} - V_j^{m+\frac{1}{2}}}{h} = 0. & (3.5.64\mathrm{b}) \end{cases}$$

记 $\nu = a\tau h^{-1}$ 为网格比, 则交错型蛙跳格式 (3.5.64) 可以简单地表示为

$$\begin{cases} \delta_t V_j^m + \nu\,\delta_x W_j^m = 0, & (3.5.65\mathrm{a}) \\[2mm] \delta_t W_{j+\frac{1}{2}}^{m+\frac{1}{2}} + \nu\,\delta_x V_{j+\frac{1}{2}}^{m+\frac{1}{2}} = 0. & (3.5.65\mathrm{b}) \end{cases}$$

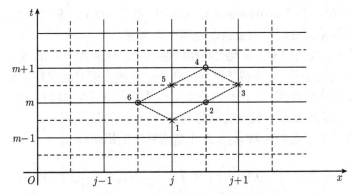

图 3-3　交错型蛙跳格式的模板

将 $V_j^{m+\frac{1}{2}} = \tau^{-1}\delta_t U_j^{m+\frac{1}{2}}$ 和 $W_{j+\frac{1}{2}}^m = -a\,h^{-1}\delta_x U_{j+\frac{1}{2}}^m$ 代入交错型蛙跳格式 (3.5.64) 或 (3.5.65), 得

$$\left(\delta_t^2 - \nu^2\delta_x^2\right)U_j^m = 0. \tag{3.5.66}$$

这正是波动方程 (3.5.1) 的显式差分格式 (3.5.11).

将 Fourier 波型

$$\begin{bmatrix} V_j^{m-\frac{1}{2}} \\ W_{j-\frac{1}{2}}^m \end{bmatrix} = \lambda_k^m \begin{bmatrix} \widehat{V}_k \\ \widehat{W}_k \mathrm{e}^{-\frac{1}{2}\mathrm{i}kh} \end{bmatrix} \mathrm{e}^{\mathrm{i}kjh} \tag{3.5.67}$$

代入格式 (3.5.64) 得特征方程

$$\begin{bmatrix} \lambda_k - 1 & 2\mathrm{i}\nu\sin\dfrac{1}{2}kh \\ 2\mathrm{i}\nu\lambda_k\sin\dfrac{1}{2}kh & \lambda_k - 1 \end{bmatrix} \begin{bmatrix} \widehat{V}_k \\ \widehat{W}_k \end{bmatrix} = \begin{bmatrix} 0 \\ 0 \end{bmatrix}. \tag{3.5.68}$$

由此, 我们很自然地得到交错型蛙跳格式增长因子满足的方程与显式差分格式 (3.5.11) 相应 Fourier 波型满足的方程 (3.5.18) 相同. 因此, 由式 (3.5.20) 和 (3.5.21) 知, 当网格比满足 CFL 条件, 即 $0 < \nu \leqslant 1$ 时, 交错型蛙跳格式是 $\mathbb{L}^2$ 稳定的, 且对应于每个频率的 Fourier 波型差分逼近解都有两个以相同速度向左、右两边传播的无衰减的离散波型解, 这两个波型都对应于真解波型, 相位相对滞后, 相对相位移误差

为 $O(k^2h^2)$. 与 Lax-Wendroff 格式相比 (见式 (3.5.62) 和 (3.5.63)), 交错型蛙跳格式有较小的振幅误差和相位误差.

至此, 我们并没有发现交错型蛙跳格式的任何特殊之处. 然而, 进一步的研究表明, 交错型蛙跳格式在离散层面上很好地保持了真解的局部能量守恒性质. 而正是这一重要性质使得交错型蛙跳格式能够更好地模拟真解的长时间动力学行为.

在任意给定的区间 (x_l, x_r) 上考虑系统的机械能

$$\mathcal{E}(x_l, x_r; t) = \int_{x_l}^{x_r} E(x, t) \, \mathrm{d}x \triangleq \int_{x_l}^{x_r} \left[\frac{1}{2} v^2(x, t) + \frac{1}{2} w^2(x, t) \right] \, \mathrm{d}x$$

(3.5.69)

的变化情况, 其中右端第一项对应系统的动能, 第二项对应系统的弹性势能. 系统的机械能的变化率应该等于外力对系统做功的功率. 在我们目前的情况下, 区域 (x_l, x_r) 所受的外力只有在区间两个端点上所受到的弹性力 $-a^2 u_x(x_l, t) = aw(x_l, t)$ 和 $a^2 u_x(x_r, t) = -aw(x_r, t)$. 因此, 我们有局部能量守恒律

$$\frac{\mathrm{d}\mathcal{E}(x_l, x_r; t)}{\mathrm{d}t} = -av(x_r, t)w(x_r, t) + av(x_l, t)w(x_l, t).$$

(3.5.70)

设解足够光滑, 由式 (3.5.69), (3.5.70) 和 x_l, x_r 的任意性有

$$[E_t + f(v, w)_x] (x, t) \triangleq \left[\frac{1}{2} v^2(x, t) + \frac{1}{2} w^2(x, t) \right]_t + [av(x, t)w(x, t)]_x = 0.$$

(3.5.71)

其中 $f(v, w) = avw$ 称为机械能的通量函数. 取时空中任一具有分片光滑边界的区域 $D \subset \mathbb{R} \times \mathbb{R}_+$ 作为控制体, 则由式 (3.5.71) 和散度定理得局部能量守恒律的另一种形式

$$\int_{\partial D} f(v, w) \, \mathrm{d}t - E(x, t) \, \mathrm{d}x = \int_D [E_t + f(v, w)_x] (x, t) \, \mathrm{d}x \, \mathrm{d}t = 0.$$

(3.5.72)

容易验证, 若 u 是常系数波动方程 (3.5.1) 的解, 令 $v = u_t$, $w = -au_x$, 则我们有以上局部能量守恒律.

接下来我们分析交错型蛙跳格式 (3.5.65) 的局部能量守恒律. 为

记号简单起见, 我们引入平均算子 σ_t 和 σ_x:

$$\sigma_t V_j^m = \frac{1}{2}\left(V_j^{m+\frac{1}{2}} + V_j^{m-\frac{1}{2}}\right), \quad \sigma_x V_{j+\frac{1}{2}}^{m+\frac{1}{2}} = \frac{1}{2}\left(V_{j+1}^{m+\frac{1}{2}} + V_j^{m+\frac{1}{2}}\right).$$
(3.5.73)

于是由交错型蛙跳格式 (3.5.65), 并注意到

$$\begin{aligned}
\delta_t\left[\frac{1}{2}\left(V_j^m\right)^2\right] &= \frac{1}{2}\left(V_j^{m+\frac{1}{2}} + V_j^{m-\frac{1}{2}}\right)\left(V_j^{m+\frac{1}{2}} - V_j^{m-\frac{1}{2}}\right)\\
&= \left(\sigma_t V_j^m\right)\left(\delta_t V_j^m\right),\\
\delta_t\left[\frac{1}{2}\left(W_{j+\frac{1}{2}}^{m+\frac{1}{2}}\right)^2\right] &= \frac{1}{2}\left(W_{j+\frac{1}{2}}^{m+1} + W_{j+\frac{1}{2}}^m\right)\left(W_{j+\frac{1}{2}}^{m+1} - W_{j+\frac{1}{2}}^m\right)\\
&= \left(\sigma_t W_{j+\frac{1}{2}}^{m+\frac{1}{2}}\right)\left(\delta_t W_{j+\frac{1}{2}}^{m+\frac{1}{2}}\right),
\end{aligned}$$

我们有

$$\delta_t\left[\frac{1}{2}\left(V_j^m\right)^2\right] + \nu\left[\left(\sigma_t V_j^m\right)\left(\delta_x W_j^m\right)\right] = 0, \tag{3.5.74}$$

$$\delta_t\left[\frac{1}{2}\left(W_{j+\frac{1}{2}}^{m+\frac{1}{2}}\right)^2\right] + \nu\left[\left(\sigma_t W_{j+\frac{1}{2}}^{m+\frac{1}{2}}\right)\left(\delta_x V_{j+\frac{1}{2}}^{m+\frac{1}{2}}\right)\right] = 0. \tag{3.5.75}$$

另外, 我们在离散空间上取由节点 $j_1 = (x_j, t_{m-\frac{1}{2}})$, $j_2 = (x_{j+\frac{1}{2}}, t_m)$, $j_3 = (x_{j+1}, t_{m+\frac{1}{2}})$, $j_4 = (x_j, t_{m+1})$, $j_5 = (x_{j-\frac{1}{2}}, t_{m+\frac{1}{2}})$, $j_6 = j_0 = (x_{j-\frac{1}{2}}, t_m)$ 依次连线所围成的区域为控制体 (如图 3-3 所示), 记为 ω_j^m. 我们来计算离散的围道积分 (3.5.72). 首先计算 $-\int_{\partial\omega_j^m}\frac{1}{2}V^2\,\mathrm{d}x$ 的数值

积分. 将围道分为折线段 $\widehat{j_0 j_1 j_2}$, 折线段 $\widehat{j_2 j_3 j_4}$ 和直线段 $\overline{j_4 j_5 j_6}$ 三部分, 在三段上分别取中点 (即 j_1, j_3 和 j_5) 上的 V 值作数值围道积分, 注意到组成第二段折线的 x 净增量为零, 因此对围道积分没有贡献, 我们得

$$\begin{aligned}
-\int_{\partial\omega_j^m}\frac{1}{2}V^2\,\mathrm{d}x &= \frac{1}{2}h\left(V_j^{m+\frac{1}{2}}\right)^2 - \frac{1}{2}h\left(V_j^{m-\frac{1}{2}}\right)^2\\
&= h\delta_t\left[\frac{1}{2}\left(V_j^m\right)^2\right].
\end{aligned} \tag{3.5.76}$$

类似地, 对 $-\int_{\partial\omega_j^m} \frac{1}{2} W^2 \, \mathrm{d}x$, 将围道分为直线段 $\overline{j_1 j_2 j_3}$, 折线段 $\widehat{j_3 j_4 j_5}$ 和折线段 $\widehat{j_5 j_6 j_1}$ 三部分, 在三段上分别取中点 (即 j_2, j_4 和 j_6) 上的 V 值作数值围道积分, 注意到组成第三段折线的 x 净增量为零, 因此对围道积分没有贡献, 我们得

$$-\int_{\partial\omega_j^m} \frac{1}{2} W^2 \, \mathrm{d}x = \frac{1}{2} h \left(W_{j+\frac{1}{2}}^{m+1}\right)^2 - \frac{1}{2} h \left(W_{j+\frac{1}{2}}^m\right)^2$$
$$= h \delta_t \left[\frac{1}{2} \left(W_{j+\frac{1}{2}}^{m+\frac{1}{2}}\right)^2\right]. \tag{3.5.77}$$

对能量通量的围道积分 $\int_{\partial\omega_j^m} aVW \, \mathrm{d}t$, 在六个直线段 $\overline{j_i j_{i+1}}$ $(i = 0, 1, 2, 3, 4, 5)$ 上取 V 和 W 在相应节点上的值, 例如, 在 $\overline{j_1 j_2}$ 上, 取 $aV_{j_1} W_{j_2}$, 在 $\overline{j_2 j_3}$ 上, 取 $aV_{j_3} W_{j_2}$, 等等, 则得

$$\int_{\partial\omega_j^m} aVW \, \mathrm{d}t = \frac{1}{2} a\tau \left[V_j^{m-\frac{1}{2}} W_{j+\frac{1}{2}}^m + V_{j+1}^{m+\frac{1}{2}} W_{j+\frac{1}{2}}^m + V_{j+1}^{m+\frac{1}{2}} W_{j+\frac{1}{2}}^{m+1}\right]$$
$$- \frac{1}{2} a\tau \left[V_j^{m+\frac{1}{2}} W_{j+\frac{1}{2}}^{m+1} + V_j^{m+\frac{1}{2}} W_{j-\frac{1}{2}}^m + V_j^{m-\frac{1}{2}} W_{j-\frac{1}{2}}^m\right]$$
$$= a\tau \left[\left(\sigma_t V_j^m\right) \left(\delta_x W_j^m\right) + \left(\sigma_t W_{j+\frac{1}{2}}^{m+\frac{1}{2}}\right) \left(\delta_x V_{j+\frac{1}{2}}^{m+\frac{1}{2}}\right)\right]. \tag{3.5.78}$$

由式 (3.5.74)~(3.5.78), 我们有

$$\int_{\partial\omega_j^m} aVW \, \mathrm{d}t - \left(\frac{1}{2} V^2 + \frac{1}{2} W^2\right) \mathrm{d}x = 0. \tag{3.5.79}$$

这正是与式 (3.5.72) 平行的离散形式的局部能量守恒律.

§3.6　补充与注记

本章介绍的针对一维线性双曲型方程构造差分格式的方法原则上也可以推广应用于一维线性甚至非线性双曲型方程组. 有 p 个未知函数的一维线性或非线性双曲型方程组一般有 p 族特征线和 p 个 Riemann 不变量. 迎风类的格式需要利用特征线和 Riemann 不变量, 这

在变系数或非线性情形会大大增加工作量, 而且也给推广使用带来困难. 不直接使用特征线和 Riemann 不变量信息的格式构造方法则更容易推广使用. 例如, 应用 3.2.3 小节的方法 2 和方法 3 构造的具有对称模板的 Lax-Wendroff 格式可以简单地推广应用于一维线性和非线性双曲型方程组, 也可以很方便地推广应用于高维问题.

值得指出的是, 双曲型方程, 尤其是非线性双曲型方程的解往往会有间断. 因此, 一个好的数值方法不仅应该能够在真解充分光滑的区域有效地逼近真解, 而且应该能够尽可能精确地捕捉和跟踪间断. 而我们注意到, 高阶差分格式一般有较大的色散, 因此会在解间断的附近产生数值振荡; 低阶格式则有较大的耗散. 两者对间断解的逼近精度都不高. 事实上, 在解的间断处, 基于 Taylor 展开的高阶格式构造方法不再有效. 为构造高分辨率格式, 我们必须另想办法. 例如, 使用斜率限制器、通量限制器等构造的 minmod 格式、MC 格式和 van Leer 格式, 使用原函数思想构造的 ENO (Essentially Non-Oscillitory) 格式和 WENO (Weighted ENO) 格式, 等等 (参见文献 [14], [15], [23]). 一个自然的想法是, 在解光滑处尽量使用高阶格式, 以保证差分格式在解光滑处有较高阶的局部截断误差, 而在解有间断的地方尽量使用低阶迎风类格式, 以保证差分格式在解的间断处有足够的数值黏性, 从而避免在间断处产生过度的数值振荡. 当然, 如何切换或结合高阶和低阶格式以保证格式整体的实际逼近精度和稳定性绝不是一件简单的工作.

习 题 3

1. 考虑一维波动方程的初值问题:
$$\begin{cases} u_{tt} = a^2 u_{xx}, & x \in (-\infty, \infty),\ t > 0, \\ u(x,0) = u^0(x), & x \in (-\infty, \infty), \\ u_t(x,0) = v^0(x), & x \in (-\infty, \infty). \end{cases}$$
试通过变量替换 $v(x,t) = u_t(x,t)$, $w(x,t) = u_x(x,t)$, 将其化为关于 v 和 w 的一维一阶线性双曲型方程组的初值问题, 并给出该一阶线性双曲型方程组初值问题的特征线方程和相应的 Riemann 不变量.

2. 考虑一维管道流中随着不可压流体的运动某种物质分布的变化. 记 $S(x)$ 为点 x 处管道的截面积, V 为单位时间流体的流量, $u(x,t)$ 为 t 时刻在点 x 处的管道截面上该物质的密度, 即单位体积的流体中该物质的质量, $\psi(x,t,u)$ 为 t 时刻在点 x 处的管道截面上物质密度是 u 时该物质的源 (或汇) 的密度, 即单位时间在单位体积的流体中产生 (或消失) 该物质的质量. 试根据以上关系列出该物质在任意一段管道 $[x_l, x_r]$ 和任意给定的时间段 $[t_b, t_a]$ 上的积分形式的平衡方程, 并证明: 当解充分光滑时, 所得到的积分形式的平衡方程等价于一维一阶双曲型方程

$$u_t(x,t) + a(x)\, u_x(x,t) = \psi(x,t,u(x,t)),$$

其中 $a(x) = V/S(x)$ 为在点 x 处的管道截面上流体的流速.

3. 对方程 $u_t + a u_x = 0$, 其中 $0 \leqslant x \leqslant 1$, $a(x) = x - 1/2$, 画出特征线的简图. 请分别考虑 J 是奇数和偶数的两种情况, 在一致网格 $\{x_j = j\Delta x, j = 0, 1, \cdots, J\}$ 上建立迎风格式, 并推导出误差界. 设初值为 $u(x,0) = x(1-x)$, 画出解随时间发展的简图. 对 $a(x) = 1/2 - x$, 边界条件 $u(0,t) = u(1,t) = 0$ 的情形, 重复上面练习.

4. 考虑无黏 Burgers 方程

$$\frac{\partial u}{\partial t} + \frac{1}{2} \cdot \frac{\partial u^2}{\partial x} = 0$$

在初值条件

$$u(x,0) = \begin{cases} 0, & \text{如果 } x < 0, \\ 1, & \text{如果 } x \geqslant 0 \end{cases}$$

下的初值问题. 试证明含强间断 (通常称为激波) 的函数

$$u(x,t) = \begin{cases} 0, & \text{如果 } x < t/2, \\ 1, & \text{如果 } x \geqslant t/2 \end{cases}$$

和含中心稀疏波的函数

$$u(x,t) = \begin{cases} 0, & \text{如果 } x < 0, \\ x/t, & \text{如果 } t > x > 0, \\ 1, & \text{如果 } x \geqslant t \end{cases}$$

都是问题的弱解.

5. 设 f 是任意给定的连续可微函数, 验证由方程 $u = f(x - ut)$ 隐式定义的函数 $u(x,t)$ 是以下无黏 Burgers 方程初值问题的解:

$$\begin{cases} u_t + uu_x = 0, \\ u(x,0) = f(x), \end{cases}$$

并且说明 $u(x,t)$ 在直线 $x - x_0 = tf(x_0)$ 上等于常数 $f(x_0)$. 证明: 当 ε 很小时, 过点 $(x_0, 0)$ 和 $(x_0 + \varepsilon, 0)$ 的特征线交于一点, 且当 $\varepsilon \to 0$ 时, 交点的极限是 $(x_0 - f(x_0)/f'(x_0), -1/f'(x_0))$. 由此, 进一步证明: 若对任意的 x, 都有 $f'(x) \geqslant 0$, 则对任意的 $t > 0$, 解都是单值的; 若 $f'(x)$ 有时取负值, 则存在 $t_c = -1/M > 0$, 其中 $M = \inf\limits_{-\infty < x < \infty} f'(x)$, 解在 $0 \leqslant t < t_c$ 时是单值的, 而在 $t > t_c$ 时不再是单值的.

6. 试构造 $a < 0$ 时对流方程 (3.2.1) 的 Beam-Warming 格式, 并分析其 $\mathbb{L}^2$ 稳定性的条件.

7. 设 q 可以按 p 的幂展开成 $q = c_1 p + c_2 p^2 + c_3 p^3 + \cdots$, 证明 $\arctan(q)$ 有以下形式的幂级数展开式:

$$\arctan(q) = c_1 p + c_2 p^2 + \left(c_3 - \frac{1}{3}c_1^3\right) p^3 + (c_4 - c_1^2 c_2)p^4 + \cdots.$$

利用以上结果证明: 迎风格式、Lax-Wendroff 格式、Beam-Warming 格式和蛙跳格式在一个时间步中的相位移量分别有展开式 (3.2.32), (3.2.54), (3.2.55) 和 (3.2.56).

8. 考虑线性化的**一维可压等熵流方程**

$$\begin{cases} \rho_t + q\rho_x + w_x = 0, \\ w_t + qw_x + a^2 \rho_x = 0, \end{cases}$$

其中 a 和 q 是正常数. 证明: 用向前差分逼近 t 的一阶导数, 中心差分逼近 x 的一阶导数所得到的显式格式恒不稳定. 试分析格式的截断误差, 并在此基础上通过加上类似于构造 Lax-Wendroff 格式的二阶差分修正项, 构造出一个条件稳定的差分格式, 并分析给出其稳定性条件.

9. 证明：当 f 为 Lipschitz 连续函数时, Richtmyer 两步格式 (3.3.12) 和 (3.3.13) 是相容的守恒型格式, 且当 f 和 u 充分光滑时, 其局部截断误差具有二阶精度. 验证对线性守恒律方程该格式给出的是 Lax-Wendroff 格式.

10. 证明：当 f' 有界时, 格式 (3.3.14) 是相容的守恒型格式, 且当 f 和 u 充分光滑时, 其局部截断误差具有二阶精度. 验证对线性守恒律方程该格式给出的是 Lax-Wendroff 格式.

11. 考虑守恒律方程的 Mac Cormack 两步格式

$$\begin{cases} U_j^{m+*} = U_j^m - \dfrac{\tau}{h} \left(f(U_{j+1}^m) - f(U_j^m) \right), \\ U_j^{m+1} = \dfrac{1}{2} \left(U_j^m + U_j^{m+*} \right) - \dfrac{\tau}{2h} \left(f(U_j^{m+*}) - f(U_{j-1}^{m+*}) \right). \end{cases}$$

证明：当 f 为 Lipschitz 连续函数时, 该格式是相容的守恒型格式, 且当 f 和 u 充分光滑时, 其局部截断误差具有二阶精度. 验证对线性守恒律方程该格式给出的是 Lax-Wendroff 格式.

12. 针对对流占优的常系数对流扩散方程, 试分析隐式特征差分格式 (3.4.32) 关于 Fourier 波型的振幅、相位移和群速度的误差.

13. 试证明将逼近 $\beta_0 = 1$ 的边界条件 (3.5.6) 的数值边界条件 (3.5.16) 与 $j = 0$ 处的格式 (3.5.11) 联立, 消去 U_{-1}^m 后得到的 $j = 0$ 处的等价格式是 (3.5.17), 并证明其局部截断误差为 $O(\tau^2 + h)$.

14. 考虑二维对流方程 $u_t + a u_x + b u_y = 0$ 的 ADI 格式

$$\begin{cases} \left(1 + \dfrac{\nu_x}{4} \Delta_{0x} \right) U_{jk}^* = \left(1 - \dfrac{\nu_x}{4} \Delta_{0x} \right) \left(1 - \dfrac{\nu_y}{4} \Delta_{0y} \right) U_{jk}^m, \\ \left(1 + \dfrac{\nu_y}{4} \Delta_{0y} \right) U_{jk}^{m+1} = U_{jk}^*. \end{cases}$$

试分析格式的局部截断误差和 L^2 稳定性.

上机作业

1. 考虑 Burgers 方程的初值问题 (见例 3.4), 其中初始条件为

$$u^0(x) = \begin{cases} 1, & \text{如果 } x < 0, \\ 0, & \text{如果 } x \geqslant 0. \end{cases}$$

分别取 $h = 0.1, 0.01, 0.001, 0.0001$, 在 $t = 0.2, 0.4, 0.6, 0.8, 1.0$ 处比较:

    (1) 守恒型和非守恒型迎风格式数值结果;

    (2) 守恒型迎风格式与 Lax-Wendroff 格式的数值结果.

    2. 考虑波动方程 (3.5.1) 在初边值条件 (3.5.4)~(3.5.7) 下的初边值问题. 试用显式差分格式 (3.5.11) 结合适当的数值初边值条件编制一个通用程序. 适当选择不同的 (例如整体光滑的和分段光滑的) 初边值和网格参数做数值实验, 观察不同情况下数值解的误差, 并与分析结果作比较.

第4章 再论差分方程的相容性、稳定性与收敛性

§4.1 发展方程初边值问题及其差分逼近

本章的内容是对前两章关于抛物型方程和双曲型方程差分方法相关内容的概括总结和深化. 我们将在一个比较抽象的框架下针对如下形式的发展方程的初边值问题:

$$\begin{cases} \dfrac{\partial u}{\partial t}(\boldsymbol{x},t) = L(u(\boldsymbol{x},t)) + f(\boldsymbol{x},t), & \forall\,(\boldsymbol{x},t) \in \Omega \times (0, t_{\max}], \quad (4.1.1a) \\[2mm] g(u(\boldsymbol{x},t)) = g_0(\boldsymbol{x},t), & \forall\,(\boldsymbol{x},t) \in \partial\Omega_1 \times (0, t_{\max}], \ (4.1.1b) \\[2mm] u(\boldsymbol{x},0) = u^0(\boldsymbol{x}), & \forall\,\boldsymbol{x} \in \Omega, \quad\quad\quad\quad\quad (4.1.1c) \end{cases}$$

讨论其差分方法的相容性、稳定性与收敛性, 其中 Ω 是 $\mathbb{R}^n$ 中给定的有界开区域, $\partial\Omega_1 \subset \partial\Omega$ 是区域 Ω 的部分或全部边界, $L(\cdot)$ 是一个作用在 u 上的关于空间变量的微分算子 (为简单起见, 设 $L(\cdot)$ 不显含时间 t).

我们考虑如下形式的差分格式:

$$B_1 U^{m+1} = B_0 U^m + F^m. \quad\quad\quad (4.1.2)$$

与 $L(\cdot)$ 不显含时间 t 相对应的, 我们要求差分算子 B_1 和 B_0 与 m 无关. 我们重点讨论 B_1 和 B_0 为线性差分算子的情况, 这时我们有

$$(B_\alpha U^m)_{\boldsymbol{j}'} = \sum_{\boldsymbol{j} \in J_\Omega} b^\alpha_{\boldsymbol{j}',\boldsymbol{j}} U^m_{\boldsymbol{j}}, \quad \forall\,\boldsymbol{j}' \in J_\Omega, \ \alpha = 0, 1, \quad\quad (4.1.3)$$

其中 $b^\alpha_{\boldsymbol{j}',\boldsymbol{j}}$ 是矩阵 $B_\alpha\,(\alpha = 0, 1)$ 的元素, J_Ω 是空间网格的内部节点集 (见 1.3.1 小节). 注意, 差分格式 (4.1.2) 已经考虑了边界条件的数值处理, 因此格式中只包含 U 在内部节点集 J_Ω 上的值, 而数据项 F^m 除了包含了由微分算子 $L(u)$ 的非齐次项产生的数据之外, 也包含了边

界条件产生的数据. 另外, 我们总假设 $B_1 = O(\tau^{-1})$(这里指 B_1 的元素是 $O(\tau^{-1})$ 量级的), B_1 是可逆的, 且 B_1^{-1} 是**一致良态**的, 即对某个用作分析的函数空间 (Banach 空间 $\mathbb{X}$) 的范数 $\| \cdot \|$ (见 1.3.1 小节) 存在常数 K, 使得

$$\|B_1^{-1}\| \leqslant K\tau. \tag{4.1.4}$$

当 B_1^{-1} 满足一致良态的条件时, 也称差分格式 (4.1.2) 是**一致可解**的. 关于 B_1 和 B_1^{-1} 的阶的假设实际是要求当时间步长 $\tau \to 0$ 时, 差分格式 (4.1.2) 至少在形式上逼近了相应的微分算子, 而 B_1 的可逆性假设则表明我们可以将差分格式 (4.1.2) 写为

$$U^{m+1} = B_1^{-1}\left(B_0 U^m + F^m\right). \tag{4.1.5}$$

我们将在发展方程的初边值问题 (4.1.1) 满足适当的适定性条件的前提下分析差分格式的稳定性和收敛性. 简单地说, 问题的适定性包括了问题的解的存在性和解关于初值的连续依赖性.

定义 4.1 称问题 (4.1.1) 关于 Banach 空间 $\mathbb{X}$ 的范数 $\| \cdot \|$ 是**适定**的或具有**适定性**, 如果此问题有以下性质:

(1) **解的存在性**: 对任意给定的初始值 u^0, 只要 $\|u^0\| < \infty$, 即 $u^0 \in \mathbb{X}$, 则解存在;

(2) **解对初值的连续依赖性**: 存在常数 $C > 0$, 使得对任意一对以 v^0, $w^0 \in \mathbb{X}$ 为初值的解 v, w, 都有

$$\|v(\cdot, t) - w(\cdot, t)\| \leqslant C\|v^0(\cdot) - w^0(\cdot)\|, \quad \forall t \in [0, t_{\max}]. \tag{4.1.6}$$

§4.2 截断误差与逼近精度的阶, 相容性与收敛性

设差分格式 (4.1.2) 建立在一个或一族网格加密路径上. 为简单起见, 我们仅用一个参数 h 来表征空间的离散化, 称其为**空间网格步长**. 通常 h 可以取实际网格步长 Δx, Δy, $\cdots$ 中最大的一个, 或网格点周围所有控制体的直径中最大的一个, 或其他表征网格特征尺度的量. 我们总假设沿着加密路径时间步长 τ 和空间步长 h 都趋于零. 一般地

说, 以下讨论的差分格式的相容性和稳定性还会要求沿着加密路径时间步长和空间步长满足适当的不等式约束关系. 本章中讨论极限过程时, 若不加说明, 则总是沿着特定的网格加密路径, 记为 $\tau(h) \to 0$, 有时也简记为 $\tau \to 0$ 或 $h \to 0$.

定义 4.2　设 u 是问题 (4.1.1) 的精确解, 称

$$T^m = B_1 u^{m+1} - (B_0 u^m + F^m) \tag{4.2.1}$$

为差分格式 (4.1.2) 关于问题 (4.1.1) 的**截断误差**.

定义 4.3　设对问题 (4.1.1) 的所有充分光滑的精确解 u 都有

$$T_{\boldsymbol{j}}^m \to 0, \quad \tau(h) \to 0, \quad \forall m\tau \leqslant t_{\max}, \ \forall \boldsymbol{j} \in J_\Omega, \tag{4.2.2}$$

称差分格式 (4.1.2) 与问题 (4.1.1) 是**相容**的或具有**相容性**. 特别地, 如果对范数 $\|\cdot\|$, 还有

$$\tau \sum_{l=0}^{m-1} \|T^l\| \to 0, \quad \tau(h) \to 0, \quad \forall m\tau \leqslant t_{\max}, \tag{4.2.3}$$

则称差分格式 (4.1.2) 在范数 $\|\cdot\|$ 意义下与问题 (4.1.1) 是**相容**的或具有**相容性**.

定义 4.4　如果 p 和 q 是使得关系式

$$|T_{\boldsymbol{j}}^m| \leqslant C(\tau^p + h^q), \quad \tau(h) \to 0, \ \forall m\tau \leqslant t_{\max}, \ \forall \boldsymbol{j} \in J_\Omega \tag{4.2.4}$$

对问题 (4.1.1) 的所有充分光滑的精确解 u 同时成立的最大正整数, 其中 C 是与 $\boldsymbol{j}, \tau$ 和 h 无关的常数, 但一般可以依赖于 u 及其若干阶导数, 则称差分格式 (4.1.2) 对问题 (4.1.1) 的**逼近精度关于 τ 为 p 阶, 关于 h 为 q 阶**, 或关于 τ 和 h 的逼近精度分别为 p 阶和 q 阶.

定义 4.5　如果对每一个在范数 $\|\cdot\|$ 意义下使得问题 (4.1.1) 适定的初值 u^0, 差分格式 (4.1.2) 的解 U^m 都满足

$$\|U^m - u^m\| \to 0, \quad \tau(h) \to 0, \ m\tau \to t \in [0, t_{\max}], \tag{4.2.5}$$

则称差分格式 (4.1.2) 关于问题 (4.1.1) 在范数 $\|\cdot\|$ 意义下是**收敛**的.

与在范数 $\|\cdot\|$ 意义下的相容性类似, 可以定义在范数 $\|\cdot\|$ 意义下的逼近精度的阶. 更一般地, 还可以考虑定义分数阶或实数阶的逼近精度. 对于充分光滑的解, 我们也可以引入差分逼近解收敛阶的定义.

§4.3 稳定性与 Lax 等价定理

在前几章的讨论中我们发现差分格式的稳定性在分析其收敛性方面起到了十分关键的作用. 另外, 差分格式的稳定性与离散问题的一致适定性之间有着密切的关系.

定义 4.6 设 V^m 和 W^m 是具有相同非齐次数据项 F^m 的差分格式 (4.1.2) 的分别以 V^0 和 W^0 为初值的解. 若对于范数 $\|\cdot\|$ 和给定的网格加密路径, 存在与网格加密路径参数 $\tau(h)$ 以及初值 V^0 和 W^0 无关的常数 $K_1 > 0$, 使得

$$\|V^m - W^m\| \leqslant K_1 \|V^0 - W^0\|, \quad \forall m\tau \leqslant t_{\max}, \tag{4.3.1}$$

则称该格式关于范数 $\|\cdot\|$ 和指定的加密路径是**稳定**的或具有**稳定性** (简称 $\|\cdot\|$ 稳定或具有 $\|\cdot\|$ 稳定性).

定义 4.6 所定义的稳定性也常常被称为 **Lax-Richtmyer 稳定性**. 对于线性问题, 由 $V^m - W^m = B_1^{-1} B_0 (V^{m-1} - W^{m-1})$ 知, 不等式 (4.3.1) 等价于

$$\| \left(B_1^{-1} B_0\right)^m \| \leqslant K_1, \quad \forall m\tau \leqslant t_{\max}. \tag{4.3.2}$$

因此对于线性问题, 分析不等式 (4.3.2) 成立的条件是证明稳定性的关键.

在以下的讨论中, 我们总假定在相容性、稳定性以及差分格式一致可解性中所用到的范数 $\|\cdot\|$ 是相同的, 问题的基本函数空间 $\mathbb{X}$ 在范数 $\|\cdot\|$ 下是一个 Banach 空间, 而且对每一个在范数 $\|\cdot\|$ 意义下使得问题 (4.1.1) 适定的初值 u^0, 都存在问题 (4.1.1) 的一个充分光滑的解序列 $\{v_\alpha\}$, 满足 $\lim\limits_{\alpha \to \infty} \|v_\alpha^0 - u^0\| \to 0$.

定理 4.1 (Lax 等价定理) 对一个适定的线性发展问题 (4.1.1) 的在式 (4.1.4) 意义下一致可解的相容的线性差分逼近格式 (4.1.2), 格式

的稳定性是其收敛性的充分必要条件.

证明　**充分性**　设 $u \in \mathbb{X}$ 是问题 (4.1.1) 的精确解, 则由差分格式 (4.1.2) 及其截断误差的定义 (4.2.1) 有

$$B_1(U^{m+1} - u^{m+1}) = B_0(U^m - u^m) - T^m, \tag{4.3.3}$$

或等价的

$$U^{m+1} - u^{m+1} = (B_1^{-1}B_0)(U^m - u^m) - B_1^{-1}T^m. \tag{4.3.4}$$

由此递推, 并不失一般性地假设 $U^0 = u^0$, 即得

$$U^m - u^m = -\sum_{l=0}^{m-1} (B_1^{-1}B_0)^l B_1^{-1} T^{m-l-1}. \tag{4.3.5}$$

(思考题: 若 U^0 是 u^0 的某种形式的网格插值函数, 应该怎样补充完成证明?) 于是由格式 (4.1.2) 的一致可解性 (4.1.4) 和格式的稳定性 (4.3.2), 存在常数 K, K_1, 使得

$$\|U^m - u^m\| \leqslant K K_1 \tau \sum_{l=0}^{m-1} \|T^l\|, \tag{4.3.6}$$

如果解 u 充分光滑, 由此及相容性的定义就立即得到差分逼近解的收敛性. 对一般的解, 设 $\{v_\alpha\}$ 是满足 $\lim\limits_{\alpha \to \infty} \|v_\alpha^0 - u^0\| \to 0$ 的充分光滑的解序列, 则对任意给定的 $\varepsilon > 0$, 存在 $A > 0$, 使得当 $\alpha > A$ 时有 $\|v_\alpha^0 - u^0\| < \varepsilon$. 取定 $\beta > A$, 记 V_β^m 为以 $V_\beta^0 = v_\beta^0$ 为初值的差分格式 (4.1.2) 的解. 由于 v_β 是充分光滑的解, 由以上讨论知, 存在网格指标 $h(\varepsilon) > 0$, 当 $h < h(\varepsilon)$ 时, 有 $\|V_\beta^m - v_\beta^m\| < \varepsilon$. 于是, 当 $h < h(\varepsilon)$ 时, 由差分格式的稳定性 (4.3.1) 和一致可解性 (4.14) 以及问题 (4.1.1) 的解关于初值的连续依赖性 (4.1.6), 存在常数 K_2, C, 使得

$$\|U^m - u^m\| \leqslant \|U^m - V_\beta^m\| + \|V_\beta^m - v_\beta^m\| + \|v_\beta^m - u^m\|$$

$$\leqslant (K_2 + C + 1)\varepsilon. \tag{4.3.7}$$

由此及 ε 的任意性, 我们就证明了差分逼近解的收敛性

$$\lim_{\tau(h)\to 0} \|U^m - u^m\| = 0. \tag{4.3.8}$$

必要性 考虑 Banach 空间 $(\mathbb{X}, \|\cdot\|)$ 上定义的一族有界线性算子 $\{(B_1^{-1}B_0)^m\}$, 排序规则为网格尺度 h 较大者排在前面, 同一网格上 m 较小者排在前面. 要证明线性算子序列 $\{(B_1^{-1}B_0)_h^m\}$ 的一致有界性 (4.3.2), 由泛函分析中的共鸣定理, 只需对任意给定的 $u^0 \in X$, 证明 $S_{t_{\max}} \triangleq \sup_{h>0,\, m\leqslant \tau^{-1}t_{\max}} \{\|(B_1^{-1}B_0)_h^m u^0\|\} < \infty$ 即可.

我们用反证法. 设存在 $u^0 \in \mathbb{X}$, 使得 $S_{t_{\max}} = \infty$. 不妨设存在序列 $\tau_k \to 0$, $m_k\tau_k \to t \in [0, t_{\max}]$, 使得

$$\lim_{k\to\infty} \|(B_1^{-1}B_0)_{h_k}^{m_k} u^0\| = \infty. \tag{4.3.9}$$

记 u 和 U 分别是以 u^0 为初值的问题 (4.1.1) 和差分格式 (4.1.2) 的解, w 和 W 分别是以 $w^0 = 0$ 为初值的问题 (4.1.1) 和差分格式 (4.1.2) 的解, 则由定义有

$$\begin{aligned}
(B_1^{-1}B_0)_h^m u^0 &= U_h^m - W_h^m \\
&= (U_h^m - u^m) + (u^m - w^m) + (w^m - W_h^m).
\end{aligned} \tag{4.3.10}$$

由于格式在范数 $\|\cdot\|$ 意义下是收敛的, 因此由收敛性 (见式 (4.2.5)) 有

$$\lim_{k\to\infty} \|U_{h_k}^{m_k} - u^{m_k}\| + \|w^{m_k} - W_{h_k}^{m_k}\| = 0. \tag{4.3.11}$$

另外, 由问题 (4.1.1) 关于初值的连续依赖性 (4.1.6), 存在常数 C_1, 使得

$$\|u^m - w^m\| \leqslant C_1\|u^0 - w^0\| = C_1\|u^0\|. \tag{4.3.12}$$

结合式 (4.3.10)~(4.3.12) 得

$$\lim_{k\to\infty} \|(B_1^{-1}B_0)_{h_k}^{m_k} u^0\| \leqslant C_1\|u^0\|. \tag{4.3.13}$$

这显然与式 (4.3.9) 矛盾. 因此, 定理的必要性部分得证. ∎

§4.4   稳定性的 von Neumann 条件和强稳定性

当问题 (4.1.1) 的解满足最大值原理时, 最大模范数 $\|\cdot\|_\infty$ 常常是分析差分格式稳定性和收敛性的理想的选择. 这时, 往往可以通过建立差分格式的最大值原理来证明格式在范数 $\|\cdot\|_\infty$ 意义下的稳定性. 例如, 在第 2 章中, 我们对抛物型方程的许多格式分析了最大值原理成立的条件, 从而导出了相应格式 $\mathbb{L}^\infty$ 稳定性的充分条件.

然而, 对于双曲型方程来说, 解一般不满足最大值原理, 因此, 除了一些特殊的情况之外, 我们不能通过离散最大值原理的方法证明其格式的 $\mathbb{L}^\infty$ 稳定性.

对于常系数线性微分方程的周期初边值问题, $\|\cdot\|_2$ 通常是分析差分格式稳定性和收敛性的一个合理的选择. 我们一般可以通过 Fourier 分析给出差分格式 $\mathbb{L}^2$ 稳定性的充分必要条件. 对于一般问题, 例如非周期的初边值问题、非线性或变系数差分格式等等, 我们也常常可以利用局部 Fourier 分析给出差分格式 $\mathbb{L}^2$ 稳定性的必要条件, 有些情况下甚至也可以给出稳定性的充分条件. 下面关于差分格式的稳定性具有小扰动不变性的定理为此提供了一定的理论依据.

定理 4.2   设差分格式 $U^{m+1} = B_1^{-1} B_0 U^m$ 在范数 $\|\cdot\|$ 意义下是稳定的, $E(\tau)$ 是一族关于范数 $\|\cdot\|$ 一致有界的差分算子, 则格式

$$U^{m+1} = \left[B_1^{-1} B_0 + \tau E(\tau) \right] U^m \tag{4.4.1}$$

在范数 $\|\cdot\|$ 意义下也是稳定的.

证明   由题设必存在常数 K_1, K_2, 使得 $\|(B_1^{-1} B_0)^m\| \leqslant K_1$, $\|E(\tau)\| \leqslant K_2$. 将 $\left[B_1^{-1} B_0 + \tau E(\tau) \right]^m$ 展开, 其展开式共有 2^m 项, 其中有二项式展开系数 C_m^j 个项是由 j 个因子 $\tau E(\tau)$ 和 $m-j$ 个因子 $B_1^{-1} B_0$ 按某种顺序的乘积. 不难验证, 按任何顺序, 在这样一个乘积中形如 $(B_1^{-1} B_0)^k$ 的因子的数量总可以控制在 $j+1$ 个之内. 因此, 每一个这种乘积项的范数不会超过 $K_1^{j+1} (\tau K_2)^j$. 于是, 当 $m\tau \leqslant t_{\max}$ 时, 我们有

$$\| \left[B_1^{-1} B_0 + \tau E(\tau) \right]^m \| \leqslant \sum_{j=0}^m \mathrm{C}_m^j K_1^{j+1} (\tau K_2)^j$$
$$= K_1 (1 + K_1 K_2 \tau)^m \leqslant K_1 \mathrm{e}^{t_{\max} K_1 K_2},$$

即格式在范数 $\| \cdot \|$ 意义下是稳定的. ∎

注意, 在应用 Fourier 分析研究线性差分格式的 $\mathbb{L}^2$ 稳定性时, 我们只需对齐次方程, 即右端数据项 $F^m = 0$ 的情形作分析即可, 因为具有相同数据项的线性差分格式的任意两个解 V 和 W 之差 $V - W$ 都是齐次线性差分格式的解.

对于定义在 $\Omega = (-1, 1)^n$ 上周期边界条件下常系数线性方程的常系数线性差分格式, 差分算子的系数 $b_{j',j}^\alpha = b_{j-j'}^\alpha$ (见式 (4.1.3)), 即它们只依赖于节点间的相对位置. 对标量方程的单步格式, 将 Fourier 波型 $U_j^m = \lambda_{\boldsymbol{k}}^m \mathrm{e}^{\mathrm{i}\pi \boldsymbol{k} \cdot j h}$ 代入 $F^m = 0$ 的齐次差分格式 (4.1.2) 中的任何一个方程, 即得增长因子

$$\lambda_{\boldsymbol{k}} = \frac{\sum_j b_{j-j'}^0 \mathrm{e}^{\mathrm{i}\pi \boldsymbol{k} \cdot (j-j')h}}{\sum_j b_{j-j'}^1 \mathrm{e}^{\mathrm{i}\pi \boldsymbol{k} \cdot (j-j')h}},$$

其中 $b_{j-j'}^0 = b_{j',j}^0, b_{j-j'}^1 = b_{j',j}^1$ 分别为矩阵 B_0, B_1 的元素 (见式 (4.1.3)). 另一种做法是利用离散 Fourier 变换

$$\hat{U}(\boldsymbol{k}) = \frac{1}{(\sqrt{2}N)^n} \sum_{j_1=-N+1}^N \cdots \sum_{j_n=-N+1}^N U_j \mathrm{e}^{-\mathrm{i}\pi \boldsymbol{k} \cdot j \frac{1}{N}} \qquad (4.4.2)$$

和离散 Fourier 逆变换

$$U_j = \frac{1}{(\sqrt{2})^n} \sum_{k_1=-N+1}^N \cdots \sum_{k_n=-N+1}^N \hat{U}(\boldsymbol{k}) \mathrm{e}^{\mathrm{i}\pi \boldsymbol{k} \cdot j \frac{1}{N}}, \qquad (4.4.3)$$

其中 $j = (j_1, \cdots, j_n), \boldsymbol{k} = (k_1, \cdots, k_n)$, 将 U_j 作离散 Fourier 展开. 将 U_j 的 Fourier 展开式 (4.4.3) 代入 $F^m = 0$ 的齐次差分格式 (4.1.2)

并作适当整理后可以得频率空间的关系式

$$\hat{B}_1(\boldsymbol{k})\hat{U}^{m+1}(\boldsymbol{k}) = \hat{B}_0(\boldsymbol{k})\hat{U}^m(\boldsymbol{k}), \tag{4.4.4}$$

进而得到

$$\hat{U}^{m+1}(\boldsymbol{k}) = \hat{B}_1(\boldsymbol{k})^{-1}\hat{B}_0(\boldsymbol{k})\hat{U}^m(\boldsymbol{k}). \tag{4.4.5}$$

由此便可解得增长因子. 这种做法可以推广到多步格式及方程组.

例如, 对于有 p 个分量的方程组, 对 U^{m+1} 和 U^m 的 p 个分量分别作离散 Fourier 变换, 并将相应的离散 Fourier 展开式代入 $F^m = 0$ 的齐次差分格式 (4.1.2) 的两端, 经整理后可得式 (4.4.4), 进而得式 (4.4.5). 不同之处在于, 此时 $\hat{B}_1(\boldsymbol{k})$ 和 $\hat{B}_0(\boldsymbol{k})$ 是 $p \times p$ 阶的复矩阵. 记

$$G(\boldsymbol{k}) = \hat{B}_1(\boldsymbol{k})^{-1}\hat{B}_0(\boldsymbol{k}), \tag{4.4.6}$$

称其为频率 $\boldsymbol{k}$ 的**增长矩阵**. 若增长矩阵 $G(\boldsymbol{k})$ 是正规矩阵 (即 $G^*G = GG^*$, 其中 G^* 是 G 的共轭转置矩阵), 则 G 有 p 个相互正交的特征向量 (见文献 [32]), 它们给出了差分格式的 p 个独立的 Fourier 波型解

$$U_{\boldsymbol{j}}^m = \lambda_{\boldsymbol{k}}^m \mathrm{e}^{\mathrm{i}\boldsymbol{k}\cdot\boldsymbol{j}h}\begin{bmatrix}\hat{U}_1(\boldsymbol{k})\\ \vdots \\ \hat{U}_p(\boldsymbol{k})\end{bmatrix} = \lambda_{\boldsymbol{k}}^m \mathrm{e}^{\mathrm{i}\boldsymbol{k}\cdot\boldsymbol{j}h}\hat{U}(\boldsymbol{k}) = \lambda_{\boldsymbol{k}}^m U_{\boldsymbol{j}}^0, \tag{4.4.7}$$

其中 $(\lambda_{\boldsymbol{k}}, \hat{U}(\boldsymbol{k}))$ 是 $G(\boldsymbol{k})$ 的一对特征值和特征向量. 此时差分格式频率为 $\boldsymbol{k}$ 的 Fourier 波型解空间由增长矩阵 $G(\boldsymbol{k})$ 的 p 个相互正交的特征向量和相应的特征值完全确定, 且所有的 Fourier 波型解都满足

$$\|U^m\|_2 = |\lambda_{\boldsymbol{k}}|^m \|U^0\|_2. \tag{4.4.8}$$

而在一般情况下, 差分格式的具有 (4.4.7) 形式的独立 Fourier 波型解的个数可能小于 p, 但由式 (4.4.5), 在 Fourier 频率空间我们总有

$$\hat{U}^m(\boldsymbol{k}) = [G(\boldsymbol{k})]^m \hat{U}^0(\boldsymbol{k}). \tag{4.4.9}$$

由此及 Parseval 恒等式

$$\|U^m\|_2^2 = \|\hat{U}^m\|_2^2 \triangleq \sum_{\boldsymbol{k}} |\hat{U}^m(\boldsymbol{k})|^2, \tag{4.4.10}$$

可以证明差分格式 (4.1.2) 的 $\mathbb{L}^2$ 稳定性 (见式 (4.3.1)) 等价于存在常数 $K_1 > 0$, 使得

$$\| [G(\boldsymbol{k})]^m \|_2 \leqslant K_1, \quad \forall \boldsymbol{k}, \ \forall m\tau \leqslant t_{\max}. \qquad (4.4.11)$$

我们有以下称之为 von Neumann 条件的差分格式 (4.1.2) $\mathbb{L}^2$ 稳定性的必要条件:

定理 4.3(von Neumann 条件) 差分格式 (4.1.2) 沿加密路径具有 $\mathbb{L}^2$ 稳定性的一个必要条件是: 存在常数 $K \geqslant 0$, 使得增长矩阵 $G(\boldsymbol{k})$ 的每个特征值 $\lambda_{\boldsymbol{k}}$ 都满足

$$|\lambda_{\boldsymbol{k}}| \leqslant 1 + K\tau, \quad \forall \tau \leqslant t_{\max}, \ \forall \boldsymbol{k}. \qquad (4.4.12)$$

证明 设 $\lambda_{\boldsymbol{k}}$ 是增长矩阵 $G(\boldsymbol{k})$ 的特征值, $\hat{U}(\boldsymbol{k})$ 是从属于 $\lambda_{\boldsymbol{k}}$ 的特征向量, 则由稳定性的定义 (见式 (4.3.1)) 和式 (4.4.7), (4.4.8), 对 $m = [t_{\max}/\tau]$, 存在常数 K_1, 使得 $|\lambda_{\boldsymbol{k}}|^m \leqslant K_1$. 令 $f(x) = x^s$. 当 $s < 1$ 时, 由 $f''(x) = s(s-1)x^{s-2} < 0$ 知, $f(x)$ 是 x 的凹函数, 因此有 $f(x) \leqslant f(1) + f'(1)(x - 1)$. 不妨设 $K_1 > 1$, 于是我们有

$$|\lambda_{\boldsymbol{k}}| \leqslant K_1^{\frac{1}{m}} \leqslant 1 + (K_1 - 1)\frac{1}{m} \leqslant 1 + (K_1 - 1)\frac{2\tau}{t_{\max}}, \quad \forall m\tau \leqslant t_{\max}.$$

令 $K = 2(K_1 - 1)/t_{\max}$, 即得式 (4.4.12). ∎

不难证明, 当增长矩阵 $G(\boldsymbol{k})$ 是正规矩阵时, von Neumann 条件也是相应格式 $\mathbb{L}^2$ 稳定的充分条件, 而对非正规矩阵则没有相应的结论. 另外, 习题 4 第 3 题给出的含导数非周期边界条件的例子说明, 对于一般问题利用局部 Fourier 分析得不到稳定性的充分条件.

von Neumann 条件在理论分析中具有十分重要的地位. 但在实际应用中, 由于时间步长和空间步长都不可能取得太小, 因此, 为了在有限步长的条件下有效地控制误差增长, 往往需要根据问题真解的增长或耗散性质对条件 (4.4.12) 中的常数 K 加以适当的限制.

例 4.1 考虑一维常系数对流扩散方程

$$u_t + au_x = cu_{xx}, \quad c > 0 \qquad (4.4.13)$$

在初始条件 $u(x,0) = u_0(x)$ 下的初值问题中心显式差分格式 (见格式 (3.4.3))

$$\frac{U_j^{m+1} - U_j^m}{\tau} + a\frac{U_{j+1}^m - U_{j-1}^m}{2h} = c\frac{U_{j+1}^m - 2U_j^m + U_{j-1}^m}{h^2}. \qquad (4.4.14)$$

由 3.4.1 小节的讨论知, 格式的 Fourier 波型的增长因子满足 (见式 (3.4.8))

$$|\lambda_k|^2 = [1 - 2\mu(1 - \cos kh)]^2 + (\nu \sin kh)^2. \qquad (4.4.15)$$

取 $kh = \pi$, 得格式 $\mathbb{L}^2$ 稳定的必要条件 $\mu \leqslant 1/2$. 而当 $\mu \leqslant 1/2$ 时, 式 (4.4.15) 右端第一项恒小于等于 1, 又

$$\nu^2 = \left(\frac{a\tau}{h}\right)^2 = \frac{a^2}{c}\mu\tau, \qquad (4.4.16)$$

因此我们有

$$|\lambda_k|^2 \leqslant 1 + \frac{a^2}{2c}\tau, \qquad (4.4.17)$$

即 von Neumann 条件成立. 由于这是标量问题, 且是常系数初值问题, 因此该条件也是 $\mathbb{L}^2$ 稳定性的充分条件. 现取 $\mu = 1/4, |\nu| \geqslant 1$ (相当于取 Péclet 数 $|a|h/c \geqslant 4$), 易于验证此时对应于 $kh = \pi/2$ 的 Fourier 波型解有 $|\lambda_k| \geqslant 5/4$, 因此该波型解将极其迅速地增长. 而我们知道, 原问题对所有的 Fourier 波型都是衰减的.

以上例子说明, 在实际应用中, 我们有必要引入比 von Neumann 条件更实用的稳定性条件. 以下实用稳定性条件是工程界中常用的稳定性判据 (参见文献 [25]).

定义 4.7 设 $\hat{u}(\boldsymbol{k},t)$ 为微分方程的 Fourier 波型解, 令

$$\alpha = \inf\{\beta \geqslant 0 : |\hat{u}(\boldsymbol{k}, t+\tau)| \leqslant \mathrm{e}^{\beta\tau}|\hat{u}(\boldsymbol{k},t)|, \ \forall \boldsymbol{k}\}. \qquad (4.4.18)$$

若差分格式的所有离散 Fourier 波型解的增长因子均满足

$$|\lambda_{\boldsymbol{k}}| \leqslant \mathrm{e}^{\alpha\tau}, \quad \forall \boldsymbol{k}, \qquad (4.4.19)$$

则称该差分格式是**实用稳定的**或具有**实用稳定性**. 特别地, 当 $\alpha = 0$ 时, 又称相应的差分格式是**强稳定的**或具有**强稳定性**.

当 $\alpha > 0$ 时, 比较式 (4.4.18) 和 (4.4.19) 知, 实用稳定的格式允许离散 Fourier 波型解的振幅增长, 但要求其振幅增长速度不超过增长最快的真解波型的增长速度. 简单地说, 当 $\alpha > 0$ 时, 我们可以将实用稳定性条件理解为要求所有离散波型的振幅 "相对" 不增.

在例 4.1 中, $\alpha = 0$, 因此强稳定性要求 $|\lambda_k| \leqslant 1$. 由 3.4.1 小节的讨论知, 这除了要求 $\mu \leqslant \dfrac{1}{2}$ 外, 还要求 $\tau \leqslant \dfrac{2c}{a^2}$ (见式 (3.4.10)). 由式 (4.4.16) 知这等价于要求 $\nu^2 \leqslant 2\mu$. 如果我们在例中将 $|\nu|$ 改取为 $\dfrac{1}{2}$, 则由式 (4.4.15) 得 $|\lambda_k|^2 = \cos^2 \dfrac{1}{2} kh \leqslant 1$. 此时, 所有的 Fourier 波型解都是不增的.

§4.5 修正方程分析

修正方程分析是用于研究微分方程数值解逼近质量和一般性态的常用方法之一, 其基本思想是: 寻找其光滑解 $\tilde{U}$ 与所给差分格式的解 $\{U_j^m\}$ 有相同网格节点值的微分方程, 并利用该方程解的性质及其与差分格式所逼近的微分方程解之间的关系来分析差分逼近解的性态及逼近误差等. 这类似于数值代数领域的向后误差分析, 即利用数值解实际上所满足的方程来分析算法的稳定性和误差. 一般地说, 这样的微分方程不是唯一的, 我们所希望找到的修正方程是在原方程的基础上通过增加自变量的若干空间导数项得到的微分方程. 这样的修正方程一般具有无穷级数的形式, 为了便于分析和应用, 常将其按逼近精度阶的要求截断, 从而得到具有指定逼近精度阶的有限阶修正方程. 由于差分格式在更高截断误差精度阶的意义下逼近有限阶修正方程, 数值解一般也更好地逼近该方程的光滑解, 因此, 有理由相信有限阶修正方程解的性态在一定程度上反映了差分格式数值解的相关信息. 实际应用时, 可以利用 Taylor 展开通过简单运算直接推出差分格式指定截断误差精度阶的有限阶修正方程.

以一维常系数对流方程

$$u_t + au_x = 0, \quad a > 0 \tag{4.5.1}$$

的迎风格式

$$\frac{U_j^{m+1} - U_j^m}{\tau} + a\frac{U_j^m - U_{j-1}^m}{h} = 0 \qquad (4.5.2)$$

为例. 设 $\tilde{U}$ 是一个充分光滑的函数, 且在所有网格节点 (x_j, t_m) 上与 U 取值相同, 即 $\tilde{U}_j^m = U_j^m$. 将 $\tilde{U}$ 代入格式 (4.5.2), 并在点 (x_j, t_m) 作 Taylor 展开, 有

$$\tilde{U}_j^{m+1} = \left[\tilde{U} + \tau\tilde{U}_t + \frac{1}{2}\tau^2\tilde{U}_{tt} + \frac{1}{6}\tau^3\tilde{U}_{ttt} + \cdots \right]_j^m, \qquad (4.5.3)$$

$$\tilde{U}_{j-1}^m = \left[\tilde{U} - h\tilde{U}_x + \frac{1}{2}h^2\tilde{U}_{xx} - \frac{1}{6}h^3\tilde{U}_{xxx} + \cdots \right]_j^m, \qquad (4.5.4)$$

于是我们得

$$\begin{aligned}
0 &= \frac{\tilde{U}_j^{m+1} - \tilde{U}_j^m}{\tau} + a\frac{\tilde{U}_j^m - \tilde{U}_{j-1}^m}{h} \\
&= \left[\tilde{U}_t + a\tilde{U}_x \right]_j^m + \frac{1}{2}\left[\tau\tilde{U}_{tt} - ah\tilde{U}_{xx} \right]_j^m \\
&\quad + \frac{1}{6}\left[\tau^2\tilde{U}_{ttt} + ah^2\tilde{U}_{xxx} \right]_j^m + O(\tau^3 + h^3).
\end{aligned} \qquad (4.5.5)$$

由式 (4.5.5) 知, 迎风格式在 $O(\tau + h)$ 截断误差精度阶的意义下满足对流方程

$$\tilde{U}_t + a\tilde{U}_x = 0; \qquad (4.5.6)$$

在 $O(\tau^2 + h^2)$ 截断误差精度阶的意义下满足方程

$$\tilde{U}_t + a\tilde{U}_x = \frac{1}{2}\left(ah\tilde{U}_{xx} - \tau\tilde{U}_{tt} \right); \qquad (4.5.7)$$

在 $O(\tau^3 + h^3)$ 截断误差精度阶的意义下满足方程

$$\tilde{U}_t + a\tilde{U}_x = \frac{1}{2}\left(ah\tilde{U}_{xx} - \tau\tilde{U}_{tt} \right) - \frac{1}{6}\left(ah^2\tilde{U}_{xxx} + \tau^2\tilde{U}_{ttt} \right). \qquad (4.5.8)$$

不过, 由于方程 (4.5.7) 和 (4.5.8) 中含有关于时间的高阶导数项, 它们不具有我们希望得到的修正方程的形式, 因此我们还要设法将方程 (4.5.7) 和 (4.5.8) 中关于时间的高阶导数项替换掉.

对式 (4.5.5) 两端分别关于 x 求导数得

$$\tilde{U}_{xt} = -a\tilde{U}_{xx} + \frac{1}{2}\left(ah\tilde{U}_{xxx} - \tau\tilde{U}_{xtt}\right) + O(\tau^2 + h^2), \qquad (4.5.9)$$

对式 (4.5.5) 两端分别关于 t 求导数, 并利用上式得

$$\begin{aligned}
\tilde{U}_{tt} &= -a\tilde{U}_{xt} + \frac{1}{2}\left(ah\tilde{U}_{xxt} - \tau\tilde{U}_{ttt}\right) + O(\tau^2 + h^2) \\
&= a^2\tilde{U}_{xx} - \frac{1}{2}\left(a^2h\tilde{U}_{xxx} - ah\tilde{U}_{xxt} - a\tau\tilde{U}_{xtt} + \tau\tilde{U}_{ttt}\right) + O(\tau^2 + h^2).
\end{aligned}$$
$$(4.5.10)$$

再将式 (4.5.10) 代回式 (4.5.5), 得

$$\tilde{U}_t + a\tilde{U}_x = \frac{1}{2}ah(1 - \nu)\tilde{U}_{xx} + O(\tau^2 + h^2).$$

因此, 迎风格式在 $O(\tau^2 + h^2)$ 截断误差精度阶的意义下也满足方程

$$\tilde{U}_t + a\tilde{U}_x = \frac{1}{2}ah(1 - \nu)\tilde{U}_{xx}. \qquad (4.5.11)$$

该方程具有我们所希望得到的形式, 所以我们称方程 (4.5.11) 为迎风格式 (4.5.2) 关于对流方程 (4.5.1) 的**二阶修正方程**. 用同样的方法, 我们可以得到迎风格式 (4.5.2) 关于对流方程 (4.5.1) 的**三阶修正方程**

$$\tilde{U}_t + a\tilde{U}_x = \frac{1}{2}ah(1 - \nu)\tilde{U}_{xx} - \frac{1}{6}ah^2(1 - \nu)(1 - 2\nu)\tilde{U}_{xxx}. \qquad (4.5.12)$$

更一般的推导修正方程的方法是应用有限差分算子演算. 注意到 Taylor 展开式 (4.5.3) 的系数恰为指数级数的系数, 我们可以将向前差分算子写成算子形式

$$\Delta_{+t} = e^{\tau\partial_t} - 1. \qquad (4.5.13)$$

这本质上是一个用微分算子的级数表出的向前差分算子的计算公式. 对上式形式上作求逆运算得其逆关系式

$$\partial_t = \tau^{-1}\ln\left(1 + \tau\mathcal{D}_{+t}\right), \qquad (4.5.14)$$

其中 $\mathcal{D}_{+t} = \tau^{-1}\Delta_{+t}$. 这实际上给出了用差商算子 $\mathcal{D}_{+t}$ 的级数表出的关于时间的一阶微商的计算公式

$$\partial_t = \mathcal{D}_{+t} - \frac{1}{2}\tau\mathcal{D}_{+t}^2 + \frac{1}{3}\tau^2\mathcal{D}_{+t}^3 - \frac{1}{4}\tau^3\mathcal{D}_{+t}^4 + \cdots. \tag{4.5.15}$$

类似地, 我们也可以得到向后差分、中心差分等差分算子与相应微分算子之间相互表出的关系式.

如果一个差分格式给出了用空间导数的级数表出的 $\mathcal{D}_{+t}$ 的表达式, 则将该表达式代入式 (4.5.15), 合并空间导数同类项, 就可以立即得到级数形式的修正方程. 类似地, 可以根据需要通过适当的截断推出具有指定逼近精度的有限阶修正方程. 例如, 对于常系数对流扩散方程

$$u_t + au_x = cu_{xx}, \quad x \in \mathbb{R}, \ t > 0, \ c > 0 \tag{4.5.16}$$

的中心显式格式

$$\frac{U_j^{m+1} - U_j^m}{\tau} + a\frac{U_{j+1}^m - U_{j-1}^m}{2h} = c\frac{U_{j+1}^m - 2U_j^m + U_{j-1}^m}{h^2}, \tag{4.5.17}$$

将 $\Delta_{0x}U_j^m$ 和 $\delta_x^2 U_j^m$ 作 Taylor 展开得

$$\mathcal{D}_{+t}\tilde{U} = \left[-a\left(\partial_x + \frac{1}{6}h^2\partial_x^3 + \cdots\right) + c\left(\partial_x^2 + \frac{1}{12}h^2\partial_x^4 + \cdots\right)\right]\tilde{U}. \tag{4.5.18}$$

将此式代入式 (4.5.15) 得

$$\begin{aligned}
\partial_t\tilde{U} = \Bigg\{&\left(-a\partial_x + c\,\partial_x^2 - \frac{1}{6}ah^2\partial_x^3 + \frac{1}{12}ch^2\partial_x^4 + \cdots\right) \\
&- \frac{1}{2}\tau\left(a^2\partial_x^2 - 2ac\,\partial_x^3 + \left(c^2 + \frac{1}{3}a^2h^2\right)\partial_x^4 + \cdots\right) \\
&+ \frac{1}{3}\tau^2(-a^3\partial_x^3 + 3a^2c\,\partial_x^4 + \cdots) - \frac{1}{4}\tau^3(a^4\partial_x^4 + \cdots) + \cdots\Bigg\}\tilde{U},
\end{aligned} \tag{4.5.19}$$

再合并 ∂_x 幂次的同类项后得修正方程

$$\begin{aligned}
\tilde{U}_t + a\tilde{U}_x = &\frac{1}{2}(2c - a^2\tau)\tilde{U}_{xx} - \frac{1}{6}(ah^2 - 6ac\tau + 2a^3\tau^2)\tilde{U}_{xxx} \\
&+ \frac{1}{12}(ch^2 - 2a^2\tau h^2 - 6c^2\tau + 12a^2c\tau^2 - 3a^4\tau^3)\tilde{U}_{xxxx} + \cdots.
\end{aligned} \tag{4.5.20}$$

由于差分方程的解在更高精度阶的意义下满足相应阶的修正方程, 因此修正方程适定性及修正方程的解与原方程解的关系, 例如关于 Fourier 波型解的振幅误差、相位误差以及收敛性和收敛阶等, 应该能够在一定的意义下为我们提供差分逼近解的相关信息.

将 Fourier 波型 $e^{i(kx+\omega t)}$ 代入以下形式的修正方程

$$\tilde{U}_t = \sum_{m=0}^{\infty} a_m \partial_x^m \tilde{U} \tag{4.5.21}$$

(a_m ($m = 1, 2, \cdots$) 为常系数), 注意到 $\partial_x^m e^{i(kx+\omega t)} = (ik)^m e^{i(kx+\omega t)}$, 我们就得到修正方程的色散关系

$$\omega(k) = \sum_{m=1}^{\infty} (-1)^{m-1} a_{2m-1} k^{2m-1} - i \sum_{m=0}^{\infty} (-1)^m a_{2m} k^{2m}. \tag{4.5.22}$$

记 $\omega(k) = \omega_0(k) + i\omega_1(k)$, 其中

$$\begin{aligned} \omega_0(k) &= \sum_{m=1}^{\infty} (-1)^{m-1} a_{2m-1} k^{2m-1}, \\ \omega_1(k) &= -\sum_{m=0}^{\infty} (-1)^m a_{2m} k^{2m}, \end{aligned} \tag{4.5.23}$$

则 Fourier 波型解 $e^{i(kx+\omega(k)t)}$ 可以等价地写为

$$e^{i(kx+\omega(k)t)} = e^{-\omega_1(k)t} e^{i(kx+\omega_0(k)t)}.$$

由此知, 修正方程中的奇数阶空间导数项仅对相位移的速度作出贡献, 而偶数阶空间导数项仅对振幅的变化率作出贡献. 基于这一事实, 修正方程中奇数阶空间导数项通常被称为**色散项**, 而偶数阶空间导数项则被称为**耗散项**. 当然, 耗散项是否真的能起到耗散作用是由 $-\omega_1(k) = \sum_{m=0}^{\infty} (-1)^m a_{2m} k^{2m}$ 的符号决定的, 当取负号时, 相应 Fourier 波型是指数衰减的; 当取正号时, 相应 Fourier 波型是指数增长的; 而当等于零时, 则保持振幅不变. 特别值得注意的是, 修正方程中在原方程基础上额外增加的奇数阶空间导数反映了修正方程的 Fourier 波型解与原

方程的 Fourier 波型解的相位移速度的误差, 而额外增加的偶数阶空间导数项则反映了修正方程的 Fourier 波型解与原方程的 Fourier 波型解的振幅增长速度的误差. 因此, 通常将修正方程中在原方程基础上额外增加的奇数和偶数阶空间导数项分别称为差分格式截断误差的色散项与耗散项.

以 $a > 0$ 时常系数对流方程 (4.5.1) 的迎风格式 (4.5.2) 的三阶修正方程 (4.5.12) 为例, 这时 $a_0 = 0$, $a_1 = -a$, $a_2 = \frac{1}{2}ah(1 - \nu)$, $a_3 = -\frac{1}{6}ah^2(1 - \nu)(1 - 2\nu)$, $a_m = 0 \, (m \geqslant 4)$. 由此及式 (4.5.23) 得

$$\omega_0(k) = -ak + \frac{1}{6}a(1 - \nu)(1 - 2\nu)k^3h^2,$$

$$-\omega_1(k) = -\frac{1}{2}a(1 - \nu)k^2h.$$

因此, 在一个时间步 τ 中的相位移和振幅增长因子分别为

$$\omega_0(k)\tau = -ak\tau\left[1 - \frac{1}{6}(1 - \nu)(1 - 2\nu)k^2h^2\right],$$

$$-\omega_1(k)\tau = -\frac{1}{2}\nu(1 - \nu)k^2h^2.$$

由此容易看出, 当网格比满足 CFL 条件时, 三阶修正方程 Fourier 波型解的振幅是不增的; 而当网格比不满足 CFL 条件时, 三阶修正方程 Fourier 波型解的振幅将呈指数型增长. 这再次说明了 CFL 条件是迎风格式稳定性的必要条件. 又由 $\omega_0(k)\tau$ 的表达式可以看出, 三阶修正方程 Fourier 波型解的相对相位误差为 $O(k^2h^2)$. 这与关于迎风格式的 Fourier 分析结果一致. 但需要注意的是, 虽然我们可以由式 (4.5.23) 直接得到修正方程的相位移速度和振幅增长因子, 但对于有限阶的修正方程, 所得到的实际上只是式 (4.5.23) 中前若干项的部分和, 因此分析结论一般只适用于低频端, 即 $kh \ll 1$.

又例如, 考虑 $a > 0$ 时常系数对流方程 (4.5.1) 的 Lax-Wendroff 格式 (见格式 (3.2.41))

$$\frac{U_j^{m+1} - U_j^m}{\tau} + a\frac{U_{j+1}^m - U_{j-1}^m}{2h} = \frac{1}{2}a^2\tau\frac{U_{j+1}^m - 2U_j^m + U_{j-1}^m}{h^2}. \quad (4.5.24)$$

与对流扩散方程的中心显式格式 (4.5.17) 相比较, 可以看出它们的区别仅在于格式 (4.5.17) 中的 c 在这里被换成了 $\frac{1}{2}a^2\tau$. 因此, 由方程 (4.5.20) 知, Lax-Wendroff 格式的修正方程为

$$\tilde{U}_t + a\tilde{U}_x = -\frac{1}{6}ah^2(1-\nu^2)\tilde{U}_{xxx} - \frac{1}{8}ah^3\nu(1-\nu^2)\tilde{U}_{xxxx} + \cdots. \quad (4.5.25)$$

由此及式 (4.5.23) 知, 当 $kh \ll 1$ 时, 有

$$\omega_0(k) \approx a_1 k - a_3 k^3 = -ak\left[1 - \frac{1}{6}(1-\nu^2)k^2h^2\right],$$
$$-\omega_1(k) \approx a_0 - a_2 k^2 + a_4 k^4 = -\frac{1}{8}a\nu(1-\nu^2)k^4h^3.$$

因此, 当 $\nu^2 > 1$ 时, 修正方程的解将呈指数型增长. 由此可以推出差分格式的不稳定性. 同时可以看出, 低频的 Fourier 波型相位总是滞后, 相对相位误差是 $O(k^2h^2)$. 这也与关于 Lax-Wendroff 格式的 Fourier 分析结果一致.

由以上讨论知, 在 $a_0 = 0$ 的条件下, 一般地说, 当 $a_2 < 0$, 或 $a_2 = 0$ 但 $a_4 > 0$ 时, 差分格式是不稳定的. 然而, 当 $a_2 > 0$, $a_4 > 0$ 时, 情况就变得比较复杂, 因为虽然对于低频的波型, a_2 项将起主导作用, 因而意味着稳定性, 但对于高频, 即 $kh \gg 1$ 的波型, 如果忽略了更高阶项的作用, 则得不出任何合理的结论.

在高频端, 我们可以将 kh 改写成 $kh = \pi - k'h$ (其中 $k'h \ll 1$), 将 e^{ikjh} 等价地写成 $\mathrm{e}^{\mathrm{i}(\pi-k'h)j} = (-1)^j\mathrm{e}^{-\mathrm{i}k'jh}$. 又由于高频波型的不稳定也同时体现在时间步的振荡上, 因此, 我们可以将相应的 Fourier 波型取为 $(-1)^{m+j}(U^o)_j^m = \lambda_k^m\mathrm{e}^{ikjh} = (-1)^{m+j}\hat{\lambda}_{k'}^m\mathrm{e}^{-\mathrm{i}k'jh}$. 基于这一观察, 我们在作修正方程分析时通常可以将差分逼近解分解成

$$U_j^m = (U^s)_j^m + (-1)^{m+j}(U^o)_j^m, \quad (4.5.26)$$

其中 $(U^s)_j^m$ 和 $(-1)^{m+j}(U^o)_j^m$ 分别表示差分逼近解的光滑分量和振荡分量, 或低频分量和高频分量.

例如, 将满足 $\tilde{U}_j^m = U_j^m$ 的光滑函数的振荡分量 $\tilde{U}_j^m = (-1)^{m+j}$

$(\tilde{U}^o)_j^m$ 代入热传导方程 $u_t = cu_{xx}$ 的显式差分格式

$$U_j^{m+1} = (1 - 2\mu)U_j^m + \mu\left(U_{j-1}^m + U_{j+1}^m\right),$$

约去公因子 $(-1)^{m+j+1}$，并将 $(\tilde{U}^o)_{j-1}^m$ 和 $(\tilde{U}^o)_{j+1}^m$ 在节点 (x_j, t_m) 处作 Taylor 展开，得

$$
\begin{aligned}
(\tilde{U}^o)_j^{m+1} &= (2\mu - 1)(\tilde{U}^o)_j^m + \mu\left((\tilde{U}^o)_{j-1}^m + (\tilde{U}^o)_{j+1}^m\right)\\
&= \left[(4\mu - 1) + 2\mu\left(\frac{1}{2}h^2\partial_x^2 + \frac{1}{24}h^4\partial_x^4 + \cdots\right)\right](\tilde{U}^o)_j^m. \quad (4.5.27)
\end{aligned}
$$

由此得用关于空间的微商算子的级数表出的关于时间的向前差商算子

$$\mathcal{D}_{+t}\tilde{U}^o = \left[2\tau^{-1}(2\mu - 1) + c\left(\partial_x^2 + \frac{1}{12}h^2\partial_x^4 + \cdots\right)\right]\tilde{U}^o. \quad (4.5.28)$$

再将此式代入用 $\mathcal{D}_{+t}$ 的级数表出的一阶时间微商 ∂_t 的公式 (4.5.15)，就得到振荡分量 $\tilde{U}^o$ 所满足的形如方程 (4.5.21) 的修正方程. 注意到，式 (4.5.28) 右端只有 ∂_x 的偶次项，因此修正方程中也只有偶次项，即只有耗散项. 特别地，记 $\xi = 2\tau^{-1}(2\mu - 1)$，由式 (4.5.15) 和 (4.5.28) 我们有

$$
\begin{aligned}
a_0 &= \xi - \frac{1}{2}\xi^2\tau + \frac{1}{3}\xi^3\tau^2 - \frac{1}{4}\xi^4\tau^3 + \cdots\\
&= \tau^{-1}\ln(1 + \xi\tau) = \tau^{-1}\ln[1 + 2(2\mu - 1)], \quad (4.5.29)
\end{aligned}
$$

因此振荡分量 $\tilde{U}^o$ 的修正方程可以写为

$$\partial_t\tilde{U}^o = \tau^{-1}\ln[1 + 2(2\mu - 1)]\tilde{U}^o + \sum_{m=1}^{\infty} a_{2m}\partial_x^{2m}\tilde{U}^o. \quad (4.5.30)$$

由此立即可以看出，当 $2\mu > 1$ 时，振荡分量 $\tilde{U}^o$ 将呈指数型增长. 这说明差分格式此时将在高频端出现不稳定性.

由以上几个例子的讨论可以看出，利用修正方程分析一般只能得到差分格式稳定性的必要条件. 读者可以在文献 [25] 中找到更多的例子，特别是通过时间加权平均的方法消除盒式格式棋盘波型 (伪解波型) 的例子. 修正方程分析还可以用于研究差分逼近解的收敛速度，特别是在精确解的间断附近的收敛速度 (参见文献 [14], [15]).

§4.6 能量分析方法

能量分析方法是研究微分方程适定性和微分方程数值方法稳定性的重要工具. 以发展方程初边值问题 (4.1.1) 为例, 如果微分算子 $L(\cdot)$ 在问题的解空间 $\mathbb{X}$ 上满足强制性条件, 即存在常数 C, 使得

$$\int_{\Omega} L(u)u\,\mathrm{d}x \leqslant C\|u\|_2^2, \quad \forall u \in \mathbb{X}, \tag{4.6.1}$$

则方程 (4.1.1a) 两端同乘以 u, 在 Ω 上积分, 并利用强制性 (4.6.1), 即得

$$\frac{\mathrm{d}}{\mathrm{d}t}\|u\|_2^2 \leqslant 2C\|u\|_2^2, \quad \forall u \in \mathbb{X}. \tag{4.6.2}$$

于是, 由 Gronwall 不等式便知, 问题 (4.1.1) 的真解满足

$$\|u(\cdot,t)\|_2^2 \leqslant \mathrm{e}^{2Ct}\|u^0(\cdot)\|_2^2, \quad \forall t \in [0, t_{\max}]. \tag{4.6.3}$$

由此立即得到真解在 $\mathbb{L}^2(\Omega)$ 范数意义下关于初值的连续依赖性. 特别地, 当 $C < 0$ 时, 真解的 $\mathbb{L}^2(\Omega)$ 范数随着时间增长呈指数型衰减; 当 $C = 0$ 时, 真解的 $\mathbb{L}^2(\Omega)$ 范数随时间单调不增. 我们将各种范数意义下类似于 (4.6.2) 和 (4.6.3) 的不等式称为**能量不等式**, 相应的范数称为**能量范数**, 尽管在许多情况下所用到的范数并不一定表示相应物理问题中的能量. 当真解满足某种能量不等式时, 我们自然也希望差分逼近解能够满足相应的离散能量不等式. 在 3.5.3 小节中, 通过建立递推关系式 (见式 (3.5.40)) 建立波动方程的 θ 格式能量不等式的做法是一种典型的方法, 可以应用来为许多数值格式建立离散能量不等式. 以下定理则从一个不同的视角为一大类具有 Runge-Kutta 时间步进法展开形式的数值格式建立离散能量不等式提供了方便有力的工具.

定理 4.4 设适定的微分方程初边值问题 (4.1.1) 的差分格式可以表示成

$$U^{m+1} = \sum_{i=0}^{k} \frac{(\tau L_\Delta)^i}{i!} U^m, \tag{4.6.4}$$

其中 L_Δ 是一个空间变量的差分算子, 又设差分算子 L_Δ 在 Hilbert 空间 $(\mathbb{X}, \langle \cdot, \cdot \rangle)$ 上具有强制性, 即存在单调增函数 $\eta(h): \mathbb{R}_+ \to \mathbb{R}_+$ 和常数 K, 使得对任意的网格函数 U, 都有

$$\langle L_\Delta U, U \rangle \leqslant K\|U\|^2 - \eta\|L_\Delta U\|^2, \qquad (4.6.5)$$

则对任意的正整数 $k = 1, 2, \cdots$, 当时间步长满足条件

$$\tau \leqslant 2\eta \qquad (4.6.6)$$

时, 差分格式在 Lax-Richtmyer 意义下是稳定的, 更准确地说, 存在常数 $K' \geqslant 0$, 使得

$$\|U^{m+1}\| \leqslant (1 + K'\tau)\|U^m\|. \qquad (4.6.7)$$

特别地, 当 $K \leqslant 0$ 时, 有 $K' = 0$, 即

$$\|U^{m+1}\| \leqslant \|U^m\|, \qquad (4.6.8)$$

此时格式是强稳定的.

证明   不妨假设 $K \geqslant 0$. 首先考虑 $k = 1$ 的情形. 由定义及 L_Δ 的强制性 (4.6.5), 我们有

$$\begin{aligned}
\|U^{m+1}\|^2 &= \|(I + \tau L_\Delta)U^m\|^2 \\
&= \|U^m\|^2 + 2\tau\langle L_\Delta U^m, U^m \rangle + \tau^2\|L_\Delta U^m\|^2 \\
&\leqslant (1 + 2K\tau)\|U^m\|^2 + \tau(\tau - 2\eta)\|L_\Delta U^m\|^2, \quad (4.6.9)
\end{aligned}$$

其中 I 为恒同算子. 取 $K' = K$, 即得 $k = 1$ 时定理的结论.

对 $k = 2$, 容易验证

$$I + \tau L_\Delta + \frac{1}{2}(\tau L_\Delta)^2 = \frac{1}{2}I + \frac{1}{2}(I + \tau L_\Delta)^2. \qquad (4.6.10)$$

由此及式 (4.6.9), 当 $\tau \leqslant 2\eta$ 时, 我们有

$$\begin{aligned}
\|U^{m+1}\| &= \left\| \left[\frac{1}{2}I + \frac{1}{2}(I + \tau L_\Delta)^2 \right] U^m \right\| \\
&\leqslant \frac{1}{2}\|U^m\| + \frac{1}{2}(1 + K\tau)^2\|U^m\| \\
&\leqslant [1 + K(1 + \eta K)\tau]\|U^m\|. \qquad (4.6.11)
\end{aligned}$$

于是, 取 $K' = K(1 + \eta K)$, 即得 $k = 2$ 时定理的结论.

对于任意的正整数 k, 可以证明存在 $\alpha_i \geqslant 0 \, (i = 0, 1, \cdots, k)$, 满足

$$\sum_{i=0}^{k} \alpha_i = 1, \tag{4.6.12}$$

$$\sum_{i=0}^{k} \frac{(\tau L_\Delta)^i}{i!} = \sum_{i=0}^{k} \alpha_i (I + \tau L_\Delta)^i. \tag{4.6.13}$$

注意到展开式的各项系数非负且和为 1, 以及当 $\tau \leqslant 2\eta$ 时, 由式 (4.6.9) 我们有 $\|I + \tau L_\Delta\|^2 \leqslant (1 + K\tau)$, 于是与 $k = 2$ 情形类似, 可以证明定理的结论对任意的正整数 k 也成立 (见习题 4 第 7 题). ∎

例 4.2　考查变系数对流方程初边值问题

$$\begin{cases} u_t(x,t) + a(x)u_x(x,t) = 0, & 0 < x \leqslant 1, \ t > 0, \\ u(x,0) = u^0(x), & 0 \leqslant x \leqslant 1, \\ u(0,t) = 0, & t > 0 \end{cases} \tag{4.6.14}$$

的一阶迎风格式

$$U_j^{m+1} = U_j^m - \frac{a_j \tau}{h} \left(U_j^m - U_{j-1}^m \right), \quad j = 0, 1, \cdots, N \tag{4.6.15}$$

的 $\mathbb{L}^2$ 稳定性, 其中对流速度 $a(x)$ 为 Lipschitz 连续的非负函数, 即存在常数 $A > 0$ 和 $C > 0$, 使得

$$0 \leqslant a(x) \leqslant A, \ |a(x) - a(x')| \leqslant C|x - x'|, \quad \forall x, x' \in [0,1]. \tag{4.6.16}$$

令 $L_\Delta = -a(x)h^{-1}\Delta_{-x}$, 则格式 (4.6.15) 可以表示成格式 (4.6.4) 的形式 (其中 $k = 1$). 于是由定理 4.4, 我们只需证明 L_Δ 满足强制性条件 (4.6.5) 即可得到格式 (4.6.15) 的 $\mathbb{L}^2$ 稳定性.

由定义和齐次边界条件我们有

$$\langle L_\Delta U, U \rangle = -\sum_{j=1}^{N} a_j (U_j - U_{j-1}) U_j = -\sum_{j=1}^{N} a_j (U_j)^2 + \sum_{j=1}^{N} a_j U_j U_{j-1}, \tag{4.6.17}$$

$$h\,\|L_\Delta U\|_2^2 = \sum_{j=1}^{N} a_j^2 (U_j - U_{j-1})^2$$

$$\leqslant A \sum_{j=1}^{N} \left[a_j (U_j)^2 - 2a_j U_j U_{j-1} + a_j (U_{j-1})^2 \right]. \qquad (4.6.18)$$

由此得

$$2\langle L_\Delta U, U\rangle + A^{-1} h\,\|L_\Delta U\|_2^2 \leqslant -\sum_{j=1}^{N} a_j \left[(U_j)^2 - (U_{j-1})^2 \right]$$

$$= \sum_{j=1}^{N-1} (a_{j+1} - a_j)(U_j)^2 \leqslant C\|U\|_2^2, \qquad (4.6.19)$$

即对于 $K = C/2$ 和 $\eta = A^{-1}h/2$, 式 (4.6.5) 成立. 特别地, 由定理 4.4 (注意这里 $k = 1$), 当

$$A\tau \leqslant h \qquad (4.6.20)$$

时, 式 (4.6.7) 对于 $\mathbb{L}^2$ 范数和常数 $K' = C$ 成立, 即格式是 $\mathbb{L}^2$ 稳定的. 值得注意的是, 常系数时的强稳定性 (见定义 4.7) 在变系数时减弱成了的 von Neumann 稳定性或 Lax-Richtmyer 稳定性 (见定义 4.6), 因此可能会带来额外的误差增长. 这是一个有代表性的结果.

习　题　4

1. 在均匀网格上考虑常系数对流扩散方程 $u_t + a\,u_x = c\,u_{xx}$ (其中 $c > 0$) 的 Dufort-Frankel 格式

$$U_j^{n+1} = U_j^{n-1} - 2\nu\Delta_{0x} U_j^n + 2\mu(U_{j-1}^n + U_{j+1}^n - U_j^{n+1} - U_j^{n-1}),$$

其中 $\nu = a\tau/h$, $\mu = c\tau/h^2$. 证明: 当 $\nu^2 \leqslant 1$ 时, 此格式是 $\mathbb{L}^2$ 稳定的. 试分析该格式的相容性条件.

2. 设 $B_1 U^{m+1} = B_0 U^m$ 是依范数 $\|\cdot\|$ 稳定的差分格式, $\alpha(x)$ 是有界函数, 试证明格式 $B_1 U^{m+1} = B_0 U^m + AU^m$ 也是依范数 $\|\cdot\|$ 稳定的

差分格式, 其中 $A = \mathrm{diag}(\alpha_j)$, 这里 α_j 表示 α 在第 j 个节点上的取值. 利用该结论分析反应扩散方程 $u_t(x,t) = \alpha(x)u(x,t) + cu_{xx}(x,t)$ $(c > 0)$ 的差分格式 $U_j^{m+1} = (1 - 2\mu + \tau\alpha_j)U_j^m + \mu(U_{j-1}^m + U_{j+1}^m)$ 的 $\mathbb{L}^2$ 稳定性.

3. 在区域 $\{(x,t) : 0 < x < 1, t > 0\}$ 上考虑方程 $u_t = u_{xx}$ 的初边值问题, 其中初始条件为 $u(x,0) = u^0(x)$, 边界条件为 $u_x(0,t) = 0$ 和 $u_x(1,t) + u(1,t) = 0$. 证明: 当导数边界条件用中心差分格式来近似时, 显式方法给出方程组

$$
\begin{cases}
U_j^{m+1} = (1 - 2\mu)U_j^m + \mu(U_{j-1}^m + U_{j+1}^m), & j = 1, 2, \cdots, N - 1, \\
U_0^{m+1} = (1 - 2\mu)U_0^m + 2\mu U_1^m, \\
U_N^{m+1} = (1 - 2\mu - 2\mu\Delta x)U_N^m + 2\mu U_{N-1}^m;
\end{cases}
$$

而且只要 k 满足

$$h \cot k = \sin kh,$$

并取增长因子为

$$\lambda_k = 1 - 4\mu \sin^2 \frac{1}{2}kh,$$

则 $V_j^m = \lambda_k^m \cos kjh$ 满足该方程组. 通过作 $\cot k$ 和 $\sin kh$ 的图像证明方程 $h \cot k = \sin kh$ 仅有 N 个实根, 这些根分别给出不同的网格函数 V_j^n. 由此知, 根据格式的 Fourier 分析的 von Neumann 条件, 该格式 $\mathbb{L}^2$ 稳定性的必要条件是 $\mu \leqslant 1/2$, 且此时有 $|\lambda_k| \leqslant 1$, 即所有的 Fourier 波型都不增长. 验证当 h 很小时方程也有一个复根可近似地表示为 $kh = \pi + iyh$, 其中 y 是 $y = \coth y$ 的唯一实根, 并证明对于该 k 值有 $\lambda_k = 1 - 4\mu \cosh^2 \frac{1}{2}yh$. 由此推导出对该问题取 $\mu = 1/2$ 时显式方法导致误差增长.

4. 考虑实直线上常系数对流扩散方程 $u_t + au_x = cu_{xx}$ $(a > 0, c > 0)$ 的 Mac Cormack 格式

$$
\begin{cases}
U_j^{m+*} = U_j^m - \nu\Delta_{-x}U_j^m, \\
U_j^{m+1} = U_j^m - \frac{1}{2}\nu\left(\Delta_{-x}U_j^m + \Delta_{+x}U_j^{m+*}\right) + \frac{1}{2}\mu\left(\delta_x^2 U_j^m + \delta_x^2 U_j^{m+*}\right).
\end{cases}
$$

找到使得 von Neumann 稳定性条件得以满足的条件, 并证明: 此格式满足实用稳定性的必要条件是 $2\mu - 1 \leqslant \nu \leqslant 1$, 且当 $2\mu = 1$ 时, 该条件也是实用稳定性的充分条件.

5. 试分别推导一维常系数对流方程 $u_t + au_x = 0 \ (a > 0)$ 的 Beam-Warming 格式 (3.2.34) 的光滑分量与振荡分量的四阶和二阶修正方程, 分析它们的耗散和色散, 并由此出发, 分析格式的稳定性条件.

6. 试分别推导一维常系数热传导方程 Crank-Nicolson 格式光滑分量与振荡分量的四阶和二阶修正方程, 分析它们的耗散和色散, 并由此出发, 分析格式的稳定性条件.

7. 试证明对任意给定的正整数 k, 存在 $\alpha_i \geqslant 0 \ (i = 0, 1, \cdots, k)$ 使得式 (4.6.12) 和 (4.6.13) 成立, 进一步证明定理 4.4 关于任意给定的正整数 k 的结论.

8. 考虑区间 $[0, 1]$ 上带齐次 Dirichlet 边界条件的一维常系数热传导方程初边值问题的显式差分格式 $U_j^{m+1} = U_j^m + \mu \delta_x^2 U_j^m$, 试用能量法证明格式的 $\mathbb{L}^2$ 稳定性.

9. 设 U 是定义在区间 $[0, 1]$ 的均匀网格上的带零边值的网格函数, 试证明 $\|\delta_x U\|_2^2 \leqslant 4\|U\|_2^2$.

10. 考虑区间 $[0, 1]$ 上带齐次 Dirichlet 边界条件的一维常系数热传导方程初边值问题的 θ 格式 $U_j^{m+1} - U_j^m = \mu \left[\theta \delta_x^2 U_j^{m+1} + (1 - \theta) \delta_x^2 U_j^m \right]$, 试用能量分析方法分析格式的 $\mathbb{L}^2$ 稳定性条件.

11. 考虑区间 $[0, 1]$ 的均匀网格上常系数对流方程 $u_t + au_x = 0 \ (a > 0)$ 的蛙跳格式 $U_j^{m+1} - U_j^{m-1} = -2\nu \Delta_{0x} U_j^m$. 设在右端边界处采用数值边界条件 $U_N^m = \frac{1}{2} \left(U_{N-1}^{m+1} + U_{N-1}^{m-1} \right)$. 令

$$S^{m+1} = \|U^{m+1}\|_2^2 + \|U^m\|_2^2 + 2\nu \langle U^{m+1}, \Delta_{0x} U^m \rangle_2 - a\tau U_{N-1}^{m+1} U_N^m.$$

试证明此时蛙跳格式的解满足不等式 $S^{m+1} \leqslant S^m \ (m = 1, 2, \cdots)$, 并由此出发分析格式在能量范数 $\|U^{m+1}\|_E^2 \triangleq \|U^{m+1}\|_2^2 + \|U^m\|_2^2$ 意义下的稳定性.

12. 设在均匀网格上将 Lax-Wendroff 格式应用于常系数对流方

程 $u_t + au_x = 0$, 证明：在整个实直线上有

$$\|U^{m+1}\|_2^2 = \|U^m\|_2^2 - \frac{1}{2}\nu^2(1 - \nu^2)\left(\|\Delta_-U^m\|_2^2 - \langle\Delta_-U^m, \ \Delta_+U^m\rangle_2\right),$$

并由此推出稳定性条件. 如果将该方法用于区间 $(0, 1)$, 设 $a > 0$, 在 $x = 0$ 处的边界条件为 $U^m = 0$, 找到一个简单的使该方法为稳定的 $x = 1$ 处的数值边界条件.

第 5 章　椭圆边值问题的变分形式

§5.1　抽象变分问题

科学与工程计算中的椭圆边值问题一般都有其对应的变分形式. 事实上, 这些问题大多是由某种变分原理导出的, 例如弹性力学中的极小势能原理、虚功原理等. 而有限元方法正是一种基于变分形式的偏微分方程数值方法. 在本节我们将介绍几种典型的椭圆边值问题的抽象变分问题.

5.1.1　抽象变分问题

许多物理问题可以通过能量极小化原理求解. 相应的抽象变分问题是:

$$
\begin{cases}
求\ u \in \mathbb{U}, 使得 \\
J(u) = \inf_{v \in \mathbb{U}} J(v),
\end{cases}
\tag{5.1.1}
$$

其中 $\mathbb{U}$ 是 Banach 空间 $\mathbb{V}$ 的一个非空的闭子集, $J : v \in \mathbb{U} \to \mathbb{R}$ 是能量泛函. 特别地, 在许多实用的线性问题中, $\mathbb{V}$ 是一个 Hilbert 空间, $\mathbb{U}$ 是 $\mathbb{V}$ 的一个闭线性子空间, 泛函 J 通常具有以下形式:

$$
J(v) = \frac{1}{2}\, a(v,\ v) - f(v),
\tag{5.1.2}
$$

其中 $a(\cdot, \cdot) : \mathbb{V} \times \mathbb{V} \to \mathbb{R}$ 是一个对称的连续双线性泛函, $f : \mathbb{V} \to \mathbb{R}$ 是一个连续的线性泛函.

抽象变分问题 (5.1.1) 一般可以利用直接法求解, 即通过寻找泛函 J 在 $\mathbb{U}$ 中某种意义下收敛的极小化序列并利用泛函 J 相应的下半连续性直接得到问题的解, 或利用变分问题的 Euler-Lagrange 方程求解. 这两种方法都会用到泛函 J 的微商的概念.

设 $\mathbb{X}, \mathbb{Y}$ 是实赋范线性空间, Ω 是 $\mathbb{X}$ 中的开集, $F : \Omega \to \mathbb{Y}$ 是一个映射, 一般是非线性的.

定义 5.1 F 称为在 $x \in \Omega$ 处是 **Fréchet 可微**的, 如果存在线性映射 $A : \mathbb{X} \to \mathbb{Y}$, 使得对任意的 $\varepsilon > 0$, 存在 $\delta > 0$, 当 $z \in \mathbb{X}$ 满足 $\|z\| \leqslant \delta$ 时, 有

$$\|F(x + z) - F(x) - Az\| \leqslant \varepsilon \|z\|. \tag{5.1.3}$$

这时称 A 为 F 在点 x 处的 **Fréchet 微商**, 记做 $F'(x) = A$ 或 $\mathrm{d}F(x) = A$. $F'(x)z = Az$ 称为 F 在点 x 处的 **Fréchet 微分或一阶变分**. 如果对任意的 $z \in \mathbb{X}$, $F'(x)z$ 在 $x \in \Omega$ 处是 Fréchet 可微的, 则称 F 在 $x \in \Omega$ 处是**二阶 Fréchet 可微**的, 且**二阶 Fréchet 微商**是一个 $\mathbb{X} \times \mathbb{X} \to \mathbb{Y}$ 的双线性映射, 记做 $F''(x)$ 或 $\mathrm{d}^2 F(x)$. 此时 $F''(x)(z, y) = \mathrm{d}^2 F(x)(z, y) = (F'(x)z)'y$ 称为 F 在点 x 处的**二阶 Fréchet 微分或二阶变分**. 一般地, 可由 $\mathrm{d}^m F(x) = \mathrm{d}(\mathrm{d}^{m-1}F(x))$ 归纳地定义 m **阶 Fréchet 微商**, 以及 m **阶 Fréchet 微分**(或称 m **阶变分**)$\mathrm{d}^m F(x)(z_1, \cdots, z_m)$. 点 x 处的 m 阶 Fréchet 微商 $\mathrm{d}^m F(x)$ 称为**有界**的, 如果 $\mathrm{d}^m F(x)(z_1, \cdots, z_m) : \mathbb{X}^m \to \mathbb{Y}$ 有界的 m 线性映射.

定义 5.2 F 称为在 $x \in \Omega$ 处沿方向 $z \in \mathbb{X}$ 是 **Gâteaux 可微**的, 如果以下极限存在:

$$\mathrm{D}F(x; z) = \lim_{t \to 0} \frac{F(x + tz) - F(x)}{t}. \tag{5.1.4}$$

这时称 $\mathrm{D}F(x; z)$ 为 F 在点 x 处沿方向 z 的 **Gâteaux 微分**. 若 $\mathrm{D}F(x; z)$ 关于 z 是线性的, 即存在线性映射 $A : \mathbb{X} \to \mathbb{Y}$, 使得 $\mathrm{D}F(x; z) = Az$, 则称 A 为 F 在点 x 处的 **Gâteaux 微商**, 记做 $\mathrm{D}F(x) = A$. 若对给定的 $z \in \mathbb{X}$, $\mathrm{D}F(x; z)$ 在点 x 处沿方向 y 是 Gâteaux 可微的, 则称其微分为 F 在点 x 处沿方向 z 和 y 的**二阶混合 Gâteaux 微分**, 记为 $\mathrm{D}^2 F(x; z, y)$. 若 $\mathrm{D}^2 F(x; z, y)$ 关于 (z, y) 是双线性的, 则定义 $\mathrm{D}^2 F(x)(z, y) = \mathrm{D}^2 F(x; z, y)$, 并称 $\mathrm{D}^2 F(x)$ 为 F 在点 x 处的**二阶 Gâteaux 微商**. 一般地, 可归纳地定义 m **阶混合 Gâteaux 微分** $\mathrm{D}^m F(x; z_1, \cdots, z_m) = \mathrm{D}(\mathrm{D}^{m-1}F)(x; z_1, \cdots, z_{m-1}; z_m)$ 和 m **阶 Gâteaux 微商** $\mathrm{D}^m F(x) = \mathrm{D}(\mathrm{D}^{m-1}F)(x)$.

Fréchet 微分和 Gâteaux 微商分别是数学分析中全微分和方向导数概念的推广. 当 F 的 Fréchet 微商存在时, 其 Gâteaux 微商也一定存在且与 Fréchet 微商相等. 另外, 若 F 的 Gâteaux 微商 $\mathrm{D}F(\cdot)$ 在 x 的邻域中存在且在点 x 处连续, 则 F 在点 x 处的 Fréchet 微商也存在且取值为 $\mathrm{D}F(\cdot)$. 这时可以利用 Gâteaux 微分的定义来计算 Fréchet 微分:

$$F'(x)z = \mathrm{D}F(x)z = \left.\frac{\mathrm{d}}{\mathrm{d}t}F(x+tz)\right|_{t=0}. \tag{5.1.5}$$

一般地说, $\mathrm{D}^2F(x;z,y) \neq \mathrm{D}^2F(x;y,z)$, 即映射关于 (y,z) 不一定有对称性. 但当 m 阶 Gâteaux 微商 $\mathrm{D}^mF(\cdot)$ 在 x_0 的邻域中是一致有界的 m 线性映射, 且关于 x 一致连续时, 则它关于 $(z_1,\cdots,z_m)$ 有对称性, 并且此时 F 在点 x_0 处的 m 阶 Fréchet 微商也存在且取值为 $\mathrm{D}^mF(x_0)$. 这时我们可以利用 m 阶 Gâteaux 微分的定义来计算 m 阶 Fréchet 微分:

$$F^{(m)}(x)(z_1,\cdots,z_m) = \frac{\mathrm{d}}{\mathrm{d}t_m}\left[\cdots\left.\frac{\mathrm{d}t_1}{F}(x+t_1z_1+\cdots+t_mz_m)\right|_{t_1=0}\cdots\right]\Bigg|_{t_m=0}.$$

设 $F: \mathbb{X} \to \mathbb{R}$ 是 Fréchet 可微的, F 在点 x 处取到局部极值, 则显然对任意的 $z \in \mathbb{X}, F(x+tz)$ 作为 $t \in \mathbb{R}$ 的可微函数在 $t=0$ 处也同样取到局部极值, 从而由式 (5.1.5) 有

$$F'(x)z = 0, \quad \forall z \in \mathbb{X}. \tag{5.1.6}$$

因此 Fréchet 可微泛函 F 在点 x 处取到局部极值的必要条件是 x 满足方程 (5.1.6). 方程 (5.1.6) 也被称为泛函 F 极值问题的 Euler-Lagrange 方程 $F'(x) = 0$ 的弱形式. 另外, 若在点 x 处方程 (5.1.6) 成立, 且存在常数 $\alpha > 0$ 和 $\delta > 0$, 使得对任意的 $z \in \mathbb{X}, \|z\| \leqslant \delta$, 恒有 $F''(x)(z,z) \geqslant \alpha\|z\|^2$, 则可以证明 F 必定在点 x 处取到局部极小值.

例 5.1　设泛函 J 由式 (5.1.2) 定义, 由定义和 $a(\cdot,\cdot)$ 的对称性容易推出

$$\frac{1}{t}(J(u+tv) - J(u)) = a(u,v) - f(v) + \frac{t}{2}a(v,v).$$

由此及 $a(\cdot,\cdot)$ 和 $f(\cdot)$ 的连续性不难验证式 (5.1.5) 成立, 因此得

$$J'(u)v = a(u,v) - f(v).$$

若 J 在点 u 取到其在 $\mathbb{U}$ 中的极值, 则由方程 (5.1.6) 知 u 满足方程

$$a(u,v) - f(v) = 0, \quad \forall v \in \mathbb{U}. \tag{5.1.7}$$

同理, 由 $t^{-1}(J'(u+tw,v) - J'(u,v)) = a(w,v)$ 知 $J''(u)(v,w) = a(w,v)$.
特别地, 若方程 (5.1.7) 成立, 且存在常数 $\alpha > 0$, 使得 $a(v,v) \geqslant \alpha\|v\|^2$
($\forall v \in \mathbb{U}$), 则有 $J(u+tv) \geqslant J(u) + \dfrac{1}{2}\alpha t^2\|v\|^2$. 这表明 u 是 J 在 $\mathbb{U}$ 中唯一的最小值点.

与泛函极小化问题相比, 形如方程 (5.1.6) 的变分方程更具有一般性, 许多科学与工程问题可以通过各种形式的变分原理 (例如弹性力学中的虚功原理等) 化为以下抽象变分问题:

$$\begin{cases} 求 \ u \in \mathbb{V}, 使得 \\ A(u)v = 0, \quad \forall v \in \mathbb{V}, \end{cases} \tag{5.1.8}$$

其中 $A \in \mathfrak{L}(\mathbb{V}; \mathbb{V}^*)$, 即 $A(\cdot)$ 是映 $\mathbb{V}$ 到其对偶空间 $\mathbb{V}^*$ 的线性映射.

为简单起见, 本书仅讨论形如 (5.1.1) 和 (5.1.8) 的变分问题, 且限于 $\mathbb{U}$ 是 $\mathbb{V}$ 的闭线性子空间, $J(u)$ 具有式 (5.1.2) 的形式, 而 $A(u)v$ 可以表示为 $a(u,v) - f(v)$, 其中 $a(u,v)$ 是一个不一定对称的双线性泛函, $f(v)$ 是线性泛函. 这时这些变分问题都等价于一个形如 (5.1.7) 的抽象变分问题.

5.1.2 Lax-Milgram 引理

关于形如 (5.1.8) 的抽象变分问题的解的存在唯一性问题, 我们有以下定理.

定理 5.1 (Lax-Milgram 引理) 设 $\mathbb{V}$ 是 Hilbert 空间, $a(\cdot, \cdot):$ $\mathbb{V} \times \mathbb{V} \to \mathbb{R}$ 是一个连续的双线性泛函, 且满足 $\mathbb{V}$ **椭圆性条件**(也称为**强制性条件**):

$$\exists \alpha > 0, \quad 使得 \ a(u,u) \geqslant \alpha\|u\|^2, \quad \forall u \in \mathbb{V}, \tag{5.1.9}$$

又设 $f : \mathbb{V} \to \mathbb{R}$ 是一个连续的线性泛函, 则抽象变分问题

$$\begin{cases} \text{求 } u \in \mathbb{V}, \text{使得} \\ a(u, v) = f(v), \quad \forall v \in \mathbb{V}, \end{cases} \tag{5.1.10}$$

存在唯一解.

证明 由双线性泛函 $a(\cdot, \cdot)$ 的连续性知, 存在常数 $M > 0$, 使得

$$a(u, v) \leqslant M\|u\|\|v\|, \quad \forall u, v \in \mathbb{V}. \tag{5.1.11}$$

对任意 $u \in \mathbb{V}$, 由 $v \in \mathbb{V} \mapsto a(u, v)$ 是连续线性泛函知, 存在唯一的 $A(u) \in \mathbb{V}^*$($\mathbb{V}$ 的对偶空间), 使得

$$A(u)v = a(u, v), \quad \forall v \in \mathbb{V}. \tag{5.1.12}$$

易知 A 是由 $\mathbb{V}$ 到其对偶空间 $\mathbb{V}^*$ 的有界线性映射, 且

$$\|A\|_{\mathcal{L}(\mathbb{V}, \mathbb{V}^*)} \triangleq \sup_{u \in \mathbb{V}, \|u\|=1} \|A(u)\|_{\mathbb{V}^*} = \sup_{u \in \mathbb{V}, \|u\|=1} \sup_{v \in \mathbb{V}, \|v\|=1} |A(u)v| \leqslant M. \tag{5.1.13}$$

记 $\tau : \mathbb{V}^* \to \mathbb{V}$ 为 Riesz 映射. 由定义有

$$f(v) = \langle \tau f, \, v \rangle, \quad \forall v \in \mathbb{V},$$

其中 $\langle \cdot, \cdot \rangle$ 为 $\mathbb{V}$ 上的内积. 于是求解问题 (5.1.10) 等价于求解以下问题:

$$\begin{cases} \text{求 } u \in \mathbb{V}, \text{使得} \\ \tau A(u) = \tau f. \end{cases} \tag{5.1.14}$$

定义映射

$$F : \mathbb{V} \to \mathbb{V},$$

$$F(v) = v - \rho(\tau A(v) - \tau f),$$

其中 $\rho > 0$ 为待定参数, 则求问题 (5.1.14) 的解等价于求 $F(\cdot)$ 的不动点. 由 (5.1.9)~(5.1.13) 有

$$\langle \tau A(v), \, v \rangle = A(v)v = a(v, v) \geqslant \alpha \|v\|^2,$$

$$\|\tau A(v)\| = \|A(v)\|_{\mathbb{V}^*} \leqslant \|A\|_{\mathfrak{L}(\mathbb{V}, \mathbb{V}^*)} \|v\| \leqslant M\|v\|.$$

因此, 对任给的 $\rho \in (0, 2\alpha/M^2)$, 我们有

$$\|F(w + v) - F(w)\|^2 = \|v\|^2 - 2\rho\langle \tau A(v), v\rangle + \rho^2\|\tau A(v)\|^2$$
$$\leqslant (1 - 2\rho\alpha + \rho^2 M^2)\|v\|^2 < \|v\|^2.$$

同时可证, 当 $\|v\| > (2\alpha - M^2\rho)^{-1}\|f\|$ 时, 有 $\|F(v)\| < \|v\|$. 由此及压缩映像原理即知 F 在 $\mathbb{V}$ 中存在唯一的不动点. 这就证明了问题 (5.1.14) 的解的存在唯一性, 从而得到问题 (5.1.10) 的解的存在唯一性. ■

§5.2 变分形式与弱解

5.2.1 椭圆边值问题的例子

设 $\Omega \subset \mathbb{R}^n$ 是一个连通的开区域, $\partial\Omega$ 是 Ω 的边界. 再设 $\partial\Omega_0$, $\partial\Omega_1$ 是 $\partial\Omega$ 的互不相交的子集, 其中 $\partial\Omega_0$ 是 $\partial\Omega$ 中的相对闭集, 且满足 $\partial\Omega_0 \cup \partial\Omega_1 = \partial\Omega$. 最简单的典型的二阶椭圆边值问题是 Poisson 方程的齐次 Dirichlet 边值问题.

Poisson 方程的边值问题通常有以下形式:

$$\begin{cases} -\Delta u = f, & \boldsymbol{x} \in \Omega, \\ u = \bar{u}_0, & \boldsymbol{x} \in \partial\Omega_0, \\ \dfrac{\partial u}{\partial \boldsymbol{\nu}} + bu = g, & \boldsymbol{x} \in \partial\Omega_1, \end{cases} \tag{5.2.1}$$

其中 $f, \bar{u}_0, b, g$ 为 $\boldsymbol{x}$ 的已知函数, $\Delta = \sum\limits_{i=1}^{n} \dfrac{\partial^2}{\partial x_i^2}$ 是 Laplace 算子, $\boldsymbol{\nu}$ 为 $\partial\Omega_1$ 的单位外法向量. 当 $\partial\Omega_0 = \partial\Omega$ 时, 问题 (5.2.1) 称为 Poisson 方程的 **Dirichlet 边值问题**或**第一边值问题**; 当 $\partial\Omega_1 = \partial\Omega$ 且 $b \equiv 0$ 时, 问题 (5.2.1) 称为 Poisson 方程的 **Neumann 边值问题**或**第二边值问题**; 当 $b \not\equiv 0$ 时, 称问题 (5.2.1) 为 Poisson 方程的**第三边值问题**. 一般地, 当 $\partial\Omega_0$ 和 $\partial\Omega_1$ 均非空时, 称问题 (5.2.1) 为 Poisson 方程的**混合边值问题**, 相应的边界部分分别称为 **Dirichlet 边界**、**Neumann 边界**, 相应

的边值分别称为 **Dirichlet 边值**、**Neumann 边值**. 当 $\bar{u}_0 \equiv 0$ 和 $g \equiv 0$ 时, 相应的边值称为是**齐次**的, 否则称为是**非齐次**的.

最简单的四阶椭圆边值问题是双调和方程的 Dirichlet 边值问题:

$$\begin{cases} \Delta^2 u = f, & \boldsymbol{x} \in \Omega, \\ u = \bar{u}_0, & \boldsymbol{x} \in \partial\Omega, \\ \dfrac{\partial u}{\partial \boldsymbol{\nu}} = g, & \boldsymbol{x} \in \partial\Omega. \end{cases} \tag{5.2.2}$$

设 k 为方程的阶数, l 为边界条件中出现的偏导数的最高阶数, 若 $u \in C^k(\Omega) \cap C^l(\overline{\Omega})$ 满足方程和边界条件, 则称 u 为相应问题的**古典解**. 在理论分析和实际应用中, 我们往往需要在较弱的意义下求解方程. 为此我们需要引入广义导数和 Sobolev 空间的概念.

5.2.2　Sobolev 空间初步

设 $\Omega \subset \mathbb{R}^n$ 是一个连通的开区域, $\partial\Omega$ 是 Ω 的边界. 在 Ω 内具有紧支集的 m 次连续可微函数的集合记做 $C_0^m(\Omega)$.

设 $u \in C^m(\Omega)$, $\boldsymbol{\alpha} = (\alpha_1, \cdots, \alpha_n)$ 为多重指标, 则对任意的 $\phi \in C_0^\infty(\Omega)$, 由 Green 公式有

$$\int_\Omega \phi \partial^{\boldsymbol{\alpha}} u \, \mathrm{d}\boldsymbol{x} = (-1)^{|\boldsymbol{\alpha}|} \int_\Omega u \, \partial^{\boldsymbol{\alpha}} \phi \, \mathrm{d}\boldsymbol{x}.$$

这启发了以下关于 $\mathbb{L}_{\text{loc}}^1(\Omega)$(即区域 Ω 上所有局部 Lebesgue 可积函数构成的线性空间) 中函数的广义导数的概念:

定义 5.3　设 $u \in \mathbb{L}_{\text{loc}}^1(\Omega)$, 若存在 $v_{\boldsymbol{\alpha}} \in \mathbb{L}_{\text{loc}}^1(\Omega)$, 使得

$$\int_\Omega v_{\boldsymbol{\alpha}} \, \phi \, \mathrm{d}\boldsymbol{x} = (-1)^{|\boldsymbol{\alpha}|} \int_\Omega u \, \partial^{\boldsymbol{\alpha}} \phi \, \mathrm{d}\boldsymbol{x}, \quad \forall \phi \in C_0^\infty(\Omega),$$

则称 $v_{\boldsymbol{\alpha}}$ 是 u 的关于多重指标 $\boldsymbol{\alpha}$ 的一个 $|\boldsymbol{\alpha}|$ 阶的**广义偏导数**或**弱偏导数**, 记做 $\partial^{\boldsymbol{\alpha}} u = v_{\boldsymbol{\alpha}}$.

以下若不特别指出, 则所有的导数都是指广义导数. 广义导数显然是古典导数概念的推广. 不仅如此, 它也继承了一些古典导数的有用的性质. 特别地, 我们有以下结论:

定理 5.2   设 $\Omega \subset \mathbb{R}^n$ 是一个连通的开区域, u 的所有 $|\alpha| = m+1$ 阶的广义偏导数均为零, 则 u 是 Ω 上的一个次数不超过 m 的多项式.

定义 5.4   设 m 为非负整数, $1 \leqslant p \leqslant \infty$, 令

$$\mathbb{W} = \{u \in \mathbb{L}^p(\Omega) : \partial^{\boldsymbol{\alpha}} u \in \mathbb{L}^p(\Omega), \ \forall \boldsymbol{\alpha} \ \text{s.t.} \ 0 \leqslant |\boldsymbol{\alpha}| \leqslant m\},$$

其中 $\mathbb{L}^p(\Omega)$ 为定义在区域 Ω 上的所有 p 次 Lebesgue 可积函数所构成的 Banach 空间, 其范数记为 $\|\cdot\|_{0,p,\Omega}$. 集合 $\mathbb{W}$ 在赋予范数

$$\|u\|_{m,p,\Omega} = \left(\sum_{0 \leqslant |\alpha| \leqslant m} \|\partial^{\boldsymbol{\alpha}} u\|_{0,p,\Omega}^p \right)^{1/p}, \quad 1 \leqslant p < \infty,$$

$$\|u\|_{m,\infty,\Omega} = \max_{0 \leqslant |\alpha| \leqslant m} \|\partial^{\boldsymbol{\alpha}} u\|_{0,\infty,\Omega}$$

后所得到的线性赋范空间称为一个 **Sobolev 空间**, 记做 $\mathbb{W}^{m,p}(\Omega)$, 并称 p 为 **Sobolev 指标**.

我们在 Sobolev 空间中作分析时常常会用到以下几个重要的不等式:

Minkowski 不等式: 对任意的 $1 \leqslant p \leqslant \infty$ 和 $f, g \in \mathbb{L}^p(\Omega)$, 都有

$$\|f + g\|_{0,p,\Omega} \leqslant \|f\|_{0,p,\Omega} + \|g\|_{0,p,\Omega}.$$

Hölder 不等式: 设 $1 \leqslant p, q \leqslant \infty$ 满足 $1/p + 1/q = 1$, 则对任意的 $f \in \mathbb{L}^p(\Omega)$ 和 $g \in \mathbb{L}^q(\Omega)$, 都有 $f \cdot g \in \mathbb{L}^1(\Omega)$, 且

$$\|f \cdot g\|_{0,1,\Omega} \leqslant \|f\|_{0,p,\Omega} \|g\|_{0,q,\Omega}.$$

Cauchy-Schwarz 不等式: 当 $p = q = 2$ 时, 由 Hölder 不等式即得

$$\|f \cdot g\|_{0,1,\Omega} \leqslant \|f\|_{0,2,\Omega} \|g\|_{0,2,\Omega}.$$

不难证明, $\mathbb{W}^{m,p}(\Omega)$ 是一个 Banach 空间. 当 $p = 2$ 时, $\mathbb{W}^{m,p}(\Omega)$ 是一个 Hilbert 空间, 记做 $\mathbb{H}^m(\Omega)$, 其范数记做 $\|\cdot\|_{m,\Omega}$. 当区域 Ω 由上下文有明确定义时, 我们将省略掉范数符号中的 Ω.

Sobolev 空间有许多基本的性质. 为了方便起见, 我们在下面给出一些本课程要用到的基本性质. 有关 Sobolev 空间的系统理论分析结果可以参见文献 [1].

定理 5.3   如果区域 Ω 的边界 $\partial\Omega$ 是 Lipschitz 连续的曲面, $1 \leqslant p < \infty$, 则 $C^\infty(\overline{\Omega})$ 在 $\mathbb{W}^{m,p}(\Omega)$ 中稠密.

由定理 5.3 知, 对于具有 Lipschitz 连续边界的区域 Ω, $\mathbb{W}^{m,p}(\Omega)$ 是 $C^\infty(\overline{\Omega})$ 在范数 $\|\cdot\|_{m,p}$ 意义下的完备化空间.

空间 $C_0^\infty(\Omega)$ 在范数 $\|\cdot\|_{m,p}$ 意义下在空间 $\mathbb{W}^{m,p}(\Omega)$ 内的闭包是 Sobolev 空间 $\mathbb{W}^{m,p}(\Omega)$ 的一个子空间, 记做 $\mathbb{W}_0^{m,p}(\Omega)$.

不难证明 $\mathbb{W}_0^{m,p}(\Omega)$ 在范数 $\|\cdot\|_{m,p}$ 意义下也是一个 Banach 空间. 特别地, 当 $p = 2$ 时, 它是一个 Hilbert 空间, 记做 $\mathbb{H}_0^m(\Omega)$.

定理 5.4   设区域 Ω 有有限宽度, 即它位于两个平行的超平面之间, 则存在只依赖于空间维数 n, 偏导数的阶数 m, 两超平面之间的距离 d 和 Sobolev 指标 $1 \leqslant p < \infty$ 的常数 $K(n,m,d,p)$, 使得

$$|u|_{m,p,\Omega} \leqslant \|u\|_{m,p,\Omega} \leqslant K(n,m,d,p)|u|_{m,p,\Omega}, \quad \forall u \in W_0^{m,p}(\Omega), \quad (5.2.3)$$

其中

$$|u|_{m,p,\Omega} = \left(\sum_{|\boldsymbol{\alpha}|=m} \|\partial^{\boldsymbol{\alpha}} u\|_{0,p,\Omega}^p \right)^{1/p}, \quad 1 \leqslant p < \infty$$

是 Sobolev 空间 $\mathbb{W}^{m,p}(\Omega)$ 上的半范数. 不等式 (5.2.3) 常称为 **Poincaré-Friedrichs 不等式**.

证明   不失一般性, 设区域 Ω 位于超平面 $x_n = 0$ 和 $x_n = d$ 之间. 令 $\boldsymbol{x} = (\boldsymbol{x}', x_n)$, 其中 $\boldsymbol{x}' = (x_1, \cdots, x_{n-1})$. 对任意的 $u \in C_0^\infty(\Omega)$, 我们有

$$u(\boldsymbol{x}) = \int_0^{x_n} \partial_t u(\boldsymbol{x}', t) \, \mathrm{d}t.$$

因此, 由 Hölder 不等式

$$\left| \int_0^{x_n} f(t)g(t) \, \mathrm{d}t \right| \leqslant \left(\int_0^{x_n} |f(t)|^{p'} \mathrm{d}t \right)^{1/p'} \left(\int_0^{x_n} |g(t)|^p \mathrm{d}t \right)^{1/p},$$

其中 $p' = \dfrac{p}{p-1}$, 取 $f(t) = 1$, $g(t) = \partial_t u(\boldsymbol{x}', t)$, 我们有

$$
\begin{aligned}
\|u\|_{0,p,\Omega}^p &= \int_{\mathbb{R}^{n-1}} \mathrm{d}\boldsymbol{x}' \int_0^d |u(\boldsymbol{x})|^p \mathrm{d}x_n \\
&\leqslant \int_{\mathbb{R}^{n-1}} \mathrm{d}\boldsymbol{x}' \int_0^d x_n^{p-1} \mathrm{d}x_n \int_0^d |\partial_t u(\boldsymbol{x}', t)|^p \mathrm{d}t \\
&\leqslant (d^p/p) |u|_{1,p,\Omega}^p.
\end{aligned}
$$

于是得

$$
|u|_{1,p,\Omega}^p \leqslant \|u\|_{1,p,\Omega}^p = \|u\|_{0,p,\Omega}^p + |u|_{1,p,\Omega}^p \leqslant [1 + (d^p/p)] |u|_{1,p,\Omega}^p, \quad \forall u \in C_0^\infty(\Omega).
$$

对导函数 $\partial^{\boldsymbol{\alpha}} u$ ($|\boldsymbol{\alpha}| \leqslant m-1$) 相继应用以上不等式, 便得到

$$
|u|_{m,p,\Omega} \leqslant \|u\|_{m,p,\Omega} \leqslant K(d,p) |u|_{m,p,\Omega}, \quad \forall u \in C_0^\infty(\Omega).
$$

由此及 $C_0^\infty(\Omega)$ 在 $\mathbb{W}_0^{m,p}(\Omega)$ 的稠密性便知不等式 (5.2.3) 成立. ∎

设 $\mathbb{X}$, $\mathbb{Y}$ 为 Banach 空间, 其范数分别为 $\|\cdot\|_{\mathbb{X}}$ 和 $\|\cdot\|_{\mathbb{Y}}$. 若对任意的 $x \in \mathbb{X}$, 有 $x \in \mathbb{Y}$, 且存在与 x 无关的正常数 C, 使得 $\|x\|_{\mathbb{Y}} \leqslant C\|x\|_{\mathbb{X}}$, 则称恒同算子 $I : \mathbb{X} \to \mathbb{Y}$, $Ix = x$ 为一个**嵌入算子**, 相应的嵌入关系记做 $\mathbb{X} \hookrightarrow \mathbb{Y}$. 由定义知, 嵌入算子 $I : \mathbb{X} \to \mathbb{Y}$ 是一个有界线性算子. 若嵌入算子 I 还是一个紧算子, 即 I 将 $\mathbb{X}$ 中的任意有界闭集映为 $\mathbb{Y}$ 中的紧集, 则称相应的嵌入算子为**紧嵌入算子**, 记做 $\mathbb{X} \overset{c}{\hookrightarrow} \mathbb{Y}$. Sobolev 空间有以下重要的**嵌入定理**:

定理 5.5 如果有界连通区域 Ω 的边界 $\partial\Omega$ 是 Lipschitz 连续的曲面, 则

(1) 当 $m < n/p$ 时, $\mathbb{W}^{m+k,p}(\Omega) \hookrightarrow \mathbb{W}^{k,q}(\Omega)$, $1 \leqslant q \leqslant \dfrac{np}{n-mp}$, $k \geqslant 0$;

(2) 当 $m < n/p$ 时, $\mathbb{W}^{m+k,p}(\Omega) \overset{c}{\hookrightarrow} \mathbb{W}^{k,q}(\Omega)$, $1 \leqslant q < \dfrac{np}{n-mp}$, $k \geqslant 0$;

(3) 当 $m = n/p$ 时, $\mathbb{W}^{m+k,p}(\Omega) \overset{c}{\hookrightarrow} \mathbb{W}^{k,q}(\Omega)$, $1 \leqslant q < \infty$, $k \geqslant 0$;

(4) 当 $m > n/p$ 时, $\mathbb{W}^{m+k,p}(\Omega) \overset{c}{\hookrightarrow} C^k(\overline{\Omega})$, $k \geqslant 0$.

严格地说, $\mathbb{W}^{m,p}(\Omega)$ 中的元素是在 Ω 去掉一个零测集上有定义的函数所构成的等价类, 每个等价类中的任意两个函数在除去一个零测

集外相等. 因此, 上述嵌入定理的最后一个嵌入关系是指 $\mathbb{W}^{m+k,p}(\Omega)$ 的每一个元素中都存在一个函数 $u \in C^k(\overline{\Omega})$.

同样的道理, 因为 Lipschitz 连续边界的 n 维 Lebesgue 测度为零, 所以 $\mathbb{W}^{m,p}(\Omega)$ 中的函数在 $\partial\Omega$ 上一般没有明确的定义. 但由于 $C^\infty(\overline{\Omega})$ 在 $\mathbb{W}^{m,p}(\Omega)(1 \leqslant p < \infty)$ 中稠密, 因此对任意的 $u \in \mathbb{W}^{m,p}(\Omega)$, 存在 $\{u_k\} \subset C^\infty(\overline{\Omega})$, 使得

$$\|u_k - u\|_{m,p,\Omega} \longrightarrow 0, \quad k \to \infty.$$

记 u_k 在 $\partial\Omega$ 上的限制为 $u_k|_{\partial\Omega}$. 若对任意逼近序列 $\{u_k\}$, $\{u_k|_{\partial\Omega}\}$ 在 $\mathbb{L}^q(\partial\Omega)$ 中都收敛, 则称其极限为函数 u 在 $\partial\Omega$ 上的**迹**, 记为 $u|_{\partial\Omega}$. 称映射 $\nu : \mathbb{W}^{m,p}(\Omega) \to \mathbb{L}^q(\partial\Omega)$, $\nu(u) = u|_{\partial\Omega}$ 为**迹算子**. 若映射 $\nu :$ $\mathbb{W}^{m,p}(\Omega) \to \mathbb{L}^q(\partial\Omega)$ 是连续的 (且是紧的), 则称空间 $\mathbb{W}^{m,p}(\Omega)$ **嵌入(紧嵌入)** 到 $\mathbb{L}^q(\partial\Omega)$, 记为 $\mathbb{W}^{m,p}(\Omega) \hookrightarrow \mathbb{L}^q(\partial\Omega)(\mathbb{W}^{m,p}(\Omega) \overset{c}{\hookrightarrow} \mathbb{L}^q(\partial\Omega))$. 对于在边界 $\partial\Omega$ (或部分边界) 上定义的其他 Banach 空间, 也可以类似地定义到这些空间上的迹算子以及相应的嵌入和紧嵌入. 显然, 在定理 5.5 的条件下, 当 $m > n/p$ 时, $\mathbb{W}^{m+k,p}(\Omega)$ 紧嵌入到 $C^k(\partial\Omega)$. 关于迹算子还有以下嵌入定理:

定理 5.6   如果有界连通区域 Ω 的边界 $\partial\Omega$ 是 $m \geqslant 1$ 阶光滑的曲面, 则

(1) 当 $m < n/p$ 时, $\mathbb{W}^{m,p}(\Omega) \hookrightarrow \mathbb{L}^q(\partial\Omega)$, $1 \leqslant q \leqslant \dfrac{(n-1)p}{n-mp}$;

(2) 当 $m = n/p$ 时, $\mathbb{W}^{m,p}(\Omega) \hookrightarrow \mathbb{L}^q(\partial\Omega)$, $1 \leqslant q < \infty$.

另外, 当 $m = 1, p = q = 2$ 时, 若边界 $\partial\Omega$ 是 Lipschitz 连续的曲面, 则特别地有

$$\mathbb{H}^1(\Omega) \hookrightarrow \mathbb{L}^2(\partial\Omega).$$

嵌入定理的证明比较复杂, 感兴趣的读者可参阅文献 [1].

对于有界连通区域 Ω, 若其边界 $\partial\Omega$ 是 Lipschitz 连续的曲面, 则可以证明: $\mathbb{H}_0^1(\Omega) = \{u \in \mathbb{H}^1(\Omega) : u|_{\partial\Omega} = 0\}$, 即 $\mathbb{H}_0^1(\Omega)$ 恰为 $\mathbb{H}^1(\Omega)$ 中迹为零的函数构成的 Hilbert 空间; $\mathbb{H}_0^2(\Omega) = \{u \in \mathbb{H}^2(\Omega) : u|_{\partial\Omega} = 0, \partial_\nu u|_{\partial\Omega} = 0\}$, 其中 $\partial_\nu u|_{\partial\Omega}$ 为 u 的在迹的意义下沿外法向的导数,

即 $\mathbb{H}_0^2(\Omega)$ 恰为 $\mathbb{H}^2(\Omega)$ 中函数及其法向导数的迹均为零的函数构成的 Hilbert 空间.

5.2.3 椭圆边值问题的变分形式与弱解

以下我们总假定区域 Ω 是有界连通的, 且其边界 $\partial\Omega$ 是 Lipschitz 连续的曲面.

首先来考虑 Poisson 方程的 Dirichlet 边值问题

$$\begin{cases} -\Delta u = f, & \boldsymbol{x} \in \Omega, \\ u = \bar{u}_0, & \boldsymbol{x} \in \partial\Omega. \end{cases} \tag{5.2.4}$$

设问题 (5.2.4) 有古典解 u, 且古典解 $u \in C^2(\overline{\Omega})$. 任取一个函数 $v \in C_0^\infty(\Omega)$(通常称 v 为**检验函数**), 将其乘以方程两边, 然后在区域 Ω 上积分并利用 Green 公式得

$$\int_\Omega \nabla u \cdot \nabla v \, \mathrm{d}\boldsymbol{x} - \int_{\partial\Omega} v \, \partial_{\boldsymbol{\nu}} u \, \mathrm{d}s = \int_\Omega f v \, \mathrm{d}\boldsymbol{x}, \tag{5.2.5}$$

其中 $\nabla = (\partial_1, \cdots, \partial_n)$ 为梯度算子, $\partial_{\boldsymbol{\nu}} u$ 为 u 的外法向导数. 由于检验函数 v 在边界上的取值为零, 所以得

$$\int_\Omega \nabla u \cdot \nabla v \, \mathrm{d}\boldsymbol{x} = \int_\Omega f v \, \mathrm{d}\boldsymbol{x}.$$

以 $(\cdot, \cdot)$ 表示 Hilbert 空间 $\mathbb{L}^2(\Omega)$ 上的内积, 令

$$a(u, v) = \int_\Omega \nabla u \cdot \nabla v \, \mathrm{d}\boldsymbol{x},$$

则上式又可以写成

$$a(u, v) = (f, v).$$

注意到 $a(\cdot, \cdot)$ 和 $(\cdot, \cdot)$ 都是 Hilbert 空间 $\mathbb{H}_0^1(\Omega)$ 上的连续双线性泛函, 再由 $C_0^\infty(\Omega)$ 在 $\mathbb{H}_0^1(\Omega)$ 中的稠密性, 就有

$$a(u, v) = (f, v), \quad \forall v \in \mathbb{H}_0^1(\Omega). \tag{5.2.6}$$

在相应的力学问题中, 问题 (5.2.4) 表示的是在给定边界位移的条件下内力与外力的平衡; 而方程 (5.2.6) 则表示的是虚功原理, 即内力与外

力在任何允许的虚位移上所做的虚功之和为零. 由于边界位移是给定的, 所以允许虚位移在边界上的取值只能是零.

虽然方程(5.2.6)是在 $u \in C^2(\overline{\Omega})$ 的假设下推出的, 但它显然对 $u \in \mathbb{H}^1(\Omega)$ 也是有意义的. 由此便引出了椭圆边值问题(5.2.4)弱解的定义.

定义 5.5　若 $u \in \mathbb{V}(\bar{u}_0; \Omega) = \{u \in \mathbb{H}^1(\Omega) : u|_{\partial\Omega} = \bar{u}_0\}$ 满足变分方程 (5.2.6), 即

$$a(u, v) = (f, v), \quad \forall v \in \mathbb{H}_0^1(\Omega),$$

则称 u 为椭圆边值问题 (5.2.4) 的**弱解**, 称相应的变分问题为椭圆边值问题 (5.2.4) 的**变分形式**或**弱形式**, 并分别称 u 所属的空间 $\mathbb{V}(\bar{u}_0; \Omega)$ 和 v 所属的空间 $\mathbb{H}_0^1(\Omega)$ 为变分问题的**试探函数空间**和**检验函数空间**.

弱解是古典解的推广, 事实上它们有以下关系:

定理 5.7　设 $f \in C(\overline{\Omega})$, $\bar{u}_0 \in C(\partial\Omega)$, 若 $u \in C^2(\overline{\Omega})$ 是问题 (5.2.4) 的古典解, 则它必然也是其弱解; 反之, 若 u 是问题 (5.2.4) 的弱解, 且 $u \in C^2(\overline{\Omega})$, 则它也一定是其古典解.

证明　定理的前半部分已由以上弱解定义的导出过程得证. 现设 u 是问题 (5.2.4) 的弱解, 且 $u \in C^2(\overline{\Omega})$. 在方程 (5.2.6) 中, 取检验函数 $v \in C_0^\infty(\Omega)$, 由 Green 公式便得

$$\int_\Omega (\Delta u + f)\, v \, \mathrm{d}\boldsymbol{x} = 0, \quad \forall v \in C_0^\infty(\Omega).$$

由于 $\Delta u + f$ 是连续函数, 这就意味着 u 满足方程

$$-\Delta u = f, \quad \boldsymbol{x} \in \Omega.$$

再由迹的定义知 u 在 $\partial\Omega$ 上的取值为 $\bar{u}_0$. 因此 u 是问题 (5.2.4) 的古典解. ∎

注意到 $a(u, v) - (f, v)$ 是定义在 $\mathbb{H}^1(\Omega)$ 上的二次泛函

$$J(v) = \frac{1}{2} a(v, v) - (f, v)$$

的 Fréchet 微分, 即

$$J'(u)v = a(u, v) - (f, v), \tag{5.2.7}$$

我们也可以用以下方式定义问题 (5.2.4) 的变分形式和弱解, 这对应于相应的力学问题中由最小势能原理得到的解.

定义 5.6 若 $u \in \mathbb{V}(\bar{u}_0; \Omega)$ 为泛函 $J(\cdot)$ 在 $\mathbb{V}(\bar{u}_0, \Omega)$ 中的最小值点, 即

$$J(u) = \min_{v \in \mathbb{V}(\bar{u}_0; \Omega)} J(v), \tag{5.2.8}$$

则称 u 为椭圆边值问题 (5.2.4) 的**弱解**, 并称相应的泛函极小化问题为椭圆边值问题 (5.2.4) 的**变分形式**或**弱形式**.

定理 5.8 由定义 5.5 和定义 5.6 所定义的弱解是等价的.

证明 设 $u \in \mathbb{V}(\bar{u}_0; \Omega)$ 满足式 (5.2.8), 则有

$$J'(u)v = 0, \quad \forall v \in \mathbb{H}_0^1(\Omega).$$

由此及式 (5.2.7) 便知 $u \in \mathbb{V}(\bar{u}_0; \Omega)$ 是方程 (5.2.6) 的解.

反之, 若 $u \in \mathbb{V}(\bar{u}_0; \Omega)$ 是方程 (5.2.6) 的解, 则对任意的 $v \in \mathbb{V}(\bar{u}_0; \Omega)$, 利用 $a(u, v)$ 的对称性可得

$$J(v) - J(u) = a(u, v - u) - (f, v - u) + \frac{1}{2} a(v - u, v - u).$$

由于 $v - u \in \mathbb{H}_0^1(\Omega)$, 结合上式和方程 (5.2.6) 便得

$$J(v) - J(u) = \frac{1}{2} a(v - u, v - u) \geqslant 0, \quad \forall v \in \mathbb{V}(\bar{u}_0; \Omega),$$

即 $u \in \mathbb{V}(\bar{u}_0; \Omega)$ 满足式 (5.2.8). ∎

我们有以下关于问题 (5.2.4) 的弱解 (即其变分形式的解) 的存在唯一性定理:

定理 5.9 设区域 Ω 有界连通且具有 Lipschitz 连续的边界, $f \in \mathbb{L}^2(\Omega)$, 且存在 $u_0 \in \mathbb{H}^1(\Omega)$ 满足 $u_0|_{\partial\Omega} = \bar{u}_0$, 则问题 (5.2.4) 的弱解存在唯一.

证明 取 $\mathbb{V} = \mathbb{H}_0^1(\Omega)$. 定义 $F: \mathbb{V} \to \mathbb{R}$ 为

$$F(v) = (f, v) - a(u_0, v),$$

则 $F(\cdot)$ 为 $\mathbb{V}$ 上的连续线性泛函. 由定义知 $a(\cdot, \cdot)$ 是 $\mathbb{V} \times \mathbb{V}$ 上的连续双线性泛函. 又由 Poincaré-Friedrichs 不等式 (见定理 5.4) 有

$$a(v, v) \geqslant \alpha \|v\|^2_{1,2,\Omega}, \quad \forall v \in \mathbb{V},$$

其中 $\alpha > 0$ 是一个只依赖于区域 Ω 的常数. 于是根据 Lax-Milgram 引理 (见定理 5.1) 知, 椭圆边值问题 (5.2.4) 的变分形式, 即变分问题

$$\begin{cases} 求 u \in \mathbb{V}, \ 使得 \\ a(u, v) = F(v), \quad \forall v \in \mathbb{V} \end{cases}$$

存在唯一解. 不难验证 u 为上述问题的解的充分必要条件是 $u + u_0$ 为方程 (5.2.6) 的解. 这就证明了定理的结论. ∎

接下来我们考虑 Poisson 方程的 Neumann 边值问题

$$\begin{cases} -\Delta u = f, & \boldsymbol{x} \in \Omega, \\ \dfrac{\partial u}{\partial \boldsymbol{\nu}} = g, & \boldsymbol{x} \in \partial\Omega. \end{cases} \tag{5.2.9}$$

与讨论 Dirichlet 边值问题时一样, 设问题 (5.2.9) 有古典解 u, 且古典解 $u \in C^2(\overline{\Omega})$. 任取一个检验函数 $v \in C^\infty(\overline{\Omega})$, 将其乘以方程两边, 然后在区域 Ω 上积分, 并利用 Green 公式同样得到式 (5.2.5). 注意到不同点在于, 这里的 u 在 $\partial\Omega$ 上的取值不再是固定的, 因此检验函数 v 在边界上也不必取零值. 于是由 Neumann 边界条件得

$$a(u, v) = (f, v) + (g, v)_{\partial\Omega},$$

其中 $a(\cdot, \cdot)$ 和 $(\cdot, \cdot)$ 定义如前, 而 $(\cdot, \cdot)_{\partial\Omega}$ 则为 $\mathbb{L}^2(\partial\Omega)$ 上的内积, 即

$$(g, v)_{\partial\Omega} = \int_{\partial\Omega} g v \, \mathrm{d}s.$$

由 $C^\infty(\overline{\Omega})$ 在 $\mathbb{H}^1(\Omega)$ 的稠密性及 v 的任意性, 便引出了以下定义:

定义 5.7   若 $u \in \mathbb{H}^1(\Omega)$ 满足方程

$$a(u, v) = (f, v) + (g, v)_{\partial\Omega}, \quad \forall v \in \mathbb{H}^1(\Omega), \tag{5.2.10}$$

则称 u 为椭圆边值问题 (5.2.9) 的**弱解**, 称相应的变分问题为椭圆边值问题 (5.2.9) 的**变分形式**或**弱形式** (这里变分问题的试探函数空间和检验函数空间都是 $\mathbb{H}^1(\Omega)$).

定理 5.10 设 $f \in C(\overline{\Omega})$, $g \in C(\partial\Omega)$, 若 $u \in C^2(\overline{\Omega})$ 是问题 (5.2.9) 的古典解, 则它必然也是其弱解; 反之, 若 u 是问题 (5.2.9) 的弱解, 且 $u \in C^2(\overline{\Omega})$, 则它也一定是其古典解.

证明 定理的前半部分已由以上弱解定义的导出过程得证. 现设 u 是问题 (5.2.9) 的弱解, 且 $u \in C^2(\overline{\Omega})$. 在 (5.2.10) 中先取检验函数 $v \in C_0^\infty(\Omega)$, 由 Green 公式便得

$$\int_\Omega (\Delta u + f)\, v \,\mathrm{d}\boldsymbol{x} = 0, \quad \forall v \in C_0^\infty(\Omega).$$

由于 $\Delta u + f$ 是连续函数, 这就意味着 u 满足方程

$$-\Delta u = f, \quad \forall \boldsymbol{x} \in \Omega.$$

再在方程 (5.2.10) 中取检验函数 $v \in C^\infty(\overline{\Omega})$, 由 Green 公式及上式得

$$\int_{\partial\Omega} (\partial_\nu u - g)\, v \,\mathrm{d}s = 0, \quad \forall v \in C^\infty(\overline{\Omega}).$$

由 $\partial_\nu u - g$ 的连续性和 v 的任意性便知 u 满足 Neumann 边界条件. 因此 u 是问题 (5.2.9) 的古典解. ■

现在, 我们来考虑方程 (5.2.10) 的解的存在唯一性问题. 注意到将 $v \equiv 1$ 代入方程 (5.2.10) 后得

$$\int_\Omega f \,\mathrm{d}\boldsymbol{x} + \int_{\partial\Omega} g \,\mathrm{d}s = 0, \tag{5.2.11}$$

因此方程 (5.2.10) 存在解的必要条件是 f 和 g 满足关系式 (5.2.11). 在相应的弹性力学问题中, 这说明, 在纯应力边界条件下, 若外力不平衡, 则系统不可能处于平衡状态. 另外, 若 u 是方程 (5.2.10) 的解, 则显然对任意常数 C, $u + C$ 也是方程 (5.2.10) 的解. 为了避免这种不唯一性, 我们考虑在 $\mathbb{H}^1(\Omega)$ 的闭线性子空间

$$\mathbb{V}_0 = \left\{ u \in \mathbb{H}^1(\Omega) : \int_\Omega u \,\mathrm{d}\boldsymbol{x} = 0 \right\}$$

上求解方程 (5.2.10). 我们需要以下结果:

定理 5.11 设区域 Ω 有界连通且具有 Lipschitz 连续的边界, 则存在常数 $\gamma_1 \geqslant \gamma_0 > 0$, 使得

$$\gamma_0 \|u\|_{1,2,\Omega} \leqslant \left| \int_\Omega u \, d\boldsymbol{x} \right| + |u|_{1,2,\Omega} \leqslant \gamma_1 \|u\|_{1,2,\Omega}, \quad \forall u \in \mathbb{H}^1(\Omega). \quad (5.2.12)$$

该不等式也称为 **Poincaré-Friedrichs 不等式**.

证明 由 Schwarz 不等式知, 式 (5.2.12) 中的第二个不等式成立是显然的. 现在假设式 (5.2.12) 第一个不等式对任意正数均不成立, 即存在序列 $\{u_k\} \subset \mathbb{H}^1(\Omega)$ 满足 $\|u_k\|_{1,2,\Omega} \equiv 1$, 同时

$$\left| \int_\Omega u_k \, d\boldsymbol{x} \right| + |u_k|_{1,2,\Omega} \to 0, \quad k \to 0. \quad (5.2.13)$$

由于 Hilbert 空间 $\mathbb{H}^1(\Omega)$ 中的有界序列是准弱列紧的, 又 $\mathbb{H}^1(\Omega)$ 紧嵌入到 $\mathbb{L}^2(\Omega)$, 于是便存在 $\{u_k\}$ 的子序列 (仍记做 $\{u_k\}$) 和 $u \in \mathbb{H}^1(\Omega)$, $v \in \mathbb{L}^2(\Omega)$, 使得

$$u_k \rightharpoonup u, \quad \text{在 } \mathbb{H}^1(\Omega) \text{ 中}, \quad (5.2.14)$$

$$u_k \to v, \quad \text{在 } \mathbb{L}^2(\Omega) \text{ 中}, \quad (5.2.15)$$

其中 $\rightharpoonup$ 表示弱收敛. 由式 (5.2.13) 和 (5.2.15) 知, $\{u_k\}$ 是 $\mathbb{H}^1(\Omega)$ 中的 Cauchy 列, 因此 $u = v$ 且 $\|u_k - u\|_{1,2,\Omega} \to 0$. 于是, 由式 (5.2.13) 得 $\nabla u = 0$. 因此, 由定理 5.2 知, $u \equiv C$ 为常数. 又由 $\|u_k\|_{1,2,\Omega} \equiv 1$, $|u_k|_{1,2,\Omega} \to 0$ 和式 (5.2.15) 得 $\|u\|_{0,2,\Omega} = 1$, 因此 $C \neq 0$. 但式 (5.2.13) 和 (5.2.15) 又意味着 $C \operatorname{meas}(\Omega) = \int_\Omega u \, d\boldsymbol{x} = 0$, 即 $C = 0$. 这一矛盾的结果就证明了定理结论的正确性. ∎

定理 5.11 表明, $a(\cdot, \cdot)$ 是定义在 $\mathbb{V}_0 \times \mathbb{V}_0$ 上的一个连续的双线性泛函, 且满足 $\mathbb{V}_0$ 椭圆性条件. 同时, 若 $f \in \mathbb{L}^2(\Omega)$, $g \in \mathbb{L}^2(\partial\Omega)$, 则

$$F(v) = (f, v) + (g, v)_{\partial\Omega} \quad (5.2.16)$$

定义了 $\mathbb{V}_0$ 上的一个连续线性泛函. 因此根据 Lax-Milgram 引理 (见定理 5.1) 我们就可以得到以下的 Poisson 方程 Neumann 边值问题的弱解的存在唯一性定理:

定理 5.12 设区域 Ω 有界连通且具有 Lipschitz 连续的边界，$f \in \mathbb{L}^2(\Omega)$, $g \in \mathbb{L}^2(\partial\Omega)$ 满足关系式 (5.2.11), $F : \mathbb{V}_0 \to \mathbb{R}$ 由式 (5.2.16) 定义，则椭圆边值问题 (5.2.9) 的变分形式，即变分问题

$$\begin{cases} \text{求 } u \in \mathbb{V}_0, \text{使得} \\ a(u,v) = F(v), \quad \forall v \in \mathbb{V}_0 \end{cases} \tag{5.2.17}$$

存在唯一解.

值得注意的是，以上弱解的存在唯一性并没有用到条件 (5.2.11). 不过，不难证明当且仅当关系式 (5.2.11) 成立时，定理 5.12 给出的解是 Poisson 方程 Neumann 边值问题 (5.2.9) 的弱解 (见定义 5.7)，且充分光滑的弱解是古典解. 另一种直接融入条件 (5.2.11) 的变分问题的提法是在定理 5.12 中将 $\mathbb{V}_0$ 换为商空间 $\mathbb{H}^1(\Omega)/\mathbb{R}$，其中的元素为 $\mathbb{H}^1(\Omega)$ 中彼此相差一个常数的函数所构成的等价类 (见 7.2.1 小节). 由定理 5.11 不难证明 $\mathbb{V}_0$ 与商空间 $\mathbb{H}^1(\Omega)/\mathbb{R}$ 等价，但只有当关系式 (5.2.11) 成立时 $F : \mathbb{V}_0 \to \mathbb{R}$ 才诱导出定义在商空间 $\mathbb{H}^1(\Omega)/\mathbb{R}$ 上的有界线性泛函.

在以上将椭圆边值问题 (5.2.4) 和 (5.2.9) 转化为变分形式的讨论中，问题 (5.2.4) 的 Dirichlet 边界条件在最终形成的变分问题中是通过选择满足边界条件的函数空间 (称为**允许函数空间**) 来确定的(见定义 5.5 中的$\mathbb{V}(\bar{u}_0; \Omega)$)，我们将这种通过选择满足边界条件的允许函数空间的方式给出的变分问题的边界条件称为**强制边界条件**或**本质边界条件**；而问题 (5.2.9) 的 Neumann 边界条件 (或类似的第三边值条件) 在最终形成的变分问题中则直接反映在变分方程中 (见定义 5.7)，方程的解会自然地满足边界条件，因此这类边界条件也称为**自然边界条件**. 在混合边值问题中，一般强制边界条件和自然边界条件会同时出现. 正确处理这两类边界条件是推导椭圆边值问题变分形式的关键步骤之一. 一般地说，双线性泛函 $a(\cdot,\cdot)$ 中出现的试探函数 u 的导数的最高阶数决定了弱解所属的**基本函数空间**(指使得方程的变分形式有意义的最大的函数空间). 例如，当 $a(u,v) = \int_\Omega \nabla u \cdot \nabla v \, \mathrm{d}x$ 时，基本函

数空间为 $\mathbb{H}^1(\Omega)$; 而当 $a(u,v) = \displaystyle\int_\Omega \Delta u\,\Delta v\,\mathrm{d}x$ 时, 基本函数空间则应取为 $\mathbb{H}^2(\Omega)$. 另外, 原问题的边界条件是否能够在通过迹定理由基本函数空间所诱导的边界上的 Sobolev 空间中有定义则决定了边界条件的类型. 例如, 当 $a(u,v) = \displaystyle\int_\Omega \nabla u\cdot\nabla v\,\mathrm{d}x$ 时, 由基本函数空间 $\mathbb{H}^1(\Omega) \hookrightarrow$ $\mathbb{L}^2(\partial\Omega)$ 知, $u|_{\partial\Omega}$ 在 $\mathbb{L}^2(\partial\Omega)$ 中有定义, 而 $\left.\dfrac{\partial u}{\partial\boldsymbol{\nu}}\right|_{\partial\Omega}$ 在 $\mathbb{L}^2(\partial\Omega)$ 中没有定义. 因此, 在相应的变分形式中, Dirichlet 边界条件表现为强制边界条件, 而 Neumann 边界条件则表现为自然边界条件. 变分问题中的试探函数空间一般是由基本函数空间中所有满足强制边界条件的函数所组成, 而检验函数空间则是由基本函数空间中所有在给出强制边界条件的边界上满足相应的齐次边界条件的函数所组成. 例如, 若强制边界条件为 $u|_{\partial\Omega_0} = \bar{u}_0$, 则试探函数空间为 $\mathbb{V}(\bar{u}_0; \Omega, \partial\Omega_0) = \{u \in \mathbb{H}^1(\Omega) : u|_{\partial\Omega_0} = \bar{u}_0\}$, 而检验函数空间则为 $\mathbb{V}(0; \Omega, \partial\Omega_0) = \{u \in \mathbb{H}^1(\Omega) : u|_{\partial\Omega_0} = 0\}$.

§5.3　补充与注记

我们只介绍了基于最小势能原理和虚功原理的两种最简单的变分形式. 而在偏微分方程的理论和应用中, 即便是同一个偏微分方程问题也往往有着许多不同的变分形式. 下面我们给出几个常见的例子.

在求解约束极值问题时, 常常可以通过引入 Lagrange 乘子将问题化为无约束的驻点问题. 例如, 考虑泛函 $F : \mathbb{X} \to \mathbb{R}$ 在集合

$$S = \{x \in \mathbb{X} : f(x) = y_0\}$$

上的极值问题, 其中 $f : \mathbb{X} \to \mathbb{Y}$ 是一个给定的算子, $\mathbb{X}$ 和 $\mathbb{Y}$ 是 Banach 空间. 记 $\mathbb{Y}^*$ 为 $\mathbb{Y}$ 的对偶空间, 则相应的 Lagrange 泛函 $\mathfrak{L} : \mathbb{X} \times \mathbb{Y}^* \to \mathbb{R}$ 定义为

$$\mathfrak{L}(x, \lambda) = F(x) + \lambda(f(x) - y_0).$$

关于 F 的约束极值点与 $\mathfrak{L}$ 的驻点的关系, 我们仅就线性约束问题给出以下常用的结果:

定理 5.13 设 F 有有界的 Fréchet 微商, f 是有界线性算子且其值域 $R(f) = \mathbb{Y}$, 则 $x \in S$, 且 $F'_S(x) = 0$, 即

$$F'(x)z = 0, \quad \forall z \in S_0 = \{x \in \mathbb{X} : f(x) = 0\} \tag{5.3.1}$$

的充分必要条件是: 存在 $\lambda \in \mathbb{Y}^*$, 使得

$$\mathcal{L}'(x, \lambda) = 0. \tag{5.3.2}$$

考虑 $\Omega \subset \mathbb{R}^n$ 上的 Poisson 方程 Dirichlet 边值问题

$$\begin{cases} -\Delta u = f, & \boldsymbol{x} \in \Omega, \\ u = \bar{u}_0, & \boldsymbol{x} \in \partial\Omega. \end{cases} \tag{5.3.3} \tag{5.3.4}$$

若引入新的未知函数 $\boldsymbol{p} = (p_1, \cdots, p_n)$, $p_i = \partial_i u \, (i = 1, \cdots, n)$, 则方程 (5.3.3) 化为

$$\begin{cases} p_i = \partial_i u, \ i = 1, \cdots, n, \\ -\sum_{i=1}^{n} \partial_i p_i = f, \end{cases} \boldsymbol{x} \in \Omega. \tag{5.3.5}$$

在弹性力学中, 方程组 (5.3.5) 的第一式为本构方程, 它给出了应力与应变之间的关系, 反映的是材料的性质; 第二式为力的平衡方程. 它们是更基本的力学方程. 对方程组 (5.3.5) 分别取检验函数 $\boldsymbol{q} = (q_1, \cdots, q_n)$, $q_i \in C^\infty(\overline{\Omega})(i = 1, \cdots, n)$ 和 $v \in C^\infty(\overline{\Omega})$, 并利用 Green 公式和边界条件以及 $C^\infty(\overline{\Omega})$ 在 $\mathbb{H}^1(\Omega)$ 和 $\mathbb{L}^2(\Omega)$ 中的稠密性, 即可得到边值问题 (5.3.3) 和 (5.3.4) 的一种弱解的提法:

$$\begin{cases} \text{求 } \boldsymbol{p} \in (\mathbb{H}^1(\Omega))^n, \ u \in \mathbb{L}^2(\Omega), \text{使得} \\ a(\boldsymbol{p}, \boldsymbol{q}) + b(\boldsymbol{q}, u) = G(\boldsymbol{q}), \quad \forall \boldsymbol{q} \in (\mathbb{H}^1(\Omega))^n, \\ b(\boldsymbol{p}, v) = F(v), \quad \forall v \in \mathbb{L}^2(\Omega), \end{cases} \tag{5.3.6}$$

其中

$$a(\boldsymbol{p}, \boldsymbol{q}) = \int_\Omega \boldsymbol{p} \cdot \boldsymbol{q} \, \mathrm{d}\boldsymbol{x} = \int_\Omega \sum_{i=1}^{n} p_i q_i \, \mathrm{d}\boldsymbol{x},$$

$$b(\boldsymbol{q}, u) = \int_\Omega u \, \mathbf{div}\,(\boldsymbol{q}) \, \mathrm{d}\boldsymbol{x} = \int_\Omega u \sum_{i=1}^{n} \partial_i q_i \, \mathrm{d}\boldsymbol{x},$$

$$G(\boldsymbol{q}) = \int_{\partial\Omega} \bar{u}_0 \, \boldsymbol{q} \cdot \boldsymbol{\nu} \, \mathrm{d}s = \int_{\partial\Omega} \bar{u}_0 \sum_{i=1}^{n} q_i \nu_i \, \mathrm{d}s,$$

$$F(v) = -\int_\Omega f \, v \, \mathrm{d}\boldsymbol{x},$$

这里 $\boldsymbol{\nu} = (\nu_1, \cdots, \nu_n)$ 为 $\partial\Omega$ 上的单位外法向量. 值得注意的是: (5.3.6) 是一个无约束的变分问题, 其试探函数空间和检验函数空间都是 $(\mathbb{H}^1(\Omega))^n \times \mathbb{L}^2(\Omega)$, 因此 Dirichlet 边界条件 (5.3.4) 在这里成为了自然边界条件. 不难验证问题 (5.3.6) 等价于称之为**Hellinger-Reissner 泛函**的

$$J : (\mathbb{H}^1(\Omega))^n \times \mathbb{L}^2(\Omega) \to \mathbb{R},$$

$$J(\boldsymbol{q}, v) = \frac{1}{2}a(\boldsymbol{q}, \boldsymbol{q}) + b(\boldsymbol{q}, v) - G(\boldsymbol{q}) - F(v) \tag{5.3.7}$$

的驻点问题

$$\begin{cases} 求 \, \boldsymbol{p} \in (\mathbb{H}^1(\Omega))^n, \, u \in \mathbb{L}^2(\Omega), \, 使得 \\ J'(\boldsymbol{p}, u) = 0. \end{cases} \tag{5.3.8}$$

关于问题 (5.3.3) 和 (5.3.4) 与问题 (5.3.6) 或 (5.3.8) 之间的关系, 我们有以下定理:

定理 5.14 (Hellinger-Reissner 原理) 若 $u \in C^2(\bar{\Omega})$ 是问题(5.3.3) 和 (5.3.4) 的古典解, 则 $p_i = \partial_i u \, (i = 1, \cdots, n), u$ 是问题 (5.3.6) 的解; 反之, 若 $f \in C(\bar{\Omega})$, $\bar{u}_0 \in C(\partial\Omega)$, $\boldsymbol{p}$, u 是问题 (5.3.6) 的解, 且 $p_i \in C^1(\bar{\Omega})(i = 1, \cdots, n)$, 则 $u \in C^2(\bar{\Omega})$, 并且 u 是问题 (5.3.3) 和 (5.3.4) 的古典解.

对同样的方程 (5.3.5) 和边界条件 (5.3.4), 若改取检验函数 $q_i \in C^\infty(\overline{\Omega})(i = 1, \cdots, n)$ 和 $v \in C_0^\infty(\Omega)$, 则又可以得到另一种形式的弱解的提法:

$$\begin{cases} 求 \, \boldsymbol{p} \in (\mathbb{L}^2(\Omega))^n, \, u \in \mathbb{H}^1(\Omega), \, u|_{\partial\Omega} = \bar{u}_0, \, 使得 \\ a(\boldsymbol{p}, \boldsymbol{q}) + b^*(\boldsymbol{q}, u) = 0, \quad \forall \boldsymbol{q} \in (\mathbb{L}^2(\Omega))^n, \\ b^*(\boldsymbol{p}, v) = F(v), \qquad \forall v \in \mathbb{H}_0^1(\Omega), \end{cases} \tag{5.3.9}$$

其中

$$b^*(\boldsymbol{q}, u) = -\int_\Omega \boldsymbol{q} \cdot \nabla u \, \mathrm{d}\boldsymbol{x} = -\int_\Omega \sum_{i=1}^n q_i \partial_i u \, \mathrm{d}\boldsymbol{x}.$$

这里双线性泛函 $a(\cdot,\cdot)$ 和 $b^*(\cdot,\cdot)$ 的基本函数空间分别为 $(\mathbb{L}^2(\Omega))^n$ 和 $(\mathbb{L}^2(\Omega))^n \times \mathbb{H}^1(\Omega)$, 因此 Dirichlet 边界条件 (5.3.4) 又成为了强制边界条件. 类似地, 我们也可以讨论与问题 (5.3.9) 等价的泛函驻点问题以及弱解与古典解的等价性问题.

另外, 由定理 5.13 可以证明 Hellinger-Reissner 泛函 J 是泛函

$$I(\boldsymbol{q}) = \frac{1}{2}a(\boldsymbol{q},\boldsymbol{q}) - G(\boldsymbol{q})$$

在集合

$$S = \{\boldsymbol{p} \in (\mathbb{H}^1(\Omega))^n : -\operatorname{\mathbf{div}}(\boldsymbol{p}) = f\}$$

上的约束极值问题的 Lagrange 泛函. 该约束极值问题在力学上对应于最小总余能原理, 此原理是最小势能原理的对偶变分原理.

在应用中, 有许多问题可以化为类似于问题 (5.3.6) 或 (5.3.9) 的抽象变分问题:

$$\begin{cases} \text{求 } \boldsymbol{p} \in \mathbb{X}, \ u \in \mathbb{Y}, \ \text{使得} \\ a(\boldsymbol{p},\boldsymbol{q}) + b(\boldsymbol{q},u) = G(\boldsymbol{q}), \quad \forall \boldsymbol{q} \in \mathbb{X}, \\ b(\boldsymbol{p},v) = F(v), \qquad\qquad \forall v \in \mathbb{Y}, \end{cases} \quad (5.3.10)$$

其中 $\mathbb{X}$ 和 $\mathbb{Y}$ 是 Hilbert 空间, $a(\boldsymbol{p},\boldsymbol{q})$ 和 $b(\boldsymbol{q},u)$ 分别是 $\mathbb{X} \times \mathbb{X}$ 和 $\mathbb{X} \times \mathbb{Y}$ 上的有界双线性泛函, $G(\boldsymbol{q})$ 和 $F(v)$ 分别是 $\mathbb{X}$ 和 $\mathbb{Y}$ 上的有界线性泛函. 对于这类问题我们有以下解的存在唯一性和连续性定理:

定理 5.15 (Brezzi 定理) 令 $\mathbb{V}_0 = \{\boldsymbol{p} \in \mathbb{X} : b(\boldsymbol{p},v) = 0, \ \forall v \in \mathbb{Y}\}$. 设

(1) 存在 $\alpha > 0$, 使得

$$a(\boldsymbol{p},\boldsymbol{p}) \geqslant \alpha \|\boldsymbol{p}\|_{\mathbb{X}}^2, \quad \forall \boldsymbol{p} \in \mathbb{V}_0;$$

(2) 存在 $\beta > 0$, 使得

$$\sup_{\boldsymbol{0} \neq \boldsymbol{p} \in \mathbb{X}} \frac{b(\boldsymbol{p},v)}{\|\boldsymbol{p}\|_{\mathbb{X}}} \geqslant \beta \|v\|_{\mathbb{Y}}, \quad \forall v \in \mathbb{Y},$$

则问题 (5.3.10) 存在唯一解, 且解满足

$$\|\boldsymbol{p}\|_{\mathbb{X}} + \|u\|_{\mathbb{Y}} \leqslant C(\|G\|_{\mathbb{X}^*} + \|F\|_{\mathbb{Y}^*}),$$

其中常数 C 只依赖于 α, β 和有界双线性泛函 $a(\cdot, \cdot)$ 在 $\mathbb{X} \times \mathbb{X}$ 上的范数.

习　题　5

1. 试计算定义在 $\mathbb{L}^2(\Omega)$ 上的泛函 $J(u) = \displaystyle\int_\Omega |u|^2 \, \mathrm{d}\boldsymbol{x}$ 的 Gâteaux 微分和 Fréchet 微分.

2. 　试计算定义在 $C^1(\overline{\Omega})$ 上的泛函 $J(u) = \dfrac{1}{2} \displaystyle\int_\Omega |\nabla u|^2 \, \mathrm{d}\boldsymbol{x}$ $- \displaystyle\int_\Omega f u \, \mathrm{d}\boldsymbol{x} - \displaystyle\int_{\partial\Omega} g u \, \mathrm{d}s$ 的 Gâteaux 微分和 Fréchet 微分.

3. 设有界连通区域 $\Omega \in \mathbb{R}^n$ 由一光滑曲面 S 分割为两个子区域 Ω_1 和 Ω_2, 又设 $u \in C(\Omega)$, 且 u 在集合 $\Omega \setminus S$ 上有连续有界的古典导数. 令 v_i 在 $\Omega \setminus S$ 上等于 u 的古典导数 $\partial_i u (i = 1, \cdots, n)$. 证明 v_i 是 u 的相应的一阶广义导数.

4. 设区域 Ω, Ω_1 和 Ω_2 如第 3 题, u 在集合 Ω_k 上取值为 $k(k = 1, 2)$, 证明: u 在集合 $\Omega_k (k = 1, 2)$ 上关于指标 $i (1 \leqslant i \leqslant n)$ 的一阶广义导数为零; 至少存在一个指标 $1 \leqslant i \leqslant n$, 使得 u 在集合 Ω 上关于 i 的一阶广义导数不存在.

5. 设区域 Ω, Ω_1 和 Ω_2 如第 3 题, $u \in \mathbb{H}^1(\Omega_k)(k = 1, 2)$, 证明 $u \in \mathbb{H}^1(\Omega)$ 的充分必要条件为 u 在 S 的两侧的迹相同.

6. 设有界连通区域 $\Omega \in \mathbb{R}^n$ 的边界 $\partial\Omega$ 是 Lipschitz 连续的曲面, $\partial\Omega_0 \subset \partial\Omega$ 有正的 $n - 1$ 维 Lebesgue 测度, 证明存在常数 $\gamma_1 \geqslant \gamma_0 > 0$, 使得以下不等式 (也称为 **Poincaré-Friedrichs 不等式**) 成立:

$$\gamma_0 \|u\|_{1,2,\Omega} \leqslant \|u\|_{0,2,\partial\Omega_0} + |u|_{1,2,\Omega} \leqslant \gamma_1 \|u\|_{1,2,\Omega}, \quad \forall u \in \mathbb{H}^1(\Omega).$$

7. 试推导出常微分方程边值问题

$$\begin{cases} -u'' + u = f, & x \in (0, 1), \\ u(0) = 0, & u'(1) + u(1) = g, \end{cases}$$

的变分形式, 给出问题弱解的定义, 并证明其存在唯一性.

8. 设有界连通区域 $\Omega \subset \mathbb{R}^n$ 的边界 $\partial\Omega$ 是 Lipschitz 连续的曲面, $f \in \mathbb{L}^2(\Omega)$, $g \in \mathbb{L}^2(\partial\Omega)$, $b \in C(\partial\Omega)$, 且 $b \geqslant \delta > 0$, 试推导出 Poisson 方程第三边值问题

$$\begin{cases} -\Delta u = f, & \boldsymbol{x} \in \Omega, \\ \dfrac{\partial u}{\partial \boldsymbol{\nu}} + bu = g, & \boldsymbol{x} \in \partial\Omega \end{cases}$$

的变分形式, 给出问题弱解的定义, 并证明其存在唯一性.

9. 试证明当且仅当关系式 (5.2.11) 成立时, 变分问题 (5.2.17) 的充分光滑的弱解是 Poisson 方程 Neumann 边值问题 (5.2.9) 的古典解.

10. 设 $g \in C([0,1])$, $g(x) \geqslant 0$, $f \in \mathbb{L}^2(0,1)$, 试推导出边值问题

$$\begin{cases} -u'' + gu = f, & x \in (0,1), \\ u(0) = u(1) = 0 \end{cases}$$

的变分形式, 并证明:

(1) 问题存在唯一弱解 $u \in \mathbb{H}_0^1(0,1)$;

(2) 弱解 $u \in \mathbb{H}^2(0,1)$;

(3) 若 $f \in C([0,1])$, 则弱解 $u \in C^2([0,1])$.

11. 设 $f \in \mathbb{L}^2(0,1)$, 试推导出边值问题

$$\begin{cases} u^{(4)} = f, & x \in (0,1), \\ u(0) = u(1) = u'(0) = u'(1) = 0 \end{cases}$$

的变分形式, 并证明:

(1) 问题存在唯一弱解 $u \in \mathbb{H}_0^2(0,1)$;

(2) 弱解 $u \in \mathbb{H}^4(0,1)$;

(3) 若 $f \in C([0,1])$, 则弱解 $u \in C^4([0,1])$.

12. 将上题中的边界条件换为

(1) $u(0) = \bar{u}_0$, $u(1) = \bar{u}_1$, $u''(0) = g_0$, $u''(1) = g_1$;

(2) $u''(0) = u'''(0) = u''(1) = u'''(1) = 0$;

(3) $u(0) = u'(0) = 0$, $u''(1) = g_0$, $u'''(1) = g_1$.

试推导出相应边值问题的变分形式, 给出弱解的定义, 并证明弱解的存在唯一性.

13. 推导出第 10, 11, 12 题中边值问题的形如 (5.3.10) 的变分形式.

14. 考虑有界连通的光滑区域 Ω 上的 Laplace 算子的特征值问题:

$$\begin{cases} 求 u \in C^2(\Omega) \cap C(\overline{\Omega}) \text{ 和 } \lambda \in \mathbb{R}, \text{ 使得} \\ -\Delta u = \lambda u, \quad \forall \boldsymbol{x} \in \Omega, \\ u = 0, \qquad \forall \boldsymbol{x} \in \partial\Omega. \end{cases}$$

试推导该问题的变分形式.

第 6 章　椭圆边值问题的有限元方法

§6.1　Galerkin 方法与 Ritz 方法

我们现在来讨论如何数值求解椭圆边值问题的弱解. 本节中我们始终假设 Ω 是有界连通区域且其边界 $\partial\Omega$ 是 Lipschitz 连续的.

以 Poisson 方程的齐次 Dirichlet 边值问题

$$
\begin{cases}
-\Delta u = f, & \boldsymbol{x} \in \Omega, \\
u = 0, & \boldsymbol{x} \in \partial\Omega
\end{cases}
$$

为例. 该问题相应于虚功原理的弱解的提法为

$$
\begin{cases}
\text{求 } u \in \mathbb{H}_0^1(\Omega), \ \text{使得} \\
a(u, v) = (f, v), \quad \forall v \in \mathbb{H}_0^1(\Omega),
\end{cases}
\tag{6.1.1}
$$

其中

$$
a(u, v) = \int_\Omega \nabla u \cdot \nabla v \, \mathrm{d}\boldsymbol{x}, \quad (f, v) = \int_\Omega f v \, \mathrm{d}\boldsymbol{x};
$$

相应于最小势能原理的弱解的提法为

$$
\begin{cases}
\text{求 } u \in \mathbb{H}_0^1(\Omega), \ \text{使得} \\
J(u) = \min_{v \in \mathbb{H}_0^1(\Omega)} J(v),
\end{cases}
\tag{6.1.2}
$$

其中

$$
J(v) = \frac{1}{2} a(v, v) - (f, v).
$$

我们通常也将问题 (6.1.2) 的允许函数空间称为试探函数空间.

为了数值求解问题 (6.1.1) 或 (6.1.2), 我们给出一个有限维的子空间 $\mathbb{V}_h(0) \subset \mathbb{H}_0^1(\Omega)$, 将问题的试探函数空间和检验函数空间分别换成其子空间 $\mathbb{V}_h(0) \subset \mathbb{H}_0^1(\Omega)$, 就给出了该问题相应的近似解的提法:

$$
\begin{cases}
\text{求 } u_h \in \mathbb{V}_h(0), \ \text{使得} \\
a(u_h, v_h) = (f, v_h), \quad \forall v_h \in \mathbb{V}_h(0)
\end{cases}
\tag{6.1.3}
$$

和

$$\begin{cases} \text{求 } u_h \in \mathbb{V}_h(0), \ \text{使得} \\ J(u_h) = \min_{v_h \in \mathbb{V}_h(0)} J(v_h). \end{cases} \tag{6.1.4}$$

通常将基于虚功原理的近似解的提法 (6.1.3) 称为 **Galerkin 方法**, 而将基于最小势能原理的近似解的提法 (6.1.4) 称为 **Ritz 方法**. 利用上一章的分析方法, 不难证明这两种方法的等价性和解的存在唯一性. 离散问题 (6.1.3) 和 (6.1.4) 可以化为线性代数方程组求解.

设 $\{\varphi_i\}_{i=1}^{N_h}$ 是 $\mathbb{V}_h(0)$ 的一组基, 令

$$u_h = \sum_{j=1}^{N_h} u_j \varphi_j, \quad v_h = \sum_{i=1}^{N_h} v_i \varphi_i,$$

则离散问题 (6.1.3) 等价于

$$\begin{cases} \text{求 } \boldsymbol{u}_h = (u_1, \cdots, u_{N_h})^{\mathrm{T}} \in \mathbb{R}^{N_h}, \ \text{使得} \\ \sum_{i,j=1}^{N_h} a(\varphi_j, \varphi_i) u_j v_i = \sum_{i=1}^{N_h} (f, \varphi_i) v_i, \quad \forall \boldsymbol{v}_h = (v_1, \cdots, v_{N_h})^{\mathrm{T}} \in \mathbb{R}^{N_h}. \end{cases}$$

由 $\boldsymbol{v}_h = (v_1, \cdots, v_{N_h})^{\mathrm{T}} \in \mathbb{R}^{N_h}$ 的任意性, 这等价于求解线性代数方程组

$$\sum_{j=1}^{N_h} a(\varphi_j, \varphi_i) u_j = (f, \varphi_i), \quad i = 1, 2, \cdots, N_h. \tag{6.1.5}$$

通常将线性代数方程组 (6.1.5) 写为矩阵形式

$$\boldsymbol{K} \boldsymbol{u}_h = \boldsymbol{f}, \tag{6.1.6}$$

并根据其力学背景, 称 $\boldsymbol{K} = (k_{ij}) = (a(\varphi_j, \varphi_i))$ 为**刚度矩阵**, $\boldsymbol{u}_h$ 为**位移向量**, $\boldsymbol{f} = (f_i) = ((f, \varphi_i))$ 为**载荷向量**. 由 $a(\cdot, \cdot)$ 的对称性和 Poincaré-Friedrichs 不等式 (见定理 5.4), 容易证明刚度矩阵 $\boldsymbol{K}$ 是对称正定矩阵. 由此也可以证明线性代数方程组 (6.1.5) 的解的存在唯一性.

利用 Galerkin 方法和 Ritz 方法数值求解椭圆边值问题的关键问题是如何构造有限维的子空间 $\mathbb{V}_h(0) \subset \mathbb{H}_0^1(\Omega)$ 以及如何选取子空

间 $\mathbb{V}_h(0)$ 的一组基. 例如, 谱方法就是利用相应的特征值问题

$$\begin{cases} -\Delta u = \lambda u, & x \in \Omega, \\ u = 0, & x \in \partial\Omega \end{cases}$$

的一族特征函数 $\{\varphi_i\}_{i=1}^\infty$ 构成了 $\mathbb{H}_0^1(\Omega)$ 的一组基这一事实, 取有限维的子空间 $\mathbb{V}_N = \operatorname{span}\{\varphi_1, \cdots, \varphi_N\}$, 取 $\{\varphi_i\}_{i=1}^N$ 为其一组基. 比如, 当 $\Omega = (0, 1) \times (0, 1)$ 时, 容易验证

$$\varphi_{mn}(x,y) = \sin(m\pi x)\sin(n\pi y), \quad m, n = 1, 2, \cdots$$

就是这样一族特征函数. 但对于一般的区域和一般的椭圆边值问题来说, 找到一族特征函数 $\{\varphi_i\}_{i=1}^\infty$ 并非易事. 我们下面要介绍的有限元方法则是一种适用性很广的构造子空间的方法.

§6.2 有限元方法

6.2.1 有限元方法的一个典型例子

先来看一个简单的典型例子. 考虑定义在多边形区域 $\Omega \subset \mathbb{R}^2$ 上的 Poisson 方程齐次 Dirichlet 边值问题的变分形式 (6.1.1).

对于多边形区域 $\Omega \subset \mathbb{R}^2$, 我们总可以通过以下方法构造 $\mathbb{H}^1(\Omega)$ 和 $\mathbb{H}_0^1(\Omega)$ 的子空间. 首先对 $\overline{\Omega}$ 作三角形剖分 $\mathfrak{T}_h(\Omega)$, 即将其分割成若干 (有限个) 互相之间没有公共内点的三角形 T_i, 并作编号 $i = 1, 2, \cdots, M$, 称之为**单元**, 其中参数 $h = \max\limits_{1 \leqslant i \leqslant M} \sup\limits_{x,y \in T_i} \|x - y\|$ 为剖分中所有单元的最大直径. 要求剖分 $\mathfrak{T}_h(\Omega)$ 中的每个单元的顶点 (称为单元的**节点**) 只能是其相邻单元的顶点. 换句话说, 如果两个单元相交非空, 则两者要么有一整条公共的边, 要么有一个公共的顶点, 不允许有其他情况出现. 将剖分的所有节点作整体编号: A_i $(i = 1, 2, \cdots, N)$, 公共的节点共用一个整体编号, 并将节点分为边界节点和内部节点两类. 图 6-1 给出了矩形区域上的一个典型的三角形剖分. 然后, 我们在区域 Ω 的三角形剖分 $\mathfrak{T}_h(\Omega)$ 的基础上定义有限元函数空间

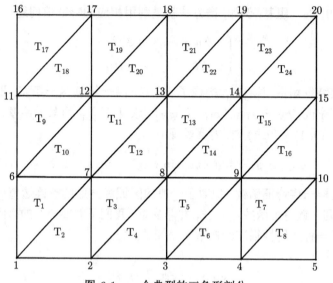

图 6-1　一个典型的三角形剖分

$$\mathbb{V}_h = \{u \in C(\overline{\Omega}) : u|_{T_i} \in \mathbb{P}_1(T_i), \ \forall T_i \in \mathfrak{T}_h(\Omega)\}, \qquad (6.2.1)$$

并根据齐次强制边界条件取有限元试探函数空间和检验函数空间为

$$\mathbb{V}_h(0) = \{u \in \mathbb{V}_h : u(A_i) = 0, \ \forall A_i \in \partial\Omega\}, \qquad (6.2.2)$$

其中 $\mathbb{P}_k(T_i)$ 表示定义在 T_i 上的所有次数不超过 k 的多项式所构成的线性空间. 不难证明, 由式 (6.2.1) 定义的有限元函数空间 $\mathbb{V}_h$ 是 $\mathbb{H}^1(\Omega)$ 的子空间 (见习题 5 第 3 题), 而由式 (6.2.2) 定义的有限元函数空间 $\mathbb{V}_h(0)$ 是 $\mathbb{H}_0^1(\Omega)$ 的子空间. 由于 $\mathbb{V}_h$ 和 $\mathbb{V}_h(0)$ 都是由分片线性的连续函数构成的, 易证 $\mathbb{V}_h$ 和 $\mathbb{V}_h(0)$ 中的任意一个函数都由其节点函数值 $\{u(A_i)\}_{i=1}^N$ 所唯一确定, 因此其基底的选择就是十分自然的了. 设 $\varphi_i \in \mathbb{V}_h$ 满足

$$\varphi_i(A_j) = \delta_{ij}, \quad i = 1, 2, \cdots, N,$$

即 φ_i 在第 i 个节点上取值为 1, 在其他节点上取值为 0, 在每个单元上为其节点函数值的线性插值函数, 则 $\{\varphi_i\}_{i=1}^N$ 组成了 $\mathbb{V}_h$ 的一组基, 而 $\{\varphi_i\}_{A_i \notin \partial\Omega}$ 组成了 $\mathbb{V}_h(0)$ 的一组基. 这样选取的有限元函数空

间的基底有一个突出的特点, 即每一个基底函数的支集都很小, 事实上, φ_i 只在以 A_i 为节点的单元上非零. 因此, 当 A_i 和 A_j 不同时是某个单元的节点时, 则 φ_i 和 φ_j 的支集的内点集的交为空集, 这就意味着刚度矩阵 $\boldsymbol{K}$ 的相应元素 $k_{ij} = a(\varphi_j, \varphi_i) = 0$. 例如, 对于图 6-1 给出的三角形剖分, φ_8 的支集为 $T_3, T_4, T_5, T_{12}, T_{13}, T_{14}$, φ_{12} 的支集为 $T_9, T_{10}, T_{11}, T_{18}, T_{19}, T_{20}$, φ_8 与 φ_{12} 的支集没有公共的内点. 一般地说, 由有限元方法得到的刚度矩阵 $\boldsymbol{K}$ 是稀疏矩阵, 其零元素的分布依赖于节点的排序. 尽管排序并不影响解的性质, 但适当的节点排序有利于提高数值求解线性代数方程组的效率.

建立了有限元函数空间 $\mathbb{V}_h(0)$ 后, 我们就可以计算刚度矩阵 $\boldsymbol{K}$ 和载荷向量 $\boldsymbol{f}$. 为了便于数据管理, 通常引入以下两个数组: 取值为整体节点序数的 $en(\alpha, e)$, 其中 e 为单元序数, α 为单元的局部节点序数, 即第 e 个单元的第 α 个节点对应于第 $en(\alpha, e)$ 个整体节点; 取值为空间坐标的 $cd(i, nd)$, 其中 nd 为整体节点序数, $cd(i, nd)$ 表示第 nd 个整体节点的空间坐标的第 i 个分量. 记 $a^e(u,v) = \displaystyle\int_{T_e} \nabla u \cdot \nabla v \, \mathrm{d}\boldsymbol{x}$, 由定义有

$$k_{ij} = a(\varphi_j, \varphi_i) = \sum_{e=1}^{M} a^e(\varphi_j, \varphi_i) = \sum_{e=1}^{M} \int_{T_e} \nabla \varphi_j \cdot \nabla \varphi_i \, \mathrm{d}\boldsymbol{x} = \sum_{e=1}^{M} k_{ij}^e.$$

由于有大量的 k_{ij} 为零, 而且即便 $k_{ij} \neq 0$, 上式的几个求和式中也只有少数几项非零, 并且只有当 i, j 两个节点同属一个单元 T_e 时 $\displaystyle\int_{T_e} \nabla \varphi_j \cdot \nabla \varphi_i \, \mathrm{d}\boldsymbol{x} \neq 0$, 因此通常不采取扫描节点 i, j 的方式计算 k_{ij}, 而是通过扫描单元的方式计算. 设 $\alpha = 1, 2, 3$ 为 T_e 的三个节点 A_i, A_j, A_k 的局部节点序数, 即在单元 T_e 上这三个节点分别记做 A_1^e, A_2^e 和 A_3^e, 又 $\lambda_\alpha^e \in \mathbb{P}_1(T_e)$ 满足 $\lambda_\alpha^e(A_\beta^e) = \delta_{\alpha\beta}$, 则有 $\lambda_\alpha^e(A) = |\nabla A A_\beta^e A_\gamma^e| / |\nabla A_\alpha^e A_\beta^e A_\gamma^e|$ $(\forall A \in T_e)$, 这里 $|T|$ 为集合 T 的面积. 通常称 $\lambda^e(A) = (\lambda_1^e(A), \lambda_2^e(x), \lambda_3^e(A))^\mathrm{T}$ 为 $A \in T_e$ 的**面积坐标**, 有时也称为**重心坐标**. 易证 $\lambda_\alpha^e = \varphi_{en(\alpha, e)}|_{T_e}$, 且 $\{\lambda_\alpha^e\}_{\alpha=1}^3$ 为 $\mathbb{P}_1(T_e)$ 的一组基. 事实上, 对任意 $u \in \mathbb{P}_1(T_e)$, 有 $u(A) = \displaystyle\sum_{\alpha=1}^{3} u(A_\alpha^e) \lambda_\alpha^e(A) (\forall A \in T_e)$. 对于每一个单元 T_e, 定义**单元刚度矩阵**

$$\boldsymbol{K}^e = (k_{\alpha\beta}^e), \quad k_{\alpha\beta}^e \triangleq a^e(\lambda_\alpha^e, \lambda_\beta^e) = \int_{T_e} \nabla \lambda_\alpha^e \cdot \nabla \lambda_\beta^e \, \mathrm{d}\boldsymbol{x},$$

则有

$$k_{ij} = \sum_{\substack{en(\alpha, e)=i \in T_e \\ en(\beta, e)=j \in T_e}} k_{\alpha\beta}^e.$$

同理也可以通过扫描单元来计算载荷向量 $\boldsymbol{f} = (f_i)$:

$$f_i = \sum_{en(\alpha, e)=i \in T_e} \int_{T_e} f \lambda_\alpha^e \, \mathrm{d}\boldsymbol{x} \triangleq \sum_{en(\alpha, e)=i \in T_e} f_\alpha^e.$$

我们称 $\boldsymbol{f}^e = (f_\alpha^e)$ 为**单元载荷向量**. 整个过程可以总结为以下算法:

算法 6.1　**形成刚度矩阵和载荷向量的算法**

$\boldsymbol{K} = (k(i, j)) := 0; \ \boldsymbol{f} = (f(i)) := 0;$

for $e = 1 : M$

　　计算单元刚度矩阵 $\boldsymbol{K}^e = (k^e(\alpha, \beta));$

　　计算单元载荷向量 $\boldsymbol{f}^e = (f^e(\alpha));$

　　$k(en(\alpha, e), en(\beta, e)) := k(en(\alpha, e), en(\beta, e)) + k^e(\alpha, \beta);$

　　$f(en(\alpha, e)) := f(en(\alpha, e)) + f^e(\alpha);$

end

所有的单元 T_e 相互间都是仿射等价的, 特别地, 它们都与**标准三角形** $T_s = \{\hat{\boldsymbol{x}} = (\hat{x}_1, \hat{x}_2) \in \mathbb{R}^2 : \hat{x}_1 \geqslant 0, \ \hat{x}_2 \geqslant 0 \ \text{及} \ \hat{x}_1 + \hat{x}_2 \leqslant 1\}$ 仿射等价, 即对任意的三角形单元 T_e, 存在可逆矩阵 $\boldsymbol{A}_e \in \mathbb{R}^{2\times2}$ 和向量 $\boldsymbol{a}_e \in \mathbb{R}^2$, 使得仿射变换 $\boldsymbol{x} = L_e(\hat{\boldsymbol{x}}) \triangleq \boldsymbol{A}_e \hat{\boldsymbol{x}} + \boldsymbol{a}_e$ 将 T_s 映射到 T_e; 同时, 仿射变换 $L_e(\hat{\boldsymbol{x}})$ 也诱导了 $\mathbb{P}_1(T_s)$ 和 $\mathbb{P}_1(T_e)$ 之间的一个一一对应的关系. 将 T_s 的三个顶点标记为 $\boldsymbol{A}_1^s = (0, 0)^{\mathrm{T}}, \boldsymbol{A}_2^s = (1, 0)^{\mathrm{T}}$ 和 $\boldsymbol{A}_3^s = (0, 1)^{\mathrm{T}}$, 容易得到 T_s 的面积坐标为

$$\lambda_1^s(\hat{x}_1, \hat{x}_2) = 1 - \hat{x}_1 - \hat{x}_2, \quad \lambda_2^s(\hat{x}_1, \hat{x}_2) = \hat{x}_1, \quad \lambda_3^s(\hat{x}_1, \hat{x}_2) = \hat{x}_2.$$

若 T_e 的三个顶点的坐标为 $\boldsymbol{A}_1^e = (x_1^1, x_2^1)^{\mathrm{T}}, \boldsymbol{A}_2^e = (x_1^2, x_2^2)^{\mathrm{T}}$ 和 $\boldsymbol{A}_3^e = (x_1^3, x_2^3)^{\mathrm{T}}$, 则有

$$\boldsymbol{A}_e = (\boldsymbol{A}_2^e - \boldsymbol{A}_1^e, \ \boldsymbol{A}_3^e - \boldsymbol{A}_1^e), \quad \boldsymbol{a}_e = \boldsymbol{A}_1^e.$$

由 $\lambda_\alpha^s(L_e^{-1}(\boldsymbol{x}))$ 是 $\boldsymbol{x}$ 的线性函数及 $\lambda_\alpha^s(L_e^{-1}(\boldsymbol{A}_\beta^e)) = \lambda_\alpha^s(\boldsymbol{A}_\beta^s) = \delta_{\alpha\beta}$ 知, T_e 的面积坐标可以用 T_s 的面积坐标表示为 $\lambda_\alpha^e(\boldsymbol{x}) = \lambda_\alpha^s(L_e^{-1}(\boldsymbol{x}))$. 由此得

$$\nabla\lambda^e(\boldsymbol{x}) = \nabla\lambda^s(\hat{\boldsymbol{x}})\nabla L_e^{-1}(\boldsymbol{x}) = \nabla\lambda^s(\hat{\boldsymbol{x}})\boldsymbol{A}_e^{-1}.$$

因此, 通过积分变量替换 $\hat{\boldsymbol{x}} = L_e^{-1}(\boldsymbol{x}) \triangleq \boldsymbol{A}_e^{-1}\boldsymbol{x} - \boldsymbol{A}_e^{-1}\boldsymbol{A}_1^e$, 可以将单元刚度矩阵 $\boldsymbol{K}^e$ 和单元载荷向量 $\boldsymbol{f}^e$ 的计算统一在标准三角形 T_s 上进行, 即

$$\begin{aligned}
\boldsymbol{K}^e &= \int_{T_e} \nabla\lambda^e(\boldsymbol{x})\,(\nabla\lambda^e(\boldsymbol{x}))^{\mathrm{T}}\mathrm{d}\boldsymbol{x} \\
&= \int_{T_s} \nabla\lambda^s(\hat{\boldsymbol{x}})\boldsymbol{A}_e^{-1}(\nabla\lambda^s(\hat{\boldsymbol{x}})\boldsymbol{A}_e^{-1})^{\mathrm{T}} \det\boldsymbol{A}_e\mathrm{d}\hat{\boldsymbol{x}}.
\end{aligned}$$

由此及

$$\nabla\lambda^s(\hat{\boldsymbol{x}}) = \begin{pmatrix} -1 & -1 \\ 1 & 0 \\ 0 & 1 \end{pmatrix}, \quad \boldsymbol{A}_e^{-1} = \frac{1}{\det\boldsymbol{A}_e}\begin{pmatrix} x_2^3 - x_2^1 & x_1^1 - x_1^3 \\ x_2^1 - x_2^2 & x_1^2 - x_1^1 \end{pmatrix},$$

并注意到 T_s 的面积为 $1/2$, 就立即得到单元刚度矩阵为

$$\boldsymbol{K}^e = \frac{1}{2\det\boldsymbol{A}_e}\begin{pmatrix} x_2^2 - x_2^3 & x_1^3 - x_1^2 \\ x_2^3 - x_2^1 & x_1^1 - x_1^3 \\ x_2^1 - x_2^2 & x_1^2 - x_1^1 \end{pmatrix}\begin{pmatrix} x_2^2 - x_2^3 & x_2^3 - x_2^1 & x_2^1 - x_2^2 \\ x_1^3 - x_1^2 & x_1^1 - x_1^3 & x_1^2 - x_1^1 \end{pmatrix}.$$

$$(6.2.3)$$

类似地可以得到单元载荷向量 $\boldsymbol{f}^e$ (也称为 **等效节点载荷向量**, 因为外力 $f(x)$ 在单元 T_e 上对虚位移 $\boldsymbol{v}^e = \displaystyle\sum_{\alpha=1}^3 v_\alpha^e\lambda_\alpha^e$ 所做的虚功为 $\boldsymbol{f}^e \cdot \boldsymbol{v}^e \triangleq \displaystyle\sum_{\alpha=1}^3 f_\alpha^e v_\alpha^e$) 的计算公式:

$$\boldsymbol{f}^e = \int_{T_e} f(\boldsymbol{x})\lambda^e(\boldsymbol{x})\,\mathrm{d}\boldsymbol{x} = \det\boldsymbol{A}_e\int_{T_s} f(L_e(\hat{\boldsymbol{x}}))\lambda^s(\hat{\boldsymbol{x}})\,\mathrm{d}\hat{\boldsymbol{x}}. \qquad (6.2.4)$$

一般地, 单元载荷向量的计算要用到数值积分公式. 不过, 当 f 为分片多项式时, 可以通过式 (6.2.4) 右端的积分给出更直接的计算公式. 例如, 当 f 在 T_e 上为常数时, 有

$$\boldsymbol{f}^e = \frac{1}{6}f(T_e)\det\boldsymbol{A}_e\,(1,\,1,\,1)^{\mathrm{T}} = \frac{1}{3}f(T_e)\,|T_e|\,(1,\,1,\,1)^{\mathrm{T}}, \qquad (6.2.5)$$

其中 $|T_e|$ 为 T_e 的面积. 而当 f 为分片线性时, 设 $f|_{T_e} = \sum_{i=1}^{3} {}^ef_i\lambda_i^e(x)$, 则有

$$\boldsymbol{f}^e = \frac{|T_e|}{12}\begin{pmatrix} 2 & 1 & 1 \\ 1 & 2 & 1 \\ 1 & 1 & 2 \end{pmatrix}\begin{pmatrix} {}^ef_1 \\ {}^ef_2 \\ {}^ef_3 \end{pmatrix}. \qquad (6.2.6)$$

由单元刚度矩阵和单元载荷向量得到总的刚度矩阵和载荷向量后, 便可根据式 (6.1.6) 建立与原问题等价的有限元离散线性代数方程组 (简称**有限元方程**).

对于边界条件为

$$u(\boldsymbol{x}) = u_0(\boldsymbol{x}), \quad \forall \boldsymbol{x} \in \partial\Omega$$

的 Poisson 方程非齐次 Dirichlet 边值问题, 其有限元方程建立过程与齐次 Dirichlet 边值问题类似, 只需将有限元试探函数空间 $\mathbb{V}_h(0)$ 换为

$$\mathbb{V}_h(u_0) = \{u \in \mathbb{V}_h : u(A_i) = u_0(A_i),\ \forall A_i \in \partial\Omega\}.$$

更一般地, 对于边值条件为

$$\begin{cases} u(\boldsymbol{x}) = u_0(\boldsymbol{x}), & \forall \boldsymbol{x} \in \partial\Omega_0, \\ \dfrac{\partial u}{\partial\boldsymbol{\nu}} + bu = g, & \forall \boldsymbol{x} \in \partial\Omega_1 \end{cases}$$

的 Poisson 方程的混合边值问题, 除了在计算刚度矩阵和载荷向量时需要分别考虑边界积分项 $\displaystyle\int_{\partial\Omega_1} buv\,\mathrm{d}\boldsymbol{x}$ 和 $\displaystyle\int_{\partial\Omega_1} gv\,\mathrm{d}\boldsymbol{x}$ 的贡献之外, 还需将有限元试探函数空间 $\mathbb{V}_h(0)$ 换为

$$\mathbb{V}_h(u_0;\partial\Omega_0) = \{u \in \mathbb{V}_h : u(A_i) = u_0(A_i),\ \forall A_i \in \partial\Omega_0\}, \quad \partial\Omega_0 \neq \varnothing;$$

当 $\partial\Omega_0 = \varnothing$ 但 $b > 0$ 时, 有限元试探函数空间应取为 $\mathbb{V}_h$(见式 (6.2.1)). 而对边界条件为

$$\frac{\partial u}{\partial\boldsymbol{\nu}} = g, \quad \forall \boldsymbol{x} \in \partial\Omega$$

的 Poisson 方程 Neumann 边值问题, 则可以将有限元试探函数空间取为

$\mathbb{V}_h(0; A_i) = \{u \in \mathbb{V}_h :$ 在某个指定的节点 $A_i \in \overline{\Omega}$ 上 $u(A_i) = 0\}$.
有限元检验函数空间也通常需要作相应的替换 (见 5.2.3 小节, 细节留作习题).

上面的典型例子说明, 用有限元方法求解椭圆边值问题时, 形成总的刚度矩阵和载荷向量, 进而得到有限元方程的几个主要步骤是:

(1) 对区域 $\overline{\Omega}$ 作有限元剖分 $\mathcal{T}_h$, 例如三角形剖分;

(2) 建立有限元函数空间 $\mathbb{V}_h$, 例如分片线性的连续函数空间, 并根据边界条件的不同选定相应的有限元试探函数空间 $\mathbb{V}_{h0}$, 例如齐次 Dirichlet 边值问题时可取 $\mathbb{V}_{h0} = \mathbb{V}_h(0)$;

(3) 选取单元上的基底函数 (也称为**形状函数**或**形函数**), 例如三角形上的面积坐标;

(4) 计算单元刚度矩阵 $\boldsymbol{K}^e$ 和单元载荷向量 $\boldsymbol{f}^e$, 并形成总的刚度矩阵 $\boldsymbol{K}$ 和载荷向量 $\boldsymbol{f}$, 进而依据式 (6.1.6) 得到有限元方程.

在上面的例子中, 如果将齐次 Dirichlet 边界条件换成非齐次的 Dirichlet 边界条件, 有限元试探函数空间和检验函数空间也可以取 $\mathbb{V}$ 的几乎相同的子空间, 唯一的差别最多只是在给出强制边界条件的边界上检验函数空间给出的是齐次边界条件. 在本课程中我们也只限于考虑这种情形. 一般地说, 有限元试探函数空间和检验函数空间也可以取自 $\mathbb{V}$ 的完全不同的有限元子空间, 从而导出不同的离散方法.

值得指出的是, 求解有限元方程, 尤其是大规模有限元方程时, 由于总刚度矩阵 $\boldsymbol{K}$ 通常会占据超大规模的存储量, 所以我们常常希望采用不直接使用总刚度矩阵进行计算的方法, 从而避免形成和存储总刚度矩阵 $\boldsymbol{K}$. 事实上, 在一般的迭代型算法中, 总刚度矩阵总是以与某个向量乘积 $\boldsymbol{K}\boldsymbol{v}$ 的形式出现在计算过程中的, 这时我们可以利用 $\boldsymbol{K}\boldsymbol{v} = \sum\limits_{e \in \mathcal{T}_h} \boldsymbol{K}^e \boldsymbol{v}^e$, 首先在单元水平计算出局部向量 $\boldsymbol{K}^e \boldsymbol{v}^e$ 然后对号入座组装成整体向量 $\boldsymbol{K}\boldsymbol{v}$. 由于单元刚度矩阵 $\boldsymbol{K}^e$ 的计算通常十分简单, 运算量不大, 所以也不需要存储, 随用随算. 在不使用总刚度矩阵的算法中, 常常需要对指定的节点找出包含该节点的所有单元. 为此, 需要引入取值为单元整体编号的数组 $et(i, \tau)$, 其中 i 为整体节点编号, τ 为局部单元编号.

6.2.2　有限元的一般定义

有限元方法的关键是构造适当的有限元空间. 对于有限元空间的构造有以下三个基本要求:

(1) 对区域 $\overline{\Omega}$ 作有限元剖分 $\mathcal{T}_h$, 即将区域 $\overline{\Omega}$ 分为有限个通常称为有限元的子集 K, 使其满足

(i) $\overline{\Omega} = \bigcup\limits_{K \in \mathcal{T}_h} K$;

(ii) 每个有限元 $K \in \mathcal{T}_h$ 都是内点集 $\overset{\circ}{K}$ 非空的闭集;

(iii) 对于两个不同的有限元 $K_1, K_2 \in \mathcal{T}_h$, 有 $\overset{\circ}{K}_1 \cap \overset{\circ}{K}_2 = \varnothing$;

(iv) 每个有限元 $K \in \mathcal{T}_h$ 都有 Lipschitz 连续的边界.

(2) 在每个有限元 $K \in \mathcal{T}_h$ 上定义一个由多项式或其他一些具有一定逼近性质又便于分析和计算的函数组成的函数空间 P_K.

(3) 有限元函数空间 $\mathbb{V}_h$ 有一组易于得到且具有尽可能 "小" 的支集的规范化基底.

一般地说, 一个有限元不仅仅是一个子集 K, 它还包含定义在 K 上的函数空间 P_K 和相应的规范化基底.

定义 6.1　一个三元组 (K, P_K, Σ_K) 称为是一个**有限元**, 如果

(1) $K \subset \mathbb{R}^n$ 是一个有非空内部和 Lipschitz 连续边界的闭集 (称为**单元**);

(2) P_K 是一个由定义在单元 K 上的充分光滑实函数组成的有限维函数空间;

(3) Σ_K 是一组定义在 $C^\infty(K)$ 上的线性无关的线性泛函 $\{\varphi_i\}_{i=1}^N$, 称之为有限元的**自由度集**, 并称 φ_i $(i = 1, \cdots, N)$ 为**自由度**, 它们构成了 P_K 的一组对偶基, 且恰好定义了 P_K 上的一组规范化基底, 即存在 P_K 上唯一的一组基 $\{p_i\}_{i=1}^N$, 使得 $\varphi_i(p_j) = \delta_{ij}$.

在应用中, 单元 K 可以取为 n 单纯形, 如 $\mathbb{R}^2$ 中的三角形和 $\mathbb{R}^3$ 中的四面体; 也可以取为平行或更一般的非退化凸 $2n$ 面体, 如 $\mathbb{R}^2$ 中的矩形、平行四边形和一般凸四边形, $\mathbb{R}^3$ 中的长方体、平行六面体和

一般凸六面体; 还可以在以上这些取法中将直线和平面换为曲边和曲面, 得到曲边三角形、曲面四面体; 等等. 当用这类单元作区域 $\overline{\Omega}$ 的有限元剖分 $\mathcal{T}_h$ 时, 为了确保基本要求 (3) 的成立, 通常还要求相邻的单元满足以下条件:

(v) 对任意的 $K_1, K_2 \in \mathcal{T}_h$, 若 $K_1 \cap K_2 \neq \varnothing$, 则必存在 $0 \leqslant i \leqslant n-1$, 使得 $K_1 \cap K_2$ 恰为 K_1 和 K_2 的一个公共的 i 维面.

例如, 对两个四面体单元, 要求它们的交集或者是它们的一个公共 2 维面, 即通常意义下四面体的一个面; 或者是它们的一个公共 1 维面, 即它们的一条公共棱; 或者是它们的一个公共 0 维面, 即它们的一个公共顶点.

P_K 通常取为由多项式组成的函数空间. 例如, 在 n 单纯形单元上的 k 次元取 $P_K = \mathbb{P}_k(K)$, 即定义在 K 上的所有次数不超过 k 的多项式的集合; 在平行 $2n$ 面体上的 $n\text{-}k$ 次元取 $P_K = \mathbb{Q}_k(K)$, 即定义在 K 上的所有关于每个分量的次数都不超过 k 的多项式的集合, 如矩形单元上的双线性元 (2-1 次元); 等等.

自由度集 Σ_K 的取法中常见的有节点型和积分型. **节点型自由度集**由形如
$$\begin{cases} \varphi_i^0: & p \mapsto p(a_i^0), \\ \varphi_{ij}^1: & p \mapsto \partial_{\boldsymbol{\nu}_{ij}^1} p(a_i^1), \\ \varphi_{ijk}^2: & p \mapsto \partial^2_{\boldsymbol{\nu}_{ij}^2 \boldsymbol{\nu}_{ik}^2} p(a_i^2) \end{cases}$$
的线性形式组成, 其中点 $a_i^s \in K (s = 0, 1, 2)$ 称为**节点**, $\boldsymbol{\nu}_{ij}^s \in \mathbb{R}^n (s = 1, 2)$ 是非零向量, 如平行于坐标轴的单位向量等固定的向量, 以及 $n-1$ 维面的单位外法向量等与单元的几何有关的向量. 若所有自由度都是形如 $\varphi_i^0 : p \to p(a_i^0)$ 的节点型的, 相应的有限元称为是 **Lagrange 有限元**; 若所有自由度都是节点型的, 且至少有一个出现偏导数时, 则相应的有限元称为是 **Hermite 有限元**. 积分型自由度集通常由形如
$$\psi_i^s : p \mapsto \frac{1}{\mathrm{meas}_s(K_i^s)} \int_{K_i^s} p(\boldsymbol{x}) \, \mathrm{d}\boldsymbol{x}$$
的线性形式组成, 其中 $K_i^s (s = 0, 1, \cdots, n)$ 是 K 的 s 维面, $\mathrm{meas}_s(K_i^s)$

是其 s 维测度, 例如 $s = n$ 时对应的是单元上的积分平均值.

给定一个有限元 (K, P_K, Σ_K), 我们可以引入 P_K 插值的概念.

定义 6.2　设 (K, P_K, Σ_K) 为一给定的有限元, $\{\varphi_i\}_{i=1}^N$ 为该有限元的自由度集, $\{p_i\}_{i=1}^N \in P_K$ 为相应的一组对偶基, 即 $\varphi_i(p_j) = \delta_{ij}$. 定义算子

$$\Pi_K : C^\infty(K) \to P_K,$$

$$\Pi_K(v) = \sum_{i=1}^N \varphi_i(v)\, p_i, \quad \forall v \in C^\infty(K),$$

称 Π_K 为 P_K **插值算子**, $\Pi_K(v)$ 为 v 的 P_K **插值函数**.

P_K 插值算子是有限元的特征属性, 其分析性质不依赖于基底的选取. 在应用中, 常常需要将 P_K 插值算子的定义域作适当的拓广, 例如对 Lagrange 有限元可将定义域拓广至 $C(K)$.

定义 6.3　设两个有限元 (K, P_K, Σ_K) 和 (L, P_L, Σ_L) 满足

$$K = L, \quad P_K = P_L, \quad \Pi_K = \Pi_L,$$

其中 Π_K 和 Π_L 分别为 P_K 插值算子和 P_L 插值算子, 则称这两个有限元是**等价**的.

对于区域 Ω 的有限元剖分 $\mathcal{T}_h$ 和给定的有限元 $\{(K, P_K, \Sigma_K)\}_{K \in \mathcal{T}_h}$, 令 $\mathbb{V}_h = \left\{ v : \bigcup_{K \in \mathcal{T}_h} K \to \mathbb{R} : v|_K \in P_K \right\}$. 为了使 $\mathbb{V}_h$ 是一个有限元函数空间, 我们还需要各相邻的有限元的函数空间 P_K 及自由度集 Σ_K 之间满足一定的相容性关系, 以使得 $\mathbb{V}_h$ 满足基本要求 (3). 例如, 对于多面体单元和节点型自由度集, 若 $K_1 \cap K_2 \neq \varnothing$, 则我们要求某个点 $a_i^s \in K_1 \cap K_2$ 是 K_1 的节点的充分必要条件是它也是 K_2 的同一类型的节点. 令 $\Sigma_h = \bigcup_{K \in \mathcal{T}_h} \Sigma_K$, 称之为 $\mathbb{V}_h$ 的**自由度集**. 我们可以引入 $\mathbb{V}_h$ 插值算子和 $\mathbb{V}_h$ 插值函数的概念.

定义 6.4　定义算子

$$\Pi_h : C^\infty(\overline{\Omega}) \to \mathbb{V}_h,$$

$$\Pi_h(v)|_K = \Pi_K(v|_K), \quad \forall v \in C^\infty(\overline{\Omega}),$$

称 Π_h 为 $\mathbb{V}_h$ **插值算子**, $\Pi_h(v)$ 为 v 的 $\mathbb{V}_h$ **插值函数**.

在应用中, 与 P_K 插值算子类似, 也常常对 $\mathbb{V}_h$ 插值算子的定义域作适当的拓广.

在构造有限元空间时, 使用一个标准的有限元 $(\hat{K}, \hat{P}, \hat{\Sigma})$ 作为参考有限元, 通过充分光滑的可逆映射来定义有限元的方法常常会给计算和分析带来许多方便.

定义 6.5 设 $\hat{K}, K \in \mathbb{R}^n$, $(\hat{K}, \hat{P}, \hat{\Sigma})$ 和 (K, P_K, Σ_K) 是两个有限元, 又设存在充分光滑的可逆映射 $F_K : \hat{K} \to K$, 使得

$$\begin{cases} F_K(\hat{K}) = K, \\ p_i = \hat{p}_i \circ F_K^{-1}, & i = 1, \cdots, N, \\ \varphi_i(p) = \hat{\varphi}_i(p \circ F_K), & \forall p \in P_K, \ i = 1, \cdots, N, \end{cases}$$

其中 $\{\hat{\varphi}_i\}_{i=1}^N$, $\{\varphi_i\}_{i=1}^N$ 分别是自由度集 $\hat{\Sigma}$, Σ_K, $\{\hat{p}_i\}_{i=1}^N$, $\{p_i\}_{i=1}^N$ 分别是 $\hat{P}$, P_K 中的一组相应的对偶基, 则称这两个有限元是**等参等价**的. 特别地, 当 F_K 是仿射映射时, 两个有限元称为是**仿射等价**的.

如果一族有限元中的每个有限元都是与一个给定的有限元等参 (仿射) 等价的, 则称它们是一个**等参(仿射)族**. 例如, 上一小节中使用的三角形剖分上分片线性函数的有限元就属于一个仿射族.

6.2.3 有限元与有限元空间的例子

我们现在来看一些常用的有限元的例子. 最简单的一类有限元是 n 单纯形 Lagrange 有限元. 这时单元 $K \subset \mathbb{R}^n$ 是一个 n 单纯形, 它有 $n+1$ 个不落在同一个超平面上的顶点 $\boldsymbol{a}_j = (a_{ij})_{i=1}^n \in \mathbb{R}^n$ ($j = 1, \cdots, n+1$), 即矩阵

$$\boldsymbol{A} = \begin{pmatrix} a_{11} & a_{12} & \cdots & a_{1,n+1} \\ a_{21} & a_{22} & \cdots & a_{2,n+1} \\ \vdots & \vdots & & \vdots \\ a_{n1} & a_{n2} & \cdots & a_{n,n+1} \\ 1 & 1 & \cdots & 1 \end{pmatrix}$$

是非奇异的, 单元 K 是其 $n+1$ 个顶点的凸包, 即

$$K = \left\{ \boldsymbol{x} = \sum_{i=1}^{n+1} \lambda_i \boldsymbol{a}_i : 0 \leqslant \lambda_i \leqslant 1, \ 1 \leqslant i \leqslant n+1, \ \sum_{i=1}^{n+1} \lambda_i = 1 \right\}. \quad (6.2.7)$$

记 $\boldsymbol{\lambda} = (\lambda_1, \lambda_2, \cdots, \lambda_{n+1})^{\mathrm{T}}$, $\tilde{\boldsymbol{x}} = (x_1, x_2, \cdots, x_n, 1)^{\mathrm{T}}$, 则由式 (6.2.7) 及 $\boldsymbol{A}$ 可逆知

$$\boldsymbol{A}\boldsymbol{\lambda} = \tilde{\boldsymbol{x}}, \quad \boldsymbol{\lambda} = \boldsymbol{A}^{-1}\tilde{\boldsymbol{x}}.$$

$\boldsymbol{\lambda}(\boldsymbol{x}) = (\lambda_1(\boldsymbol{x}), \lambda_2(\boldsymbol{x}), \cdots, \lambda_{n+1}(\boldsymbol{x}))^{\mathrm{T}}$ 称为点 $\boldsymbol{x}$ 的**重心坐标**($n = 2$ 时称为**面积坐标**, $n = 3$ 时又称为**体积坐标**). 由 $\boldsymbol{\lambda}(\boldsymbol{a}_j) = \boldsymbol{A}^{-1}\tilde{\boldsymbol{a}}_j$, 并注意到 $\boldsymbol{A}$ 的第 j 列为 $\tilde{\boldsymbol{a}}_j$, 即得

$$\lambda_i(\boldsymbol{a}_j) = \delta_{ij}, \quad 1 \leqslant i, j \leqslant n+1. \quad (6.2.8)$$

单元 K 上的有限维函数空间 P_K 取为 n 个变量 $x_1, x_2, \cdots, x_n$ 的所有次数不超过 k 的多项式的集合 $\mathbb{P}_k(K)$. 容易看出, 多重指标 $\boldsymbol{\alpha} = (\alpha_1, \alpha_2, \cdots, \alpha_n) \left(\alpha_i \geqslant 0, i = 1, 2, \cdots, n, \sum_{i=1}^{n} \alpha_i \leqslant k \right)$ 与数组 $(m_1, m_2, \ldots, m_n)(1 \leqslant m_1 < m_2 < \cdots < m_n \leqslant n+k)$ 之间有一个一一对应关系 $m_j = j + \sum_{i=1}^{j} \alpha_i$. 因此, $P_K = \mathbb{P}_k(K)$ 的维数 $\dim\mathbb{P}_k(K) = \mathrm{C}_{n+k}^n = \mathrm{C}_{n+k}^k$. 特别地, 当 $k = 1$ 时, $\dim\mathbb{P}_1(K) = n+1$. 这时若取自由度集 $\Sigma_K = \{p(\boldsymbol{a}_i) : 1 \leqslant i \leqslant n+1\}$, 则由式 (6.2.8) 知重心坐标 $\lambda_1(\boldsymbol{x})$, $\lambda_2(\boldsymbol{x}), \cdots, \lambda_{n+1}(\boldsymbol{x})$ 构成了 $\mathbb{P}_1(K)$ 上的一组对偶基. 一般地, 我们有以下结果.

定理 6.1　令

$$K_0^n = \left\{ \frac{1}{n+1} \sum_{i=1}^{n+1} \boldsymbol{a}_i \right\},$$

$$K_k^n = \left\{ \boldsymbol{x} = \sum_{i=1}^{n+1} \lambda_i \boldsymbol{a}_i : \sum_{i=1}^{n+1} \lambda_i = 1, \ \lambda_i \in \left\{ 0, \frac{1}{k}, \cdots, \frac{k-1}{k}, 1 \right\},$$

$$1 \leqslant i \leqslant n+1 \right\}, \quad k \geqslant 1$$

(称 $K_k^n (k \geqslant 0)$ 为 n 单纯形 $K^n \subset \mathbb{R}^n$ 的 k **阶主格点**), 则自由度集 $\Sigma_k^n = \{p(\boldsymbol{x}) : \boldsymbol{x} \in K_k^n\}$ 构成了 $\mathbb{P}_k(K^n)$ 的一组对偶基 (这时称 Σ_k^n 为 K^n 的 k **阶主格点自由度集**, 其中的元素称为 k **阶主格点自由度**).

证明 令 $\alpha_i = k\lambda_i(i = 1, 2, \cdots, n)$, 则易见多重指标集 $\boldsymbol{\alpha} = (\alpha_1, \alpha_2, \cdots, \alpha_n)\left(\alpha_i \geqslant 0, i = 1, 2, \cdots, n, \sum_{i=1}^{n} \alpha_i \leqslant k\right)$ 与集合 K_k^n 之间是一一对应的. 由此知 K_k^n 中恰有 $C_{n+k}^k = \dim \mathbb{P}_k(K^n)$ 个不同的点. 因此, 我们只需证明对 $p \in \mathbb{P}_k(K^n)$, 如果对所有的 $\boldsymbol{x} \in K_k^n$ 有 $p(\boldsymbol{x}) = 0$, 则必然有 $p(\boldsymbol{x}) \equiv 0$.

当 $n = 1$ 时, 定理的结论对任意的 $k \geqslant 0$ 显然均成立. 现在假设当空间维数小于 $n \geqslant 2$ 时定理的结论对任意的 $k \geqslant 0$ 均成立. 注意到每一个 $p \in \mathbb{P}_k(K^n)$ 都可以视为 $\lambda_1, \cdots, \lambda_{n+1}$ 的次数不超过 k 的多项式 $p(\boldsymbol{x}) = \sum_{|\boldsymbol{\alpha}| \leqslant k} a_{\boldsymbol{\alpha}} \lambda_1^{\alpha_1}(\boldsymbol{x}) \cdots \lambda_{n+1}^{\alpha_{n+1}}(\boldsymbol{x}) (a_{\boldsymbol{\alpha}}$ 是与 $\boldsymbol{x}$ 无关的多项式系数), 因此可以写成以下的形式:

$$p(\boldsymbol{x}) = \sum_{i=0}^{k} \left[p_{k-i}(\lambda_1(\boldsymbol{x}), \cdots, \lambda_n(\boldsymbol{x})) \prod_{j=1}^{i} \left(\lambda_{n+1}(\boldsymbol{x}) - \frac{j-1}{k} \right) \right],$$

其中 $p_{k-i}(\lambda_1, \cdots, \lambda_n)$ 是 $\lambda_1, \cdots, \lambda_n$ 的次数不超过 $k-i$ 的多项式. 令

$$\tilde{K}_{k-i}^{n-1} = \left\{ \boldsymbol{x} = \sum_{j=1}^{n} \lambda_j \boldsymbol{a}_j + \frac{i}{k} \boldsymbol{a}_{n+1} : \sum_{j=1}^{n} \lambda_j = 1 - \frac{i}{k}, \right.$$
$$\left. \lambda_j \in \left\{ 0, \frac{1}{k}, \cdots, \frac{k-i}{k} \right\}, 1 \leqslant j \leqslant n \right\},$$

令 $\hat{\lambda}_j = \frac{k}{k-i} \lambda_j$, $\hat{\boldsymbol{a}}_j = \frac{k-i}{k} \boldsymbol{a}_j + \frac{i}{k} \boldsymbol{a}_{n+1}(j = 1, 2, \cdots, n)$, 则易于验证 $\tilde{K}_{k-i}^{n-1}$ 是 $(n-1)$ 单纯形 $K_{i,k}^{n-1} = \left\{ \boldsymbol{x} \in K^n : \lambda_{n+1}(\boldsymbol{x}) = \frac{i}{k} \right\}$ 的 $k-i$ 阶主格点. 若 $p(\boldsymbol{x})$ 在主格点 K_k^n 上为零, 相继取 $\lambda_{n+1}(\boldsymbol{x}) = i/k(i = 0, 1, \cdots, k)$, 由归纳假设便可相继推出 $p_i(\lambda_1, \cdots, \lambda_n) \equiv 0 (i = 0, 1, \cdots, k)$, 因此 $p(\boldsymbol{x}) \equiv 0$. 由归纳法原理, 定理得证. ■

我们将单元 K 为 n 单纯形, $P_K = \mathbb{P}_k(K)$, Σ_K 为 K 的 k 阶主格点自由度集 Σ_k^n 的有限元 (K, P_K, Σ_K) 称为型 $(k)n$ **单纯形**. 型 $(k)n$ 单纯形是一个仿射族. 与 n 单纯形 K 的 k 阶主格点自由度集 Σ_k^n 相对应的 $P_k(K)$ 上的对偶基可以用重心坐标简单表出. 例如, 与型 $(2)n$ 单纯形主格点自由度集 Σ_2^n 相对应的 $P_2(K)$ 上的对偶基为

$$\lambda_i(\boldsymbol{x})(2\lambda_i(\boldsymbol{x}) - 1), \quad i = 1, 2, \cdots, n+1,$$
$$4\lambda_i(\boldsymbol{x})\lambda_j(\boldsymbol{x}), \qquad 1 \leqslant i < j \leqslant n+1,$$

而且, 若记 $\boldsymbol{a}_{ij} = (\boldsymbol{a}_i + \boldsymbol{a}_j)/2$, 则有

$$p(\boldsymbol{x}) = \sum_{i=1}^{n+1} \lambda_i(\boldsymbol{x})(2\lambda_i(\boldsymbol{x}) - 1)p(\boldsymbol{a}_i) + \sum_{1 \leqslant i < j \leqslant n+1} 4\lambda_i(\boldsymbol{x})\lambda_j(\boldsymbol{x})p(\boldsymbol{a}_{ij}),$$

$$\forall p \in P_2(K), \quad \forall \boldsymbol{x} \in K.$$

另一类最基本的有限元是正 $2n$ 面体 Lagrange 有限元. 这时单元 $K = [X_{11}, X_{12}] \times [X_{21}, X_{22}] \times \cdots \times [X_{n1}, X_{n2}] \in \mathbb{R}^n$ 是一个正 $2n$ 面体; 单元 K 上的有限维函数空间 P_K 取为 n 个变量 $x_1, x_2, \cdots, x_n$ 的所有关于每个变量的次数不超过 k 的多项式的集合 $\mathbb{Q}_k(K)$, 即

$$\mathbb{Q}_k(K) = \left\{ p(\boldsymbol{x}) : p(\boldsymbol{x}) = \sum_{\substack{0 \leqslant \alpha_i \leqslant k \\ 1 \leqslant i \leqslant n}} p_{\alpha_1 \cdots \alpha_n} x_1^{\alpha_1} \cdots x_n^{\alpha_n} \right\}.$$

显然 $\dim \mathbb{Q}_k(K) = (k+1)^n$. 记 $h_i = X_{i2} - X_{i1}(1 \leqslant i \leqslant n)$. 令

$$\bar{K}_k^n = \left\{ \boldsymbol{x} = \left(X_{11} + \frac{i_1}{k}h_1, \cdots, X_{n1} + \frac{i_n}{k}h_n \right)^{\mathrm{T}} \in \mathbb{R}^n : \right.$$

$$\left. i_j \in \{0, 1, \cdots, k\}, 1 \leqslant j \leqslant n \right\},$$

称之为正 $2n$ 面体 K 的 k 阶主格点. 不难证明自由度集 $\bar{\Sigma}_k^n = \{p(\boldsymbol{x}) : \boldsymbol{x} \in \bar{K}_k^n\}$ 构成了 $\mathbb{Q}_k(K)$ 的一组对偶基.

我们将单元 K 为正 $2n$ 面体, $P_K = \mathbb{Q}_k(K)$, Σ_K 为 K 的 k 阶主格点自由度集 $\bar{\Sigma}_k^n$ 的有限元 (K, P_K, Σ_K) 称为型 (k) **正 $2n$ 面体**. 显然,

型 (k) 正 $2n$ 面体是一个仿射族, 且其仿射映射的矩阵为一个对角矩阵和一个旋转矩阵的乘积. 图 6-2(a) 和 (b) 分别画出了一个型 (2) 三角形和一个型 (2) 矩形.

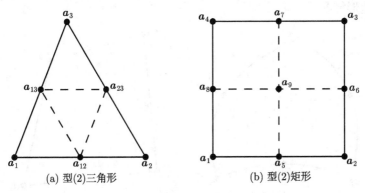

(a) 型(2)三角形 (b) 型(2)矩形

图 6-2

在应用中也常常使用由去掉某些主格点自由度和其所对应的对偶基底函数而得到的不完全的型 $(k)n$ 单纯形和型(k) 正$2n$ 面体. 例如, 从型 (2) 矩形中去掉节点自由度 a_9 及其相应的基底函数 $16(h_1h_2)^{-1}(x_1 - X_{11})(x_1 - X_{12})(x_2 - X_{21})(x_2 - X_{22})$ 后得到的有限元称为**型(2)′矩形或不完全双二次矩形有限元**.

利用完全或不完全的型 $(k)n$ 单纯形或型 (k) 正 $2n$ 面体还可以构造出等参族. 事实上, 设参考有限元 (K, P_K, Σ_K) 是一个完全或不完全的型 (k) n 单纯形或型 (k) 正 $2n$ 面体, $\{\hat{p}_i\}_{i=1}^N$ 为 P_K 中的一组对应于 K 的相应的 k 阶主格点自由度集 $\{x_i : 1 \leqslant i \leqslant N\}$ 的对偶基, 则

$$\begin{cases} \boldsymbol{x} = F(\hat{\boldsymbol{x}}) \triangleq \sum_{i=1}^N \boldsymbol{x}_i \hat{p}_i(\hat{\boldsymbol{x}}), \\ u = \sum_{i=1}^N u_i \hat{p}_i(\hat{\boldsymbol{x}}), \end{cases} \qquad \hat{\boldsymbol{x}} \in K$$

当 $F : K \to F(K) \subset \mathbb{R}^n$ 为可逆映射时定义了一个与 (K, P_K, Σ_K) 等参等价的有限元 $(F(K), P_{F(K)}, \Sigma_{F(K)})$, 其中 $P_{F(K)} = \mathrm{span}\{\hat{p}_i \circ F^{-1}, 1 \leqslant i \leqslant N\}$, $\Sigma_{F(K)} = \{x_i : 1 \leqslant i \leqslant N\}$. 在实际应用时, 由于所有的计

算都在参考单元上进行, 所以可以直接利用以上表达式计算而不必求出 F^{-1}, 这时 u 关于 x 的函数依赖关系是用同一组参数隐式地表示出来的. 图 6-3(a) 和 (b) 分别画出了一个型 (2) 曲边三角形和一个型 (1) 四边形等参元.

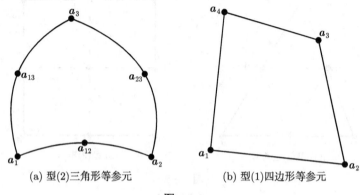

(a) 型(2)三角形等参元　　　　(b) 型(1)四边形等参元

图　6-3

我们称一种有限元是 C^k 类的, 如果由该种有限元组成的有限元函数空间中的函数都在 $\overline{\Omega}$ 上 k 次连续可微. 以上介绍的 Lagrange 有限元有一个共同特点, 即其插值函数在单元的每个面 (包括顶点、棱等各维面) 上任意一点的函数值由该面主格点上的函数值所唯一确定, 因此这些有限元都是 C^0 类的. 我们知道, 在求解二阶问题时所用到的函数空间属于 $\mathbb{H}^1(\Omega)$, 所以要构造其子空间用 C^0 类的有限元就可以了. 但对于四阶问题, 所用到的函数空间属于 $\mathbb{H}^2(\Omega)$, C^0 类的有限元所构造出来的有限元空间是非协调的, 即它们不是 $\mathbb{H}^2(\Omega)$ 的子空间, 而要构造出协调的有限元空间就需要构造 C^1 类的有限元. 下面给出两个常用的 C^1 类的 Hermite 有限元的例子.

设 $K \subset \mathbb{R}^2$ 是顶点为 $\boldsymbol{a}_i (i = 1, 2, 3)$ 的三角形, $P_K = \mathbb{P}_5(K)$,

$$\Sigma_K = \{ p(\boldsymbol{a}_i), \partial_j p(\boldsymbol{a}_i), \partial_{jk}^2 p(\boldsymbol{a}_i), 1 \leqslant i \leqslant 3, 1 \leqslant j \leqslant k \leqslant 2;$$
$$\partial_{\boldsymbol{\nu}} p(\boldsymbol{a}_{ij}), 1 \leqslant i < j \leqslant 3 \}, \tag{6.2.9}$$

其中 $\partial_{\boldsymbol{\nu}}$ 表示外法向导数, $\boldsymbol{a}_{ij} = (\boldsymbol{a}_i + \boldsymbol{a}_j)/2$ 为相应边的中点. 由于

$\dim \mathbb{P}_5(K) = C_7^2 = 21$, 而 Σ_K 恰好包含 21 个节点自由度, 因此, 要证明 (K, P_K, Σ_K) 是一个有限元, 只需证明在 Σ_K 的 21 个节点自由度上取零值的次数不超过 5 的多项式只能是零. 我们可以通过以下推理完成证明. 记 t 为沿边 $K_{12}^1 = \{a_1 + t(a_2 - a_1) : 0 \leqslant t \leqslant 1\}$ 的坐标, 由 p 在点 a_1 和 a_2 上的函数值和所有一阶和二阶偏导数值均为零知, $q = p|_{K_{12}^1}$ 作为 t 的函数在这两点的函数值、一阶和二阶导数值均为零, 而 $q = p|_{K_{12}^1} \in \mathbb{P}_5(K_{12}^1)$, 所以 $q = p|_{K_{12}^1} \equiv 0$. 类似地可以证明 $\partial_\nu p|_{K_{12}^1} \equiv 0$. 于是得 $\nabla p|_{K_{12}^1} \equiv 0$. 因此有 $p|_{K_{12}^1} \equiv 0$ 和 $\partial_{\lambda_3} p|_{K_{12}^1} \equiv 0$, 即 $p|_{\lambda_3=0} \equiv 0$ 和 $\partial_{\lambda_3} p|_{\lambda_3=0} \equiv 0$. 这说明 λ_3^2 是 p 的一个因子. 同理可证 λ_1^2 和 λ_2^2 也是 p 的因子, 即 $p = r\lambda_1^2 \lambda_2^2 \lambda_3^2$ (r 是多项式). 但 p 是次数不超过 5 的多项式, 所以 $p \equiv 0$. 这样得到的有限元称为 **Argyris 三角形** (见图 6-4(a), 其中两个圆圈表示所有的一阶和二阶偏导数自由度, a_{ij} 处的线段表示外法向导数自由度). 由于其中的函数在每条边上的函数值和法向导数值均由其在相应边上的节点自由度唯一确定, 所以它是一个 C^1 类的有限元. Argyris 三角形不是一个仿射族, 因为法向量不具有仿射不变性. 若将节点自由度 Σ_K 换为

$$\Sigma_K' = \Big\{ p(a_i), \partial_{\xi_{ij}} p(a_i), \partial^2_{\xi_{ij}\xi_{ik}} p(a_i), 1 \leqslant i \leqslant 3, 1 \leqslant j \leqslant k \leqslant 3,$$

$$i \notin \{j, k\}; \partial_{\eta_{ijk}} p(a_{ij}), 1 \leqslant i < j \leqslant 3, k \notin \{i, j\} \Big\}, \qquad (6.2.10)$$

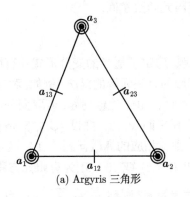

(a) Argyris 三角形

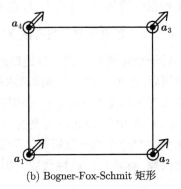

(b) Bogner-Fox-Schmit 矩形

图 6-4

其中 $\boldsymbol{\xi}_{ij} = \boldsymbol{a}_j - \boldsymbol{a}_i$, $\boldsymbol{\eta}_{ijk} = \boldsymbol{a}_{ij} - \boldsymbol{a}_k$, 则得到了一个型 (5) Hermite 三角形有限元 $(K, \mathbb{P}_5(K), \Sigma_K')$. 容易验证这种有限元是一个仿射族. 记 Π_K 和 Π_K' 分别为由 Σ_K 和 Σ_K' 诱导的 $P_K = \mathbb{P}_5(K)$ 插值算子, 尽管 $\Sigma_K \neq \Sigma_K'$, 但 $\Pi_K \neq \Pi_K'$, 不难验证

$$\Pi_K v = \Pi_K' v, \quad \forall v \in P_K. \tag{6.2.11}$$

定义 6.6   设 (K, P_K, Σ_K) 和 (K, P_K, Σ_K') 是两个有限元, 且后者属于一个仿射族. 若它们的 P_K 插值算子满足式 (6.2.11), 或等价地 $\Pi_K' \Pi_K v = \Pi_K v, \forall v \in C^\infty(K)$, 则称 (K, P_K, Σ_K)**嵌入到**(K, P_K, Σ_K')**的仿射族**.

由定义知 Argyris 三角形嵌入到型 (5) Hermite 三角形的仿射族. 这种嵌入性质在分析有限元解的误差时是有用的.

另一种常用的 C^1 类的有限元是**Bogner-Fox-Schmit 矩形**(见图 6-4(b), 其中斜向的双箭头表示混合偏导数自由度), 它的单元 K 是一个边平行于坐标轴, 顶点为 $\boldsymbol{a}_i(1 \leqslant i \leqslant 4)$ 的矩形, $P_K = \mathbb{Q}_3(K)$,

$$\Sigma_K = \left\{ p(\boldsymbol{a}_i), \partial_j p(\boldsymbol{a}_i), \partial_{12}^2 p(\boldsymbol{a}_i) : 1 \leqslant i \leqslant 4, \ j = 1, 2 \right\}. \tag{6.2.12}$$

显然, 给定了适当的 Ω 的有限元剖分后, 用以上给出的任何一种 C^0 类或 C^1 类的有限元都可以构造出相应的包含于 $\mathbb{H}^1(\Omega)$ 或 $\mathbb{H}^2(\Omega)$ 的有限元函数空间. 原则上, 对任意 $k \geqslant 0$, 我们可以构造 C^k 类的有限元和相应的包含于 $\mathbb{H}^{k+1}(\Omega)$ 的有限元函数空间.

6.2.4   有限元方程与有限元解

对于给定的椭圆型方程边值问题, 选定了适当的变分形式和有限元空间后, 就可以直接得到问题的相应的有限元解的提法. 例如, 对 $\mathbb{R}^2$ 中多边形区域上的 Poisson 方程齐次 Dirichlet 边值问题, 若取变分形式 (6.1.1) 和由式 (6.2.2) 定义的有限元空间 $\mathbb{V}_h(0)$, 并设 $\{\varphi_i\}_{i=1}^{N_h}$ 是有限元空间 $\mathbb{V}_h(0)$ 的一组规范化基底, 则称相应的离散问题 (6.1.3) 为**有限元问题**, 称相应的线性代数方程组 (6.1.5) 或 (6.1.6) 为**有限元方程**; 若 $\boldsymbol{u}_h = (u_1, \cdots, u_{N_h})^{\mathrm{T}}$ 是有限元方程的解, 则称 $u_h = \sum_{i=1}^{N_h} u_i \varphi_i$ 为问

题的**有限元解**.

　　一般地说, 有限元方法将一个偏微分方程问题离散化成为了一个有限维的代数问题. 通过求解相应的代数问题即可得到有限元解. 特别地, 由线性问题得到的有限元方程通常也是线性的, 因此可以应用求解线性代数方程组的方法求有限元解. 例如, Poisson 方程 Dirichlet 边值问题的有限元方程是一个对称正定的线性代数方程组, 我们可以用 Cholesky 分解、Gauss-Seidel 迭代、逐步超松弛迭代 (SOR)、共轭梯度法、预优共轭梯度法等方法来求解. 理论分析和大量数值实验的结果显示, 在求解大规模对称正定的有限元方程时, 用不完全 Cholesky 分解作为预优子的预优共轭梯度法 (ICCG) 的收敛速度比逐步超松弛迭代快得多, 是一种值得推荐的方法.

　　另一种高效的算法是多重网格法. 多重网格法的基本出发点是建立在以下事实的基础上的, 即用经典迭代法求解有限元方程时出现的典型现象是:

　　(1) 初始误差中的接近网格尺度的高频分量很快衰减;

　　(2) 网格尺度越小则最终收敛速度越慢.

通常情况下只需很少几步迭代有限元解的误差 $\delta u_h^{(k)} = u_h - u_h^{(k)}$ 和残量 $r_h^{(k)} = \sum_{i=1}^{N_h} r_i^{(k)} \varphi_i$(其中 $(r_1^{(k)}, \cdots, r_{N_h}^{(k)})^{\mathrm{T}} = \boldsymbol{r}_h^{(k)} = \boldsymbol{f}_h - \boldsymbol{K} \boldsymbol{u}_h^{(k)}$) 就会变得相当光滑, 因此为了提高效率, 我们可以考虑在较粗的网格上修正有限元解的误差. 典型的**两重网格法**(也称为**几何两重网格法**) 包含以下五个部分:

　　(1) **磨光**：选择某种迭代法, 如 Gauss-Seidel 迭代或逐步超松弛迭代等, 作少量几步迭代磨光残量, 并得到细网格上的近似解 $u_h^{(k)}$;

　　(2) **限制**：计算残量并将其信息以某种方式, 如插值或积分平均等, 传递到粗网格上;

　　(3) **粗网格校正**：以限制后的残量作为载荷向量, 在粗网格上求解有限元方程;

　　(4) **延拓**：粗网格校正得到的解定义在粗网格上, 需要以某种方式, 如插值, 将其延拓到细网格, 并叠加到 $u_h^{(k)}$ 上得到更好的近似解;

(5) **后磨光**: 再作少量几步磨光以消除延拓步产生的新的高频误差.

在粗网格校正步中, 若递归地调用以上两重网格法, 即定义进一步放粗的网格, 递归地用两重网格法求解细网格方程的方式求解粗网格方程, 直到最粗的一层网格上的未知量个数足够少, 因而可以用直接法高效求解为止, 这样所得到的就是**多重网格法**(也称为**几何多重网格法**). 如何将细网格放粗, 一般地说并不是一件简单的事. 应用中一种常用的做法是: 首先定义最粗的网格, 然后在此基础上逐步加密形成一套逐层嵌套的越来越细的网格. 在每层的粗网格校正步中, 对粗网格递归调用多重网格法时, 可以将多重网格校正作为迭代法作多次循环迭代. 常用的是作一次迭代的 V 循环方法和两次迭代的 W 循环方法.

瀑布型多重网格法则是直接从最粗的网格出发, 先在最粗的网格上求近似解, 然后在逐步加密的网格上逐次作磨光. 这一做法更易于推广应用于非线性问题. 另一类更适合推广应用于非结构网格和超大规模并行计算的做法是: 利用线性代数方程组的代数结构而非粗细网格之间的嵌套关系等几何结构构造子空间校正的**代数多重网格法**.

在求解大规模偏微分方程问题时, 一种适用于并行计算的高效迭代方法是**区域分解算法**. 其基本思想是: 首先, 将区域 Ω 剖分成若干相互有重叠 (或无重叠) 的子区域 $\Omega_i(i = 1, 2, \cdots, M)$; 其次, 将更新当前步近似解的问题分解为相应的定义在各子区域 Ω_i 上的子问题, 然后求解子问题并将子问题的解作适当处理, 比如作某种形式的加权平均, 产生新的近似解. 有关实用的区域分解算法及相应的理论分析结果可参见文献 [22], [29]. 对区域分解算法和多重网格法感兴趣的初学者可参考文献 [31].

§6.3　补充与注记

在第 5 章我们曾提到, 应用中会遇到各种各样的变分问题, 即便是同一偏微分方程的边值问题, 也可以对应于许多不同形式的变分问题. 每一种变分问题都可以提出相应的有限元问题. 例如, 对于抽象变

分问题 (5.3.10), 设 $\mathbb{X}_h \subset \mathbb{X}$ 和 $\mathbb{Y}_h \subset \mathbb{Y}$ 是有限元函数空间, 则相应的有限元解的提法就是

$$
\begin{cases}
\text{求 } \boldsymbol{p}_h \in \mathbb{X}_h, \ u_h \in \mathbb{Y}_h, \ \text{使得} \\
a(\boldsymbol{p}_h, \boldsymbol{q}_h) + b(\boldsymbol{q}_h, u_h) = G(\boldsymbol{q}_h), \quad \forall \boldsymbol{q}_h \in \mathbb{X}_h, \\
b(\boldsymbol{p}_h, v_h) = F(v_h), \qquad\qquad \forall v_h \in \mathbb{Y}_h.
\end{cases}
\tag{6.3.1}
$$

通常称这类有限元方法为**混合有限元方法**. 对于形如 (6.3.1) 的有限元问题解的存在唯一性, 类似于定理 5.15, 我们有以下定理:

定理 6.2(Brezzi 定理) 设 $a(\boldsymbol{p}, \boldsymbol{q})$ 和 $b(\boldsymbol{q}, u)$ 分别是 $\mathbb{X} \times \mathbb{X}$ 和 $\mathbb{X} \times \mathbb{Y}$ 上的有界双线性泛函, $G(\boldsymbol{q})$ 和 $F(v)$ 分别是 $\mathbb{X}$ 和 $\mathbb{Y}$ 上的有界线性泛函. 令 $\mathbb{V}_{h0} = \{\boldsymbol{p}_h \in \mathbb{X}_h : b(\boldsymbol{p}_h, v_h) = 0, \ \forall v_h \in \mathbb{Y}_h\}$. 若

(1) 存在 $\alpha_h > 0$, 使得

$$
a(\boldsymbol{p}_h, \boldsymbol{p}_h) \geqslant \alpha_h \|\boldsymbol{p}_h\|_{\mathbb{X}}^2, \quad \forall \boldsymbol{p}_h \in \mathbb{V}_{h0};
$$

(2) 存在 $\beta_h > 0$, 使得

$$
\sup_{\boldsymbol{0} \neq \boldsymbol{p}_h \in \mathbb{X}_h} \frac{b(\boldsymbol{p}_h, v_h)}{\|\boldsymbol{p}_h\|_{\mathbb{X}}} \geqslant \beta_h \|v_h\|_{\mathbb{Y}}, \quad \forall v_h \in \mathbb{Y}_h,
$$

则问题 (6.3.1) 存在唯一解.

定理 6.2 中的条件 (2) 通常称为 **Babuška-Brezzi 条件**, 或简称 **B-B 条件**. 在应用中为了得到有限元解的收敛性, 通常要求常数 α_h 和 β_h 与 h 无关. 另外需要特别注意, B-B 条件对有限元空间的选取有一定的限制. 事实上, 设 $\dim(\mathbb{X}_h) = N$, $\dim(\mathbb{Y}_h) = M$, $\{\varphi_i\}_{i=1}^N$ 和 $\{\psi_j\}_{j=1}^M$ 分别为有限元函数空间 $\mathbb{X}_h$ 和 $\mathbb{Y}_h$ 的规范化基底, 令 $\boldsymbol{A} = (a(\varphi_j, \varphi_i))$, $\boldsymbol{B} = (b(\varphi_i, \psi_k))$, $\boldsymbol{g} = (G(\varphi_i))$, $\boldsymbol{f} = (F(\psi_k))$, 则问题 (6.3.1) 的有限元方程为

$$
\begin{pmatrix} \boldsymbol{A} & \boldsymbol{B} \\ \boldsymbol{B}^{\mathrm{T}} & \boldsymbol{0} \end{pmatrix} \begin{pmatrix} \boldsymbol{p}_h \\ u_h \end{pmatrix} = \begin{pmatrix} \boldsymbol{g} \\ \boldsymbol{f} \end{pmatrix},
\tag{6.3.2}
$$

由此不难证明问题 (6.3.1) 的解唯一的必要条件是

$$
\operatorname{rank}(\boldsymbol{B}) = M \leqslant N.
\tag{6.3.3}
$$

条件 (6.3.3) 通常称为**秩条件**. 当秩条件 (6.3.3) 成立, 且 A 为正定对称矩阵时, 线性代数方程组 (6.3.2) 的解存在唯一. 要证明这一结论, 我们只须验证此时方程组 (6.3.2) 的齐次方程只有零解. 事实上, 若 (p_h, u_h) 是方程组 (6.3.2) 的齐次方程的解, 则有 $p_h^{\mathrm{T}} A p_h + p_h^{\mathrm{T}} B u_h = 0$ 及 $B^{\mathrm{T}} p_h = 0$. 由此知 $p_h^{\mathrm{T}} A p_h = 0$. 于是由 A 的对称正定性得 $p_h = 0$, 进而知 $B u_h = 0$. 再由秩条件 (6.3.3) 便得 $u_h = 0$.

到目前为止, 我们所讲的有限元方法中有限元函数空间都是变分问题的基本函数空间的子空间, 有限元问题中的泛函就是变分问题中的泛函. 这样的有限元方法称为**协调有限元方法**, 相应的有限元称为**协调有限元**. 然而, 无论从理论和实际应用的角度来说, 都有必要引入非协调的有限元方法. 例如, 有限元函数空间 $\mathbb{X}_h$ 和变分问题的基本函数空间 $\mathbb{X}$ 同为一个更大的函数空间 $\tilde{\mathbb{X}}$ 的子空间且满足一定的逼近性质, 变分问题中的泛函则替换为其延拓或某种意义下的近似. 以 6.2.1 小节中考虑的 $\mathbb{R}^2$ 中的多边形区域 Ω 上的 Poisson 方程齐次 Dirichlet 边值问题为例, 若在区域的三角形剖分 $\mathfrak{T}_h(\Omega)$ 上定义

$$\tilde{\mathbb{V}}_h = \{u \in \mathbb{L}^2(\Omega) : u|_{T_i} \in \mathbb{P}_1(T_i), \, \forall T_i \in \mathfrak{T}_h(\Omega),$$
$$u \text{ 在所有 } Q_i \in \mathbb{Q}_h \text{ 处连续}\} \tag{6.3.4}$$

和

$$\tilde{\mathbb{V}}_h(0) = \{u \in \tilde{\mathbb{V}}_h : u(Q_i) = 0, \, \forall Q_i \in \mathbb{Q}_h \cap \partial\Omega\}, \tag{6.3.5}$$

其中 $\mathbb{Q}_h$ 是 $\mathfrak{T}_h(\Omega)$ 中所有三角形单元边的中点的集合, 并定义

$$a_h(u, v) = \sum_{T \in \mathfrak{T}_h(\Omega)} \int_T \nabla u \cdot \nabla v \, d\boldsymbol{x}, \tag{6.3.6}$$

则得到一个典型的非协调有限元问题的提法:

$$\begin{cases} \text{求 } u_h \in \tilde{\mathbb{V}}_h(0), \text{ 使得} \\ a(u_h, v_h) = (f, v_h), \quad \forall v_h \in \tilde{\mathbb{V}}_h(0). \end{cases} \tag{6.3.7}$$

用数值积分代替积分也是一种常见的带来非协调性的做法, 这在实际应用中往往是不可避免的. 例如, 在以上的问题中将 Laplace 算子换为

一般的变系数椭圆型微分算子 $\sum\limits_{i,j=1}^{n} \partial_j(a_{ij}(\boldsymbol{x})\partial_i)$ 后, 相应的双线性泛

函值 $a(\varphi_i, \varphi_j)$ 通常只能用数值积分来计算. 另一种常见的不可避免地会产生非协调性的情况是区域无法作严格的有限元剖分, 例如一般的非多边形区域不可能严格地进行三角形有限元剖分. 另外, 对于高阶问题, 由于协调有限元的构造和使用往往比非协调的有限元要困难得多, 因此非协调有限元方法备受青睐. 当然, 非协调性会给有限元解的分析带来额外的困难.

有关混合有限元法、杂交有限元法和非协调有限元法等方面的内容可参阅文献 [7], [31], [33].

习　题　6

1. 证明: $u_h \in \mathbb{V}_h$ 是用 Galerkin 方法得到的变分问题 (6.1.3) 的解的充要条件是它是用 Ritz 方法得到的变分问题 (6.1.4) 的解.

2. 利用 Lax-Milgram 引理证明问题 (6.1.3) 解的存在唯一性.

3. 不用上题的结果, 直接证明问题 (6.1.4) 解的存在唯一性.

4. 分别就 $f|_{T_e} \in \mathbb{P}_0(T_e)$ 和 $f|_{T_e} \in \mathbb{P}_1(T_e)$, 利用式 (6.2.4) 验证局部载荷向量 $\boldsymbol{f}^e$ 的计算公式 (6.2.5) 和 (6.2.6).

5. 将 6.2.1 小节中的双线性泛函换为 $a(u,v) = \int_\Omega \sum\limits_{i,j=1}^{2} a_{ij}\partial_i u\partial_j v\mathrm{d}\boldsymbol{x}$, 试推导出相应的单元刚度矩阵 $\boldsymbol{K}^e$ 的计算公式.

6. 考虑多边形区域 Ω 上的 Poisson 方程在以下边值条件下的混合边值问题: $a\dfrac{\partial u}{\partial \boldsymbol{\nu}} + bu = g, \forall \boldsymbol{x} \in \partial\Omega$, 其中 $a(\boldsymbol{x}) \geqslant a_0 > 0$ $(\forall \boldsymbol{x} \notin \partial\Omega_0)$, $a(\boldsymbol{x}) = 0$ $(\forall \boldsymbol{x} \in \partial\Omega_0)$; $b(\boldsymbol{x}) \geqslant b_0 > 0$ $(\forall \boldsymbol{x} \notin \partial\Omega_1)$, $b(x) = 0$ $(\forall \boldsymbol{x} \in \partial\Omega_1)$; $\partial\Omega_0$ 由区域边界上的若干条闭线段构成, $\partial\Omega_0 \cap \partial\Omega_1 = \varnothing$. 试给出问题的变分形式和相应有限元问题的试探函数空间和检验函数空间.

7. 证明: 对 Poisson 方程边值条件为 $\dfrac{\partial u}{\partial \boldsymbol{\nu}} + bu = g$ $(\forall \boldsymbol{x} \in \partial\Omega, b > 0)$ 的第三类边值问题, 有限元解在 $\mathbb{V}_h$(见式 (6.2.1)) 上存在唯一.

8. 证明: 对 Poisson 方程的 Neumann 边值问题 (见问题 (5.2.9)), 将有限元试探函数空间取为 $\mathbb{V}_h(0; A_i) = \{u \in \mathbb{V}_h :$ 在某个指定节点 $A_i \in \overline{\Omega}$ 上 $u(A_i) = 0\}$ 时, 有限元解存在唯一.

9. 考虑有界连通的光滑区域 Ω 上的 Laplace 算子的特征值问题:

$$\begin{cases} 求 u \in C^2(\Omega) \cap C(\overline{\Omega}) 和 \lambda \in \mathbb{R}, 使得 \\ -\Delta u = \lambda u, \quad \forall \boldsymbol{x} \in \Omega, \\ u = 0, \qquad \forall \boldsymbol{x} \in \partial\Omega. \end{cases}$$

试定义该问题相应的有限元问题.

10. 试推导出不直接使用总刚度矩阵求解有限元方程的 Gauss-Seidel 迭代公式.

11. 设 (K, P_K, Σ_K) 为一个有限元, $\dim(P_K) = N$, 证明 $\{\varphi_i\}_{i=1}^N \subset \Sigma_K$ 为 Σ_K 的一组基的充要条件是: 若 $p \in P_K$ 满足 $\varphi_i(p) = 0(i = 1, 2, \cdots, N)$, 则 $p = 0$.

12. 试分别给出区间 $[0, 1]$ 上分段线性和分段二次 C^0 类有限元函数空间的一组规范化基底, 并做出相应的图示.

13. 试给出区间 $[0, 1]$ 上分段三次 C^1 类有限元函数空间的一组规范化基底.

14. 试分别给出型 (2) 三角形和型 (2) 四面体 Lagrange 有限元的一组规范化基底.

15. 试分别给出型 (1) 矩形和型 (2) 正六面体 Lagrange 有限元的一组规范化基底.

16. 证明 $p \in \mathbb{Q}_3$ 由式 (6.2.12) 给出的自由度集唯一确定.

17. 证明 Bogner-Fox-Schmit 矩形是 C^1 类的有限元.

18. 试针对 Poisson 方程分别推导出型 (1) 四面体和型 (1) 正六面体 Lagrange 有限元的单元刚度矩阵的计算公式.

19. 试针对 Poisson 方程分别推导出型 (2) 等参三角形和型 (1) 等参四边形 Lagrange 有限元的单元刚度矩阵的计算公式.

20. 试针对常微分方程边值问题

$$\begin{cases} -u'' + u = f, & x \in (0, 1), \\ u(0) = 0, \ u'(1) + u(1) = g \end{cases}$$

提出相应的有限元问题 (参考习题 5 第 7 题), 证明有限元问题解的存在唯一性, 并构造一种适用于求解该问题的有限元函数空间.

上机作业

1. 编制在非均匀网格上定义的连续的分段线性有限元函数空间上数值求解第 20 题中的常微分方程边值问题的程序, 至少对两组不同的右端项 f, g 和五个不同的网格剖分做数值实验, 并用图表显示数值结果.

2. 考虑矩形区域 $\Omega = (0, 1) \times (0, 1)$ 上的 Poisson 方程混合边值问题

$$\begin{cases} -\Delta u = f, \\ u = u_0, & \boldsymbol{x} \in \partial\Omega_0, \\ \dfrac{\partial u}{\partial \boldsymbol{\nu}} + \beta u = g, & \boldsymbol{x} \in \partial\Omega_1, \end{cases}$$

其中 $\partial\Omega_0 = \{0\} \times [0, 1]$, $\beta > 0$. 编制用 C^0 类型 (1) 矩形和型 (1) 三角形有限元构造的有限元函数空间上数值求解该问题的程序, 至少对两组不同的右端项和边界条件做数值实验. 比较两种有限元在不同范数下意义的收敛性态.

第 7 章　椭圆边值问题有限元解的误差估计

§7.1　Céa 引理与有限元解的抽象误差估计

对有限元解作误差分析的标准做法是: 首先通过抽象误差估计将问题转化成为一个函数逼近论的问题, 然后利用函数逼近论的结果导出有限元解的误差估计.

我们考虑变分问题 (见问题 (5.1.10))

$$\begin{cases} \text{求 } u \in \mathbb{V}, \text{使得} \\ a(u, v) = f(v), \quad \forall v \in \mathbb{V}. \end{cases} \tag{7.1.1}$$

以下关于抽象误差估计的定理对有限元解的误差估计有着基本的重要性.

定理 7.1 (Céa 引理)　设 $\mathbb{V}$ 是 Hilbert 空间, $\mathbb{V}_h$ 是 $\mathbb{V}$ 的线性子空间, 双线性泛函 $a(\cdot, \cdot)$ 和线性泛函 $f(\cdot)$ 满足 Lax-Milgram 引理(见定理 5.1) 的条件, $u \in \mathbb{V}$ 是问题 (7.1.1) 的解, $u_h \in \mathbb{V}_h$ 满足方程

$$a(u_h, v_h) = f(v_h), \quad \forall v_h \in \mathbb{V}_h, \tag{7.1.2}$$

则存在与 $\mathbb{V}_h$ 无关的常数 C, 使得

$$\|u - u_h\| \leqslant C \inf_{v_h \in \mathbb{V}_h} \|u - v_h\|, \tag{7.1.3}$$

其中 $\|\cdot\|$ 是 $\mathbb{V}$ 的范数.

证明　由问题 (7.1.1) 和方程 (7.1.2) 得

$$\begin{aligned} a(u - u_h, w_h) &= a(u, w_h) - a(u_h, w_h) \\ &= f(w_h) - f(w_h) = 0, \quad \forall w_h \in \mathbb{V}_h. \end{aligned} \tag{7.1.4}$$

特别地, 取 $w_h = u_h - v_h$, 得

$$a(u - u_h, u_h - v_h) = 0.$$

于是, 由双线性泛函 $a(\cdot, \cdot)$ 的 $\mathbb{V}$ 椭圆性和有界性 (见式 (5.1.9) 和 (5.1.11)), 得

$$\alpha\|u-u_h\|^2 \leqslant a(u-u_h,\, u-u_h) = a(u-u_h,\, u-u_h) + a(u-u_h,\, u_h-v_h)$$
$$= a(u-u_h,\, u-v_h) \leqslant M\|u-u_h\|\|u-v_h\|,$$

其中 $\alpha > 0$ 和 M 为常数. 令 $C = M/\alpha$, 由 $v_h \in \mathbb{V}_h$ 的任意性便得到

$$\|u-u_h\| \leqslant C\|u-v_h\|, \quad \forall v_h \in \mathbb{V}_h.$$

由此就立即得到不等式 (7.1.3). ■

Céa 引理将有限元解的误差估计问题转化成为真解 u 到有限元子空间 $\mathbb{V}_h$ 的距离的问题, 这是一个标准的逼近论问题. 式 (7.1.3) 表明有限元解与真解在 $\mathbb{V}_h$ 中的最优逼近具有同阶的精度. 通常称式 (7.1.3) 为变分问题 (7.1.1) 的逼近问题 (7.1.2) 的解的**抽象误差估计**.

特别地, 当具有 $\mathbb{V}$ 椭圆性的有界双线性泛函 $a(\cdot, \cdot)$ 为对称时, $a(\cdot, \cdot)$ 在 $\mathbb{V}$ 上定义了一个内积, 且由该内积诱导的范数等价于 $\mathbb{V}$ 的范数. 记 $P_h : \mathbb{V} \to \mathbb{V}_h$ 为由内积 $a(\cdot, \cdot)$ 定义的正交投影算子, 则作为式 (7.1.4) 的推论的以下结果揭示了变分问题有限元解的几何意义.

推论 7.1 在定理 7.1 的假设下, 若还有双线性泛函 $a(\cdot, \cdot)$ 为对称的, 则变分问题 (7.1.2) 的解 u_h 是问题 (7.1.1) 的解 u 在 $\mathbb{V}_h$ 上由内积 $a(\cdot, \cdot)$ 定义的正交投影, 即 $u_h = P_h u$ (P_h 为正交投影算子). 这时, 在 $a(\cdot, \cdot)$ 诱导的范数意义下, 式 (7.1.3) 对常数 $C = 1$ 成立.

记 $\tilde{P}_h : \mathbb{V} \to \mathbb{V}_h$ 为由 $\mathbb{V}$ 的内积 $(\cdot, \cdot)_{\mathbb{V}}$ 定义的正交投影算子, 则有 $\|u - \tilde{P}_h u\| = \|(I - \tilde{P}_h)u\| = \inf\limits_{v_h \in \mathbb{V}_h} \|u - v_h\|$ (I 为恒同算子). 作为 Céa 引理的推论, 我们有以下结果.

推论 7.2 设 $\mathbb{V}$ 是 Hilbert 空间, $\mathbb{V}_h$ 是 $\mathbb{V}$ 的线性子空间, $\mathbb{V}$ 上的双线性泛函 $a(\cdot, \cdot)$ 是对称的, 且满足 Lax-Milgram 引理的条件, P_h 和 $\tilde{P}_h$ 分别为由内积 $a(\cdot, \cdot)$ 和 $(\cdot, \cdot)_{\mathbb{V}}$ 定义的从 $\mathbb{V}$ 到 $\mathbb{V}_h$ 的正交投影算子, 则存在与 $\mathbb{V}_h$ 无关的常数 C, 使得

$$\|I - \tilde{P}_h\| \leqslant \|I - P_h\| \leqslant C\|I - \tilde{P}_h\|, \tag{7.1.5}$$

其中 I 为恒同算子.

§7.2　Sobolev 空间插值理论

上一节我们通过有限元解的抽象误差估计将有限元解的误差估计问题转化成为真解 u 在 $\mathbb{V}_h$ 中的最优逼近问题. 一般地说, 精确求解最优逼近问题是不可能也是不必要的. 在有限元误差分析中, 我们通常将问题进一步化简为插值函数的误差估计问题.

设变分问题 (7.1.1) 的解 u 充分光滑, 则 u 在有限元空间上的 $\mathbb{V}_h$ 插值 $\Pi_h u$ 有明确定义. 于是由式 (7.1.3) 知, 有限元解 u_h 的误差满足估计式

$$\|u - u_h\| \leqslant C \inf_{v_h \in \mathbb{V}_h} \|u - v_h\| \leqslant C \|u - \Pi_h u\|. \tag{7.2.1}$$

因此, 我们可以通过 u 在有限元空间上的 $\mathbb{V}_h$ 插值 $\Pi_h u$ 的误差估计给出有限元解的误差上界的估计.

例 7.1　令 $\hat{\Omega} = (0,\ 1)$. 设 $h > 0$, $\Omega = (b,\ b+h)$. 记 $F: [0,\ 1] \to [b,\ b+h]$, $F(\hat{x}) = h\hat{x} + b$ 为 $\overline{\hat{\Omega}}$ 到 $\overline{\Omega}$ 的可逆仿射映射, $\hat{\Pi}: C([0,\ 1]) \to \mathbb{P}_1([0,\ 1])$ 为满足 $\hat{\Pi}\hat{v}(0) = \hat{v}(0)$, $\hat{\Pi}\hat{v}(1) = \hat{v}(1)$ 的插值算子, $\Pi: C([b,\ b+h]) \to \mathbb{P}_1(\overline{\Omega})$ 为满足 $\Pi v(b) = v(b)$, $\Pi v(b+h) = v(b+h)$ 的插值算子. 设 $u \in \mathbb{H}^2(\Omega)$, 令 $\hat{u}(\hat{x}) = u \circ F(\hat{x}) = u(h\hat{x}+b)$, 则 $\hat{u} \in \mathbb{H}^2(\hat{\Omega})$, 于是由嵌入定理知 $\hat{u} \in C([0,\ 1])$. 又因为插值算子 $\hat{\Pi}$ 是 $\mathbb{P}_1([0,\ 1])$ 不变算子, 即 $\hat{\Pi}\hat{w} = \hat{w}$ ($\forall \hat{w} \in \mathbb{P}_1([0,\ 1])$), 所以对任意的 $\hat{w} \in \mathbb{P}_1([0,\ 1])$, 有

$$\|(I - \hat{\Pi})\hat{u}\|_{0,\hat{\Omega}} = \|(I - \hat{\Pi})(\hat{u} + \hat{w})\|_{0,\hat{\Omega}} \leqslant \|I - \hat{\Pi}\| \, \|\hat{u} + \hat{w}\|_{2,\hat{\Omega}},$$

其中 I 是恒同映射, $\|I - \hat{\Pi}\|$ 是有界线性算子 $I - \hat{\Pi}: \mathbb{H}^2(\hat{\Omega}) \to \mathbb{L}^2(\hat{\Omega})$ 的范数 (见习题 7 第 3 题). 由此我们就得到

(1) $\|\hat{u} - \hat{\Pi}\hat{u}\|_{0,\hat{\Omega}} \leqslant \|I - \hat{\Pi}\| \inf\limits_{\hat{w} \in \mathbb{P}_1(\hat{\Omega})} \|\hat{u} + \hat{w}\|_{2,\hat{\Omega}}$.

这表明 $I - \hat{\Pi} \in \mathcal{L}(\mathbb{H}^2(0,1)/\mathbb{P}_1([0,1]); \mathbb{L}^2(0,1))$. 特别地, 以上分析表明我们可以利用 $\hat{u}$ 在商空间 $\mathbb{H}^2(0,1)/\mathbb{P}_1([0,1])$ 中的范数 $\inf\limits_{\hat{w} \in \mathbb{P}_1(\hat{\Omega})} \|\hat{u} + \hat{w}\|_{2,\hat{\Omega}}$ 估计 $\hat{u}$ 的 $\mathbb{P}_1([0,1])$ 不变插值算子的插值误差. 在下一小节中, 我们将证明存在只依赖于 $\hat{\Omega}$ 的常数 C, 使得

(2) $|\hat{u}|_{2,\hat{\Omega}} \leqslant \inf\limits_{\hat{w}\in\mathbb{P}_1(\hat{\Omega})} \|\hat{u}+\hat{w}\|_{2,\hat{\Omega}} \leqslant C|\hat{u}|_{2,\hat{\Omega}}.$

另外, 由链式求导法则有 $\hat{u}''(\hat{x}) = h^2 u''(x)$, 于是通过积分变量替换, 并注意到 $\mathrm{d}x = h\mathrm{d}\hat{x}$, 就立即得到以下结论:

(3) $\hat{u} \in \mathbb{H}^2(\hat{\Omega})$, 且 $|\hat{u}|_{2,\hat{\Omega}}^2 = h^3|u|_{2,\Omega}^2$;

(4) $\|u - \Pi u\|_{0,\Omega}^2 = h\|\hat{u} - \hat{\Pi}\hat{u}\|_{0,\hat{\Omega}}^2.$

结合 (1) ~ (4), 就得到 $\mathbb{H}^2(\Omega)$ 上函数的插值误差估计

$$\|u - \Pi u\|_{0,\Omega} \leqslant \|I - \hat{\Pi}\|C|u|_{2,\Omega}h^2.$$

类似地可得 $|u - \Pi u|_{1,\Omega} \leqslant C|u|_{2,\Omega}h$ (见习题 7 第 4 题).

例 7.1 提示我们, 为了在一般的仿射等价的有限元上作插值误差估计, 一条可行的途径是分别进行以下四项研究:

(i) Sobolev 空间的多项式商空间与等价商范数 (相应于例 7.1 中的 (2));

(ii) 仿射等价开集上 Sobolev 半范数的关系 (相应于例 7.1 中的 (3) 和 (4));

(iii) 多项式不变算子的抽象误差估计 (相应于例 7.1 中的 (1));

(iv) 用仿射等价开集的几何参数估计相应 Sobolev 半范数关系中的常数 $\bigg($ 例如在例 7.1 的 (3) 和 (4) 中作积分变量替换时会出现仿射变换 $F(\hat{x})$ 的 Jacobi 行列式 $\det\left(\dfrac{\partial F(\hat{x})}{\partial \hat{x}}\right)$, 它在这里恰好等于 h; 而在 (3) 和 (4) 中用链式求导法则求 m 次导数则会出现 h^m, 这里的 h 是由变换 $F(\hat{x})$ 联系的区域 Ω 和 $\hat{\Omega}$ 沿求导方向的尺度之比 $\bigg)$.

我们下面就在这一框架下简要地介绍椭圆边值问题弱解的基本函数空间 Sobolev 空间上的多项式插值误差估计的理论. 我们总假设 Ω 是 $\mathbb{R}^n$ 中的有界开集且有 Lipschitz 连续的边界.

7.2.1 Sobolev 空间的多项式商空间与等价商范数

考虑商空间 $\mathbb{W}^{k+1,p}(\Omega)/\mathbb{P}_k(\Omega)$, 其元素为 $v \in \mathbb{W}^{k+1,p}(\Omega)$ 的等价类

$$\dot{v} = \{w \in \mathbb{W}^{k+1,p}(\Omega) : (w - v) \in \mathbb{P}_k(\Omega)\}.$$

赋以通常的商范数

$$\dot{v} \in \mathbb{W}^{k+1,p}(\Omega)/\mathbb{P}_k(\Omega) \mapsto \|\dot{v}\|_{k+1,p,\Omega} = \inf_{w \in \mathbb{P}_k(\Omega)} \|v + w\|_{k+1,p,\Omega},$$

则商空间 $\mathbb{W}^{k+1,p}(\Omega)/\mathbb{P}_k(\Omega)$ 是一个 Banach 空间. 不难看出映射

$$\dot{v} \in \mathbb{W}^{k+1,p}(\Omega)/\mathbb{P}_k(\Omega) \mapsto |\dot{v}|_{k+1,p,\Omega} = |v|_{k+1,p,\Omega}$$

是商空间 $\mathbb{W}^{k+1,p}(\Omega)/\mathbb{P}_k(\Omega)$ 上的一个半范数, 且 $|\dot{v}|_{k+1,p,\Omega} \leqslant \|\dot{v}\|_{k+1,p,\Omega}$. 以下定理说明它实际上是商空间上的一个范数, 这一事实对 Sobolev 空间上的多项式插值误差估计有着基本的重要性.

定理 7.2 存在只依赖于 Ω 的常数 C, 使得

$$\|\dot{v}\|_{k+1,p,\Omega} \leqslant C|\dot{v}|_{k+1,p,\Omega}, \quad \forall \dot{v} \in \mathbb{W}^{k+1,p}(\Omega)/\mathbb{P}_k(\Omega). \tag{7.2.2}$$

证明 设 $\{p_i\}_{i=1}^N$ 是 $\mathbb{P}_k(\Omega)$ 的一组基, $f_i(i = 1, \cdots, N)$ 是空间 $\mathbb{P}_k(\Omega)$ 的一组对偶基, 即 $f_i(p_j) = \delta_{ij}$, 因此对任意的 $w \in \mathbb{P}_k(\Omega)$, $f_i(w) = 0 \ (i = 1, \cdots, N)$ 的充分必要条件是 $w = 0$. 由有界线性泛函的 Hahn-Banach 延拓定理, 不妨设 $f_i \ (i = 1, \cdots, N)$ 是定义在 $\mathbb{W}^{k+1,p}(\Omega)$ 上的一组有界线性泛函. 我们首先证明存在只依赖于 Ω 的常数 C, 使得

$$\|v\|_{k+1,p,\Omega} \leqslant C\left(|v|_{k+1,p,\Omega} + \sum_{i=1}^N |f_i(v)|\right), \quad \forall v \in \mathbb{W}^{k+1,p}(\Omega). \tag{7.2.3}$$

若式 (7.2.3) 非真, 则存在 $\mathbb{W}^{k+1,p}(\Omega)$ 中的序列 $\{v_j\}_{j=1}^\infty$, 满足

$$\begin{cases} \|v_j\|_{k+1,p,\Omega} = 1, \quad \forall j \geqslant 1, \\ \lim_{j\to\infty} \left(|v_j|_{k+1,p,\Omega} + \sum_{i=1}^N |f_i(v_j)|\right) = 0. \end{cases} \tag{7.2.4}$$

由 Sobolev 空间的紧嵌入定理 (当 $1 \leqslant p < \infty$ 和 $p = \infty$ 时, $\mathbb{W}^{k+1,p}(\Omega)$ 分别紧嵌入到 $\mathbb{W}^{k,p}(\Omega)$ 和 $C^k(\overline{\Omega})$), 存在 $\{v_j\}_{j=1}^\infty$ 的子列 (仍记做 $\{v_j\}_{j=1}^\infty$)

和 $v \in \mathbb{W}^{k,p}(\Omega)$, 使得

$$\lim_{j \to \infty} \|v_j - v\|_{k,p,\Omega} = 0. \tag{7.2.5}$$

由式 (7.2.4) 和 (7.2.5) 知 $\{v_j\}_{j=1}^{\infty}$ 是 $\mathbb{W}^{k+1,p}(\Omega)$ 中的 Cauchy 列, 因此在 $\mathbb{W}^{k+1,p}(\Omega)$ 中收敛. 这说明式 (7.2.5) 中的极限函数 $v \in \mathbb{W}^{k+1,p}(\Omega)$, 且由式 (7.2.4) 知

$$|\partial^{\boldsymbol{\alpha}} v|_{0,p,\Omega} = \lim_{j \to \infty} |\partial^{\boldsymbol{\alpha}} v_j|_{0,p,\Omega} = 0, \quad \forall \boldsymbol{\alpha}, \ |\boldsymbol{\alpha}| = k+1,$$

即对所有满足 $|\boldsymbol{\alpha}| = k+1$ 的多重指标 $\boldsymbol{\alpha}$, 都有 $\partial^{\boldsymbol{\alpha}} v = 0$. 于是, 由定理 5.2 知 $v \in \mathbb{P}_k(\Omega)$. 又由式 (7.2.4) 有

$$f_i(v) = \lim_{j \to \infty} f_i(v_j) = 0, \quad i = 1, \cdots, N,$$

因此得 $v = 0$. 但这显然与结合式 (7.2.4) 中的第一式和 v_j 在 $\mathbb{W}^{k+1,p}(\Omega)$ 中收敛于 v 所得到的结论 $\|v\|_{k+1,p,\Omega} = \lim_{j \to \infty} \|v_j\|_{k+1,p,\Omega} = 1$ 相矛盾.

对任意给定的 $v \in \mathbb{W}^{k+1,p}(\Omega)$, 取 $\tilde{w} = -\sum_{j=1}^{N} f_j(v) p_j$, 有 $f_i(v+\tilde{w}) = 0$ $(i = 1, \cdots, N)$, 于是由式 (7.2.3) 得

$$\inf_{w \in \mathbb{P}_k(\Omega)} \|v + w\|_{k+1,p,\Omega} \leqslant \|v + \tilde{w}\|_{k+1,p,\Omega} \leqslant C |v|_{k+1,p,\Omega}.$$

这就完成了定理的证明. ■

7.2.2 仿射等价开集上 Sobolev 半范数的关系

设 Ω 与 $\hat{\Omega}$ 是 $\mathbb{R}^n$ 中的两个仿射等价的开集, 即存在可逆的仿射映射

$$F : \hat{\boldsymbol{x}} \in \mathbb{R}^n \mapsto F(\hat{\boldsymbol{x}}) = \boldsymbol{B}\hat{\boldsymbol{x}} + \boldsymbol{b} \in \mathbb{R}^n,$$

使得 $\Omega = F(\hat{\Omega})$, 其中 $\boldsymbol{B}$ 是 $n \times n$ 方阵, $\boldsymbol{b} \in \mathbb{R}^n$. 对任意给定的 $v \in \mathbb{W}^{m,p}(\Omega)$, 令 $\hat{v}(\hat{\boldsymbol{x}}) = v(F(\hat{\boldsymbol{x}}))$, 我们来考虑它们的 Sobolev 半范数 $|v|_{m,p,\Omega}$ 与 $|\hat{v}|_{m,p,\hat{\Omega}}$ 之间的关系.

若 F 只是一个简单的尺度伸缩, 即 $\boldsymbol{B} = h \operatorname{diag}(1, \cdots, 1)$ 是一个对角元素为 h 的对角阵, 则两者的关系十分简单. 因为, 由

$$\partial^{\boldsymbol{\alpha}} v(\boldsymbol{x}) = h^{-|\boldsymbol{\alpha}|} \partial^{\boldsymbol{\alpha}} \hat{v}(\hat{x}) \quad \text{和} \quad \mathrm{d}\boldsymbol{x} = |\det(\boldsymbol{B})| \mathrm{d}\hat{\boldsymbol{x}} = h^n \mathrm{d}\hat{\boldsymbol{x}}$$

易得

$$|v|_{m,p,\Omega} = h^{-m} |\det(\boldsymbol{B})|^{1/p} |\hat{v}|_{m,p,\hat{\Omega}} = h^{-m+n/p} |\hat{v}|_{m,p,\hat{\Omega}}. \tag{7.2.6}$$

这种以 h 为几何特征尺度比例的仿射等价开集上相应函数的 Sobolev 半范数之比 $|v|_{m,p,\Omega}/|\hat{v}|_{m,p,\hat{\Omega}}$ 正比于 $h^{-m+n/p}$ 的关系式在 Sobolev 空间插值函数的误差估计中起着关键的作用. 下面我们对一般的仿射映射证明类似于 (7.2.6) 的关系式.

定理 7.3　设 Ω 与 $\hat{\Omega}$ 是 $\mathbb{R}^n$ 中的两个仿射等价的开集, $v \in \mathbb{W}^{m,p}(\Omega)$, 其中 $p \in [1, \infty]$, m 是一非负整数, 则 $\hat{v} = v \circ F \in \mathbb{W}^{m,p}(\hat{\Omega})$, 且存在常数 $C = C(m, n)$, 使得

$$|\hat{v}|_{m,p,\hat{\Omega}} \leqslant C \|\boldsymbol{B}\|^m |\det(\boldsymbol{B})|^{-1/p} |v|_{m,p,\Omega}, \tag{7.2.7}$$

其中 $\boldsymbol{B}$ 是仿射映射 F 中的矩阵, $\|\cdot\|$ 表示从属于 $\mathbb{R}^n$ 上的欧几里得范数的算子范数. 类似地, 我们有

$$|v|_{m,p,\Omega} \leqslant C \|\boldsymbol{B}^{-1}\|^m |\det(\boldsymbol{B})|^{1/p} |\hat{v}|_{m,p,\hat{\Omega}}. \tag{7.2.8}$$

证明　假设 $v \in C^m(\overline{\Omega})$, 因而也有 $\hat{v} \in C^m(\overline{\hat{\Omega}})$. 我们有

$$|\partial^{\boldsymbol{\alpha}} \hat{v}(\hat{\boldsymbol{x}})| \leqslant \|\mathrm{D}^m \hat{v}(\hat{x})\| \triangleq \sup_{\substack{\|\xi_i\|=1 \\ 1 \leqslant i \leqslant m}} |\mathrm{D}^m \hat{v}(\hat{x})(\boldsymbol{\xi}_1, \cdots, \boldsymbol{\xi}_m)|, \quad \forall \boldsymbol{\alpha}, |\boldsymbol{\alpha}| = m,$$

其中 $\mathrm{D} = (\partial_1, \cdots, \partial_n)$ 是一阶微分算子, $\boldsymbol{\xi}_i = (\xi_{i1}, \cdots, \xi_{in})^{\mathrm{T}} \in \mathbb{R}^n$ 是 $\mathbb{R}^n$ 中的单位向量, $\mathrm{D}^m \hat{v}(\hat{x})(\boldsymbol{\xi}_1, \cdots, \boldsymbol{\xi}_m) = \left(\prod_{i=1}^m \mathrm{D} \cdot \boldsymbol{\xi}_i \right) \hat{v}(\hat{x})$. 于是得

$$|\hat{v}|_{m,p,\hat{\Omega}} = \left(\int_{\hat{\Omega}} \sum_{|\boldsymbol{\alpha}|=m} |\partial^{\boldsymbol{\alpha}} \hat{v}(\hat{\boldsymbol{x}})|^p \mathrm{d}\hat{\boldsymbol{x}} \right)^{1/p} \leqslant C_1(m, n) \left(\int_{\hat{\Omega}} \|\mathrm{D}^m \hat{v}(\hat{\boldsymbol{x}})\|^p \mathrm{d}\hat{\boldsymbol{x}} \right)^{1/p},$$

其中 $C_1(m,n) = \mathrm{C}_{n+m}^n - \mathrm{C}_{n+m-1}^n = \dfrac{n}{m}\,\mathrm{C}_{n+m-1}^n$ 是 n 维空间 m 阶多重指标 $\boldsymbol{\alpha}$ 的个数 (见 6.2.3 小节). 另外, 由复合函数的链式求导法则有

$$(\mathrm{D} \cdot \boldsymbol{\xi})\hat{v}(\hat{\boldsymbol{x}}) = \mathrm{D}(v \circ F(\hat{\boldsymbol{x}}))\,\boldsymbol{\xi} = \mathrm{D}v(\boldsymbol{x})\frac{\partial F(\hat{\boldsymbol{x}})}{\partial \hat{\boldsymbol{x}}}\,\boldsymbol{\xi}$$
$$= (\mathrm{D} \cdot \boldsymbol{B}\boldsymbol{\xi})v(\boldsymbol{x}), \quad \forall \xi \in \mathbb{R}^n,$$

因此, 我们有 $\left(\displaystyle\prod_{i=1}^m \mathrm{D} \cdot \boldsymbol{\xi}_i\right)\hat{v}(\hat{\boldsymbol{x}}) = \left(\displaystyle\prod_{i=1}^m \mathrm{D} \cdot \boldsymbol{B}\xi_i\right)v(\boldsymbol{x})$, 即

$$\mathrm{D}^m\hat{v}(\hat{\boldsymbol{x}})(\boldsymbol{\xi}_1, \cdots, \boldsymbol{\xi}_m) = \mathrm{D}^m v(\boldsymbol{x})(\boldsymbol{B}\boldsymbol{\xi}_1, \cdots, \boldsymbol{B}\boldsymbol{\xi}_m).$$

由此得

$$\|\mathrm{D}^m\hat{v}(\hat{\boldsymbol{x}})\| \leqslant \|\boldsymbol{B}\|^m\,\|\mathrm{D}^m v(\boldsymbol{x})\|.$$

于是, 通过多重积分的变量替换便得到

$$\int_{\hat{\Omega}} \|\mathrm{D}^m\hat{v}(\hat{\boldsymbol{x}})\|^p\mathrm{d}\hat{\boldsymbol{x}} \leqslant \|\boldsymbol{B}\|^{mp}\left|\det\left(\boldsymbol{B}^{-1}\right)\right|\int_{\Omega} \|\mathrm{D}^m v(\boldsymbol{x})\|^p\mathrm{d}\boldsymbol{x}.$$

结合以上各式, 并注意到对任意的 $\boldsymbol{\eta}_i = (\eta_{i1}, \cdots, \eta_{in})^{\mathrm{T}} \in \mathbb{R}^n$ $(\|\boldsymbol{\eta}_i\| = 1,$ $1 \leqslant i \leqslant m)$, 由

$$\mathrm{D}^m v(\boldsymbol{x})(\boldsymbol{\eta}_1, \cdots, \boldsymbol{\eta}_m) = \left(\prod_{i=1}^m \sum_{j=1}^n \eta_{ij}\partial_j\right)v(\boldsymbol{x})$$
$$= \sum_{j_1, \cdots, j_m = 1}^n \left(\prod_{i=1}^m \eta_{ij_i}\partial_{j_i}\right)v(\boldsymbol{x})$$

和 $|\eta_{ij}| \leqslant 1$ $(1 \leqslant i \leqslant m, 1 \leqslant j \leqslant n)$ 有 $\|\mathrm{D}^m v(\boldsymbol{x})\| \leqslant n^m \max_{|\boldsymbol{\alpha}|=m} |\partial^{\boldsymbol{\alpha}} v(\boldsymbol{x})|$, 便知: 当 $v \in C^m(\overline{\Omega})$ 时, 式 (7.2.7) 成立.

当 $1 \leqslant p < \infty$ 时, 由 $C^m(\overline{\Omega})$ 在 $\mathbb{W}^{m,p}(\Omega)$ 中的稠密性知, 式 (7.2.7) 当 $v \in \mathbb{W}^{m,p}(\Omega)$ 时也成立.

当 $p = \infty$ 时, 由于式 (7.2.7) 关于 $1 \leqslant q < \infty$ 一致成立, 又由于区域 Ω 有界, 我们有

$$\|w\|_{0,\infty,\Omega} = \lim_{q \to \infty} \|w\|_{0,q,\Omega}, \quad \forall w \in \mathbb{L}^\infty(\Omega),$$

因此式 (7.2.7) 当 $v \in \mathbb{W}^{m,\infty}(\Omega)$ 时也成立.

类似地, 可以证明式 (7.2.8). ∎

为了便于应用, 我们希望用区域的简单的几何参数来估计 $\|B\|$ 和 $\|B^{-1}\|$. 为此我们定义

$$h_\Omega = \operatorname{diam}(\Omega),$$
$$\rho_\Omega = \sup\{\operatorname{diam}(S) : S \text{ 是包含于 } \Omega \text{ 的 } n \text{ 维球}\}.$$

定理 7.4 设 Ω 与 $\hat{\Omega}$ 是 $\mathbb{R}^n$ 中由可逆仿射映射 $F(\hat{x}) = B\hat{x} + b$ 相联系的两个仿射等价的开集, $\Omega = F(\hat{\Omega})$, 则有

$$\|B\| \leqslant \frac{h}{\hat{\rho}} \quad \text{和} \quad \|B^{-1}\| \leqslant \frac{\hat{h}}{\rho}, \tag{7.2.9}$$

其中 $h = h_\Omega$, $\hat{h} = h_{\hat{\Omega}}$, $\rho = \rho_\Omega$, $\hat{\rho} = \rho_{\hat{\Omega}}$.

证明 由 $\|B\|$ 的定义, 我们有

$$\|B\| = \frac{1}{\hat{\rho}} \sup_{\|\boldsymbol{\xi}\|=\hat{\rho}} \|B\boldsymbol{\xi}\|.$$

设向量 $\hat{x}$, $\hat{y} \in \overline{\hat{\Omega}}$ 满足 $\|\hat{y} - \hat{x}\| = \hat{\rho}$, 则由定义知 $x = F(\hat{x}) \in \Omega$, $y = F(\hat{y}) \in \overline{\Omega}$, 因此 $\|B(\hat{y} - \hat{x})\| = \|F(\hat{y}) - F(\hat{x})\| \leqslant h$. 这就证明了式 (7.2.9) 中的第一式, 式 (7.2.9) 中的第二式可类似地证明. ∎

7.2.3 多项式不变算子的误差估计

利用前两小节的结果, 我们就可以证明关于多项式不变算子的误差估计, 然后将其应用到具有某种多项式不变性质的有限元插值算子上得到相应的有限元解的插值误差估计.

定理 7.5 设整数 k, m 和 p, $q \in [1, \infty]$ 满足 $\mathbb{W}^{k+1,p}(\hat{\Omega}) \hookrightarrow \mathbb{W}^{m,q}(\hat{\Omega})$, 有界线性算子 $\hat{\Pi} \in \mathfrak{L}(\mathbb{W}^{k+1,p}(\hat{\Omega}); \mathbb{W}^{m,q}(\hat{\Omega}))$ 是 $\mathbb{P}_k(\hat{\Omega})$ 不变的, 即

$$\hat{\Pi}\hat{w} = \hat{w}, \quad \forall \hat{w} \in \mathbb{P}_k(\hat{\Omega}),$$

又设 $\Omega = F(\hat{\Omega})$ 是任意一个与 $\hat{\Omega}$ 仿射等价的开集, 其中 $F(\hat{x}) = B\hat{x} + b$, 并定义算子 $\Pi_\Omega \in \mathfrak{L}(\mathbb{W}^{k+1,p}(\Omega); \mathbb{W}^{m,q}(\Omega))$:

$$\Pi_\Omega v = \left(\hat{\Pi}(v \circ F)\right) \circ F^{-1},$$

则存在不依赖于 Ω 的常数 $C = C(\hat{\Pi}, \hat{\Omega}, n, m, k)$, 使得

$$|v - \Pi_\Omega v|_{m,q,\Omega} \leqslant C \left(\operatorname{meas}(\Omega)\right)^{(1/q - 1/p)} \frac{h_\Omega^{k+1}}{\rho_\Omega^m} |v|_{k+1,p,\Omega}, \tag{7.2.10}$$
$$\forall v \in \mathbb{W}^{k+1,p}(\Omega).$$

证明 记 $I : \mathbb{W}^{k+1,p}(\hat{\Omega}) \to \mathbb{W}^{m,q}(\hat{\Omega})$ 为恒等嵌入映射, 由 $\hat{\Pi}$ 的 $\mathbb{P}_k(\hat{\Omega})$ 多项式不变性, 我们有

$$\hat{v} - \hat{\Pi}\hat{v} = (I - \hat{\Pi})(\hat{v} + \hat{w}), \quad \forall \hat{v} \in \mathbb{W}^{k+1,p}(\hat{\Omega}), \quad \forall \hat{w} \in \mathbb{P}_k(\hat{\Omega}),$$

因此由定理的条件和定理 7.2 商空间等价范数的结论得

$$|\hat{v} - \hat{\Pi}\hat{v}|_{m,q,\hat{\Omega}} \leqslant \|I - \hat{\Pi}\| \inf_{\hat{w} \in \mathbb{P}_k(\hat{\Omega})} \|\hat{v} + \hat{w}\|_{k+1,p,\hat{\Omega}} \leqslant C(\hat{\Pi}, \hat{\Omega})|\hat{v}|_{k+1,p,\hat{\Omega}},$$

其中 $C(\hat{\Pi}, \hat{\Omega})$ 是只依赖于 $\hat{\Pi}$ 与 $\hat{\Omega}$ 的常数. 由定理 7.3, 注意到 $v - \Pi_\Omega v = (\hat{v} - \hat{\Pi}\hat{v}) \circ F^{-1}$, 存在只依赖于 m, n 的常数 $C(m,n)$ 和只依赖于 $k+1, n$ 的常数 $C(k+1, n)$, 使得

$$|v - \Pi v|_{m,q,\Omega} \leqslant C(m,n)\|\boldsymbol{B}^{-1}\|^m \det(\boldsymbol{B})^{1/q}|\hat{v} - \hat{\Pi}\hat{v}|_{m,q,\hat{\Omega}}$$

和

$$|\hat{v}|_{k+1,p,\hat{\Omega}} \leqslant C(k+1, n)\|\boldsymbol{B}\|^{k+1} \det(\boldsymbol{B})^{-1/p}|v|_{k+1,p,\Omega}.$$

结合以上三个式子, 应用定理 7.4, 并注意到

$$|\det(\boldsymbol{B})| = \frac{\operatorname{meas}(\Omega)}{\operatorname{meas}(\hat{\Omega})},$$

即得到式 (7.2.10). ∎

应用定理 7.5 就可以得到我们所需要的有限元插值算子的误差估计.

定理 7.6 设 $(\hat{K}, \hat{P}, \hat{\Sigma})$ 是一个有限元, 自由度集 $\hat{\Sigma}$ 中出现的偏导数的最高阶数是 s, 正整数 k, m 和 $p, q \in [1, \infty]$ 使得以下关系成立:

$$\mathbb{W}^{k+1,p}(\hat{K}) \hookrightarrow C^s(\hat{K}), \tag{7.2.11}$$

$$\mathbb{W}^{k+1,p}(\hat{K}) \hookrightarrow \mathbb{W}^{m,q}(\hat{K}), \tag{7.2.12}$$

$$\mathbb{P}_k(\hat{K}) \subset \hat{P} \subset \mathbb{W}^{m,q}(\hat{K}), \tag{7.2.13}$$

则存在只依赖于 $\hat{K}$, $\hat{P}$, $\hat{\Sigma}$ 的常数 C, 使得对所有与 $(\hat{K}, \hat{P}, \hat{\Sigma})$ 仿射等价的有限元 (K, P, Σ) 和任意的 $v \in \mathbb{W}^{k+1,p}(K)$, 都有

$$|v - \Pi_K v|_{m,q,K} \leqslant C \,(\mathrm{meas}(K))^{(1/q-1/p)} \, \frac{h_K^{k+1}}{\rho_K^m} |v|_{k+1,p,K}. \tag{7.2.14}$$

证明　由定理 7.5, 我们只需证明有限元插值算子 $\hat{\Pi} = \hat{\Pi}_{\hat{K}} \in \mathfrak{L}(\mathbb{W}^{k+1,p}(\hat{K}); \mathbb{W}^{m,q}(\hat{K}))$ 即可.

设 $\{\hat{w}_i\}_{i=1}^N$ 是 $\hat{P}$ 的一组基, $\{\hat{\varphi}_i\}_{i=1}^N \subset \hat{\Sigma}$ 是其对偶基. 由于自由度集 $\hat{\Sigma}$ 中出现的偏导数的最高阶数是 s, 所以 $\{\hat{\varphi}_i\}_{i=1}^N$ 也是 $C^s(\hat{K})$ 上的有界线性泛函. 于是, 由定理的条件 $\mathbb{W}^{k+1,p}(\hat{K}) \hookrightarrow C^s(\hat{K})$ 和 $\hat{\Pi}\hat{v} = \sum_{i=1}^N \hat{\varphi}_i(\hat{v})\hat{w}_i \in \hat{P} \subset \mathbb{W}^{m,q}(\hat{K})$, 对任意 $\hat{v} \in \mathbb{W}^{k+1,p}(\hat{K})$, 有

$$\begin{aligned}
\|\hat{\Pi}\hat{v}\|_{m,q,\hat{K}} &\leqslant \sum_{i=1}^N |\hat{\varphi}_i(\hat{v})| \, \|\hat{w}_i\|_{m,q,\hat{K}} \leqslant C \left(\sum_{i=1}^N \|\hat{w}_i\|_{m,q,\hat{K}} \right) \|\hat{v}\|_{s,\infty,\hat{K}} \\
&\leqslant C_1 \|\hat{v}\|_{k+1,p,\hat{K}},
\end{aligned}$$

其中 C 和 C_1 是只依赖于 $(\hat{K}, \hat{P}, \hat{\Sigma})$ 的常数. 定理得证.　∎

在有限元的误差分析中, 常常用单元 K 的直径 h_K 的幂来刻画近似解的收敛速度. 记 σ_n 为 $\mathbb{R}^n$ 中直径为 1 的球的测度, 我们有

$$\sigma_n \rho_K^n \leqslant \mathrm{meas}\,(K) \leqslant h_K^n.$$

我们还需要对单元 K 的几何形状提出适当的要求.

定义 7.1　称 $\{\mathfrak{T}_h(\Omega)\}_{h>0}$ 是 Ω 的一族**正则的** (或正规的) 有限元剖分, 如果

(1) 存在与 h 无关的常数 σ, 使得

$$h_K \leqslant \sigma \rho_K, \quad \forall K \in \bigcup_{h>0} \mathfrak{T}_h(\Omega); \tag{7.2.15}$$

(2) 0 是参数 h 的聚点.

由定义 7.1 和定理 7.6, 我们立即得到以下结果:

定理 7.7 设 $\{\mathfrak{T}_h(\Omega)\}_{h>0}$ 是 Ω 的一族正则的有限元剖分, $\{(K, P_K, \Sigma_K)\}_{K \in \bigcup_{h>0} \mathfrak{T}_h(\Omega)}$ 是与满足条件 (7.2.11), (7.2.12) 和 (7.2.13) 的参考有限元 $(\hat{K}, \hat{P}, \hat{\Sigma})$ 仿射等价的一族有限元(称为参考有限元 $(\hat{K}, \hat{P}, \hat{\Sigma})$ 的正则的仿射等价族), 则存在常数 $C = C(\hat{K}, \hat{P}, \hat{\Sigma})$, 使得

$$\|v - \Pi_K v\|_{m,q,K} \leqslant C(\mathrm{meas}(K))^{(1/q-1/p)} \sigma^m h_K^{k+1-m} |v|_{k+1,p,K},$$
$$\forall v \in \mathbb{W}^{k+1,p}(K), \quad \forall K \in \bigcup_{h>0} \mathfrak{T}_h(\Omega), \tag{7.2.16}$$

其中 σ 为满足式 (7.2.15) 的常数.

7.2.4 有限元函数的反估计

由 Sobolev 嵌入定理 (见定理 5.5), Sobolev 空间中函数的较 "低" 阶的范数可以被较 "高" 阶的范数控制. 一般地说, 相反的估计式 (即用低阶的范数控制较高阶的范数的不等式, 称之为**反估计**或**逆估计**) 是不成立的. 但是, 在有限元函数空间中, 我们可以推出在有限元误差分析理论中有重要应用的反估计.

定义 7.2 设 $\{\mathfrak{T}_h(\Omega)\}_{h>0}$ 是 Ω 的一族正则的有限元剖分, 若存在常数 γ, 使得

$$\max_{K' \in \mathfrak{T}_h(\Omega)} h_{K'} \leqslant \gamma h_K, \quad \forall K \in \mathfrak{T}_h(\Omega), \ \forall h > 0, \tag{7.2.17}$$

则称 $\{\mathfrak{T}_h(\Omega)\}_{h>0}$ 是 Ω 的一族拟一致的有限元剖分.

定理 7.8 设 $\{\mathfrak{T}_h(\Omega)\}_{h>0}$ 是 $\mathbb{R}^n$ 中有界开集 Ω 的一族拟一致的有限元剖分, $\mathbb{V}_h(\Omega)$ 是定义在 $\mathfrak{T}_h(\Omega)$ 上的有限元函数空间, 其中的每个有限元 (K, P_K, Σ_K) 都仿射等价于参考有限元 $(\hat{K}, \hat{P}, \hat{\Sigma})$, 又设正整数 $l, m \, (l \leqslant m)$ 和 $p, q \in [1, \infty]$ 使得以下关系成立:

$$\mathbb{P}_{l-1}(\hat{K}) \subset \hat{P} \subset \mathbb{W}^{l,p}(\hat{K}) \cap \mathbb{W}^{m,q}(\hat{K}), \tag{7.2.18}$$

则存在常数 $C = C(\sigma, \gamma, l, m)$, 其中 σ 和 γ 为满足式 (7.2.15) 和 (7.2.17) 的常数, 使得当 $q < \infty$ 时, 有

$$\left(\sum_{K \in \mathfrak{T}_h(\Omega)} |v|_{m,q,K}^q \right)^{1/q} \leqslant C\, h^{l-m-s} \left(\sum_{K \in \mathfrak{T}_h(\Omega)} |v|_{l,p,K}^p \right)^{1/p}, \tag{7.2.19}$$
$$\forall v \in \mathbb{V}_h(\Omega),$$

其中 $s = \max\{0, n(1/p - 1/q)\}$; 当 $q = \infty$ 时, 有

$$\max_{K \in \mathfrak{T}_h(\Omega)} \{|v|_{m,\infty,K}\} \leqslant C\, h^{l-m-n/p} \left(\sum_{K \in \mathfrak{T}_h(\Omega)} |v|_{l,p,K}^p \right)^{1/p}, \tag{7.2.20}$$
$$\forall v \in \mathbb{V}_h(\Omega).$$

证明 由定理 7.3, 定理 7.4 和剖分的正则性知, 存在只依赖于 σ, γ, l, m 的常数 C_0, 使得

$$|\hat{v}_K|_{l,p,\hat{K}} \leqslant C_0\, h_K^{l-n/p} |v|_{l,p,K}, \tag{7.2.21}$$

$$|v|_{m,q,K} \leqslant C_0\, h_K^{-m+n/q} |\hat{v}_K|_{m,q,\hat{K}}, \tag{7.2.22}$$

其中 $\hat{v}_K = v \circ F_K$, $F_K : K \to \hat{K}$ 是相应的仿射变换.

由定理 7.2 知, 存在依赖于 $\hat{K}$ 的常数 C_1, 使得商空间 $\hat{P}/\mathbb{P}_{l-1}(\hat{K})$ 上的商范数 $\|\dot{w}\|_{l,p,\hat{K}}$ 满足

$$\|\dot{w}\|_{l,p,\hat{K}} \leqslant C_1 |w|_{l,p,\hat{K}}, \quad \forall w \in \hat{P}, \tag{7.2.23}$$

其中 $\dot{w}$ 是 w 在商空间 $\hat{P}/\mathbb{P}_{l-1}(\hat{K})$ 上的等价类. 另外, 由于 $l \leqslant m$, 所以对任意的 $w \in \mathbb{P}_{l-1}(\hat{K})$, 有 $|w|_{m,q,\hat{K}} = 0$. 由 $\mathbb{P}_{l-1}(\hat{K}) \subset \hat{P}$, 不妨 设 $\{\hat{w}_i\}_{i=1}^M \subset \hat{P}$ 为 $\hat{P}$ 的一组基, 其中 $\{\hat{w}_i\}_{i=1}^L \subset \mathbb{P}_{l-1}(\hat{K})$ 为 $\mathbb{P}_{l-1}(\hat{K})$ 的 一组基. 设 $\{\varphi_i\}_{i=1}^M \subset \hat{\Sigma}$ 为 $\{\hat{w}_i\}_{i=1}^M$ 的一组规范对偶基, 即 $\varphi_i(\hat{w}_j) = \delta_{ij}$ $(i, j = 1, \cdots, M)$. 于是, 不难验证商空间 $\hat{P}/\mathbb{P}_{l-1}(\hat{K})$ 上的半范数

$$\|\dot{w}\|_{m,q,\hat{K}} = |\dot{w}|_{m,q,\hat{K}} + \sum_{i=L+1}^M |\varphi_i(w)|$$

定义了 $\hat{P}/\mathbb{P}_{l-1}(\hat{K})$ 上的一个范数. 由有限维空间范数的等价性知, 存在依赖于 l, m 的常数 C_2, 使得

$$|w|_{m,q,\hat{K}} = |\dot{w}|_{m,q,\hat{K}} \leqslant \|\dot{w}\|_{m,q,\hat{K}} \leqslant C_2 \|\dot{w}\|_{l,p,\hat{K}}$$
$$\leqslant C_1 C_2 |w|_{l,p,\hat{K}}, \quad \forall w \in \hat{P}. \tag{7.2.24}$$

结合式 (7.2.21), (7.2.22), (7.2.24) 及剖分的拟一致性就得到

$$|v|_{m,q,K} \leqslant C\, h^{l-m-n(1/p-1/q)} |v|_{l,p,K}, \quad \forall v \in P_K, \ \forall K \in \mathfrak{T}_h(\Omega), \tag{7.2.25}$$

其中 C 为依赖于 σ, γ, l, m 的常数. 由此便立即得到式 (7.2.20).

下面分三种情况证明 (7.2.19) 成立. 当 $p \leqslant q < \infty$ 时, 由式 (7.2.25) 和 Jensen 不等式

$$\left(\sum_{K \in \mathfrak{T}_h(\Omega)} |v|_{l,p,K}^q \right)^{1/q} \leqslant \left(\sum_{K \in \mathfrak{T}_h(\Omega)} |v|_{l,p,K}^p \right)^{1/p}$$

便得到式 (7.2.19). 当 $q < p < \infty$ 时, 由 Hölder 不等式有

$$\left(\sum_{K \in \mathfrak{T}_h(\Omega)} |v|_{l,p,K}^q \right)^{1/q} \leqslant C(\mathfrak{T}_h(\Omega))^{(1/q-1/p)} \left(\sum_{K \in \mathfrak{T}_h(\Omega)} |v|_{l,p,K}^p \right)^{1/p}, \tag{7.2.26}$$

其中 $C(\mathfrak{T}_h(\Omega))$ 是剖分 $\mathfrak{T}_h(\Omega)$ 中单元的个数. 由剖分的拟一致性, 存在依赖于 σ, γ 的常数 C_3, 使得 $C(\mathfrak{T}_h(\Omega)) \leqslant C_3\, h^{-n}$. 由此及式 (7.2.25), (7.2.26) 便得到式 (7.2.19). 而当 $q < p = \infty$ 时, 由

$$\left(\sum_{K \in \mathfrak{T}_h(\Omega)} |v|_{l,\infty,K}^q \right)^{1/q} \leqslant C(\mathfrak{T}_h(\Omega))^{1/q} \max_{K \in \mathfrak{T}_h(\Omega)} |v|_{l,\infty,K}$$

和式 (7.2.25) 便得到式 (7.2.19). 这就完成了定理的证明. ∎

§7.3 多角形区域上二阶问题有限元解的误差估计

作为前两节理论的应用, 我们来考虑 $\mathbb{R}^n$ 中多角形区域上二阶椭圆边值问题有限元解的误差估计. 本节中我们总假设 Céa 引理的条件

成立; Ω 恰好被同样是多角形的有限元所覆盖, 而且 Dirichlet 边界 $\partial\Omega_0$ 恰好被其中一些有限元的 $n-1$ 维面所覆盖. 为简单起见, 我们仅限于讨论齐次 Dirichlet 边值问题, 因而变分问题的基本函数空间 $\mathbb{V} = \mathbb{H}_0^1(\Omega)$, 并假设所取的有限元都是 $\mathbb{C}^0$ 类的, 因而有限元空间 $\mathbb{V}_h \subset \mathbb{V}$. 概括地说, 我们考虑的是协调有限元方法.

首先可以得到一个有限元函数空间上的插值误差估计的一般结果.

定理 7.9　设 $\{(K, P_K, \Sigma_K)\}_{K \in \bigcup\limits_{h>0} \mathfrak{T}_h(\Omega)}$ 是一族正则的仿射等价有限元, 其参考有限元是 $(\hat{K}, \hat{P}, \hat{\Sigma})$, 又设存在非负整数 k, l, 满足

$$\mathbb{P}_k(\hat{K}) \subset \hat{P} \subset \mathbb{H}^l(\hat{K}), \tag{7.3.1}$$

$$\mathbb{H}^{k+1}(\hat{K}) \hookrightarrow C^s(\hat{K}), \tag{7.3.2}$$

其中 s 是自由度集 $\hat{\Sigma}$ 中出现的偏导数的最高阶数, 则存在不依赖于 h 的常数 C, 使得对任意的 $v \in \mathbb{H}^{k+1}(\Omega) \cap \mathbb{V}$, 有

$$\|v - \Pi_h v\|_{m,\Omega} \leqslant C h^{k+1-m} |v|_{k+1,\Omega}, \quad 0 \leqslant m \leqslant \min\{1, l\}, \tag{7.3.3}$$

$$\left(\sum_{K \in \mathfrak{T}_h(\Omega)} \|v - \Pi_h v\|_{m,K}^2 \right)^{1/2} \leqslant C h^{k+1-m} |v|_{k+1,\Omega}, \tag{7.3.4}$$

$$2 \leqslant m \leqslant \min\{k+1, l\},$$

其中 Π_h 是 $\mathbb{V}_h$ 插值算子.

证明　令 $p = q = 2$, 由式 (7.3.1) 和 (7.3.2) 知, 当 $m \leqslant \min\{k+1, l\}$ 时, 关系式 (7.2.11)~(7.2.13) 成立, 因此由定理 7.7 便得到

$$\|v - \Pi_K v\|_{m,K} \leqslant C h_K^{k+1-m} |v|_{k+1,K}, \quad 0 \leqslant m \leqslant \min\{k+1, l\}.$$

由定义知 $(\Pi_h v)|_K = \Pi_K(v|_K)(h_K \leqslant h, \forall K \in \mathfrak{T}_h(\Omega))$, 因此得到

$$\left(\sum_{K \in \mathfrak{T}_h(\Omega)} \|v - \Pi_h v\|_{m,K}^2 \right)^{1/2} \leqslant C h^{k+1-m} |v|_{k+1,\Omega},$$

$$0 \leqslant m \leqslant \min\{k+1, l\}.$$

又由于我们用的是 C^0 类的有限元, 因此有

$$\|v - \Pi_h v\|_{m,\Omega} = \left(\sum_{K \in \mathfrak{T}_h(\Omega)} \|v - \Pi_h v\|_{m,K}^2 \right)^{1/2}, \quad 0 \leqslant m \leqslant \min\{1, l\}.$$

于是定理得证. ∎

对于用第 6 章中介绍的完全或不完全型 (k) n 单纯形, 型 (k) 正 $2n$ 面体, 以及相应的仿射等价有限元或能够嵌入到某个仿射族的 C^0 类的有限元 (不论是 Lagrange 型的还是 Hermite 型的) 所构造的有限元函数空间, 我们都可以在定理 7.9 中取 $l = 1$, 因此得到以下常用的有限元函数空间上的插值误差估计式:

$$\|v - \Pi_h v\|_{m,\Omega} \leqslant C h^{k+1-m} |v|_{k+1,\Omega}, \tag{7.3.5}$$
$$m = 0, 1, \quad \forall v \in \mathbb{H}^{k+1}(\Omega) \cap \mathbb{V}.$$

特别地, 若取型 (1) 的 Lagrange 有限元, 就得到

$$\|v - \Pi_h v\|_{m,\Omega} \leqslant C h^{2-m} |v|_{2,\Omega}, \quad m = 0, 1, \quad \forall v \in \mathbb{H}^2(\Omega) \cap \mathbb{V}. \tag{7.3.6}$$

可以看出, 一般地说, 有限元插值函数在 $\mathbb{L}^2(\Omega)$ 范数意义下的误差比其在 $\mathbb{H}^1(\Omega)$ 范数意义下的误差高一阶.

7.3.1 $\mathbb{H}^1$ 范数意义下的误差估计

我们现在就很容易得到有限元解在 $\mathbb{H}^1(\Omega)$ 范数意义下的误差估计.

定理 7.10 设 $\{(K, P_K, \Sigma_K)\}_{K \in \bigcup\limits_{h>0} \mathfrak{T}_h(\Omega)}$ 是一族正则的仿射等价有限元, 其参考有限元是 $(\hat{K}, \hat{P}, \hat{\Sigma})$, 又设存在整数 $k \geqslant 1$, 满足

$$\mathbb{P}_k(\hat{K}) \subset \hat{P} \subset \mathbb{H}^1(\hat{K}), \quad \mathbb{H}^{k+1}(\hat{K}) \hookrightarrow C^s(\hat{K}),$$

其中 s 是自由度集 $\hat{\Sigma}$ 中出现的偏导数的最高阶数. 若变分问题的解 $u \in \mathbb{H}^{k+1}(\Omega) \cap \mathbb{V}$, 则存在不依赖于 h 的常数 C, 使得

$$\|u - u_h\|_{1,\Omega} \leqslant C h^k |u|_{k+1,\Omega}, \tag{7.3.7}$$

其中 $u_h \in \mathbb{V}_h \subset \mathbb{V}$ 是变分问题的有限元解.

证明   由有限元解的抽象误差估计 (见定理 7.1(Céa 引理)) 有

$$\|u - u_h\|_{1,\Omega} \leqslant C \inf_{v_h \in \mathbb{V}_h} \|u - v_h\|_{1,\Omega} \leqslant C \|u - \Pi_h u\|_{1,\Omega},$$

其中 C 为不依赖于 h 的常数, 由此及定理7.9就立即得到式(7.3.7).   ∎

特别地, 如果空间的维数 $n \leqslant 3$, 且变分问题的解 $u \in \mathbb{H}^2(\Omega) \cap \mathbb{V}$, 根据 Sobolev 嵌入定理 (见定理 5.5), 一族正则的 C^0 类型 (1) Lagrange 仿射有限元满足定理 7.10 的条件, 因此我们有

$$\|u - u_h\|_{1,\Omega} \leqslant C h |u|_{2,\Omega}. \tag{7.3.8}$$

可以看出, 这时我们得到了丰满的有限元解的误差估计, 即有限元解的误差与同样条件下变分问题的解在有限元函数空间上的插值函数的误差有相同的阶.

定理 7.10 表明, 如果变分问题的解有较高的正则性, 即比较光滑, 则我们可以通过选用包含较高阶多项式的有限元来得到有较高阶逼近性的有限元解. 但一般地说, 变分问题的解 $u \in \mathbb{H}^2(\Omega)$ 的条件并不总能得到满足. 下面的定理说明, 在最弱的条件下, 即仅在解 $u \in \mathbb{H}^1(\Omega) \cap \mathbb{V}$ 的条件下, 虽然我们得不到有限元解的误差阶, 但仍然可以得到有限元解的收敛性.

定理 7.11   设 $\{(K, P_K, \Sigma_K)\}_{K \in \bigcup_{h>0} \mathfrak{T}_h(\Omega)}$ 是一族正则的 C^0 类仿射等价有限元, 其参考有限元 $(\hat{K}, \hat{P}, \hat{\Sigma})$ 满足

$$\mathbb{P}_1(\hat{K}) \subset \hat{P} \subset \mathbb{H}^1(\hat{K}),$$

且自由度集 $\hat{\Sigma}$ 不包含大于和等于二阶的方向导数, 则有

$$\lim_{h \to 0} \|u - u_h\|_{1,\Omega} = 0. \tag{7.3.9}$$

证明   取 $k = 1$, $m = 1$, $q = 2$, $p = \infty$, $s = 0$ 或 1, 则不难验证它们满足定理 7.7 的条件, 因此存在常数 C, 使得

$$\|v - \Pi_h v\|_{1,\Omega} = \left\{ \sum_{K \in \mathfrak{T}(\Omega)} \|v - \Pi_K v\|_{1,K}^2 \right\}^{1/2}$$

$$\leqslant Ch(\text{meas}\,(\Omega))^{1/2} |v|_{2,\infty,\Omega}, \quad \forall v \in \mathbb{W}^{2,\infty}(\Omega) \cap \mathbb{V},$$

由此即得

$$\lim_{h \to 0} \|v - \Pi_h v\|_{1,\Omega} = 0, \quad \forall v \in \mathbb{W}^{2,\infty}(\Omega) \cap \mathbb{V}.$$

设 $u \in \mathbb{H}^1(\Omega) \cap \mathbb{V}$, 对任意给定的 $\varepsilon > 0$, 由 $\mathbb{W}^{2,\infty}(\Omega)$ 在 $\mathbb{H}^1(\Omega)$ 中的稠密性, 存在 $v_\varepsilon \in \mathbb{W}^{2,\infty}(\Omega) \cap \mathbb{V}$ 满足 $\|u - v_\varepsilon\|_{1,\Omega} < \varepsilon/2$, 又由上式存在 $h(\varepsilon) > 0$, 当 $0 < h < h(\varepsilon)$ 时, $\|v_\varepsilon - \Pi_h v_\varepsilon\|_{1,\Omega} < \varepsilon/2$, 所以

$$\|u - \Pi_h v_\varepsilon\|_{1,\Omega} \leqslant \|u - v_\varepsilon\|_{1,\Omega} + \|v_\varepsilon - \Pi_h v_\varepsilon\|_{1,\Omega} < \varepsilon, \quad \forall h \in (0,\ h(\varepsilon)).$$

即

$$\lim_{h \to 0} \inf_{v_h \in \mathbb{V}_h} \|u - v_h\|_{1,\Omega} = 0.$$

由此及有限元解的抽象误差估计 (7.1.3) 便得式 (7.3.9). ∎

7.3.2 Aubin-Nische 技巧与 $\mathbb{L}^2$ 范数意义下的误差估计

尽管在同样的条件下, 有限元插值函数在 $\mathbb{L}^2(\Omega)$ 范数意义下的误差比其在 $\mathbb{H}^1(\Omega)$ 范数意义下的误差高一阶, 但由于 Céa 引理给出的是有限元解在 $\mathbb{H}^1(\Omega)$ 范数意义下的误差与解在有限元函数空间中在 $\mathbb{H}^1(\Omega)$ 范数意义下的最优逼近的误差之间的关系, 因此我们一般也只能由

$$\|u - u_h\|_{0,\Omega} \leqslant \|u - u_h\|_{1,\Omega} \leqslant C\|u - \Pi_h u\|_{1,\Omega}$$

给出有限元解在 $\mathbb{L}^2$ 范数意义下的误差上界估计. 显然, 这样得到的误差估计是不丰满的, 即所得到的有限元解的误差估计的阶比解在有限元函数空间的插值误差低一阶.

本小节我们要利用 Aubin-Nische 技巧, 在一定的附加条件下, 得到有限元解在 $\mathbb{L}^2$ 范数意义下的丰满的误差估计.

设 $\mathbb{V} \subset \mathbb{H}^1(\Omega)$, $\mathbb{V}_h$ 是 $\mathbb{V}$ 的闭线性子空间, 双线性泛函 $a(\cdot, \cdot)$ 和线性泛函 $f(\cdot)$ 满足 Lax-Milgram 引理(见定理 5.1) 的条件, 又设 $u \in \mathbb{V}$ 是变分问题 (7.1.1) 的解, $u_h \in \mathbb{V}_h$ 是 (7.1.2) 的解. 考虑问题 (7.1.1) 的对偶变分问题

$$\begin{cases} 求 \varphi \in \mathbb{V}, \ 使得 \\ a(v, \varphi) = (u - u_h,\ v), \quad \forall v \in \mathbb{V}, \end{cases} \tag{7.3.10}$$

其中 $(\cdot, \cdot)$ 是 $\mathbb{L}^2(\Omega)$ 的内积.

引理 7.1 设 $\varphi \in \mathbb{V}$ 是问题 (7.3.10) 的解, $\varphi_h \in \mathbb{V}_h$ 满足方程

$$a(v_h, \varphi_h) = (u - u_h, v_h), \quad \forall v_h \in \mathbb{V}_h, \tag{7.3.11}$$

则存在与 h 无关的常数 M, 使得

$$\|u - u_h\|_{0,\Omega}^2 \leqslant M \|u - u_h\|_{1,\Omega} \|\varphi - \varphi_h\|_{1,\Omega}. \tag{7.3.12}$$

证明 在 (7.3.10) 取 $v = u - u_h$, 再利用 $a(u - u_h, v_h) = 0$ ($\forall v_h \in \mathbb{V}_h$) 及 $a(\cdot, \cdot)$ 的有界性便得

$$\|u - u_h\|_{0,\Omega}^2 = a(u - u_h, \varphi) = a(u - u_h, \varphi - \varphi_h)$$
$$\leqslant M \|u - u_h\|_{1,\Omega} \|\varphi - \varphi_h\|_{1,\Omega}. \quad \blacksquare$$

定理 7.12 设 $\Omega \subset \mathbb{R}^n (n \leqslant 3)$, 对偶变分问题 (7.3.10) 的解 $\varphi \in \mathbb{H}^2(\Omega) \cap \mathbb{V}$, 且满足

$$\|\varphi\|_{2,\Omega} \leqslant C \|u - u_h\|_{0,\Omega}, \tag{7.3.13}$$

又设 $\{(K, P_K, \Sigma_K)\}_{K \in \bigcup\limits_{h>0} \mathfrak{T}_h(\Omega)}$ 是一族正则的 C^0 类型 (1) Lagrange 仿射等价有限元, 则变分问题 (7.1.1) 的有限元解在 $\mathbb{L}^2$ 范数意义下的误差满足

$$\|u - u_h\|_{0,\Omega} \leqslant Ch \|u - u_h\|_{1,\Omega}. \tag{7.3.14}$$

进一步, 若变分问题 (7.1.1) 的解 $u \in \mathbb{H}^2(\Omega) \cap \mathbb{V}$, 则有

$$\|u - u_h\|_{0,\Omega} \leqslant Ch^2 |u|_{2,\Omega}, \tag{7.3.15}$$

这里以及式 (7.3.13), (7.3.14) 中, C 代表不同的不依赖于 h 的常数.

证明 令 $k = 1$, $s = 0$, 由 $n/2 \leqslant 3/2 < 2$ 和定理 5.5 (嵌入定理) 知 $\mathbb{H}^2(\Omega) \hookrightarrow C(\overline{\Omega})$, 于是对对偶变分问题 (7.3.10) 应用定理 7.10 便得

$$\|\varphi - \varphi_h\|_{1,\Omega} \leqslant Ch\,|\varphi|_{2,\Omega},$$

其中 C 为不依赖于 h 的常数. 由此及式 (7.3.12) 和 (7.3.13) 就立即得到式 (7.3.14). 同样, 令 $k = 1$, $s = 0$, 再对变分问题 (7.3.1) 应用定理 7.10, 便得式 (7.3.15). ∎

由定理 7.12 的证明可以看出, 将有限元解在 $\mathbb{L}^2$ 范数意义下的误差估计提高一阶的关键是对偶变分问题 (7.3.10) 的解满足式 (7.3.13). 在应用中, 若二阶椭圆型微分算子的系数充分光滑, 且 Ω 是凸多角形区域或边界充分光滑的区域, 则由椭圆型方程弱解的正则性理论的有关结果知式 (7.3.13) 成立. 在同样的条件下, 若 $f \in \mathbb{L}^2(\Omega)$, 则变分问题 (7.1.1) 的解 $u \in \mathbb{H}^2(\Omega) \cap \mathbb{V}$.

§7.4 非协调性与相容性误差

7.4.1 第一和第二 Strang 引理

在实际应用中, 由于有限元方法的协调性常常遭到不同形式的破坏, 因此我们需要对抽象误差估计作相应的推广. 例如, 当用数值积分代替积分时, $a(\cdot, \cdot)$ 和 $f(\cdot)$ 分别被替换为 $a_h(\cdot, \cdot)$ 和 $f_h(\cdot)$. 对此我们有以下的抽象误差估计.

定理 7.13 (第一 Strang 引理) 设 $\mathbb{V}_h \subset \mathbb{V}$, 定义在 $\mathbb{V}_h \times \mathbb{V}_h$ 上的双线性泛函 $a_h(\cdot, \cdot)$ 是一致 $\mathbb{V}_h$ 椭圆的, 即存在与 h 无关的常数 $\hat{\alpha} > 0$, 使得

$$a_h(v_h, v_h) \geqslant \hat{\alpha}\|v_h\|^2, \quad \forall v_h \in \mathbb{V}_h, \tag{7.4.1}$$

则存在与 h 无关的常数 C, 使得

$$\|u - u_h\| \leqslant C\left(\inf_{v_h \in \mathbb{V}_h}\left(\|u - v_h\| + \sup_{w_h \in \mathbb{V}_h}\frac{|a(v_h, w_h) - a_h(v_h, w_h)|}{\|w_h\|}\right)\right.$$
$$\left. + \sup_{w_h \in \mathbb{V}_h}\frac{|f(w_h) - f_h(w_h)|}{\|w_h\|}\right). \tag{7.4.2}$$

证明 由式 (7.4.1) 及 u 和 u_h 分别满足方程

$$a(u,\, v) = f(v), \quad \forall v \in \mathbb{V}$$

和

$$a_h(u_h,\, v_h) = f_h(v_h), \quad \forall v_h \in \mathbb{V}_h,$$

对任意的 $v_h \in \mathbb{V}_h$, 我们有

$$\hat{\alpha} \|v_h - u_h\|^2 \leqslant a_h(u_h - v_h,\, u_h - v_h)$$
$$= a(u - v_h, u_h - v_h) + [a(v_h, u_h - v_h) - a_h(v_h, u_h - v_h)]$$
$$+ [f_h(u_h - v_h) - f(u_h - v_h)].$$

于是, 由双线性泛函 $a(\cdot,\, \cdot)$ 的有界性, 存在与 h 无关的常数 M, 使得

$$\hat{\alpha} \|v_h - u_h\| \leqslant M \|u - v_h\| + \sup_{w_h \in \mathbb{V}_h} \frac{|a(v_h,\, w_h) - a_h(v_h,\, w_h)|}{\|w_h\|}$$
$$+ \sup_{w_h \in \mathbb{V}_h} \frac{|f(w_h) - f_h(w_h)|}{\|w_h\|}.$$

由此并注意到

$$\|u - u_h\| \leqslant \|u - v_h\| + \|u_h - v_h\|$$

便不难推出式 (7.4.2) 对 $C = \max\{\hat{\alpha}^{-1}, 1 + \hat{\alpha}^{-1} M\}$ 成立. ∎

又例如, 当使用了非协调的有限元, 因而有限元函数空间 $\mathbb{V}_h \not\subseteq \mathbb{V}$ 时, 通常需要将范数 $\|\cdot\|$, 线性泛函 $f(\cdot)$ 和双线性泛函 $a(\cdot,\, \cdot)$ 分别延拓为定义在 $\mathbb{V} + \mathbb{V}_h$ 上的范数 $\|\cdot\|_h$, 线性泛函 $f_h(\cdot)$ 和双线性泛函 $a_h(\cdot,\, \cdot)$. 比如, 当 $\mathbb{V} = \mathbb{H}_0^1(\Omega)$, $a(u, v) = \int_\Omega \nabla u \cdot \nabla v \, d\boldsymbol{x}$ 时, 可以定义

$$v_h \mapsto \|v_h\|_h = \left(\sum_{K \in \mathfrak{T}_h(\Omega)} |v_h|_{1,K}^2 \right)^{1/2},$$

$$(u_h,\, v_h) \mapsto a_h(u_h,\, v_h) = \sum_{K \in \mathfrak{T}_h(\Omega)} \int_K \nabla u_h \cdot \nabla v_h \, d\boldsymbol{x}.$$

对非协调有限元方法的抽象误差估计, 我们有以下结果:

定理 7.14 (第二 Strang 引理) 设双线性泛函 $a_h(\cdot, \cdot)$ 在 $(\mathbb{V} + \mathbb{V}_h) \times (\mathbb{V} + \mathbb{V}_h)$ 上是一致有界的, 而且是一致 $\mathbb{V}_h$ 椭圆的, 即存在与 h 无关的常数 $\hat{M}$ 和 $\hat{\alpha} > 0$, 使得

$$|a_h(u_h, v_h)| \leqslant \hat{M} \|u_h\|_h \|v_h\|_h, \quad \forall u_h, v_h \in \mathbb{V} + \mathbb{V}_h, \qquad (7.4.3)$$

$$a_h(v_h, v_h) \geqslant \hat{\alpha} \|v_h\|_h^2, \quad \forall v_h \in \mathbb{V}_h. \qquad (7.4.4)$$

则相应的近似变分问题的解 u_h 与原变分问题的解 u 的误差满足

$$\|u - u_h\|_h \cong \left(\inf_{v_h \in \mathbb{V}_h} \|u - v_h\|_h + \sup_{w_h \in \mathbb{V}_h} \frac{|a_h(u, w_h) - f_h(w_h)|}{\|w_h\|_h} \right), \quad (7.4.5)$$

这里 $A_h(u) \cong B_h(u)$ 是指存在与 u 和 h 无关的正常数 C_1 和 C_2, 使得对任意的 $h > 0$, 都有 $C_1 B_h(u) \leqslant A_h(u) \leqslant C_2 B_h(u)$.

证明 一方面, 由式 (7.4.4) 及 u_h 满足方程

$$a_h(u_h, v_h) = f_h(v_h), \quad \forall v_h \in \mathbb{V}_h,$$

对任意的 $v_h \in \mathbb{V}_h$, 存在与 h 无关的常数 $\hat{\alpha} > 0$, 使得

$$\hat{\alpha} \|v_h - u_h\|_h^2 \leqslant a_h(u_h - v_h, u_h - v_h)$$
$$= a_h(u - v_h, u_h - v_h) + [f_h(u_h - v_h) - a_h(u, u_h - v_h)].$$

于是, 由双线性泛函 $a_h(\cdot, \cdot)$ 的一致有界性 (7.4.3) 和

$$\|u - u_h\|_h \leqslant \|u - v_h\|_h + \|u_h - v_h\|_h$$

便不难推出式 (7.4.5) 的 "$\leqslant$" 部分对 $C_2 = \max\{\hat{\alpha}^{-1}, 1 + \hat{\alpha}^{-1}\hat{M}\}$ 成立.

另一方面, 由双线性泛函 $a_h(\cdot, \cdot)$ 的一致有界性 (7.4.3) 得

$$a_h(u, w_h) - f_h(w_h) = a_h(u - u_h, w_h) \leqslant \hat{M} \|u - u_h\|_h \|w_h\|_h, \quad \forall w_h \in \mathbb{V}_h,$$

其中 $\hat{M}$ 是与 h 无关的常数. 因此, 由 w_h 的任意性, 取 $C_1 = \dfrac{1}{2} \min\{\hat{M}^{-1}, 1\}$, 就立即得到式 (7.4.5) 的 "$\geqslant$" 部分成立. ∎

另外, 当 Ω 不是多边形区域时, 有限元剖分覆盖的区域 Ω_h 一般并不与 Ω 相等, 因此也会引入 $\mathbb{V}_h \not\subseteq \mathbb{V}$ 的非协调性. 对于一般的情况, 由第一和第二 Strang 引理知, 当引入了非协调性后, 为了得到有限元解的误差估计, 除了要作插值误差估计外, 还要保证逼近算子的一致连续性和稳定性 (即近似双线性泛函 $a_h(\cdot, \cdot)$ 的一致有界性和一致 $\mathbb{V}_h$ 椭圆性), 并对近似双线性泛函 $a_h(\cdot, \cdot)$ 和近似线性泛函 $f_h(\cdot)$ 的相容性误差 (如式 (7.4.2) 右端第二和第三项, 式 (7.4.5) 右端第二项) 做出适当的估计.

7.4.2 Bramble-Hilbert 引理和双线性引理

与多项式不变算子的插值误差估计类似, 我们可以估计具有一定多项式不变性的近似线性泛函 $f_h(\cdot)$ 和近似双线性泛函 $a_h(\cdot, \cdot)$ 的相容性误差. 分析的基本工具仍然是多项式商空间的等价商范数和仿射等价开集上 Sobolev 空间半范数间的关系. 另外, 以下两个定理在这类误差估计中起到了重要的作用.

定理 7.15 (Bramble-Hilbert 引理) 设 Ω 是 $\mathbb{R}^n$ 中具有 Lipschitz 连续边界的有界开集, 对 $p \in [1, \infty]$ 和整数 $k \geqslant 0$, $\mathbb{W}^{k+1,p}(\Omega)$ 上的有界线性泛函 f 满足

$$f(w) = 0, \quad \forall w \in \mathbb{P}_k(\Omega), \tag{7.4.6}$$

则存在只依赖于 Ω 的常数 C, 使得

$$|f(v)| \leqslant C \|f\|_{k+1,p,\Omega}^* |v|_{k+1,p,\Omega}, \tag{7.4.7}$$

其中 $\|\cdot\|_{k+1,p,\Omega}^*$ 是 $\mathbb{W}^{k+1,p}(\Omega)$ 的对偶空间的范数.

证明 对任意的 $v \in \mathbb{W}^{k+1,p}(\Omega)$, 由式 (7.4.6) 有

$$|f(v)| = |f(v+w)| \leqslant \|f\|_{k+1,p,\Omega}^* \|v+w\|_{k+1,p,\Omega}, \quad \forall w \in \mathbb{P}_k(\Omega),$$

因此 $\qquad |f(v)| \leqslant \|f\|_{k+1,p,\Omega}^* \inf_{w \in \mathbb{P}_k} \|v+w\|_{k+1,p,\Omega}.$

由此及 $|\cdot|_{k+1,p,\Omega}$ 是商空间 $\mathbb{W}^{k+1,p}(\Omega)/\mathbb{P}_k(\Omega)$ 上的等价商范数 (见定理 7.2), 即得式 (7.4.7). ■

定理 7.16 (双线性引理) 设 Ω 是 $\mathbb{R}^n$ 中具有 Lipschitz 连续边界的有界开集, 又设对 $p, q \in [1, \infty]$, 整数 $k, l \geqslant 0$ 和满足包含关系 $\mathbb{P}_l(\Omega) \subset \mathbb{W} \subset \mathbb{W}^{l+1,q}(\Omega)$ 且赋有范数 $\|\cdot\|_{l+1,q,\Omega}$ 的子空间 $\mathbb{W}$, 定义在 $\mathbb{W}^{k+1,p}(\Omega) \times \mathbb{W}$ 上的有界双线性泛函 b 满足

$$b(r, w) = 0, \forall r \in \mathbb{P}_k(\Omega), \quad \forall w \in \mathbb{W}, \tag{7.4.8}$$

$$b(v, r) = 0, \forall v \in \mathbb{W}^{k+1,p}(\Omega), \quad \forall r \in \mathbb{P}_l(\Omega), \tag{7.4.9}$$

则存在只依赖于 Ω 的常数 C, 使得

$$|b(v, w)| \leqslant C \|b\| \, |v|_{k+1,p,\Omega} \, |w|_{l+1,q,\Omega}, \quad \forall v \in \mathbb{W}^{k+1,p}(\Omega), \quad \forall w \in \mathbb{W}, \tag{7.4.10}$$

其中 $\|b\|$ 是 $\mathbb{W}^{k+1,p}(\Omega) \times \mathbb{W}$ 上双线性泛函 b 的范数.

证明 对任意给定的 $w \in \mathbb{W}$, $b(\cdot, w)$ 作为 $\mathbb{W}^{k+1,p}(\Omega)$ 上的有界线性泛函满足 Bramble-Hilbert 引理 (见定理 7.15) 的条件, 因此存在只依赖于 Ω 的常数 C_1, 使得

$$|b(v, w)| \leqslant C_1 \|b(\cdot, w)\|_{k+1,p,\Omega}^* \, |v|_{k+1,p,\Omega}, \quad \forall v \in \mathbb{W}^{k+1,p}(\Omega). \tag{7.4.11}$$

另外, 由式 (7.4.9), 我们有

$$|b(v, w)| = |b(v, w+r)| \leqslant \|b\| \, |v|_{k+1,p,\Omega} \, \|w+r\|_{l+1,q,\Omega}, \quad \forall r \in \mathbb{P}_l.$$

因此, 由定理 7.2, 存在只依赖于 Ω 的常数 C_2, 使得

$$\begin{aligned}|b(v, w)| &\leqslant \|b\| \, |v|_{k+1,p,\Omega} \inf_{r \in \mathbb{P}_l} \|w+r\|_{l+1,q,\Omega} \\ &\leqslant C_2 \|b\| \, |v|_{k+1,p,\Omega} \, |w|_{l+1,q,\Omega}.\end{aligned}$$

由此即知

$$\|b(\cdot, w)\|_{k+1,p,\Omega}^* = \sup_{v \in \mathbb{W}^{k+1,p}(\Omega)} \frac{|b(v, w)|}{\|v\|_{k+1,p,\Omega}} \leqslant C_2 \|b\| \, |w|_{l+1,q,\Omega}.$$

将此代入式 (7.4.11) 即得式 (7.4.10). ∎

7.4.3 数值积分引起的相容性误差

对相容性误差估计的一般讨论超出了本课程的范围, 我们仅通过一个例子来说明如何利用以上两个定理来估计由数值积分引起的相容性误差.

设 Ω 是一个多角形区域, $\mathfrak{T}_h(\Omega)$ 是其上一族正则的仿射等价的有限元剖分,

$$a(u,\, v) = \int_\Omega \sum_{i,j=1}^n a_{ij}\partial_i u\,\partial_j v\,\mathrm{d}\boldsymbol{x} = \sum_{K\in\mathfrak{T}_h(\Omega)}\sum_{i,j=1}^n \int_K a_{ij}\partial_i u\,\partial_j v\,\mathrm{d}\boldsymbol{x},$$

其中 $a_{ij}\in\mathbb{W}^{1,\infty}(\Omega)$ $(i,\,j=1,\cdots,n)$. 由 Sobolev 嵌入定理 (见定理 5.5) 知 $a_{ij}\in C(\bar{\Omega})$. 又设 $\{\hat{b}_l\}_{l=1}^L$ 是参考单元 $\hat{K}$ 上的数值积分节点, $\{\hat{\omega}_l\}_{l=1}^L$ 是相应的权, 令

$$a_h(u,\, v) = \sum_{K\in\mathfrak{T}_h(\Omega)}\sum_{i,j=1}^n \sum_{l=1}^L \omega_{l,K}a_{ij}(b_{l,K})\partial_i u(b_{l,K})\,\partial_j v(b_{l,K}),$$

其中 $b_{l,K}=F_K(\hat{b}_l)(l=1,\cdots,L)$ 是单元 K 上的数值积分节点, $\omega_{l,K}=\det(\boldsymbol{B}_K)\hat{\omega}_l$ 是相应的数值积分的权, 这里 $F_K:\hat{\boldsymbol{x}}\in\hat{K}\mapsto\boldsymbol{B}_K\hat{\boldsymbol{x}}+\boldsymbol{b}_K\in K$ 是相应的仿射等价映射. 记

$$E_K(\varphi) = \int_K \varphi(\boldsymbol{x})\,\mathrm{d}\boldsymbol{x} - \sum_{l=1}^L \omega_{l,K}\,\varphi(b_{l,K}),$$

$$\hat{E}(\hat{\varphi}) = \int_{\hat{K}} \hat{\varphi}(\hat{\boldsymbol{x}})\,\mathrm{d}\hat{\boldsymbol{x}} - \sum_{l=1}^L \hat{\omega}_l\,\hat{\varphi}(\hat{b}_l).$$

引理 7.2 设对正整数 $k\geqslant 1$, $a_{ij}\in\mathbb{W}^{k,\infty}(\Omega)$ $(i,\,j=1,\cdots,n)$, 参考有限元 $(\hat{K},\,\hat{P},\,\hat{\Sigma})$ 和数值积分公式满足

$$\hat{P}=\mathbb{P}_k(\hat{K}) \quad \text{及} \quad \hat{E}(\hat{\varphi})=0,\ \forall\hat{\varphi}\in\mathbb{P}_{2k-2}(\hat{K}),$$

则存在与 K 和 h 无关的常数 C, 使得

$$|E_K(a_{ij}\partial_i\tilde{v}\,\partial_j\tilde{w})| \leqslant C\,h_K^k\,\|\tilde{v}\|_{k,K}\,|\tilde{w}|_{1,K},$$
$$\forall\tilde{v}\in\mathbb{P}_k(K),\ \forall\tilde{w}\in\mathbb{P}_k(K). \tag{7.4.12}$$

证明 任取 $a \in \mathbb{W}^{k,\infty}(K)$ 和 $v, w \in \mathbb{P}_{k-1}(K)$，则通过仿射等价映射 $F_K : \hat{x} \in \hat{K} \to B_K \hat{x} + b_K \in K$ 有 $\hat{a} = a \circ F_K \in \mathbb{W}^{k,\infty}(\hat{K})$ 和 $\hat{v} = v \circ F_K$，$\hat{w} = w \circ F_K \in \mathbb{P}_{k-1}(\hat{K})$ 以及

$$E_K(a\,v\,w) = \det(B_K)\,\hat{E}(\hat{a}\,\hat{v}\,\hat{w}).$$

对给定的 $\hat{w} \in \mathbb{P}_{k-1}(\hat{K})$ 和任意的 $\hat{\varphi} \in \mathbb{W}^{k,\infty}(\hat{K})$，由定义可以直接得到

$$|\hat{E}(\hat{\varphi}\,\hat{w})| \leqslant \hat{C}\,\|\hat{\varphi}\,\hat{w}\|_{0,\infty,\hat{K}} \leqslant \hat{C}\,\|\hat{\varphi}\|_{0,\infty,\hat{K}}\,\|\hat{w}\|_{0,\infty,\hat{K}}$$

(注意 $\hat{C}$ 在证明中表示只依赖于参考有限元的常数, 在不同的式子中 $\hat{C}$ 可能是不同的). 由有限维空间 $\mathbb{P}_{k-1}(\hat{K})$ 中范数的等价性和嵌入定理, 我们就得到

$$|\hat{E}(\hat{\varphi}\,\hat{w})| \leqslant \hat{C}\,\|\hat{\varphi}\|_{0,\infty,\hat{K}}\,\|\hat{w}\|_{0,\hat{K}} \leqslant \hat{C}\,\|\hat{\varphi}\|_{k,\infty,\hat{K}}\,\|\hat{w}\|_{0,\hat{K}}.$$

因此, 对给定的 $\hat{w} \in \mathbb{P}_{k-1}(\hat{K})$, 可将 $\hat{E}(\cdot\,\hat{w})$ 看做 $\mathbb{W}^{k,\infty}(\hat{K})$ 上的有界线性泛函, 这时其范数小于等于 $\hat{C}\,\|\hat{w}\|_{0,\hat{K}}$, 且对任意的 $\hat{\varphi} \in \mathbb{P}_{k-1}(\hat{K})$, 泛函值为零. 于是, 由 Bramble-Hilbert 引理 (见定理 7.15) 我们有

$$|\hat{E}(\hat{\varphi}\,\hat{w})| \leqslant \hat{C}\,|\hat{\varphi}|_{k,\infty,\hat{K}}\,\|\hat{w}\|_{0,\hat{K}}, \quad \forall \hat{\varphi} \in \mathbb{W}^{k,\infty}(\hat{K}), \ \forall \hat{w} \in \mathbb{P}_{k-1}(\hat{K}).$$

另外, 对 $\hat{a} \in \mathbb{W}^{k,\infty}(\hat{K})$ 和 $\hat{v} \in \mathbb{P}_{k-1}(\hat{K})$, 由有限维空间 $\mathbb{P}_{k-1}(\hat{K})$ 中范数的等价性我们有

$$|\hat{a}\,\hat{v}|_{k,\infty,\hat{K}} \leqslant \hat{C} \sum_{j=0}^{k-1} |\hat{a}|_{k-j,\infty,\hat{K}}\,|\hat{v}|_{j,\infty,\hat{K}} \leqslant \hat{C} \sum_{j=0}^{k-1} |\hat{a}|_{k-j,\infty,\hat{K}}\,|\hat{v}|_{j,\hat{K}}.$$

因此得

$$|\hat{E}(\hat{a}\,\hat{v}\,\hat{w})| \leqslant \hat{C}\left(\sum_{j=0}^{k-1} |\hat{a}|_{k-j,\infty,\hat{K}}\,|\hat{v}|_{j,\hat{K}}\right)\|\hat{w}\|_{0,\hat{K}},$$
$$\forall \hat{a} \in \mathbb{W}^{k,\infty}(\hat{K}), \ \forall \hat{v}, \ \hat{w} \in \mathbb{P}_{k-1}(\hat{K}).$$

由此, 利用仿射等价开集上 Sobolev 空间半范数的关系及剖分的正则性 (见定理 7.3 和定理 7.4) 便得到

$$|E_K(a\,v\,w)| \leqslant C\,h_K^k \left(\sum_{j=0}^{k-1} |a|_{k-j,\infty,K}\,|v|_{j,K} \right) \|w\|_{0,K},$$

$$\forall a \in \mathbb{W}^{k,\infty}(K), \quad \forall v,\,w \in \mathbb{P}_{k-1}(K).$$

其中 C 为与 K, h 无关的常数. 将 $a = a_{ij}$, $v = \partial_i \tilde{v}$ 和 $w = \partial_j \tilde{w}$ 代入上式, 便不难得到式 (7.4.12). ■

由引理 7.2 易知

$$|a(\Pi_h u, w_h) - a_h(\Pi_h u, w_h)| \leqslant C\,h^k \left(\sum_{K \in \mathcal{T}_h(\Omega)} \|\Pi_h u\|_{k,K}^2 \right)^{1/2} |w_h|_{1,\Omega},$$

又由有限元解的插值误差估计和 Cauchy-Schwarz 不等式, 我们有

$$\left(\sum_{K \in \mathcal{T}_h(\Omega)} \|\Pi_h u\|_{k,K}^2 \right)^{1/2} \leqslant 2 \left[\|u\|_{k,\Omega} + \left(\sum_{K \in \mathcal{T}_h(\Omega)} \|u - \Pi_h u\|_{k,K}^2 \right)^{1/2} \right]$$

$$\leqslant C\,\|u\|_{k+1,\Omega},$$

于是我们就得到了与插值误差同阶的相容性误差估计 (见式 (7.4.2)):

$$\sup_{w_h \in \mathbb{V}_h} \frac{|a(\Pi_h u, w_h) - a_h(\Pi_h u, w_h)|}{\|w_h\|_{1,\Omega}} \leqslant C\,h^k \|u\|_{k+1,\Omega} \tag{7.4.13}$$

(注意上述三式中的 C 表示与 K, h 无关的常数, 且 C 在不同的式子中可能不同).

对 $f(v) = \displaystyle\int_\Omega f v\,\mathrm{d}\boldsymbol{x}$ 的数值积分也可以作类似的相容性误差估计 (见习题 7 第 9 题). 事实上, 设 $kq > n$ (从而由嵌入定理有 $\mathbb{W}^{k,q}(\Omega) \hookrightarrow C(\overline{\Omega})$), $q \geqslant 2$, 有限元 $(\hat{K}, \hat{P}, \hat{\Sigma})$ 和数值积分公式满足

$$\hat{P} = \mathbb{P}_k(\hat{K}) \quad \text{及} \quad \hat{E}(\hat{\varphi}) = 0, \ \forall \hat{\varphi} \in \mathbb{P}_{2k-2}(\hat{K}),$$

又设 $\hat{\Pi} : \mathbb{L}^2(\hat{K}) \to \mathbb{P}_1(\hat{K})$ 为 $\mathbb{P}_0(\hat{K})$ 不变的 $\mathbb{L}^2(\hat{K})$ 正交投影算子, 则对 $E_K(f w_h) = E_K(f(w_h - \Pi w_h)) + E_K(f \Pi w_h)$ 作更细致的分析可以证明 (见文献 [7], [31]), 存在与 K 和 h 无关的常数 C, 使得

$$\sup_{w_h \in \mathbb{V}_h} \frac{|f(w_h) - f_h(w_h)|}{\|w_h\|_{1,\Omega}} \leqslant C\,h^k \|f\|_{k,q,\Omega}.$$

§7.5 补充与注记

我们仅就形如 (7.1.1) 的变分问题讨论了有限元解的误差估计. 事实上, 对于许多其他形式的变分问题也可以类似地得到相应的误差估计. 例如, 对于变分问题 (5.3.10), 我们有以下抽象误差估计.

定理 7.17(**Brezzi 定理**) 设有界双线性泛函 $a(\boldsymbol{p}, \boldsymbol{q})$ 和 $b(\boldsymbol{q}, u)$ 分别满足定理 5.15 的条件 (1) 和 (2), 且存在与 h 无关的常数 $\hat{\alpha}$ 和 $\hat{\beta}$, 使得(比较定理 6.2 的条件 (1) 和 (2))

(1) $a(\boldsymbol{p}_h, \boldsymbol{p}_h) \geqslant \hat{\alpha} \|\boldsymbol{p}_h\|_{\mathbb{X}}^2, \quad \forall \boldsymbol{p}_h \in \mathbb{V}_{h0}$;

(2) $\displaystyle\sup_{\boldsymbol{0} \neq \boldsymbol{p}_h \in \mathbb{X}_h} \frac{b(\boldsymbol{p}_h, v_h)}{\|\boldsymbol{p}_h\|_{\mathbb{X}}} \geqslant \hat{\beta} \|v_h\|_{\mathbb{Y}}, \quad \forall v_h \in \mathbb{Y}_h$,

则存在只依赖于 $\hat{\alpha}, \hat{\beta}$ 以及有界双线性泛函 $a(\cdot, \cdot)$ 和 $b(\cdot, \cdot)$ 在 $\mathbb{X} \times \mathbb{X}$ 和 $\mathbb{X} \times \mathbb{Y}$ 上的范数的常数 C, 使得有限元问题 (6.3.1) 的解 $(\boldsymbol{p}_h, u_h) \in \mathbb{X}_h \times \mathbb{Y}_h$ 满足

$$\|\boldsymbol{p} - \boldsymbol{p}_h\|_{\mathbb{X}} + \|u - u_h\|_{\mathbb{Y}} \leqslant C \left(\inf_{\boldsymbol{q}_h \in \mathbb{X}_h} \|\boldsymbol{p} - \boldsymbol{q}_h\|_{\mathbb{X}} + \inf_{v_h \in \mathbb{Y}_h} \|u - v_h\|_{\mathbb{Y}} \right), \quad (7.5.1)$$

其中 $(\boldsymbol{p}, u) \in \mathbb{X} \times \mathbb{Y}$ 是变分问题 (5.3.10) 的解.

我们前面讨论的都是基于变分问题基本函数空间的范数意义下的有限元解的误差估计, 而在应用中常常希望估计有限元解在 $\mathbb{W}^{m,\infty}(\Omega)$ 范数意义下的误差. 最简单的做法是用反估计, 在一定的条件下也可以结合 Aubin-Nitsche 技巧. 不过这样得到的误差估计的阶与丰满的阶相距甚远. 利用 Nitsche 的加权模方法或者有限元解的 $\mathbb{L}^p$ 范数意义下误差估计结合反估计则可以得到几乎丰满的有限元解的 $\mathbb{W}^{m,\infty}(\Omega)$ 范数意义下的误差估计, 有关结果可以参见文献 [7], [22].

另外, 仿射等价有限元的插值误差估计方法可以平行推广到等参等价有限元的插值误差估计, 有关结果可以参见文献 [7], [31].

习 题 7

1. 试利用 Céa 引理分别推导出多角形区域上的 Poisson 方程齐次

和非齐次 Dirichlet 边值问题协调有限元方法的抽象误差估计式.

2. 试利用 Céa 引理推导出多角形区域上的 Poisson 方程混合边值问题协调有限元方法的抽象误差估计式.

3. 试证明例 7.1 中的插值算子 $\hat{\Pi} : C([0,1]) \to \mathbb{P}_1([0,1])$ 是有界线性算子, 并进一步证明 $(I - \hat{\Pi}) : \mathbb{H}^2(\hat{\Omega}) \to \mathbb{L}^2(\hat{\Omega})$ 是有界线性算子.

4. 设 $u \in \mathbb{H}^2([x_i, x_{i+1}])$, $\Pi_i u$ 是 u 在 $I_i = [x_i, x_{i+1}]$ 上的线性插值函数, 试利用例 7.1 的分析方法证明: 存在常数 $C > 0$, 使得插值误差估计式 $|u - \Pi_i u|_{1, I_i} \leqslant C |u|_{2, I_i} h_i$ 恒成立, 其中 $h_i = x_{i+1} - x_i$.

5. 试分析多角形区域上的二阶椭圆型方程非齐次 Dirichlet 边值问题协调有限元方法的误差.

6. 设 $\Omega \subset \mathbb{R}^n (n \leqslant 3)$, 且变分问题的解 $u \in \mathbb{H}^2(\Omega) \cap \mathbb{V}$, 证明: 在定理 7.10 中取 $k = 1$, $s = 0$, 则一族正则的 C^0 类型 (1) Lagrange 仿射等价有限元满足定理 7.10 的条件.

7. 设 $u(x,y) = x^2 + y^2$, 证明: 存在只依赖于三角形 K 的最小角的常数 C, 使得

$$\inf_{v_h \in \mathbb{P}_1(K)} \|u - v_h\|_{1,2,K}^2 \geqslant C \, h_K^2 \, |u|_{2,2,K}^2.$$

8. 设 $\Omega \in \mathbb{R}^n (n \leqslant 3)$, Poisson 方程的解 $u \in \mathbb{H}^2$, 证明在拟一致 n-单纯形剖分上定义的分片线性的协调有限元空间上得到的有限元解 u_h 满足

$$\|u - u_h\|_{0, \infty, \Omega} \leqslant Ch^{2 - n/2}|u|_{2, 2, \Omega},$$

其中 C 是只依赖于剖分中所有 n-单纯形的最小角和拟一致参数 γ 的常数.

9. 设 $\mathbb{H}^k(\Omega) \hookrightarrow C(\bar{\Omega})$, 有限元 $(\hat{K}, \hat{P}, \hat{\Sigma})$ 和数值积分公式满足

$$\hat{P} = \mathbb{P}_k(\hat{K}) \quad \text{及} \quad \hat{E}(\hat{\varphi}) = 0, \;\; \forall \hat{\varphi} \in \mathbb{P}_{2k-1}(\hat{K}).$$

利用 Bramble-Hilbert 引理证明存在与 K 和 h 无关的常数 C, 使得

$$\sup_{w_h \in \mathbb{V}_h} \frac{|f(w_h) - f_h(w_h)|}{\|w_h\|_{1, \Omega}} \leqslant C \, h^k |f|_{k, \Omega}.$$

10. 设 $\mathbb{V}$ 是 Hilbert 空间, 双线性泛函 $a(\cdot, \cdot)$ 和线性泛函 $f(\cdot)$ 满足 Lax-Milgram 引理(见定理 5.1) 的条件, $u \in \mathbb{V}$ 是问题 (7.1.1) 的解, 又设 $\mathbb{V}_h$ 是非协调的有限元函数空间, $a_h(\cdot, \cdot)$ 是 $(\mathbb{V} + \mathbb{V}_h) \times (\mathbb{V} + \mathbb{V}_h)$ 上的一致有界和一致 $\mathbb{V}_h$ 椭圆的双线性泛函, 且满足 $a_h(u, v) = a(u, v)$ ($\forall u, v \in \mathbb{V}$). 证明: 对任意的 $u_h \in \mathbb{V}_h$, 有

$$\|u - u_h\|_{\mathbb{V}_h} \cong \inf_{v \in \mathbb{V}} \|u_h - v\|_{\mathbb{V}_h} + \sup_{v \in \mathbb{V}} \frac{|a_h(u_h, v) - f(v)|}{\|v\|_{\mathbb{V}}},$$

这里 $A_h \cong B_h$ 是指存在与 h 无关的正常数 C_1 和 C_2, 使得

$$C_1 B_h \leqslant A_h \leqslant C_2 B_h, \quad \forall h.$$

第 8 章　有限元解的误差控制与自适应方法

我们在上一章所讨论的有限元解的误差估计统称为有限元解的**先验误差估计**, 因为所得到误差界依赖于未知函数 u 的某个量. 例如, 对于二阶椭圆型问题, 由定理 7.10 给出的误差估计 (7.3.7) 的右端依赖于 $|u|_{k+1,\Omega}$. 该定理说明, 只要问题的解充分光滑, 即 $u \in \mathbb{H}^{k+1}(\Omega)$, 则对适当选取的有限元空间, 当网格尺度 $h \to 0$ 时, 有限元解 u_h 与真解 u 的在 $\mathbb{H}^1(\Omega)$ 范数意义下的误差是 $O(h^k)$. 但由于 $|u|_{k+1,\Omega}$ 是未知的, 因此在实际应用时不能直接利用式 (7.3.7) 来确定网格尺度 h, 以使得所得到的计算结果控制在允许误差的范围内. 另外, 为了达到一定的逼近精度, 在真解变化比较剧烈的区域必须分布较密的网格点, 而为了提高计算效率, 在真解变化较为平坦的区域应该分布较少的网格点. 在这方面, 有限元解的先验误差估计也没有为我们提供足够的定量的依据. 为了能够定量地分析和控制有限元解的误差, 一种常用的有效手段是利用相应的**后验误差估计**, 即用计算得到的数值解而非真解的信息给出的误差估计.

§8.1　有限元解的后验误差估计

为了简单起见, 我们仅限于考虑 $\mathbb{R}^2$ 中多边形区域 Ω 上的 Poisson 方程 Dirichlet-Neumann 混合边值问题

$$
\begin{cases}
-\Delta u = f, & \boldsymbol{x} \in \Omega, \\
u = 0, & \boldsymbol{x} \in \partial \Omega_0, \\
\dfrac{\partial u}{\partial \boldsymbol{\nu}} = g, & \boldsymbol{x} \in \partial \Omega_1,
\end{cases}
\tag{8.1.1}
$$

且仅限于讨论在一族正则的 C^0 类型 (1) Lagrange 三角形有限元构成的有限元空间上用协调有限元方法求解问题 (8.1.1) 的标准的弱形式

$$\begin{cases} 求\ u \in \mathbb{V},\ 使得 \\ \displaystyle\int_{\Omega} \nabla u \cdot \nabla v\,\mathrm{d}\boldsymbol{x} = \int_{\Omega} f v\,\mathrm{d}\boldsymbol{x} + \int_{\partial\Omega_1} g v\,\mathrm{d}s, \quad \forall v \in \mathbb{V} \end{cases} \tag{8.1.2}$$

所得到的有限元解的后验误差估计, 其中 $\partial\Omega_0$ 是边界 $\partial\Omega$ 上的具有正的一维测度的相对闭集, $\partial\Omega = \partial\Omega_0 \cup \partial\Omega_1$, $\partial\Omega_0 \cap \partial\Omega_1 = \varnothing$, $f \in \mathbb{L}^2(\Omega)$, $g \in \mathbb{L}^2(\partial\Omega_1)$,

$$\mathbb{V} = \left\{ v \in \mathbb{H}^1(\Omega) : v|_{\partial\Omega_0} = 0 \right\}.$$

为了叙述方便起见, 我们先引入一些记号. 设 $\{\mathfrak{T}_h(\Omega)\}_{h>0}$ 是一族正则的三角形剖分. 对任意的单元 $K \in \mathfrak{T}_h(\Omega)$, 将该单元所有的边和所有的顶点所组成的集合分别记为 $\mathcal{E}(K)$ 和 $\mathcal{N}(K)$. 将一个剖分 $\mathfrak{T}_h(\Omega)$ 中的所有单元的边和顶点组成的集合分别记为

$$\mathcal{E}_h = \bigcup_{K \in \mathfrak{T}_h(\Omega)} \mathcal{E}(K), \quad \mathcal{N}_h = \bigcup_{K \in \mathfrak{T}_h(\Omega)} \mathcal{N}(K).$$

类似地, 对每一条边 $E \in \mathcal{E}_h$, 记其顶点的集合为 $\mathcal{N}(E)$. 进一步, 我们将 $\mathcal{E}_h$ 分解为内部边 $\mathcal{E}_{h,\Omega}$, Dirichlet 边界上的边 $\mathcal{E}_{h,0}$ 和 Neumann 边界上的边 $\mathcal{E}_{h,1}$; 将 $\mathcal{N}_h$ 分解为内部顶点 $\mathcal{N}_{h,\Omega}$, Dirichlet 边界上的顶点 $\mathcal{N}_{h,0}$ 和 Neumann 边界上的顶点 $\mathcal{N}_{h,1}$, 即

$$\mathcal{E}_{h,i} = \{ E \in \mathcal{E}_h : \mathring{E} \subset \partial\Omega_i \}, \quad \mathcal{N}_{h,i} = \mathcal{N}_h \cap \partial\Omega_i, \quad i = 0, 1;$$

$$\mathcal{E}_{h,\Omega} = \mathcal{E}_h \setminus (\mathcal{E}_{h,0} \cup \mathcal{E}_{h,1}).$$

注意, 我们总假定 $\mathcal{E}_{h,0}$ 中的边恰好完全覆盖了 $\partial\Omega_0$, $\mathcal{E}_{h,0} \cup \mathcal{E}_{h,1}$ 中的边恰好完全覆盖了 $\partial\Omega$. 对 $K \in \mathfrak{T}_h(\Omega)$, $E \in \mathcal{E}_h$ 和 $\boldsymbol{x} \in \mathcal{N}_h$, 定义 ω_K, ω_E 和 $\omega_{\boldsymbol{x}}$ 分别为 $\mathfrak{T}_h(\Omega)$ 中所有与 K 有公共边, 以 E 为一条边和以 $\boldsymbol{x}$ 为一个顶点的单元所组成的集合, 即

$$\omega_K = \bigcup_{\mathcal{E}(K) \cap \mathcal{E}(K') \neq \varnothing} K', \quad \omega_E = \bigcup_{E \in \mathcal{E}(K')} K', \quad \omega_{\boldsymbol{x}} = \bigcup_{\boldsymbol{x} \in \mathcal{N}(K')} K';$$

定义 $\tilde{\omega}_K$ 和 $\tilde{\omega}_E$ 分别为 $\mathfrak{T}_h(\Omega)$ 中所有与 K 和 E 有公共顶点的单元所组成的集合, 即

$$\tilde{\omega}_K = \bigcup_{\mathcal{N}(K) \cap \mathcal{N}(K') \neq \varnothing} K', \quad \tilde{\omega}_E = \bigcup_{\mathcal{N}(E) \cap \mathcal{N}(K') \neq \varnothing} K'.$$

我们可以将有限元函数空间写为

$$\mathbb{V}_h = \{v \in \mathbb{C}(\bar{\Omega}) : v|_K \in \mathbb{P}_1(K), \ \forall K \in \mathfrak{T}_h(\Omega), \ v(\boldsymbol{x}) = 0, \ \forall \boldsymbol{x} \in \mathcal{N}_{h,0}\}.$$

定理 8.1　设 $u \in \mathbb{V}$, $u_h \in \mathbb{V}_h$ 分别是问题 (8.1.2) 的真解和有限元解, 则存在只依赖于 Ω 的常数 C, 使得

$$\sup_{\substack{w \in \mathbb{V} \\ \|w\|_{1,2,\Omega}=1}} \left\{ \iint_{\Omega} f \, w \, \mathrm{d}\boldsymbol{x} + \int_{\partial\Omega_1} g \, w \, \mathrm{d}s - \int_{\Omega} \nabla u_h \cdot \nabla w \, \mathrm{d}\boldsymbol{x} \right\}$$

$$\leqslant \|u - u_h\|_{1,2,\Omega}$$

$$\leqslant C \sup_{\substack{w \in \mathbb{V} \\ \|w\|_{1,2,\Omega}=1}} \left\{ \iint_{\Omega} f \, w \, \mathrm{d}\boldsymbol{x} + \int_{\partial\Omega_1} g \, w \, \mathrm{d}s - \int_{\Omega} \nabla u_h \cdot \nabla w \, \mathrm{d}\boldsymbol{x} \right\}. \quad (8.1.3)$$

证明　由 $u \in \mathbb{V}$ 是问题 (8.1.2) 的解知

$$\int_{\Omega} \nabla (u - u_h) \cdot \nabla w \, \mathrm{d}\boldsymbol{x}$$

$$= \int_{\Omega} f \, w \, \mathrm{d}\boldsymbol{x} + \int_{\partial\Omega_1} g \, w \, \mathrm{d}s - \int_{\Omega} \nabla u_h \cdot \nabla w \, \mathrm{d}\boldsymbol{x}, \quad \forall w \in \mathbb{V}. \quad (8.1.4)$$

一方面, 由 Cauchy-Schwarz 不等式有

$$\int_{\Omega} \nabla(u - u_h) \cdot \nabla w \, \mathrm{d}\boldsymbol{x} \leqslant |u - u_h|_{1,2,\Omega} |w|_{1,2,\Omega} \leqslant \|u - u_h\|_{1,2,\Omega} \|w\|_{1,2,\Omega}.$$

由此及式 (8.1.4) 就立即得到式 (8.1.3) 中的第一个不等式.

另一方面, 由 Poincaré-Friedrichs 不等式 (见习题 5 第 6 题), 存在只依赖于 Ω 的正常数 γ_0, 使得

$$\gamma_0 \|v\|_{1,2,\Omega} \leqslant |v|_{1,2,\Omega}, \quad \forall v \in \mathbb{V}.$$

因此, 在式 (8.1.4) 中取 $w = u - u_h$, 并取 $C = \gamma_0^{-2}$, 便得到式 (8.1.3) 中的第二个不等式. ∎

引入方程 (8.1.2) 的残量算子 $R : \mathbb{V} \to \mathbb{V}^*$ 为

$$R(v)(w) = \int_{\Omega} f \, w \, \mathrm{d}\boldsymbol{x} + \int_{\partial\Omega_1} g \, w \, \mathrm{d}s - \int_{\Omega} \nabla v \cdot \nabla w \, \mathrm{d}\boldsymbol{x}, \quad \forall w \in \mathbb{V},$$

则定理 8.1 说明有限元解 u_h 的误差的 $\mathbb{V}$ 范数等价于其残量 $R(u_h)$ 在 $\mathbb{V}$ 的对偶空间 $\mathbb{V}^*$ 中的范数 $\|R(u_h)\|_{\mathbb{V}^*}$. 因此, 我们希望能够得到一个只需要用到 f, g, u_h 和剖分的几何信息等已知数据且便于计算的式子来估计残量的对偶范数. 通常称这样的式子为**后验误差估计子**. 我们会用到以下比通常的节点型插值算子有更广应用范围的 Clément 插值算子.

定义 8.1 对任意的 $v \in \mathbb{V}$ 和 $\boldsymbol{x} \in \mathcal{N}_h$, 记 $\pi_{\boldsymbol{x}} v$ 为 v 在 $\mathbb{P}_1(\omega_{\boldsymbol{x}})$ 上的 $\mathbb{L}^2(\omega_{\boldsymbol{x}})$ 投影, 即 $\pi_{\boldsymbol{x}} v \in \mathbb{P}_1(\omega_{\boldsymbol{x}})$ 满足

$$\int_{\omega_{\boldsymbol{x}}} v\, p\, \mathrm{d}\boldsymbol{x} = \int_{\omega_{\boldsymbol{x}}} (\pi_{\boldsymbol{x}} v)\, p\, \mathrm{d}\boldsymbol{x}, \quad \forall p \in \mathbb{P}_1(\omega_{\boldsymbol{x}}).$$

Clément 插值算子 $I_h : \mathbb{V} \to \mathbb{V}_h$ 定义如下:

$$I_h v(\boldsymbol{x}) = (\pi_{\boldsymbol{x}} v)(\boldsymbol{x}), \ \forall \boldsymbol{x} \in \mathcal{N}_{h,\Omega} \cup \mathcal{N}_{h,1}; \quad I_h v(\boldsymbol{x}) = 0, \ \forall \boldsymbol{x} \in \mathcal{N}_{h,0}.$$

可以证明 Clément 插值算子 I_h 有以下局部误差估计 (更一般的性质及证明参见文献 [8], [31]):

引理 8.1 存在只依赖于剖分 $\mathfrak{T}_h(\Omega)$ 中所有三角形单元的最小角 $\theta_{\min}$ 的常数 C_1 和 C_2, 使得对任给的 $K \in \mathfrak{T}_h(\Omega)$, $E \in \mathcal{E}_h$ 和 $v \in \mathbb{V}$, 有

$$\|v - I_h v\|_{0,2,K} \leqslant C_1\, h_K\, |v|_{1,2,\tilde{\omega}_K},$$
$$\|v - I_h v\|_{0,E} \triangleq \|v - I_h v\|_{0,2,E} \leqslant C_2\, h_K^{1/2}\, |v|_{1,2,\tilde{\omega}_E}.$$

我们有以下关于残量 $R(u_h)$ 的上界估计.

引理 8.2 对于变分问题 (8.1.2), 存在只依赖于剖分 $\mathfrak{T}_h(\Omega)$ 中所有三角形单元的最小角 $\theta_{\min}$ 的常数 C, 使得

$$\int_{\Omega} f\, w\, \mathrm{d}\boldsymbol{x} + \int_{\partial \Omega_1} g\, w\, \mathrm{d}s - \int_{\Omega} \nabla u_h \cdot \nabla w\, \mathrm{d}\boldsymbol{x}$$
$$\leqslant C\|w\|_{1,2,\Omega} \bigg\{ \sum_{K \in \mathfrak{T}_h(\Omega)} h_K^2\, \|f\|_{0,2,K}^2 + \sum_{E \in \mathcal{E}_{h,1}} h_E\, \|g - \boldsymbol{\nu}_E \cdot \nabla u_h\|_{0,E}^2$$
$$+ \sum_{E \in \mathcal{E}_{h,\Omega}} h_E\, \|[\boldsymbol{\nu}_E \cdot \nabla u_h]_E\|_{0,E}^2 \bigg\}^{1/2}, \quad \forall w \in \mathbb{V}, \tag{8.1.5}$$

这里 ν_E 当 $E \in \mathcal{E}_{h,\Omega}$ 时是 E 上的一个任意指定的单位法向量, 而当 $E \in \mathcal{E}_{h,1}$ 时取定为 Ω 的单位外法向量, $[\varphi]_E$ 表示沿 ν_E 方向跨过 E 时的跳跃, 即

$$[\varphi]_E(\boldsymbol{x}) = \lim_{t \to 0+} \varphi(\boldsymbol{x} + t\boldsymbol{\nu}_E) - \lim_{t \to 0+} \varphi(\boldsymbol{x} - t\boldsymbol{\nu}_E), \quad \forall \boldsymbol{x} \in E.$$

证明　由于 u_h 满足有限元方程, 因此有

$$R(u_h)(v_h) = \int_\Omega f\, v_h \,\mathrm{d}\boldsymbol{x} + \int_{\partial\Omega_1} g\, v_h \,\mathrm{d}s - \int_\Omega \nabla u_h \cdot \nabla v_h \,\mathrm{d}\boldsymbol{x} = 0,$$
$$\forall v_h \in \mathbb{V}_h,$$

特别地, 对任意 $w \in \mathbb{V}$, 有 $R(u_h)(w) = R(u_h)(w - I_h w)$.

另外, 通过在逐个单元上应用 Green 公式, 记 ν_K 为 ∂K 上的单位外法向量, 并注意到 $u_h|_K \in \mathbb{P}_1(K)$, 因此在每个单元上都有 $\Delta u_h = 0$, 于是得

$$\begin{aligned}
\int_\Omega \nabla u_h \cdot \nabla v \,\mathrm{d}\boldsymbol{x} &= \sum_{K \in \mathfrak{T}_h(\Omega)} \int_K \nabla u_h \cdot \nabla v \,\mathrm{d}\boldsymbol{x} \\
&= \sum_{K \in \mathfrak{T}_h(\Omega)} \left\{ -\int_K \Delta u_h\, v \,\mathrm{d}\boldsymbol{x} + \int_{\partial K} \boldsymbol{\nu}_K \cdot \nabla u_h\, v \,\mathrm{d}\boldsymbol{x} \right\} \\
&= \sum_{E \in \mathcal{E}_{h,1}} \int_E \boldsymbol{\nu}_E \cdot \nabla u_h\, v \,\mathrm{d}s \\
&\quad + \sum_{E \in \mathcal{E}_{h,\Omega}} \int_E [\boldsymbol{\nu}_E \cdot \nabla u_h]_E\, v \,\mathrm{d}s, \quad \forall v \in \mathbb{V}.
\end{aligned}$$

由此及 $R(u_h)(w) = R(u_h)(w - I_h w)$ 便得到

$$\begin{aligned}
&\int_\Omega f\, w \,\mathrm{d}\boldsymbol{x} + \int_{\partial\Omega_1} g\, w \,\mathrm{d}s - \int_\Omega \nabla u_h \cdot \nabla w \,\mathrm{d}\boldsymbol{x} \\
&= \sum_{K \in \mathfrak{T}_h(\Omega)} \int_K f\,(w - I_h w) \,\mathrm{d}\boldsymbol{x} + \sum_{E \in \mathcal{E}_{h,1}} \int_E (g - \boldsymbol{\nu}_E \cdot \nabla u_h)(w - I_h w) \,\mathrm{d}s \\
&\quad - \sum_{E \in \mathcal{E}_{h,\Omega}} \int_E [\boldsymbol{\nu}_E \cdot \nabla u_h]_E\,(w - I_h w) \,\mathrm{d}s.
\end{aligned}$$

利用 Cauchy-Schwarz 不等式和引理 8.1 可以给出上式右端各项的估计:

$$\int_K f(w - I_h w)\,\mathrm{d}\boldsymbol{x} \leqslant \|f\|_{0,2,K}\|w - I_h w\|_{0,2,K}$$
$$\leqslant C_1 h_K \|f\|_{0,2,K}\|w\|_{1,2,\tilde{\omega}_K},$$

$$\int_E (g - \boldsymbol{\nu}_E \cdot \nabla u_h)(w - I_h w)\mathrm{d}s$$
$$\leqslant \|g - \boldsymbol{\nu}_E \cdot \nabla u_h\|_{0,E}\|w - I_h w\|_{0,E}$$
$$\leqslant C_2 h_E^{1/2}\|g - \boldsymbol{\nu}_E \cdot \nabla u_h\|_{0,E}\|w\|_{1,2,\tilde{\omega}_E},$$

$$\int_E [\boldsymbol{\nu}_E \cdot \nabla u_h]_E\,(w - I_h w)\,\mathrm{d}s$$
$$\leqslant \|[\boldsymbol{\nu}_E \cdot \nabla u_h]_E\|_{0,E}\|w - I_h w\|_{0,E}$$
$$\leqslant C_3 h_E^{1/2}\|[\boldsymbol{\nu}_E \cdot \nabla u_h]_E\|_{0,E}\|w\|_{1,2,\tilde{\omega}_E},$$

其中 C_1, C_2, C_3 均为只依赖于剖分 $\mathfrak{T}_h(\Omega)$ 中所有三角形单元最小角 $\theta_{\min}$ 的常数. 注意到以任意指定节点为公共顶点的三角形的个数和边的个数分别均不超过 $C_4 = 2\pi/\theta_{\min}$, 又每个单元 K 有三个节点和总数不超过 $3C_4$ 条与其有公共节点的边, 因此有

$$\left\{ \sum_{K \in \mathfrak{T}_h(\Omega)} \|w\|_{1,2,\tilde{\omega}_K}^2 + \sum_{E \in \mathcal{E}_{h,\Omega} \cup \mathcal{E}_{h,1}} \|w\|_{1,2,\tilde{\omega}_E}^2 \right\}^{1/2} \leqslant \sqrt{6\,C_4}\,\|w\|_{1,2,\Omega}, \tag{8.1.6}$$

综合以上各式, 并令 $C = \sqrt{6\,C_4} \max\{C_1, C_2, C_3\}$, 就得到式 (8.1.5). ∎

作为定理 8.1 和引理 8.2 的推论, 我们有以下定理.

定理 8.2 在一族正则的 C^0 类型 (1) Lagrange 三角形有限元构成的有限元空间上用协调有限元方法求解变分问题 (8.1.2) 所得到的有限元解有以下的后验误差估计:

$$\|u - u_h\|_{1,2,\Omega}$$

$$\leqslant C \left\{ \sum_{K \in \mathfrak{T}_h(\Omega)} h_K^2 \|f\|_{0,2,K}^2 + \sum_{E \in \mathcal{E}_{h,1}} h_E \|g - \boldsymbol{\nu}_E \cdot \nabla u_h\|_{0,E}^2 \right.$$

$$\left. + \sum_{E \in \mathcal{E}_{h,\Omega}} h_E \|[\boldsymbol{\nu}_E \cdot \nabla u_h]_E\|_{0,E}^2 \right\}^{1/2}, \tag{8.1.7}$$

其中 $C = C(\theta_{\min})\, C(\Omega)$ 是只依赖于 Ω 和剖分 $\mathfrak{T}_h(\Omega)$ 中所有三角形单元的最小角 $\theta_{\min}$ 的常数.

式 (8.1.7) 的右端本质上给出的是残量 $R(u_h)$ 在 $\mathbb{V}$ 的对偶空间 $\mathbb{V}^*$ 中的范数的上界估计, 我们可以直接用其作为后验误差估计子来估计有限元解的误差上界. 但为了便于计算, 在应用中通常将 f 和 g 替换成简单的易于积分的近似函数. 当然, 这样处理之后, 在误差估计式中会引入新的误差项. 一个常用的**局部残量型后验误差估计子**是

$$\eta_{R,K} = \left\{ h_K^2 \|f_K\|_{0,2,K}^2 + \sum_{E \in \mathcal{E}(K) \cap \mathcal{E}_{h,1}} h_E \|g_E - \boldsymbol{\nu}_E \cdot \nabla u_h\|_{0,E}^2 \right.$$

$$\left. + \frac{1}{2} \sum_{E \in \mathcal{E}(K) \cap \mathcal{E}_{h,\Omega}} h_E \|[\boldsymbol{\nu}_E \cdot \nabla u_h]_E\|_{0,E}^2 \right\}^{1/2}. \tag{8.1.8}$$

它将式 (8.1.7) 右端的 f 和 g 替换为各自在分段常数函数空间的 $\mathbb{L}^2$ 投影

$$f_K = \frac{1}{|K|} \int_K f \, \mathrm{d}\boldsymbol{x}, \quad g_E = h_E^{-1} \int_E g \, \mathrm{d}s.$$

下一小节中我们将看到这种取法给后验误差估计子的有效性分析带来了方便. 在实际应用时, 我们可以进一步将以上积分换为适当的数值积分.

注意到内部的边在求和时会计算两次, 由定理 8.2 和 Cauchy-Schwarz 不等式就得到下面的定理.

定理 8.3   对定理 8.2 中的常数 $C = C(\theta_{\min})\, C(\Omega)$, 以下后验误差估计式成立:

$$\|u - u_h\|_{1,2,\Omega} \leqslant C \left\{ \sum_{K \in \mathfrak{T}_h(\Omega)} \eta_{R,K}^2 + \sum_{K \in \mathfrak{T}_h(\Omega)} h_K^2 \|f - f_K\|_{0,2,K}^2 \right.$$

$$\left. + \sum_{E \in \mathcal{E}_{h,1}} h_E \|g - g_E\|_{0,E}^2 \right\}^{1/2}. \tag{8.1.9}$$

一般地说, 当 h 充分小时, 式 (8.1.9) 右端的第一项往往反映了误差的主要部分, 因此在实际计算中, 也常常只用 $\eta_{R,K}$ 来估计局部误差, 特别是在作网格自适应调整时.

§8.2 后验误差估计子的可靠性与有效性

我们在上一节中推导出了残量型的后验误差估计子. 显然, 这些后验误差估计子 (式 (8.1.7) 和 (8.1.9) 的右端项) 给出了有限元解 u_h 在 $\mathbb{V}$ 范数意义下误差的上界. 因此, 只要后验误差估计子小于允许误差, 则有限元解必然达到了要求的精度. 我们把这样的性质称为后验误差估计子的可靠性. 一般地, 可以在相差一个常数倍的意义下理解后验误差估计子的可靠性.

定义 8.2 设 u 和 u_h 分别是变分问题 (8.1.2) 的真解和有限元解, η_h 是一个后验误差估计子. 如果存在与 h 无关的常数 $\widehat{C}$, 使得

$$\|u - u_h\|_{1,2,\Omega} \leqslant \widehat{C} \eta_h,$$

则称该后验误差估计子是**可靠**的或具有**可靠性**.

仅从计算精度的角度看, 只要有了可靠的后验误差估计子, 通过逐步加密网格, 我们最终总能得到所需精度的有限元解. 但是, 如果还需要考虑计算效率, 仅有可靠性显然是不够的. 我们可能会因为引入了过密的网格而耗费过多的资源, 甚至于使得离散问题的规模超出现有的处理能力. 因此, 我们需要考虑后验误差估计子的有效性.

定义 8.3 设 u 和 u_h 分别是变分问题 (8.1.2) 的真解和有限元解, η_h 是一个后验误差估计子. 如果对任意给定的 $h_0 > 0$, 存在常数 $\widetilde{C}(h_0)$, 使得

$$\widetilde{C}(h_0)^{-1} \|u - u_h\|_{1,2,\Omega} \leqslant \eta_h \leqslant \widetilde{C}(h_0) \|u - u_h\|_{1,2,\Omega},$$
$$\forall h \in (0,\ h_0), \tag{8.2.1}$$

则称该后验误差估计子是**有效的**或具有**有效性**. 特别地, 如果有

$$\lim_{h_0 \to 0+} \widetilde{C}(h_0) = 1,$$

则称后验误差估计子 η_h 是**渐近准确**的.

在应用中, 为了有效地控制误差, 我们希望只在局部误差较大的地方加密网格, 因此不仅希望后验误差估计子能有效地反映有限元解的整体误差, 更希望它能够有效地反映有限元解的局部误差. 下面我们就来讨论由式 (8.1.8) 定义的残量型局部后验误差估计子 $\eta_{R,K}$ 的有效性, 从中可以看出用 $f_K,\ g_E$ 分别替换 $f,\ g$ 给分析带来的方便.

注意到 f_K 是分片常数, 因此对任取的 $w \in \mathbb{V}$, 有

$$\int_K f_K\,(f_K w)\,\mathrm{d}\boldsymbol{x} = |f_K|^2 \int_K w\,\mathrm{d}\boldsymbol{x} = |K|^{-1} \left(\int_K w\,\mathrm{d}\boldsymbol{x} \right) \|f_K\|_{0,2,K}^2,$$

其中 $|K|$ 是 K 的面积. 同理, $(g_E - \boldsymbol{\nu}_E \cdot \nabla u_h)$ 和 $[\boldsymbol{\nu}_E \cdot \nabla u_h]_E$ 也都是分片常数, 因此也可以同样处理. 这样, 式 (8.1.8) 中的各项可以分别表示为 f_K, $g_E - \boldsymbol{\nu}_E \cdot \nabla u_h$ 和 $[\boldsymbol{\nu}_E \cdot \nabla u_h]_E$ 与适当选取的检验函数的 $\mathbb{L}^2$ 内积, 从而允许我们通过方程 (8.1.4) 将这些量与有限元解的误差联系起来. 特别地, 当所选取的 w 具有适当的性质时, 我们就可以得到所需的估计. 对此泡函数是一种常用的选择.

设 $\lambda_{K,j}\ (j = 1, 2, 3)$ 是 $K \in \mathfrak{T}_h(\Omega)$ 的面积坐标, 定义**三角泡函数** $\mathfrak{b}_K$ 为

$$\mathfrak{b}_K(\boldsymbol{x}) = \begin{cases} 27\,\lambda_{K,1}(\boldsymbol{x})\,\lambda_{K,2}(\boldsymbol{x})\,\lambda_{K,3}(x), & \forall \boldsymbol{x} \in K, \\ 0, & \forall \boldsymbol{x} \in \Omega \setminus K. \end{cases}$$

对给定的 $E \in \mathcal{E}_{h,\Omega}$, 设 $\omega_E = K_1 \cup K_2$, $\lambda_{K_i,j}\ (j = 1, 2, 3)$ 是 K_i 的面积坐标, K_i 的第 3 个顶点是不在 E 上的顶点, 定义**边泡函数** $\mathfrak{b}_E$ 为

$$\mathfrak{b}_E(\boldsymbol{x}) = \begin{cases} 4\,\lambda_{K_i,1}(\boldsymbol{x})\,\lambda_{K_i,2}(\boldsymbol{x}), & \forall \boldsymbol{x} \in K_i,\ i = 1, 2, \\ 0, & \forall \boldsymbol{x} \in \Omega \setminus \omega_E. \end{cases}$$

对给定的 $E \in \mathcal{E}_{h,\partial\Omega}$, 设 $\omega_E = K'$, $\lambda_{K',j}$ $(j = 1, 2, 3)$ 是 K' 的面积坐标, K' 的第 3 个顶点是不在 E 上的顶点, 定义**边泡函数** $\mathfrak{b}_E$ 为

$$\mathfrak{b}_E(\boldsymbol{x}) = \begin{cases} 4\,\lambda_{K',1}(\boldsymbol{x})\,\lambda_{K',2}(\boldsymbol{x}), & \forall\,\boldsymbol{x} \in K', \\ 0, & \forall\,\boldsymbol{x} \in \Omega \setminus K'. \end{cases}$$

引理 8.3 对任给的 $K \in \mathfrak{T}_h(\Omega)$ 和 $E \in \mathcal{E}_h$, 三角泡函数 $\mathfrak{b}_K$ 和边泡函数 $\mathfrak{b}_E$ 满足以下性质:

$$\operatorname{supp}\mathfrak{b}_K \subset K, \quad 0 \leqslant \mathfrak{b}_K \leqslant 1, \quad \max_{\boldsymbol{x} \in K}\mathfrak{b}_K(\boldsymbol{x}) = 1,$$

$$\operatorname{supp}\mathfrak{b}_E \subset \omega_E, \quad 0 \leqslant \mathfrak{b}_E \leqslant 1, \quad \max_{\boldsymbol{x} \in E}\mathfrak{b}_E(\boldsymbol{x}) = 1,$$

$$\int_E \mathfrak{b}_E\,\mathrm{d}s = \frac{2}{3}h_E;$$

存在只依赖于剖分最小角 $\theta_{\min}$ 的常数 $\hat{c}_i$ $(i = 1, \cdots, 6)$, 使得

$$\hat{c}_1\,h_K^2 \leqslant \int_K \mathfrak{b}_K\,\mathrm{d}\boldsymbol{x} = \frac{9}{20}\,|K| \leqslant \hat{c}_2\,h_K^2,$$

$$\hat{c}_3\,h_E^2 \leqslant \int_{K'} \mathfrak{b}_E\,\mathrm{d}\boldsymbol{x} = \frac{1}{3}\,|K'| \leqslant \hat{c}_4\,h_E^2, \quad \forall K' \subset \omega_E,$$

$$\|\nabla\mathfrak{b}_K\|_{0,2,K} \leqslant \hat{c}_5\,h_K^{-1}\|\mathfrak{b}_K\|_{0,2,K},$$

$$\|\nabla\mathfrak{b}_E\|_{0,2,K'} \leqslant \hat{c}_6\,h_E^{-1}\|\mathfrak{b}_E\|_{0,2,K'}, \quad \forall K' \subset \omega_E.$$

引理 8.3 的证明留给读者作为练习.

定理 8.4 设 u 和 u_h 分别是变分问题 (8.1.2) 的真解和有限元解, $\eta_{R,K}$ 是由式 (8.1.8) 定义的局部残量型后验误差估计子, 则存在只依赖于剖分 $\mathfrak{T}_h(\Omega)$ 中所有三角形单元的最小角 $\theta_{\min}$ 的常数 $\widetilde{C}$, 使得

$$\eta_{R,K} \leqslant \widetilde{C}\left\{ \|u - u_h\|_{1,2,\omega_K}^2 + \sum_{K' \in \omega_K} h_{K'}^2\|f - f_{K'}\|_{0,2,K'}^2 \right.$$

$$\left. + \sum_{E \in \mathcal{E}(K) \cap \mathcal{E}_{h,1}} h_E\|g - g_E\|_{0,E}^2 \right\}^{1/2}, \quad \forall K \in \mathfrak{T}_h(\Omega). \quad (8.2.2)$$

证明　首先, 对任意的 $K \in \mathfrak{T}_h(\Omega)$, 取 $w_K = f_K \mathfrak{b}_K$. 由引理 8.3 有

$$\int_K f_K \, w_K \, \mathrm{d}\boldsymbol{x} = \frac{9}{20} \, |K| \, |f_K|^2 = \frac{9}{20} \, \|f_K\|_{0,2,K}^2. \tag{8.2.3}$$

由于 $\mathrm{supp} \, w_K \subset K$, 因此有

$$\int_{\partial \Omega_1} g \, w_K \, \mathrm{d}s - \int_\Omega \nabla u_h \cdot \nabla w_K \, \mathrm{d}\boldsymbol{x} = -\nabla u_h|_K \int_K \nabla w_K \, \mathrm{d}\boldsymbol{x} = 0.$$

于是, 由式 (8.1.4) 便得

$$\begin{aligned}
\int_K f_K \, w_K \, \mathrm{d}\boldsymbol{x} &= \int_K f \, w_K \, \mathrm{d}\boldsymbol{x} + \int_K (f - f_K) \, w_K \, \mathrm{d}\boldsymbol{x} \\
&= \int_K \nabla(u - u_h) \cdot \nabla w_K \, \mathrm{d}\boldsymbol{x} + \int_K (f - f_K) \, w_K \, \mathrm{d}\boldsymbol{x} \\
&\leqslant \|u - u_h\|_{1,2,K} \|\nabla w_K\|_{0,2,K} + \|f - f_K\|_{0,2,K} \|w_K\|_{0,2,K}.
\end{aligned}$$

另外, 注意到 f_K 是常数, 由引理 8.3 有

$$\|w_K\|_{0,2,K} = |f_K| \, \|\mathfrak{b}_K\|_{0,2,K} \leqslant |f_K| \left(\int_K \mathfrak{b}_K \, \mathrm{d}\boldsymbol{x} \right)^{1/2} = \sqrt{\frac{9}{20}} \, \|f_K\|_{0,2,K}.$$

又由引理 8.3 知 $\|\nabla w_K\|_{0,2,K} \leqslant \hat{c}_5 \, h_K^{-1} \|w_K\|_{0,2,K}$, 再结合式 (8.2.3) 就得到

$$\|f_K\|_{0,2,K} \leqslant \sqrt{\frac{20}{9}} \, \hat{c}_5 \, h_K^{-1} \|u - u_h\|_{1,2,K} + \sqrt{\frac{20}{9}} \, \|f - f_K\|_{0,2,K}. \tag{8.2.4}$$

其次, 对任意给定的 $E \in \mathcal{E}_{h,\Omega}$, 取 $w_E = [\boldsymbol{\nu}_E \cdot \nabla u_h]_E \, \mathfrak{b}_E$. 由引理 8.3 有

$$\begin{aligned}
\int_E [\boldsymbol{\nu}_E \cdot \nabla u_h]_E \, w_E \, \mathrm{d}s &= \frac{2}{3} \, h_E \, |[\boldsymbol{\nu}_E \cdot \nabla u_h]_E|^2 \\
&= \frac{2}{3} \, \|[\boldsymbol{\nu}_E \cdot \nabla u_h]_E\|_{0,E}^2.
\end{aligned} \tag{8.2.5}$$

由 $\operatorname{supp} w_E \subset \omega_E$ 和式 (8.1.4) 得

$$
\begin{aligned}
\int_E [\boldsymbol{\nu}_E \cdot \nabla u_h]_E \, w_E \, \mathrm{d}s &= \int_\Omega \nabla u_h \cdot \nabla w_E \, \mathrm{d}\boldsymbol{x} \\
&= \sum_{K \subset \omega_E} \int_K f \, w_E \, \mathrm{d}\boldsymbol{x} - \int_{\omega_E} \nabla(u - u_h) \cdot \nabla w_E \, \mathrm{d}\boldsymbol{x} \\
&\leqslant \|f\|_{0,2,\omega_E} \|w_E\|_{0,2,\omega_E} + \|u - u_h\|_{1,2,\omega_E} \|\nabla w_E\|_{0,2,\omega_E}.
\end{aligned}
$$

注意到 $[\boldsymbol{\nu}_E \cdot \nabla u_h]_E$ 是常数, 由引理 8.3 有

$$
\|\nabla w_E\|_{0,2,\omega_E} \leqslant \hat{c}_6 \, h_E^{-1} \|w_E\|_{0,2,\omega_E},
$$

$$
\begin{aligned}
\|w_E\|_{0,2,\omega_E} &= |[\nu_E \cdot \nabla u_h]_E| \, \|\mathfrak{b}_E\|_{0,2,\omega_E} \leqslant |[\nu_E \cdot \nabla u_h]_E| \left(\int_{\omega_E} \mathfrak{b}_E \, \mathrm{d}\boldsymbol{x} \right)^{1/2} \\
&\leqslant \sqrt{2\,\hat{c}_4}\, h_E \, |[\nu_E \cdot \nabla u_h]_E| \leqslant \sqrt{2\,\hat{c}_4}\, h_E^{1/2} \, \|[\nu_E \cdot \nabla u_h]_E\|_{0,E}.
\end{aligned}
$$

于是, 利用 $\|f\|_{0,2,\omega_E} \leqslant \sum\limits_{K \subset \omega_E} \|f - f_K\|_{0,2,K} + \sum\limits_{K \subset \omega_E} \|f_K\|_{0,2,K}$, 再结合关系式 (8.2.4) 和 (8.2.5) 便得到

$$
\|[\nu_E \cdot \nabla u_h]_E\|_{0,E} \leqslant \frac{3}{2} c\, h_E^{-1/2} \left\{ h_E \sum_{K \subset \omega_E} \|f - f_K\|_{0,2,K} + \|u - u_h\|_{1,2,\omega_E} \right\},
\tag{8.2.6}
$$

其中

$$
c = \sqrt{2\,\hat{c}_4}\, \max\left\{ 1 + \sqrt{\frac{20}{9}},\ \hat{c}_6 + \sqrt{\frac{20}{9}}\, \hat{c}_5 \max_{K \subset \omega_E} \frac{h_E}{h_K} \right\}.
$$

最后, 对任意给定的 $E \in \mathcal{E}_{h,\partial\Omega_1}$, 取 $w_E = (g_E - \nu_E \cdot \nabla u_h)\, \mathfrak{b}_E$. 由引理 8.3 有

$$
\begin{aligned}
\int_E (g_E - \nu_E \cdot \nabla u_h)\, w_E \, \mathrm{d}s &= \frac{2}{3}\, h_E\, |g_E - \nu_E \cdot \nabla u_h|^2 \\
&= \frac{2}{3}\, \|g_E - \nu_E \cdot \nabla u_h\|_{0,E}^2.
\end{aligned}
\tag{8.2.7}
$$

由 $\operatorname{supp} w_E \subset \omega_E$ 和式 (8.1.4), 注意到这时 E 在边界上, 得

$$\int_E (g_E - \boldsymbol{\nu}_E \cdot \nabla u_h)\, w_E \,\mathrm{d}s$$

$$= \int_E (g - \boldsymbol{\nu}_E \cdot \nabla u_h)\, w_E \,\mathrm{d}s + \int_E (g_E - g)\, w_E \,\mathrm{d}s$$

$$= \int_\Omega f\, w_E \,\mathrm{d}\boldsymbol{x} + \int_{\partial\Omega_1} g\, w_E \,\mathrm{d}s - \int_\Omega \nabla u_h \cdot \nabla w_E \,\mathrm{d}\boldsymbol{x}$$

$$\quad - \int_{\omega_E} f\, w_E \,\mathrm{d}\boldsymbol{x} + \int_E (g_E - g)\, w_E \,\mathrm{d}s$$

$$= \int_{\omega_E} \nabla(u - u_h) \cdot \nabla w_E \,\mathrm{d}\boldsymbol{x} - \int_{\omega_E} f\, w_E \,\mathrm{d}\boldsymbol{x} + \int_E (g_E - g)\, w_E \,\mathrm{d}s$$

$$\leqslant \|u - u_h\|_{1,2,\omega_E}\|\nabla w_E\|_{0,2,\omega_E} + \|f\|_{0,2,\omega_E}\|w_E\|_{0,2,\omega_E}$$

$$\quad + \|g - g_E\|_{0,E}\|w_E\|_{0,E}.$$

于是, 注意到 $(g_E - \boldsymbol{\nu}_E \cdot \nabla u_h)$ 是常数, 并注意到 $\omega_E = K'$ 以及 $\|f\|_{0,2,K'} \leqslant \|f - f_{K'}\|_{0,2,K'} + \|f_{K'}\|_{0,2,K'}$, 由引理 8.3, 式 (8.2.4) 和 (8.2.7) 便得

$$\|g_E - \boldsymbol{\nu}_E \cdot \nabla u_h\|_{0,E}$$

$$\leqslant \frac{3}{2}\, c' h_E^{-1/2}\{\|u - u_h\|_{1,2,K'} + h_E\, \|f - f_{K'}\|_{0,2,K'}$$

$$\quad + h_E^{1/2}\, \|g - g_E\|_{0,E}\}, \tag{8.2.8}$$

其中

$$c' = \max\left\{\sqrt{\frac{2}{3}},\ \sqrt{\hat{c}_4}\left(1 + \sqrt{\frac{20}{9}}\right),\ \sqrt{\hat{c}_4}\left(\hat{c}_6 + \sqrt{\frac{20}{9}}\,\hat{c}_5\,\frac{h_E}{h_{K'}}\right)\right\}.$$

结合式 (8.2.4), (8.2.6) 和 (8.2.8), 令

$$\widetilde{C} = \max\left\{3\sqrt{2},\ 3\sqrt{2}\,\hat{c}_5,\ 3\sqrt{3\,\hat{c}_4}\left(1 + \sqrt{\frac{20}{9}}\right),\ 3\sqrt{3\,\hat{c}_4}\left(\hat{c}_6 + \sqrt{\frac{20}{9}}\,\hat{c}_5\right)\right\},$$

就得到式 (8.2.2). ■

记 $h = \max\limits_{K \in \mathfrak{T}_h(\Omega)} h_K$. 在一般情况下, 我们有

$$\left\{\sum_{K \in \mathfrak{T}_h(\Omega)} h_K^2\, \|f - f_K\|_{0,2,K}^2\right\}^{1/2} = o(h), \tag{8.2.9}$$

$$\left\{ \sum_{E \in \mathcal{E}_{h, \partial \Omega_1}} h_E \left\| g - g_E \right\|_{0,2,E}^2 \right\}^{1/2} = o(h). \tag{8.2.10}$$

而对问题 (8.1.2) 的解, 除去一些平凡情形, 总有 $\|u - u_h\|_{1,2,\Omega} \geqslant C h$ (C 为与 h 无关的常数). 因此, 定理 8.3 和定理 8.4 说明, 由式 (8.1.8) 定义的后验误差估计子 $\eta_{R,K}$ 在一般情况下 (即式 (8.2.9) 和 (8.2.10) 成立, 且解非平凡时) 是有效的.

§8.3 自适应方法

在应用有限元方法求解实际问题时, 通常的做法是: 首先用某种方式, 例如根据经验, 给出一个初始网格; 然后选取适当的有限元空间, 并计算出相应的有限元解. 一般地说, 我们不能保证最初得到的有限元解满足所需的精度. 事实上, 为了提高求解效率, 初始网格通常取得比较粗, 有限元空间的整体自由度比较低. 这时, 我们需要根据当前的有限元解的性质, 例如局部后验误差估计子的大小, 采取某种策略——也就是常说的自适应方法, 调整网格或有限元函数空间, 以期以尽可能低的代价得到有足够精度的有限元解. 我们在本节中将简略介绍几种常用的自适应方法.

8.3.1 h 型、p 型与 h-p 型自适应方法

根据有限元解的先验误差估计, 例如式 (7.3.7), 一般地说, 随着网格尺度 h 的减小, 有限元解的误差也会随之减小; 另外, 当真解充分光滑时, 有限元函数中包含的代数多项式 $\mathbb{P}_k$ 的阶数越高, 则有限元解的逼近阶也越高. 由此便产生了 h 型、p 型与 h-p 型自适应方法.

简单地说, h **型自适应方法**就是在有限元解局部误差较大的区域通过局部网格加密的方法来达到减小局部误差的目的; p **型自适应方法**则是在真解充分光滑的前提下通过采用包含更高阶多项式的有限元函数空间的方法来减小局部误差; 而将两者结合起来的方法即为 h-p **型自适应方法**. 这几种方法的共同特点是: 通过增加有限元空间的整体自由度来增加有限元解的逼近精度. 当然, 为了提高计算效率, 在局

部误差远远小于所需平均精度的情况下, 也可以通过局部适当放粗网格或采用较低阶的多项式的方式, 在减少自由度的同时将误差仍然控制在允许的范围内.

我们仅以二维空间中的三角形剖分为例简单地介绍一下常用的网格加密策略 (参见文献 [30]).

首先, 我们必须决定哪些单元需要加密. 假定对剖分 $\mathfrak{T}_h(\Omega)$ 中的每一个单元 K, 我们有一个有效的后验误差估计子 η_K. 令

$$\eta = \max_{K \in \mathfrak{T}_h(\Omega)} \eta_K.$$

一种简单的做法是: 选取 $\gamma \in (0, 1)$ 作为阈值, 通常取 $\gamma \approx 0.5$, 然后将满足 $\eta_K \geqslant \gamma \eta$ 的单元 K 标记为需要加密的单元. 由于大多数后验误差估计子的主要部分是单元边上的跳跃项, 我们也可以将标记单元细化为标记单元的边. 另外一种比较复杂的做法是: 假定任意单元 K 上的误差有形如 $C h_K^\lambda$ (C 为与 h 无关的常数, λ 是待定常数) 的渐近估计式, 设 $\mathfrak{T}_h(\Omega)$ 是在 $\mathfrak{T}_H(\Omega)$ 的基础上均匀加密后得到的剖分, 例如连接 $\mathfrak{T}_H(\Omega)$ 中每个单元 K 的各条边中点可以将 K 等分为四个与 K 相似的三角形, 则由两套网格上得到的后验误差估计子 η_{H,K_H} 和 η_{h,K_h} 就可以粗略地估计出 C 和 λ, 从而标记出需要加密的单元, 甚至可以粗略地估计出为达到允许精度最终需要的局部网格尺度.

标记出需要加密的单元之后, 我们需要细分相应的单元. 在对需要细分的单元进行细分后, 通常还会产生**悬挂点**, 即新产生的某个单元的顶点位于某个与其相邻的单元的边的中点而不是顶点. 这显然破坏了有限元剖分的规则. 因此, 还需要对这样的单元进行细分以消除悬挂点. 一个基本原则是: 在进行了多次细分和消除悬挂点的操作后, 最终网格中单元的形状应该仍然保持一定的正则性, 例如单元的最小角应该有一个指定的下界. 常用的三角形单元细分方法有以下三种:

最长边二分法: 通过连接单元最长边的中点和与其相对的顶点将单元一分为二;

标记边二分法: 通过连接单元标记边的中点和与其相对的顶点将单元一分为二;

正则细分法: 通过连接单元各条边的中点将单元一分为四.

为了保证正则性和有限终止性, 每一个方法在应用时都要遵循一定的规则. 最长边二分法 (也称为**绿色细分**, 见图 8-1(a)) 要求遵循以下两条附加的规则:

(1) 如果一个三角形有两个不在最长边上的悬挂点, 则将该三角形用正则细分法细分为四个三角形 (也称为**红色细分**, 见图 8-1(b));

(2) 如果一个三角形只有一个不在最长边上的悬挂点, 则将最长边的中点 (不论其是否是悬挂点) 分别与最长边相对的顶点和悬挂点相连接, 从而将该三角形细分为三个三角形 (也称为**蓝色细分**, 见图 8-1(c)).

(a) 绿色细分　　　　　(b) 红色细分　　　　　(c) 蓝色细分

图　8-1

可以证明 (参见文献 [26]), 反复应用满足这些规则的最长边二分法 (仍称为最长边二分法) 所产生的网格的最小角不会小于初始网格最小角的一半.

标记边二分法又称为**最新顶点二分法**, 因为在细分过程中新的标记边通常是最新顶点的对边. 标记边二分法需要遵循以下规则:

(1) 每一个三角形恰有一条标记边;

(2) 当用标记边二分法二分一个三角形后, 该三角形 (称为**父单元**) 的两条非标记边变成其二分后产生的两个子三角形 (称为**子单元**) 的标记边 (见图 8-2(a) 和 (b), 其中用 ∘ 标记了标记边);

(3) 当且仅当一条边同时是其所属的两个三角形的标记边时, 才对相应的两个三角形同时作标记边二分.

标记边二分法的规则 (1) 和 (2) 说明, 标记边二分法只对三角形单元作二分, 规则 (2) 保证每个最初的三角形最多只会产生四种不同的相似三角形 (参见文献 [12], [28]).

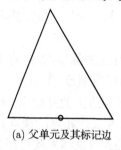

(a) 父单元及其标记边　　　　(b) 子单元及其标记边

图　8-2

正则细分法产生的子代三角形均与父代三角形相似, 但一般总会产生悬挂点, 从而破坏了剖分的相容性. 一种简单的处理办法是: 不将这些悬挂点作为自由度, 而是令这些悬挂点上的函数值等于相应的插值, 例如对于分片线性有限元空间, 悬挂点处的函数值就取为所在边的两个端点的函数值的平均值, 这样处理之后, 离散问题仍然可以像通常的有限元方程一样求解. 更常用的做法是应用最长边二分法 (红、绿、蓝细分法) 消除悬挂点 (其他一些类似的与正则细分法配套规则可以参见文献 [30]). 可以证明, 应用最长边二分法消除悬挂点的细分过程具有有限步终止性, 且反复使用正则细分法与最长边二分法的配套方案所最终产生的网格的最小角不小于初始网格最小角的一半.

以上介绍的几种网格加密的方法所产生的网格序列是相互**嵌套**的, 即较粗的网格中的单元总是由较细的网格中的若干个单元拼合而成的. 这种嵌套关系使得在需要的时候, 例如在求解发展方程时, 不仅可以方便地随时局部加密网格, 同时也可以简单地局部放粗网格. 这样随着时间的发展, 在保证逼近精度的同时网格总量可以简单有效地得到控制. 另外, 在嵌套的网格上定义的有限元空间也是嵌套的, 即粗网格上的有限元空间 $\mathbb{V}_H$ 是细网格上的有限元空间 $\mathbb{V}_h$ 的子空间. 这给应用快速算法 (例如多重网格法) 带来了方便.

将最长边二分法和标记边二分法推广到三维空间中四面体剖分的有关结果可以参见文献 [3], [4], [12], [24]. 正则细分法到三维空间的推

广可以参见文献 [5], [30].

8.3.2 网格重分布型自适应方法

由 Sobolev 空间的插值理论知, 插值误差不仅依赖于网格尺度, 也依赖于函数的正则性. 例如, 分段线性插值的误差正比于 $|u|_{2,2,K}$ (见定理 7.7). 因此, 为了达到同样的局部逼近精度, 我们应该在 $|u|_{2,2,K}$ 较大的区域中用较密的网格, 而在 $|u|_{2,2,K}$ 较小的区域中用较粗的网格. 由于在实际计算时 u 是未知的, 因此我们需要根据当前网格上的数值解和适当的网格分布原则调整网格分布 (这种调整并不改变网格的拓扑结构). 通常将这类调整网格分布的方法称为**网格重分布型自适应方法**或 r **型自适应方法**.

目前最常用的网格分布原则是**误差等分布原则**. 该原则的基本出发点是: 误差均匀分布的网格在所有具有同样拓扑结构的网格中使得整体误差达到最小. 这一原则在某些特殊情形的正确性已经得到证明. 然而, 要实现误差等分布, 即便是近似的等分布, 并不是一件简单的工作, 至少我们需要有一个渐近准确的后验误差估计子和一个有效的移动网格的算法. 因此, 在应用中通常将误差等分布的要求放松到误差分布的不均匀性被控制在一定范围内. 这一目标往往可以通过适当选择能够在一定程度上反映误差分布的函数 (称为**监控函数**) 来实现. 例如, 考虑在区间 $(0, 1)$ 上分片线性、整体连续的有限元函数空间中求解方程 $u'' + f = 0$ 的两点边值问题时, 设 $\xi_i = i/N (i = 0, 1, \cdots, N)$ 为 $[0, 1]$ 上的一个均匀剖分 Ξ_N, $x_h : [0, 1] \to [0, 1]$ 为任意一个定义在该均匀网格上的分片线性、整体连续且严格单调的有限元函数, 则 $x_i = x_h(\xi_i)$ $(i = 0, 1, \cdots, N)$ 定义了一个区间 $(0, 1)$ 上的有限元剖分 X_h. 设 u_h 是在网格 X_h 上得到的有限元解, 可以考虑取 $g(x) = \sqrt{1 + |u_h'(x)|^2}$ 为监控函数. 令 $G_i = g(x)|_{x \in (x_{i-1}, x_i)}$, 并要求最终目标为

$$G_i \cdot (x_i - x_{i-1}) = G_j \cdot (x_j - x_{j-1}), \quad \forall 1 \leqslant i, j \leqslant N. \tag{8.3.1}$$

这相当于按照解的弧长来均匀分布网格. 当数值解不满足式 (8.3.1) 时, 移动网格使 G_i 较大处网格尺度适当减小, 同时使 G_i 较小处网格尺度

适当增大, 然后将原网格上的数值解以某种方式映射到新网格上作为初始近似, 并在新网格上求有限元解. 重复以上过程直至收敛. 容易看出, 式 (8.3.1) 等价于要求 $g(x_h(\xi))x_h'(\xi) = $ 常数, 由此派生出一种利用求解调和方程

$$\begin{cases} (g(x(\xi))x'(\xi))' = 0, & \forall \xi \in (0, 1), \\ x(0) = 0, \ x(1) = 1 \end{cases} \tag{8.3.2}$$

在均匀网格 Ξ_N 上的有限元解 x_h 来实现网格重分布的方法.

有关网格重分布型自适应方法一般理论和方法的讨论远远超出了本课程的范围, 感兴趣的读者可以参考 [10], [11], [18] 等相关文献.

§8.4 补充与注记

后验误差估计子在有限元自适应算法中起着十分重要的作用. 除了我们通过简单例子介绍的残量型后验误差估计子外, 还有许多其他类型的后验误差估计子. 例如, 基于局部问题解的后验误差估计子, 基于分层基的后验误差估计子, 基于局部外推和梯度平均方法等后处理技术的后验误差估计子, 等等 (相关的内容可参见文献 [6], [30]).

一种与借助监控函数调整网格不同的网格重分布型自适应方法是网格变换法, 其基本思想可以用以下的例子来说明. 考虑 Hilbert 空间 $\mathbb{V} = \mathbb{H}_0^1(\Omega)$ 上的能量泛函极小化问题

$$\begin{cases} 求 \ u \in \mathbb{V}, \ 使得 \\ F(u) = \inf_{v \in \mathbb{V}} F(v), \end{cases} \tag{8.4.1}$$

其中 $F(u) = \dfrac{1}{2}a(u, u) - f(u)$, 而 $a(\cdot, \cdot)$ 和 $f(\cdot)$ 分别为 $\mathbb{V}$ 上的对称有界一致椭圆双线性泛函和有界线性泛函. 设 u 是问题 (8.4.1) 的解, 则由

$$\begin{aligned} F(v) - F(u) &= \frac{1}{2}a(v, v) - f(v) - \frac{1}{2}a(u, u) + f(u) \\ &= \frac{1}{2}a(v, v) - a(u, v) - \frac{1}{2}a(u, u) + a(u, u) \end{aligned}$$

$$= \frac{1}{2}a(v - u,\, v - u), \quad \forall v \in \mathbb{V}$$

知

$$a(v - u,\, v - u) = 2(F(v) - F(u)), \quad \forall v \in \mathbb{V}. \tag{8.4.2}$$

设给定 Ω 的一个有限元剖分 $\mathfrak{T}_h(\Omega)$, 记 $\mathbb{U}_h \subset \mathbb{H}_0^1(\Omega)$ 为定义在该剖分上的有限元函数空间, 并记所有与 $\mathfrak{T}_h(\Omega)$ 有相同的拓扑结构的 Ω 的有限元剖分所组成的集合为 $\mathbb{T}_h(\Omega)$, 即

$$\mathbb{T}_h(\Omega) = \{\hat{\mathfrak{T}}_h(\Omega) : \hat{\mathfrak{T}}_h(\Omega) \text{ 与 } \mathfrak{T}_h(\Omega) \text{ 有相同的拓扑结构}\}.$$

等式 (8.4.2) 说明, 若在 $\mathfrak{T}_h^1(\Omega)$ 上得到的有限元解相比在 $\mathfrak{T}_h^2(\Omega)$ 上得到的有限元解有较小的能量, 则在能量范数意义下它也有较小的误差. 网格变换方法的基本思想就是将网格节点的位置也作为变量引入到能量泛函的极小化过程中, 从而在所有具有相同拓扑结构的有限元网格 $\mathbb{T}_h(\Omega)$ 中找到使得相应有限元解误差的能量范数达到最小的网格和相应的有限元解. 有关网格变换法的理论和应用可参见 [19], [20], [21] 等文献.

习 题 8

1. 考虑在连续的分片线性有限元函数空间上数值求解常微分方程边值问题

$$\begin{cases} -u'' + u = f, & x \in (0, 1), \\ u(0) = 0, & u'(1) + u(1) = g \end{cases}$$

(参考习题 5 第 7 题和习题 6 第 20 题). 令 $\mathbb{V} = \{u \in \mathbb{H}^1(0,1) : u(0) = 0\}$, 定义残量算子 $R(u_h) : \mathbb{V} \to \mathbb{V}^*$ 为

$$R(u_h)(w) = \int_0^1 fw \,\mathrm{d}x + g\,w(1) - \int_0^1 (u_h'w' + u_hw) \,\mathrm{d}x - u_h(1)w(1).$$

试证明有限元问题解的误差等价于 $R(u_h)$ 的算子范数, 即存在常数 C_1 和 C_2, 使得

$$C_1 \sup_{w \in \mathbb{V}, \|w\|_{1,2,\Omega}=1} |R(u_h)(w)| \leqslant \|u - u_h\|_{1,2}$$

$$\leqslant C_2 \sup_{w \in \mathbb{V}, \|w\|_{1,2,\Omega}=1} |R(u_h)(w)|.$$

2. 设残量算子 $R(u_h) : \mathbb{V} = \{u \in \mathbb{H}^1(0,1) : u(0) = 0\} \to \mathbb{V}^*$ 如上题定义, 又设 Π_h 是由 $C([0,1])$ 到连续的分片线性有限元函数空间上的插值算子. 证明: 对任意 $w \in \mathbb{V}$, 都有

$$R(u_h)(w) = R(u_h)(w - \Pi_h w).$$

由此推出 $R(u_h)(w) \leqslant \|f - u_h\|_0 \|w - \Pi_h w\|_0$.

3. 设 Π_h 是由 $C([0,1])$ 到连续的分片线性有限元函数空间上的插值算子, 证明: 存在常数 $C > 0$, 使得对任意 $w \in \mathbb{H}^1(0,1)$ 都有 $\|w - \Pi_h w\|_{0,I_i} \leqslant C h_i |w|_{1,I_i}$, 其中 $I_i = [x_{i-1}, x_i]$ 是有限元剖分的第 i 个单元.

4. 证明: 存在常数 $C > 0$, 使得第 1 题中定义的残量算子 $R(u_h)$ 满足

$$R(u_h)(w) \leqslant C \|w\|_{1,2} \left(\sum_{i=1}^{N} \eta_{R,I_i}^2 + h_i^2 \|f - f_{I_i}\|_{0,2,I_i}^2 \right)^{1/2}, \quad \forall w \in \mathbb{V},$$

其中 $I_i = [x_{i-1}, x_i]$ 是有限元剖分的第 i 个单元, $h_i = x_i - x_{i-1}$, f_{I_i} 是 f 的单元积分平均值, $\eta_{R,I_i} = h_i \|f_{I_i} - u_h\|_{0,2,I_i}$.

5. 证明式 (8.1.6).

6. 设 f_{I_i} 和 η_{R,I_i} 的定义与第 4 题中的相同. 取 $w_{I_i} = (f_{I_i} - u_h)\mathfrak{b}_{I_i}$, 其中 $\mathfrak{b}_{I_i}$ 为泡函数

$$\mathfrak{b}_{I_i}(x) = \begin{cases} 4h_i^{-2}(x - x_{i-1})(x_i - x), & x \in I_i, \\ 0, & x \notin I_i. \end{cases}$$

证明

$$\int_{I_i} (f_{I_i} - u_h) w_{I_i} \, \mathrm{d}x = \frac{2}{3} \|f_{I_i} - u_h\|_{0,2,I_i}^2,$$

$$\|w_{I_i}\|_{0,2,I_i} \leqslant \sqrt{\frac{2}{3}} \|f_{I_i} - u_h\|_{0,2,I_i},$$

$$|w_{I_i}|_{1,2,I_i} = \sqrt{10} \, h_i^{-1} \|w_{I_i}\|_{0,2,I_i},$$

并进一步证明存在常数 $C > 0$, 使得第 1 题的有限元解的误差满足

$$\eta_{R,I_i} \leqslant C \left\{ \|u - u_h\|_{1,2,I_i}^2 + h_{I_i}^2 \|f - f_{I_i}\|_{0,2,I_i}^2 \right\}^{1/2}.$$

7. 证明引理 8.3.

上机作业

在第 6 章习题 6 上机作业 第 1 题的基础上, 以习题 8 第 4 题中定义的 η_{R,I_i} 作为后验误差估计子, 编制自适应有限元程序, 对至少两个有明显差别的 f 做数值实验. 将误差视为有限元剖分节点总数的函数, 用图表的形式比较数值解和后验误差估计子的收敛性态.

部分习题答案和提示

习 题 1

1. 对非均匀矩形网格 $\boldsymbol{x_j} = (x_{j,1}, \cdots, x_{j,n})(\forall j \in J)$, $\boldsymbol{x_j}$ 对应的控制体为

$$\omega_j = \left\{ \boldsymbol{x} = (x_1, \cdots, x_n) \in \Omega : -\frac{1}{2}h_{i,j_i} \leqslant x_i - x_{j,i} < \frac{1}{2}h_{i,j_i+1}, 1 \leqslant i \leqslant n \right\},$$

其中 $h_{i,k}$ 是沿第 i 个方向的第 k 个网格步长.

2. 利用算子范数的定义和第 1 题的结论.

4. 写出在点 S, P 和 N^* 取值分别为 U_S, U_P 和 U_{N^*} 的关于 y 的二次插值多项式, 并令其在点 N 取值. 其余类似.

6. 在点 P 作 Taylor 展开并利用方程.

7. 在点 P 作 Taylor 展开并利用边界条件.

8. 记将点 P 视为正则内点时所取的控制体为 $\tilde{V}_P$, 则可取控制体 $V_P = \tilde{V}_P \cap \Omega$.

9. 验证 $L_h U$ 满足式 (1.4.4) 或 (1.4.7), 于是可以直接应用定理 1.2 或推论 1.1 的结论.

10. 将定理 1.2 分别应用于 $U \pm V$.

11. 对网格函数 $e_{h,j} - h^2\psi_j$, $f_j = L_h(e_{h,j} - h^2\psi_j)$ 和 $\Phi(x,y) = \frac{1}{4}(x^2 + y^2)$ 应用定理 1.4.

12. 这里误差展式 (1.5.12) 对 $\alpha = 2$ 成立, 应用相应的式 (1.5.13) 即得所证.

13. 对于 U_h^1, 误差展式 (1.5.12) 对 $\alpha = 4$ 成立, 因此由相应的式 (1.5.13) 即得 $\frac{15}{16}C_j h^4 \approx U_{h,j}^1 - U_{h/2,j}^1$. 当数值结果满足 $|U_{h,j}^1 - U_{h/2,j}^1| \ll |U_{h,j} - U_{h/2,j}|$ 或 $U_{h,j} - U_{h/2,j} \approx 4(U_{h/2,j} - U_{h/4,j})$ 时, 由式 (1.5.11) 得到的误差主项给出的误差估计是可靠的.

14. 令 $h = 1/K$, $x_i = ih$, $y_j = jh$, 验证 $(K-1)^2$ 个网格函数 $\varphi_{MN} = \sin(M\pi x_i)\sin(N\pi y_j)$ $(M, N = 1, 2, \cdots, K-1)$ 是算子 L_h 的一组以 $4h^{-2} \times \left(\sin^2\frac{M\pi h}{2} + \sin^2\frac{N\pi h}{2}\right)$ 为特征值的特征向量. 由此可估计出 L_h^{-1} 的 $\mathbb{L}^\infty$

和 $\mathbb{L}^2$ 范数.

习 题 2

1. 设原问题定义在区域 $(\hat{x}_l, \hat{x}_r) \times \mathbb{R}_+$ 上, 热传导系数为 a. 记 $L = \hat{x}_r - \hat{x}_l$, 作变量替换 $x = L^{-1}(\hat{x} - \hat{x}_l)$, $t = aL^{-1}\hat{t}$.

2. 与上题类似, 只需注意处理变量替换后的源项和边界条件.

3. 注意 $e(x,t) = U_j^m - u(x,t)$ ($\forall (x,t) \in \omega_j^m$), 其中 $\omega_j^m = [x_{j-\frac{1}{2}}, x_{j+\frac{1}{2}}) \times [t_m, t_{m+1})$ 为时空网格关于节点 (x_j, t_m) 的控制体. 利用有界闭集上连续函数的一致连续性.

4. 在定理 1.2 中取 $\Omega = \Omega_{t_{\max}}$, $\partial \Omega_D = \{(x,t) \in \partial \Omega_{t_{\max}} : t = 0 \text{ 或 } x = 0, 1\}$, 验证定理 1.2 的条件 (1) 和 (2) 成立.

5. 令 $C(\bar{t}) = \bar{t}\|T\|_{\infty, \Omega_{t_{\max}}} + \max\limits_{0 \leqslant i \leqslant N} |e_i^0| + \max\limits_{0 < l < m} \max\left\{|e_0^l|, |e_N^l|\right\}$, 对不同节点选取形如 $C(\bar{t}) - \Phi$ 或 $C(0) - \Psi$ 的不同的比较函数, 应用定理 1.4 (比较定理).

6. 对 $L_{(h,\tau)}$ 应用定理 1.4.

7. 由式 (2.2.14) 和方程知 $\|Tu\|_2 \leqslant \left(\dfrac{1}{2} + \dfrac{1}{12\mu}\right) h^2 \|u_{xxxx}\|_2 + O(h^3)$. 再结合式 (2.2.41) 和 $e^0 = 0$.

9. $\tau = o(h)$.

10. 对于任意的 $\mu > 0$, 格式右端各项系数均为正数, 且其和等于左端的系数. 验证差分格式所对应的差分算子的连通性. 利用格式 (2.2.52) 递推.

11. 将所有结论中的网格比条件换为任意给定的 $0 < \mu < \infty$.

12. 将所有涉及最大值原理和一致收敛性的结论中的网格比条件换为 $0 < \mu \leqslant 1$, 将所有涉及 $\mathbb{L}^2$ 稳定性和收敛性的结论中的网格比条件换为 $0 < \mu < \infty$.

13. 证明式 (2.2.61) 给出的增长因子的模小于等于 1 的充分必要条件是 (2.2.62). 在验证 $0 \leqslant \theta < \dfrac{1}{2}$ 时的充分条件时, 利用函数 $\dfrac{1 - 4(1-\theta)\xi}{1 + 4\theta\xi}$ 关于 ξ 单调递减且在 $\xi = \mu$ 时取值不小于 -1. 验证格式 (2.2.63) 右端各项系数均非负, 且其和等于左端项系数的充分必要条件是 (2.2.64), 并验证差分格式所对应的差分算子的 J_D 连通性 (参考第 4 题的提示).

15. 在 (t_{m+*}, x_j) 处作 Taylor 展开, 其中对 $0 < \theta < 1$, $t_{m+*} = t_{m+\frac{1}{2}}$; 对 $\theta = 0$, $t_{m+*} = t_m$; 对 $\theta = 1$, $t_{m+*} = t_{m+1}$. 参考第 13 题的提示.

16. 由式 (2.3.17) 和题设条件可以推出形如 $\|e^{m+1}\|_\infty \leqslant (1+K\tau)\|e^m\|_\infty + \tau T^m$ 的递推关系, 其中 $K = \|a'u_{xx}\|_\infty$.

17. 利用关系式 $A_h \left(I + \dfrac{1}{2}\mu A_h \right)^{-1} = \left(I + \dfrac{1}{2}\mu A_h \right)^{-1} A_h$.

18. 算法的差分逼近算子 $L_{(h,\tau)}$ 可以写为

$$L_{(h,\tau)}V_j^{m+1} = \begin{cases} \dfrac{V_{j+1}^m - 2V_j^m + V_{j-1}^m}{h^2} - \dfrac{V_j^{m+1} - V_j^m}{\tau}, & j \geqslant 1, \\[3mm] \dfrac{V_1^{m+1} - V_0^{m+1}}{h} - \alpha^{m+1}V_0^{m+1}, & j = 0. \end{cases}$$

取 $\Omega = \{(x,t) \in (0,1) \times \mathbb{R}_+\}$, $\partial\Omega_D = \{(x,t) \in \partial\Omega : t = 0$ 或 $x = 1\}$. 容易验证, 当 $\mu \leqslant 1/2$ 时, 差分算子 $L_{(h,\tau)}$ 满足最大值原理 (定理 1.2) 的条件 (1) 和 (2). 记 $T_1 = K_1(\tau + h^2)$ 和 $T_2 = K_2 h$ 分别为 $j \geqslant 1$ 和 $j = 0$ 处的截断误差的最大值. 选如下形式的比较函数

$$\Phi_j^m = -At_m - Bx_j(1 - x_j) + C(1 + 2\alpha_M x_j),$$

其中 $\alpha_M = \max\limits_{0 \leqslant m \leqslant t_{\max}/\tau} \alpha^m$. 证明对任意选取的常数 A, B 和 C, 有

$$L_{(h,\tau)}\Phi_j^m = \begin{cases} A + 2B, & j \geqslant 1, \\ A\alpha^{m+1}t^{m+1} - B(1 - h) + C(2\alpha_M - \alpha^{m+1}), & j = 0. \end{cases}$$

证明满足 $A + 2B \geqslant K_1(\tau + h^2)$, $C\alpha_M - B \geqslant K_2 h$, $C - At_{\max} - \dfrac{1}{4}B \geqslant 0$ 的比较函数 Φ_j^m 为非负网格函数, 且满足 $L_{(h,\tau)}\Phi_j^{m+1} \geqslant 0$, $\forall m \geqslant 0$ 和 $j \geqslant 0$. 特别地, 可以取 $A = K_1\tau$, $B = \dfrac{1}{2}K_1 h^2$, $C = \max\left\{ \alpha_M^{-1}\left(K_2 h + \dfrac{1}{2}K_1 h^2 \right), K_1 t_{\max}\tau + \dfrac{1}{8}K_1 h^2 \right\}$. 由此及最大值原理即可推得结论. 进一步, 利用第 5 题的技巧, 可以证明存在与 $t_{\max}$ 无关的常数 K, 使得 $\max\limits_{m,j} |e_j^m| \leqslant K(\tau + h)$.

19. 利用边界条件和方程消去边界节点 (或虚拟节点) 函数值, 即得边界处结合后的等价方程. 可以直接作 Taylor 展开分析局部截断误差, 也可以参考式 (2.3.43), (2.3.52) 和 (2.3.59) 的做法, 将局部截断误差表示为内部节点差分格式和边界条件差分逼近的截断误差的线性组合的形式, 再利用已知的结果给出局部截断误差. 最大值原理的条件只需补充边界处结合后的等价方程的相应条件.

20. 参考式 (2.3.11) 定义适当的数值通量, 将格式写为 (2.3.70) 的形式. 注意这里 a 是常数.

21. 参考显式格式时为了使式 (2.3.77) 成立所采取的相应处理方法 (2.3.78) 和 (2.3.76). 将式 (2.3.77) 中的数值通量换为 θ 格式的数值通量, 定义适当的 $\bar{g}_0^m$ 和 $\bar{g}_N^m$.

22. 将式 (2.4.77c) 等价地改写成

$$\left(1 - \frac{1}{2}\mu_z\delta_z^2\right) U_{j,k,l}^{m+1} = U_{j,k,l}^{m+1**} - \frac{1}{2}\mu_z\delta_z^2 U_{j,k,l}^m,$$

在两端作用 $\left(1 - \frac{1}{2}\mu_x\delta_x^2\right)\left(1 - \frac{1}{2}\mu_y\delta_y^2\right)$, 并利用式 (2.4.27b) 和 (2.4.27a). 证明该格式与 Crank-Nicolson 格式的差别是更高阶的.

习　题　3

1. 方程组由 v 和 w 的定义及原方程得到 (参考方程组 (3.5.52)), v 和 w 的初值条件由定义和原问题的初值条件经适当处理得到. 作适当的线性变换, 将方程对角化, 得到两个独立的沿特征线的对流方程. 这两个方程的解分别沿一条特征线为常数, 因此为方程组的 Riemann 不变量.

2. 根据题意列出该物质在任意一段管道 $[x_l, x_r]$ 和任意给定的时间段 $[t_b, t_a]$ 上的积分形式的平衡方程: 物质的增量 = 源产生的物质量 + 由两端流入的物质量.

3. 求解特征线方程 $\dfrac{\mathrm{d}x}{\mathrm{d}t} = a(x)$, $x(0) = x_0 \in (0, 1)$. 计算截断误差, 并利用误差方程和稳定性条件推出误差界. 根据解沿特征为常数, 对任意取定的 $t > 0$, $u(x(x_0, t), t) = u(x_0, 0)$. 据此画出简图. 事实上, 我们可以得到问题的精确解.

4. 验证间断解满足 Rankine-Hugoniot 跳跃间断条件 (3.2.24). 验证稀疏波解是连续函数, 且分片满足微分方程. 根据这一结果, 将微分方程在区域 $(x_l, x_r) \times (t_b, t_a)$ 上的积分化为适当的分片积分, 并应用散度定理将每一片上的积分化为边界积分, 从而验证稀疏波解满足式 (3.2.23).

5. 特征线方程为 $\dfrac{\mathrm{d}x}{\mathrm{d}t} = u(x, t)$, $x(0) = x_0$. 解沿特征线为常数, 即 $u(x(t), t) = u(x(0), 0) = f(x_0)$, 所以由 x_0 出发的特征线为 $x = x_0 + tf(x_0)$. 当不同的特征线在 $t > 0$ 相交时, 在交点处将出现多值定义的解.

6. 应用 3.2.3 小节的方法 1, 方法 2, 方法 3, 结论见 (3.2.47). $\mathbb{L}^2$ 稳定性的条件为 $-2 \leqslant \nu \leqslant 0$.

7. 利用 Taylor 展开式.

8. 将离散 Fourier 波型 $(\rho_j^m, w_j^m)^{\mathrm{T}} = \lambda_k^m \mathrm{e}^{\mathrm{i}kj\Delta x}(\alpha, \beta)^{\mathrm{T}}$ 代入格式得到增长因子 λ_k 满足的特征方程 $\lambda_k(\alpha, \beta)^{\mathrm{T}} = G_k(\alpha, \beta)^{\mathrm{T}}$. 格式的 $\mathbb{L}^2$ 稳定性条件由所有增长矩阵 G_k 的谱半径均小于等于 1, 即 $\max_k \|G_k\|_2 \leqslant 1$ 给出.

10. 将 $f(U_{j+1}^m) - f(U_{j-1}^m)$ 写成 $(f(U_{j+1}^m) + f(U_j^m)) - (f(U_j^m) + f(U_{j-1}^m))$ 就不难定义数值通量 $F_{j+\frac{1}{2}}^{m+\frac{1}{2}} = F(U_j^m, U_{j+1}^m)$. 将格式 (3.3.14) 写成守恒形式 (3.3.5).

11. 参考上题提示.

12. Fourier 波型的增长因子见式 (3.4.33). 计算所涉及的量参见 3.4.4 小节倒数第三段.

13. 参考第 2 章 2.3.3 小节.

习 题 4

1. 利用二次代数方程的根落在单位圆盘上时其系数满足的充分必要条件 (参见 [25]) 分析 L^2 稳定性的条件. 相容性对 μ 提出了限制性条件.

2. 利用 B_1 的一致可解性 (4.1.4), 并应用定理 4.2.

4. 格式的增长因子为 $\lambda_k = 1 - 2\sin^2 \frac{1}{2}kh \left(\nu^2 + 2\mu - 2\mu\nu \sin^2 \frac{1}{2}kh \right) - \mathrm{i}\nu \sin kh \left(1 - 2\mu \sin^2 \frac{1}{2}kh \right)$. 证明当 $\mu > \frac{1}{2}$ 时, 格式不稳定; 当 $\mu \leqslant \frac{1}{2}$ 时, $\nu^2 = O(\tau)$, $\mathrm{Re}(\lambda_k)$ 的最大值不超过 $1 + O(\tau)$, 进而 $|\lambda_k|$ 的最大值不超过 $1 + O(\tau)$. 由于方程的真解是衰减的, 所以实用稳定性要求 $|\lambda_k| \leqslant 1$.

5. 将 $\tilde{U}_j^{m+1}$, $\tilde{U}_{j-1}^m$, $\tilde{U}_{j-2}^m$ 在 (x_j, t_m) 处作 Taylor 展开, 代入 Beam-Warming 格式 (3.2.34), 舍弃高阶项 $O(\tau^4 + h^4)$, 再利用该方程将 $\tilde{U}$ 除了 $\tilde{U}_t$ 外所有含关于时间的导数项用关于空间的导数项表出, 即得光滑分量的形如 (4.5.21) 的四阶修正方程 $(0 \leqslant m \leqslant 4)$. 根据式 (4.5.23) 计算光滑分量 $(kh \ll 1)$ 的相位移速度和振幅增长速度. 将振荡分量 $\tilde{U}_j^m = (-1)^{m+j}(\tilde{U}^o)_j^m$ 代入 Beam-Warming 格式 (3.2.34), 并将 $(\tilde{U}^o)_j^{m+1}$, $(\tilde{U}^o)_{j-1}^m$, $(\tilde{U}^o)_{j-2}^m$ 在 (x_j, t_m) 处作 Taylor 展开, 舍弃高阶项 $O(\tau^2 + h^2)$, 再利用该方程将 $\tilde{U}^o$ 除了 $\tilde{U}_t^o$ 外所有含关于时间的导数项用关于空间的导数项表出, 即得振荡分量的形如 (4.5.21) 的二阶修正方程 $(0 \leqslant m \leqslant 2)$. 同样可以根据式 (4.5.23) 计算振荡分量 $(kh \ll 1$, 实际对应原问题的 $\pi - kh \ll 1$ 高频分量) 的相位

移速度和振幅增长速度.

6. 与上题类似. 参见方程 (4.5.25).

7. 设 $k \geqslant 3$, 令 $f(x) = \sum_{i=0}^{k} \dfrac{x^i}{i!}$, $g(x) = \sum_{i=0}^{k} \alpha_i (1+x)^i$ 为两个 x 的 k 次多项式. 设系数 $\{\alpha_i\}_{i=0}^{k}$ 使得 $f(x) = g(x)$, $\forall x \in \mathbb{R}$. 利用 $f^{(j)}(-1) = g^{(j)}(-1)$ ($j = k, \cdots, 1, 0$), 证明 $\alpha_k = \dfrac{1}{k!}$, $\alpha_{k-1} = 0$, $\alpha_j = \dfrac{1}{j!} \sum_{i=2}^{k-j} \dfrac{1}{j!}(-1)^i > 0$ ($j = k-2, \cdots, 1, 0$).

8. 应用定理 4.4, 注意 $\delta_x^2 U_j^m$ 可以写为 $(\delta_x U_{j+\frac{1}{2}}^m - \delta_x U_{j-\frac{1}{2}}^m)$.

9. 将 $\delta_x U_{j+\frac{1}{2}}^m$ 写为 $(U_{j+1}^m - U_j^m)$, 再利用形如 $-2ab \leqslant (a^2 + b^2)$ 的 Cauchy-Schwarz 不等式.

10. 在格式两端同乘以 $h\left(U_j^{m+1} + U_j^m\right)$, 关于 j 求和, 建立不等式 $S^{m+1} \leqslant S^m$, 其中 $S^m = \|U^m\|_2^2 + \mu\left(\theta - \dfrac{1}{2}\right)\|\delta_x U^m\|_2^2$. 当 $\theta < \dfrac{1}{2}$ 时, 结合第 9 题的结果.

11. 在格式两端同乘以 $h\left(U_j^{m+1} + U_j^{m-1}\right)$, 关于 j 求和, 并利用习题 3 第 14 题的结论及数值边界条件建立关于 S^m 的不等式. 然后利用不等式 $2\langle U^{m+1}, \Delta_{0x} U^m \rangle_2 - h U_{N-1}^{m+1} U_N^m \leqslant \|U^{m+1}\|_2^2 + \|U^m\|_2^2$ 推出所需的能量不等式.

12. 利用形如 $2ab \leqslant a^2 + b^2$ 的 Cauchy-Schwarz 不等式分析 U^m 依 $\mathbb{L}^2$ 范数不增的条件. 参考第 4 题中数值边界条件的处理在证明稳定性时所起的作用.

习　题　5

1. 对 t 的二次多项式 $\varphi(t) = J(u+tv) = \displaystyle\int_{\Omega} |u|^2 \,\mathrm{d}x + 2t \int_{\Omega} uv \,\mathrm{d}x + t^2 \int_{\Omega} |v|^2 \,\mathrm{d}x$ 关于 t 求导数, 即得 $DJ(u; v)$. 证明 $DJ(u; v)$ 关于 v 是有界线性的.

2. 计算 t 的二次多项式 $\varphi(t) = J(u+tv)$ 的系数, 并由此写出 $\varphi(t)$ 的表达式. 然后, 按类似于上题的提示计算.

3. 由 $\displaystyle\int_{\Omega} u\partial_i\varphi \mathrm{d}x = \int_{\Omega_1} u\partial_i\varphi \,\mathrm{d}x + \int_{\Omega_2} u\partial_i\varphi \mathrm{d}x$, 对等式右端两项分别应用 Green 公式.

4. 用反证法. 对任意的充分光滑的 $\varphi = (\varphi_1, \cdots, \varphi_n)$, 有

$$\int_{\Omega} \nabla u \cdot \boldsymbol{\varphi}\, \mathrm{d}\boldsymbol{x} = \int_{\partial \Omega_1} u\boldsymbol{\varphi} \cdot \boldsymbol{\nu}\mathrm{d}s + \int_{\partial \Omega_2} u\boldsymbol{\varphi} \cdot \boldsymbol{\nu}\mathrm{d}s.$$

5. 充分性和必要性分别参考以上两题. 利用 $C^{\infty}(\overline{\Omega})$ 在 $\mathbb{H}^1(\Omega)$ 中稠密, $C^{\infty}(\overline{\Omega_k})$ 在 $\mathbb{H}^1(\Omega_k)$ 中稠密, 再结合迹定理.

6. 由嵌入定理可得第二个不等式. 第一个不等式类似于定理 5.11 可证.

7. $a(u,v) = \int_0^1 (u'v' + uv)\, \mathrm{d}x + u(1)v(1)$, $f(v) = \int_0^1 fv\, \mathrm{d}x + gv(1)$, $\mathbb{V} = \{u \in \mathbb{H}^1(0,1) : u(0) = 0\}$.

8. $a(u,v) = \int_{\Omega} \nabla u \cdot \nabla v\, \mathrm{d}\boldsymbol{x} + \int_{\partial\Omega} buv\, \mathrm{d}s$, $f(v) = \int_{\Omega} fv\, \mathrm{d}\boldsymbol{x} + \int_{\partial\Omega} gv\, \mathrm{d}s$, $\mathbb{V} = \mathbb{H}^1(\Omega)$. 应用 Lax-Milgram 引理, $a(u,v)$ 的强制性和有界性, 由 Poincaré-Friedrichs 不等式 (见第 6 题) 得到.

9. 对任意的 $v \in C^{\infty}(\overline{\Omega})$, $\tilde{v} = v - \bar{v} \in \mathbb{V}_0$, 其中 $\bar{v}$ 是 v 在 Ω 上的积分平均值. 对任意的 $v \in C_0^{\infty}(\Omega)$, 取 $\tilde{v} = v - \bar{v}$ 为检验函数, 证明当关系式 (5.2.11) 成立时, u 满足 Poisson 方程. 再对任意的 $v \in C^{\infty}(\overline{\Omega})$, 取 $\tilde{v} = v - \bar{v}$ 为检验函数, 证明 u 满足边界条件. 另一种做法是, 证明当关系式 (5.2.11) 成立时, 变分问题 (5.2.17) 的解也满足方程 (5.2.10). 类似地可证明仅当部分.

10. $a(u,v) = \int_0^1 (u'v' + guv)\, \mathrm{d}x$, $f(v) = \int_0^1 fv\, \mathrm{d}x$, $\mathbb{V} = \mathbb{H}_0^1(0,1)$.

    (1) 应用 Lax-Milgram 引理, $a(u,v)$ 的强制性和有界性, 并由 Poincaré-Friedrichs 不等式 (见定理 5.4) 得到.

    (2) 利用 $-\int_0^1 u'\varphi'\, \mathrm{d}x = \int_0^1 (f - gu)\varphi\, \mathrm{d}x$, $\forall \varphi \in C_0^{\infty}$ 和定义.

    (3) 由嵌入定理知 $u \in C^1([0,1])$, 又 $-u'' = f - gu$.

11. $a(u,v) = \int_0^1 u''v''\, \mathrm{d}x$, $f(v) = \int_0^1 fv\, \mathrm{d}x$, $\mathbb{V} = \mathbb{H}_0^2(0,1)$.

    (1) 应用 Lax-Milgram 引理, $a(u,v)$ 的强制性和有界性, 并由 Poincaré-Friedrichs 不等式 (见定理 5.4) 得到.

    (2) 由 $-\int_0^1 u''\varphi''\, \mathrm{d}x = \int_0^1 f\varphi\, \mathrm{d}x$ ($\forall \varphi \in C_0^{\infty}$) 和定义知 $(u'')'' = f \in \mathbb{L}^2(0,1)$.

    (3) 由 $u^{(4)} = f$ 得.

12. (1) 先考虑 $\bar{u}_0 = \bar{u}_1 = 0$. $a(u,v) = \int_0^1 u''v''\, \mathrm{d}x$, $f(v) = \int_0^1 fv\, \mathrm{d}x +$

$g_1 v'(1) - g_0 v'(0)$, $\mathbb{V} = \mathbb{H}^2(0,1) \cap \mathbb{H}_0^1(0,1)$. 设 $u(x)$ 是该问题的解, 则 $u(x) +$ $(1-x)\bar{u}_0 + x\bar{u}_1$ 是原问题的解.

(2) $a(u,v) = \displaystyle\int_0^1 u''v''\,dx$, $f(v) = \displaystyle\int_0^1 fv\,dx$, $\mathbb{V} = \left\{ u \in \mathbb{H}^2(0,1) : \right.$ $\left. \displaystyle\int_0^1 u\,dx = 0 \right\}$.

(3) $a(u,v) = \displaystyle\int_0^1 u''v''\,dx$, $f(v) = \displaystyle\int_0^1 fv\,dx + g_0 v(1) - g_1 v(1)$, $\mathbb{V} = \{u \in$ $\mathbb{H}^2(0,1) : u(0) = u'(0) = 0\}$. 存在唯一性由 Lax-Milgram 引理得到. 注意到在区间两端点取零值的线性函数与在某点的函数值和一阶导数值同时取零值的线性函数恒等于零, 用类似于定理 5.11 的证明方法可以证明 $a(u,u)$ 诱导了 $\mathbb{V}$ 上的等价范数.

13. 以 $u^{(4)} = f$ 为例. 令 $p = u''$, $p'' = f$. 两方程分别乘以 q, v, 作分部积分得 $\displaystyle\int_0^1 pq\,dx + \int_0^1 u'q'\,dx - u'q|_0^1 = 0$ 和 $-\displaystyle\int_0^1 p'v'\,dx + p'v|_0^1 = \int_0^1 fv\,dx$. 因此 $a(p,q) = \displaystyle\int_0^1 pq\,dx$, $b(p,v) = \displaystyle\int_0^1 p'v'\,dx$. 由此知两个函数空间均为 $\mathbb{H}^1(0,1)$ 的子空间. 函数空间的边界条件需视情况而定, u 和 u'' 的边界条件分别表现为 u 和 p 的强制型边界条件, 而 u' 和 u''' 的边界条件则分别表现为 u 和 p 的自然边界条件. 注意, $u'(0)g(0)$ 和 $u'(1)g(1)$ 是否出现在 $G(g)$ 中, 取决于相应边界上是否给出了含 u' 的边界条件. 例如, 若问题的边界条件含 $u''(0) = g_0$, 此时 $p(0) = g_0$ 为强制型边界条件, 从而有 $g(0) = 0$, 因此 $u'(0)g(0)$ 不出现在 $G(g)$ 中; 若问题的边界条件含 $u'(0) = g_0$, 则 $g_0 q(0)$ 就是 $G(q)$ 的一部分. 同样, $p'v|_0^1$ 项是否出现在 $f(v)$ 中则取决于是否给出了相应的 u''' 的边界条件. 例如, 若问题的边界条件含 $u'''(0) = g_0$, 即 $p'(0) = g_0$, 则 $g_0 v(0)$ 就是 $f(v)$ 的一部分; 若给出的是 $u(0) = u_0$, 则有 $v(0) = 0$, 因此 $g_0 v(0)$ 不出现在 $f(v)$ 中.

14. 求 $u \in \mathbb{V} = \mathbb{H}_0^1(\Omega) \setminus \{0\}$ 和 $\lambda \in \mathbb{R}$, 使得 $a(u,v) = \lambda(u,v)$.

习　题　6

1. 参考定理 5.8 的证明.

3. 证明问题的极小化序列是有界序列, 然后利用有限维欧氏空间的有界闭集是紧集的性质.

5. 记 $A = (a_{ij})$ 为系数矩阵, 则 $\sum_{i,j=1}^{2} a_{ij}\partial_i u\partial_j v = \nabla u A \cdot \nabla v$.

6. 参照 5.2.3 小节的做法, 注意此时 $\partial\Omega_0$ 上的边界条件是强制型的, 因此该条件应该体现在试探函数空间和检验函数空间上; 而 $\partial\Omega_1$ 上的边界条件是自然的, 因此该条件应该体现在变分方程中.

7. 证明相应变分问题的双线性泛函具有强制性和有界性. 应用 Lax-Milgram 引理.

8. 证明在齐次情形 ($f = 0$, $g = 0$), 有限元问题只有零解.

9. 从习题 5 第 13 题得到的变分形式出发, 最终导出一个矩阵特征值问题.

10. 循环顺序求解形如 (6.1.5) 的方程组, 对第 i 个方程只将 u_i 作为未知量.

11. 令 $\{p_i\}_{i=1}^{N}$ 为 P_K 的一组基, $\{\psi_j\}_{j=1}^{N} \subset \Sigma_K$ 为相应的一组对偶基. 记 $\varphi_i = \sum_{j=1}^{N} \alpha_{ij}\psi_j$, $A = (\alpha_{ij})$, 则问题等价于证明: 矩阵 A 满秩的充分必要条件是, 若 $Ab = 0$, 则 $b = 0$.

12. 分别建立对应于主格点 K_1^1 和 K_2^1 的自由度集 Σ_1^1 和 Σ_2^1, 写出 $[x_{j-1}, x_j]$ 上的重心坐标 $\lambda_1(x)$ 和 $\lambda_2(x)$, 并用它们构造主格点自由度集在 $\mathbb{P}_1(K^1)$ 和 $\mathbb{P}_2(K^1)$ 中的对偶基. 参考定理 6.1 及其后的例子.

13. 以单元 $[x_{j-1}, x_j]$ 的两个端点上的函数值和一阶导数值为自由度集, 构造单元 $[x_{j-1}, x_j]$ 上的三次 Hermite 多项式.

14. 参考定理 6.1 后的例子.

15. 容易验证 $x(1-y)$, xy, $(1-x)y$ 和 $(1-x)(1-y)$ 是 $[0,1] \times [0,1]$ 上双线性函数的一组满足条件的基底.

16. 只需证明在自由度集 (6.2.12) 上取零值的双三次函数 p 必恒等于零. 为此, 只需证明 p 在每一个平行于 x 轴或 y 轴的直线段上恒为零. 而这只需证明 p 在该直线段两端点处的函数值和相应的方向导数值为零.

17. 只需证明对于任意一个函数 $p \in \mathbb{Q}_3(K)$, p 在 K 的边界上的法向导数值其在自由度集上的取值唯一确定. 参考上题.

18. 分别给出相应的有限元函数空间的规范基底, 然后参考 6.2.1 小节关于二维问题刚度矩阵计算公式的推导.

19. 分别给出相应的参考有限元函数空间上的规范基底, 然后参考 6.2.1 小节关于二维问题刚度矩阵计算公式的推导, 在参考有限元上进行计算.

20. 应用 Lax-Milgram 引理. 可以采用连续的分片线性有限元函数来定义有限元函数空间.

习　题　7

1. 取 $\mathbb{V} = \mathbb{H}_0^1(\Omega)$, $a(u, v) = \int_\Omega \nabla u \cdot \nabla v \, \mathrm{d}\boldsymbol{x}$, $f(v) = \int_\Omega fv \, \mathrm{d}x - a(u_0, v)$, 其中 $u_0 \in \mathbb{V}$, 且 $u_0|_{\partial \Omega_0} = \bar{u}_0$.

2. 同上题一样, 要点是构造适当的形如 (7.1.1) 的变分问题.

3. 应用有限维空间上范数的等价性和嵌入定理.

4. 在参考单元 $[0, 1]$ 上利用多项式不变性和例 7.1 的 (4), 证明 $|\hat{u} - \hat{\Pi}\hat{u}|_{1,[0,1]} \leqslant C|\hat{u}|_{2,[0,1]}$ 成立; 再利用积分变量替换计算不等式两端的积分.

5. 由第 1 题可将问题转化为相应的插值误差估计, 再根据解的正则性和有限元空间的选取给出适当的误差估计表达式.

6. 应用嵌入定理.

7. 设 $v_h = 2ax + 2by + c$, 则 $|\nabla(u - v_h)|^2 = 4(x - a)^2 + 4(y - b)^2 = 4u(x - a, y - b)$. 又由于 u 的二阶偏导数均为常数, 因此只需证明在任意三角形 K 上有 $\|u\|_{0,1,K} \geqslant C h_K^2 |u|_{2,2,K}^2$ 即可. 注意, 三角形 K 的内切圆半径 ρ 的下界可由 h_K 和 K 的最小角估计.

8. 应用插值误差估计和反估计.

9. 与引理 7.2 的证明类似, 可证 $|\hat{E}(\hat{f}\hat{v})| \leqslant \hat{C}|\hat{f}|_{k,\infty,\hat{K}} \|\hat{v}\|_{1,\hat{K}}$, $\forall \hat{v} \in \mathbb{P}_k(\hat{K})$.

10. 仿照第二 Strang 引理的证明.

习　题　8

1. 由 $u \in \mathbb{V}$ 是问题的弱解知 $\int_0^1 fw \, \mathrm{d}x + gw(1) = \int_0^1 (u'w' + uw) \, \mathrm{d}x + u(1)w(1)$, 然后与定理 8.1 的证明类似, 通过直接应用 Cauchy-Schwarz 不等式或将 w 取为 $u - u_h$, 分别证明两个不等式.

3. 方法 1: 引入到分片常数有限元函数空间的插值算子 Π_h^0, 然后应用 Sobolev 空间多项式不变算子的插值误差估计; 方法 2: 先证明 $\|w - \Pi_h w\|_0 \leqslant Ch|w - \Pi_h w|_1$, 再证明 $I - \Pi_h : \mathbb{H}^1(0,1) \to \mathbb{H}^1(0,1)$ 的有界性 (I 为恒同

算子).

4. 利用 $R(u_h)(w) \leqslant \|f - u_h\|_0 \|w - \Pi_h w\|_0$ 及 $w(x) - \Pi_h w(x)$ 在每个节点上均为零, 再利用第 3 题的结论.

6. 注意 $f_{I_i} - u_h$ 在每个单元上都是常数, 而泡函数在单元上是二次多项式, 因此相应的积分可以在单元上精确计算. 参照式 (8.2.4) 的证明.

7. 在参考单元 $\hat{K}$ 上做出相应的估计, 然后利用仿射等价开集上 Sobolev 空间半范数的关系.

符 号 说 明

$\mathbb{R}$	一维欧氏空间, 实数轴
$\mathbb{R}_+$	正实数轴
$\mathbb{R}^n$	n 维欧氏空间
$\partial\Omega$	Ω 的边界
$C(\Omega)$	Ω 上所有连续函数构成的线性空间
$C^k(\Omega)$	Ω 上所有 k 次连续可微函数构成的线性空间
$C_0^k(\Omega)$	$C^k(\Omega)$ 中所有具有紧支集的函数构成的线性空间
$\mathbb{L}^p(\Omega)$	Ω 上所有 p 次 Lebesgue 可积函数构成的线性空间
$\|\cdot\|_p$	$\mathbb{L}^p$ 范数
$\|\cdot\|_{m,p,\Omega}$	Sobolev 空间 $\mathbb{W}^{m,p}(\Omega)$ 的范数
$\mathbb{L}^1_{\mathrm{loc}}(\Omega)$	Ω 上所有局部 Lebesgue 可积 (即任意紧子集上 Lebesgue 可积) 函数构成的线性空间
$\mathbb{P}_k(K)$	集合 K 上定义的所有不超过 k 次的多项式构成的线性空间
$\mathfrak{L}(\mathbb{X};\ \mathbb{Y})$	Banach 空间 $\mathbb{X}$ 到 $\mathbb{Y}$ 的所有有界线性算子构成的线性空间
$\det(\boldsymbol{A})$	矩阵 $\boldsymbol{A}$ 的行列式
$\mathrm{diam}(K)$	集合 K 的直径
$\mathrm{meas}(K)$	集合 K 的 Lebesgue 测度
$\arctan$	正切函数的反函数
$\arg\lambda$	复数 λ 的辐角
$\inf$	下确界
$\sup$	上确界
$\min$	最小值
$\max$	最大值

$\hookrightarrow$	嵌入关系
$\overset{c}{\hookrightarrow}$	紧嵌入关系
$\dfrac{\partial u}{\partial \boldsymbol{\nu}}$	函数 u 的外法向导数
∇u	函数 u 的梯度
$\nabla \cdot \boldsymbol{u}$	向量函数 $\boldsymbol{u}$ 的散度
$\operatorname{supp}(w)$	函数 w 的支集
$v \circ F$	v 和 F 的复合函数, $v \circ F(x) = v(F(x))$
$O(h^p)$	当 $h \to 0$ 时, 与 h^p 同阶的无量小量
$o(h^p)$	当 $h \to 0$ 时, 比 h^p 高阶的无量小量
h_K	集合 K 的直径
ρ_Ω	包含在开集 Ω 内的球的直径的上确界
$\mathfrak{T}_h(\Omega)$	开集 Ω 的最大单元尺度为 h 的有限元剖分

参 考 文 献

[1] Adams R A. Sobolev Spaces. New york: Academic Press, 1975.

[2] Ames W F. Numerical Methods for Partial Differential Equations. 3rd edn. Boston: Academic Press, 1992.

[3] Bänsch E. Local mesh refinement in 2 and 3 dimensions. IMPACT of Computing in Science and Engrg, 1991, 3: 181-191.

[4] Bänsch E. An adaptive finite element strategy for the three-dimensional time-dependent Navier-Stokes equations. J. Comput. Appl. Math, 1991, 36: 3-28.

[5] Bey J. Tetrahedral grid refinement. Computing, 1995, 55: 355-378.

[6] Chen L, Xu J. A posteriori error estimator by post-processing// Tang T and Xu J. In Adaptive Computations: Theory and Algorithms. Beijing: Science Press, 2007: 34-67.

[7] Ciarlet P G. The Finite Element Method for Elliptic Problems. Amstertam: North-Holland, 1978.

[8] Clément Ph. Approximation by finite element functions using local regularization. RAIRO Anal Numér, 1975, 2: 77-84.

[9] 胡健伟, 汤怀民. 微分方程数值方法. 北京: 科学出版社, 1999.

[10] Huang W. Practical aspect of formulation and solution of moving mesh partial differential equations. J Comput Physics, 2001, 171: 753-775.

[11] Huang W. Variational mesh adaption: isotropy and equidistribution. J Comput Physics, 2001, 174: 903-924.

[12] Kossaczky I. A recursive approach to local mesh refinement in two and three dimensions. J Comput Appl Math, 1995, 55: 275-288.

[13] John F. On the integration of parabolic equations by difference methods. Comm Pure Appl Math, 1952, 5: 155.

[14] LeVeque R J. Numerical Methods for Conservation Laws. 2nd ed. Basel:

Birkhäuser Verlag, 1992.

[15] LeVeque R J. Finite Volume Methods for Hyperbolic Problems. Cambridge: Cambridge University Press, 2002.

[16] 李立康, 於崇华, 朱政华. 微分方程数值解法. 上海: 复旦大学出版社, 1999.

[17] 李荣华, 冯果忱. 微分方程数值解法. 第三版. 北京: 高等教育出版社, 1996.

[18] Li R, Tang T and Zhang P., Moving mesh methods in multiple dimensions based on harmonic maps. Journal of Computational Physics, 2001, 170: 562-588.

[19] Li Z. A mesh transformation method for computing microstructures. Numer. Math, 2001, 89: 511-533.

[20] Li Z. The mesh transformation method and Optimal Finite element solutions. BIT Numerical Mathematics, 2006 46: 85-95.

[21] Li Z. Computation of Crystalline Microstructrues with the Mesh Transformation method// Tang T and Xu J. In Adaptive Computations: Theory and Algorithms. Beijing: Science Press, 2007: 211-241.

[22] 吕涛, 石济民, 林振宝. 区域分解算法——偏微分方程数值解新技术. 北京: 科学出版社, 1992.

[23] 陆金甫, 关治. 偏微分方程数值解法第二版. 北京: 清华大学出版社, 2004.

[24] Maubach J M L. Local bisection refinement for N-simplicial grids generated by reflection. SIAM J Sci Stat Comput, 1995, 16: 210-227.

[25] Morton K W, Mayers D F. Numerical solution of Partial Differential Equations (Second Edition). Cambridge: Cambridge University Press, 2005.

[26] Rosenberg I G, Stenger F. A lower bound on the angles of triangles constructed by bisecting the longest side. Math Comp, 1975, 29: 390-395.

[27] 萨马尔斯基 A, 安德烈耶夫 B. 椭圆型方程的差分方法. 武汉大学计算数学教研室, 译. 北京: 科学出版社, 1984.

[28] Sewell E G. Automatic generation of triangulations for piecewise polynomial approximations. PhD Thesis, Purdue University, West Lafayette, 1972.

[29] Toselli A, Widlund O. Domain Decomposition Methods: Algorithms and Theory. Berlin: Springer-Verlag, 2005.

[30] Verfürth R. A Review of A Posteriori Error Estimation and Adaptive Mesh-Refinement Techniques. Chichester: Wiley-Teubner, 1996.

[31] 王烈衡, 许学军. 有限元方法的数学基础. 北京: 科学出版社, 2004.

[32] 徐树方. 矩阵计算的理论与方法. 北京: 北京大学出版社, 1995.

[33] 应隆安. 有限元方法讲义. 北京: 北京大学出版社, 1988.

名 词 索 引